JOAN WOLF

Tochter der Kelten

Buch

Im Mittelpunkt dieser bewegenden Historien-Saga aus dem 6. Jahrhundert steht die wunderschöne Prinzessin Niniane. Niniane ist noch ein Kind, als sie im Jahre 555 von den Sachsen auf ihrem grausamen Kriegszug gegen die Kelten gefangengenommen wird. Cynric, der sächsische König, ist bezaubert von der Unschuld und dem Liebreiz des Mädchens. Doch Niniane muß bald erkennen, daß am Hofe Cynrics Intrigen und dunkle Machenschaften herrschen, hinter denen die Ehefrau des Königs steckt. Der Gegner der Königin ist Ceawlin, Cynrics heißgeliebter, aber illegitimer Sohn. In einem von der Königin inszenierten Duell zwischen Edwin, dem rechtmäßigen Thronfolger und Ceawlin, entscheidet sich das Schicksal: Edwin stirbt und mit Niniane an seiner Seite beginnt Ceawlins Aufstieg zum mächtigen Herrscher über ein geeintes England.

Autorin

Joan Wolf ist die vielgerühmte Autorin packender Urzeit-Romane. Daneben ist sie mit dem farbenprächtigen, historischen Roman »Der Weg nach Avalon« hervorgetreten, über den *Publishers Weekly* urteilte: »Schöner ist die Artus-Legende nie erzählt worden.« Joan Wolf lebt mit ihrem Mann und ihren zwei Kindern in Milford, Connecticut.

Von Joan Wolf bei Goldmann bereits erschienen:

Der Weg nach Avalon. Roman (42382)
Die Tochter des Hirsch-Clans. Roman (41470)
Die Tochter des Hirsch-Clans. Roman (43747) (SB)
Herrin der Pferde. Ein prähistorischer Roman (42478)
Unter dem Rentier Mond. Ein prähistorischer Roman (41579)

JOAN WOLF

Tochter der Kelten

Roman

Aus dem Amerikanischen
von Susanne Gerold

GOLDMANN

Titel der Originalausgabe: »Born of the Sun«

Umwelthinweis:
Alle bedruckten Materialien dieses Taschenbuches
sind chlorfrei und umweltschonend.
Das Papier enthält Recycling-Anteile.

Der Goldmann Verlag
ist ein Unternehmen der Verlagsgruppe Bertelsmann

Deutsche Erstausgabe 2/98

Umschlaggestaltung: Design Team München
Umschlagfoto: AKG, Berlin
Satz: Uhl + Massopust, Aalen
Druck: Elsnerdruck, Berlin
Verlagsnummer: 42476
Redaktion: Ralf Thoms
KR · Herstellung: Heidrun Nawrot
Made in Germany
ISBN 3-442-42476-3

3 5 7 9 10 8 5 4 2

Für meine Mutter und meinen Vater,
in Liebe und Dankbarkeit.

Nahe dem Schnee, nahe der Sonne, in den
höchsten Regionen, sieh, wie diese Namen vom
wehenden Gras gefeiert werden, von den Streifen
der weißen Wolken und dem Flüstern des
Windes im lauschenden Himmel.
Die Namen derer, die in ihrem Leben für
das Leben kämpften, die in ihren Herzen das
Zentrum des Feuers trugen.
Im Zeichen der Sonne geboren, reisten sie eine
kurze Zeit der Sonne entgegen,
und hinterließen der kraftvollen Luft die Erinne-
rung an ihre Ehre.

Stephen Spender
*»Ich denke beständig an jene,
die wirklich groß waren.«*

I

Der Prinz
(555–559)

1

Der Harfner sang ein Lied über den Tod von König Arthur. Niniane, die in einem Korbsessel in einer Ecke des Raumes saß, der noch die Spuren der Römer trug, wickelte Wolle auf und lauschte der vertrauten, tragischen Geschichte. Das Lied war heute noch ergreifender als gewöhnlich, denn gerade erst am Morgen war die Nachricht nach Bryn Atha gelangt, daß die Sachsen erstmals seit der Schlacht bei Badon zum Krieg gegen Calleva rüsteten.

Der letzte Ton erstarb, die Frühlingsbrise rüttelte an den losen Fensterläden, und Ninianes Vater sagte: »Gäbe Gott, daß Arthur heute bei uns wäre.«

Ihr Bruder Coinmail sprang auf und ging zum Fenster, um die Läden wieder zu befestigen. Dann drehte er sich um und meinte kühl: »Es hat keinen Sinn, auf Arthur zu hoffen. Er ist seit achtzig Jahren tot, und auch die Gesänge des Harfners werden ihn nicht wieder zurückbringen.«

Der Harfner erhob seine verträumten Augen. Kerwyn war ein alter Mann, dessen Großvater zusammen mit dem von Niniane in der Schlacht bei Badon gekämpft hatte; beinahe sein ganzes Leben lang war er der Harfner des Fürsten von Bryn Atha gewesen. Nun antwortete er Coinmail: »Aber er ist nicht tot, Mylord. Er ruht sich nur aus, bereitet sich auf seine Rückkehr vor – denn er wird kommen, wenn Britannien ihn am nötigsten braucht.«

Niniane schaute voller Mitleid und Anteilnahme auf das abgeklärte alte Gesicht. »Das mag stimmen, Kerwyn«, sagte sie freundlich, »aber er würde sicher wollen, daß wir uns selbst verteidigen, bis er kommt.«

»Die Reiterei ist verloren, sie liegt in Gaul begraben«, kam die wehklagende Antwort. »Die Pferde sind verloren. Bedwyr, der Löwe ist…«

»Ja, sie sind alle verloren. Wir wissen das.« Coinmail klang beinahe schroff. »Und *wir* werden bald auch verloren sein, wenn wir nichts gegen die Sachsen unternehmen!«

Niniane seufzte. Coinmail hatte recht mit dem, was er gerade gesagt hatte. Sie blickte finster auf die Wolle in ihrem Schoß. »Naille ist sicher, daß die Information stimmt?« fragte sie.

»Das hast du schon mal gefragt, Niniane«, erwiderte ihr Vater ungeduldig. »Naille ist sich ganz sicher. Die Sachsen haben Venta vor zwei Tagen verlassen und sind bereits auf dem Weg nach Calleva. Naille sagt, daß Cynric, der König der Westsachsen, sein Herrschaftsgebiet über Venta hinaus ausdehnen will. Calleva wäre die zweite große Stadt in seinem Königreich. Wenn die Westsachsen aber Calleva annektieren, sind sie zu nah und bedrohen unsere Sicherheit.«

»Wir müssen kämpfen.« Coinmails Stimme drückte Endgültigkeit aus.

Die Wolle rutschte Niniane aus den Händen. Es hatte zwischen ihrem Volk und den Sachsen keine Kämpfe gegeben, seit Arthur vor beinahe einem Jahrhundert drei Viertel der sächsischen Armee am Badon-Paß begraben hatte. Seither lebte der Stamm der Atrebaten in der Sicherheit des Friedens, den die Schlacht von Badon ihnen beschert hatte. Aber jetzt… »Wie sollen wir kämpfen?« fragte sie ihren Bruder. »Wir sind Bauern und keine Soldaten.«

»Wir werden eben lernen müssen zu kämpfen«, kam die harsche Antwort.

Der Harfner schaute verwirrt von Coinmail auf Ninianes Vater Ahern. »Kämpfen? Aber wen sollen wir bekämpfen? Die Sachsen liegen doch alle begraben im Badon-Paß!«

»O Gott!« Coinmail wandte sich an Niniane. »Kannst du ihm nicht beibringen, den Mund zu halten?«

»Er ist ein alter Mann, Coinmail. Du solltest etwas Verständnis für ihn haben.« In ihrer Stimme schwang leise Zärtlichkeit mit, als sie zu dem Harfner sprach. »Es ist in Ordnung, Kerwyn. Es wird keine Schlacht bei Bryn Atha geben.« Dann sagte sie zu ihrem Vater: »Vielleicht ist es ja nur ein räuberischer Überfall, Vater. Vielleicht sollten wir einfach nur abwarten und sehen, was sie wollen ...«

Ahern schüttelte den Kopf. »Nein, Niniane. Dein Bruder hat recht. Dies ist nur der Anfang. Wenn wir zulassen, daß sie sich in Calleva festsetzen, werden sie bald das ganze Land beherrschen. Wir müssen Widerstand leisten.« Er sah seinen Sohn an. »Ich habe sämtliche alten Waffen aus dem Lagerraum in den Winterraum bringen lassen. Wir sollten besser nachsehen, welche von ihnen noch brauchbar sind.«

Coinmail eilte zur Tür; Ahern folgte ihm. Zurück blieben ein alter Harfner und ein Mädchen mit scharlachroter Wolle.

Die Sonne strömte durch das Schlafzimmerfenster, als Niniane ein Gebräu aus Kräutern hereinbrachte. Der Harfner bewegte sich, als sich die Tür öffnete. »Hast du geschlafen?« fragte Niniane und stellte das Getränk auf einen Tisch. Sie schritt zum Bett.

»Ja.« Die alten Augen lächelten sie an. »Ich habe geträumt.«

Sie setzte sich in den Sessel neben dem Bett und nahm seine Hand in die ihre. »Was hast du geträumt?« fragte sie freundlich.

»Ich habe von dir geträumt. Es war ein glücklicher Traum.«

Sie führte seine Hand an ihre Wange. Die Hand war noch immer stark, eine lange, schmale Hand mit langen, schmalen Fingern; die Hand eines Harfners. Er begann zu husten, sie schob ihren Arm unter seine Schulter und hob ihn ein bißchen hoch. Sie war ein zierliches Mädchen, aber er war so zerbrechlich, daß sie ihn ohne große Schwierigkeiten stützen konnte. Als der Hustenanfall vorüber war, ließ er sich wieder zurückfallen und schloß die Augen.

»Ich habe dir etwas zu trinken gebracht, Kerwyn«, sagte sie, und er kam mit sichtlicher Mühe hoch, um ihren Trank zu sich zu nehmen. Dann fiel er wieder in einen unruhigen Schlummer.

Niniane saß an seiner Seite und schaute auf das blasse Gesicht in dem Kissen. In diesem letzten Jahr war er ziemlich stark gealtert. Eine Zeitlang hatte sie es zu verdrängen versucht, aber der Wandel in den letzten Monaten ließ sich nicht leugnen.

Sie würde ihn vermissen, dachte sie und ihr Herz schmerzte, als sie so bei ihm saß. Er hatte sie Musik gelehrt und dadurch ihr Leben verändert. Die Harfe und die Gesänge waren lange Zeit ihre größte Freude gewesen. Coinmail mochte ihn für einen alten Narren halten, und ihr Vater behielt ihn vielleicht nur noch aus Gründen der Tradition, aber Niniane liebte ihn mehr als jeden anderen in der Welt. Und nicht nur wegen seiner Musik. Er war immer ihr Freund gewesen; die eine Person, für die das, was sie bewegte, von Interesse, wenn nicht sogar von Bedeutung war. Als der Älteste und die Jüngste im Haus waren die beiden jahrelang Verbündete gewesen.

»Niniane!« Sie hörte die rufende Stimme im Hof und rannte zum Fenster. Ein Mann stieg vom Pferd, und sie erkannte ihn sofort, obwohl er ihr den Rücken zuwandte. Es gab nur einen Menschen mit dieser Haarfarbe. Sie rannte aus dem Zimmer, die Galerie hinunter und zur vorderen Haustür hinaus.

Coinmail hielt sein Pferd fest, als sie in den Hof kam. Er runzelte die Stirn und deutete auf die Quartiere der Sklaven. »Wo sind die Diener?«

»Beim Vieh, wie immer um diese Zeit. Du wirst Roaire selbst in den Stall bringen müssen.«

»Das ist nicht wichtig. Ich kann nicht bleiben. Ich bin nur gekommen, um dir Neuigkeiten zu bringen.«

Niniane starrte ihn erst überrascht, dann besorgt an. »Es ist Vater doch nichts geschehen?« fragte sie.

»Nein, Vater geht es gut.« Seine Augenbrauen, die von dem gleichen Kastanienbraun waren wie seine Haare, zogen sich zusammen. »Die Sachsen sind in Calleva«, sagte er.

»Oh, nein!«

»Wir konnten sie nicht aufhalten. Es wäre Selbstmord gewesen, wenn wir versucht hätten, uns ihnen in den Weg zu stellen. Sie sind besser ausgebildete Kämpfer als wir. Wir können sie nur dort bekämpfen, wo uns das Gelände einen Vorteil verschafft.«

Ninianes kleine weiße Zähne bohrten sich in ihre Unterlippe. »Was haben sie mit Calleva gemacht?« fragte sie leise. »Haben sie es geplündert?«

Er lachte bitter. »Was hätte es dort zu plündern gegeben? Calleva war seit mindestens einem Jahrhundert eine tote Stadt. Ich bezweifle, daß dort noch mehr als zweihundert Menschen leben. Es gab keinen Widerstand. Sie öffneten das Westtor und Cynric und seine Männer marschierten hinein.«

Niniane strich über die Stirn des Pferdes. »All diese wunderschönen römischen Gebäude ...«, seufzte sie bedauernd.

»Der Mann, der uns diese Nachricht brachte, erzählte mir, daß sie auf den Mosaikböden Feuer machen.« Coinmail sah aus, als würde es ihm körperlich schlecht gehen. »*Barbaren*. Sie sind nicht besser als wilde Tiere, die in Ställen leben.«

Roaire stubste an Ninianes Brust. »Ich hole ihm einen Eimer Wasser. Er muß durstig sein«, sagte sie.

Er schüttelte den Kopf. »Ich habe keine Zeit. Ich bin nur gekommen, um dich zu warnen. Wenn der Kriegertrupp der Sachsen hier vorbeikommen sollte, werden sie sich sicher nach Bryn Atha wenden. Es ist zu bekannt, als daß sie es links liegenlassen könnten.«

Niniane wußte, daß ihr Bruder nur die Wahrheit sprach. Bryn Atha war von römisch-keltischen Regierenden während der Zeit, als Britannien von den Römern besetzt war, erbaut worden und hatte immer als eine der berühmteren Villen gegolten. Die Villa war einem von Ninianes Vorfahren übertragen worden, einem Fürsten des Stammes der Atrebaten, der auch als römischer Beamter in Calleva tätig gewesen war. Wie alle römischen Villen in Britannien war Bryn Atha als Landhaus gebaut worden, aber nachdem die Legionen Britannien verlassen hatten und nach Rom zurückgekehrt waren, waren die Städte dem Zerfall preisgegeben. Die Kelten waren von Natur aus keine Stadtmenschen und langsam waren die Stämme wieder zum ländlichen Leben zurückgekehrt, das ihnen mehr entsprach. Die Fürsten der Atrebaten hatten sich schließlich ganz aus Calleva zurückgezogen und lebten von ihren eigenen Höfen; der Rest an administrativen Aufgaben wurde von Bryn Atha direkt aus geleitet.

Niniane schluckte hart. »Ich habe alles, was wertvoll ist, vergraben. Sie werden auf Bryn Atha noch weniger finden als in Calleva.«

»Möge Gott sie alle zur Hölle verdammen«, stieß Coinmail aus, als er sich im Hof seines schönen römischen Heims umblickte.

»Ich bin sicher, daß er das tut«, erwiderte Niniane. »Es sind Heiden.«

Coinmail fuhr mit der Hand durch sein dickes, glänzendes Haar. »Nun, wir werden unser Bestes tun, um sie genau dorthin zu schicken, darauf kannst du dich verlassen.«

Niniane lehnte ihre Wangen an Roaires festes Maul. Ihr eigenes Haar war heller als das ihres Bruders; es schimmerte in der Sonne mehr braungold als rot. »Lagert ihr immer noch bei Sarc Water?«

»Ja. Wir haben einhundertfünfzig Mann. Ungefähr so viel wie der Kriegertrupp, der Cynric begleitet.« Coinmails dunkle, graue Augen verengten sich. »Er weiß, daß wir da sind. Er wird kommen, um uns zu stellen, das ist klar. Die Sachsen können der Herausforderung zum Kampf nicht widerstehen.«

Niniane zitterte in der warmen Sonne. »Ich habe solche Angst, Coinmail.«

»Dazu hast du auch allen Grund. Hör mir zu, kleine Schwester. Du darfst nicht in Bryn Atha sein, wenn die Sachsen uns bei Sarc Water schlagen sollten. Du bist fünfzehn Jahre alt und längst kein Kind mehr. Du wirst in diesem Herbst heiraten, und diese Hochzeit ist eine gute Partie für die Atrebaten. Wir können es uns nicht leisten, dich zu verlieren.«

Ninianes Augen weiteten sich. »Mich verlieren?«

»Gott allein weiß, was die Sachsen mit den Frauen machen, die in ihre Hände fallen. Es sind Heiden, ohne jede Achtung für christliche Werte. Hast du verstanden, was ich sage? Du darfst ihnen auf keinen Fall in die Hände geraten.«

Niniane machte einen Schritt auf ihren Bruder zu. »Nimmst du mich mit nach Sarc Water, Coinmail?«

Er runzelte die Stirn. »Natürlich nicht. Dort wäre noch weniger für deine Sicherheit gesorgt.«

Ihr Gesicht war sehr blaß; die hellgoldenen Sommersprossen, die den Rücken ihrer kurzen Nase sprenkelten, waren deutlicher sichtbar als gewöhnlich. »Also dann«, flüsterte sie beinahe, »was soll ich tun?«

»Geh zu Geara. Wenn die Sachsen uns besiegen, werden sie sicherlich nach Bryn Atha kommen, aber ich bezweifle, daß sie sich mit einem armseligen Hof wie dem von Geara abgeben. Du wirst dort in Sicherheit sein.«

»Wann erwartest du den Kampf?«

»Ich weiß es nicht, aber du darfst nicht auf den Kampf warten. Geh heute, sofort.«

Sie runzelte die Stirn. »Ich kann heute nicht gehen, Coinmail. Kerwyn ist krank. Er wurde krank, kurz nachdem du mit Vater fortgegangen bist. Ich kann ihn nicht wegbringen.«

»Dann laß ihn hier. Col und Brenna werden sich um ihn kümmern.«

»Col und Brenna können sich kaum um sich selbst kümmern. Außerdem, wie kann ich von ihnen erwarten, hierzubleiben, wenn ich selbst wegrenne?«

»Weder Col noch Brenna sind in Gefahr, vergewaltigt zu werden«, antwortete er brutal. »Du aber bist es. Du bist für uns von keinem Nutzen mehr, wenn das geschieht, Niniane. Vater sagt, du sollst von Bryn Atha fortgehen.«

Sie wich seinen Augen aus und schaute an ihrem blauen Kleid hinunter. »Also gut«, sagte sie.

»Du gehst zu Gearas Hof?«

»Ja.«

Er belohnte sie mit einem nüchternen Lächeln und warf die Zügel des Pferdes über dessen Nacken. Als er im Sattel saß, gab er ihr noch einen Ratschlag. »Wenn ein Sachse versuchen sollte, sich dir zu nähern, benutze dein Messer.« Es war ihr klar, daß sie damit nicht auf die Sachsen losgehen sollte.

Nachdem Coinmail fortgeritten war, drehte Niniane sich um und schritt langsam ins Haus zurück. Der Haupteingang führte in eine riesige Empfangshalle, deren Boden aus einem hübschen Mosaik bestand, das Venus bei der Jagd nach einem Eber zeigte. In dem Raum standen so gut wie keine Möbel. Niniane wandte sich nach links und ging den Korridor entlang zu dem Zimmer, das die Familie am meisten benutzte. Sie setzte sich in den Sessel ihres Vaters und starrte auf einen verblassenden, blauen Pfau auf dem dekorativen Streifen Stoff, der die verputzten Wände schmückte.

Ihre Hände waren kalt. Sie war durch und durch kalt. Coinmail mußte wirklich besorgt um sie sein, wenn er den ganzen Weg nach Bryn Atha gekommen war, nur um sie zu warnen.

Die Sachsen. Seit sie ein Kind war, war dieses Wort eine Quelle des Schreckens gewesen. »Sei ein braves Mädchen oder die Sachsen holen dich«, pflegte ihre Amme zu sagen. Sie waren Heiden, die den Göttern des Donners und des Krieges huldigten. Einige erzählten sogar, daß sie in unaussprechlichen Riten menschliche Opfer darbringen würden. Sie zitterte vor Kälte. *Gott allein weiß, was die Sachsen mit den Frauen machen, die in ihre Hände fallen.*

Vielleicht könnte sie Kerwyn in ein paar Tagen mitnehmen. Bis dahin würde sie in Bryn Atha bestimmt noch sicher sein.

An dem Tag, als die Schlacht von Sarc Water stattfand, trieb ein lebhafter Wind hohe, weiße Wolken über den Maihimmel. Die Briten kämpften unter ihrem Fürsten Ahern tapfer, aber aussichtslos. Die sächsische Kriegerhorde, in wesentlich besserem Zustand, brach ohne große Schwierigkeiten über sie herein. Die britischen Überlebenden flohen in die Berge und ließen ihre Toten auf dem Feld zurück. Die Sachsen hielten es nicht einmal für nötig, ein Lager aufzuschlagen, um sich um ihre

Verwundeten zu kümmern, sondern eilten sofort weiter nach Bryn Atha, dem Heim der Fürsten der Atrebaten.

Der Himmel blieb um diese Jahreszeit lange hell, und die Sonne schien immer noch, als die Sachsen durch das Tor und auf den Hof von Bryn Atha marschierten. Niniane sah sie vom Fenster in Kerwyns Schlafzimmer aus herankommen; vor Schreck war ihr Mund vollkommen trocken. Sie hatte nicht wirklich geglaubt, daß dies jemals passieren könnte. Die Sachsen – auf Bryn Atha. Ihr Atem ging schnell und flach, als sie die Männer in den Hof strömen sah. Die meisten waren ohne Helm und trugen Lanzen und Schwerter und große, verzierte Schilde. Sie führten eine große Anzahl von Lasttieren mit sich, aber bis auf zwei Männer, die offensichtlich die Anführer waren, kam der Kriegertrupp zu Fuß.

»Niniane ...« Es war nur der Hauch eines Lautes zu hören und sie kniete sich neben den sterbenden Harfner. »Halte meine Hand«, flüsterte er.

»Natürlich.« Sie nahm die Hand, die auf der Decke lag und umfaßte sie mit ihren eigenen kleinen Händen. Sie war brennend heiß.

»Ich friere«, sagte er.

»Soll ich dir noch eine Decke holen?« Ihre Stimme war leise und rauh; Kerwyn hatte ihren Klang immer geliebt. Aber ihre Gedanken waren nicht bei dem, was sie sagte; denn ihre Ohren richteten sich auf das, was im Hof passierte. Die Vordertür wurde gerade aufgebrochen. Sie waren im Haus.

Kerwyn begann zu husten und sie legte ihren Arm um seine gebrechlichen Schultern, um ihm beim Aufsitzen zu helfen. Selbst durch das Leinen seines Hemdes hindurch konnte Niniane die brennende Hitze spüren. Er versuchte, zu sprechen und brachte das Wort »kalt« hervor, dann sank er gegen sie. Sie fühlte nach seinem Herzen; es war still. Sie ließ den alten Harfner zurück in das Bett gleiten und richtete sich langsam auf.

Das Gerassel der Rüstungen in der Galerie, die gutturalen Klänge ihrer Sprache drangen an ihre Ohren. Sie schauten in alle Zimmer. Sie konnte das Krachen der Türen hören, die sie mit den Füßen aufstießen. Ihre Hand wanderte zu dem Dolch an ihrem Gürtel und sie erinnerte sich an die Worte ihres Bruders.

Die Tür zu Kerwyns Schlafzimmer krachte. Niniane wurde von einem Schwall belebender Wut überschwemmt. Es war nicht nötig, den Fuß zu benutzen! Ein großer, blondhaariger Mann brach in den Raum ein und blieb schlagartig stehen, als er sie sah. Niniane stand so gerade, wie sie konnte, reckte ihr Kinn empor und starrte in seine verwirrten Augen.

Es war einen Moment still, dann sagte er etwas zu ihr. Sie schüttelte den Kopf. »Ich verstehe Euch nicht«, antwortete sie auf britisch. Der Sachse schaute von ihr zur Gestalt des Harfners, runzelte die Stirn und brüllte einen Befehl. Ein anderer Krieger erschien in der Tür und der Mann im Zimmer sagte etwas zu ihm. Niniane erkannte nur ein Wort: »Cynric.« Sie sandten nach ihrem König.

Es waren die längsten fünf Minuten in ihrem Leben, die Niniane dort unter den forschenden Blicken des großen Sachsen verbrachte, während sie auf das wartete, was ihr Schicksal sein würde. Der Dolch, den sie in den Falten ihres Kleides verborgen hielt, verlieh ihr einigen Mut. Der Sachse schien nur auf die Spange an ihrer Schulter zu starren.

Nach langer Zeit, es schien eine Ewigkeit zu dauern, bewegte sich plötzlich der Wächter, der sich mit dem Rücken an der Wand angelehnt hatte. Zwei Männer traten ins Zimmer; es waren diejenigen, die sie bereits im Hof auf den Pferden gesehen hatte. Einer von ihnen war alt, mit dicken, struppigen, grauen Haaren und einem schweren, immer noch kraftvoll aussehenden Körper. Er schickte den Wächter mit einem Wort aus dem Raum.

Dies muß Cynric sein, dachte Niniane. Cynric, Sohn von Cerdic, König der Westsachsen. Der König wandte sich jetzt ihr zu und zum ersten Mal sah sie in seine Augen. Sie waren weder blau noch grün, sondern eine außerordentliche Mischung aus beidem. Sie hatte niemals zuvor Augen in dieser Farbe gesehen. Er betrachtete sie von oben bis unten, und ihre

Hand spannte sich fester um den Dolch. Cynric wandte sich an den Mann neben ihm und sagte etwas.

»Wer seid Ihr?« fragte der andere Mann in sehr gut verständlichem Britisch mit leichtem Akzent.

Sie versuchte, sich ihre Angst nicht anmerken zu lassen. »Ich bin Niniane«, antwortete sie beinahe hochmütig. »Dies ist mein Haus.«

Der britisch sprechende Sachse zog eine Augenbraue hoch. Er war jünger als Cynric, hatte dunkle Haut und ein schmales Gesicht. Seine klaren, blauen Augen lagen unter hochgeschwungenen Brauen. »*Euer* Haus? Wer ist Euer Vater?«

Sie fragte sich später, ob es klug gewesen war, die Wahrheit zu sagen. Sie versuchte, zu schlucken, aber ihr Mund war vollkommen ausgetrocknet. »Ahern, Fürst der Atrebaten«, erwiderte sie.

Der braunhaarige Mann wandte sich an den anderen und sprach sächsisch mit ihm. Cynric antwortete, dann schaute der andere Mann sie an und fragte: »Wer ist das?« Er zeigte auf Kerwyn.

»Der Harfner meines Vaters«, antwortete sie mit unbewegter Miene. »Er wurde krank und ich konnte ihn nicht fortschaffen. Deshalb blieb ich ...«

Der Braunhaarige ging zu dem Bett und legte seine Hand auf die Brust des Harfners. Er schaute zu ihr. »Er ist tot.«

Sie war zurückgetreten, als er sich näherte. »Ja, ich weiß. Er ... ist gerade gestorben.«

»Schlechte Zeitplanung für Euch, Prinzessin der Atrebaten«, bemerkte der Mann ironisch.

Ihre Hand krampfte sich fester um den Dolch. Die Innenflächen schwitzten so sehr, daß sie fürchtete, er würde ihr aus den Fingern gleiten.

Ungeduldig sagte Cynric etwas und der andere antwortete ihm. Die blaugrünen Augen des Königs schlossen sich gedankenvoll zu schmalen Schlitzen zusammen, als er zuhörte. Dann, nach einem weiteren Kommentar Cynrics, wandte sich der britisch Sprechende wieder an Niniane. »Dies ist Cynric, König der Westsachsen. Ich bin Cutha, sein Verwandter. Der König sagt, Ihr braucht Euch nicht zu fürchten. Ihr könnt Euern Dolch loslassen. Wir werden Euch keinen Schaden zufügen.«

Niniane biß sich auf die zitternde Lippe. Woher hatte er das mit dem Messer gewußt? Der sächsische König trat an das Bett und schaute auf Kerwyns Körper. Dann sah er Niniane an und sagte etwas. Cutha übersetzte: »Auch ich habe eine Zuneigung für Harfner.«

Niniane hatte den größten Teil der wertvollen Juwelen vergraben, und so gab es für die Sachsen wenig zu erbeuten. Sie fürchtete, daß sie ihre Enttäuschung möglicherweise an dem Haus auslassen würden – oder an ihr. Aber sie schienen ihre schmale Beute zu akzeptieren. Sie hatten es wohl längst aufgegeben, so etwas wie Gold von den Briten zu erwarten.

Die Sachsen blieben nur zwei Tage auf Bryn Atha, und während dieser Zeit durfte Niniane sich in ihrem Zimmer aufhalten. Sie brachten ihr etwas zu essen und ließen sie ansonsten allein. Niemand unternahm den leisesten Versuch, sie zu vergewaltigen. Cutha war sogar so freundlich gewesen, sie darüber zu informieren, daß ihr Vater und ihr Bruder lebend von Sarc Water geflohen waren.

Es hätte noch viel schlimmer kommen können, dachte sie, als sie an ihrem Fenster stand und die geschäftigen sächsischen Lehensmänner im Hof beobachtete. Sie hatten eine Reihe von Haushaltsgegenständen genommen, die augenscheinlich ihr Interesse geweckt hatten: die samische Töpferware, die Öllampen, ein paar Wandbehänge. Das, was Cynric jedoch am meisten gefallen hatte, war ihr glänzender Handspiegel. Der Beweis dafür, daß die Sachsen keine Spiegel hatten.

Ja, es hätte viel schlimmer kommen können. Die Sachsen waren gekommen und hatten Dinge genommen, die sie missen würden, aber das Haus stand noch, ihr Vater und ihr Bruder lebten noch, und es schien, daß sie sicher war. So dachte Niniane, als sie Cynrics Männern zusah, wie sie an jenem grauen Frühlingsnachmittag Gegenstände aus dem Haus in den Satteltaschen ihrer Packpferde verstauten.

Eine Stunde später dachte sie, daß die Dinge nicht viel schlimmer hätten kommen können. Die Sachsen verließen tatsächlich Bryn Atha, aber zu ihrem Entsetzen wollten sie sie mitnehmen. »Werdet Ihr aus mir eine Sklavin machen?« fragte sie Cutha ungläubig, als er sie über ihr Schicksal in Kenntnis setzte.

Er lächelte beruhigend. »Sicherlich nicht, Prinzessin. Ihr seid viel zu wertvoll für eine Sklavin. Ihr werdet als ein Mitglied des königlichen Haushalts mit uns kommen. Ihr dürft eine Satteltasche mit den Dingen packen, die Euch wichtig sind. Morgen bei Tagesanbruch brechen wir nach Winchester auf.«

Es schien, daß es in Bryn Atha doch etwas zu erbeuten gegeben hatte. Coinmail würde sagen, daß sie ihr Messer hätte benutzen sollen.

2

Cynric, König der Westsachsen, saß auf seinem Pferd im Hof von Bryn Atha und beobachtete, wie sich sein Kriegstrupp zum Abmarsch fertig machte. Cutha trat mit der kleinen Prinzessin, die sie gefunden hatten, aus dem Haus und brachte sie zu einem der Pferde, die sie von ihrem Vater erbeutet hatten.

Die Briten, dachte Cynric zufrieden. Die jungen Burschen in Winchester hätten mit mehr Fähigkeiten gekämpft als diese Bauern. Dennoch war es angeraten, vorsichtig zu sein. Er würde das Wohlwollen der Briten benötigen, wenn er sein Gebiet ausdehnen wollte. Und wenn Wessex erst eine Macht in diesem Land wäre, würde genug Arbeit anfallen, für die es nicht genügend sächsische Freie gab. Dieses Mädchen könnte sich in seinem Bestreben, mit den Atrebaten Frieden zu schließen, als sehr hilfreich erweisen. Sie war eine Hochgeborene, eine Prinzessin ihres Stammes. Ein brauchbarer Erwerb.

Cutha stieg auf und ritt an seinen Platz neben den König. Das Mädchen folgte dicht hinter ihm; ihr Pferd wurde von einem der Lehensmänner geführt. Sie ritt gut, mußte Cynric anerkennen. Sie war klein und sah hübsch aus, aber er schätzte sie auf bereits mindestens vierzehn Jahre. Er konnte ihre Brüste erkennen.

»Es ist alles bereit, mein König«, sagte Cutha und Cynric preßte seinem Pferd die Füße in die Flanken. Die Männer folgten ihm, immer vier nebeneinander. Als letztes kamen die Lasttiere, die jeweils von einem Mann zu Fuß geführt wurden.

Sie nahmen nicht den gleichen Weg zurück nach Calleva. Cynric hatte diese Stadt bereits gesehen; jetzt wollte er den Rest dieser Gegend kennenlernen. Also ritten sie nach Westen zu der alten römischen Straße, die von Corinium nach Venta führte. Sie schlugen ein gemächliches Tempo an, denn der König wollte herausfinden, wie das Land aussah, das in dieser Ecke seines Königreiches lag. Er hatte Edle zu Hause in Winchester, denen er viel schuldete, und Gold gab es nicht viel bei den Briten. Aber es gab Land.

Die Höfe, die sie sahen, waren alle verlassen. Es hatte sich herumgesprochen, daß er auf dem Weg war, dachte Cynric verächtlich. Es würde nicht schwierig sein, in diesem Land Sachsen anzusiedeln. Er würde kaum kämpfen müssen.

Sie packten soviel wie möglich von den Gegenständen, die auf den Gehöften ihre Aufmerksamkeit erregten, auf die Lastpferde. Dann, als sie noch ungefähr zehn Meilen von Winchester entfernt waren und es Zeit zum Essen wurde, entschied Cynric, die Nacht dort zu verbringen. Sie fanden nahe der Straße eine Lichtung, auf der sie ein Lager aufschlagen konnten. Feuer wurden angezündet und Essen wurde gekocht. Cynric saß auf der Decke, die für ihn ausgebreitet worden war und beobachtete seine Männer, während er gegen seine eigene Müdigkeit ankämpfte. Er war nicht mehr gut darin, acht Stunden ohne Unterbrechung zu reiten. Er wurde alt.

Niniane saß ebenfalls auf einer Decke und beobachtete die Männer mit einem ernsten, aufrechten Blick. Sie war den ganzen Tag neben ihm geritten; nichts in ihrem wachsamen und reglosen Gesichtsausdruck ließ etwas von dem erahnen, was sie fühlte. Sie hatte nicht darüber gejammert, wie müde und erschreckt sie war, sie hatte nicht gefragt, was mit ihr geschehen würde. Cynric warf ihr einen anerkennenden Blick zu und meinte zu Cutha: »Ich werde mich hinlegen. Sie sollte das auch tun, sie kann nicht gewöhnt sein, so lange zu reiten.«

Der nickte und sprach mit dem Mädchen, das seine Augen alarmiert dem König zuwandte. Cynric verzog das Gesicht angesichts dessen, was er in ihrem Blick sah. *Das* brauchte sie nicht von ihm zu fürchten, und schon gar nicht jetzt, wo er so müde war, daß er kaum noch stehen konnte. »Sie schläft besser zwischen uns beiden«, sagte er zu Cutha. »Sie sieht aus wie eine, die versuchen könnte, wegzulaufen.«

Cutha nickte und reichte Cynric eine Hand, um ihm beim Aufstehen zu helfen. Der König schüttelte sie ungeduldig ab und kämpfte sich ohne fremde Hilfe auf die Beine. Er legte eine Hand auf die Schulter des Mädchens, scheinbar um sie zu führen, in Wirklichkeit aber, um sich Halt zu verschaffen. Er ging zur Schlafstelle mit ihr. Die Knochen des Mädchens fühlten sich klein und zerbrechlich unter seiner Hand an, aber sie trug sein Gewicht mit erstaunlicher Kraft. Sie war stark, diese kleine britische Prinzessin, dachte er. Sie würde eine gute Partie für einen seiner Söhne abgeben.

Die Sachsen wachten am nächsten Morgen in aller Frühe auf und befanden sich schon bald nach Tagesanbruch auf der Straße. »Wie weit ist es bis Venta?« fragte Niniane den Lehensmann, der ihr Pferd führte und von dem sie wußte, daß er ausreichend britisch sprach.

»Wir gehen nicht nach Venta«, kam die verblüffende Antwort. »Wir wollen nach Winchester.«

»Winchester? Was ist Winchester?«

Der Lehensmann, dessen Name Eclaf war, drehte sich um und starrte sie voller Erstaunen an. »Winchester ist der Sitz des Königs der Westsachsen«, antwortete er. »Eine der größten Enklaven in ganz England. Ihr habt noch nicht davon gehört?«

»England?« fragte Niniane.

»Die Insel, die Ihr Britannien nennt.«

»Oh! Nein, ich habe von Winchester noch nicht gehört. Ich dachte, der König lebt in Venta.«

»Venta ist die Stadt, die Winchester versorgt, aber der König und alle seine Edlen und Lehensleute sind in der königlichen Enklave untergebracht. Ihr werdet sie bald sehen, Mylady.« Es klang, als würde er ihr einen Genuß versprechen.

Sie waren mehrere Stunden geritten und die Straße vor ihnen war immer noch leer, als der Kriegertrupp plötzlich anhielt. Neugierig beobachtete Niniane, wie einer der Lehensmänner vorsichtig etwas Glänzendes von einem der Lasttiere nahm und mit einer förmlichen Geste dem zu Pferd sitzenden König überreichte. »Was ist das?« wollte sie von Eclaf wissen.

»Das ist der königliche Helm«, antwortete er. »Das Zeichen der Königsherrschaft. Der König setzt ihn immer auf, wenn er von einer Schlacht zurückkehrt, die er für seine Untertanen geschlagen hat.«

Interessiert beobachtete Niniane, wie der König sich den Helm auf den Kopf setzte. Sie erkannte sofort, warum er ein Symbol der Königswürde war. In ihrem ganzen Leben hatte sie niemals etwas Beeindruckenderes gesehen. Er war vollkommen aus Gold, mit einer silbernen Helmspitze und einer goldenen, von roten Granaten überzogenen Gesichtsmaske – so etwas setzte man sicher nicht den Gefahren einer Schlacht aus. Mit dem Helm wirkte der König nicht mehr wie ein normaler Sterblicher, er sah nach mehr aus. Er wirkte fremdartig, mysteriös, mächtig ... furchteinflößend.

Nachdem Cynric den Helm aufgesetzt hatte, setzte sich die Gruppe wieder in Bewegung. Sie erklommen einen sanften Hügel und begannen, in das Tal hinabzusteigen. Niniane erkannte auf der rechten Seite der Straße vor ihnen einen großen Palisadenzaun. Als sich der Kriegertrupp näherte, öffnete sich langsam ein Tor. Der König verließ die Straße und ritt auf das Tor zu.

In den Reihen der Lehensmänner herrschte Schweigen, als sie sich dem großen, hölzernen Tor näherten. Niniane schaute von dem massiven Rücken des Königs auf den schmaleren von Cutha. Eclaf hielt seinen Kopf aufrecht. Sie passierten die Wachen am Tor und ritten die Straße entlang, die an beiden Seiten von Menschen gesäumt wurde, die beim Anblick ihres Königs in Jubelrufe ausbrachen. Niniane spürte, wie ihr das Blut ins Gesicht schoß. Niemals in ihrem Leben hatte sie sich so schutzlos gefühlt, so nackt... so entwürdigt. Sie dachte daran, daß Coinmail sterben würde, wenn er sie so sähe.

Sie reckte ihr Kinn und starrte direkt nach vorn. Sie würde so tun, als wäre sie allein. Sie würde die Situation ignorieren, sich über sie erheben. Die Straße, bemerkte sie, war mit Steinen gepflastert, und an ihrem Ende, direkt vor ihr, stand eine riesige, aus Holz gebaute Halle mit einem hohen, steilen Schindeldach und einem sehr breiten Giebel. Um die Halle herum stand eine Reihe weiterer Holzgebäude, kleiner als die andere, aber immer noch von beeindruckender Größe. Es mußten wenigstens fünfzehn Gebäude sein, dachte Niniane, die ihren Entschluß vergaß und sich, geblendet von all dem, verwundert umsah.

Der König und Cutha hatten eine große Halle erreicht und zügelten jetzt ihre Pferde. Mehrere Stufen führten von der gepflasterten Straße zu der Tür der Halle. Am oberen Ende der Treppe hatten sich einige Männer in einer Reihe aufgestellt. Niniane sah, wie Cynric die Stufen hinaufschritt und von der Empfangsgruppe formell begrüßt wurde. Dann verschwand die gesamte Gruppe in der Halle. Hinter ihr löste sich der Kriegertrupp auf, und die Männer schritten in verschiedene Richtungen davon und auf die anderen Gebäude zu. Jemand führte die Lastpferde fort. Eclaf, der ihr Pferd hielt, war noch da, er wartete offensichtlich auf etwas.

»Worauf warten wir?« wollte Niniane wissen.

»Der König hat nach einer der Frauen geschickt, die sich um Euch kümmern soll«, kam die gutgelaunte Antwort. Und tatsächlich kam ein Mädchen aus dem Gebäude, das der großen Halle am nächsten stand.

»Willkommen«, sagte sie auf britisch zu Niniane. »Wenn Ihr

bitte mit mir kommen würdet, ich bringe Euch zur Halle der Frauen.« Das Mädchen hatte braune Haare und Augen und war offensichtlich eine Britin.

Niniane lächelte sie leicht zitternd an und stieg von ihrem Pferd. »Lady Fara wird sich um Euch kümmern, Mylady«, erklärte Eclaf und führte das Pferd weg.

Das Mädchen sah sie neugierig von oben bis unten an. »Ihr seid eine Prinzessin der Atrebaten?« fragte sie.

»Ja.« Niniane erwiderte den Blick. »Mein Vater wird mich gegen ein Lösegeld zurückholen.«

Das Mädchen sah sie überrascht an und meinte: »Ich bin Nola. Bitte kommt hier entlang.« Niniane ging neben ihr her und begutachtete die Größe des Hofes und die Anzahl der Häuser.

»Ich habe noch nicht einmal von Winchester gehört«, sagte sie, als sie sich dem Gebäude näherten, das Nola als Halle der Frauen bezeichnet hatte. »Ich dachte immer, der König der Westsachsen lebt in Venta.«

»Cynric lebte in Venta, als er das Gebiet erobert hatte, aber als seine Macht wuchs, wurde die Stadt zu klein. Er hat mit dem Bau von Winchester vor fünfzehn Jahren begonnen. Ist es nicht großartig?«

Niniane starrte sie verwundert an. »Ihr seht britisch aus«, sagte sie.

»Ich bin Britin.« Die braunen Augen blickten sie freundlich an. »Wie ist Euer Name, Prinzessin?«

»Niniane.«

»Nun, Niniane, dies ist die Halle der Frauen.« Sie nickte ihr an der Tür kurz zu. »Bitte tretet ein.«

Die Vordertür des Saales öffnete sich zu einem Säulengang, der wohl als ein kleiner Empfangsraum benutzt wurde. Eine weitere Tür führte von der Veranda in den Saal selbst. Es war ein sehr großer Raum, mindestens dreißig Meter lang, mit einem hohen Dach, das ihn sogar noch größer wirken ließ. In der Mitte des Raumes war eine Herdstelle mit Tischen und Bänken an jeder Seite. Der Raum hatte keine Fenster, nur zwei

Türen an den beiden langen Wänden. Obwohl es Morgen war, brannten die Kerzen in den Wandleuchtern und auf den Tischen, wo einige Frauen gerade mit verschiedenen Arbeiten beschäftigt waren. An der entfernten Giebelwand standen zwei große Webstühle, und auch dort arbeiteten Frauen.

Ein Dutzend Köpfe drehten sich um, als Niniane durch die Tür schritt. Dann erhob sich eine der Frauen. »Kommt herein, meine Liebe«, sagte sie in britischer Sprache. »Ihr müßt müde sein nach einer solchen Reise. Möchtet Ihr etwas essen oder trinken?«

Niniane hatte während der vergangenen zwei Tage sehr wenig gegessen und spürte plötzlich, wie hungrig sie war. »Ja, danke«, sagte sie dankbar. »Gerne.«

»Kommt mit und setzt Euch«, sagte die Frau und führte Niniane zu einer Bank.

Dies muß Lady Fara sein, dachte Niniane, als sie sich auf den Platz setzte, den man ihr zugewiesen hatte. Diese Frau sprach beinahe akzentfreies Britisch, aber sie war ganz sicherlich sächsisch: groß und schön und kräftig. Sie war nicht mehr jung, aber immer noch hübsch. Niniane kam zu dem Schluß, daß es sich um Cynrics Königin handeln mußte.

Die Königin schickte ein Mädchen fort, um Essen zu holen, und wandte sich dann wieder an Niniane. »Ihr werdet also eine Weile bei uns bleiben«, meinte sie dann freundlich.

»Bis mein Vater mich gegen ein Lösegeld eintauscht«, antwortete Niniane.

»Ich verstehe.« Die Lady setzte sich neben Niniane, und in dem Kerzenlicht des Tisches erschien sie ihr sogar noch älter, als sie zuvor gedacht hatte. Um ihre Augen waren feine Linien und in ihren weizenblonden Haaren fanden sich ein paar graue Strähnen. »Erzählt mir, was geschehen ist«, forderte sie Niniane auf, die von diesen ruhigen, freundlichen Augen dazu gebracht wurde, bereitwillig zu antworten.

»Und Cynric hat gesagt, daß er Euch eintauschen will?« fragte die Königin, als Niniane ihre Geschichte beendet hatte.

»Ja.« Jemand stellte eine Platte mit kaltem Fleisch und eine

Schale mit Früchten vor Niniane auf den Tisch. »Das heißt, Cutha hat mir gesagt, daß ich keine Sklavin, sondern ein Mitglied des königlichen Haushaltes werden würde. Was könnte das anderes heißen, als daß er mich festhält, bis er ein Lösegeld bekommt?«

Die Königin warf ihr ein flüchtiges Lächeln zu, dann wurde sie wieder ernst. »Nun ja, was sonst?« antwortete sie. »Eßt Eure Mahlzeit, meine Liebe, und dann zeigen wir Euch, wo Ihr schlafen werdet.«

Niniane aß mit einem Appetit, wie sie ihn seit Wochen nicht gekannt hatte. Es ging etwas Beruhigendes von Cynrics Königin aus. Und es war so angenehm, von Frauen umgeben zu sein! Niniane aß und beobachtete die am Ende der Halle sitzenden Frauen, die auf den großen Webstühlen geschickt die Spule durch den Streifen Flachs hin und her schoben. In diesem Raum blieben keine Hände untätig, alle waren in irgendeiner Weise mit Spinnen oder Nähen beschäftigt. Niniane empfand die Atmosphäre in dem Saal als merkwürdig tröstlich.

Als Niniane fertiggegessen hatte, gab die Königin Nola wieder ein Zeichen. »Bring die Prinzessin in ihr Zimmer«, wies sie das Mädchen an. »Ich bin sicher, sie möchte sich etwas ausruhen.«

Niniane erhob sich. »Ich danke Euch für Eure Freundlichkeit, Mylady«, sagte sie höflich und wurde mit einem weiteren gütigen, aber flüchtigen Lächeln entlassen.

»Die Königin ist sehr freundlich, nicht wahr?« meinte Niniane zu Nola, als sie die Veranda des Saales verließen und zu einem der kleineren Gebäude gingen.

Nola blieb stehen, drehte sich zu ihr um und starrte sie an. »Die Königin?« wiederholte sie.

»Ja.« Niniane runzelte die Stirn. »Die Frau, die wir gerade verließen. Ist sie nicht die Königin?«

»Unglücklicherweise, nein.« Nola schaute sich suchend um, ob jemand in Hörweite war. »Das war Lady Fara. Guthfrid ist die Königin.«

Auch Niniane schaute sich um. Es war niemand in ihrer Nähe. »Aber wer ist Lady Fara dann? Die Schwester des Königs?«

Nola gab ein grunzendes Lachen von sich. »Nein. Lady Fara ist die Friedlehe des Königs. So etwas wie seine zweite Frau.«

Niniane spürte, wie sich ihre Augen weiteten. »Seine *zweite* Frau? Wie viele Frauen hat er?«

»Nur eine rechtmäßige, und das ist Guthfrid. Sie ist die Tochter des Königs von Ostanglia. Cynric hat sie vor sechzehn Jahren geheiratet. Aber Lady Fara ist seit mehr als fünfundzwanzig Jahren seine Friedlehe.«

»Dann ist sie … dann ist sie eine Konkubine«, sagte Niniane.

»Nein. Eine Konkubine ist eine Sklavin. Eine Friedlehe ist nach sächsischem Gesetz eine freie Frau.« Nola ging wieder auf die Frauengemächer zu, und Niniane folgte ihr mit nachdenklich zusammengezogenen Brauen.

»Wer waren dann all diese Frauen bei Lady Fara?« fragte sie Nola mit resoluter Stimme, als sie die Tür des Hauses erreicht hatten, das Nola die Frauengemächer genannt hatte.

»Die Frauen des königlichen Haushalts«, erwiderte Nola. Sie öffnete die Tür zu dem Gebäude und Niniane folgte ihr in die lange, dunkle Halle im Zentrum. In der Ecke führte eine Leiter zum Dachboden; auf der anderen Seite des Saales waren drei Türen hintereinander. »Dies hier unten sind die privaten Schlafräume«, sagte Nola. »Wir übrigen schlafen dort oben auf dem Boden.« Sie ging den Saal entlang und öffnete eine Tür. »Dies ist Euer Zimmer, Niniane.«

Es war ein quadratischer Raum mit holzgetäfelten Wänden und einem Holzfußboden. Da es kein Fenster gab, war es sehr dunkel, und Nola ging zu einem Tisch und zündete die Kerze an, die dort stand. Im Schein der Flamme erkannte Niniane ein Bett mit einer Wolldecke, einen Holztisch und eine Truhe für Kleidung. Sie ging zu dem Bett und hob die Decke hoch. Die Bettstelle war mit frischem Stroh gefüllt und mit sauberen Leinentüchern bedeckt. Niniane wandte sich an Nola. »Danke«, sagte sie. »Ich bin sicher, daß ich zurechtkomme.«

Das Mädchen, ein bißchen älter als sie selbst, lächelte. »Es gibt heute abend ein Fest in der großen Halle, um den König und seine Lehnsmänner willkommen zu heißen. Auch wir müssen dort erscheinen. Lady Fara wird Euch die entsprechenden Kleider schicken. Und nun angenehme Ruhe, Prinzessin.« Und damit war sie verschwunden.

3

Fara ließ ihr eine komplette Garnitur neue Kleidung bringen: Leibwäsche aus feinem Leinen, eine safrangelbe Tunika, die in gleichmäßigen Falten bis auf ihre Füße fiel und ein tiefblaues Obergewand. Fara hatte zwei runde Spangen mit Granateinlagen auf goldener Filigranarbeit dazulegen lassen, mit denen sie es auf den Schultern befestigen konnte. Außerdem lag auch ein weicher Ledergürtel mit einer verzierten, goldenen Schnalle dabei.

Niniane saß auf der Bettkante und starrte die auf der roten Wolldecke ordentlich ausgebreiteten Kleidungsstücke an. Die Spangen und die Schnalle waren exquisit gearbeitet, das Leinen und die Wolle fachmännisch gewebt. Tatsächlich waren die Materialien schöner als alles, was Niniane bisher gesehen hatte. Sie zog sich langsam und mit Sorgfalt an. Es lag kein Schmuck für ihr Haar dabei, deshalb kämmte sie es so lange, bis es samtigweich war und ließ es dann lose über ihren Rücken fallen. Ohne Kämme und Nadeln reichte es ihr bis zur Taille.

Sie saß fertig angekleidet auf dem Bett, die Hände im Schoß gefaltet, als Nola kam, um sie abzuholen. Das britische Mädchen war in hellem Rot gekleidet und ihre Wangen schimmerten vor Erwartung. »Dies ist ein großes Ereignis«, erklärte Nola, als die Mädchen den Korridor der Frauengemächer entlang zur Tür schritten. »Normalerweise essen wir in der Halle der Frauen.«

Lady Fara wartete mit einem halben Dutzend anderer Frauen im Empfangsraum. »Ihr seht hübsch aus, meine Liebe«, sagte sie zu Niniane. Fara sah selbst hübsch aus in ihrem grünen Kleid; sie trug dazu eine Halskette aus tonnenförmigen Perlen, die zu dem goldverzierten Granatanhänger auf ihrem Dekolleté und den mit Granaten schimmernden Nadeln in ihrem Haar paßte. Auch die anderen Frauen trugen schöne Kleider und edle Juwelen. In ihrem ganzen Leben war Niniane beigebracht worden, daß die Sachsen wilde Barbaren wären, die in verfallenen Hütten mit ihren Schweinen und Ziegen leben würden. Die Wirklichkeit von Winchester war ein ziemlicher Schock.

»Wozu dienen all die anderen Gebäude?« fragte sie Nola ein bißchen scheu, als sie Lady Fara über den Innenhof folgten.

Nola folgte mit den Augen ihrer Blickrichtung. »Das ist die Halle des Königs, seine private Halle«, antwortete sie. »Und direkt daneben ist die Halle der Königin.« Eine Gruppe von Männern, ebenfalls unterwegs zum Bankett, schritt wortlos an ihnen vorbei. Nola fuhr fort, Niniane die Gebäude zu erklären. »Das große Gebäude da vorne gehört Cutha«, sagte sie, »und das da beherbergt die königlichen Prinzen.«

Ninianes Augen bewegten sich von den von Nola angesprochenen Gebäuden hin zu den kleineren Hallen neben dem Tor. Neben einer von ihnen erhob sich eine gewaltige Säule aus Holz. »Und was ist das?« fragte sie.

»Das ist der Tempel«, kam die Antwort, und Ninianes rauchblaue Augen weiteten sich, als sie auf das unauffällige Holzgebäude starrte.

»Bringen sie dort Opfer dar?« Sie flüsterte beinahe. Nola zuckte mit den Schultern. »Ich weiß nicht, was sie da drinnen tun. Der Tempel ist für Männer. Die Frauen gehen zur Ausübung ihrer Rituale nach draußen in einen Hain im Wald.«

Niniane starrte das Mädchen an, das so unberührt neben ihr her ging. »Seid Ihr christlich, Nola?«

»Meine Eltern waren Christen, aber Venta stand schon unter Cynrics Herrschaft, bevor ich geboren wurde.«

»Verfolgt er die Christen?«

»Oh, nein. Er ist kein Mann, der sich darum kümmert, welchem Gott seine Untertanen huldigen, solange sie ihre weltliche Pflicht erkennen. Aber es gibt schon seit Jahren keine Priester mehr in Venta. Die meisten Briten sind wie ich; sie kümmern sich nicht viel um die Religion.«

Auf Bryn Atha hatte es wenig Priester gegeben, aber die Atrebaten hatten sich an ihren Glauben gehalten. Mit einem plötzlichen Gefühl der Zufriedenheit dachte Niniane, daß die Briten in Venta wie eine sehr unentschieden klingende Gruppe wirkten. Sie schienen ihren sächsischen Eroberern nicht viel Ärger bereitet zu haben.

Die Frauen hatten die Stufen der großen Halle erreicht und Fara stieg als erste empor. Zwei Türen führten in die Halle hinein, und die Wachtposten öffneten sie auf zeremonielle Art und Weise für Fara und ihre Begleiterinnen. Sie schritten hindurch und gelangten in einen Empfangsraum ähnlich dem in der Halle der Frauen. Dieser hier war allerdings größer und in zwei Räume unterteilt, die zu beiden Seiten eines Vestibüls lagen. Die Türen, die in den Hauptraum führten, standen offen, und Fara gab Niniane ein Zeichen, zu ihr zu kommen. Niniane gehorchte, und zusammen schritten die beiden in die große Halle von Winchester.

Es war der größte Raum, den Niniane jemals gesehen hatte. Wegen der ungeheuren Länge des Herdplatzes in der Mitte gab es zwei Feuerstellen, eine an jedem Ende. Der Raum war so breit, daß die Querbalken von Säulen gestützt wurden, die mit Schnitzereien verziert waren. An den zwei langen Wänden waren Bänke befestigt, und über den Bänken hing eine beeindruckende Sammlung von Waffen: große, erhaben gearbeitete Schilde und glänzende Schwerter. Viele der Bänke waren bereits besetzt, und die Männer hörten einen Moment auf zu reden, als die Frauen eintraten. Niniane hatte das unangenehme Gefühl, angestarrt zu werden, dann wurden die Stimmen wieder lauter und sie schritt neben Fara zu dem Thron, der in der Mitte an der rechten Wand aufgestellt war.

Dieser Thron, eigentlich waren es zwei, unterschied sich von den anderen Plätzen dadurch, daß er höher war und besonders herrliche Waffen hinter ihm hingen. Lange, aufgebockte Tische standen vor allen Bänken, und Fara bedeutete Niniane, sich in einiger Entfernung links vom Thron auf einen der Plätze zu setzen. Niniane nahm Platz, neigte ihren Kopf, so daß ihre Haare nach vorne fielen und ihr Gesicht einrahmten, und schaute sich um.

Der Boden war aus Holz, aber so stark poliert, daß er glänzte. Die Wandleuchter waren aus Bronze und schimmerten durch das Fackellicht. Draußen war es noch hell, aber da die Halle keine Fenster besaß, fiel das einzige natürliche Licht durch die Türen und die Rauchfänge im Dach über dem Herdplatz. Die Säulen waren in einem wunderschönen Muster geschnitzt, das Niniane nicht kannte.

Der Raum hatte sich in der Zeit, als Niniane sich umgesehen hatte, schnell gefüllt und der Klang männlicher Stimmen schwoll an. Dann wurde es schlagartig still. Niniane schaute zur Tür und erwartete, den König zu sehen, aber statt dessen stand da ein Junge, der etwa in ihrem Alter war und dessen Haare goldfarben schimmerten. Neben ihm ging eine Frau, die seinen Arm hielt. Sie war so groß wie der Junge, und die beeindruckenden Juwelen glitzerten und glänzten. Ihr Haar hatte das gleiche volle Gold wie das des Jungen und war sorgfältig mit juwelenbesetzten Kämmen geschmückt.

»Die Königin«, sagte Fara und stand auf.

»Wer ist der Junge neben ihr?« brachte Niniane hervor und folgte ihrem Beispiel.

»Ihr Sohn, Prinz Edwin«, war die Antwort. Die Gäste blieben respektvoll stehen, bis die Königin ihren Platz auf dem Thron eingenommen hatte. Dann setzten sie sich wieder und auch das Gemurmel der Stimmen schwoll wieder an.

Cutha kam mit seiner Frau und seinen Söhnen, und auch die übrigen Edlen nahmen ihre Plätze ein. Bisher war noch kein Essen serviert worden. Sie warteten, so vermutete Niniane, auf den König.

Die Frau auf der anderen Seite von Niniane beugte sich nach vorne und fragte Fara: »Wo ist Ceawlin?«

»Ich weiß es nicht«, erwiderte die Friedlehe. »Ich habe ihn den ganzen Tag nicht gesehen.«

Die Tür öffnete sich wieder. »Jetzt kommt der König«, sagte die Frau, und erneut erhoben sich alle.

Der alte König sieht heute abend hervorragend aus, dachte Niniane, als sie beobachtete, wie er über den glänzenden Boden zu seinem Thron schritt. Seine Wolltunika war aus tiefem Purpur, und er hatte die würdevolle Haltung eines römischen Kaisers. Neben ihm ging ein großer, schlanker Junge mit fahlfarbenem und makellosem Haar, daß Niniane sofort dachte: So müssen Engel aussehen. »Ceawlin«, sagte Fara. Stolz klang in ihrer Stimme mit und eine entfernte Spur von Angst.

»Ceawlin!« Guthfrid zischte den Namen beinahe, als auch sie Faras Sohn neben seinem Vater durch den Raum schreiten sah. Dann schaute die Königin wie unter Zwang zu ihrem eigenen Sohn, der rechts neben ihr auf der Bank saß. Edwin bemerkte sie nicht; er starrte mit unverwandter Konzentration auf seinen Halbbruder.

Cynric nahm seinen Platz auf dem Thron neben Guthfrid ein und Ceawlin setzte sich links von ihm auf die Bank. Guthfrid achtete nicht auf die Rede ihres Mannes, der das Bankett offiziell eröffnete. Ihre Aufmerksamkeit war voll und ganz der Tatsache gewidmet, daß Cynric für seinen Auftritt Ceawlin gewählt hatte, seinen Bastard, nicht seinen rechtmäßig geborenen Sohn.

Was konnte das bedeuten? Ahnte er etwas von ihr und Edric? War dies seine Art, sie zu bestrafen, durch Edwin? Sie schaute ihren Ehemann aus den Augenwinkeln an. Sein wie aus Granit gemeißeltes Profil verriet nichts. Das tat es niemals. Sechzehn Jahre waren sie verheiratet, und sie konnte noch immer nicht in seinem Gesicht lesen. Sie konnte ihn auch nicht beeinflussen. Es war eine der großen Enttäuschungen ihres Lebens, diese fehlende Macht über ihren Mann. Sie war eine wunderschöne Frau und hatte immer über Männer geherrscht, aber niemals über Cynric.

Es war natürlich diese Hexe von Friedlehe. Sie hatte ihn verzaubert, und jetzt versuchte sie, ihren Sohn vor Edwin in den Vordergrund zu rücken.

Guthfrids lange, scharfe Nägel schnitten in die Innenflächen ihrer Hände und sie schaute noch einmal auf ihren Sohn mit den goldfarbenen Haaren. Das wird niemals geschehen, versprach sie ihm still. Mutter läßt niemals zu, daß er an deine Stelle tritt. Edwin. Mein Sohn.

Die erste Platte mit Fleisch wurde auf den Tisch vor den König und die Königin gestellt und Cynric griff nach den Teilen, die er am liebsten mochte. Guthfrid nahm nur eine kleine Portion.

»Du bist nicht hungrig?« fragte ihr Mann. Es waren die ersten Worte, die sie seit seiner Rückkehr wechselten. Er war den ganzen Tag nicht in der Halle der Königin gewesen.

»Nein.« Sie zwang sich zu einem Lächeln. »Ich bin zu aufgeregt, dich wieder zu Hause zu haben, mein König.«

Er brummte etwas.

Sie biß sich auf die Lippe. »Wer ist das Mädchen, das du gefangengenommen hast?« fragte sie nach einer Weile.

Er schluckte. »Eine Prinzessin der Atrebaten.«

Sie zog ihre geschwungenen Augenbrauen empor. »Eine Prinzessin?«

»Ja. Eine Prinzessin von Bryn Atha.«

»Aha...« Ihre Lippen wurden schmal. Er hatte es nicht für nötig empfunden, ihr das mitzuteilen, aber er hatte das Mädchen bei seiner Hexe von Friedlehe untergebracht. Sie schluckte die Worte hinunter, die sich auf ihre Lippen drängten. Es war ihr niemals gut bekommen, Eifersucht auf Fara zu zeigen. »Du hast also Calleva eingenommen?«

Er zuckte die Achseln. »Es gab nicht viel einzunehmen. Calleva ist wie ausgestorben. Aber das Land ist fruchtbar. Dort wird es genug Ländereien für all meine Edlen geben, und auch Höfe für die anderen.«

Guthfrids braune Augen, die sich verblüffend von ihrem goldfarbenen Haar abhoben, blickten nachdenklich. »Land der Atrebaten?«

»Land der Atrebaten. Es sind Bauern, keine Krieger. Es ist nichts von dem Geist übrig, den Arthurs Siege atmeten.«

»Es wird also leicht für dich sein, Wessex auszudehnen.«

Cynric griff wieder nach der Platte. »Leicht genug, um sie zu erobern, ja. Aber auch, wenn ich das Land erobere, so brauche ich doch gleichzeitig die Atrebaten. Wir sind zu wenige. Wenn Wessex Ostanglia und Sussex und Mercia ebenbürtig sein soll, brauche ich die Arbeitskraft der Briten.«

Hinter dem Rücken ihres Mannes konnte sie Ceawlins silbernen Schopf erkennen. Er war in ein Gespräch mit Cutha vertieft, der auf seiner anderen Seite saß. Guthfrids braune Augen zogen sich zusammen. Wie war ihm dieser Eintritt mit dem König gelungen?

»Eine gute Partie für Ceawlin«, sagte Cynric.

»*Was?*«

Er riß einen Hähnchenschenkel ab. »Ich sagte, daß dieses Mädchen eine gute Partie für Ceawlin wäre. Eine Heirat zwischen der königlichen Familie der Westsachsen und den Atrebaten wäre gut für mich. Wie ich schon sagte, ich brauche die Briten für mich, nicht gegen mich.«

»Was ist mit Edwin?« Die Linie ihres Mundes war nun so schmal wie ihre zusammengekniffenen Augen. »Warum ist dieses Mädchen nicht eine gute Partie für ihn? *Er* ist Euer Erbe, Cynric. Nicht Ceawlin.«

Seine immer noch kräftigen Zähne gruben sich in das Fleisch. »Ich dachte nicht, daß Euch eine britische Prinzessin gut genug für Edwin wäre. Ihr habt zu oft von einer Partie mit jemandem aus den anglosächsischen Königshäusern gesprochen.«

Das stimmte natürlich. Aber sie hatte nicht die Absicht, Ceawlin eine wenn auch nur nominelle Stellung unter den Briten zu erlauben. Er würde Edwin an den Rand drängen, wenn er es könnte. Sie hatte das immer gewußt. Er war eine Bedrohung für ihr Kind. In all den Jahren hatte sie mehrere Versuche unternommen, den Bastard loszuwerden, aber bisher war sie nicht erfolgreich gewesen. Sie hatte nur deshalb versagt, weil sie so vorsichtig sein mußte und sich dem König gegenüber nicht verraten durfte. Cynric machte sich etwas aus Ceawlin. Manchmal dachte Guthfrid, daß er diesen Bastard sogar mehr liebte als seinen rechtmäßigen Sohn. Das war natürlich nur noch mehr Öl auf das Feuer ihres Hasses.

»Gib sie Edwin«, hörte sie sich selbst sagen. »Es würde die Atrebaten jetzt an dich binden, und wenn es sich in der Zukunft als klüger herausstellt, kann er sie immer noch zur Seite schieben und eine vorteilhaftere Verbindung eingehen.«

Seine hellen Augen durchforschten ihr Gesicht. Dann wischte er sich mit dem Handrücken den Mund ab und zuckte die Achseln. »Ich werde darüber nachdenken.« Seine Augen wandten sich dem Diener zu, der mit einem großen, goldenen Trinkhorn an ihren Tisch kam.

Auch Guthfrid sah den Diener und erhob sich. Sie nahm das Horn und trat vor. Die Königin wartete einen Moment, bis es ganz still war und sich alle Augen auf sie richteten. Dann hob sie die Schale und wandte sich an den König. »Nehmt diese Schale, mein Herr und König. Erfreut Euch, goldener Freund der Krieger, Eures Sieges. Genießt die Anerkennungen und seid freigiebig gegenüber Euren Treuen, die ihr Leben an Eurer Seite riskierten.«

Cynric nickte ihr ernst zu und sie reichte ihm das Horn. Er trank daraus, und sie brachte Edwin das Gefäß. Während sie in das Gesicht ihres Sohnes schaute, das Spiegelbild ihres eigenen, verspürte sie wieder den wilden Schmerz der heißen Mutterliebe, die sie ihm, ihrem einzigen Kind, immer entgegengebracht hatte. Seine dunklen Augen blickten eine kurze, wortlose Minute in ihre, dann gab er ihr das Horn zurück.

Mit großer Würde vollendete Guthfrid die Zeremonie, indem sie das Horn von Mann zu Mann brachte. An den Frauen schritt sie vorbei und würdigte sie nicht einmal eines Blickes. Als sie Edric erreichte, machte ihr Herz einen Satz, aber äußerlich verriet sie nicht mehr Gefühl, als sie jedem der anderen Lehnsmänner entgegenbrachte. Mit der gleichen kühlen Distanz blickten seine blaßblauen Augen zurück. Niemand würde vermuten, daß sie seit mehr als einem Jahr ein Liebespaar waren.

Mit arroganter Geringschätzung schritt sie an Fara und ihren Frauen vorbei. Sollte die Friedlehe dort ruhig sitzen und zusehen, wie die Königin die Trinkehren spendete, dachte Guthfrid niederträchtig. Ihre Augen flackerten nur einmal zur Seite, um einen Blick auf die britische Prinzessin zu werfen.

Ein kleines Ding, dachte sie. Edwin würde ihren Willen schon bald brechen.

Endlich hatte sie den letzten Tisch erreicht, wo Cutha mit seiner Familie saß. Zuerst überreichte sie dem ältesten Sohn, Cuthwulf, das Horn. Er trank mehr, als angemessen war, bevor er es ihr zurückgab. Dann kam Sigurd an die Reihe, der zweite Sohn, den sie zutiefst verabscheute, weil er Ceawlins Freund war. Als nächster kam Cutha: ihrem Mann so nah, ihr selbst so rätselhaft. Und schließlich Ceawlin.

Sie zögerte den Bruchteil einer Sekunde, bevor sie ihm das Horn aushändigte. Ich wünschte, es wäre Gift, dachte sie.

Seine Augen, die sogar noch von klarerem Blaugrün als Cynrics waren, erwiderten ihren Blick. Er hatte sie immer genauso gehaßt wie sie ihn. Er nahm die Schale, vorsichtig bemüht, nicht ihre Finger zu berühren, trank und gab sie ihr zurück. Mit hoch erhobenem Haupt kehrte Guthfrid an ihren Platz zurück. Sobald sie saß, erhob sich Cynric.

Es war Zeit für den König, seine Männer zu belohnen. Die Lehensmänner waren aufgeregt, und die Stille war nahezu greifbar. »Krieger von Wessex«, begann Cynric. Seine Stimme war vielleicht nicht mehr so kraftvoll wie einst, aber sie füllte dennoch die Halle. »Ihr habt den Ruhm eures Volkes vermehrt. Von jetzt an werden sich die Grenzen von Wessex bis zu den Aidon Bergen erstrecken. Die Briten sind besiegt worden.« Lobrufe wanderten durch die Halle und Cynric wartete, bis es wieder ruhig war, bevor er seine Stimme erneut erhob. »Die

Briten haben nicht viele Reichtümer in Form von Gold, aber es gibt eine Fülle an Land. Künftig werden die westsächsischen Edlen nicht geringer stehen als die großen Edlen der Franken. Dies verspreche ich, Cynric, euer König. Land für meine Grafen, und auch Land für meine Lehnsleute, die mir so mutig in den Kampf gefolgt sind. Von heute an wird der Name der Westsachsen in diesem Land an Größe gewinnen.«

Cynric setzte sich, während rundum lauter Jubel losbrach. Nach einer Minute gab er dem Skop, der am Nebentisch von Edwin saß, ein Zeichen. Der Skop nahm seine hölzerne Harfe und ging zu seinem angestammten Platz am Herd. Als der erste Ton erklang, wurde es wieder still.

Er spielte ihnen das Lied vor, das er für Cynric geschrieben hatte, als das Heer der Westsachsen Venta eingenommen und zum ersten Mal eine Stadt der Römer gesehen hatte:

Fest und sicher setzt der Erbauer die Fundamente,
Klug verbindet er sie mit eisernen Banden;
Stattlich die Paläste, großartig die Bäder,
Türme und Zinnen in die Höhe gereckt;
So manche Halle erklang mit Festlichkeiten,
So mancher Hof mit dem Klang der Waffen,
Bis das gleichmachende Schicksal sie herunterholte.

Auch ich habe eine Beziehung zu Harfnern. Die Worte des sächsischen Königs erklangen noch einmal in Ninianes Geist. Sie konnte nicht verstehen, was der Harfner sang, aber sie war bezaubert vom Klang seiner Stimme. Das war kein Singen, dachte sie, das war wie ein Preisen. Jeder Ton verströmte Trauer. Sie blickte sich um und erkannte, daß die ganze Halle voller heidnischer Barbaren wie gebannt lauschte.

Die Stimme erstarb und ein großer Seufzer lief durch die Halle, als ob alle ihren Atem angehalten und gerade jetzt entdeckt hätten, daß sie wieder Luft holen könnten. »Das war wunderschön«, sagte Niniane. »Ich wünschte, ich könnte ihn verstehen.«

»Das ist Alric, der berühmteste Harfner in England«, gab Fara zurück. »Er erzählte die Geschichte vom Fall der Stadt Venta.« Und sie übersetzte einige der Worte.

Niniane starrte sie erstaunt an. Niemals hatte sie eine solch elegische Poesie aus dem Mund eines Sachsen erwartet. »Still jetzt«, sagte Fara. »Er spielt wieder.«

Nachdem der Skop geendet hatte, machten die Trinkhörner flinker ihre Runde. Die Stimmen der Männer und ihr Gelächter wurden lauter und lauter. Schließlich erhob sich die Königin.

Guthfrid ging genauso hinaus, wie sie hereingekommen war, am Arm ihres Sohnes. Dann erhoben sich Cuthas Frau und die Frauen der anderen Edlen, und Fara wandte sich an ihre eigenen Frauen und sagte: »Kommt.«

Im Vestibül trafen sie Edwin, der zum Fest zurückkehrte. Direkt vor Niniane blieb er stehen und starrte sie an. Er war nicht überdurchschnittlich groß, aber Niniane war klein und mußte aufschauen, um in sein Gesicht zu sehen.

»Willkommen in Winchester, Prinzessin«, sagte er in ordentlichem Britisch. Die Augen in dem ebenmäßigen Gesicht waren von einem unerwarteten Braun. Er blinzelte nicht ein einziges Mal, als er unerschütterlich in ihr Gesicht starrte.

»Danke, Mylord«, murmelte Niniane.

»Euer Vater ist Fürst der Atrebaten.« Er ließ die Aussage klingen wie eine Beleidigung.

Niniane reckte ihr Kinn. Sie blickte in diese befremdlich braunen Augen und antwortete: »Ja, Mylord.«

Er lächelte. Augenscheinlich amüsierte sie ihn. »Immerhin versuchten sie, zu kämpfen, diese Atrebaten. Aber es war nachlässig von ihnen, Euch zurückzulassen, nicht wahr?«

Niniane hatte von dem jahrelangen Zusammenleben mit Coinmail gelernt, nicht zu antworten. Ihr Rückgrat versteifte sich, aber sie schwieg.

»Wir müssen gehen, Niniane«, sagte Fara. Zum ersten Mal sah der Junge Cynrics zweite Frau an, und der Ausdruck auf seinem Gesicht ließ Niniane erschaudern. Dann wandte sich der Prinz ab.

Während sie im Dunkeln zu den Frauengemächern hinübergingen, fragte Niniane Nola: »Wer war der Junge, der mit dem König hereinkam?«

»Ceawlin. Faras Sohn«, kam die Antwort. Dann, mit besorgter Stimme: »Es war nicht klug von ihm, das zu tun. Es macht wenig Sinn, Guthfrids Eifersucht zu provozieren.«

»Wie viele Söhne hat Cynric?«

»Nur zwei, Ceawlin und Edwin. Ceawlin ist ein Jahr älter, aber Edwin ist Guthfrids Sohn und Erbe der Königsherrschaft.«

»Wenn das so ist, warum sollte die Königin dann eifersüchtig sein?«

»Sie ist auf jeden eifersüchtig, der die gleiche Luft atmet wie Edwin«, sagte Nola bitter. »Seit fünfzehn Jahren verhält sie sich wie eine Bärin mit ihrem Jungen. Wenn der König Ceawlin auch nur die geringste Aufmerksamkeit schenkt, wird sie zur Furie.«

Sie hatten die Frauengemächer erreicht und Niniane trennte sich von Nola und ging den Flur hinunter in ihr eigenes Zimmer. Jemand hatte die Kerze auf dem Tisch gegen eine Öllampe ausgetauscht, und sie zündete sie mit der Kerze an, die sie an der Tür mitgenommen hatte. Dann starrte sie sie mit finsterem Blick an. Es war eine Lampe aus Bryn Atha. Sie saß auf der Bettkante und starrte in ihren warmen Lichtschein.

Bryn Atha schien heute abend sehr weit weg. In nur zwei Tagen hatte sie eine Welt verlassen und eine andere betreten. Winchester! Und nicht einer von ihren Leuten hatte überhaupt gewußt, daß es existierte.

Bilder vom Bankett kreisten vor ihrem geistigen Auge. Edwins spöttisches Gesicht. Der silberblonde Junge, der Faras Sohn war. Die schöne, kalte und arrogant aussehende Königin. Der König, der eine Beziehung zu Harfnern hatte.

Welch eine Geschichte würde sie Coinmail und ihrem Vater erzählen können!

Sie entkleidete sich, blies die Lampe aus und legte sich ins Bett. Sie war müde, konnte aber nicht sofort einschlafen. Dieser Raum war so groß wie ihr Zimmer zu Hause, aber da ein Fenster fehlte, fühlte sie sich eingeschlossen, beinahe so, als würde sie ersticken. Ohne die Lampe war die Schwärze so absolut, daß sie nicht einmal die Konturen des Tisches neben dem Bett erkennen konnte.

Schließlich übermannte sie doch die Müdigkeit. Bevor sie in den Schlaf glitt, waren ihre letzten Gedanken: Ich frage mich, welche Art Lösegeld Cynric fordern wird.

4

»Hier, Bayla!« schrie Sigurd dem Jagdhund zu, der gerade wieder zu den Ställen zurücklaufen wollte. Ungerührt schnüffelte der Hund weiter auf dem Boden herum und ignorierte den Befehl. »Ceawlin...«, sagte Sigurd und wandte sich an seinen Freund.

Der Prinz schnippte mit den Fingern und sagte sanft: »Bayla.« Der Hund hob den Kopf und trottete gehorsam an die Seite seines Herrn. Ceawlin schwang sich einen Bogen über die Schulter und ergriff die Zügel. Sigurd tat es ihm nach, und die beiden Jungen führten ihre Pferde aus dem Hof, gefolgt von drei Jagdhunden.

Die Dämmerung brach gerade an. Sigurd blickte auf die Halle der Königin und sagte: »Ich hoffe immer noch, daß wir eines Morgens Edric dabei überraschen, wie er sich herausschleicht.«

Ceawlin lächelte bitter. »Dazu sind sie nicht dumm genug. Unglücklicherweise.«

Der Himmel war noch grau, bis auf ein paar pinkfarbene Streifen im Osten, die einen schönen Tag verkündeten. Seit sie sich alleine hinauswagen durften, standen Ceawlin und Sigurd oft um diese frühe Stunde auf, um auf die Jagd zu gehen. Seit ihrer Kindheit waren sie unzertrennlich.

»Wer ist das?« fragte Sigurd plötzlich verblüfft.

Die beiden Jungen hielten an und starrten auf die schmale Gestalt, die auf den Stufen zu den Frauengemächern saß.

»Es ist die kleine britische Prinzessin«, sagte Ceawlin langsam.

»Wir schauen lieber nach, was sie da macht«, sagte Sigurd, und sie gingen quer über den Hof auf das Gebäude zu.

Sie bewegte sich nicht, als sie näher kamen. Sigurd sah, daß sie sich in ihren Umhang gewickelt hatte, als würde sie frieren. Ihre gelösten Haare, die Sigurd bereits zuvor aufgefallen waren, strömten frei herunter; er fand sie wundervoll. Die kupferne Farbe war eine angenehme Abwechslung zu all dem vielen Blond in Winchester.

»Warum sitzt Ihr hier so früh am Morgen?« fragte Ceawlin in akzentfreiem Britisch.

Die Augen des Mädchens weiteten sich vor Überraschung. »Aber Ihr sprecht britisch!«

Ceawlin hob seine silberblonden Augenbrauen. »Die meisten aus meiner Generation sprechen Eure Sprache. Aber Ihr habt mir nicht geantwortet. Was macht Ihr hier?«

Das Mädchen blickte zu Sigurd. Sie war wirklich hübsch, dachte Sigurd. So klein und zart. Wie ein kleines Reh. Er lächelte sie aufmunternd an. Ceawlin war zu schroff gewesen. »Der Prinz hatte eine britische Kinderfrau, als er klein war – deshalb spricht er Eure Sprache so gut.« Sein eigenes Britisch war ebenfalls vollkommen fehlerlos, aber er wußte, daß er einen Akzent hatte. »Es ist zu kalt hier draußen für Euch, Prinzessin«, fuhr er freundlich fort. »Ihr solltet wieder hineingehen.«

Ihre Augen waren von einem dunklen Blaugrau und sehr fest und ernst. »Ich brauchte etwas Luft«, sagte sie. »Ich bin nicht daran gewöhnt, in einem Raum ohne Fenster zu schlafen.«

»Angst vor der Dunkelheit?« fragte Sigurd mitfühlend. »Ihr könntet Eure Kerze brennen lassen.«

»Nicht, wenn sie in einem Holzgebäude schläft«, wandte Ceawlin ein. In dessen blaugrünen Augen war überhaupt kein Mitgefühl zu erkennen.

Die blassen Wangen des Mädchens röteten sich etwas. Ceawlin hatte entschieden ekelhaft geklungen. Sigurd wußte, was mit ihm los war. Cynric wollte das Mädchen Edwin geben. »Ich störe niemanden, wenn ich hier sitze«, sagte sie ein wenig trotzig. Ceawlins Pferd scharrte vor Ungeduld mit den Vorderfüßen. »Ihr solltet besser gehen«, fügte das Mädchen hinzu, »bevor *Ihr* alle aufweckt.«

Sigurd grinste. »Sie hat recht«, sagte er zu Ceawlin und fügte dann auf Sächsisch hinzu: »Sie macht nicht den Eindruck, als würde sie irgendwohin laufen.«

Ceawlin schaute von dem Mädchen zu Sigurd und dann wieder zurück. »Du hast vermutlich recht.« Er drehte sich ohne weiteren Kommentar um und schritt zum Haupttor. Sigurd lächelte sie noch einmal an und folgte seinem Freund.

»Wird Cynric sie wirklich mit Edwin verheiraten?« fragte Sigurd, als sie sich in die Sättel schwangen und durch das Haupttor ritten.

»Es scheint so. Guthfrid besteht darauf, und ich verstehe, welchen Vorteil das Wessex bringt. Es wird von Nutzen sein, wenn wir uns mit den Briten in dem neuen Gebiet verstehen. Denk nur daran, wie nützlich uns die Briten in Venta gewesen sind.«

»Mein Vater sagte, daß Cynric sie ursprünglich mit dir verheiraten wollte.«

Ceawlin erwiderte nichts.

»Sie ist so ein hübsches, kleines Ding«, fuhr Sigurd fort. »Es ist eine Schande, sie mit Edwin zu verheiraten.«

»Es wäre eine Schande, überhaupt irgendeine Frau mit Edwin zu verheiraten«, kam die bittere Antwort.

»Allerdings.«

»Ich glaube, mein Vater wollte sie die ganze Zeit Edwin geben«, sagte Ceawlin schließlich. »Guthfrid sollte nur glauben, daß er sie mir geben wollte, damit sie sie für Edwin akzeptierte.«

Sigurd starrte ihn an. »Wie kommst du darauf?«

»Ich kenne ihn zu gut. Er will keine Verbindung mit einem der anglosächsischen Königtümer. Jetzt noch nicht, solange Wessex noch so klein ist.«

Der Himmel hatte sich inzwischen aufgehellt. Die Hunde rannten kreuz und quer über die Felder vor ihnen, begierig darauf, den Wald zu erreichen.

»Nun, wenn der König Guthfrid austricksen wollte, hätte er es nicht schlauer anstellen können«, sagte Sigurd. »Sie kann es nicht ertragen, wenn du auch nur Nahrung aufnimmst.«

Ceawlins klares Profil war ernst. »Ich weiß.«

»Und sie ist gefährlich wie eine Wolfsmutter. Der Blick auf ihrem Gesicht, als du an der Seite des Königs zum Bankett geschritten bist! Du mußt vorsichtiger sein, Ceawlin.«

»Ich habe es dir erklärt. Es war Cynrics Idee. Er wollte Guthfrid dazu bringen, das Mädchen für Edwin zu akzeptieren. Sie hatte bereits große Pläne, ihn nach Mercia zu verheiraten.«

»Mercia will sich nach Süden hin ausdehnen.«

»Ich weiß.« Ein Vogel schoß herunter, und Ceawlins Pferd machte einen kleinen Satz. Er tätschelte das glänzende Fell. »Meine Mutter sagte, das Mädchen glaubt, gegen ein Lösegeld freigelassen zu werden.«

Sigurd blickte ihn verdutzt an. »Gegen ein Lösegeld?«

»Ja. Anscheinend ist sie richtig unschuldig, diese kleine Prinzessin.«

»Götter«, sagte Sigurd. »Der Gedanke, sie Edwin zu geben, macht mich krank.«

Ceawlin zuckte gleichmütig mit den Schultern, und dann hatten sie auch schon den Wald erreicht. Zwei Minuten später folgten die Jagdhunde einer Spur, und die Jungen stürmten hinterher, ohne noch länger einen Gedanken an Niniane zu verschwenden.

»Ich gehe heute nach Venta«, erklärte Fara etwas später an diesem Morgen Niniane. »Vielleicht möchtet Ihr gerne mitkommen?«

»Oh, ja!« Ninianes kleines Gesicht hellte sich auf. Sie hatte Winchester seit ihrer Ankunft nicht verlassen, obwohl zwischen der sächsischen Enklave und der alten römischen Stadt ein reger Verkehr zu herrschen schien. Winchester war in erster Linie eine Königsresidenz mit Haus- und Küchensklaven, Stallknechten, Hundezüchtern, Gärtnern und Fischern. In Venta dagegen waren die Schmiede, Waffenmeister, Zimmermänner, Drechsler, Böttcher, Schuster, Silberschmiede, Juweliere, Seifenmacher und Biermacher, die mit ihren Waren Winchester belieferten.

»Ich gehe zum Juwelier«, sagte Fara. »Die Granaten in einem von meinen Halsbändern haben sich gelockert.«

Venta, dachte Niniane aufgeregt, aber es war nicht das sächsische Venta, auf das sie so brennend neugierig war. Es war das Venta, das einst eine römische Stadt gewesen war, das Venta, von dem aus Ambrosius und Uther als Hochkönige Britanniens regiert hatten, in dem Arthur gekrönt worden war, und wo er bis zum Bau von Camelot gelebt hatte.

Die Reise nach Venta sollte in einem geschlossenen Wagen stattfinden, mit gepolsterten Sitzen und zwei grauen Pferden. Die Straße war in gutem Zustand; die Sachsen hielten diesen Teil der alten römischen Straße in Ordnung.

»Ich reite nicht mehr«, erklärte Fara, als die beiden Frauen in den Wagen stiegen. »Meine Gelenke sind zu steif für einen Pferderücken, und so hat mir der König dieses Transportmittel bauen lassen. Es ist sehr praktisch.«

Ein weiteres Zeichen für Cynrics Aufmerksamkeit seiner Friedlehe gegenüber, dachte Niniane, als sie sich setzte. Nola, die eine unersättliche Klatschtante und daher auch eine wunderbare Quelle für Informationen war, hatte ihr die Geschichte Faras erzählt. Fara war die Tochter eines Lehnsmannes von Cynrics Vater und Cynric kannte sie schon, als die Westsachsen nur einen einzigen Stützpunkt in Südbritannien hatten, nämlich die Insel Wight, die Cerdic zu Beginn des Jahrhunderts eingenommen hatte. Dann war Cerdic gestorben und hatte Wight seinem ältesten Sohn hinterlassen und Cynric war auf dem Festland einmarschiert, um ein eigenes Königreich zu gründen. Sobald er Venta besiegt hatte, schickte er nach Fara. Wie Nola behauptete, gab es sechs Jahre lang keine andere Frau außer ihr, bis er in eine Heirat mit Guthfrid einwilligte, um eine alte Fehde seines Vaters mit Ost-Anglia zu beenden.

»Die ganze Zeit war Fara unfruchtbar gewesen«, hatte Nola gesagt, »und dann, beinahe direkt nach Cynrics Hochzeit, empfing sie. Sie war schon alt, Mitte dreißig, aber endlich gebar sie Cynric einen Sohn. Und als dann auch Guthfrid sehr schnell nach der Hochzeit ein Kind hatte, dachten alle, es gäbe bald ein ganzes Haus voller Prinzen und Prinzessinnen aus königlichem Geblüt. Aber diese beiden Kinder blieben die einzigen: Ceawlin und Edwin. Der Fehler muß bei Cynric liegen. Keine andere der Frauen aus dem königlichen Haushalt hatte von ihm empfangen.«

Niniane hatte mit Erschrecken festgestellt, daß die Frauengemächer nichts anderes waren als ein Harem für den König. Und für die königlichen Prinzen. In dieser Hinsicht entsprachen die Sachsen voll dem Bild, das sie von ihnen hatte: barbarisch, heidnisch, furchterregend. Die Tatsache, daß die Frauen sogar zufrieden mit diesem Arrangement waren, machte es nur noch abstoßender.

Sie schaute jetzt Fara an, die neben ihr saß. Sie mochte die Friedlehe sehr und konnte kaum begreifen, warum sie ihre Stellung mit solchem Gleichmut akzeptierte. Noch schwerer fiel ihr die Vorstellung, daß Cynric sich um sie sorgte, aber das tat er. Er hatte ihr diesen Wagen gebaut. Er kam regelmäßig in die Frauengemächer, um sie zu besuchen, und dann saßen sie ruhig beisammen, in großen Holzsesseln mit dicken Decken für ihre alternden Knochen. In solchen Momenten pflegten die anderen Frauen sich entfernt von ihnen in der Ecke der Halle aufzuhalten, oder draußen, wenn das Wetter mild war.

Jeden Abend dankte Niniane auf ihren Knien Gott, daß sie als Christin und nicht als Sächsin geboren worden war.

Die Seiten von Faras Wagen waren offen, und so konnte Niniane sehen, wie die Mauern von Venta in Sicht kamen. Sie erinnerten stark an die von Calleva, dachte sie, aber jede andere Ähnlichkeit erstarb sofort, als sie in der Stadt waren. Diese Stadt lebte. Die Gebäude entlang der alten römischen Straße waren tatsächlich bewohnt.

»Ich zeige Euch die Stadt, bevor wir unsere Besorgungen erledigen«, sagte Fara. Die Pferde trabten in lebhaftem Tempo durch die Stadt. »Dies sind die alten Bäder.« Fara zeigte auf ein anmutiges Steingebäude, das den Bädern entsprach, die Niniane in Calleva gesehen hatte. Die sächsische Frau lächelte. »Unsere Skops singen, daß all diese Steingebäude von Riesen errichtet wurden. Mein Sohn sagt, die Römer wußten, wie man baut. Er glaubt, daß die Gebäude ihre Herrschaft überdauern.«

»Ja«, sagte Niniane traurig. »Ihre gesamte Zivilisation entschlüpft uns, all ihr Wissen ...« Ihre Stimme wurde schwächer und Fara schaute sie scharf an.

»Die Römer konnten mit Stein bauen, sicher, eine Fähigkeit, die wir nicht besitzen. Aber diese Gebäude sind die einzigen Spuren, die sie auf dieser Insel hinterließen, Niniane. Sie kamen als Eroberer, nicht als Siedler. Sie kamen, bauten Straßen und Gebäude, und als ihr Kaiser sie dann rief, verschwanden sie, wie Staub im Wind verweht.« Fara zuckte die Achseln. »Ihr seht, alles in allem waren sie nicht so besonders erfolgreich.«

Und seid Ihr nicht auch Eroberer? dachte Niniane. Sie schaute auf das hübsche Profil der Friedlehe und war klug genug, ihre Zunge im Zaum zu halten. Sie konnte in dieser Hinsicht jedoch keinen Unterschied zwischen den Sachsen und den Römern erkennen.

»Da ist das Forum«, sagte Fara. Das Forum in Venta war größer als das in Calleva und beherbergte Geschäfte unter den Kolonnadenbögen. Menschen gingen hin und her, große, blonde Sachsen und kleinere, dunklere Menschen aus Ventas älterer Bevölkerung.

»Wir werden uns die Läden noch ansehen, aber erst möchte ich Euch das Gebäude zeigen, das die Briten Prätorium nennen. Und vielleicht möchtet Ihr die christliche Kirche sehen?«

»Ja«, sagte Niniane leise. »Gerne.«

Das Prätorium war leer. Das Zentrum der römischen Herrschaft in diesem Teil Britanniens, das Gebäude, das nach dem Abzug der Legionen drei britische Hochkönige beherbergt hatte, war so verlassen und leer wie fast alle Gebäude in Calleva. Niniane spürte Tränen in ihren Augen aufsteigen.

»Was hatte der Skop bei dem Bankett noch gesungen?« fragte sie Fara.

Die Antwort kam mit weicher Stimme: »›Die Festungsmauern zerbröckeln, die Weinhallen verfallen ...‹ Dies ist der wahre sächsische Geist, meine Liebe. *Lif is laene*... das Leben vergeht.«

»Der Harfner meines Vaters hätte das verstanden«, sagte Niniane. Kerwyns Gesicht erschien vor ihrem geistigen Auge. »Arthur ist gegangen ...«, murmelte sie mit unendlicher Traurigkeit, während sie ihre Augen auf die hohle Hülle des Prätoriums gerichtet hielt.

»Das Leben ist tatsächlich kurz«, sagte Fara, und jetzt war ihre Stimme heiter. »Aber das hält uns nicht davon ab, das zu genießen, was wir an Zeit und Reichtum haben. Kommt. Machen wir unsere Einkäufe und dann sollt Ihr Eure Kirche sehen.«

Niniane erschienen die Läden luxuriös. Für ein britisches Mädchen, das niemals eine wirklich funktionierende Stadt gesehen hatte, war Venta ein Wunder. Der Juwelier, irgendein blauäugiger Germane, hatte ein schönes Halsband, das er Fara zeigte.

Es wurde allgemein sächsisch gesprochen, auch von denen, die eindeutig britisch waren. Gewöhnlich wurde direkt getauscht, wenn Fara auch einige Goldmünzen vom Kontinent besaß, mit denen sie den Juwelier bezahlte. Ninianes Augen schimmerten hell vor Vergnügen, als sie Fara auf den Marktplatz folgte. Die Melancholie, die sie beim Anblick des Prätoriums überfallen hatte, war bereits wieder verflogen.

Bevor sie Venta verließen, gingen sie zur Kirche. Es war ein kleines Gebäude, dessen verputzte und bemalte Wände wie Marmor aussahen. Das Hauptschiff hatte einen Mosaikboden aus roten Fliesen, und der Boden unter dem Altar bestand aus einem Feld mit buntkarierten Fliesen in schwarz, rot und weiß. Die Kirche war noch vollkommen in Ordnung, wenn auch sichtlich unbenutzt. Niniane stand vor dem Altar, neigte ihren Kopf und lauschte. So leer und verlassen dieser Raum auch wirkte, er war doch nicht tot. Da war etwas, etwas, das sie spuren konnte, das ihr zuhörte, sich sorgte.

Es gab noch Mönche in Glastonbury im Westen Britanniens, wie sie wußte. Dumnonia und Wales waren immer noch Festungen des Glaubens. Wenn die Briten die Sachsen nicht im Kampf besiegen konnten, dann vielleicht hierin. Der Gedanke kam aus der Stille zu ihr, und sie lächelte. Sie war mit sich im Frieden, als sie Fara auf der Hauptstraße wiedertraf.

Drei Tage später schickte der König nach Niniane. Sigurds Vater übertrug ihm die Aufgabe, sie wegen der Heiratsarrangements abzuholen. Sigurd wünschte, in diese speziellen Pläne nicht verwickelt zu werden, aber er traute sich nicht, Cutha das zu sagen. Also ging er.

Er wartete mit schwer zu verbergender Ungeduld im Empfangsraum der Frauengemächer. Ceawlin wurde diese Szene erspart; Sigurd sah nicht ein, warum er dabei mitspielen mußte. Sein Vater kannte seine Gefühle für Edwin sehr gut.

Ceawlin war an diesem Morgen von Cynric nach Venta geschickt worden, um dort Streitigkeiten wegen einer geschäftlichen Vereinbarung zu schlichten. Ceawlin sollte bei der Besprechung von Edwins Heirat nicht dabeisein, aber es durfte auch nicht so aussehen, als würde er absichtlich ferngehalten. So gab es jedoch einen Grund für seine Abwesenheit.

Die Tür öffnete sich, und Niniane trat in den Empfangsraum. Ihre rauchblauen Augen schauten in einer Mischung von Verständnis und Teilnahme zu ihm auf. »Ist das Lösegeld gekommen?« fragte sie.

Er konnte diesen Augen nicht standhalten. »Der König wünscht Eure Zukunft zu besprechen«, versuchte er sie unsicher hinzuhalten. »Wenn Ihr bitte mit mir kommen wollt, Prinzessin?« Er öffnete ihr die Tür.

»Fürchtet Ihr Euch noch immer vor der Dunkelheit?« fragte er, als sie den Hof überquerten.

»Es ist nicht die Dunkelheit«, entgegnete sie mit ihrer überraschend rauhen Stimme. »Es ist das Eingeschlossensein. Ich bin Räume mit Fenstern gewöhnt.«

»Fenster sind etwas Schönes«, stimmte er zu. »Wir haben nicht die Fähigkeit der Römer, Glas herzustellen.«

Sie warf ihm einen schnellen Blick zu. »Die haben wir auch nicht mehr.«

»Es ist nicht so schlecht in Winchester«, sagte er ein bißchen unbeholfen. »Wir haben zwar keine Fenster, aber das Leben ist angenehm.«

»Das Leben ist sehr angenehm, Mylord«, antwortete sie rasch. Er spürte ihre Befürchtung, ihn verletzt zu haben. »Es ist nur ein Unterschied zu dem, was ich gewohnt war.« Sie schenkte ihm ein zaghaftes, schüchternes Lächeln.

Er spürte Wut in sich aufsteigen. Die Vorstellung, daß dieses Mädchen in Edwins Bett sein würde, erschien ihm wie ein Verbrechen.

Sie hatten die private Halle des Königs erreicht. Sigurd preßte die Zähne zusammen und bedeutete ihr, hineinzugehen.

Cynrics Halle unterschied sich von den meisten anderen darin, daß der Herdplatz nicht in der Mitte des Raumes war. Dort standen ein großer, geschnitzter Tisch und acht Stühle mit hoher Rückenlehne. Auf ihnen saßen Cynric, Guthfrid, Edwin, Cutha und Cuthwulf, Sigurds Bruder.

»Mein König«, sagte Sigurd auf sächsisch, »ich bringe Euch die Prinzessin Niniane.« Und dann, etwas leiser zu ihr: »Geht und tretet vor den König.«

Er beobachtete, wie sie über den Boden schritt und vor dem Tisch stehen blieb. Sie sah sehr klein aus. Sigurd selbst nahm den Stuhl neben seinem Bruder.

Es war Cutha, der das Wort ergriff. »Der König hat eine Entscheidung bezüglich Eurer Zukunft getroffen, Prinzessin. Ihr werdet erfreut sein zu erfahren, daß Ihr seinen Sohn, Prinz Edwin, heiraten werdet.«

Jeder Tropfen Blut schien aus ihrem Gesicht zu weichen. »Heiraten!« sagte sie. Ihre Augen wanderten von Cutha zum König.

»Ja, heiraten«, erwiderte Cutha. »Der König hält es für weise, wenn Winchester eine Verbindung mit den Atrebaten eingeht.«

»Aber ich dachte, ich würde gegen ein Lösegeld...«

»Ihr selbst seid sehr viel mehr wert als jedes Lösegeld, das Euer Vater zahlen könnte«, sagte Cutha sanft. »Ihr seid eine Prinzessin Eures Stammes. Eine Verbindung zwischen Euch und Edwin wird die Gebiete der Atrebaten leichter unter unsere Kontrolle bringen lassen.«

Die Farbe war noch nicht wieder in ihr Gesicht zurückgekehrt, aber Sigurd sah, wie sie ihr Kinn reckte. »Ich kann keinen Sachsen heiraten«, sagte sie. »Ich bin Christin.«

»Das macht nichts. Wir werden uns in Euren Glauben nicht einmischen.«

»Genug mit diesem Gerede!« mischte sich Guthfrid in gebrochenem Britisch in das Gespräch über Ninianes Schicksal ein. »Ihr werdet meinen Sohn heiraten, und dabei bleibt es. Eine Heirat ist keine Angelegenheit, die ein Mädchen für sich selbst regelt.«

»Nein, ihr Vater regelt sie für sie«, schoß Niniane zurück. »Und ich bin ganz sicher, daß meiner dies nicht billigen wird. Eine solche Verbindung, Mylord«, und sie schaute Cynric an, weil sie wußte, an wen sie sich richten mußte, »eine solche Verbindung wird meine Leute eher aufbringen als besänftigen. Im Gegensatz zu den Christen in Venta nehmen wir unsere Religion sehr ernst.«

Cynric wandte sich an Cutha, der für ihn übersetzte. Dann schaute er wieder auf das Mädchen und sagte: »Kommt her.« Als Niniane neben dem König stand, nahm er ihr Kinn in die

Hand. Sie erwiderte seinen Blick, ohne mit der Wimper zu zucken.

Nach einer langen Minute ließ er seine Hand fallen. Er wandte sich in sächsischen Worten an Guthfrid. »Laß uns warten. Sie könnte recht haben.«

»Mylord!«

Er hob eine Hand und schaute Edwin an. »Wir werden ihre Leute über unsere Pläne informieren«, sagte er. »Es könnte notwendig sein, sie nach christlichen Ritualen zu verheiraten. Wir müssen abwarten.«

»Ja, Mylord«, sagte Guthfrids Sohn.

Niniane, die nichts von dem verstand, was gesprochen wurde, stand mit bleichem Gesicht zwischen Cutha und dem König. »Sag es ihr«, sagte Cynric.

»Die Heirat wird verschoben, bis wir mit Euren Leuten gesprochen haben«, erklärte Cutha. »Prinzessin, Ihr könnt gehen.«

5

»Sitz still, Ceawlin!« Seine Mutter zupfte ungeduldig an den Haaren, die sie gerade schnitt. »Ich werde es zu kurz schneiden, wenn du nicht aufhörst, so herumzuwackeln.«

Ceawlin seufzte. »Es ist gut, daß du keine Fränkin bist, Mutter«, sagte er. »Dann könntest du deine Fähigkeiten mit der Schere nicht mehr beweisen. Bei den Franken ist es verboten, den Prinzen die Haare zu schneiden.«

»Nun, du bist kein Franke, sondern ein Sachse, und dein Haar sollte nicht länger als bis zu den Schultern fallen.« Fara gab die gleiche Antwort, die sie in den letzten zwölf Jahren gegeben hatte.

»Sie fallen auf meinen Rücken und pieken.«

»Du kannst später deine Sachen wechseln. Und jetzt sitz still!«

Ceawlin winkte einem der Mädchen aus den Frauengemächern zu. Es störte ihn nicht wirklich, seine Haare schneiden zu lassen, aber er und Fara spielten dieses Spiel schon, seit er ein Kind war, und er wußte, daß es ihr Vergnügen bereitete. Sie hatte nicht mehr viel Gelegenheit, ihn zu schelten, nachdem er in die Halle der Prinzen gezogen war.

»Ich möchte es kurz über der Stirn«, murmelte er.

»Ich weiß. Schließ deine Augen«, sagte sie und kämmte die Haare über die Stirn. Sie kitzelten, als sie auf seine Nase fielen.

»So«, sagte seine Mutter zufrieden. Er öffnete die Augen und sah Niniane zur Tür hereinkommen. Sie blieb einen Moment stehen, als sie die ungewöhnliche Szene sah: Ceawlin, wie er auf einem Stuhl mit Tüchern darunter saß, und Fara, die sich mit einer Schere über ihn beugte.

Ceawlin grinste. »Es ist ein seltsamer Ritus, Prinzessin. Nennt sich Haareschneiden.«

Mit stiller Würde schritt sie zu ihm. »Wir haben diesen Ritus auch, Prinz. Ich habe meinem Bruder immer die Haare geschnitten.« Sie blieb einen Meter vor ihm stehen. »Ihr werdet es bald selbst sehen.«

Sie sahen sich in die Augen; ihre waren dunkel und zurückhaltend.

Ninianes Stellung in Winchester hatte sich im Laufe des letzten Jahres entschieden geändert. Statt einer Heirat zwischen ihr und Edwin zuzustimmen, hatten die Atrebaten Raubzüge unternommen und eine der alten Festungen in den Bergen nördlich von Calleva wieder in ihren Besitz gebracht. Der Anführer dieser nun so kriegerischen Briten war Coinmail. Ihr Vater war drei Monate nach der Schlacht bei Sarc Water gestorben.

Seit Coinmails Taten bekannt geworden waren, wartete Niniane darauf, was mit ihr geschehen würde. Cynric hatte jeden Gedanken an Heirat verschoben und plante, einen Kriegertrupp nach Norden zu führen, um Coinmails Herausforderung zu begegnen. Ninianes Schicksal würde von dem Ergebnis dieser Begegnung abhängen. Und zum ersten Mal sollte Ceawlin, der im Winter siebzehn geworden war, seinen Vater begleiten.

»Ich freue mich darauf«, sagte er nun zu den blauen Augen, die ihn unverwandt anblickten. Sie antwortete nicht, und auch ihr Gesichtsausdruck änderte sich nicht. Plötzlich kam ihm der Gedanke, daß er sie niemals hatte lächeln sehen.

»Ich sehe, daß Alric Eure Harfe fertiggestellt hat«, sagte Fara erfreut, und jetzt erst erkannte Ceawlin, was Niniane in ihrer Hand hielt.

»Ja.« Ihre kleinen Hände strichen liebevoll über das Holz. »Es war so nett von ihm.«

»Alric hat Euch eine Harfe gemacht?« fragte er verwundert. Der Skop pflegte Mädchen gewöhnlich nicht viel Aufmerksamkeit zu schenken.

»Niniane spielt ausgezeichnet Harfe«, erklärte seine Mutter, während sie seine Haare bürstete. »So. Du bist fertig.«

Er stand auf und schüttelte die Tunika aus, die mit silbernen Haaren bedeckt war. »Ihr spielt?« Er klang ungläubig.

»Der Harfner meines Vaters brachte es mir als kleines Mädchen bei.«

Er setzte sich auf einen anderen Stuhl und sagte: »Spielt etwas für mich.«

Niniane schaute Fara an. »Macht es Euch etwas aus, meine Liebe? Wir würden es alle genießen«, sagte die Friedlehe mit ihrer liebenswürdigen Stimme.

Sichtlich zögernd setzte Niniane sich in einiger Entfernung zu Ceawlin auf einen Hocker. Er lehnte sich zurück und streckte seine langen Beine aus. Er erwartete nicht viel. Jeder wußte, daß Frauen kein musikalisches Talent besaßen.

»Die einzigen Lieder, die ich kenne, sind die über Arthurs Kriege gegen die Sachsen«, sagte Niniane und warf ihm einen schrägen Blick zu. »Und Ihr seid nicht die Helden, Mylord.«

»Das ist in Ordnung. Ihr verletzt meine Gefühle damit nicht.« Er lehnte seinen Kopf gegen die Rückenlehne des Stuhls.

Niniane sah ihn prüfend an. Seine soeben geschnittenen Haare umrahmten seinen Kopf wie ein silberner Helm. Die halbgeöffneten Augen starrten sie mit träger Herablassung an.

Sie war daran gewöhnt, von Coinmail so behandelt zu werden, und verstand nicht, warum die gleiche Behandlung durch diesen Sachsen sie verärgerte. Sie beschloß, ihm den »Kampf bei Badon« vorzuspielen.

Wie immer fiel alles von ihr ab, als sie zu spielen begann. Die Harfe erwachte zu Leben. »Arthur, der König...« begann sie mit ihrer vollen, rauchigen Stimme, und es wurde still im Raum.

Als schließlich der letzte Ton verklang, hob sie den Kopf. Er starrte sie an, und ein völlig anderer Ausdruck war in diesen blaugrünen Augen. »Jetzt verstehe ich, warum Alric Euch die Harfe gemacht hat«, sagte er nur, aber aus irgendeinem Grund verschlug es ihr den Atem und sie schaute verwirrt auf ihre Finger, die noch auf den Saiten des Instruments lagen. Sie schaute erst wieder auf, als er einige Minuten später ging.

Er war so groß, dachte sie, als sie ihn neben Fara aus der Tür gehen sah. Sie war eine sehr große Frau, und er überragte sie um einen halben Kopf. Er war viel größer als Cynric, und auch viel dünner. Er ähnelte sehr seiner Mutter. Bis auf die Augen.

Er drehte sich an der Tür um und schaute zurück zu ihr. »Erwartet nicht ein weiteres Badon, Prinzessin. Hier in England haben sich die Gezeiten des Krieges geändert und wir sind es, die steigen.« Er gestattete seiner Mutter, ihn auf die Wange zu küssen, dann war er fort.

Ceawlin wurde schlagartig wach. Sein Schlafraum war stockdunkel, aber das verriet ihm nichts über die Zeit. Die Mauern waren sehr gut gebaut und ließen an keiner Stelle Licht hindurch. Dennoch wußte er, daß es noch sehr früh war. Er hatte immer einen sechsten Sinn dafür gehabt.

Es war früh, aber er wußte, er würde nicht mehr schlafen können. Er war zu aufgeregt. Morgen würde er mit seinem Vater nach Norden marschieren, um gegen die Briten zu kämpfen. Ceawlin war auf seinen ersten Kriegszug gut vorbereitet worden, mindestens einen ganzen Monat lang. Alles stand bereit: sein Schwert, die Lanze und der sächsische Dolch waren geschärft, das Leder geölt und sein Kettenpanzer poliert. Er und Sigurd hatten jeden Tag stundenlang mit den Schwertern geübt und nach neuen Wegen gesucht, wie sie ihre Feinde töten könnten. Das rotbraune Fell seines Pferdes war so lange gestriegelt worden, bis es glänzte.

Und er mußte noch einen ganzen Tag überstehen.

Er schwang seine Füße aus dem Bett, zündete eine Kerze an und kleidete sich an. Dann öffnete er die Schlafzimmertür und trat in den Hauptraum der Halle der Prinzen. Die Tür zu Edwins Zimmer war verschlossen, und die jungen Männer, die auf den Bänken entlang den Wänden lagen, rührten sich nicht. Ceawlin schritt lautlos über den Boden und ging hinaus in den Morgen.

Zu dieser wirklich frühen Zeit standen noch die Sterne am Himmel. Ceawlin schaute sich langsam um, und seine Augen blieben an der Halle der Königin hängen.

Diese Hexe. Sobald sie erfahren hatte, daß Ceawlin in diesem Frühjahr am Kriegszug teilnehmen würde, hatte sie Cynric überredet, auch Edwin mitzunehmen. Würde es in seinem Leben jemals etwas geben, das nicht von der Eifersucht seines Bruders oder seiner Mutter zerstört werden würde?

Er schritt in die Richtung des Haupttors von Winchester. Einen Augenblick blieb er vor dem Tempel stehen, dann trat er nach einem Moment des Zögerns in das Gebäude.

Das Innere des sächsischen Tempels von Winchester war klein, aber vollständig. Die Grube für das Darbringen der Opfer lag neben der Tür an der länglichen Wand ihm gegenüber. Der Tisch für das rituelle Bankett stand an der kurzen Seite rechts von ihm, während der Altar und die Götterbilder abseits waren, auf der linken Seite. Ceawlin hielt sich jedoch nicht auf, sondern durchquerte den Raum und schritt durch eine Tür auf der anderen Seite wieder hinaus.

Diese Tür führte zu einem eingezäunten Bereich, der von einer massiven Holzsäule dominiert wurde. Ceawlin blieb vor ihr stehen.

Wotan, dachte er und schaute zu dem geschnitzten Antlitz

über ihm auf. Wotan, Vater des Kampfes, erfülle mich mit deinem Geist, auf daß ich mich wert erweise, dein Abkömmling zu sein. Er blieb dort, bis der anbrechende Morgen die Sterne auslöschte, dann kehrte er in die Halle der Prinzen zurück.

Edwin stand auf, nachdem Ceawlin zu den Ställen gegangen war. Die beiden Jungen waren durch die Tradition gezwungen, die gleiche Halle zu teilen, aber sie hatten es so arrangiert, daß sie sich selten trafen. Edwin frühstückte alleine und ging dann zu seiner Mutter.

Guthfrid war in ihrem Schlafzimmer und ließ ihre Haare richten. In ihrem Handspiegel, ein Geschenk Cynrics vom letzten Kriegszug, erblickte sie Edwin und lächelte ihn an.

»Du bist so schön wie immer, Mutter«, sagte Edwin, als er bei ihr stand.

»Oh, Edwin.« Guthfrid ließ den Spiegel sinken und bedeutete ihrer Dienerin, sie zu verlassen. Edwin gab ihr einen Kuß auf den Mund.

»Wie geht es dir, mein Liebling?« murmelte die Königin, während ihre Hand seine Wange streichelte.

»Gut.« Er zog einen Hocker zu sich heran. »Mutter, ich möchte sichergehen, daß Ceawlin in diesem Kriegszug keinen Ruhm für sich erlangt.«

Ihre gezupften Brauen zogen sich zusammen. »Der König wird ihn nicht zurücklassen. Du weißt das, Edwin. Ich habe es versucht, aber ich bin nicht weitergekommen. Er wollte *dich* zurücklassen, weil du noch keine siebzehn bist, aber er bestand darauf, Ceawlin mitzunehmen.«

»Ich weiß, daß der König seinem Bastard zu viel Aufmerksamkeit schenkt«, sagte Edwin kalt. »Ich möchte dem entgegenarbeiten.«

»Aber wie, mein Liebling?«

»Du kennst dich mit Gift aus, Mutter. Ich brauche deine Hilfe.«

Ihre braunen Augen weiteten sich. »Edwin, du weißt, ich hätte es längst benutzt, wenn es einen sicheren Weg gäbe.«

»Ich will nicht, daß er getötet wird, Mutter. Mache ihn einfach nur zu krank zum Kämpfen. Er wird wie ein Dummkopf aussehen, während ich...«

»Ja«, sagte Guthfrid. »Ich verstehe.«

»Du hast mir schon einmal etwas gegeben, das ihn zwei Tage krank gemacht hat.«

Sie lächelte. »In Ordnung, mein Liebling. Aber du mußt vorsichtig sein. Wenn irgend jemand sehen sollte, wie du es in seinen Becher schüttest...«

Seine Augen waren kalt und glanzlos. »Niemand wird es sehen.«

»Oh, mein Liebling...« Sie legte eine Hand auf seinen goldenen Kopf. »Sei bitte vorsichtig. Wenn ich dich verlieren sollte...«

Er nahm ihre andere Hand und preßte sie an seine Lippen. Dann stand er auf. »Fürchte dich nicht, Mutter. Ich bin viel zu schlau, um mich töten zu lassen.«

Sie starrte ihn an, und ihr eigenes Haar schimmerte in dem Licht der Lampe auf ihrem Tisch. »Du mußt mir das Gift selbst geben«, sagte er. »Ich vertraue keinem. Morgen, kurz bevor wir gehen.«

»Also gut«, sagte sie und blickte ihm mit einer Mischung aus Stolz und Furcht nach, als er ihr Zimmer verließ.

Der Kriegertrupp dieses Jahr war größer als der vom letzten. Dieses Jahr wußten sie, daß es einen Kampf geben würde. Die Atrebaten hatten eine von Britanniens ältesten Bergfesten instand gesetzt, die von den Sachsen Beranbyrg und von den Briten Barbury genannt wurde. Wenn Cynric Teile ihres Gebiets beanspruchen wollte, mußte er es sich in einer Schlacht gewinnen.

Am Morgen des 22. April standen dreihundert Lehnsmänner in Viererreihen auf der Hauptstraße von Winchester. Es war eine Woche nach dem sächsischen Frühlingsfest von Eostre. Ceawlin und Sigurd, die bei den Ställen auf ihre Pferde stiegen, grinsten sich gegenseitig erleichtert an und bemitleideten all diejenigen, die nicht das Glück hatten, an diesem wunderschönen Morgen zu ihrem ersten Kriegszug aufzubrechen.

Als die beiden in den Sätteln saßen, reichte ihnen ein Sklave ihre Waffen, und sie führten ihre Pferde zu den anderen Männern im Hof. Ceawlin sah seine Mutter aus den Frauengemächern herauskommen. Einen Moment zögerte er, dann gab er kurz Sigurd Bescheid und ritt zu ihr. Sie kam die Treppen herunter und stellte sich neben ihn, ihre Hand auf seinem Knie. Ihre Augen durchsuchten sein Gesicht, als wollten sie es sich einprägen. Er lächelte sie mit hellen Augen an. »Ich werde dir Ehre bringen, Mutter«, sagte er.

Fara lächelte zurück und wurde dann wieder ernst. »Ich weiß das, mein Sohn.« Sie ließ ihre Hand fallen und trat zurück. Als er sein Pferd herumwandte, konnte er aus den Augenwinkeln die kleine britische Prinzessin erkennen, die auf die Stufen trat. Er schloß seine Finger um die Zügel und sah sie direkt an.

Ihr Gesicht war vollkommen ausdruckslos, aber selbst von seinem Pferd aus konnte er die Schatten unter ihren Augen erkennen. Es war ihr Bruder, der die Atrebaten anführte. Einen kurzen Augenblick lang wurde seine Freude von einem Anflug von Mitleid beeinträchtigt; dann trabte er zu seiner Sippe. In der Sonne schimmerte sein Haar heller als die Metallringe seines Kettenhemdes.

Sie marschierten in nördlicher Richtung auf der alten römischen Straße nach Corinium. Ceawlin ritt neben Sigurd und sog den frischen, feuchten Duft der heranwachsenden Dinge ein. Er war vollkommen glücklich – bis seine Augen auf den goldenen Kopf seines Bruders fielen, der neben dem König ritt.

Sigurd sah, wohin er starrte. »Ich werde deinen Rücken decken«, murmelte er.

Ceawlin warf ihm einen Blick zu, dann zuckte er die Achseln und schwieg. Es gab nichts zu sagen. Sie wußten beide, daß Sigurds Sorge nicht unbegründet war.

»Begierig auf Ruhm, Kinder?« Es war Sigurds älterer Bruder, Cuthwulf, der sein Pferd zwischen Sigurd und den Prinzen drängte. Cuthwulf hatte bereits zuvor gekämpft, eine Tatsache, die er sie niemals vergessen ließ. Er war groß, breitschultrig und hatte wilde, blaue Augen. Er war so anders als der freundliche Cutha, daß sich Ceawlin manchmal fragte, ob sie wirklich denselben Vater hatten.

»Wir wollen nur Eurem Vorbild nacheifern, Cuthwulf«, sagte Ceawlin sanft.

Sigurds Bruder lächelte zufrieden und öffnete den Mund zu einer Antwort, doch Sigurd kam ihm zuvor. »Ich glaube, Vater sucht nach dir.«

Cuthwulf trieb sein Pferd vorwärts, und während sie ihm nachsahen, sagte Ceawlin mit unterdrücktem Lachen: »Gut gemacht. Beinahe hätten wir einmal mehr von seinen Heldentaten bei Searobyrg gehört.«

»Zumindest mußt du nicht mit ihm leben!« stöhnte Sigurd.

Das Lachen verschwand aus Ceawlins Gesicht. »Ich würde deinen Bruder immer meinem eigenen vorziehen.«

»Das tue ich auch«, sagte Sigurd, und auch sein Gesicht war jetzt völlig ernst.

Beranbyrg lag ungefähr vierzig Meilen nordöstlich von Winchester an der gleichen Straße, auf der Niniane weniger als ein Jahr zuvor mit Cynric und Cutha gereist war. Ceawlin war niemals so weit nördlich gewesen, und er schaute sich neugierig um, als sie sich den Aildon Bergen näherten.

»Dies ist ein schönes Land«, sagte Sigurd anerkennend über die sanften Hügel mit den samtigen, grünen Grasflächen. Hier und dort standen Bauernhöfe, und Schafe grasten friedlich neben der Straße.

»Die Briten sind ein merkwürdiges, einzigartiges Volk«, erwiderte Ceawlin mit einem verwirrten Blick. »Unsere Leute lieben es, zusammenzuleben. Selbst die Bauern haben ihre Häuser alle in einer kleinen Ansiedlung, und sie gehen zusammen auf die Felder zum Arbeiten. Wir arbeiten zusammen, helfen uns gegenseitig. Diese Briten jedoch leben in isolierten

Höfen und jeder arbeitet für sich allein. Es scheint fast, als würden sie sich nicht mögen.«

»Das ist richtig«, stimmte Sigurd zu. »Schau dir nur an, wie sie all die schönen Städte der Römer verkommen ließen. Mein Vater sagte, nur Geister wohnen an dem Ort, den sie Calleva nennen.«

Eine kräftige Brise wehte von den Hügeln herab. »Sie haben keinen Sinn für das Königtum«, sagte Ceawlin. »Deshalb wird Coinmail niemals in der Lage sein, seine Herrschaft über seinen eigenen kleinen Stamm hinaus auszudehnen. Es ist ihre Schwäche und unsere Stärke.«

»Sie hatten seit Arthur sicherlich keinen König, der diesen Namen verdient«, sagte Sigurd. Er runzelte die Stirn. »Ich frage mich, warum sie so sind. Sie müssen doch sehen, daß der Mangel an Organisation sie schwächt. Sind sie Feiglinge, die nicht kämpfen wollen?«

»Es kommt daher, daß sie Christen sind«, antwortete Ceawlin. »Dieses Christentum ist ein Glaube, der alle Macht vom König nimmt und sie den Priestern gibt. Sie hören auf den Priester, nicht auf den König.« Er strich sich eine Strähne aus der Stirn. »Deshalb ist es die Religion der Niederlage.« Er schaute wieder über die grünen, hügeligen Täler. »All dies«, lächelte er voller Zufriedenheit, »wird bald uns gehören.«

Beranbyrg war seit Urzeiten eine Feste gewesen. Die Kelten hatten sie allerdings jahrhundertelang nicht benutzt, und deshalb war sie mehr und mehr verfallen, bis Coinmail sie während des Winters für seinen Widerstand gegen die Sachsen wieder aufgebaut hatte. Sie lag an der sogar noch älteren Straße, die durch das Aildon-Gebirge nach Ost-Anglia führte.

Cynric sandte Kundschafter aus, die über den Zustand der Feste berichten sollten, und sie kehrten mit der Information zurück, daß die äußere Befestigung aus einem Erdwall und einem Graben bestand. Die Briten hatten den Erdwall hervorragend repariert; die Kundschafter konnten keine einzige Schwachstelle entdecken.

Die Sachsen schlugen ihr Lager ungefähr zwei Meilen vor der britischen Feste auf. Es war spät am Tag und sofort wurden Feuer zum Kochen entfacht. Der König, Cutha und ihrer beider Söhne saßen mit gekreuzten Beinen auf dem Boden um eines dieser Feuer und nahmen gemeinsam die Abendmahlzeit ein.

»Wir werden sie bei Morgendämmerung angreifen«, sagte Cynric, während er langsam sein Fleisch kaute. »Je weniger Licht da ist, desto besser ist unsere Chance, über den Graben und den Wall zu gelangen.« Er kaute weiter, als er ihnen von seinem Plan für den folgenden Tag berichtete. Die Sachsen würden einen dreizinkigen Angriff durchführen, einer von ihm selbst, die anderen von Cutha und Cuthwulf angeführt. Ceawlin und Edwin sollten unter dem Kommando des Königs kämpfen, Sigurd bei Cutha. Ceawlin warf Sigurd einen schnellen, flüchtigen Blick zu.

Cynric beendete seine Ausführungen, warf den Rest des Fleisches fort und schaute in seinen leeren Becher. Edwin sprang schnell auf, nahm den leeren Becher und sagte zuvorkommend: »Das kann ich machen, Mylord.« Cynric schaute in das eifrige Gesicht seines Sohnes, lächelte und nickte. Edwin ging hinüber zum Bierfaß, füllte den Becher des Königs und brachte ihn zurück. Dann fragte er auch Cutha höflich: »Darf ich diesen auch füllen, Blutsverwandter?«

Ceawlin beobachtete die kräftige Gestalt seines Bruders, als er von einem Mann zum nächsten schritt. Hinter sich hörte er, wie jemand Edwin anbot, die Becher für ihn zu füllen, er jedoch barsch ablehnte. Dann stand er vor ihm.

»Darf ich deinen füllen, Bruder?« fragte er mit derselben freundlichen Stimme.

Langsam reichte Ceawlin ihm seinen Becher. Edwin nahm ihn und ging zum letzten Mal zu dem Faß. Ceawlin drehte den Kopf herum, aber er konnte nur seinen Rücken erkennen, der sich über das Faß beugte. Dann stand Edwin wieder vor ihm und streckte ihm den Becher hin.

Ceawlin schaute in das Gesicht seines jüngeren Bruders,

aber dessen dunkle Augen gaben nichts preis. Edwins Augen hatten ihn immer an die eines Tieres erinnert: undurchdringlich, furchtlos, ungezähmt. Er nahm den Becher.

Der König schaute in die Runde seiner Familie. »Möge Wotan sie alle holen.« Es war der alte sächsische Trinkspruch gegen die Feinde. Wotan, Gott des Kampfes, wählte aus den kämpfenden Männern diejenigen aus, die siegreich sein und die anderen, die geschlagen werden würden.

Cynric trank, und die anderen erhoben ebenfalls ihre Becher. Genau in dem Moment, als seine Lippen den Rand berührten, erhaschte Ceawlin einen Blick von Edwin. Die dunklen, furchtlosen Augen waren fest auf seinen Mund gerichtet. Einer plötzlichen Eingebung folgend bewegte Ceawlin seinen Mund und schluckte, ließ aber die Flüssigkeit nicht über seine Lippen kommen. Dem Trinkspruch gegen die Feinde nicht Folge zu leisten, war vielleicht weniger gefährlich, dachte er, als das, was ihn möglicherweise in dem Becher erwartete.

Das Feuer erstarb, und die Stimmen wurden ebenfalls leiser. Sogar Cuthwulf schien seiner eigenen Vorhersagen über den kommenden Morgen müde zu sein. Langsam machte Cynric sich daran, aufzustehen, und Edwin eilte ihm zu Hilfe. Auch Ceawlin bot sich an, aber Edwin schüttelte ihn ab. Als nun jeder den alten König beobachtete, der unter Schmerzen von seinem Platz auf dem Boden aufstand, beugte sich Ceawlin vor und schüttete den Inhalt seines Bechers in den von Edwin.

Schließlich war der König auf den Beinen. Cynric wollte gerade mit Cutha an der Seite zu der für ihn vorbereiteten Schlafstelle gehen, da erhob Ceawlin seinen Becher. »Auf Cynric, unseren König!« sagte er. »Und auf unseren Sieg!«

Seine Cousins und sein Bruder nahmen ihre Becher und tranken auf ihn. Ceawlin ging ebenfalls zu seiner Schlafstelle. Ein zufriedenes Lächeln lag auf seinen schön geschwungenen Lippen.

Mitten in der Nacht bekam Edwin fürchterliche Bauchschmerzen. Zu dem Zeitpunkt, als der Kriegertrupp das Lager abbrach, war klar, daß der Prinz zu krank war, um mit ihnen gehen zu können. Cynric ließ seinen Sohn mit einem Leibwächter zurück und marschierte mit dem Rest der Sachsen in der Dunkelheit nach Beranbyrg.

»Die Götter waren mit dir«, murmelte Sigurd, als er neben Ceawlin vom Lager fortritt.

»Er hat letzte Nacht etwas in mein Bier getan«, antwortete Ceawlin. »Als er nicht hinschaute, habe ich es zurück in seinen Becher geschüttet.«

Eine bestürzende Stille entstand. »Götter! Was, wenn es dich hätte töten sollen?«

»Ich hatte gehofft, es wäre so«, sagte Ceawlin.

Jetzt dauerte Sigurds Schweigen sogar noch länger. Schließlich meinte er: »Eines Tages, Ceawlin, wird es so sein.«

»Ich glaube nicht. Er braucht Guthfrid wegen des Gifts, und sie wird so weit nicht gehen. Mein Vater mag mich, und sie hat Angst vor ihm.«

»Ich verstehe sie nicht! Warum haßt sie dich so? Du hast niemals versucht, ihr irgend etwas wegzunehmen.«

»Weißt du«, sagte Ceawlin gedankenvoll, »wir haben Edwin immer dafür verurteilt, wie er seiner Mutter folgt. Aber wenn es nun genau anders herum wäre?«

»Was meinst du damit?«

»Ich meine, wir haben immer gedacht, daß Edwin mich haßt, weil er es von seiner Mutter so gelernt hat. Aber vielleicht haßt sie mich nur, weil Edwin mich haßt?«

»Aber warum?« fragte Sigurd wieder. »Er ist der Erbe. Du stehst ihm nicht im Weg.«

»Er ist einfach so«, anwortete Ceawlin. »Er kann es nicht ertragen, daß jemand auch nur die Sonne mit ihm teilt. Das ist alles.«

Die Dämmerung ließ Streifen aus grauem Licht am Himmel entstehen, als die Feste von Beranbyrg in Sicht kam. Ceawlin und Sigurd stiegen ab und übergaben ihre Pferde den Stallburschen. Als sächsische Krieger kämpften sie zu Fuß. Dann begannen die beiden jungen Männer, ihre Waffen durchzusehen: das große Schwert, die leichteren Lanzen, den sächsischen

Dolch, den beide in ihren Gürteln trugen. Bevor sie den Handschuh und die Armschiene anlegten, die ihren Schwertarm schützen sollten, streckte Ceawlin seine Hand aus und hielt sie Sigurd hin. Sie schlugen sich gegenseitig fest in die Hände, wortlos, denn sie wußten auch so, was der andere dachte. Dann legten sie ihr Kettenhemd an. Sie trugen keine Helme, denn die Westsachsen kämpften immer barhäuptig.

Die anderen Männer überall um sie herum taten das gleiche. Der Himmel wurde nicht heller. Der Tag war feucht; es würde wahrscheinlich regnen. Ceawlin lauschte angestrengt, konnte aber nichts von der anderen Seite des Erdwalls hören. Konnten die Briten wirklich so ahnungslos sein?

Cynrics Kommando versammelte sich vor dem König. Der Angriffstrupp würde das Hauptgewicht der Schlacht tragen, denn der König wollte die Aufmerksamkeit der Verteidiger auf diese Seite der Feste ziehen, damit die beiden anderen Trupps schnell über die Mauer gelangen konnten.

Ceawlin war nicht überrascht, als es zu nieseln begann. Die frühmorgendliche Luft war sowohl kalt als auch feucht. Die Sicht war schlecht, aber das war für sie von Vorteil. Durch den grauen Schleier hindurch sah Ceawlin Cynric die Reihen seiner Männer auf- und abreiten. Ceawlin tauschte noch einen letzten Blick mit Sigurd aus, dann ging er, um sich in der vordersten Reihe bei seinem Vater aufzustellen. So würde er einer der ersten sein, die über die Mauer gelangten. Cynric sah ihn und lächelte.

Das Kommando des Königs sollte den Angriff beginnen. Sie warteten fünfzehn Minuten, um Cutha und Cuthwulf die Möglichkeit zu geben, die Feste zu umrunden und ihre Position zu finden. Dann kam das Signal und der Keil aus Männern bewegte sich.

Es regnete jetzt stärker. Ceawlin rannte vorwärts, selbst unter dem Gesicht der Waffen und des Kettenhemdes noch leichtfüßig. Als die Sachsen in den Graben krabbelten, prasselten Wurfspieße von der anderen Seite der Erdmauer hinab. Die Briten waren also nicht unvorbereitet gewesen. Ceawlin hob den

Schild, um seinen Kopf zu schützen und rannte schnell weiter. Ohne sich auch nur umzuschauen, kletterte er den Wall empor.

Wurfspieße prallten von seinem Schild. Hinter ihm hörte er die nachfolgenden Männer vor Anstrengung keuchen. Der Regen machte den Lehm schlüpfrig, und er konzentrierte sich auf seine Schritte. Dann war er oben.

Hinter dem Schutz des Walls standen Männer in mehreren Reihen, die ihn alle mit offenen Mündern anzustarren schienen. Für einen kleinen, ruhmvollen Augenblick stand er ganz alleine auf der Spitze des Walls. Dann warf er seinen Kopf zurück, stieß den Kriegsschrei seines Vaters aus und sprang mit gezogenem Schwert hinab in die Menge der Männer. Als Stahl gegen Stahl klatschte, konnte er das Geräusch seiner eigenen Leute hinter sich hören.

Eine Klinge zielte auf seinen Hals, und er hob den Schild, um sich zu schützen. Dann stieß er schnell und tödlich sein eigenes Schwert nach vorne, und ein Mann ging zu Boden. Ceawlin grinste. Jetzt waren mehr Sachsen hinter ihm, die, gegenüber den Briten deutlich in der Unterzahl, von dem Wall eingeschlossen wurden. »Vorwärts, Kinder Wotans!« schrie Ceawlin, warf sich den Schild über den Rücken, so daß er das Schwert kraftvoller mit zwei Händen führen konnte, und preschte vorwärts. Die Männer folgten ihm.

Es war eine stürmische Schlacht. Die Sachsen bemühten sich, ihre keilförmige Aufstellung beizubehalten, die ihnen Deckung von allen Seiten erlaubte, aber unter dem starken Druck der vielen Gegner gaben sie nach. »Bleibt bei mir«, schrie Ceawlin. »Vorwärts!« Und sie hielten zusammen.

Plötzlich erscholl ein Schrei von der entfernten Seite der Feste. Die Briten hatten soeben den zweiten Angriffstrupp erspäht. Der Druck auf Ceawlins Männer lockerte sich, und der Keil bewegte sich unerbittlich nach vorne. Dann gab der Druck ganz nach, als die britische Abwehr vollends auseinanderbrach und sie wild durcheinanderrannten. Die Feste war plötzlich angefüllt mit Sachsen. Nach weiteren fünf Minuten war der Kampf vorüber.

Cynric war einer der letzten des ursprünglichen Angriffstrupps gewesen, er hatte sich langsam, aber ohne Hilfe den Wall emporgearbeitet. Das erste, was er sah, als er den Wall erklommen hatte, war der Anblick seines Sohnes, der sich durch die Briten schlitzte, wie wenn ein Messer durch Butter fuhr. Nun, als die geschlagenen Briten in einen der Unterstände gedrängt wurden, die sie während des Winters für sich gebaut hatten, schickte er nach Ceawlin.

Der dichte Regen hatte etwas nachgelassen und es nieselte wieder. Cynric trug über dem Kettenhemd seinen purpurnen Umhang, er stand unter dem Schutz eines Vorsprungs und wartete dort auf seinen Sohn. Cutha und Cuthwulf gesellten sich zu ihm, dann sah er Ceawlin von der anderen Seite der Feste herankommen.

Naß vom Regen klatschte das dichte Haar an Ceawlins Kopf, und immer noch hingen Tropfen an seinen Wangen und Wimpern. Er war schmutzig und blutig, und Cynrics Herz weitete sich vor Stolz, als er ihn kommen sah. Welch ein Krieger würde der Junge werden! Die Götter hatten ihm nur zwei Söhne gewährt, aber sie hatten nicht an deren Qualität gespart. Dieser eine ganz besonders, das hatte er immer gewußt, war zu Höherem berufen. Er schluckte das vertraute Bedauern hinunter, daß es Ceawlin sein mußte, der der Bastard war. Edwin würde sich genauso bewährt haben, wenn er nicht zu so unpassender Zeit krank geworden wäre.

Ceawlin ging vor ihm auf die Knie, und Cynric legte seine Hand auf den regendurchnäßten Kopf. Selbst naß waren seine Haare überirdisch schön. Wie die seiner Mutter, dachte Cynric. Er hatte niemals eine Frau gesehen, die Fara in ihrer Jugend ähnelte.

Er drückte sanft auf den vor ihm geneigten Kopf und sagte mit leicht heiserer, aber kräftiger Stimme: »Dir, Ceawlin, meinem Sohn, widme ich den heutigen Kampf. Dank dir wird es keinen Mangel an den guten Dingen in der Welt geben, die unter meiner Herrschaft ist. Heute wirst du einen Ehrenplatz unter meinen Kriegerhelden einnehmen.«

Er spürte die Anstrengung, mit der der Junge seine Gefühle zu verbergen suchte, sein Bemühen, die Stimme fest klingen zu lassen. »Cynric, Sohn von Cerdic. Großer König«, sagte sein ältester Sohn förmlich. »Es ist Anerkennung genug, zu wissen, daß ich durch meine Taten Eure Liebe gewonnen habe.« Und Cynric zweifelte nicht daran, daß der Junge jedes Wort ernst meinte, das er sprach.

Schritte waren zu hören, und als Cynric aufschaute, sah er den anderen Mann, nach dem er geschickt hatte. Er bedeutete Ceawlin, wieder aufzustehen.

Sigurd kam mit dem Anführer der Briten zu ihnen, dem Bruder der kleinen Prinzessin. »Mylord«, sagte Sigurd in förmlichem Ton. Auch er war mit Schmutz und Blut bedeckt. »Dies ist der Anführer der Rebellion, Prinz Coinmail von den Atrebaten.«

Cynric sah einen Mann mit durchnäßten Haaren, die im trockenen Zustand vermutlich rot waren. Der britische Prinz hatte eine Schnittwunde über der Stirn, aus der es noch blutete. Er humpelte, trug aber seinen Kopf aufrecht. Die dunklen, grauen Augen, die von Cynric zu Ceawlin und zurück wanderten, waren scharf und frostig.

»Er hat die Waffen gegen mich erhoben und daher sein Leben verwirkt«, sagte Cynric zu seinem Sohn. »Aber ich gebe ihn in deine Hände. Was soll ich mit ihm tun?«

Die Überraschung, die Ceawlin durchfuhr, zeigte sich nicht auf seinem Gesicht. Der Brite, nicht viel älter als er, hob leicht das Kinn. Er verstand genug, um zu wissen, daß sein Schicksal entschieden wurde. Es war keine Furcht auf seinem Gesicht. Also dies, dachte Ceawlin, ist ihr Bruder.

Ceawlin sprach britisch mit ihm. »Mein Vater hat mir Euer Schicksal in die Hand gegeben.«

Die grauen Augen flackerten vor Überraschung über das perfekte Britisch, aber Coinmail sagte nichts. »Wenn ich Euch Euer Leben lasse, werdet Ihr schwören, niemals wieder die Waffen gegen mich oder meinen Vater oder irgendeinen anderen westsächsischen König zu erheben?«

Röte stieg in Coinmails blasse Wangen. Er zögerte einen Moment, während er Ceawlin hart anstarrte. Dann wich die Farbe wieder von seinem Gesicht. »Ja«, sagte er. »Ich schwöre es.«

Ceawlin nickte. »Dann seid Ihr frei.«

6

Die Luft war warm und neblig an dem Tag, als Cynrics Kriegertrupp nach Winchester zurückkehrte. Ceawlins Brust war vor Stolz geschwellt, als er seinen Vater so majestätisch mit seinem goldenen Helm die Männer durch das große Holztor und die Straße hinaufführen sah.

Er brachte den Sieg der Westsachsen mit zurück.

»Sigurd! Sigurd!« Ein kleines Mädchen mit langen, braunen Haaren sprang neben ihrem Kindermädchen auf und ab und winkte ihnen zu.

So unmerklich wie möglich winkte Sigurd seiner kleinen Schwester zu. »Coenburg hat keine Würde«, sagte er zu Ceawlin.

»Du meinst, sie hat keinen Respekt vor *deiner* Würde«, erwiderte Ceawlin amüsiert. Es überraschte keinen von ihnen, daß Coenburgs Begeisterung Sigurd galt, und nicht ihrem Vater oder Cuthwulf. Sigurd war derjenige, der immer Zeit fand, sich ihr zu widmen.

Sigurd warf seinem Freund einen spöttisch-hochmütigen Blick zu und tat dann so, als ignorierte er ihn. Die Pferde bewegten sich immer noch langsam die Straße hinauf, an der Halle der Sklaven vorbei, dem Tempel, in dem Ceawlin für den Segen der Götter gebetet hatte. Es waren nur ein paar kurze Wochen seither vergangen, aber es schien Ceawlin eine Ewigkeit her zu sein. Er war als ein Junge gegangen und kehrte als Mann zurück. Seine Augen blieben noch einmal an seinem Vater und dem Helm hängen, und ein leichtes Stirnrunzeln überschattete seine Augen. Auch Cynric hatte sich auf dieser Reise verändert, dachte Ceawlin. Die Härte des Kriegszugs hatte endgültig zum Vorschein gebracht, was Cynric in Winchester noch größtenteils verbergen konnte: Er wurde alt.

Ein Pferd kam an Ceawlins andere Seite, und eine Stimme flüsterte ihm, für die anderen unhörbar, ins Ohr: »Fürchte nur den Tag seines Todes, denn dann werde ich König sein.« Edwins dunkle Augen waren zusammengekniffen und glänzten merkwürdig. »Bruder«, fügte er hinzu und ließ dabei das Wort wie eine Obszönität erscheinen. Dann preschte er mit seinem Pferd an Ceawlin vorbei, drängte ihn gegen Sigurd, so daß sein Knie gegen das seines Freundes stieß. Sigurd fluchte, als sein Pferd einen Satz zur Seite machte, aber Ceawlin schwieg.

Sie hatten den höchsten Punkt der Straße erreicht und Ceawlin schaute zur Halle der Frauen und auf die Gruppe, die oben vor der Vorhalle wartete. Er erkannte seine Mutter sofort, da sie größer war als all die anderen Frauen. Niniane sah er nicht. Die Männer stiegen ab. Ceawlin übergab sein Pferd einem Sklaven und ging zu Fara. Ihre haselnußbraunen Augen schimmerten, als sie ihn begrüßte. »Ich hörte, du warst erfolgreich, mein Sohn.« Cynric hatte schon vor Wochen Nachricht über den Kampf nach Winchester bringen lassen.

»Ja.« Er neigte seinen Kopf etwas, so daß sie seine Wange küssen konnte. »Sie sind tapfer, aber sie sind keine Krieger. Wir haben selbst fünfzehn Mann verloren, aber sie starben ruhmreich.«

»Und du. Du hast ruhmreich gekämpft, mein Sohn. Der Bote deines Vaters hat uns alles berichtet. Alric hat bereits ein Lied zu deinen Ehren geschaffen.«

Seine Augen leuchteten. Er hatte sein ganzes Leben lang davon geträumt, Taten zu vollbringen, über die die Harfner singen würden. Seine Mutter wußte, was er dachte und drückte seinen Arm. »Ich bin glücklich, daß es dir gutgeht.«

So sind alle Frauen, dachte Ceawlin. Er tätschelte ihre Schulter und sagte, während er sich umschaute: »Wo ist die Prinzessin?«

»In der Halle. Verständlicherweise zog sie es vor, nicht Zeugin der Siegesparade zu sein.«

»Oh.« Er schaute auf die Tür der Halle. »Weiß sie von dem, was ihrem Bruder widerfahren ist?«

»Ja.« Faras Augen glänzten. »Das war eine gute Entscheidung, Ceawlin.«

Er zuckte die Achseln. »Es schien mir unnötig, ihn zu einem Helden zu machen.«

Fara nahm seinen Arm. »Komm herein und erzähle mir alles. Oder ... bist du vielleicht müde?«

Er grinste. »Ich bin kein bißchen müde«, sagte er und ließ sich von ihr durch die Tür führen.

Er sah Niniane erst kurz vor dem Fest, das Cynric in der großen Halle anläßlich des großen Sieges abhielt. Sie war nicht in der Halle der Frauen gewesen, aber er hatte sie zufällig auf dem Rückweg von den Ställen getroffen, als er nach seinem Pferd gesehen hatte. Sie spielte auf dem Duellplatz mit einigen Kindern der Edlen seines Vaters. Als er sie rief, schaute sie auf und kam zu ihm.

»Ich habe Euren Bruder getroffen«, sagte er. »Er trägt seine Haare kürzer als ich.«

»Ich hörte von Eurem Treffen.« Sie schaute ihn mit ruhigem Gesichtsausdruck an. Sie ist so klein, dachte er. Sie reichte nicht einmal bis zu seiner Schulter. Ihre Nase war nach oben gereckt und mit kleinen, goldenen Sommersprossen besprenkelt. Es war eine vorwitzige Nase, die so gar nicht zu dem Ernst ihrer Augen paßte. »Ihr wart großzügig«, sagte sie. »Ich danke Euch.«

»So großzügig war das nicht. Ich ließ ihn schwören, niemals wieder die Waffen gegen uns zu erheben.«

»Hat er ... hat er etwas über mich gesagt?«

Als Cynric ihn über Ninianes Heirat mit seinem Sohn informiert hatte, hatte Coinmail geantwortet: »Unter den gegebenen Umständen ist sie für mich nicht von Nutzen. Nehmt sie, wenn Ihr wollt.«

Ceawlin schaute in diese empfindsamen, schieferfarbenen

Augen und es war ihm unmöglich, diese sorglosen Sätze zu wiederholen, mit denen Coinmail sie verstoßen hatte. »Er hat natürlich nach Euch gefragt. Und er willigt in die Hochzeit mit Edwin ein.«

Jeder Tropfen Blut wich aus ihrem Gesicht. Aus Angst, sie könnte in Ohnmacht fallen, streckte er die Hand nach ihr aus. Ihre Knochen waren so leicht wie die eines Kindes. »Es geht mir gut«, sagte sie und taumelte. Er schlang seine Arme um sie und schaute nach einem Platz, wo sie sich hinsetzen könnte.

»Geht es Niniane nicht gut?« Die Kinder, mit denen sie gespielt hatte, kamen herbeigelaufen.

»Es ist alles in Ordnung«, versicherte Ceawlin. »Sie ist nur ein bißchen müde. Geht jetzt lieber nach Hause. Es ist Zeit zum Essen.«

Die Kinder, die gewöhnt waren, zu gehorchen, rannten fort. Ceawlin erspähte einen Baumstamm und trug Niniane dorthin. »Es geht mir gut«, sagte sie wieder, aber ihre Stimme klang nicht sehr kräftig.

»Ich bringe Euch nur an einen Platz, wo Ihr ein paar Minuten ausruhen könnt.« Ihr Kopf fiel gegen seine Schulter und sie entspannte sich.

Sie wog zwar kaum mehr als ein Kind, aber sie war dennoch keines mehr. Er konnte das sehr deutlich spüren, als er sie so eng im Arm hielt. Sie war klein und hatte leichte Knochen, aber sie war eine Frau.

Er ließ sie auf dem Baumstamm nieder, und sie lehnte sich nach vorne, ließ ihren Kopf auf ihre Knie sinken. Ihre langen, braunen Haare teilten sich und er sah ihren zarten Hals. Ihr Haar war nicht wirklich braun, dachte er. Es war braun und gold und rot zusammen. Hübsch. Sehr hübsch.

Sie schaute auf, ihre Wangen waren jetzt leicht gerötet. »Es tut mir leid. Normalerweise verhalte ich mich nicht so dumm.«

»Es ist schon in Ordnung. Ich dachte ... ich dachte, ich sollte es Euch vorher sagen.«

Ihre Wangen färbten sich noch dunkler. »Ja, ich verstehe. Danke.«

»Ich gehe mit Euch zurück zur Halle der Frauen. Es ist beinahe Zeit für das Bankett.«

»Ich danke Euch, Prinz. Aber ich gehe nicht zum Bankett. Eure Mutter war so freundlich, mich zu entschuldigen.«

»Ich verstehe«, sagte er und war traurig, daß sie nicht sehen konnte, wie er geehrt wurde.

Sein ganzes Leben lang hatte Ceawlin davon geträumt: sein erstes Siegerbankett, bei dem der Skop von seinen ruhmreichen Taten sang, das Leuchten in den Augen seines Vaters, während er ihn ehrte... Ein großer Augenblick, der wie alles andere in seinem Leben von Edwin zerstört wurde.

Cynric war stolz auf seinen Sohn. Er wollte, daß jeder in Winchester das wußte. Er verstand seine Frau nicht, die glaubte, daß jede Anerkennung, die er Ceawlin zuteil werden ließ, Edwin etwas wegnahm. Edwin würde der nächste König der Westsachsen sein. Cynric hatte niemals den Eindruck erweckt, als wollte er seinem rechtmäßig geborenen Sohn dieses Recht nehmen. Es war schäbig und kleinlich von Guthfrid, Ceawlin jede Stellung in der Welt zu neiden.

Frauen! dachte Cynric, als er sich erhob, um die Ehrenrede für seinen Sohn zu halten. Guthfrid und Fara lagen im Streit, seit Guthfrid Winchester betreten hatte. Frauen und ihre Söhne. Selbst Wotan konnte dem armen Mann nicht helfen, der in ihrer Mitte gefangen war.

Im Raum war es still geworden, und in diese Stille sagte Cynric voller Stolz:

»Für deine Kühnheit im Kampf überreiche ich dir, Ceawlin, Sohn von Cynric, dieses Schwert.« Laute Atemgeräusche waren auf den Bänken zu hören, als der König ein großes Schwert hervorholte, dessen Knauf und Scheide mit Juwelen besetzt waren. Cynric wußte, jeder im Raum würde es als dasjenige wiedererkennen, das er von seinem Vater Cerdic erhalten hatte, als er die Insel Wight verlassen hatte, um sich auf dem Festland ein eigenes Königreich zu erobern. Guthfrid würde wild vor Wut werden, würde behaupten, daß es Edwin zustand, aber es war nicht das offizielle Königsschwert. Es war seines, das er von seinem Vater bekommen hatte, und wenn er es diesem Sohn geben wollte, so würde er es auch tun. »Trage dieses Schwert, geliebter Ceawlin«, fuhr seine tönende Stimme fort, »und wenn du es trägst, sollen dich alle Männer preisen, so weit die Ufer reichen, und wo immer der Wind weht.«

Er betrachtete den Jungen, der vor ihm kniete und in diesem Moment aufschaute. Er wirkte so einsam und verlassen. Es wäre gut, Guthfrid und Edwin zu beschwichtigen, dachte Cynric, und sagte etwas leiser zu Ceawlin: »Während du lebst, Prinz, folge deinem Herrscher.« Die Augen seines Sohnes blickten ihn mit düsterem Verständnis an. »Sei gütig in deinen Taten für den neuen König, wenn ich nicht mehr bin.«

Ceawlin nahm das Schwert aus den Händen seines Vaters und schaute über Cynrics Schulter hinweg auf Edwin. Dessen Gesicht war weiß und zusammengesunken, seine Augen funkelten dunkel. Ceawlin öffnete den Mund und sah seinen Vater an. »Das werde ich, Mylord«, antwortete er, verbeugte sich und berührte mit der Stirn die Finger des Königs.

Dann trat Alric mit seiner Harfe nach vorn und kurz darauf wurde die Halle mit Musik erfüllt. Er sang von Beranbyrg: von Cynric, dem König, und von Ceawlin, seinem Sohn.

Ceawlin konnte es nicht genießen, dieses erste für ihn komponierte Lied. Er war sich zu sehr der Gestalt seines Bruders bewußt, der am anderen Ende neben dem Thron saß.

Edwin war übel vor Wut über Ceawlins Erfolg, und Cynric wußte das. Das Versprechen, das er Ceawlin soeben im Beisein aller anderen abgerungen hatte, war die Art und Weise des Königs, seinen rechtmäßigen Sohn zu besänftigen und gleichzeitig den Bastard zu ehren. »Während du lebst, Prinz, folge deinem Herrscher.« Und: »Sei gütig in deinen Taten für den neuen König, wenn ich nicht mehr bin.«

Es nützte nichts. Ceawlin hatte es deutlich auf Edwins Gesicht gesehen, als er das Schwert von seinem Vater erhielt. Niemand, *niemand* durfte zwischen Edwin und der Sonne sein und weiterleben.

»Ceawlin, Sohn von Cynric, Krieger von Wessex«, sang der Skop. Ceawlin spürte das Brennen bitteren Hasses in seinem Herzen. Sein ganzes Leben war es so gewesen, immer versuchte Edwin, ihm die Freude an seinen Leistungen zu vergällen.

Da war die Wunde an seinem Arm, die von Edwins Dolch stammte; eine Erinnerung an die Zeit, als Ceawlin als erster von seinem Vater für die Fähigkeiten im Umgang mit dem Schwert gelobt worden war. Er war acht Jahre alt gewesen, und Edwin sieben.

Da war die Zeit, als Edwin den Jagdhund von Ceawlin getötet hatte, weil er ihm den Erfolg bei der Jagd neidete.

Und da war die Zeit, als Edwin etwas in sein Essen geschüttet hatte, um ihn krank zu machen. Sein Vater hatte ihm in jener Nacht zum ersten Mal ein Mädchen geschickt, und er war zu krank, irgend etwas anderes zu tun als zu würgen.

Der Skop sang jetzt über sein neues Schwert:

Es hat
eine eiserne Klinge scharf und schimmernd,
gehärtet in Blut. Niemand, der sie
im Kampf trägt, sie an gefährlichen Plätzen schwingt
kühn und mutig, wird jemals verlassen sein.

Er spürte, wie sich die Augen seines Bruders in seinen Kopf bohrten, und er wußte, daß Edwin auch diesen Moment zerstört hatte.

Guthfrid würgte noch ein letztes Mal in die große Schüssel, dann bedeutete sie ihrer Dienerin, sie fortzutragen. Die Königin legte sich auf ihr Bett und schloß die Augen.

Es konnte keinen Zweifel mehr geben. Sie erwartete ein Kind.

Konnte sie Cynric glauben machen, daß es seins war?

Sie lag in dem zerwühlten Bett, das Lampenlicht schimmerte auf ihr blasses, vom Schweiß feuchtes Gesicht, und sie rechnete nach. Cynric hatte das letzte Mal bei ihr gelegen, kurze Zeit bevor er den Kriegertrupp nach Beranbyrg geführt hatte. Das war im April gewesen. Götter. Jetzt war ... welcher Tag?... Der 30. Juni. Sie hatte nach Beranbyrg empfangen, das wußte sie sicher.

Ein Unterschied von ungefähr einem Monat. Er würde niemals sicher sagen können, daß es nicht sein Kind war.

Sie strich sich die verfilzten, goldenen Haare aus der Stirn. Vielleicht würde er sogar zufrieden sein. Er war immer so empfindlich darüber gewesen, daß er nur zwei Kinder gezeugt hatte. Nun, in seinem hohen Alter noch ein Kind zu haben, könnte ihn zufrieden machen.

Glücklicherweise war er noch in der Lage, den Akt zu vollziehen! Glücklicherweise war er vor Beranbyrg noch zu ihr gekommen!

Das war es. Sie würde ihn daran erinnern, daß Männer kurz vor der Schlacht an Potenz gewinnen. Jeder wußte das. Sie würde sagen, daß sie deshalb schließlich empfangen hatte.

Edric würde nicht glücklich sein. Er war in der letzten Zeit immer verdrießlicher geworden. Er hungerte nach Macht. Er wartete nur auf Cynrics Tod, um sie selbst heiraten zu können, das wußte Guthfrid. Dann hätte er die Macht, die er begehrte; dann wäre er der Ehegatte der Königin.

Edric vergaß, daß Edwin König sein würde. Edwin, der seine Macht sicher nicht mit dem Liebhaber seiner Mutter teilen würde. Aber Guthfrid war nicht so dumm, Edric das zu sagen. Sie brauchte ihn. Er befriedigte ihren Körper. Als die Besuche des Königs so unregelmäßig geworden waren, hatte sie jemanden gebraucht. Sie wollte Edric nicht verlieren.

Ganz plötzlich kam ihr der Gedanke, daß Edwin vielleicht weniger erfreut als alle anderen über die Aussicht auf einen neuen Bruder sein könnte.

Wie ein Lauffeuer verbreitete sich die Nachricht durch die Halle der Frauen, daß die Königin ein Kind erwartete.

»Es kann nicht von Cynric sein«, sagte Nola zu Niniane, als sie auf einer Bank in der Sonne saßen und Garn spannen.

Niniane schaute sich um. Man mußte in Winchester immer aufpassen; eine erstaunliche Menge von dem, was in der Halle der Frauen gesagt wurde, gelangte zur Königin. »Du solltest lieber vorsichtig mit dem sein, was du sagst, Nola«, sagte sie warnend mit leiser Stimme zu dem Mädchen, das inzwischen ihre Freundin geworden war.

»Ich bin nicht die einzige, die das sagt.« Nolas braune Augen blitzten. »Der König hat seit sechzehn Jahren kein Kind mehr gezeugt. Es ist unwahrscheinlich, daß er es jetzt, in seinem Alter, tun sollte.«

»Und wer ist dann der Vater?« fragte Niniane.

»Edric natürlich.«

»Wie kannst du da so sicher sein, Nola? Der König kann immer noch... ich meine, er ist in der Lage. Nun, er läßt sich Mädchen aus den Frauengemächern bringen. Also ist er wohl nicht impotent.«

»Niemand sagt, daß Cynric impotent ist. Ich weiß aus eigener Erfahrung, daß er das nicht ist. Aber keine dieser Frauen hat jemals ein Kind bekommen. Ich glaube einfach nicht, daß Guthfrids Kind von ihm ist.« Ein Schweigen entstand, während sie ihre Wolle spannen. »Außerdem weiß jeder von Edric und der Königin.«

»Ich kann nicht glauben, daß es der König weiß. Wenn es so wäre, hätte er doch etwas dagegen unternommen. Cynric scheint nicht der Mann zu sein, der Ehebruch tolerieren würde.«

»Vermutlich ist das so. Aber ich bin sicher, daß die Königin und Edric mehr als lediglich Freunde sind. Warum sonst, glaubst du, hat sie dir erlaubt, das letzte Jahr in der Halle der Frauen zu bleiben? Sie will nicht, daß irgend jemand in der Halle der Königin ist, dem sie nicht vollständig vertrauen kann. Es gibt keinen anderen Grund, warum sie Edwins zukünftige Frau unter dem Einfluß von Fara läßt.«

»Edwin«, sagt Niniane mit seltsam schwacher Stimme. Sie starrte auf die grüne Wolle in ihrem Schoß, ohne sie zu sehen. In zwei Tagen würde die offizielle Verlobungszeremonie zwischen ihr und Edwin stattfinden. Niniane wurde jedesmal kalt vor Schreck, wenn sie daran dachte. Sie schaute Nola an und ihre ruhige Stimme war voller Verzweiflung: »Kann ich denn nichts dagegen tun, Nola, um die Verbindung zu verhindern?«

»Ich verstehe dich nicht, Niniane.« Nola starrte sie mit blankem Unglauben an. »Cynric bietet dir die *Ehe*. Die Ehe mit dem zukünftigen König der Westsachsen. Du wirst eine Königin, du Närrin. Was ist los mit dir?«

»Ich mag Edwin nicht, Nola. Irgend etwas ist an ihm... etwas Merkwürdiges...« Ihre Augen waren weit und grau vor Sorgen. »Er stößt mich ab«, sagte sie. Und dann, in einem Ausbruch von Offenheit: »Ich kann den Gedanken nicht ertragen, daß er mich berührt!«

Nola lachte. »Du kleine Jungfrau.« In ihrer Stimme war keinerlei Anteilnahme. »Du wirst deine Meinung ändern. Es ist nicht so schlimm, glaube mir. Schließe nur deine Augen und es ist bald vorüber. Ich selbst war niemals mit Edwin im Bett, aber die Mädchen sagen, er ist gut. Er hat den Appetit seines Vaters. Wir müssen einfach hoffen, daß er sich als ein besserer Bolzen erweist.«

Ninianes Magen drehte sich um, und genau in diesem Moment kam ein Mädchen herbeigelaufen. »Wo ist Fara?« rief sie den beiden zu.

»Ich glaube, sie ist im Bleichhaus«, antwortete Nola. »Was ist los?«

»Prinz Ceawlin ist verletzt«, warf das Mädchen über die Schulter zurück, als es in die Richtung des Bleichhauses davonrannte.

Nola legte ihre Wolle beiseite. »Was kann passiert sein?«

»Ich weiß es nicht. Er ging heute morgen mit Sigurd auf die Jagd. Ich habe sie fortreiten sehen.«

Nola stand auf. »Ich gehe hin und sehe nach, was passiert ist.«

»In Ordnung.« Niniane schaute auf. »Wenn du mich brauchst, ich bin hier.« Nola nickte. Während des letzten Jahres hatte sie Niniane öfter gerufen, um verschiedene Fleischwunden zu nähen. Sie war schnell und sorgfältig und ihre Arbeit hinterließ selten eine Narbe.

Nola ging fort und Niniane saß da und brütete über die bevorstehende Heirat. Wenn sie nicht irgend etwas unternahm, würde sie sich im nächsten Monat in Edwins Bett wiederfinden.

Was könnte sie tun?

Sie hatte oft daran gedacht, wegzulaufen, aber sie wußte nicht, wohin. Die Briten in dieser Gegend standen alle unter dem Einfluß von Cynric. Niemand würde die entflohene Braut seines Sohnes verstecken.

Sie hatte daran gedacht, nach Hause zu laufen, aber sie war nicht sicher, ob sie sie nicht vorher fangen würden. Und nun bestand nicht einmal mehr die Möglichkeit, zu versuchen, bis nach Bryn Atha zu kommen. Coinmail war zum Frieden mit den Sachsen gezwungen worden, und sie war offensichtlich sein Friedensangebot. Sie konnte von ihm nicht erwarten, sie wieder aufzunehmen; er würde ihre Gegenwart nicht verheimlichen können. Cynric plante, den Edlen, die ihm bei seinen Eroberungsfeldzügen gefolgt waren, Land zu geben. Deshalb war der Kriegertrupp nach dem Sieg bei Beranbyrg noch einige Wochen im Norden geblieben; Cynric hatte sich in der Gegend genauer umschauen wollen. Innerhalb kurzer Zeit würden Sachsen in der Nähe von Bryn Atha leben. Für sie würde es dort keinen Unterschlupf geben.

Alles, was ihr blieb, war das Gebet.

Sie saß immer noch in der Sonne, als Nola zehn Minuten später kam. »Fara braucht dich, Niniane. Ceawlin hat sich geschnitten und die Wunde muß genäht werden.«

Niniane legte ihre Wolle und die Spindel beiseite. »Gut«, sagte sie. »Ich komme.«

Ceawlin saß auf einem Stuhl, Fara stand hinter ihm und hielt ein Tuch an sein Gesicht, als Niniane hereinkam. Sie schaute hoch. »Oh, Niniane. Wir brauchen Eure Nähkünste, meine Liebe. Dieser Schnitt ist sehr tief und muß genäht werden.«

Niniane ging zu ihnen und schaute sich das Gesicht an. Der

Schnitt war tief und ausgefranst und hatte das rechte Auge nur um weniger als einen Zentimeter verfehlt. »Ihr hattet Glück, Prinz«, sagte sie.

»Ich weiß.« Seine wasserblauen Augen verengten sich vor Ironie. »Könnt Ihr den Schnitt wirklich nähen?«

»Oh, ja. Es bleibt aber vielleicht eine Narbe. Die Wunde ist sehr tief.«

Er zuckte die Achseln. »Tut, was Ihr könnt. Meine Mutter sagt, Ihr seid darin besser als alle anderen Frauen.«

Niniane wandte sich an Fara. »Bringt mir bitte eine Lampe, Mylady. Das ist besser als Kerzen.«

Als die Lampe da war, ging Niniane zu der Schüssel mit Wasser auf dem Tisch, um die Wunde auszuwaschen. Sie nahm die Seife, wusch sich sorgfältig die Hände und trocknete sie mit einem Stück Stoff ab. Dann stellte sie sich hinter Ceawlin. Sie nahm das Kinn des Prinzen in die Hand und preßte seinen Kopf sanft an sich. »Es ist wichtig, daß Ihr ruhig bleibt«, erklärte sie ihm.

»Ja, ich weiß.«

Er schloß die Augen und lehnte seinen Kopf gegen ihre Brust. Sie strich ihm die Haare zurück, damit sie nicht in die Wunde gelangten. Sie waren dick und fühlten sich wie Seide an. Sie besaßen die Farbe des Mondlichts, dachte sie. Das Gewicht seines Körpers gegen sie war merkwürdig angenehm. Sie dachte plötzlich, daß sie bei dem Gedanken, Ceawlin heiraten zu müssen, nicht so erschreckt wäre.

Bei diesem Gedanken zog sie ihre Stirn in Falten und beugte sich näher zu der Wunde. Während sie mit der einen Hand vorsichtig die Haut zusammenschob, nähte sie die zerrissenen Enden zusammen.

Sie spürte, wie sein Körper sich anspannte, als die Nadel durch die empfindliche Haut fuhr, aber er rührte sich nicht ein einziges Mal. Er blieb unter ihren Händen still wie ein Stein, bis sie fertig war. Schließlich schaute sie Fara an. »Ich habe getan, was ich konnte, Mylady. Es wird eine Narbe bleiben, fürchte ich, aber immerhin hat er das Auge noch.«

Ceawlin bewegte seinen schönen goldenen Kopf fort von ihren Brüsten und schaute hoch. Sein Gesicht war blaß. »Danke, Prinzessin«, sagte er. »Ihr seid eine sehr fähige Näherin.«

Die drei waren alleine an dem Tisch; die übrigen Frauen hatten sich in einer Ecke zur Ruhe zurückgezogen oder waren nach draußen gegangen. Niniane nickte und machte sich daran, die Utensilien wieder in Faras Arbeitskasten zurückzulegen.

»Wie ist das geschehen?« fragte Fara ihren Sohn auf sächsisch.

»Ich habe es dir gesagt. Bayvard fiel im Wald und ich wurde abgeworfen. Ich habe mein Gesicht an einer hervorstehenden Wurzel verletzt.«

Niniane arbeitete weiter und lauschte der Unterhaltung. Im Laufe des vergangenen Jahres hatte sie sehr gut Sächsisch gelernt. Sie hatte dieses Wissen jedoch verborgen gehalten und tat auch weiterhin so, als könnte sie nicht mehr als ein paar gewöhnliche Worte sprechen. Ihr Instinkt hatte ihr geraten, an diesem Ort, an dem sie so allein und ungeschützt war, diesen kleinen Vorteil für sich zu behalten. Sie hatte nicht einmal Fara wissen lassen, wie fließend sie sprechen konnte.

Fara fuhr fort: »Bayvard ist sehr sicher. Was hat ihn straucheln lassen?«

Es entstand eine kleine Pause. Dann seufzte Ceawlin. »Sigurd fand eine Rebe, die von einem Baum zum anderen gespannt war.«

»Ich wußte es.« Faras Stimme zitterte. »Ich wußte, daß er dahintersteckt.«

»Es gibt keinen Beweis dafür, Mutter.«

»Ich brauche dafür keinen Beweis. Und du auch nicht.«

Niniane faltete langsam die Tücher zusammen und lauschte mit ausdruckslosem Gesicht. »Nein«, sagte Ceawlin schließlich. »Aber was kann ich dagegen tun, Mutter? Er hat keine Scheu, mich zu ermorden oder zu verkrüppeln, aber ich bin nicht so empfindungslos meinem Vater gegenüber wie er.«

»Es würde deinen Vater umbringen, wenn einer seiner Söhne von dem anderen umgebracht würde.«

»Ich weiß das. Es gäbe keinen Ausweg für ihn: nicht die Blutrache, nicht das Wergeld. Nur Trauer. Deshalb muß ich meine Hand zurückhalten.«

»Du hast beinahe dein Auge verloren!«

Er zuckte die Achseln.

»Ich habe nachgedacht«, sagte Fara. »Vielleicht solltest du Winchester verlassen, Ceawlin. Vielleicht läßt sich dein Vater überreden, dir ein Stück Land beim Aildon-Gebirge zu geben.«

»Winchester verlassen! Du mußt verrückt sein, Mutter.«

Niniane schaute auf und sah, wie er Fara voller Erstaunen anblickte. »Was sollte ich außerhalb von Winchester? Alles, wozu ich erzogen worden bin, liegt hier. Was könnte ich im Aildon-Gebirge tun? Bauer werden?«

»Aber Ceawlin, was gibt es denn hier zu tun?« Fara klang beinahe verzweifelt. »Du kannst nicht hierbleiben, bis er dich getötet hat! Und das ist es, was er tun wird. Du weißt das!«

»Das wird er nicht. Er hat Angst vor meinem Vater. Und Guthfrid auch.«

»Dein Vater wird nicht ewig leben.«

»Nun, ich werde nicht fortgehen, solange er lebt, ganz sicher nicht. Also hör mit diesem dummen Gerede über das Aildon-Gebirge auf.« Er lächelte sie an und beugte sich hinunter, um ihr einen Kuß auf den Kopf zu geben. »Ich werde nicht zulassen, daß er mich tötet, Mutter, das verspreche ich.« Dann wandte er sich an Niniane und sagte auf britisch: »Noch einmal vielen Dank, Prinzessin.«

Die beiden Frauen sahen ihm schweigend nach, als er aus der Halle schritt.

7

»Was ist ein Wergeld?« fragte Niniane eines der sächsischen Mädchen, das in den Frauengemächern wohnte. Sie und Hilda waren sich in der letzten Zeit nähergekommen und arbeiteten jetzt zusammen in der Halle der Frauen an einem Webstuhl. Hinter ihnen waren Geräusche von den Vorbereitungen für das Abendessen zu hören.

Hilda war nicht überrascht über die Frage. Seit dem letzten Jahr hatten sie sich alle an Ninianes Unkenntnis gewöhnt.

»Wergeld ist der Preis eines Menschen«, sagte sie nun in einem Britisch, das sich seit Ninianes Ankunft in Winchester deutlich verbessert hatte. Hilda war eine große, breitschultrige Blonde mit ruhiger Ausstrahlung. Niniane mochte sie nach Nola am meisten von den Mädchen aus den Frauengemächern.

»Der Preis eines Menschen?« wiederholte Niniane, die nichts verstanden hatte.

Hilda erklärte es. »Die Geldbuße, die man dem Leben eines Menschen schuldet. Es ist im Gesetz eindeutig festgelegt: so viel für einen Edlen, so viel für einen Lehnsmann, für einen Freien, und so weiter.«

»Aber wer schuldet das Geld?«

»Der, der das Leben genommen hat, natürlich. Der Mörder.«

»Der Mörder?«

»Sicher. Wer sonst sollte es zahlen?«

Ninianes Hände arbeiteten automatisch weiter, während sie nachdachte. »Das heißt also, wenn ein Mann einen anderen Mann erschlägt, dann muß der Mörder dem König eine Geldstrafe zahlen?«

»Nicht dem König, Niniane. Der Familie des Opfers.« Hilda nahm das alte, stumpfe Schwert auf und preßte damit das Gewebe.

Niniane runzelte die Stirn. »Und es gibt keine andere Strafe? Alles, was ein Mörder tun muß, ist eine Strafe zahlen?«

»Oh, nein. Wergeld wird nur bezahlt, wenn die Familie des Opfers einverstanden ist. Meistens ist sie es nicht.« Sie legte das Schwert wieder hin. »Wergeld zu akzeptieren wird im Vergleich zur Rache sehr gering geschätzt.«

»Rache? Was meinst du mit Rache?«

»Blutrache, was sonst?« Als sie Ninianes fragende Blicke sah, fuhr sie fort. »Sobald ein Mörder überführt ist, hat die Familie des Opfers die Pflicht, den Tod an dem Mörder selbst oder an einem Mitglied seiner Familie zu rächen. Es ist eine religiöse Angelegenheit, die mit der Heiligkeit der Blutsverwandtschaft zusammenhängt.«

»Du meinst, sie müssen den Mörder töten?«

»Ja.«

»Aber das ist verrückt!« Ninianes Hände waren jetzt ganz ruhig. »Eine solche Fehde kann sich über Generationen hinziehen!«

»Das tun auch viele«, kam die gelassene Antwort. »Wegen einer Blutsfehde kam auch Guthfrid nach Wessex. Die Heirat mit Cynric sollte sie beenden. Das ist die eine Möglichkeit. Eine andere ist, daß eine der Familien Wergeld akzeptiert. Dann ist das Töten vorüber.«

»Und wenn die Familie des Opfers weder Rache noch Wergeld will?«

»Das ist undenkbar«, sagte Hilda. »Eine solche Person würde jede Ehre verlieren.«

Niniane lebte schon lange genug unter den Sachsen, um ermessen zu können, wie heilig ihnen die Ehre war. »Wenn Loyalität gegenüber Verwandten von solcher Wichtigkeit ist«, sagte sie langsam, »was passiert dann, wenn ein Familienmitglied ein anderes tötet?«

»Nach den Gesetzen der Familie ist es verboten, einen Verwandten zu töten oder Wergeld von ihm zu erhalten.«

»Aber nach dem gleichen Gesetz ist er gezwungen, das eine oder das andere zu tun, um den Toten zu rächen.«

»Ja.« Hilda lächelte zufrieden, weil ihre Schülerin es begriffen hatte. »Deshalb ist der Mord unter Verwandten das schlimmste und unverzeihlichste Verbrechen. Es ist unmöglich, es zu rächen.«

»Ich verstehe«, sagte Niniane, und das entsprach jetzt auch der Wahrheit.

Ninianes Verlobung wurde am darauffolgenden Tag mit einem rauschenden Bankett in der großen Halle von Winchester gefeiert. Die Verlobungszeremonie überstrahlte bei den Sachsen die Hochzeit bei weitem. Die Hochzeit, die zwei Wochen später stattfinden sollte, bestand hauptsächlich in der Übergabe des Ringes und ihrem sexuellen Vollzug. Dagegen war die Verlobung weniger persönlich, eher eine öffentliche Angelegenheit.

Für das Verlobungsfest wurden Edwin und Niniane die Ehrenplätze überlassen. Edwin saß an der Seite des Königs, und Niniane nahm neben der Königin Platz. Draußen prasselte der Regen, und es war dunkel und feucht, aber in der festlichen Atmosphäre der Halle brannten die Kerzen. Immer wieder wurde das Essen herumgereicht, immer schmutziger wurde der Humor, je länger sich das Bankett hinzog.

Edwin lauschte den unzüchtigen Zoten des Edlen neben ihm und stimmte lachend ein. Er selbst hätte eine Heirat mit einer der großen anglosächsischen Königsfamilien vorgezogen, aber er wußte, daß Guthfrid recht hatte und Ceawlin von der Heirat mit einer atrebatischen Prinzessin abgehalten werden mußte. Es war besser, sie selbst zu heiraten und den Bastard daran zu hindern, eine Position zu erlangen, die sich in der Zukunft als gefährlich herausstellen könnte. Wenn sein Vater erst gestorben wäre, würde er sie immer noch loswerden können. In der Zwischenzeit mochte es vielleicht gar nicht so unerfreulich sein, eine Frau zu haben. Sicher, Niniane gehörte nicht zu der Sorte Frauen, die ihn gewöhnlich reizten. Sie war zwar sehr hübsch, aber viel zu zurückhaltend. Sie wußte seit über einem Jahr, daß sie ihn heiraten würde, aber sie hatte nichts getan, um ihn für sich zu interessieren. Viel zu zurückhaltend. Nun gut, wenn er sie erst in seinem Bett hätte, würde er ihr schon noch beibringen, welche Sorte Frau sie für ihn zu sein hatte.

Plötzlich gebot Cynric Schweigen. Als es einigermaßen ruhig war, rief der König: »Bringt die Geschenke.«

Die Eingangstür öffnete sich, und eine Reihe Sklaven kam mit den traditionellen Geschenken des Bräutigams für die Braut herein. Es gab alles: Kleidung, Juwelen, einen Geldschrank, Leinentücher und Laken und eine Liste mit Haustieren, die ihr Eigentum werden würden. Die Geschenke wurden in einer eigenen Zeremonie auf dem Boden vor dem Thron aufgebaut. Dann rief Cynric drei seiner Edlen herbei, um von ihnen die Übergabe der Geschenke bezeugen zu lassen.

Cynric gab Edwin und Niniane ein Zeichen, herbeizukommen. Die Verlobungszeremonie wurde gewöhnlich mit einem Kuß auf den Mund besiegelt, ein symbolischer Hinweis auf die Vereinigung der Körper, die durch die Heirat erfolgen würde.

Edwin schaute auf das ausdruckslose Gesicht der Prinzessin hinab. Sie schaute seinen Vater an, nicht ihn. Dumme Kuh, dachte er. Sie war ein Jahr in Winchester und konnte immer noch kein Sächsisch. »Wir müssen uns jetzt küssen«, sagte er auf britisch zu ihr.

Bei diesen Worten schaute sie ihn an. Seine dunklen Augen verengten sich, er legte seine Hände auf ihre Schultern, zog sie an sich und küßte ihren Mund mit brutaler Gründlichkeit. Die halbbetrunkenen Lehnsmänner brüllten vor Begeisterung.

Niniane zitterte, als er sie endlich freigab. Sie hielt ihre Augen auf den Boden gesenkt, während sie zu ihrem Platz an der Seite von Guthfrid schritt, und umklammerte ihre kalten Finger in ihrem Schoß, um ihr Zittern nicht sichtbar werden zu lassen. Sie schmeckte Blut. Edwin hatte sie in die Lippe gebissen.

Lieber, gesegneter Jesus, betete sie. Hilf mir. Der Lärm war ohrenbetäubend. Bitte, bitte, lieber Gott. Ihre Hände verkrampften sich so stark, daß ihre kurzen Nägel in die Handflächen schnitten.

»Versuch wenigstens, glücklich auszusehen, du dummes

Ding«, herrschte die Königin sie an. »Du bist schließlich eine Braut, vergiß das nicht.«

Drei Tage, bevor die Hochzeit zwischen Niniane und Edwin stattfinden sollte, ritt Cynric mit einem Leibwächter und Cutha nach Venta, um dort Recht zu sprechen. Sie waren noch keine zwei Stunden fort, als Edwin Ceawlin zu einem Duell herausforderte.

Duelle waren bei den Sachsen nichts Ungewöhnliches. In Winchester bildeten sie eine angesehene Methode, um Rivalitäten und Querelen zu beenden. Sie wurden als Erheiterung und als Sport betrachtet. Die Regeln waren streng festgelegt, um ernsthafte Verletzungen zu vermeiden, obwohl gelegentlich so etwas vorkam. Ein Duell wurde solange ausgetragen, bis der Schiedsrichter entschied, daß einer der beiden Teilnehmer offiziell entwaffnet worden war. Danach zogen sich gewöhnlich alle in die große Halle zurück, um zu trinken.

Allerdings gab es niemanden in Winchester, der daran glaubte, daß ein Duell zwischen den beiden Prinzen normal verlaufen könnte. Das böse Blut zwischen Edwin und Ceawlin ging weit über das hinaus, was gewöhnlich auf dem Duellplatz ausgetragen wurde. Sowohl Guthfrid als auch Fara unternahmen große Anstrengungen, um ihre Söhne von etwas abzuhalten, das sie für zu gefährlich hielten.

»Warum hast du ihn herausgefordert?« fragte Guthfrid ihren Sohn, sobald er die Tür ihres Schlafzimmers hinter sich geschlossen hatte. »Du weißt, wie gut Ceawlin mit dem Schwert umgehen kann, Edwin! Bist du verrückt geworden?«

Edwin war blaß vor Wut. »Ich kann ihn nicht länger ertragen.« Seine Stimme klang kalt und absolut endgültig.

»Aber was hat er *getan*?«

»Was er immer tut. Er hat versucht zu nehmen, was mir gehört.«

»Was hat er versucht zu nehmen?«

»Er weiß, daß Hilda in meinem Bett schläft. Er hat versucht, sie mir wegzunehmen. Ich sah, wie er sie anlächelte.«

»Er hat sie angelächelt!« Guthfrid schrie die Worte beinahe. »Was kümmert dich Hilda?«

»Hilda kümmert mich nicht. Aber sie gehört mir.« Der weiße Ausdruck seines Gesichts hatte sich nicht verändert.

Guthfrid legte eine Hand auf seinen Arm. »Edwin, mein Sohn, hör mir zu. Dieses Duell … er könnte dich verletzen.«

»Das wird er nicht. Er hat Angst, mich zu verletzen. Aber ich werde ihn verletzen.« Die glanzlosen Augen bohrten sich in Guthfrids ungestümes Gesicht. »Sorge dich nicht, Mutter.« Er klang irritiert, ungeduldig. »Mir wird nichts geschehen. Und ich verspreche dir, daß es heute ein Ende mit dem Bastard und all seinen Zielen haben wird.« Er zog seinen Arm aus ihrem Griff. »Ich muß jetzt gehen und meine Waffen holen. Komm mit zu dem Duell, wenn du magst, und du wirst sehen, was ich meine.«

Zum ersten Mal in der Geschichte ihrer Bekanntschaft waren Guthfrid und Fara einer Meinung. Fara war so besorgt über das bevorstehende Duell, daß sie einen Mann nach Venta sandte, um Cynric zurückzuholen, obschon sie wußte, daß er niemals rechtzeitig eintreffen würde.

»Ich hatte gehofft, daß alleine die Drohung sie zwingen würde, zu warten. Aber das war wohl falsch«, sagte Fara kurze Zeit darauf, nachdem der Bote Winchester verlassen hatte, zu Sigurd.

»Es tut mir leid, Mylady.« Sigurds Stimme war sanft. Er war von Ceawlins Mutter in die Halle der Frauen gerufen worden und widerwillig gekommen. »Ceawlin kann nicht in Ehren zurückweichen. Edwin hat ihn herausgefordert.«

»Aber es ist so dumm! Nur, weil Ceawlin ein Mädchen aus den Frauengemächern angelächelt hat!«

»Edwin hat nur nach einer Ausrede gesucht, Mylady. Alle wissen das.«

»Sigurd«, Faras weißes Gesicht war mitleiderregend, »könnt Ihr Ceawlin nicht überreden, auf seinen Vater zu warten?«

»Wenn er Euch nicht glaubt, Mylady, könnt Ihr sicher sein, daß er mir auch nicht glaubt.«

»Ich konnte ihn nicht von seiner Meinung abbringen.«

»Das überrascht mich nicht«, sagte Sigurd offen. »Ich habe sein Gesicht gesehen. Und ich werfe es ihm nicht vor.« Er lächelte Fara zuversichtlich an. »Es gibt keinen Grund zur Sorge, Mylady. Edwin kann Ceawlin in einem Duell nicht übertreffen. Ich bezweifle, daß im ganzen letzten Jahr irgend jemand in Winchester Ceawlin in einem Duell übertreffen konnte. Macht Euch keine Sorgen.«

Faras Stimme war bitter. »Und Ihr glaubt wirklich, daß Edwin sich an die Regeln halten wird?«

»Das wird er müssen«, erwiderte Sigurd überrascht. »Die Regeln müssen befolgt werden. Und alle in Winchester beobachten ihn. Er wird fair kämpfen müssen.«

»Genau das hat Ceawlin auch gesagt.« Faras Stimme klang nur noch bitterer. »Und Ihr seid beide dumm, wenn Ihr das glaubt.«

Sigurd stand auf. »Das ist etwas, was eine Frau nicht verstehen kann«, sagte er würdevoll.

»Es tut mir leid, wenn ich Euch belästigt habe, Sigurd«, sagte Fara. Plötzlich dachte er, daß sie so alt wie Cynric aussah. »Ich bin sicher, Ihr wollt zu Ceawlin gehen.«

Er schlug ihr in einer hilflosen Geste sanft auf die Schulter und verließ sichtlich erleichtert die Halle.

Niniane hatte bereits Duelle in Winchester gesehen, aber auch sie wußte, daß dieser besondere Kampf anders sein würde. Sie hatte Ceawlin beim Verlassen der Halle der Frauen beobachtet, kurz nachdem er mit seiner Mutter gesprochen hatte. Sein Gesicht war hart wie Eisen gewesen. Faras Scheitern bei dem Versuch, ihn davon abzubringen, überraschte sie nicht.

Sie selbst hoffte mit einer Intensität, die sie erschreckte, daß er Edwin töten oder zumindest schlimm genug verletzen würde, um ihn unschädlich zu machen. Fara tat ihr leid, aber tief in ihrem Herzen wünschte sich Niniane dieses Duell. Sie sah darin ihre einzige Hoffnung, der schrecklichen Hochzeit zu entkommen.

Alle in Winchester, die gehen konnten, kamen herbei. Niniane begleitete Fara und die anderen Frauen zu dem ebenen Platz in der Nähe der Ställe, wo das Duell stattfinden sollte. Als sie ankamen, lagen die Umhänge bereits auf der Erde und waren befestigt, und auch Ceawlin war schon da. Er stand auf seinem Umhang und sprach mit Cuthwulf.

Die Regeln waren eindeutig. Jeder Mann mußte seine Füße auf seinem eigenen Umhang behalten. Wer gezwungen war, ihn zu verlassen, galt als unbewaffnet. Der erste, der zweimal den Umhang verlassen mußte, hatte verloren. Diese Regeln existierten, damit ernsthafte Verletzungen vermieden werden und Duelle hauptsächlich als Entspannung für unausgelastete Krieger dienen konnten.

Niniane folgte Fara an einen Platz, der etwas abseits für die Frauen errichtet worden war, und schaute sich langsam um. Ceawlin trug sein langärmeliges Kettenhemd und darüber einen Überwurf aus Leder. Er hatte das Schwert bei sich, das Cynric ihm nach Beranbyrg geschenkt hatte, und blickte grimmig drein.

Die Lehnsleute hingegen, die sich um den Duellplatz versammelten, sahen entschieden erfreut aus. Die Veranstaltung heute versprach aufregender zu werden als das, was sie normalerweise in Winchester sahen. Niniane wußte von Fara, daß Cuthwulf sich geweigert hatte, mit dem Duell zu warten, bis Cynric zurückgekehrt sein würde. Seine Erheiterung stand in deutlichem Kontrast zu Ceawlins düsterer Haltung.

Männerköpfe drehten sich herum, und auch Niniane starrte in ihre Richtung. Edwin näherte sich mit Guthfrid an seiner Seite. Die Königin war so blaß wie Fara.

Sie ist tatsächlich dagegen, dachte Niniane.

Und tatsächlich legte sie, kurz bevor Edwin die Männer erreichte, ihre Hand auf seinen Arm und begann, etwas zu sagen. Edwin schüttelte sie jedoch ungeduldig ab und schritt zu seinem eigenen Umhang.

Die Sonne schien auf die beiden blondhaarigen Prinzen. Gold und Silber, dachte Niniane. Ceawlin war deutlich größer als Edwin, aber auch leichter gebaut. Edwin war wie ein Bulle. Niniane starrte auf seinen Nacken und seine Schultern. Sie fürchtete, seine Stärke würde Ceawlins überragende Größe mehr als aufwiegen.

Cuthwulf trug laut und mit wichtiger Stimme die Regeln vor. Seine vorstehenden Augen funkelten vor Vergnügen. Cuthwulf liebte den Kampf. Nach schier endloser Zeit trat er zurück, und die beiden Prinzen waren allein. Sie hatten ihre Beine fest auf dem Boden und sahen sich an.

Edwin machte die erste Bewegung. Er hob sein schweres Schwert und brachte es genau über Ceawlins ungeschützten Kopf herunter. Ceawlin fing den Schlag mit seinem Schild ab, während sein eigenes Schwert bereits in Bewegung war. Edwin deckte schnell seine offene Seite, aber dazu mußte er einen Schritt nach rechts machen. Ceawlin drängte ihn mit einem Hagel aus Schwerthieben auf seinen erhobenen Schild weiter, so daß er gezwungen war, Boden aufzugeben. Er kam dem Ende seines Umhangs näher und näher.

Ninianes Fingernägel bohrten sich in die Handflächen. »Los, Ceawlin!« hörte sie sich sagen. »Los!«

Schritt für Schritt wurde Edwin an die Kante seines Umhangs gedrängt. Der goldhaarige Prinz atmete keuchend, seine Lippen hatten sich von den Zähnen zurückgezogen. Ceawlin folgte ihm unaufhörlich mit hartem und entschlossenem Ausdruck auf dem Gesicht, all seine Konzentration lag auf seinem Schwert und dem Mann, den er so gnadenlos vor sich hertrieb. Er machte keinen Versuch, die Haut seines Bruders mit dem Schwert zu berühren; ganz offensichtlich wollte er ihn nur vom Umhang treiben.

Die Kraft dieser Schläge muß enorm sein, dachte Niniane. Edwin konnte nicht einmal sein eigenes Schwert hochheben, so sehr war er damit beschäftigt, seinen Schild festzuhalten.

Cuthwulf stand am Rand des Umhangs; er wartete darauf, daß Edwins Fuß den Boden berührte.

»Aus!« rief er, und ein großer Seufzer der Enttäuschung lief durch die Reihen. Es war zu schnell gegangen, zu einfach. Ceawlin ließ sein Schwert sinken und drehte sich zur Mitte seines Umhangs um.

Er mußte Edwin noch einmal bezwingen, um zum Sieger erklärt zu werden.

Nahezu alle, die da waren, beobachteten Ceawlin, wie er mit gesenktem Kopf zurückging. Nur Niniane blickte auf Edwin. Auf seinen Lippen war noch das Knurren, und seine Zähne sahen weiß aus, wie die eines Hundes. Während sie ihn beobachtete, hob er sein Schwert und sprang seinem ahnungslosen Bruder in den Rücken.

»Ceawlin!« Es war Ninianes Schrei, der ihn warnte, und er flog herum, riß instinktiv seinen Schild und sein Schwert hoch, so daß Edwins Schlag auf seiner Klinge und nicht in seinem Rücken landete. Für einen langen Moment hielten sie die Schwerter gegeneinander verschränkt, dann begann Ceawlin, die Hand seines Bruders zurückzupressen. Er muß erstaunlich kräftige Handgelenke haben, dachte Niniane ehrfurchtsvoll, als sich Edwins Griff lockerte. Dann, als sich die Finger des jüngeren Bruders öffneten, brachte er mit einem furchtbaren Schlag seinen Schild auf Ceawlins Schwertarm herunter. Beide Schwerter flogen auf den Boden.

Schnell wie der Blitz bückte sich Ceawlin und nahm das am nächsten liegende Schwert auf. Niniane sah, daß er Edwins und nicht sein eigenes genommen hatte.

»Gib mir mein Schwert!« Edwins Stimme war rauh vor Atemlosigkeit. Dann, als Ceawlin ihn aus zusammengekniffenen Augen anstarrte, wiederholte er: »*Gib mir mein Schwert!*«

Ceawlin bückte sich, die Augen immer noch auf Edwins Gesicht gerichtet, und nahm sein eigenes Schwert auf. Es war das, welches Cynric ihm gegeben hatte, und er reichte es seinem Bruder. »Du wolltest es haben«, sagte er. »Jetzt kämpfe damit. *Bruder.*«

»Nein.« Edwin machte einen Schritt zurück, aber Ceawlin riß das Schwert seines Bruders hoch und folgte ihm. Die verheilende Narbe neben seinem Auge sah auf seinem weißen Gesicht wie ein Streifen Blut aus. Selbst aus dieser Entfernung konnte Niniane das wundervolle Türkis seiner Augen erkennen. »Du niederträchtiges, hinterhältiges Stück«, sagte er. »Komm schon. Kämpfe gegen mich.«

»Nein!«

»Hört auf!« Die Stimme der Königin war voller Panik. »Cuthwulf! Nehmt sie auseinander. Sie sind erregt.«

Sämtliche Männer, die um das Feld herumstanden, bewegten sich unbehaglich hin und her. Als Cuthwulf mit einem Schwert in seiner Hand nach vorne trat, um die beiden mit Gewalt zu trennen, schoß Ceawlin durch Edwins von panischem Schrecken ergriffene Deckung hindurch. Die Klinge schnitt in Edwins nackte Schwerthand.

»*Aahh!*« Sein Schwert fiel klirrend zu Boden, als der goldhaarige Prinz nach seiner Hand griff.

»Kommt schon«, sagte Cuthwulf. »Es ist nicht so schlimm. Ihr werdet es überleben, Mylord.«

Aber Edwin rollte sich auf dem Boden zusammen und stöhnte. Ein schrecklicher Verdacht keimte in Ninianes Kopf auf.

»Edwin. Mein Sohn.« Guthfrid kniete jetzt neben ihm. »Was ist los mit dir?«

Er hielt ihr seine Hand entgegen. »Saug es aus, Mutter! Er hat mich getroffen! Saug das Gift aus!«

Niniane preßte die Hand an den Mund. Ceawlin, der alleine in der Mitte der zwei Umhänge stand, schaute auf die Königin und auf Edwin. Guthfrid hob gerade die Hand ihres Sohnes an ihren Mund, als sie von einem Mann weggestoßen wurde.

»Ihr dürft das Risiko nicht eingehen. Ihr erwartet ein Kind. Laßt mich das machen«, sagte Edric, beugte seinen Kopf hinunter, saugte das Blut aus Edwins Hand und spuckte es auf den Boden. Ceawlin stand da wie eine Statue und beobachtete Edwin. Niniane hoffte in diesem Moment, daß niemals irgend jemand sie so ansehen würde, wie er gerade seinen Bruder angesehen hatte.

Sie brachten den Prinz in die Halle der Königin, wo man sich um ihn kümmern konnte. Zu dem Zeitpunkt, als Cynric nach Winchester zurückkehrte, war sein jüngerer Sohn bereits tot.

8

Guthfrid war außer sich vor Trauer über den Tod ihres Sohnes. Nach der Beerdigung entfachte sie auf dem Duellplatz ein großes Feuer und verbrannte alle seine Kleider und seinen ganzen Besitz. Als sie auch nach seinen Juwelen verlangte, um sie in den Flammen schmelzen zu lassen, protestierte Edric.

»Laß mich allein!« schrie sie hysterisch. »Es soll nichts übrigbleiben, das mich an ihn erinnert. Verstehst du das nicht? Ich kann die Erinnerungen nicht ertragen!«

Zuerst hatte sie den König zu überreden versucht, Ceawlin mit dem Tode zu bestrafen. »Ich verlange Rache!« schrie sie und warf sich in aller Öffentlichkeit bei der Beerdigung Edwins vor die Füße des Königs. »Ein Leben gegen ein Leben, mein König. Es ist mein Recht. Ich verlange es.«

»Keine Rache«, hatte Cynric mit schwerer Stimme erwidert. »Auch Ceawlin ist mein Sohn. Keine Rache, Guthfrid.«

»Dann schick ihn weg. Verbanne ihn. *Bestrafe ihn.*«

»Es war Edwin, der Ceawlin heimtückisch töten wollte. Er wurde von seinem eigenen Gift getötet. Komm«, sagte Cynric und zog sie wieder hoch. Seine Stimme war mild. »Komm, Guthfrid. Laß mich dich in deine Halle bringen. Du trägst ein neues Kind in dir. Denk daran und laß dich davon trösten.«

Aber der Gedanke an das zu erwartende Kind konnte sie nicht trösten. Nichts konnte sie trösten. Nur Rache gegenüber dem Schlächter ihres Sohnes.

Cynrics Schmerz war nicht so brennend wie Guthfrids, aber der Tod Edwins und die Art und Weise seines Todes hatten auch ihn verwundet. Als die Monate verstrichen, konnte selbst der niederste Sklave in Winchester sehen, daß es mit dem König bergab ging.

»Er macht mir Vorwürfe«, sagte Ceawlin eines Morgens in der Halle der Frauen zu Fara.

»Es gibt keinen Grund dafür«, erwiderte Fara. Sie kämpfte dagegen, ihn in ihre Arme zu nehmen, wie sie es getan hatte, als er, ein kleiner Junge noch, mit seinen Sorgen zu ihr gekommen war. Er sah so erschöpft aus, so allein. Aber sie wußte, er würde jeden ihrer Versuche, ihn zu trösten, zurückweisen. Seit vielen Jahren bereits wähnte er sich zu alt für die Umarmungen seiner Mutter. So sagte sie statt dessen: »Der Fehler lag bei Edwin, nicht bei dir.«

»Ich habe ihn getötet.«

»Du hattest keine Wahl, Ceawlin.«

»Doch, ich hatte eine Wahl. Du warst dabei, Mutter, du hast es gesehen. Ich hätte Edwin nicht mit dem Schwert verletzen müssen. Er wich vor mir zurück. Du kannst sicher sein, daß mein Vater genauestens informiert wurde, was geschehen ist. Er macht mir Vorwürfe.«

»Wenn er das tut, hat er unrecht.«

Ceawlin zuckte mit den Schultern. Dann stellte er die Frage, wegen der er hergekommen war. »Hat er irgend etwas zu dir wegen der Nachfolge gesagt?«

Faras Herz sehnte sich nach ihm. »Nein, mein Sohn. Er hat nichts gesagt.« Sie machte eine Pause und fuhr dann fort: »Unter diesen Umständen ist es keine Frage, die ich ansprechen kann.«

»Das verstehe ich.« Er lächelte sie traurig an. »Ich muß jetzt gehen. Ich habe Cutha gesagt, daß ich mit ihm nach Venta gehe.«

»Großartig. Es wird dir gut tun, ein paar Stunden von Winchester fort zu sein.«

Als er gerade durch die Empfangshalle gehen wollte, traf er Niniane, die an jeder Hand ein kleines Mädchen hielt. Ceawlin sah sie einen langen Augenblick schweigend an. Ihr Gesicht hatte von der vielen Zeit, die sie draußen verbrachte, ein helles

Goldbraun angenommen. »Ihr seht bemerkenswert glücklich aus für jemanden, deren Bräutigam unter der Erde liegt«, sagte er schließlich.

Ihre weit geöffneten Augen betrachteten ihn mit heiterer Ruhe. »Guten Morgen, Prinz«, sagte sie nur.

»Guten Morgen, Prinz«, piepsten die Mädchen. Eins von ihnen erkannte er als Coenburg.

»Was habt ihr vor, Coenburg?« fragte er. Sein Gesicht entspannte sich.

»Niniane zeigt uns ein Spiel, aber dafür brauchen wir Becher.«

»Und wir sind sehr vorsichtig, daß wir sie nicht zerbrechen«, fügte Niniane hinzu.

»O ja«, stimmten sie eifrig ein. Niniane lächelte leicht, schaute auf und begegnete Ceawlins Augen. Er lächelte zurück; auch ihn berührte und amüsierte die Unschuld der Kinder. Dann, nach einem kleinen Klaps auf Coenburgs Kopf, war er weg.

Der Hochsommer kam und die Ernte wurde eingebracht. Ganze Wagen voller Nahrungsmittel und Viehfutter wurden aus den umliegenden sächsischen Dörfern und britischen Höfen nach Winchester transportiert; der Tribut, den sie dem König für seinen Schutz zollten. Die Lagerräume für den Winter waren gefüllt.

Der Sommer verging und der Herbst begann. Überschüssiges Vieh wurde geschlachtet, das Fleisch aufgehängt und gesalzen. Die sterbende Erde schien die Stimmung von Winchester widerzuspiegeln, dachte Niniane, als sie an einem feuchten Herbstabend Alrics Gesängen lauschte. Normalerweise bereitete ihr das großes Vergnügen, aber heute trug er eine Geschichte vor, derer sie alle müde waren: die Geschichte von Herebeald, dem Prinzen der Geaten, der von seinem Bruder Haethcyn getötet wurde. Der König aß heute in der Halle der Frauen. Auf der einen Seite neben ihm saß Fara, auf der anderen Ceawlin. Alrics Stimme erhob sich über die Klänge der Harfe:

Traurig und bitter ist der Tod eines Bruders,
unrechtmäßig getötet durch einen Pfeil.
Das Ziel ist verfehlt, der Prinz bewegungslos,
bitterlich getroffen, sein Freund und sein Herr:
Der blutige Pfeil hat den Bruder getötet.

Niniane sah, wie Cynric von dem Honigwein in seinem Becher trank. Seine Hand zitterte sichtbar, als er sie zum Mund führte. Seine Wangen und seine Nase waren in dem flackernden Licht der Kerzen matt gerötet.

»Ein unglückseliger Kampf«, sang der Skop, »ohne jede Hoffnung auf Vergeltung. Der unglückliche Prinz starb ungerächt.«

Niniane schaute von Cynric zu Ceawlin, aber sie konnte in dem Gesicht des Prinzen nichts erkennen. Der König stieß an seinen Becher und der Wein floß auf den Tisch. Als das Mädchen kam, um ihm neuen Wein zu bringen, und Fara sich daranmachte, den vergossenen aufzuwischen, wurde der Skop still. Cynric schaute auf.

»Den Rest«, sagte er. »Laßt uns auch den Rest hören.«

»Mylord.« Es war Ceawlin, der ohne aufzuschauen mit seinem Vater sprach. »Es ist genug.«

Der alte Mann starrte auf seinen vollen Becher, dann hob er die Hand und schleuderte sie auf den Tisch, nicht mit Gewalt und nicht mit Wut, nur mit einer Art von Ungeduld. Nach einem Blick auf Ceawlin sang der Skop weiter: »Swa bio geomorlic gomelum ceorle.«

Alric hatte Niniane erklärt, daß die Geschichte von Herebeald und Haethcyn bei den Angelsachsen sehr bekannt war. Die Version des westsächsischen Skops konzentrierte sich ergreifend auf die Trauer, die den alternden König erfüllte. Die Trauer des Königs war zweifellos groß, da er keine Rache an dem Mörder nehmen konnte, der ebenfalls sein Sohn war.

Niniane sah Fara an. Die Friedlehe beobachtete den König. Mitleid war in ihrem Gesicht und auch Geduld. Cynric war nun ganz in seinen Stuhl gesunken. Fara wartete, als er den Becher erneut zum Mund führte. Seine Hand zitterte zu sehr, und nach einem Augenblick nahm er sie wieder herunter. Er beugte seinen Kopf über den Becher. In diesem Moment sah Fara ihren Sohn an.

Ceawlin legte eine Hand auf den Arm seines Vaters und sagte etwas, das zu leise war, als daß Niniane es hätte verstehen können. Cynric hob langsam seinen Kopf und nickte dann. Der Prinz stand auf und half dem König, sich zu erheben.

Cynric war ein schwerer Mann, und er lehnte sich mit all seinem Gewicht auf seinen Sohn, aber Ceawlin half ihm bis zur Eingangstür der Halle. Als Niniane die beiden so beobachtete, den einen so jung und kraftvoll, den anderen so alt und mitgenommen, spürte sie nicht das Mitleid Faras, sondern Wut in sich aufsteigen. Es war nicht gerecht vom König, seinen Sohn Abend für Abend dieser Qual auszusetzen. Auch verdiente Edwin diese Art von Trauer nicht. Er war ein verräterischer, schändlicher Prinz gewesen. Nach Ninianes Meinung waren die Sachsen besser dran ohne ihn. Er hätte einen fürchterlichen König abgegeben.

Die Frage, wer der nächste König würde, war das Rätsel, das jedermann in Winchester beschäftigte. Cynric hatte keinen neuen Erben benannt, obwohl es entweder Ceawlin oder das Kind sein mußte, das Guthfrid trug, falls es ein Sohn sein sollte. Niniane dachte, daß der König ein Narr sein mußte, wenn er ein Baby seinem älteren Sohn vorzog, aber bisher schwieg Cynric sich aus. Niemand wußte, was er tun würde. Die Unsicherheit war einer der Gründe für die grimmige Stimmung in Winchester.

Fara kam langsam von der Tür zurück. Auch sie war in den letzten Monaten alt geworden. Sie gingen ihr nah, die Trauer des Königs und die Unsicherheit über die Zukunft ihres geliebten Sohnes.

Tatsächlich, dachte Niniane, war sie selbst wahrscheinlich die glücklichste Person in ganz Winchester. Der König schien sie ganz und gar vergessen zu haben, was ihr sehr gefiel. Sie spielte mit den Kindern, lernte von Alric die Fähigkeiten mit der Harfe und half beim Nähen und Weben in der Halle der

Frauen. Ihr Leben war selten angenehmer gewesen. In Bryn Atha war sie bei weitem einsamer gewesen als jetzt in Winchester.

Ihre ganze Zukunft hing davon ab, wer der neue König sein würde. Wenn es Ceawlin wäre, glaubte sie nicht, sich sorgen zu müssen. Fara mochte sie sehr gerne und würde dafür sorgen, daß ihr kein Unrecht geschähe. Aber wenn es Guthfrids Kind wäre… Dann wußte Gott allein, was mit ihr geschehen würde. Aber Gott hatte sich bisher gut um sie gekümmert, und zufrieden legte Niniane auch ihr zukünftiges Schicksal in seine Hände.

Die letzten Blätter fielen von den Bäumen und der erste Frost brach herein. In Winchester warteten alle – warteten auf eine Geburt und auf einen Tod. Nur wenige beteten nicht, zu welchem Gott auch immer, daß die Geburt zuerst erfolgen möge. Die gesamte Zukunft von Wessex hing davon ab, ob das Kind der Königin ein Junge sein würde, und ob der König es als sein eigenes anerkennen würde.

Guthfrid hatte sich zu Beginn des Novembers in die Halle der Königin zurückgezogen. Das Kind wurde für die Zeit um das Yule-Fest erwartet.

»Mit etwas Glück«, sagte Nola zu Niniane, als sie ein paar Tage vor dem Fest Immergrün in der Halle der Frauen aufhängten, »wird das Kind tot geboren.«

»Nola!« Niniane bekreuzigte sich. »Es ist schrecklich, so etwas zu sagen.«

»Es stimmt aber«, entgegnete das andere Mädchen dickköpfig. »Ceawlin sollte König sein. Selbst, wenn dieses Baby von Cynric wäre, bräuchten wir kein Baby als König.«

»Da gebe ich dir recht. Aber deshalb wünsche ich nicht, daß Guthfrids Kind tot ist.« Niniane beugte ihren Kopf nach unten und schnüffelte an dem Pinienzweig, den sie in ihren Armen hielt. Sie schaute Nola an. »Es reicht, wenn es ein Mädchen ist«, sagte sie halb humorvoll.

»Das ist keine witzige Angelegenheit.« Nola stellte das Immergrün wieder ab, das sie gerade aufgenommen hatte. »Am schlimmsten ist diese Unsicherheit. Cynric weigert sich, überhaupt darüber zu reden, nicht einmal zu Fara. Niemand weiß, was er tun wird.«

»Vielleicht weiß er es selbst nicht.«

»Vielleicht nicht. Er könnte sich immer noch weigern, Guthfrids Kind als seines anzuerkennen. Es gibt kaum jemanden in Winchester, der das denkt.«

Niniane arrangierte einen Stechpalmenzweig. »Weißt du, Nola, egal, ob der König das Kind als seines anerkennt, oder nicht, er kann die Edlen nicht daran hindern, ihren eigenen König zu wählen, wenn er erst tot ist. Sie können immer noch entscheiden, ob sie Ceawlin einem Baby von unklarer Herkunft vorziehen. Es kann keinen Zweifel daran geben, daß Ceawlin der Sohn Cynrics ist.«

»Nicht bei den Augen«, stimmte Nola ihr zu.

»Also spielt es keine Rolle, wen Cynric wählt.«

Nola schaute Niniane mit einem liebevollen Lächeln in ihren dunklen Augen an. »Du hast die wunderbare Fähigkeit, immer das Beste zu hoffen, Niniane.«

»Es ist viel besser, das Beste zu hoffen, als das Schlechteste anzunehmen«, antwortete Niniane und Nola lachte zustimmend.

Es war bitterkalt an dem Tag, als das Yule-Fest gefeiert wurde. Niniane war froh, daß sie in der großen Halle war, mit all dem frisch dekorierten Immergrün und dem Yule-Baum, der an dem enormen Feuerplatz brannte und knisterte. Yule war dem Frija gewidmet, dem sächsischen Gott der Fruchtbarkeit. Im Zentrum des Festes stand der große Eberkopf, deutlich herausgestellt und umgeben von frischem Immergrün und Beeren. Frija war sicherlich der passende Gott für diesen Tag, denn während das Fest voranschritt, kam die Nachricht, daß bei der Königin die Wehen eingesetzt hatten.

Diese Neuigkeit brachte zusätzliche Würze zu dem Fest. Der Rauch des Yule-Baums stieg hoch zu den Dachsparren und schwebte dort, ehe er langsam durch die Rauchöffnungen verschwand. Immer wieder machten die Trinkhörner die Runde. Platten mit gut gekochtem Eberfleisch wurden serviert und die Brote mit Fleisch gefüllt. Draußen war die Winternacht kalt und dunkel, aber hier, in der warmen Halle, wo es nach Pinien duftete, war Leben und Geselligkeit und Hoffnung, daß bald die Unsicherheit beendet sein würde, die Winchester in den letzten Monaten heimgesucht hatte.

Fara aß nichts. Niniane versuchte, ihr ein kleines Stück Fleisch aufzudrängen, aber die ältere Frau lächelte lediglich und schüttelte ihren Kopf. Sie war im letzten Monat sehr viel dünner geworden. Der Druck, zusehen zu müssen, wie der König immer mehr verfiel, und die Unsicherheit über die Zukunft ihres Sohnes forderten ihren Preis. Die Wangenknochen traten schärfer hervor und die Handgelenke waren viel zu knochig.

Ich hoffe bei Gott, daß es ein Mädchen ist, dachte Niniane. Sie schaute von Fara zu Ceawlin. Alles, was sie von ihm sehen konnte, war der Schopf seines schönes Kopfes. Als sie ihren Blick langsam abwandte, wurde er von Sigurd festgehalten. Er lächelte sie schwach an, und sie lächelte zurück. Sie mochte ihn. Sie hatte ihn in der letzten Zeit häufiger gesehen; er war verrückt nach seiner Schwester Coenburg und kam öfter, um an ihrem Spiel teilzuhaben. Niniane, die Kinder liebte, mochte instinktiv jeden anderen, der dieses Gefühl mit ihr teilte. Und sie dachte, daß Sigurd das Zusammensein mit Ceawlin vermißte, der mehr und mehr von seinem Vater in Anspruch genommen wurde. Daher waren sie und Sigurd in den letzten Monaten recht gute Freunde geworden.

Alric machte sich gerade daran, ein Lied vorzutragen, als jemand wild an die Tür klopfte. Ein Lehnsmann riß sie auf. Auf der Schwelle stand eine Frau mit einem Bündel in ihren Armen. Niniane erkannte sie sofort als eine von Guthfrids Maiden. Der Schrei des Babys ertönte laut in der plötzlich stillen Halle.

Das Mädchen schritt langsam über den blank geputzten Holzboden. Sie hielt vor dem König an und sagte mit lauter

Stimme, die deutlich und klar in jede Ecke der Halle drang: »Mylord, ich bringe Euch Euren Sohn.«

Niniane sah, wie Faras Knöchel weiß wurde, so fest umklammerte sie den Griff ihres Messers. Das einzige Geräusch in der Halle kam von dem Knistern des Yule-Baums auf dem Feuerplatz. Selbst das Baby war still.

Niniane spürte ihr Herz bis in den Kopf pochen. Sie hatte erst vor kurzem die volle Bedeutung des sächsischen Rituals der Präsentation erfahren. Wenn der König das Kind aus den Händen der Maiden annahm, bedeutete dies, daß er es als sein eigenes anerkannte. Wenn er es fortwinkte, wurde das Kind verstoßen und ausgesetzt.

»Ausgesetzt!« schrie Niniane vor Schreck, als Fara es ihr erklärt hatte. »Meint Ihr, es wird dem Tod überlassen?«

»Ich fürchte ja, meine Liebe.«

»Aber das ist schrecklich! Er kann so grausam nicht sein.«

»Die Alternative ist noch schlimmer«, hatte die Friedlehe mit einer ihr ungewöhnlichen Bitterkeit erwidert und dann etwas sanfter hinzugefügt: »Wir müssen alle beten, daß es ein Mädchen ist.«

Und nun war der Moment gekommen, und es war ein Junge. In der angespannten Atmosphäre der Halle begann das Baby wieder zu schreien.

Nehmt ihn! dachte Niniane stürmisch. Es kümmerte sie nicht, was das für die Zukunft bedeutete, für sie oder für Fara oder für Faras Sohn. Sie wollte nur einfach nicht, daß dieses winzige, neugeborene Kind, das so liebevoll in sein Fell eingewickelt war, sterben mußte. *Nehmt ihn, Cynric. Nehmt ihn!*

Eine lange Zeit schien das Bild vor ihr in der Zeit eingefroren zu sein: die Maid, das Baby, der Vater und König. Dann streckte Cynric seine Arme aus.

Niniane spürte, wie die Anspannung von ihr wich. Ihre Augen schlossen sich erleichtert. Als sie wieder aufschaute, sah sie Cynric, wie er behutsam das Kind hielt. Dann war Cutha auf den Beinen und stellte sich vor den König und seinen neuen Sohn. Jemand brachte ein Trinkhorn. Cynric hielt das Baby mit ausgestreckten Armen, und Cutha leerte den Inhalt des Horns über den Kopf des Kindes. Das Baby schrie.

»Sohn von Cynric«, sagte Cutha, »mit diesem Wasser nehme ich dich als einen der unseren auf.« Er schaute auf den König. »Wie soll sein Name lauten?«

Cynric bedeutete dem Mädchen, herbeizukommen und ihm das Baby abzunehmen. Dann stützte er seine Arme auf dem Tisch vor ihm auf und erhob seine Stimme. Sie war seit Monaten nicht mehr so fest gewesen. »Ich werde ihn Edgar nennen«, sagte er. Er warf Ceawlin keinen einzigen Blick zu. »Und ich erkläre ihn zu meinem Erben.«

»Warum hat er das getan?« wollte Sigurd von Ceawlin wissen, als sie zusammen durch die winterlichen Wälder ritten und Wölfe jagten, die das Vieh der Bauern angefallen hatten. Das dünne Sonnenlicht verlieh den schneebedeckten Bäumen einen kristallenen Schimmer. Es war der Tag nach Yule. »Ich verstehe es nicht, Ceawlin. Er kann nicht wirklich glauben, daß es sein Kind ist.«

»Ich verstehe ihn sehr gut.« Ceawlins Gesicht war blaß und trübe, die Augen von grauen Ringen der Schlaflosigkeit gezeichnet. »Es war die einzige Art der Rache, die er für Edwin nehmen konnte.«

»Edwin. Diese Natter. Er verdient es nicht, gerächt zu werden. Er verdient den Platz in der Hölle, den er sicherlich gewonnen hat.«

»Vielleicht. Aber er war Cynrics Sohn, und ich habe ihn getötet. Sieh das nicht falsch, Sigurd. Ich habe ihn getötet. Du warst dabei, du hast es gesehen. Ich hätte ihn mit dem Schwert nicht schneiden müssen.«

»Du wußtest nicht, daß das Schwert vergiftet war.«

»Ich hatte eine ziemlich starke Ahnung.« Die Linie um Ceawlins Mund war hart. »Ich habe es sehr überlegt getan, Sigurd, und ich möchte dich darüber nicht belügen. Ich wollte seinen Tod.«

»Ich kann dir das nicht vorwerfen. Niemand kann dir das

vorwerfen, Ceawlin. Er hat ganz eindeutig vorgehabt, dich umzubringen.«

Ceawlins Gesichtsausdruck änderte sich nicht. Plötzlich begannen die Hunde zu heulen; sie hatten eine Spur entdeckt. Die beiden Jungen folgten ihnen, galoppierten auf ihren Pferden durch den schneebedeckten Wald, sprangen über herabgefallene Äste und schmale Bäche.

Eine halbe Stunde später hatten die Hunde den Wolf umzingelt. Ceawlin rief sie zurück und hob seinen Bogen. Der Wolf jaulte einmal auf, dann spritzte Blut über den Schnee. Sigurd sprang von seinem Pferd hinunter, um nachzusehen; der Wolf war tot. Kaum saß er wieder im Sattel, da hatten die Hunde schon eine neue Spur aufgenommen.

Erst als sie nach Winchester zurückritten, konnten sie ihr Gespräch wieder aufnehmen. »Wir dürfen nicht zulassen, daß es geschieht«, sagte Sigurd. »Ein Kind als König ist ein Unglück für uns alle.«

»Ich stimme dir zu.« Ceawlin sah seinen Freund ironisch an. »Die Frage ist nur, was wir dagegen tun können.«

»Nichts, solange Cynric noch lebt. Wenn er stirbt, ist es an dem Witan, über den Nachfolger zu entscheiden.« Das sächsische Recht gab dem König nicht die alleinige Macht, den Nachfolger auszuwählen. Dem Rat der Edlen, dem Witan, blieb immer noch das Recht vorbehalten, einen anderen aus dem königlichen Haus zu wählen. Es geschah aber nur in den seltensten Fällen, daß der älteste rechtmäßige Sohn übergangen wurde.

Ceawlin schaute auf den Widerrist seines Pferdes, sein Haar fiel über seine Wangen und verhüllte sein Gesicht vor Sigurds Blick. Sigurd, der Ceawlin gut kannte, wartete einfach nur. Schließlich sagte Ceawlin mit seltsam gedämpfter Stimme: »Was sagt dein Vater?«

Sigurds Antwort kam ohne Umschweife. »Mein Vater hat kein Interesse, von Edrics Bastard regiert zu werden.«

Da schaute Ceawlin auf. Seine Augen blitzten. »Götter!« Er lachte etwas unsicher und sagte dann: »Ich wollte, daß du es weißt, Sigurd. Ich wollte ihn töten.«

»Das ist nicht wichtig. Wichtig ist, daß wir diesen Bastard loswerden und dich zum König machen müssen. Das heißt, wenn du willst.«

»Ich will.« Ceawlins Pferd trat in eine Pfütze, und das Eis krachte unter seinen Hufen. Abgesehen von den Augen war sein Gesicht farblos in dem reinen Winterlicht. Er hob es gen Himmel. »Deshalb habe ich ihn getötet, Sigurd. Damit ich König werden könnte. Wenn ich dafür Rache verdient habe, dann mag das Schicksal mich ruhig strafen.«

Sigurd hielt sein Pferd an, und auch Ceawlin blieb stehen. »Dann gelobe ich dir ewige Treue, Ceawlin, Sohn von Cynric«, sagte Sigurd mit feierlicher Stimme. »Du bist mein Herr. Und möge das Schicksal mich an das Ende der Welt schicken, wenn ich dich jemals verraten sollte.«

Ceawlin streckte ernst und still seine Hand aus. Die beiden jungen Männer tauschten einen festen Händedruck. Dann ritten sie schweigend nach Winchester zurück.

9

Es war Mitte Januar, und Cynric, König der Westsachsen, lag im Sterben. Er lag im Schlafzimmer in der Halle des Königs und schaute zwischen halbgeschlossenen Lidern hindurch auf diejenigen, die sich um sein Todesbett versammelt hatten.

Auf der linken Seite, ihm am nächsten, saß Guthfrid. Seine Königin. Sie würde froh sein, wenn er gegangen war, dachte er, froh darüber, die Herrschaft an Stelle ihres neugeborenen Sohnes einnehmen zu können. Sie war eine Wolfsmutter. Wild und gierig. Er hatte sich oft gefragt, ob Edwin ihretwegen so war, wie er war.

Er bewegte seinen Kopf unruhig hin und her. Edwin, sein Sohn. Gestorben durch Ceawlins Hand. Selbst jetzt, wo alle irdischen Dinge seinem Griff entglitten, schmerzte dieser Gedanke.

Er senkte die Lider und die anderen dachten, er wäre eingeschlafen, aber er konnte noch etwas sehen. Sein Blick wanderte von dem Gesicht seiner Frau auf die andere Seite des Bettes, zu seinem Sohn, der ihn ernst ansah. In diesem Moment war sein Sehvermögen erstaunlich klar; er konnte erkennen, wie das Licht der Wandleuchter in Ceawlins dichtem, weichem Haar kleine silberne Funken versprühte. Das Gesicht des Jungen war unlesbar. Er hatte früh gelernt, seine Gedanken für sich zu behalten. Er hatte es lernen müssen. Es war nicht einfach, ein Bastard zu sein, nicht einmal ein Bastard des Königs. Cynric hatte das immer verstanden.

Seine Gedanken waren so klar, so deutlich wie sein Sehvermögen. Er wußte, daß er sterben würde. Warum sonst hätten sich all diese Leute um sein Bett versammelt?

Es war Ceawlin, der eigentlich nach ihm König werden sollte, nicht dieses Kind von Guthfrid. Aber er war Edwins Vater. Er schuldete dem Schatten seines Sohnes Vergeltung. Er schuldete es Guthfrid.

Ceawlin hatte gewußt, was er tat, als er Edwins Hand mit dem Schwert aufgeschlitzt hatte. Ceawlin wußte immer genau, was er tat. Selbst, wenn er seine Beherrschung verlor, selbst dann hatte er sich noch unter Kontrolle. Er hatte Edwin getötet, um König sein zu können.

Cynric hätte dasselbe getan.

Seine Augen bewegten sich von dem verschlossenen Gesicht seines Sohnes zu dem seines Cousins. Cutha. Er war noch ein Junge gewesen, als er sein Schicksal mit Cynric versucht hatte, als er Wight und seine gesamte Familie zurückgelassen hatte, um sich auf die Suche nach einem neuen Königreich zu begeben. Sie waren gut miteinander ausgekommen. Er hatte Cutha mehr vertraut als jedem anderen Mann.

Cutha würde dafür sorgen, daß Wessex seinen richtigen König erhalten würde.

Dann wanderten seine Augen zu der Frau, die neben seinem Kopfkissen stand. Er bewegte seine Finger ganz leicht und spürte, wie sie sie mit ihren warmen Händen umfaßte.

Fara, dachte er. So schön. Die schönste Frau in der ganzen Welt.

Er schloß die Augen. Plötzlich war er so unsagbar müde...

Wenn einer ihrer Könige gestorben war, pflegten die Sachsen einen Ochsen zu opfern. Ceawlin stand in dem geheiligten Hof vor dem Tempel, als das Tier von den Priestern hereingebracht wurde. Die Edlen und Lehnsmänner Winchesters säumten die Seiten des Hofes und sahen zu. Es war eisig kalt.

Sie brachten den Ochsen an den Platz vor dem Baum Wotans. Ceawlin, der die Axt seines Vaters hielt, trat nach vorn. Das Tier protestierte nicht, es stand einfach nur da und schaute gelassen an der großen, geschnitzten Säule des Gottes empor. Ceawlin sprach das Weihegebet, dann ließ er die Axt hinuntersausen. Sie fand die richtige Stelle und Blut spritzte auf, bespritzte Ceawlins weiße Wolltunika. Der Priester überreichte ihm den heiligen Stab und Ceawlin tauchte ihn in das Blut des Ochsen, dann ging er zu den wartenden Edlen und Lehensmännern und besprenkelte sie damit. Als dies vorüber war, überreichte ihm der Priester einen Becher voller Blut, und die Männer von Winchester gingen in den Tempel, wo der Körper Cynrics lag. Der Priester nahm den Ochsen mit, um ihn für die Beerdigungsfeier zu kochen.

Stunden später, nachdem der Altar gehörig verschmutzt war von dem Blut der Opferung, nachdem das Festessen verspeist und den ernsten Göttern gehuldigt worden war, strömten die Männer wieder heraus und ließen nur Ceawlin und die Priester zurück, die bis zum Morgengrauen über dem Körper wachen wollten.

Die Priester setzten sich an den langen Festtisch und dösten. Der Tempel war warm geworden von den Körpern so vieler Männer, aber jetzt waren nur noch Ceawlin und der Tote da und es war kalt. Eiskalt. Er stand am Fuß der Totenbahre und schaute auf das Gesicht des toten Königs.

Er hatte Sigurd erklärt, daß er verstehen würde, warum Cynric die Königsherrschaft jemand anderem übergab, und er hatte die Wahrheit gesagt. Aber er akzeptierte die Entscheidung seines Vaters nicht. Was immer es auch bedeuten würde, was immer der Preis dafür sein würde, er würde König von Wessex sein. Er spürte es ganz tief, ganz stark in sich. Es war sein Schicksal.

Er blickte sich in dem stillen Tempel um, sah dann wieder auf die Gestalt seines Vaters. Wo war sein Vater jetzt, fragte er sich. Wie mochte es in dem Land der Toten sein? Seine Mutter hatte ihm erzählt, daß es eine Region sei, die von der Göttin Hel regiert würde, und daß eines Tages sogar die Götter dorthin gehen müßten.

Am Ende, dachte er, als er Cynrics ruhiges Gesicht betrachtete, können uns nicht einmal die Götter helfen. Am Ende müssen sogar sie sterben. Aber Cynric hatte in seinem Leben Ruhm geerntet. Niemand würde ihm das jemals nehmen können. Die Harfner würden von seinen Taten singen, solange Wessex existierte.

Wotan, betete er und sah das Bild des Gottes an, wenn meine Zeit gekommen ist, um auf der Straße zu reisen, die zu Hel führt, laß mich einen großen Namen zurücklassen. Laß die nachfolgenden Generationen nicht vergessen, daß Ceawlin einst gelebt hat und sich und seinem Volk Größe beschert hat. Laß meinen Namen in der Welt der Menschen nicht untergehen.

Immer wieder gab es Zeiten, in denen Niniane vergessen konnte, daß sie unter Heiden hauste. Das alltägliche Leben in Winchester war so trügerisch, so angenehm, so spürbar zivilisiert. Dann jedoch passierte etwas, das ihr schlagartig wieder zu Bewußtsein brachte, wie wenig die Sachsen ihr ähnelten. Einer dieser Augenblicke war Cynrics Beerdigung.

Der größte Schock war der Anblick des über und über mit Blut bespritzten Ceawlin. Er schritt am Kopfende der Bahre und führte die Beerdigungsprozession zu der Grabstelle. Die Edlen und Lehnsmänner und Frauen folgten feierlich.

»Was ist mit Ceawlin geschehen?« wollte Niniane von Nola wissen, als sie nebeneinander hergingen.

»Was meinst du damit?« Beide Mädchen hatten ihre Köpfe geneigt und unterhielten sich mit gedämpfter Stimme.

»Er ist so voller Blut.«

»Das ist das Blut des Opfers, kleine Närrin. Er hat die ganze Zeit neben dem Körper des Königs gewacht, daher hatte er keine Zeit, seine Kleidung zu wechseln.«

Ceawlin muß den Ochsen selbst getötet haben, dachte Niniane voller Ekel. Das war die einzige Erklärung, wieso er so mit Blut beschmiert war. Sie bebte. Es war sogar in seinen Haaren!

Ein gähnendes Loch war außerhalb der Tore von Winchester ausgegraben worden, nahe dem Hügel, der Edwins Grab kennzeichnete. Die Frauen umkreisten das Grab und begannen laut zu wehklagen, als der in seine schönsten Kleider gekleidete und mit einem Leichentuch aus Leinen bedeckte König langsam in das Grab hinabgelassen wurde. Niniane stand still inmitten der Frauen des königlichen Haushalts und sah zu, wie Ceawlin die Grabbeilagen um den Körper seines Vaters plazierte. Cynrics großen, geschmiedeten Schild, sein Kettenhemd, einige Bronzeschüsseln und mit Silber eingefaßte Trinkhörner, zwei Silberlöffel, einen Beutel mit vierzig fränkischen Goldmünzen, eine Goldschnalle, eine mit Juwelen besetzte Spange und einen großen Silberteller mit dem Monogramm des byzantinischen Herrschers Anastasius. Es waren alles Dinge, die die Bedeutung des Königs im Reich der Toten anzeigen sollten. Nicht den Grabgegenständen beigelegt wurde das Schwert. Schwerter waren zu kostbar, und Cynrics königliches Schwert, eine beeindruckende, mit Mustern verzierte Waffe, die in Germanien geschmiedet worden und deren Heft mit silbernen Drähten festgebunden war, würde an den nächsten König von Wessex weitergegeben werden.

Schließlich lagen alle Grabbeilagen an ihrem Platz. Ceawlin stand am Rand des Grabes und sagte mit klarer Stimme: »Nimm diese Schätze, Erde, nun, da die Lebenden sich nicht mehr an ihnen erfreuen können.« Als die erste Schaufel Erde geworfen und damit der Hügel begonnen wurde, der das Grab des Königs markieren würde, sah Niniane, wie Ceawlins

Augen denen von Guthfrid begegneten. Sein Gesichtsausdruck veränderte sich nicht, und nach einem Augenblick wandte er sich ab. Während die Grabarbeiter mit der Arbeit fortfuhren, kehrten die Trauernden, fest eingewickelt in ihre Umhänge, nach Winchester zurück.

Der vielleicht wichtigste Teil des Beerdigungsrituals war derjenige, der nach dem Begräbnis stattfand: das nachfolgende Aufstiegsritual. Nach dem Tod seines Vaters nahm der Sohn formell den Platz seines Vaters in der Halle ein. Wenn der Vater ein König war, bedeutete dies gleichzeitig die Krönung des Erben. Im Falle Winchesters mußte der Erbe noch ausgewählt werden.

Cutha hatte den Witan in der großen Halle einberufen, und er und die fünf anderen Edlen, die diesen Rat bildeten, versammelten sich sofort, nachdem sie von der Beerdigung zurückgekehrt waren. Cutha, als Cousin des Königs und seit zwanzig Jahren zweitmächtigster Mann in Wessex, leitete die Versammlung. Er begann nüchtern, während er seine klaren blauen Augen von einem Gesicht zum anderen schweifen ließ. »Cynric hat Guthfrids Kind zu unserem neuen König ernannt. Wir alle wissen das. Die Frage, die wir heute entscheiden müssen, ist die, ob wir ein wenige Monate altes Kind als König wollen oder Prinz Ceawlin wählen.«

Onela, ein alter Mann und nach Cutha Cynrics treuester Gefolgsmann, räusperte sich. »Ceawlin ist ein Brudermörder. Wollen wir, daß so jemand unser König wird?«

Cutha war zutiefst überrascht. Er hatte von Onela nicht einen solchen Einwand erwartet. »Ceawlin handelte in Notwehr. Nicht er hat das Schwert vergiftet.«

»Das ist wahr«, sprach Agilbert, einer der jüngeren Edlen. »Aber er tötete seinen Bruder. Das kann nicht geleugnet werden. Er sollte von einer solchen Tat nicht noch profitieren. Sicherlich hat Cynric ihm deshalb die Königswürde vorenthalten.«

Cutha begann, sich unbehaglich zu fühlen. Er hatte solche Schwierigkeiten nicht erwartet. Er war überzeugt gewesen, daß die Edlen danach trachten würden, die verschiedenen Probleme zu vermeiden, die mit einem Kind als König und einer Regentschaft verbunden wären. Er schaute die anderen Edlen an, Oswald und Cynigils und Egbert. Nur Oswald hielt seinen Augen stand. Er sprach als nächster. »Es ist nicht nur Ceawlin, der profitieren würde, sondern Wessex. Wenn wir Edgar wählen, werden wir ohne Anführer sein, der uns in eine Schlacht führen kann. Ceawlin hat sich bereits als furchtloser Anführer bewiesen. Meine Söhne kämpften mit ihm bei Beranbyrg und sie haben mir davon berichtet. Ceawlin ist würdig, unser nächster König zu sein.«

Egberts Stuhl schrammte leicht über den Boden und er räusperte sich, als wenn er sprechen wollte. Er sah Cutha noch immer nicht an. »Ja, Egbert?« fragte Cutha und jetzt war seine Stimme mehr weich. Die Edlen kannten Cutha und sie wußten, je ärgerlicher er wurde, desto sanfter sprach er. Egbert antwortete nicht, sondern schaute statt dessen Cynigils an, der in Cuthas blaue Augen starrte und herausfordernd meinte: »Wir haben darüber bereits gesprochen, Cutha, und wir haben entschieden, daß wir Edgar als König wollen. Es war Cynrics Wahl, und Cynric hat uns immer Gutes getan. Wir werden bei Prinz Edgar bleiben.«

»Ich stimme nicht zu«, sagte Oswald sofort.

»Aber der Rest von euch tut es?« Cutha schaute sie noch einmal an, und vier Köpfe nickten bejahend.

Cutha spürte schwarze Wut in sich aufsteigen, und er starrte Onela mit zusammengekniffenen Augen an. Dies war nicht nur die Ablehnung Ceawlins, es war auch ein Schlag gegen Cuthas Macht. Jeder wußte, daß Ceawlin auf seinen Rat zurückgreifen würde. Jeder wußte, daß sein Sohn Ceawlin näher als irgend jemand sonst in Winchester stand. Dies war Onelas Werk. Das mußte es sein. »Und wen schlagt ihr als Regenten vor?« fragte er. Seine Stimme klang entschieden samtig.

Die Antwort ließ ihn erstarren. »Guthfrid«, sagte Onela. »Die Königin.«

Cuthas Wut brach heraus. »*Guthfrid!* Seid ihr verrückt? Was weiß eine Frau über das Führen von Menschen?«

»Wir kommen sehr gut alleine zurecht, Cutha.« Cynigils hatte wieder gesprochen. »Die Edlen von Wessex sind durchaus in der Lage, ihre Belange selbst in den Griff zu bekommen.«

»Ja.« Egbert fand endlich den Mut, zu sprechen. »Der junge Ceawlin würde Wessex mit derselben eisernen Hand regieren, wie sein Vater. Er würde *uns* regieren. Wir wollen das nicht, Cutha. Wir wollen Prinz Ceawlin nicht.«

Onela sah Egbert verärgert an. »Natürlich werden wir unserem rechtmäßigen König folgen. Darüber gibt es keine Frage. Aber unser rechtmäßiger König ist Edgar, da Cynric ihn zum Nachfolger ernannt hat. Und so lautet unsere Entscheidung.«

»Es war Onela«, berichtete Cutha ihm später. Ceawlin, Cutha und dessen Söhne saßen in Cuthas Halle nahe am Herdfeuer. »Es ist sein Pochen auf ein bißchen Macht, sein Versuch, mich zu verdrängen. Ich war ein Narr, daß ich es nicht habe kommen sehen.«

»Aber die anderen folgten ihm«, sagte Ceawlin bedächtig. Sein Kopf schmerzte. Er hatte seit sechsunddreißig Stunden nicht geschlafen.

»Ihnen allen war klar, daß du ein strenger König sein würdest, und sie haben es sich in den Sinn gesetzt, sich selbst zu regieren. Sie wählten Guthfrid als Regentin, weil sie nicht regiert werden wollen.«

»Aber was können wir tun, Vater?« Es war Sigurd, der nun mit dringlicher Stimme sprach. »Wir können sie damit nicht durchkommen lassen.«

»Wir können nichts tun. Nur warten.« Cuthas schmales, dunkles Gesicht war finster. »Winchester braucht einen starken König. Ohne einen solchen werden sich die Edlen bald selbst bekriegen. Und Guthfrid wird nicht stark genug sein, um es zu verhindern. Wenn dann die Lehnsmänner des Kampfes müde sind, ist unser Augenblick gekommen.«

Ceawlin schaute seinen Verwandten an, dessen meerblaue Augenlider schwer vor Müdigkeit und noch einer anderen Gefühlsregung waren. »Ich habe Edgar die Treue geschworen«, sagte er.

»Ihr habt Edgar, *Sohn von Cynric*, die Treue geschworen.« Ein Lächeln frei von jeder Belustigung spielte um Cuthas dünne Lippen. »Ich war nicht der einzige, der diese Bedeutung verstanden hat, Ceawlin.«

»Wir sollten jetzt zuschlagen!« Es war Cuthwulf. »Niemand glaubt, daß dieses Balg von Cynric ist. Wenn wir heute reagieren und die Edlen gefangennehmen, die ...«

»Nein.« Es war Ceawlin. Er schaute Cuthwulf ungeduldig an. »Dein Vater hat recht, Cousin. Auch wenn es hart ist, die Antwort liegt im Warten.« Er dehnte die Muskeln in seinem müden Rücken. Er konnte sehen, daß Cuthas Frau in einer entfernten Ecke der Halle mit Sigurds kleiner Schwester Coenburg spielte. »Und dann ist da Edric«, fügte er hinzu.

»Wenn sie versucht, ihm eine Machtposition zuzuschieben, werden die Edlen rebellieren«, sagte Sigurd.

»Das werden sie allerdings.« Cutha klang befriedigt. »Und sie werden auch nicht akzeptieren, daß einer von ihnen versucht, sich über die anderen zu erheben. Ich schätze, es wird nicht lang dauern, bis sie bedauern, Ceawlin abgelehnt zu haben.« Die blauen Augen zogen sich zusammen. »Und«, fügte er mit sehr weicher Stimme hinzu, »auch mich.«

Der Januar verging und der Februar. Auf den Schindeldächern in Winchester schmolz der Schnee, und die Holzwände der Häuser, die Zäune und Baumstämme in den Wäldern waren schwarz von der Feuchtigkeit des zu Ende gehenden Winters. Es war spät am Nachmittag eines ganz besonders naßkalten Tages, als Niniane in die Halle der Königin gerufen wurde, um dem königlichen Baby etwas auf ihrer Harfe vorzuspielen. Edgar war ein leicht reizbares Kind, aber seine Zofe hatte herausgefunden, daß Musik ihn selbst dann noch beruhigte, wenn nichts anderes mehr half. Da Alric als zu wichtig angesehen wurde, um einem Baby vorzuspielen, war es Niniane, die meistens gerufen wurde.

Das Baby schlief mit seiner Amme in dem zweiten Schlafraum der Halle, aber als Niniane hereinkam, ging sie gerade im großen Teil der Halle mit dem kleinen König auf und ab. Sie war allein. Das Geräusch von Edgars Geschrei hatte alle anderen vertrieben. »Dank den Göttern, daß Ihr endlich kommt!« begrüßte die Frau mit müder, aber dankbarer Stimme Niniane. »Er schreit schon seit Stunden.«

»Habt Ihr ihn gefüttert?«

»Natürlich habe ich ihn gefüttert! Ich habe alles ausprobiert. Nichts beruhigt ihn. Ich bin am Ende mit meiner Weisheit.«

»Nun«, sagte Niniane, »wir werden sehen, ob die Harfe hilft.« Sie setzte sich auf eine der Bänke und ließ ihre Finger über die Saiten gleiten. Dann begann sie zu singen. Es war ein Lied, das Kerwyn zu singen pflegte, als sie noch ein Kind war, und es handelte von einem Mädchen, das bei den Vögeln lebte. Nach ein paar Minuten wurde das Kind still.

»Ich bin so müde«, sagte die Amme, als Edgar endlich eingeschlafen war. »Ich habe letzte Nacht kaum Schlaf bekommen.«

»Gebt ihn mir«, sagte Niniane. »Ich lege ihn in sein Körbchen und bleibe eine Weile bei ihm. Ihr braucht eine Abwechslung.«

Die Frau lächelte dankbar und legte das schlafende Kind in Ninianes Arme. »Ich gehe in die Küche«, sagte sie. »Ich habe den ganzen Tag noch nichts gegessen.«

»Nur zu. Ich warte hier, bis Ihr zurück seid.«

Als die Frau die Halle verlassen hatte, ging Niniane mit dem Kind in sein Schlafzimmer. »Daß so ein kleines Würmchen so viel Ärger verursacht«, murmelte sie und preßte ihre Lippen auf den flaumigen Kopf. Sie legte ihn sanft in sein Körbchen und setzte sich daneben, um ihn zu beobachten. Sie hatte die Tür des Schlafzimmers einen Spalt offengelassen, und daher bemerkte sie, wie die Königin und Edric in die Halle kamen.

Ihre Schritte bewegten sich zum Herd in der Mitte des Raumes. Dann sagte Edric: »Heute nacht ist es soweit. Ich sprach erst vor einer Stunde mit Wulf und Osric.«

Die beiden unterhielten sich mit gedämpften Stimmen, aber Ninianes Hörvermögen war sehr ausgeprägt. Sie erhob sich und ging zur Tür, um ihnen zu zeigen, daß noch jemand in der Halle war, aber dann hörte sie den Namen Ceawlin. Sie hielt inne.

»Ich will, daß er stirbt«, sagte Guthfrid, und jetzt wurde ihre Stimme lauter. »Es ist mir egal, wie es geschieht. Ich will nur, daß er tot ist.«

»Ich weiß, ich weiß. Auch ich will das, Guthfrid. Er ist eine Gefahr. Es macht mich nervös, wie er mich aus diesen blaugrünen Augen immer ansieht ...«

Niniane hörte die Schritte der Königin auf dem Holzboden. »Also geschieht es heute nacht?«

»Ja. Zwei der jungen Lehnsmänner aus der Halle der Prinzen werden schwören, daß Ceawlin sie zu überreden versuchte, das Baby zu töten.«

»Aber sie werden ihn töten? Du hast gesagt, sie würden ihn töten!«

»Das ist richtig.« Edrics Stimme war beschwichtigend. »Sie werden ihn töten. Sie werden sagen, sie hätten sich geweigert, eine solche abscheuliche Tat auszuführen, und da hätte Ceawlin versucht, sie zu töten, um sie zum Schweigen zu bringen.«

»Sie werden Notwehr vortäuschen?«

»Ja.«

»Genauso, wie er bei Edwin Notwehr vorgetäuscht hat.« Guthfrid klang bitter wie Galle.

»Genauso, wie er es bei Edwin gemacht hat.« Edric hielt einen Moment inne, und als er wieder sprach, schien die Stimme nicht mehr so weit von der Schlafzimmertür entfernt zu sein. »Ich glaube nicht, daß die Edlen zu viele Fragen stellen werden. Ceawlin ist zur Zeit in Winchester nicht sehr gelitten.«

»Cutha?«

»Cutha ist machtlos ohne Cynric.« Edric schien nun genau auf der anderen Seite der Tür zu sein. Ninianes Herz pochte. Was würde passieren, wenn sie sie hier fänden? Wenn ihnen klar würde, daß sie alles mitbekommen hatte? Lieber Gott, was sollte sie tun? Sie legte ihre Hand auf das Körbchen des Babys, als wenn sie es wiegen würde.

»Ist Edgar in seinem Zimmer?« fragte Edric und stieß die Tür auf. Er fluchte vor Überraschung, als er Niniane sah.

»Was ist los?« Guthfrid eilte an seine Seite. Dann standen sie beide in der Tür und schauten entsetzt auf das offene Gesicht der britischen Prinzessin.

»Ich wurde gebeten, dem kleinen König etwas vorzuspielen, Mylady«, sagte Niniane höflich auf britisch. »Gertrude war hungrig, und da sie den ganzen Tag noch nichts gegessen hatte, bot ich ihr an, so lange bei ihm zu bleiben, bis sie zurückkehren würde.« Sie blickte fragend von Edric zur Königin, ohne daß der Schrecken, den sie fühlte, auf ihrem Gesicht sichtbar wurde. »Habe ich etwas falsch gemacht?«

Guthfrid starrte sie eine lange, fürchterliche Minute an und wandte sich dann an Edric. »Es ist in Ordnung«, sagte sie. »Die kleine Närrin versteht kein Sächsisch.«

»Bist du sicher?« Seine blaßblauen Augen waren hart auf Ninianes kleines, verständnisloses Gesicht gerichtet.

»Ich bin sicher. Sie ist ungefährlich.«

»Also gut.« Edric ging in das Zimmer und schaute auf das Kind in dem Körbchen.

Niniane blieb noch so lange, bis die Amme zurückkehrte; dann ging sie über den Hof zur Halle der Frauen und suchte Fara auf.

Fara hatte nach Cutha geschickt und Niniane erzählte ihre Geschichte noch einmal. »Er muß fort aus Winchester«, sagte Cutha sofort. »Dieses Mal hatten wir Glück. Beim nächsten Mal wird sie erfolgreich sein.«

»Ich weiß das.« Das dünne Gesicht der Friedlehe war weiß und angespannt. »Ich habe versucht, ihn zum Gehen zu bewegen, Cutha. Mehr als einmal. Er hört nicht darauf. Ihr wißt, wie Ceawlin ist. Er denkt, er ist unbesiegbar.«

»Nun, das ist er nicht. Und wenn ihm irgend etwas zustößt, wird es keinen Sohn von Cynric geben, der die Königsherrschaft übernehmen könnte, wenn ich erst dieses Kind losgeworden bin. Ich kann das nicht riskieren, Fara. Ceawlin muß in Sicherheit gebracht werden.«

»Werdet Ihr ihm das sagen?«

»Es wäre am besten, wenn ich mich nicht mit ihm träfe. Ich möchte nicht, daß irgend jemand mich mit seiner Flucht in Verbindung bringt. Es ist wichtig, daß ich meine Position in Winchester behalte.«

»Aber ich sagte Euch, daß er nicht auf mich hört, Cutha!« Fara weinte beinahe vor Angst.

»Dieses Mal wird er zuhören.« Cuthas blaue Augen richteten sich aufmerksam auf Niniane. »Hört mir zu, Fara«, fuhr er fort, ohne den Blick abzuwenden: »Cynrics Plan, Edwin mit diesem Mädchen zu vermählen, war gut. Wir werden ihn beibehalten, nur wird der Bräutigam Ceawlin sein.«

Ninianes Augen weiteten sich erschreckt. »Ich verstehe Euch nicht, Mylord«, sagte sie auf sächsisch. »Warum sollte der Prinz mich heiraten?«

»Weil Euer Bruder der Fürst der Atrebaten ist und geschworen hat, Ceawlins Verbündeter zu sein.«

»Coinmail hat geschworen, die Waffen nicht gegen ihn zu erheben. Das ist etwas anderes.«

Cutha zuckte mit den Schultern. »Trotzdem, wenn Ceawlin mit seiner Schwester vermählt ist, wird es in seinem Interesse liegen, Ceawlins Anspruch auf den Thron zu unterstützen.« Die abwägenden blauen Augen wanderten zu Fara. »Schickt ihn mit dem Mädchen nach Bryn Atha. Edric wird ihn nicht dorthin verfolgen. Die Edlen sind gierig auf Land und werden nicht eine weitere Schlacht mit den Atrebaten riskieren, besonders wenn es endlose Kämpfe darum geben wird, wer den Kriegertrupp anführt. Sie werden ihn gehen lassen. Und ich werde Zugriff auf ihn haben, wenn ich ihn brauche.«

»Aber wird Ceawlin gehen?« fragte Fara.

»Erzählt ihm, daß ich gesagt habe, daß er gehen muß. Erzählt ihm, daß er gehen muß, wenn er meine Hilfe haben will.«

»In Ordnung. Aber was ist mit Niniane...« Die haselnußbraunen Augen der Friedlehe blickten beunruhigt auf das Mädchen neben ihr. »Wenn sie nicht will...«

»Wir bieten ihr eine Vermählung mit dem zukünftigen König von Wessex«, sagte Cutha ungeduldig.

»Ich bin nicht taub«, sagte Niniane kalt. Seine Augen zogen sich bei diesem Ton zusammen. »Und vielleicht möchte ich den nächsten König von Wessex nicht heiraten. Vielleicht möchte ich lieber unverheiratet zu meinem Bruder zurückkehren.«

»Das könnt Ihr nicht«, kam die brutale Antwort. »Niemand aus Eurem Volk wird Euch heiraten, nachdem Ihr zwei Jahre bei uns gelebt habt. Sie werden nicht wissen können, ob Ihr noch eine Jungfrau seid.«

Dieser Gedanke war Niniane nicht neu, aber sie hatte eine Antwort bereit. »Ich brauche gar nicht zu heiraten, Mylord.«

»Jede Frau muß entweder eine Ehefrau oder eine Konkubine sein. Wofür ist sie sonst gut?« Er war verärgert über ihre Widerspenstigkeit. »Euer Blut ist von hohem Rang. Fara hat über Euch gewacht; *wir* wissen, daß Ihr Jungfrau seid. Euer Blut ist noch immer rein. Es ist das beste, wenn Ihr Ceawlin heiratet.«

»Ich könnte ins Kloster gehen«, brauste Niniane auf. »Es gibt immer noch Klöster im Westen. Ihr vergeßt, Mylord, daß ich eine Christin bin.«

»Und Ihr vergeßt, Prinzessin, daß Ihr lediglich ein Mädchen seid und zu tun habt, was man Euch sagt.«

»Aber wenn sie so sehr dagegen ist...«, sagte Fara unglücklich.

»Hört mir jetzt zu, alle beide.« Cuthas Geduld war spürbar am Ende. »Erstens, die Prinzessin muß mit Ceawlin gehen. Guthfrid wird ganz sicher herausfinden, wer uns den Plan verraten hat, und Niniane wird in Winchester nicht sicherer sein als Ceawlin. Versteht Ihr das?« Er sprach nun zu Niniane.

»Ja«, sagte Niniane mit hochgerecktem Kinn.

»Gut. Zweitens, wenn Ihr mit Ceawlin nach Bryn Atha geht, müßt Ihr mit ihm verheiratet sein. Wenn nicht, werden Eure Leute denken, daß er Euch verführt hat und ihn töten.«

»Oh«, sagte Niniane. Und fügte dann hinzu: »Ich werde meinem Bruder die Wahrheit sagen.«

»Das Risiko kann ich nicht eingehen.«

Niniane schwieg.

Cutha wandte sich an Ceawlins Mutter. »Ich stelle um Mitternacht zwei Pferde am hinteren Tor bereit. Sagt Ceawlin das. Ich sorge dafür, daß der Wächter einer von meinen Lehnsmännern ist. Sie müssen noch heute nacht fort, Fara.«

Fara nickte.

»Ceawlin ist heute mit Sigurd zur Jagd gegangen. Ich werde sie benachrichtigen und sofort zu Euch schicken, wenn sie zurück sind. Ceawlin und das Mädchen sollten das Versprechen vor Sigurd ablegen, bevor sie weggehen. Es liegt wohl auf der Hand, daß wir keine Zeit für eine Verlobungszeremonie haben.«

»In Ordnung«, sagte Fara leise, und als Niniane sie ansah, wußte sie, daß sie ihre Verbündete verloren hatte.

Sigurd stand neben Ceawlin, als Niniane ihre Geschichte noch einmal erzählte, und Wut brach aus ihm heraus. »Diese Hexe! Wie kann sie es wagen ...«

»Nun, sie hat es gewagt«, entgegnete Fara müde. »Und wir können sicher sein, daß sie es wieder wagen wird.« Sie sah Ceawlin an. »Du bist nicht sicher in Winchester, mein Sohn. Ich habe immer gewußt, daß sie versuchen würde, dir Schaden zuzufügen. Sie haßt dich. Und sie fürchtet dich auch. Du wirst nicht sicher sein, solange sie Königin ist.«

Alle starrten auf Ceawlin. Sein Gesicht war hart und verschlossen. Es war erst ein Monat seit seinem achtzehnten Geburtstag vergangen, aber jetzt sah er sehr viel älter aus. Er schwieg.

»Du mußt fort«, sprach Fara weiter. »Wenn das Messer

nicht in dieser Nacht auf dich niederkommt, dann in einer anderen.«

»Nein«, sagte er.

»Doch. Ich habe mit Cutha gesprochen und er sagt das gleiche.«

»Ihr habt mit meinem Vater gesprochen?« fragte Sigurd.

»Ja. Ich habe ihn kommen lassen, als ich von Niniane hörte, was geschehen war. Er sagt, Ceawlin soll Niniane mitnehmen und nach Bryn Atha gehen.«

»Niniane mitnehmen!« Sigurd schaute in das hübsche Gesicht der Prinzessin. »Was bedeutet das?« fragte er sie.

Ihre rauchblauen Augen sahen beunruhigt aus. »Euer Vater sagt, daß Guthfrid entdecken wird, wer Ceawlin gewarnt hat. Er meint, daß ich hier nicht mehr sicher bin.«

Das stimmte wahrscheinlich, gestand Sigurd sich ein, nachdem er einen Augenblick nachgedacht hatte. Aber die Idee, daß Niniane Winchester verließ, behagte ihm gar nicht. Es behagte ihm nicht, daß Niniane ihn verließ. Er hatte nur auf den richtigen Moment gewartet, um seinen Vater zu fragen...

»Er soll sie heiraten«, hörte er Fara sagen.

»*Was?*« Es war Sigurd, nicht Ceawlin, der mit lauter Stimme protestierte.

»Ich sagte, daß Cutha darauf besteht, daß Ceawlin und Niniane vorher vermählt werden«, wiederholte Fara.

»Warum?« fragte Ceawlin.

»Weil ihr Bruder der Fürst von Atrebaten ist und möglicherweise dein Verbündeter werden kann.«

»Es ist die Verbindung, die mein Vater für Edwin gewollt hat«, sagte Ceawlin. Seine Stimme war ohne jeden Ausdruck.

»Es ist die Verbindung, die er für den zukünftigen König von Wessex gewollt hat«, entgegnete Fara.

Ceawlin nickte langsam, und zum ersten Mal sah er Niniane an. »Es könnte eine gute Möglichkeit sein.« Er sprach langsam. Offensichtlich dachte er gleichzeitig nach. »Ich könnte dadurch eine gute Basis erhalten, von der aus ich handeln kann.» Türkisfarbene Blitze leuchteten in seinen Augen auf.

»In den letzten Monaten war es unter Guthfrids Herrschaft schwierig. Ich wußte nur einfach nicht, wohin ich gehen sollte. Dies könnte sehr nützlich sein.«

»Heißt das, du wirst sie heiraten?« Sigurd war weißer als gewöhnlich, und seine Stimme klang gepreßt.

»Ja.« Ceawlin war zu einer Entscheidung gelangt. »Ja«, sagte er wieder, und dieses Mal war seine Stimme zuversichtlicher. »Es ist ein guter Schritt. Cutha hat recht. Wir werden nach Bryn Atha gehen.«

»Was ist, wenn mein Bruder dagegen ist?« Ninianes Gesicht war so blaß wie Sigurds, und ihre Lippen bildeten eine dünne Linie.

»Euer Bruder hat geschworen, nicht die Waffe gegen mich zu erheben. Er ist ein Fürst. Er wird sein Wort nicht brechen.«

Niniane ließ ihren Kopf sinken. Sie wird es tun, dachte Sigurd. Sie wird ihn heiraten.

»Cutha sagte, ihr solltet euer Versprechen vor Sigurd abgeben, noch bevor ihr fortgeht«, sagte Fara zu Ceawlin. »Ihr könnt eine offizielle Zeremonie später nachholen, aber jetzt genügt für das Gesetz das Abgeben des Versprechens im Beisein eines Zeugen.«

»Niniane?« Sigurd wandte sich an sie. »Seid Ihr bereit?«

Sie schaute nicht auf. »Es scheint, daß ich keine Wahl habe.«

»Nicht mehr als ich, Prinzessin«, entgegnete Ceawlin freundlich. »Nun denn, bringen wir es hinter uns. Es gibt noch andere Dinge, die ich bis heute abend erledigen muß.«

10

Cutha hatte Wort gehalten; zwei Pferde warteten am hinteren Tor, als Ceawlin kurz vor Mitternacht dort ankam. Der Wächter war einer von Cuthas Männern, er erwartete ihn bereits und fragte leise: »Prinz Ceawlin?«, als die Gestalt des Prinzen sichtbar wurde.

»Das Mädchen ist noch nicht hier?« wollte Ceawlin wissen. Er schaute sich um.

»Nein, Mylord. Aber es sind noch einige Minuten bis Mitternacht.«

Die beiden Männer standen schweigend da und lauschten. Am Tag war es bewölkt gewesen und so gab es keine Sterne am Himmel. »Mylord?« Ceawlin erkannte Ninianes überraschend dunkle Stimme. Sie hatte sich so leise bewegt, daß er sie nicht hatte kommen hören.

»Ja«, antwortete er, und sein Blick war auf die Stimme gerichtet.

»Ihr würdet einen hervorragenden Pirschjäger abgeben, Mylady«, sagte der Wächter humorvoll in gebrochenem Britisch. »Ich habe Euch überhaupt nicht kommen hören.«

»Ich bin auf dem Land aufgewachsen«, erwiderte Niniane in exzellentem Sächsisch.

»Die letzten zwei Jahre müssen eine interessante Zeit für Euch gewesen sein«, bemerkte Ceawlin, und obwohl sie ihn nicht sehen konnte, hörte sie den Sarkasmus in seiner Stimme.

»Wenn man unter Feinden lebt, muß man sich jede Waffe zu eigen machen, die sich anbietet«, entgegnete sie kühl und gelassen. »Glück für Euch, Prinz, daß ich meine Kenntnisse verborgen hielt, sonst würdet Ihr in dieser Nacht mit einem Messer im Rücken in Eurem Bett liegen.«

»Ich bin nicht so einfach zu töten, Prinzessin...«, begann Ceawlin, als der Wächter ihn unterbrach.

»Prinz, Ihr solltet Euch jetzt besser auf den Weg machen. Wenn Ihr zu lange zögert, könntet Ihr gesehen werden.«

»Natürlich«, sagte Ceawlin, verärgert darüber, bei einer dummen Zankerei mit einem Mädchen erwischt worden zu sein. Ohne weitere Worte hob er Niniane in den Sattel eines der beiden Pferde. Dann stieg er auf sein eigenes Pferd und nahm ihre Zügel in die Hand. Die Hufe der Pferde waren mit Tüchern umwickelt worden, um die Geräusche zu dämpfen, und die Stille während ihres Ritts aus dem Tor hinaus war beinahe unheimlich.

Die Märznacht war kalt und sehr dunkel. Ceawlin schien jedoch keine Probleme zu haben, denn ohne jedes Zögern machte er sich daran, die Felder zu seiner Rechten zu überqueren. Innerhalb von zehn Minuten hatte er sie beide zur Straße gebracht. Ceawlin nahm die Tücher von den Pferdehufen, setzte sich wieder auf sein Pferd und wollte Ninianes Zügel erneut in die Hand nehmen.

»Ich bin durchaus in der Lage, mein Pferd selbst zu führen, jetzt, da wir auf der Straße sind«, sagte Niniane.

Er gab ihr wortlos die Zügel zurück. Dann fragte er: »Könnt Ihr im Galopp reiten?«

»Natürlich kann ich im Galopp reiten.«

Er drehte sich um und sah sie an. Sie saß aufrecht im Sattel und ihre Gestalt wirkte entspannt. »In Ordnung«, sagte er und zwang Bayvard zu einem leichten Galopp. Ninianes Wallach folgte, und nachdem sich Ceawlin vergewissert hatte, daß sie in der Tat im Galopp reiten konnte, konzentrierte er sich lieber darauf, was er machen würde, wenn sie erst Bryn Atha erreicht hätten.

Dieser Coinmail, ihr Bruder, war eindeutig gegen das Eindringen der Sachsen in sein Gebiet. Dafür war er sogar in den Krieg gezogen. Er hatte verloren und geschworen, niemals wieder die Waffen gegen die Sachsen zu erheben. Aber Ceawlin glaubte nicht, daß er begeistert sein würde, einen sächsischen Prinz auf Bryn Atha zu verbergen. Er mußte überzeugt werden, daß es zum Wohle der Atrebaten war, Ceawlin gegen Guthfrid und ihr Kind zu unterstützen. Gleichgültig, von welcher Seite er es auch betrachtete, Ceawlin war gezwungen, den Atrebaten Zugeständnisse zu machen.

Sie ritten durch die Nacht, und das Schweigen wuchs und wuchs, während Ceawlin sinnierte. Er hatte an diesem Nachmittag nicht viel Zeit gehabt, nachzudenken, er war zu sehr mit anderen Dingen beschäftigt gewesen. Da waren ein paar Leute, mit denen er hatte sprechen müssen, bevor er Winchester verließ, und ein paar treuen Anhängern unter den jungen Lehnsmännern hatte er Anweisungen geben müssen.

»Was ist der Haupteinwand, den Eure Leute gegen uns haben?« Ceawlin wandte sich abrupt an Niniane. Sie waren jetzt zwei Stunden geritten.

»W-was?« Sie konnte kaum sprechen, ihre Zähne klapperten zu sehr. Die Nacht war immer klarer und kälter geworden, je weiter sie nach Norden ritten.

Er zwang Bayvard zum Schritt, und als auch der Wallach langsamer wurde, tastete er nach ihren Fingern über den Zügeln. »Ihr friert! Warum habt Ihr nichts gesagt?«

»Ich d-dachte Ihr w-wolltet nach Br-Bryn Atha ...«

»Das stimmt, aber ich will nicht, daß Ihr vorher erfriert.« Er schaute sich um. »Ich weiß, wo wir sind. Nicht weit entfernt von hier gibt es ein paar kleine Schuppen der Bauern. Wenn es auch nicht viel mehr ist, wir könnten uns dort ausruhen und in einem der Lagerschuppen aufwärmen.«

»G-gut.«

Ceawlin zwang Bayvard zu einem energischen Trott und suchte vorsichtig die linke Seite der Straße ab. Irgendwo mußte ein kleiner Pfad sein ... »Hier ist er.« Er wandte sich an Niniane. »Wir werden hintereinander reiten müssen, der Pfad ist nicht sehr breit. Folgt mir.« Und er führte sein Pferd den engen Pfad entlang. Nach einem kleinen Stück kamen sie aus dem Wald heraus und überquerten einige Felder. »Ich sehe es. Nur noch ein paar Minuten.«

Vor sich sah Niniane eine kleine Ansammlung von kreisförmig angeordneten Hütten. Ceawlin hielt an und schaute sich um, dann führte er Bayvard auf ein großes Holzgebäude zu. Er stieg ab, brach das Schloß der Tür auf und warf einen Blick hinein. Es war sehr dunkel in der fensterlosen Scheune, aber er konnte sehen, daß es wirklich das war, wofür er es gehalten hatte, nämlich ein Lagerraum für Winterfutter. Das Untergeschoß war beinahe leer. Es war März und das Winterfutter war zum größten Teil verbraucht worden. Er wandte sich an Niniane und sagte: »Es ist alles in Ordnung. Wir können die Pferde hier anbinden und auf den Dachboden klettern, um uns aufzuwärmen.«

Er hielt die Zügel ihres Pferdes, damit sie absteigen konnte, aber als sie sich auf den Boden gleiten ließ, gaben ihre Knie nach, und sie wäre hingefallen, wenn sie sich nicht am Sattel festgehalten hätte.

»Geht hinein«, sagte Ceawlin abrupt. »Ich nehme die Pferde.«

Sie gehorchte und schritt auf steifen, zitternden Beinen in die höhlenartige Schwärze der Scheune. Ceawlin folgte ihr mit den Pferden. Niniane stand vollkommen still in der Mitte des unsauberen Bodens und lauschte auf Ceawlin, der irgendwo rechts von ihr die Pferde anband. Dann sagte er: »Ich klettere nur schnell nach oben und sehe nach, ob etwas Heu da ist.« Sie hörte zwar nicht, wie er die Leiter hochkletterte, aber kurze Zeit später vernahm sie Schritte über sich. Dann kam seine Stimme plötzlich direkt neben ihr aus der Dunkelheit. »Ja, es ist Heu da. Kommt hoch, wir bauen ein schönes Nest, damit Ihr warm werdet.«

»Wie könnt Ihr nur sehen?« Er war absolut unsichtbar.

»Ich konnte immer schon gut im Dunkeln sehen. Kommt. Haltet Euch an meinem Gürtel fest. Ihr müßt die Leiter zu dem Dachboden hochklettern.«

Er nahm ihre Hand und legte sie auf seinen Gürtel. Sie folgte ihm blind zur Leiter und erklomm sie nur durch Tasten. Er wartete oben auf sie. »Hierher.« Er nahm ihre Hand. »Wir können uns ein paar Stunden ausruhen und beim Morgengrauen weiterreiten.«

Er führte sie an den Platz, wo er einen Ballen Heu verteilt hatte, um für sie beide ein Lager zu bereiten. »Hier«, sagte er und legte sie hin, als wäre sie ein Kind. Er spürte, wie sie unkontrolliert zitterte. »Ihr hättet sagen sollen, daß Ihr friert«, schalt er, als wäre sie wirklich ein Kind.

»Ich w-wollte Euch n-nicht aufhalten. Es ist zu g-gefährlich.«

Er löste seine Spange vom Umhang, während sie sprach. Dann legte er sich neben sie, breitete den Umhang über sie beide aus und nahm sie in die Wärme seines Arms. Er spürte, wie sie sich versteifte und sagte beruhigend: »Es ist alles in Ordnung. Auf diese Weise halten wir uns gegenseitig warm.«

»Ihr fühlt Euch g-gar nicht k-kalt an.«

»Ich habe mehr Fleisch als Ihr.«

Er legte ihren Kopf in die Kuhle seiner Schulter und spürte, wie sich ihr Widerstand lockerte. Sie kauerte sich an ihn. Nach zehn Minuten hörte ihr Zittern ganz auf. »Besser?« fragte er mit weicher und merkwürdig zärtlicher Stimme.

»Ja.« Sie klang wie ein müdes Kind.

»Schlaft jetzt«, sagte er. »Ich wecke Euch, wenn es Zeit zum Aufbruch ist.«

Sie war fast sofort eingeschlafen, und es dauerte nicht lange, bis Ceawlin ihr folgte.

Als er erwachte, dämmerte der Morgen. Licht brach durch die Ritzen der Scheune, und er konnte die Vögel in den Bäumen zwitschern hören. Niniane lag tief schlafend in seinen Armen.

Gestern abend, als er dieses weiche Bett aus Heu für sie beide gemacht hatte, hatte er keine Sekunde an Sex gedacht. Aber sein junger, männlicher Körper war sich der Weichheit bewußt gewesen, die sich die ganze Nacht gegen ihn gepreßt hatte, wenn auch sein Geist dazu nicht aufgelegt war. Als er aufwachte, wußte er sofort, was er wollte.

Ceawlin hatte sein erstes Mädchen gehabt, als er fünfzehn gewesen war. Cynric hatte eine erfahrene Frau aus den Frauengemächern zu seinem Sohn gesandt, um ihn in die wichtigsten Rituale der Männlichkeit einzuweihen. Sex war damals leicht zu haben gewesen, und so war es auch in den Jahren seither. Es gab immer eine Menge Frauen, die begierig darauf waren, einen Prinzen, selbst einen Bastard-Prinzen, in ihr Bett zu nehmen.

Normalerweise würde er nicht so lange über die Befriedigung seiner Bedürfnisse nachdenken. Es würde nicht lange dauern, und sie könnten schon bald wieder auf ihrem Weg sein. Aber Niniane… Niniane war Jungfrau. Er hatte niemals mit einer Jungfrau geschlafen. Alle seine Frauen hatten genau gewußt, um was es ging.

Natürlich waren sie verheiratet. Sie konnte sich nicht beklagen. Es war ihre Pflicht, ihn zufriedenzustellen. Er schaute auf den kleinen, runden Kopf, der so zutraulich gegen seine Schulter gelehnt war. Aus irgendeinem merkwürdigen Grund erweckte das Mädchen in ihm den Wunsch, sie zu beschützen. Vielleicht, weil sie so klein war. Er wollte sie nicht verängstigen.

Ihr Kopf bewegte sich und verschlafene, rauchblaue Augen schauten ihn an. Er konnte den Abdruck seiner Tunika auf ihrer Wange sehen. Eine Strähne ihres langen Haares verfing sich in den Wimpern. Sie schien überrascht, ihn zu sehen und blinzelte, sichtlich bemüht, ihre Gedanken zu sammeln. Sie sah aus wie ein kleines Kätzchen, das gerade aufwacht.

»Kommt«, sagte er. Seine Stimme war schroff. Er fühlte sich unbehaglich und machte sie dafür verantwortlich. »Wenn wir nicht bald gehen, werden uns die Bauern finden, und das möchte ich nicht.«

Sie setzte sich auf und strich die Haare aus ihrem Gesicht. »Natürlich. Die Sonne muß schon da sein. Ich kann etwas sehen.« Sie lächelte ihn etwas schüchtern an. »Danke, Prinz. Mir ist jetzt viel wärmer.«

»Gut.« Er stand auf und klopfte sich das Heu aus den Kleidern. »Dann laßt uns gehen.«

Sie ritten von der kleinen Ansiedlung fort und kehrten zur Straße zurück. Ceawlin sah, daß Niniane vom langen Galopp am Tag zuvor steif geworden war, aber sie klagte nicht. Er sah sie mit prüfendem Blick aus den Augenwinkeln an und beschloß, das Tempo etwas zu drosseln. Sie würde all ihre geistige Kraft benötigen, wenn sie in Bryn Atha ihrem Bruder gegenüberstand. Und sie hatte einige geistige Fähigkeiten, diese kleine britische Prinzessin. Daran konnte es keinen Zweifel mehr geben.

Sie erreichten Bryn Atha am frühen Nachmittag. Cynric hatte seinen Kriegertrupp nach der Schlacht bei Beranbyrg nicht hierher gebracht, daher kannte Ceawlin es nicht. Er konnte einen Ausruf der Überraschung und Bewunderung nicht zurückhalten, als er mit Niniane durch das Tor ritt und zum ersten Mal diesen wunderschönen, römischen Innenhof sah.

Der Ort war verlassen.

»Coinmail muß bei einem der Bauern sein«, sagte Niniane. »Kommt, ich bringe Euch erst zu den Ställen. Wir sollten uns um die Pferde kümmern.«

Er schaute sie anerkennend an. Sie war müde und ihre Glieder schmerzten, aber sie war in der Lage, erst an das Wohl der Pferde zu denken. Er ließ die Zügel locker und folgte neben ihrem Wallach. »Bryn Atha ist wunderschön«, sagte er aus einem Impuls heraus, ihr irgendein Lob sagen zu müssen. »Wenn Winchester nur noch Asche sein wird, werden diese Steine immer noch existieren.«

Er wurde mit einem Lächeln belohnt. Ihre Zähne waren klein und weiß, und, wie alles andere, perfekt geformt. Zum ersten Mal bemerkte er das Grübchen in ihrem Mundwinkel.

Auch der Stall war leer. Nicht nur die Pferde fehlten, sondern auch das Futter. Der Stall schien unbenutzt zu sein. Niniane runzelte die Stirn. »Das ist seltsam. Auch die Hühner sind fort und die Schweine. Wo mag Coinmail sein?«

Sie gaben den Pferden Wasser, dann pflockten sie sie zum Grasen an, da kein Heu vorhanden war. »Gehen wir zum Haus«, sagte Niniane. »Ich kann mir nicht vorstellen, was passiert ist.«

Sie kehrten auf den Hof zurück. »Brenna! Col!« rief Niniane und fügte dann für Ceawlin hinzu: »Die Diener.« Es blieb still.

»Schauen wir im Haus nach«, sagte Ceawlin.

Die meisten römischen Villen wurden an der Vorderseite von Kolonnaden gesäumt. Bryn Atha jedoch war von einem atrebatischen Fürsten erbaut worden und sollte dem unbarmherzigen britischen Klima widerstehen. Der Säulengang sah daher aus wie eine lange Galerie, zu der sich alle Räume des Hauses öffneten. Die Haupttür führte in ein Tablinum, einen großen Empfangsraum. Ceawlin stand einen Augenblick schweigend da und betrachtete eingehend die gelben Gipswände mit den Stoffbahnen in den Farben von Juwelen. Dann schaute er auf das Mosaik auf dem Boden. Es bildete eine Jagdszene mit einer goldhaarigen, knapp bekleideten Jägerin ab, die ihren Speer auf einen riesigen Eber richtete. »Was stellt das dar?« fragte er Niniane.

»Venus. Die römische Göttin der Schönheit«, antwortete sie. Sie ging zu den Fenstern mit den Glasscheiben und öffnete erst sie und dann die Fensterläden. Ceawlin beobachtete, wie sie die Läden weit aufstieß und dann die Fenster wieder schloß. Die Nachmittagssonne strömte jetzt in den Raum und erhellte ihr Haar zu einem Herbstglühen.

»Ich erinnere mich«, sagte er langsam. »Ihr mögt die Dunkelheit nicht.«

»Ich mag keine Räume ohne Fenster«, sagte sie. »Oder Räume, die muffig sind. Das Haus war verschlossen. Ich glaube nicht, daß Coinmail hier wohnt.«

»Nun, schauen wir nach«, antwortete er. Das Rätsel um Coinmail konnte noch einen Augenblick warten. Jetzt war er begierig darauf, ein richtiges römisches Haus kennenzulernen. Er sah sich um. »Es gibt keine Feuerstelle. Wie haltet Ihr es hier warm?«

Niniane erklärte ihm das Hypokaustum. »Es funktioniert noch unter dem Wohnraum und dem Eßraum und dem Empfangsraum«, sagte sie und zeigte ihm das Ofenloch, in dem normalerweise das Feuer brannte, das die Leitungen unter dem Haus erhitzte. Der Eßraum war ein eigener Raum für sich, mit einem Tisch, der nicht nach jeder Mahlzeit weggetragen werden mußte. Die Schlafzimmer hatten alle Fenster, die Niniane öffnete, und die Wände waren aus festem Mauerwerk und mit farbenprächtigen Stoffbahnen behängt. Die Bäder befanden sich in einem anderen Teil des Hauses, aber Niniane sagte, sie würden seit Jahren nicht mehr benutzt.

Sie beendeten ihre Runde in der Küche mit dem großen Kohleofen.

»Wohin kann Euer Bruder gegangen sein?« fragte Ceawlin.

»Ich habe keine Ahnung. Aber wo immer er ist, er hat nicht vor, demnächst zurückzukehren. Er hat alle Tiere fortgebracht.«

»Wie können wir es herausfinden?«

Niniane fuhr mit der Hand durch die Haare und starrte geistesabwesend auf den Ofen. »Naille wird es sicherlich wissen. Er ist unser Cousin und wäre der Anführer, wenn Coinmail etwas passiert.« Sie runzelte die Stirn und blickte Ceawlin an. »Ich bin nicht sicher, ob es klug ist, zu Naille zu gehen, bevor wir wissen, was mit Coinmail geschehen ist. *Naille* hat nicht geschworen, die Waffe nicht gegen Euch zu erheben.«

Ceawlin fluchte. »Wir haben in Winchester nichts davon gehört, daß Euer Bruder fortgegangen ist.«

»Warum solltet Ihr?«

»Wir sollten es. Es stimmt, daß wir nicht auf die Briten achten und das, was sie tun, aber wir sollten es.«

Niniane sah nicht aus, als ob sie ihm zustimmen würde. Sie enthielt sich jedoch eines Kommentars und sagte statt dessen: »Ich gehe besser zu Geara. Sein Hof liegt am nächsten. Er wird wahrscheinlich wissen, was los ist.«

»Wie weit ist es bis zu seinem Hof?«

»Nicht sehr weit – vielleicht zwei Meilen.«

»Dann laßt uns gehen.«

»Ich glaube, Ihr solltet hierbleiben, Prinz.«

Zuerst sah er nur überrascht aus, dann schaute er sie mißbilligend an. »Ganz sicher bleibe ich nicht hier! Glaubt Ihr, daß ich vor einem einfachen Bauern Angst habe?«

»Ich weiß, daß Ihr keine Angst habt, aber bis wir herausgefunden haben...«

»Ganz sicher nicht. Ich gehe mit Euch.«

Niniane biß die Zähne zusammen. Dann sagte sie: »Ihr könntet getötet werden.«

»Nun, dann habt Ihr ein wunderbares Geschenk erhalten. Ihr seid wieder zurück, ohne einen sächsischen Ehemann, der Euch Probleme macht. Hören wir auf zu reden und gehen wir los.«

Er verließ die Küche und Niniane folgte ihm wütend. Was er gesagt hatte, war natürlich richtig. Wenn er getötet würde, wäre ihr Leben einfacher. Aber aus irgendeinem Grund, den sie selbst nicht ganz verstand, wollte sie nicht, daß er getötet wurde.

Sie sattelten ihre Pferde wieder und ritten schweigend über den Pfad, der zu Geara führte. Niniane dachte angestrengt darüber nach, wie sie Geara die Anwesenheit Ceawlins erklären sollte, und Ceawlin versuchte herauszufinden, wie die unerklärliche Abwesenheit Coinmails seine eigenen Zukunftspläne beeinflussen würde.

Als Gearas Hof in Sicht kam, wandte sich Niniane an Ceawlin. »Sagt Geara nicht, wer Ihr seid. Es könnte gefährlich sein. Wir sagen einfach nur, daß Ihr mein Ehemann seid und daß wir zwei beschlossen haben, aus Winchester wegzulaufen.«

Seine Augen schienen immer einen dunkleren Farbton anzunehmen, wenn seine Gefühle in Aufruhr waren. »Wegzulaufen?«

»Würdet Ihr nur einmal für einen Moment nachdenken?« fauchte sie und seine Augen wurden sogar noch dunkler. »Dies ist nicht der richtige Augenblick für Heldentum. Es ist Zeit für einfühlsames Nachdenken. Es ist notwendig für Euch, die Unterstützung der Atrebaten zu erhalten, richtig?«

»Ja«, antwortete er widerwillig.

»Also, bis wir genau wissen, was los ist, wird es das beste sein, Eure Identität geheimzuhalten. Ihr seid mein Ehemann. Ihr habt Euch mit den neuen Herrschern in Winchester entzweit und daher entschieden, in die Heimat Eurer Frau zu gehen.«

Einen Augenblick herrschte Schweigen, und Niniane fürchtete, daß er dickköpfig sein würde. Er starrte auf die Stelle zwischen den Ohren seines Pferdes. »Prinz ...«, begann sie, und er richtete die Augen auf sie.

»Wenn ich nur ein einfacher Lehnsmann sein soll, nennt mich besser nicht Prinz.«

Gott sei Dank war er vernünftig. Sie schenkte ihm ein bezauberndes Lächeln. »Ceawlin. Es wird in Ordnung sein, wenn ich Euch bei Eurem Namen nenne. Die Atrebaten wissen nichts von Winchester oder seinen Bewohnern.«

Er schaute sie angewidert an, war aber so klug, nicht zu antworten.

Geara war ein kinderloser alter Mann, dessen Frau lange tot war. Er hatte Niniane immer gemocht. Sie spürte, daß dies die ungefährlichste Person war, von der sie Informationen über Coinmail erhalten konnten, und ihre Entscheidung bestätigte sich durch die Herzlichkeit, mit der der alte Bauer sie begrüßte, als sie ihn beim Ausbessern eines Schweinegeheges fanden. Er war so deutlich erfreut, sie zu sehen. Ein weiterer Grund für ihre Wahl war gewesen, daß Geara nur einen einzigen Mann als Arbeitshilfe beschäftigte. Dadurch konnten Informationen über ihre Rückkehr kaum zu anderen dringen, bevor sie selbst dazu bereit war.

Er war erfreut, sie zu sehen, wurde aber kratzbürstiger, als er Ceawlin entdeckte, der, wie Niniane bedauernd eingestehen mußte, während sie ihre Geschichte erfand, unverkennbar ein Sachse war. Er mochte wohl britisch klingen, wenn er sprach, aber sein silberblondes Haar sprach eine eindeutige Sprache. Niniane erging sich redegewandt darüber, wie Ceawlin sie vor der Heirat mit dem scheußlichen Edwin gerettet und dabei sein eigenes Leben riskiert hatte. Es war eine bewegende Geschichte, und sie hatte den gewünschten Effekt auf Geara.

Sie schaute nur einmal kurz in Ceawlins Gesicht und wandte ihre Augen dann schnell wieder ab.

»Geara«, sagte sie schließlich und kam zu dem Hauptanliegen ihres Besuches, »wohin auf Gottes weiter Welt ist Coinmail gegangen?«

»Ah, ja. Das kannst du ja nicht wissen.« Geara spuckte in seine Hände. »Er ging zu dem Bruder deiner Mutter, dem, der weiter westlich wohnt.«

»Aber warum? Und wann ist er gegangen?«

»Er ging erst vor einem Monat.« Der alte Mann zuckte die Achseln. »Warum? Ich weiß es nicht. Er war finster wie der Tod nach dieser Schlacht.«

»Das glaube ich«, murmelte Ceawlin.

»Was hat er mit all den Tieren gemacht?« wollte Niniane genauer wissen. »Es ist auf Bryn Atha nichts zurückgeblieben, Geara. Er muß vorhaben, eine ganze Zeit wegzubleiben.«

»Den größten Teil der Tiere hat er zu Naille gebracht. Die zwei alten Leute, die Ihr auf Bryn Atha hattet, sind diesen Winter gestorben. Es konnte sich also keiner um sie kümmern.«

»Ich verstehe.« Niniane preßte die Lippen aufeinander. »Und ich verstehe auch, daß wir diesen Winter sehr hungrig sein werden, wenn wir nicht einige der Tiere von Naille zurückbekommen können.«

Geara spuckte auf den Boden. »Kein Essen im Haus, wie?«

»Gar nichts.«

»Nun ja, das war kein so harter Winter. Ich kann euch etwas geben.«

Geara gab ihnen schließlich Mehl, Korn, Milch, Käse, zwei Laibe Brot und ein Hühnchen. Außerdem gab er ihnen etwas Korn für die Pferde. Sie packten alles auf Ninianes Wallach, dann hob Ceawlin sie auf Bayvard, ergriff die Zügel beider Pferde, und sie verließen Gearas Hof.

Sobald sie außer Sicht der Farm waren, wandte sich Ceawlin an sie und sagte: »Ich sterbe vor Hunger.«

»Ich auch.«

Sie sahen sich an, und Niniane ließ sich vom Pferd gleiten. Sie schauten in den Satteltaschen nach und zwei Minuten später stopften sie Brot und Käse in sich hinein. Ceawlin schluckte, wischte sich den Mund mit dem Handrücken ab und blickte Niniane an. Ihre Blicke trafen sich. Sie begannen zu lachen.

»Wenn wir zu Hause sind, werde ich das Hühnchen kochen«, versprach sie, als sie den Rest wieder in den Satteltaschen verstauten. Als er kam, um sie auf Bayvard zu heben, meinte sie: »Kann er uns nicht beide tragen?«

Er sah sie abschätzend an. Er war so groß, dachte sie. »Wahrscheinlich kann er es«, stimmte Ceawlin zu. »Ihr wiegt so gut wie nichts.« Er legte die Hände um ihre Taille und setzte sie hinter den Sattel auf den Hengst. Dann schwang er sich selbst in den Sattel.

»Wer ist dieser Onkel, den Euer Bruder besucht?« fragte er über seine Schulter.

Sie legte eine Hand auf seinen Rücken, um das Gleichgewicht zu halten. Der Bruder ihrer Mutter war ein Fürst von Dobunni, dessen Heimat in der Nähe der alten römischen Stadt Glevum lag, nahe bei Wales. »Mein Onkel lebt im Westen«, antwortete sie. »Ich habe keine Ahnung, warum Coinmail zu ihm gegangen ist.«

»Es ist sehr eigenartig.«

Niniane dachte, daß es sogar außerordentlich eigenartig war, aber das sagte sie Ceawlin nicht. Statt dessen meinte sie: »Vielleicht will er sich dort verheiraten.«

Er wandte ihr über seine Schulter den Kopf zu. »Das wird es sein.« Er nickte gedankenverloren. »Ja, das wird es wohl sein. Er kann nicht mehr länger kämpfen, also kann er sich genausogut auch verheiraten.«

Niniane antwortete nicht. Sie spürte die kräftigen Muskeln seines Rückens unter ihrer Handfläche.

»Ich werde das Hühnchen heute kochen«, sagte sie und wechselte das Thema, »aber Ihr müßt zum Jagen gehen, wenn wir morgen etwas zu essen haben wollen.«

Er schenkte ihr ein flüchtiges, jungenhaftes Lächeln. »Natürlich.« Dann fügte er hinzu: »Wir werden zu diesem Naille gehen müssen. Er weiß vielleicht mehr über Euren Bruder. Und wir brauchen ein paar Tiere, wenn wir auf Bryn Atha leben wollen. Tiere für uns selbst und Heu und Korn für die Tiere.«

»Ja«, sagte Niniane und war froh, daß er den besorgten Blick auf ihrem Gesicht nicht sehen konnte. »Wir werden Naille besuchen.«

Sie hatten das Hühnchen zum Essen. Niniane briet es nach römischer Art, in Öl in einer bronzenen Pfanne auf dem Herd.

Sie würzte es mit einigen Gewürzen, die noch in der Speisekammer waren. Ceawlin aß mit sichtlichem Genuß.

»Was habt Ihr mit dem Hühnchen gemacht?« fragte er neugierig, nachdem er fünf Minuten lang ununterbrochen gegessen hatte. »In Winchester ist unser Essen entweder in Feuer gebraten oder gekocht.«

Niniane erklärte es. Dann fügte sie hinzu: »Ich werde den Garten wieder aufbauen, aber bis er etwas hergibt, müssen wir Gemüse und Korn von den Bauern hier kaufen.«

»Kaufen?« Er zog eine Augenbraue nach oben. »Der Stamm schuldet Euch doch sicherlich eine Nahrungsmittelsteuer. Wenn Euer Bruder nicht mehr da ist, um sie einzutreiben, warum könnt Ihr es dann nicht?«

»Eine Steuer für Nahrungsmittel?« wiederholte Niniane. »Die Höfe gehören uns nicht, Prinz. Sie gehören denen, die sie bearbeiten.«

»Nennt mich nicht Prinz«, sagte er irritiert. Und dann: »Was macht es aus, wem sie gehören? Die Felder der Dörfer gehören den Freien, die sie bearbeiten, aber dennoch müssen sie dem König eine Steuer zahlen. Wie sonst sollte der König sein Auskommen sicherstellen?«

»Der Fürst der Atrebaten nimmt nicht von den Leuten, nur weil er ihr Fürst ist.« Ninianes große Augen waren ernst und schauten ihn direkt an. »Wir bearbeiten unser eigenes Land, und was wir sonst noch brauchen, tauschen wir ein.«

In der Speisekammer war auch Wein gewesen, und sie hatte ihm zum Essen einen Becher eingeschenkt. Er nippte daran, als er darüber nachdachte, was sie gerade gesagt hatte. Er konnte sich keinen Reim darauf machen. »Was *ist* denn dann ein Fürst?« fragte er schließlich.

»Er ist der Anführer.«

»Nach dem, was Ihr mir gerade gesagt habt, unterscheidet er sich in nichts von den anderen seines Stammes.«

»Man benötigt keine materiellen Dinge, um Anführer zu sein«, antwortete sie ein bißchen überheblich. »Die Führerschaft ist eine moralische Angelegenheit, Pr… Ceawlin.«

Er setzte seinen Becher ab, verärgert über ihren Tonfall. »Moralisch?« fragte er. »Ihr seid im Besitz von dem hier«, er machte eine Handbewegung, die das Zimmer und das ganze Haus einschloß, »und Ihr unternehmt keine Anstrengung, es zu behalten oder zu verteidigen. Ist das moralisch?«

»*Ihr* seid derjenige, der sich irrt, Mylord Ceawlin!« antwortete sie hitzig. »Ihr Sachsen. Ihr kamt wie Wölfe, habt alles Zivilisierte zerstört, was die Römer zurückgelassen haben.«

»Oh, nein! Schaut Euch um, Prinzessin. Sind die Sachsen auf Bryn Atha gewesen? Nicht bis vor zwei Jahren, und dennoch ist der Ort dem Verfall anheimgefallen. Silchester – die Stadt, die ihr Calleva nennt – war eine Geisterstadt, lange, bevor die Sachsen einen Fuß in sie gesetzt haben. Es sind Eure Leute, die die römische Zivilisation verloren haben. Seit die letzte Legion sich zurückgezogen hat, habt Ihr Euch von allem entfernt, für das Rom einmal gestanden hat.«

»Das ist nicht wahr!« Ihr kleines rundes Kinn hob sich und sie starrte ihn an. »Habt Ihr Badon vergessen, Mylord?«

»Arthur war der einzige von Euch, der verstanden hat, was es bedeutet, ein Anführer, ein König zu sein. Und er war halb römisch.«

Sie griff nach ihrem eigenen Becher Wein. »Und was bedeutet es für Euch«, fragte sie, »ein König zu sein?«

Seine Augen wanderten von ihrer Hand zu seiner eigenen, die so viel größer war und deren Innenfläche Schwielen trug, die vom häufigen Gebrauch seines Schwertes zeugten. »Ein König zu sein, bedeutet, für die Leute verantwortlich zu sein«, antwortete er. »So etwas wie die Nahrungsmittelsteuer schulden sie dem König, weil er die Bürde dieser Verantwortung auf sich genommen hat.«

»Und was genau beinhaltet diese Verantwortung?« Er spürte ihre Augen auf seinem Gesicht, selbst, als er auf seine Hand blickte.

Er antwortete langsam, aber sorgfältig. Dies war etwas, worüber er bereits lange zuvor nachgedacht hatte. »Die Verantwortung des Königs liegt darin, seine Leute in den Krieg zu führen, sie vor Hunger zu beschützen, ihnen Gerechtigkeit zu geben, für sie den Göttern zu opfern.« Er hob seine türkisfarbenen Augen. »Es ist nicht die Freiheit, die ein König kennt, Niniane. Es ist die Verantwortung. Aber es ist eine Verantwortung, die er gerne auf sich nimmt, weil es in seinem Blut liegt. Die Könige von Wessex sind Wotan-Geborene; das Blut des Gottes gibt uns unsere Mission.«

Falls sie den Wechsel im Pronomen bemerkt hatte, sagte sie es nicht. Statt dessen meinte sie: »Glaubt Ihr, daß Cynric ein guter König war?«

»Ihr habt ihn kennengelernt, als er alt war. Aber ich erinnere mich an ihn, als er groß war. Seht Euch an, was er für seine Leute getan hat. Die ärmsten Freien, die ohne Land von Wight kamen, besitzen nun reiche Felder zum Bestellen. Die Lehnsmänner sitzen jede Nacht in einer schönen Halle; die Edlen werden bald große Ländereien für sich selbst haben.« Seine Augen begegneten ihren. »Schaut, was er für *Eure* Leute getan hat. Venta lag im Sterben, als Cynric es eingenommen hatte, jetzt ist es eine blühende Stadt.« Er nahm einen Schluck Wein. »Cynric machte aus den Westsachsen ein Volk«, sagte er. »Er war ein großer König.«

»Ich bin sicher, Ihr versteht, wenn ich mit dem, was Ihr gesagt habt, nicht einverstanden sein kann.« Ihr Gesicht war trocken und streng.

»Nein«, sagte er. »Ihr werdet es nie verstehen. Weil Ihr eine Christin seid.« Und er schaute sie traurig an.

11

Als sie mit dem Essen fertig waren, räumte Niniane den Tisch ab, während Ceawlin zu den Ställen ging, um nach den Pferden zu sehen. Niniane wusch die Teller ab und dachte daran, daß sie und Ceawlin verheiratet waren und die Nacht bevorstand.

Der Gedanke, mit Edwin zusammenzusein, hatte sie gelähmt und angeekelt. Sie war sich nicht sicher, was sie davon halten sollte, mit Ceawlin zusammenzusein.

Sie beendete den Abwasch, ging die Galerie entlang in Coinmails Zimmer und öffnete seine Kleidertruhe. Sie war leer bis auf ein paar alte Tuniken, die er als unbrauchbar zurückgelassen hatte. Sie nahm eine Tunika heraus und hielt sie hoch. Sie würde etwas kurz für Ceawlin sein, aber es würde reichen, bis sie ihm ein paar neue machen konnte. Er hatte nicht viel aus Winchester mitgenommen.

Sie hörte, wie die Haupttür sich öffnete und er fragte: »Niniane! Wo seid Ihr?«

»Hier drinnen«, rief sie zurück und lauschte den herannahenden Schritten. Die Erinnerung spielte ihr blitzartig eine andere Szene vor ihrem geistigen Auge vor: Es war eine andere Zeit, als sie in diesem Raum wartete und dem Geräusch der Sachsen lauschte, die immer näher kamen. Noch einmal überkam sie die Furcht, die sie damals verspürt hatte. Ihr Herz begann heftig zu pochen und mit weitgeöffneten Augen starrte sie auf die Tür.

Sie öffnete sich leise. »Was tut Ihr?« fragte Ceawlin.

Sie antwortete nicht sofort, und er zog eine Augenbraue hoch. Sie fühlte, wie sich ihr hämmerndes Herz wieder beruhigte. Es war in Ordnung, dachte sie verwirrt. Es ist nur Ceawlin. »Ich schaue nach, ob Coinmail irgend etwas zurückgelassen hat, das Ihr tragen könntet«, brachte sie schließlich hervor.

»Oh.« Er nahm ihr die Tunika aus der Hand und hielt sie an seinen Körper. »Ich glaube nicht.«

Sie war zu eng und zu kurz. Niniane war überrascht. Ceawlin sah so schlank aus; seine Schultern waren breiter als sie vermutet hatte. »Oh.« Ihre Stimme hatte immer noch nicht die normale Tonlage wiedergefunden. »Nun, ich werde wohl versuchen müssen, irgendwie aus zweien eine zu machen.«

Er ließ die Tunika auf das Bett fallen. »Im Moment, Niniane, bin ich nicht sehr an neuen Tuniken interessiert.«

»Oh«, sagte sie wieder und schaute ihn mit Augen an, die jetzt wirklich riesengroß waren.

Er war zurückgetreten, um die Tunika anzuhalten. Jetzt ging er wieder auf sie zu. Sie stand direkt vor der Kleidertruhe und konnte nicht zurückweichen. »Ihr seid meine Frau«, sagte er mit sehr weicher Stimme. »Ihr wißt, was das heißt.«

»Ich ... ich denke, ja.«

Er war nahe genug, um sie zu berühren. Er schaute ihr in die Augen. Sie enthielten nicht den wachsamen Ausdruck, der ihm aus den Tagen in Winchester so vertraut war. Jetzt waren sie besorgt, unsicher und etwas ... verängstigt. Er nahm ihr Gesicht in seine Hände, wie eine Blume. »Ich werde dir nicht weh tun.« Seine Stimme war jetzt dunkel und sanft. Er beugte seinen Kopf herunter und begann, sie zu küssen.

Sie war immer noch wie Stein unter seiner Berührung. Mit Vergnügen erkannte er, daß noch niemand diesen Mund geküßt hatte. Er hob nur für einen kurzen Moment seinen Kopf und flüsterte: »Erwidere meinen Kuß.« Als ihr Mund seinem zu antworten begann, spürte er einen Schauer, der so ganz anders war als alles, was er bisher gekannt hatte.

Seine Lippen wanderten von ihrem Mund zu ihren Wangen, ihrer Nase, ihrer Stirn. »Siehst du? Es kann sehr nett sein.« Dann fand er wieder ihren Mund. Nach einer Weile umfaßten ihre Arme seine Taille. Er bückte sich und nahm sie mit seinen Armen hoch.

»Nein«, sagte sie, als sie merkte, daß er sie zum Bett bringen wollte. »Nicht hier. Mein Zimmer.«

Er trug sie in den nächsten Raum auf der Galerie, stieß die Tür auf und legte sie auf die blaue Wolldecke, die ihr Bett bedeckte. Dann legte er sich neben sie.

Niniane spürte seine Küsse bis in den Magen hinein, und als seine Hand ihre Brust streichelte, war sie erschreckt über die starke Erregung, die in ihr ausgelöst wurde. »Ceawlin ...«, murmelte sie. Ihre Stimme war atemlos.

Er hob seinen Kopf und schaute sie an. »Ich habe dir gesagt, daß es schön sein würde.« Seine eigene Stimme war rauher als gewöhnlich. Dann setzte er sich auf und sagte: »Niniane, zieh die Kleider aus.«

Ihre Finger zitterten, als sie ihm gehorchte. Zuerst zog sie die Tunika über den Kopf, dann das Kleid. Sie stand in ihrer Leibwäsche vor ihm, als sie aufschaute und ihn anblickte.

Er hatte sich vollkommen ausgezogen und seine Kleider auf den Boden geworfen. Jetzt stand er in einem Lichtstreifen des Fensters, und sie starrte ihn plötzlich mit geweiteten Augen an. Er sah, dachte sie voller Erstaunen, genauso aus wie der Gott auf einem der Mosaike auf dem Boden eines der Häuser in Valleva. Es war Apollo, hatte ihr Vater erklärt, der Gott, der von den Römern wegen seiner Heilkunst und seiner Fähigkeit der Prophezeiung verehrt wurde. Das Mosaik hatte einen wunderschönen bartlosen jungen Mann mit hübschen Haaren und von Muskeln sanft gerundeten Schultern und Oberarmen gezeigt. Sie erinnerte sich an seinen flachen Bauch, die schmalen Hüften und die langen, athletischen Beine. Der Gott hatte nur einen Umhang über der Schulter gehabt und einen Bogen und Köcher mit Pfeilen getragen. Niniane hatte gedacht, daß er das Schönste in der Welt war, als sie das Bild zum ersten Mal gesehen hatte. Und nun stand er hier in ihrem Zimmer, lebendig.

Er war auch wie ein Gott, als er zu ihr kam. Beherrschend. Überwältigend. Ein Rausch an Gefühlen und Begierden, so daß nicht einmal der Gedanke an Widerstand aufkam. Sie gehorchte seinen Wünschen, mit wild hämmerndem Herzen und von fremden und überwältigenden Empfindungen durchströmtem Körper.

Es tat weh, als er in sie eindrang, aber sie versuchte nicht, ihn wegzudrücken, hatte gar nicht den Wunsch, ihn wegzudrücken. Belohnt wurde sie dafür mit einem stürmischen, herrlichen Ausbruch an Vergnügen, das von einer Art war, von der sie nicht einmal geahnt hatte, daß so etwas existieren könnte.

Nach einer Weile stützte er die Arme auf dem Bett auf und nahm sein Gewicht von ihr. Sie blickte in sein Gesicht, das von einer Kapuze aus Mondlicht und seinen Haaren eingerahmt war. Es war Ceawlin, dachte sie. Nicht der Gott. Aber sie war sich nicht so sicher.

»Weißt du«, sagte er sanft, »eigentlich macht es mir nichts aus, hier auf Bryn Atha zu bleiben.«

Am nächsten Morgen wachte Niniane als erste auf. Sie brauchte einen Augenblick, um sich zu erinnern, daß sie in ihrem eigenen Schlafzimmer in Bryn Atha war. Aber sie erinnerte sich sofort, wer da neben ihr im Bett lag.

Er lag auf seinem Bauch, seine Arme neben seinem Kopf ausgestreckt. Vorsichtig richtete sie sich ein bißchen auf und betrachtete den Teil von ihm, der unter der blauen Decke hervorlugte: seinen muskulösen Rücken und ein Knäuel von unglaublich blondem Haar. Er sah aus wie ein sehr großer Mann, der den meisten Platz in ihrem Bett eingenommen hatte.

Was war letzte Nacht mit ihr geschehen? Sie schaute von dem wirren Silberknäuel auf dem Kopfkissen zum Fenster, als suchte sie nach einer Antwort. War Sex wirklich so? Oder hatte sie zuviel Wein getrunken? Sie schaute zurück auf das Kopfkissen und begegnete zwei meerblauen Augen. Er war wach. Sie starrte ihn an, hatte Angst, etwas zu sagen, wußte nicht, was sie überhaupt sagen sollte. Er lächelte sie verschlafen an und zog sie zu sich. »Oh nein«, sagte er. »Du gehst jetzt erstmal nirgendwo hin.«

Sie erhob keine Einwände.

Zum Frühstück aßen sie den zweiten Laib Brot von Geara und noch mehr Käse. »Ich werde backen müssen«, sagte Niniane. »Glücklicherweise hat Geara uns genug Mehl mitgegeben.«

»Wir sollten heute nachmittag besser zu diesem Naille reiten«, antwortete Ceawlin. »Geara hat gesagt, daß bei ihm all die Tiere untergebracht sind.«

»Donnerstags besucht er immer die Mitglieder unseres Stammes«, erwiderte Niniane. »Ich denke, es ist klüger, bis morgen zu warten, Ceawlin. Es macht keinen Sinn, zu Nailles Hof zu reiten, um ihn dann doch nicht vorzufinden.«

Er sah irritiert aus, und sie fügte schnell hinzu: »Außerdem dachte ich, daß du heute jagen wolltest.«

Sein Gesicht entspannte sich wieder. »Das stimmt. Du wirst mir zeigen müssen, wo es hier am besten geht.«

»Das ist einfach. Im oberen Wald. Ich zeige dir die Richtung. Wenn ich mitkomme, kann ich nicht backen.«

»In Ordnung.« Er schaute aus dem Fenster. »Es ist ein schöner Tag. Es wird guttun, mit einem Bogen in den Wald zu gehen.« Er sah sie wieder an. »Habt ihr keine Hunde?«

»Wir hatten welche. Coinmail muß sie ebenfalls zu Naille gebracht haben.«

Er nickte und stand dann auf. »Ich werde Bayvard satteln und Ruist zum Grasen nach draußen bringen.«

Niniane lächelte und nickte. Sie trug das Geschirr in die Küche, um es abzuwaschen. Anschließend bereitete sie den Teig zu und knetete ihn so lange, bis eine halbe Stunde seit Ceawlins Aufbruch vergangen war. Dann ging sie zum Stall und sattelte den Wallach. Sie würde heute zu Naille gehen und sie würde alleine gehen.

Wie Niniane Ceawlin erklärt hatte, war Naille nach Coinmail der zweite Mann bei den Atrebaten. Sein Hof lag ungefähr fünf Meilen von der Villa entfernt. Früher einmal, zweihundert Jahre zuvor, als Bryn Atha errichtet wurde, hatte alles umliegende Land dem Fürsten gehört. Lehnsbauern hatten das meiste Land bestellt, und eine lange Zeit war ihre Arbeit zum großen Teil verantwortlich für den Wohlstand der Villa gewesen. Mit den Jahren jedoch war ein großer Teil des Landes aus den Händen der Anführer gegeben worden. Die besten Höfe waren an jüngere Söhne der Familie des Anführers gegangen, die von dem Land leben mußten, als die Städte verfielen. Am Ende hatten sich einige dieser Höfe als noch blühender als die ursprüngliche Villa entpuppt, wenn sie auch sicherlich nicht so luxuriös waren.

Ein solcher Hof war auch der von Naille, der westlich von Bryn Atha in einem satten, fruchtbaren Tal lag. Als Niniane auf den Hof ritt, kreischte eine Herde Gänse und flatterte wild umher. Niniane stieg ab und beruhigte das erschreckte Pferd, als ein kleines Mädchen von ungefähr vier Jahren aus der Vordertür des niedrigen Steinhauses blinzelte.

»Hallo, Isolde«, sagte Niniane. Die braunen Augen des kleinen Mädchens weiteten sich, als sie von der Fremden ihren Namen hörte.

»Ist deine Mutter daheim?«

Das kleine Mädchen ging wieder ins Haus, und in weniger als einer Minute kam eine Frau zur Tür. Sie blinzelte etwas in die Sonne.

»Hallo, Alanna«, sagte Niniane und ging auf sie zu. »Ich bin's, Niniane.«

»Niniane!« Die Frau kam die Stufen herunter. »Gütiger Himmel, Niniane! Mein liebes Kind! Was machst du hier?«

Niniane gab ihr einen Begrüßungskuß. »Ich bin gestern wieder nach Bryn Atha gekommen«, sagte sie mit einem Lächeln.

»Aber wir dachten, du wärst bei den Sachsen!«

»Das war ich auch, bis vor zwei Tagen.«

»Gott im Himmel!« Alanna klatschte in die Hände. »Binde dein Pferd an dem Pfosten fest, meine Liebe, und komm ins Haus.« Sie wandte sich an das kleine Mädchen. »Isolde, lauf und hol deinen Vater vom Feld. Sag ihm, daß Niniane da ist.« Das Mädchen rannte los.

Alanna nahm eines der Kleinkinder auf, das die Stufen heruntergefallen war und weinte. »Kommt ins Haus«, sagte sie zu Niniane, »Naille wird bald hier sein.« Niniane nahm das andere Kind und folgte Alanna ins Innere des Hauses.

»Ich dachte, ich würde Coinmail auf Bryn Atha finden«, sagte Niniane, sobald sie auf einem Stuhl vor dem Ofen in der Küche saß und ein Glas Ziegenmilch vor sich stehen hatte.

»Aber, Niniane – wie bist du denn den Sachsen entkommen? Coinmail sagte, daß sie dich mit ihrem Prinzen vermählen wollten!«

»Das wollten sie auch, aber er wurde getötet.« Niniane beugte sich ein wenig nach vorn. »Alanna, wo ist Coinmail?«

»Er ging zu dem Bruder deiner Mutter, nach Glevum.«

Das hatte auch Geara gesagt, also mußte es stimmen. »Aber warum, Alanna? Bryn Atha ist verlassen. Ist er für immer weggegangen?«

»Natürlich nicht. Aber ich glaube, Naille sollte dir das alles besser erzählen.« Das Gesicht der Frau spiegelte gleichzeitig Ungeduld und Betroffenheit. »Aber du ... geht es dir gut, Niniane?«

Niniane konnte die Frage in Alannas Augen sehen. »Ja, es geht mir gut. Ich bin verheiratet.«

»Verheiratet? Aber du hast doch gesagt ...«

»Ich bin nicht mit Prinz Edwin verheiratet. Er wurde getötet, bevor wir vermählt werden konnten. Ich bin mit einem anderen Mann verheiratet, einem Sachsen, der mir geholfen hat, als ich in Winchester war. Wir sind zusammen geflohen.«

»Du hast einen Sachsen nach Bryn Atha gebracht?«

»Er mußte Winchester verlassen, Alanna. Er war derjenige, der Prinz Edwin getötet hat. Er tat es für mich, weil er wußte, daß ich mich vor der Hochzeit mit dem Prinzen so fürchtete. Du siehst also ...«

Aber Alanna bekreuzigte sich und stieß ein Gebet hervor. Niniane preßte die Lippen aufeinander. »Ein Sachse auf Bryn Atha«, sagte Alanna wieder, »warte, bis Naille das hört.«

»Er ist allein, Alanna. Er kann euch keinen Schaden zufügen. Und er ist mein Ehemann.«

Alannas braune Augen sahen Niniane mit durchdringendem Blick an. »Weißt du über Beranbyrg Bescheid?«

»Beranbyrg? Ja. Leider ja.«

»Es war beängstigend. Viele Männer sind gestorben. Die Barbaren ... sie überwältigten unsere Männer ... schlachteten sie ...«

Niniane wurde langsam ärgerlich. »Soviel ich weiß, haben sie Coinmail Gnade angeboten. Das war sicher nicht die Tat von Schlächtern.«

Alanna zuckte mit den Schultern, dann kehrte sie zu dem Teil von Ninianes Geschichte zurück, der sie am meisten interessierte. »Du bist also verheiratet? Bist du von einem Priester getraut worden?«

»Nein. In Winchester gibt es keine Priester. Wir wurden nach einem sächsischen Ritus getraut.«

»Dann gibt es keine Heirat«, sagte die Frau entschlossen.

»Was ist das für ein Gerede über Heirat? Großer Gott, es ist tatsächlich Niniane.« Naille kam durch die Küchentür, ein großer, dünner, braungesichtiger Mann mit gebeugten Schultern.

Niniane wiederholte die Geschichte, die sie seiner Frau erzählt hatte. Nailles Gesicht war grimmig, als sie geendet hatte.

»Wie hat dein... Ehemann den sächsischen Prinz getötet?«

»In einem Duell. Das ist die Art, wie die Sachsen ihre Zwistigkeiten ordnen.«

»Sehr zivilisiert«, sagte Naille mit deutlichem Sarkasmus.

Niniane wollte gerade ausführen, daß ein Duell eigentlich ein Sport ist, hielt dann aber inne. Statt dessen sagte sie: »Naille, warum ist Coinmail zu meinem Onkel gegangen?«

Der Mann seufzte und setzte sich an den Küchentisch. Seine Frau stellte einen Becher Bier vor ihn hin. Er drehte ihn zwischen seinen Fingern und sagte zu Niniane: »Wir wurden bei Beranbyrg geschlagen. Du wirst das wissen.«

»Ja.«

»Nun, nach Beranbyrg hatte Coinmail erkannt, daß wir Atrebaten die Sachsen nicht alleine schlagen können. Um erfolgreich zu sein, müssen wir uns mit anderen Stämmen verbinden. Das ist genau das, was Arthur getan hat, Niniane. Er brachte alle Stämme Britanniens zusammen, um gegen die Sachsen zu kämpfen. Und genau deshalb hatte er Erfolg.«

»Ich verstehe nicht«, sagte Niniane. »Ich dachte, Coinmail hätte geschworen, nie wieder die Waffen gegen die Westsachsen zu erheben. Ich hörte, das hätte er als Gegenleistung für sein Leben geschworen.«

Naille zuckte die Schultern. »Welchen Wert hat ein Versprechen gegenüber einem Heiden?« Er blickte ihr dabei jedoch nicht in die Augen.

Niniane war überrascht von der Wut, die durch ihren Körper strömte. Ihr Bruder plante, seinen Eid zu brechen. Es half nicht, daß eine solche Möglichkeit den »Heiden«, die er betrügen wollte, niemals in den Sinn gekommen wäre. Für einen Sachsen war ein Eid etwas Heiliges.

»Ich verstehe«, sagte sie schließlich mit harter, fester Stimme.

»Wir waren so erschreckt, als wir hörten, daß sie dich mitgenommen hatten«, sagte Naille und wechselte das Thema. »Coinmail war außer sich. Er hatte dir befohlen, zu Gearas Hof zu gehen.«

»Ich weiß, aber Kerwyn war krank.« Niniane schaute von dem zerkratzten Holztisch auf, den sie nachdenklich betrachtet hatte. »Willst du mir erzählen, daß Coinmail ein gemeinsames Kriegsheer der beiden Stämme aufstellen will?«

»Ja.«

»Dann wird er nur noch mehr gute Männer töten. Hör mir zu, Naille. Ich war zwei Jahre in Winchester und ich kann dir sagen, daß wir die Sachsen nicht schlagen werden. Ich habe gesehen, was für Menschen das sind. Sie sind Krieger, keine Bauern wie wir. Es ist das Klügste, Frieden mit ihnen zu schließen.«

»Frieden«, sagte Naille. »Was wissen sie vom Frieden?« Dann runzelte er die Stirn. »Was ist dieses Winchester, von dem du gesprochen hast?«

»Der König der Westsachsen hat sich eine große Stadt am Rande von Venta errichtet, Naille. Es ist eine große eingeschlossene Enklave mit fünfzehn Hallen darin. Große Holzgebäude, alle mit Gold behangen. Die Westsachsen lassen sich nicht so einfach aus diesem Land entfernen, Naille. Coinmail wird das nicht gelingen.«

»Wir werden sehen«, sagte Naille. Er stützte seine Stirn mit den Händen ab. »Beranbyrg war schrecklich. Du hast recht, wenn du meinst, daß wir zum Krieg unfähig sind.« Er hob seinen Kopf und schaute sie an. »Wo ist dieser sächsische ›Ehemann‹?«

»Ich habe ihn auf Bryn Atha gelassen. Ich fand es nicht klug, ihn hierher zu bringen.«

»Du hattest recht. Warte hier bei Alanna, während ich einige

Männer zusammensuche, um mit diesem Verführer abzurechnen.«

»*Nein!* Du hast nicht verstanden, Naille. Ich will nicht, daß du ihm irgend etwas antust. Er ist mein Mann.«

Er suchte ihren Blick. »Ich verstehe«, sagte er schließlich grimmig. »Aber es geschah nicht mit deinem Einverständnis, Niniane. Der Stamm steht hinter dir, hab keine Angst.«

»Nein, du verstehst immer noch nicht. Ich ging freiwillig zu ihm.«

Stille breitete sich aus. Wie Niniane nur zu gut wußte, war das römisch-britische Gesetz bezüglich der Entführung einer Jungfrau eindeutig. Die Strafe für einen Mann, der eine Frau gegen ihren Willen nahm, war der Tod oder Kastration. Die Frau, auch wenn sie keine Schuld traf, wurde als beschmutzt betrachtet und war daher nicht mehr zu verheiraten, obwohl sie immer noch Recht auf den Schutz des Vaters oder eines anderen männlichen Familienmitglieds hatte. Wenn der Frau Bereitwilligkeit nachgewiesen wurde, konnte der Mann Entschädigung leisten, indem er eine Strafe an den Vater zahlte.

»Überleg es dir«, sagte Naille schließlich.

»Das habe ich bereits. Er rettete mich aus Winchester, Naille. Ohne ihn wäre ich immer noch dort als Gefangene. Ich schulde ihm sehr viel dafür.«

»Also gut.« Seine Schultern schienen noch gebeugter als gewöhnlich zu sein, und er stand langsam auf. »Belassen wir es erst einmal dabei.«

»Danke.« Sie erhob sich ebenfalls. »Geara erzählte mir, daß Coinmail alle Tiere bei dir gelassen hat.«

»Ja.«

»Vielleicht kannst du mir eine Kuh geben, Naille? Für Milch. Und ein paar Hühner?«

»Du kannst nehmen, was ihr zum Leben braucht. Den Rest hebe ich für deinen Bruder auf.«

»Danke.«

»Ihr werdet sie aber selbst mitnehmen müssen. Ich kann keine Zeit erübrigen, da jetzt ausgesät wird.«

»Ich weiß. Ich werde morgen mit Ceawlin kommen und eine Kuh und einige Hühner mitnehmen.«

Naille hob seinen Kopf, hielt dann inne. »Ceawlin?« fragte er.

»Es ist ein üblicher Name bei den Sachsen«, antwortete sie mit klopfendem Herzen.

Naille nickte. »In Ordnung, kommt morgen.«

Niniane lächelte. »Danke, Naille. Ihr seid sehr gütig.«

Als sie zurück nach Bryn Atha ritt, bedeckten bereits Wolken den Himmel, aber sie bemerkte die Veränderung des Wetters kaum, so sehr war sie in Gedanken versunken.

Coinmail versuchte, ein Heer gegen die Sachsen zusammenzustellen. Was um Gottes willen sollte sie Ceawlin erzählen? Was würde es für ihn bedeuten?

Sie hatte vergessen, wie tief eingewurzelt die Furcht der Briten vor den Sachsen war. Ihr Leben in Winchester hatte sie dazu gebracht, sie als Leute wie sie selbst zu akzeptieren, wenn auch als Leute mit anderem Glauben. Aber sie waren so menschlich wie sie. So menschlich wie Naille oder Alanna.

Cutha hatte damit gerechnet, daß Ceawlin unter den Atrebaten Verbündete finden würde. Auch Ceawlin hatte das geglaubt. Deshalb hatte er sie geheiratet. Selbst sie hatte gedacht, daß Ceawlin eine Brücke des Friedens zwischen beiden Völkern sein könnte.

Sie hatte vergessen, wie tief die Furcht saß.

Ihr habt einen Sachsen nach Bryn Atha gebracht?

Sie hatte tatsächlich einen Sachsen nach Bryn Atha gebracht. Was, um Himmels willen, sollte sie mit ihm machen?

Vielleicht, dachte sie, während sie den Waldpfad zurückritt, würde die Furcht nachlassen, wenn sie ihn erst kennenlernten. Sie zweifelte nicht daran, daß es für ihre Leute das beste wäre, Frieden mit den Sachsen zu schließen. Sie hatte den militärischen Drill in Winchester gesehen, die Ausbildung mit den Waffen. Die Atrebaten würden sich den sächsischen Lehnsmännern niemals entgegenstellen können.

Sie stieg im Hof von ihrem Wallach und führte ihn in den

Stall. Als sie an den kleinen, eingezäunten Teil vor den Ställen kam, sah sie ihn. Er hatte Bayvard am Zaun befestigt und bürstete ihn. Niniane schloß das Gatter hinter sich und sah, wie die Sonne sein Haar berührte. Er hörte sie und fuhr herum.

»Wo warst du?« fragte er verärgert. Er ließ die Bürste sinken und ging auf sie zu.

Sie zögerte einen Moment, dann ging sie weiter. »Ich habe Naille besucht«, antwortete sie.

»Du hast Naille besucht? Ohne mich? Du hast mir erzählt, er wäre nicht zu Hause.« Seine Augen funkelten vor Wut.

»Ich weiß. Es tut mir leid. Aber du hast keine Ahnung, wie die Atrebaten gegenüber den Sachsen empfinden, Ceawlin. Du hättest nur allzuschnell ein Messer in deinem Rücken haben können. Ich mußte erst die Situation einschätzen. Das verstehst du doch?«

»Nein. Ich habe dir gesagt, daß ich mit dir kommen würde. Du hast vorsätzlich gegen meinen Wunsch gehandelt.«

Niniane gab einen schnalzenden Ton von sich und wollte Ruist zum Stall führen. »Ich weiß. Ich habe es für dein eigenes Wohl getan.«

»Ich bin durchaus in der Lage, mein Wohl selbst zu erkennen.«

»Ceawlin.« Sie band das Pferd am Zaun fest und machte sich daran, den Sattelgurt zu lösen. »Interessiert es dich nicht, was Coinmail tut?«

Er sah sie mit einem langen, harten Blick an. »Ich mag es nicht, wenn mir jemand in den Rücken fällt«, sagte er schließlich.

Sie beschäftigte sich mit dem Gurt. Wenn er die Wahrheit über Coinmail erfahren würde... »Es tut mir leid«, sagte sie sanft. »Ich werde es nicht wieder tun.«

Er kam zu ihr, um den Sattel vom Pferderücken zu nehmen. »Besser nicht.« Er brachte den Sattel in den Stall. Dann kam er wieder zurück und fragte: »Also gut. Erzähl mir, was mit Coinmail ist.«

»Es ist so, wie ich dachte. Er ist nach Glevum gegangen, um

ein Mädchen der Dobunni zu heiraten. Ich selbst sollte auch einen Dobunni heiraten, bevor ich nach Winchester kam.«

»Die Heirat mit mir ist viel besser für dich.«

Das Grübchen im Mundwinkel zuckte. »Glaubst du?«

Er brummte etwas. »Was ist mit den Tieren?«

»Naille wird uns eine Kuh und ein paar Hühner geben. Wir müssen morgen zu seinem Hof gehen und sie holen.«

»Also hat er nicht vor, mir ein Messer ins Herz zu jagen?«

»Im Moment nicht. Ich habe ihm die bewegende Geschichte erzählt, wie du mich vor Edwin gerettet hast.«

Er sah angewidert aus. »Niniane, diese Geschichte ist krank.«

»Ich mag sie. Vielleicht mache ich sogar ein Lied daraus.«

Sie lachte und begann zu summen. »Laß mal sehen. ›In Winchester ...‹« Er tat so, als wollte er auf sie zuspringen, und sie kreischte und floh auf die andere Seite des Wallachs, so daß das Pferd zwischen ihnen stand. »Also gut, ich tue es nicht.«

»Besser nicht. Ich habe heute Wild erbeutet.«

»Wunderbar. Also Wildeintopf zum Essen. Und ich sollte mich jetzt wohl besser ums Brotbacken kümmern.«

»Eine sehr gute Idee.« Seine Stimme war deutlich sarkastisch. »Ich habe seit dem Frühstück nichts mehr gegessen.«

»Nimmst du Ruist für mich?«

»Ja.«

»Danke.«

»Gern geschehen.«

»Hast du das Tier geschlachtet?«

»Ja. Meine Kleidung ist blutig. Ich habe sie im Schlafzimmer gelassen. Du mußt sie waschen.«

»Wie nett.«

Niniane ging zurück zur Villa und begann, Kohle in den Ofen zu füllen. Aber ihre geschäftigen Hände verhinderten nicht, daß ihre Gedanken immer wieder abschweiften. Denn auf dem Hof hatte sie eine Regung gespürt, die ihr Unbehagen bereitete. Sie beschützte den sächsischen Prinzen nicht allein aus Sorge um das Wohl ihres Volkes.

12

Am folgenden Tag ritten Niniane und Ceawlin zu Nailles Hof, um die Tiere abzuholen. Der nächtliche Regen hatte den Pfad in Schlamm verwandelt. Während sie ritten, klärte sich der Himmel jedoch auf, und als sie den Hof erreichten, schien die Sonne.

Die Gänse im Innenhof kreischten und schlugen mit den Flügeln, als die Fremden herankamen. Niniane und Ceawlin banden ihre Pferde am Pfosten fest und klopften an die Tür, als ein kleiner Junge von ungefähr sechs Jahren hinter ihnen hergerannt kam. »Wir sind hinten«, sagte er atemlos. »Isoldes Katze hat sich im Baum verfangen.«

Sie folgten dem Kind in den Garten hinter dem Haus. Neben einer großen Buche in der Mitte standen eine Frau und drei kleine Kinder und starrten voller Aufmerksamkeit hinauf. Hoch oben kauerte, deutlich sichtbar in den noch kahlen Zweigen, eine graue Katze und miaute durchdringend.

»Sie sitzt da oben, seit wir heute morgen aufgestanden sind«, berichtete der Junge den Neuankömmlingen. »Sie hat Angst, herunterzukommen, aber sie ist für uns zu weit oben, um sie herunterzuholen.«

»Oh, Niniane«, sagte Alanna aufgewühlt. »Du bist es. Kommt ihr wegen der Kuh?«

»Ja.« Die Kinder hatten sich von dem schmerzlichen Anblick abgewandt und starrten die beiden an.

»Alanna«, sagte Niniane ernst, »dies ist mein Mann, Ceawlin.«

»Ihr scheint ein Problem zu haben«, sagte Ceawlin in perfektem Britisch. Er schenkte Alanna ein warmherziges, jungenhaftes Lächeln. Alannas Augen weiteten sich, während sie ihn musterte.

»Meine… meine Katze«, sagte Isolde. Ihr kleines Gesicht war von den Tränen ganz geschwollen, ihre Stimme vom Weinen belegt. »Sie will wieder runter.«

»Ja, das sehe ich«, sagte Ceawlin und schaute nach oben. Der Baum war groß, und die Katze war mindestens zehn Meter über ihm.

»Ich wollte hinaufklettern, um sie zu holen, aber Mama wollte es nicht«, sagte der Junge. Niniane erkannte in ihm Alannas dritten Sohn, Brice. Er war vier gewesen, als sie ihn das letzte Mal gesehen hatte.

»Du bist wertvoller als die Katze«, sagte Alanna mit gequälter Stimme. Dann fügte sie zu Niniane hinzu: »Isolde hat sie gezähmt. Sie war eher ein Hund als eine Katze. Deshalb trifft uns das so sehr.«

»Ich werde die Katze für dich runterholen, ja?« sagte Ceawlin zu dem kleinen Mädchen.

Ihr geschwollenes Gesicht hellte sich auf. »Oh, ja. Würdet Ihr das tun?«

»Habt Ihr eine Art Beutel, in den ich die Katze stecken kann?« wollte Ceawlin von Alanna wissen. »Ich werde sie nicht halten und gleichzeitig herunterklettern können.«

»Hol den Ledersack aus dem Schuppen«, sagte Alanna zu ihrem Sohn, der sofort losrannte.

»Bist du sicher, daß du da hochklettern kannst?« fragte Niniane zweifelnd. »Einige der Äste sehen sehr dünn aus.«

»Wir werden bald herausfinden, ob ich es kann oder nicht«, entgegnete er. Er nahm seinen Umhang ab und reichte ihn ihr. Die Frauen und Kinder beobachteten ihn mit großen Augen.

»Hier ist er!« Brice kam mit dem Lederbeutel zurück.

»Das ist genau, was ich brauche«, sagte Ceawlin und schlang ihn über seinen Rücken. Dann ging er zu dem Baum, sprang unter dem ersten Ast hoch und schwang sich hinauf.

Ninianes Herz klopfte wild, als sie die geschmeidige Gestalt immer höher klettern sah. Weiter oben waren die Äste dünner als im unteren Teil. Sicherlich würden sie das Gewicht eines Mannes nicht aushalten. Einer würde brechen und er würde auf den Boden stürzen. Sie sah es bereits vor sich, sah, wie er durch die Zweige rutschte ...

»Er hat sie.« Isoldes Stimme klang, als würde sie beten.

Niniane bemerkte plötzlich, daß *sie* betete. Sie beobachtete, wie er die Katze im Genick packte und in den Beutel stopfte.

Wie konnte er das Gleichgewicht halten? Er saß so unsicher da oben, auf einem so dünnen Ast...

Bitte, lieber Gott. Laß ihn sicher wieder herunterkommen.

Ceawlin schlang sich den Beutel über die Schulter und machte sich an den Abstieg. Als er seinen Fuß auf den Ast neben ihm aufsetzte, krachte es laut. Die Frauen und Kinder stöhnten auf. Niniane wurde bleich. Er hatte jedoch bereits nach einem anderen Ast gegriffen. Einen Augenblick hing er in der Luft, dann suchte er neuen Halt unter seinen Füßen. Er kletterte weiter herunter.

Die Kinder brachen in ein Freudengeheul aus, als Ceawlins Füße den Boden berührten. Er reichte Isolde die Tasche. »Hier ist sie, ziemlich verschreckt, aber in Sicherheit.«

Isolde öffnete die Tasche und die Katze sprang heraus. Isolde rannte ihr hinterher, rief ihren Namen. Ceawlin lachte.

»Danke«, sagte Alanna. »Es war töricht, Euer Leben für eine Katze zu riskieren, aber ich danke Euch, daß Ihr es für mein Kind getan habt.«

»Es bot eine gute Gelegenheit, auf einen Baum zu klettern«, erwiderte er. Das kurze Haar an der Stirn war etwas feucht vom Schweiß. Farbe war auf seinen Wangen, und die Augen strahlten. »Es hat Spaß gemacht«, fügte er hinzu, und Niniane wußte, daß er die Wahrheit sprach.

Alanna hatte vorgehabt, Niniane und ihren sächsischen Ehemann so bald wie möglich wieder auf den Weg zu schicken, aber jetzt sagte sie: »Bitte kommt ins Haus und eßt und trinkt etwas.«

»Ihr seid sehr freundlich«, erwiderte Ceawlin und sie gingen alle in die Küche.

Alanna gab ihm ein Bier in ihrem besten Becher. Er trank das Bier, lobte ihr Kornbrot und unterhielt sich mit ihr in perfektem Britisch, als würde er sie seit Jahren kennen. Sie strahlte über das ganze Gesicht, wie Niniane es niemals zuvor bei ihr gesehen hatte. Ein Sachse auf Bryn Atha, dachte Niniane amüsiert.

Es war nicht nur Alanna, die von Ceawlin verzaubert wurde. Auch die Kinder erhielten ihren Teil an Aufmerksamkeit und plapperten bald genauso drauflos. Niniane beobachtete seine Vorstellung mit reuigem Verständnis. Denn daß es eine Vorstellung war, daran bestand für sie kein Zweifel. Ceawlin war kein Mann, der, wenn es nach ihm ginge, seine Kraft mit Kindern verschwendete. Sigurd war derjenige, der Kinder liebte. Nicht Ceawlin. Er bezauberte sie wohlüberlegt.

Und er war erfolgreich. »Ich verstehe vollkommen, warum du ihn geheiratet hast«, sagte Alanna, als sie mit Niniane zusah, wie Ceawlin die Kiste mit den Hühnern auf dem Sattel des Wallachs befestigte. »Er ist überhaupt nicht wie ein Sachse.«

Niniane kräuselte die Lippen. Er war so sehr Sachse wie kein anderer. Aber sie hielt ihre Zunge im Zaum und lächelte süß.

»Und er sieht so gut aus.« Die Augen von Nailles Frau wurden weich, als sie der großen, schlanken Gestalt beim Packen zusah. »Kaum älter als ein Junge. Wie alt ist er, Niniane?«

»Achtzehn.«

Alanna seufzte. »Ihr müßt ihn taufen lassen. Dann wird alles in Ordnung sein.«

Oh ja, dachte Niniane ironisch bei sich. Ihn einfach nur taufen lassen. Ceawlin, Sohn von Cynric, Prinz seines Volkes. Sie dachte daran, wie er bei der Beerdigung seines Vaters ausgesehen hatte, seine Kleider über und über mit Blut bespritzt. Sie hörte wieder die Geringschätzung in seiner Stimme, wenn er das Wort »Christen« hervorstieß.

Wenn Alanna nur wüßte ...

Es war am besten, wenn sie es nicht wußte, wenn sie ihn einfach nur für Ninianes Ehemann hielt, einen charmanten jungen Mann, ganz und gar nicht wie ein Sachse ... Sie sollten ihn nur so kennen. Und dann, wenn die Wahrheit herauskäme, würden sie ihm vielleicht eher helfen. Das war auch Ceawlins Wunsch, dessen war sie sicher. Warum sonst sollte er der Frau eines Bauern so viel Aufmerksamkeit geschenkt haben?

Sie waren fast zum Aufbruch bereit, als Naille in den Hof ritt. Ceawlin, der gerade Niniane auf Bayvard heben wollte, drehte sich bei dem Geräusch der Hufe um. Niniane erkannte Naille sofort. Sein ältester Sohn Gereint, ein Junge von fünfzehn Jahren, war bei ihm. Alanna rief: »Du kommst gerade rechtzeitig, um Ninianes Mann kennenzulernen, Naille.«

Naille stieg vom Pferd und schritt auf Ceawlin zu. Das Gesicht des Briten war so weiß, als hätte er einen Geist gesehen. Blitzende Augen hefteten sich auf Ceawlin. *»Ihr!«* stieß er hervor und blieb stehen. In seiner Stimme lagen Abscheu und Haß. *»Was macht Ihr hier?«*

»Aber was ist denn?« fragte Alanna besorgt. »Ich habe dir gerade gesagt, daß er Ninianes Mann ist.«

»Das ist Cynrics Sohn«, entgegnete Naille hart. »Ich habe ihn in Beranbyrg gesehen.«

Ninianes Mund war vollkommen trocken. Sie sah Naille an und suchte nach etwas, das sie sagen könnte. Es war Ceawlin, der antwortete. »Ich bin überrascht, daß Ihr mich erkannt habt. In Beranbyrg war ich völlig mit Erde beschmutzt.« Er klang, als würde er auf eine Liebenswürdigkeit antworten.

Nailles Augen weiteten sich, als er das Britisch hörte, aber er antwortete nicht. »Ihr wart der erste, der über den Wall kam. Ich erinnere mich sehr gut an Euch. Ihr wart derjenige, der Coinmail...« Seine Stimme brach ab.

»Der Coinmail sein Leben gab«, beendete Ceawlin freundlich. Niniane starrte in das Gesicht ihres Mannes. Er sah vollkommen gelassen aus. Verstand er nicht, in welcher Gefahr er sich befand?

»Ja.«

Eine silberne Augenbraue wurde hochgezogen. »Nun, in Anbetracht dessen, daß er mein zukünftiger Schwager sein würde...«

Nailles Augen richteten sich auf Niniane. »Ist das wirklich der Mann, den du geheiratet hast?«

»Ja.«

»Du hast gestern nicht gesagt, daß er Cynrics Sohn ist.«

»Nein.« Ihre Stimme krächzte. »Aber alles andere ist wahr,

Naille. Er tötete Edwin und deshalb mußte er aus Winchester fliehen. Die Königin, Guthfrid, haßt ihn und würde ... «

»Was meine Frau zu sagen versucht«, fiel Ceawlin ihr ins Wort, und jetzt war der freundliche Ton beinahe ganz verschwunden, »ist, daß ich der Nachfolger meines Vaters sein sollte, und Guthfrid weiß das.«

»Wer ist jetzt König?« fragte Naille.

»Guthfrids kleiner Sohn. Aber er ist nicht Cynrics Sohn. Dessen bin ich ganz sicher.«

»Es stimmt, Naille.« Niniane schaltete sich ein. »Niemand in Winchester glaubt, daß er es ist.«

Nailles Gesicht war eine Studie in widerstrebenden Gefühlen. Der Prinz der Westsachsen verhielt sich ganz sicher nicht so, wie man es von ihm erwartet hätte. »All dieses Gerede von Winchester«, sagte er zu Ceawlin. »Wir wissen hier nichts von Winchester. Und außerdem, warum sollte ein Kind vor Euch erben?«

Ceawlins Gesicht war teilnahmslos. »Weil ich ein Bastard bin«, antwortete er. »Aber ich bin der Sohn meines Vaters. Edgar ist das nicht.« Instinktiv war Niniane einen Schritt auf Ceawlin zugegangen, und Naille schaute nun sie an.

»Um Gottes willen, Niniane, warum hast du ihn hergebracht?«

»Weil er eines Tages der König von Wessex sein wird, Naille, und es wäre gut für die Atrebaten, wenn sie sich mit ihm verständigen.«

»Wenn wir ihn töten, was wir durchaus tun könnten, wird er nicht der König von Wessex werden.«

Niniane antwortete sofort. »Nein, dann wird es Edgar. Mit Guthfrid als Regentin. Und unter Guthfrid werden die Edlen ohne Kontrolle sein. Sie haben ihre gierigen Augen bereits auf dieses Land gerichtet, Naille. Ihr werdet gegen sie um eure Höfe kämpfen müssen, wenn ihr Ceawlin nicht unterstützt.«

Nailles braune Augen schossen zurück zum Prinzen. »Stimmt das?«

Ceawlin nickte. »In meinem Volk ist es üblich, daß ein Kriegsherr die Krieger belohnt, die für ihn gekämpft haben. Land ist ein begehrter Preis, begehrter noch als Gold oder Frauen. Mein Vater erzählte seinen Edlen nach Beranbyrg, daß er ihnen Land vom Gebiet der Atrebaten geben würde.«

Nailles Gesicht wurde scharf. »Dann werden wir kämpfen.«

»Ihr werdet kämpfen müssen, wenn ich König bin. Unterstützt mich und Ihr könnt Euer Land behalten. Aber wenn ein Kind in Winchester regiert, dann wird es keine strenge Hand geben, um die Edlen zu kontrollieren. Das Fehlen eines guten Anführers wird sie dazu bringen, sich anzueignen, was immer sie haben wollen.« Ceawlin ließ eine kleine Pause entstehen, während Naille die finstere Aussicht bedachte. Dann fügte er hinzu: »Es gibt in diesem Land genug Platz für beide Völker, dessen bin ich mir sicher.«

»Die Sachsen kennen nur Krieg.« Gereint hatte gesprochen. Sein Mund verzog sich verächtlich. »Jeder weiß, wie sie sind. Sie haben keinen Sinn für die zivilisierten Dinge im Leben, für Ackerbau und Viehzucht...«

Er sprach aus, was alle Briten von den Sachsen dachten. Niniane erinnerte sich an Ceawlins Wut, als sie seine Leute der Barbarei beschuldigt hatte, und hielt den Atem an. Aber seine Stimme war sanft, als er dem Jungen antwortete. »Das mag vor zweihundert Jahren so gewesen sein, als mein Volk zum ersten Mal nach Britannien kam. Aber wir haben in diesen zweihundert Jahren nicht allein gelebt. Auch wir haben unsere Höfe kultiviert, unsere Kinder großgezogen, unsere Wurzeln ausgestreckt.«

»Ihr seid Heiden.« Diesmal sprach Naille.

Ceawlin zuckte die Achseln. »Wir wollen Euch unsere Götter nicht aufzwingen.«

Naille runzelte die Stirn, als ihn ein Gedanke durchzuckte. »Coinmail«, begann er und schaute fragend Niniane an, »unser Fürst...« Seine Stimme brach ab.

»Euer Fürst hat geschworen, die Waffen nicht mehr gegen mich zu erheben«, antwortete Ceawlin. »Meine Frau erzählte mir, daß er nach Wales ging, um zu heiraten. Glaubt nicht, daß er Euch führen wird, Naille. Er ist ein Fürst. Er wird sein Wort nicht brechen.«

Naille wandte seinen Blick von diesen vertrauensvollen Augen ab. »Das stimmt«, gab er unbehaglich zu.

»Nun, dann muß Euch das, was Niniane gesagt hat, einleuchten. Ihr seid keine Krieger. Ihr habt sicher gesehen, was bei Beranbyrg geschehen ist. Gestattet mir die Freiheit, auf Bryn Atha zu leben, und ich verspreche Euch, wenn ich König bin, werde ich kein Land berühren, das den Atrebaten gehört.«

»Was wollt Ihr auf Bryn Atha tun?«

»Einen Kriegertrupp gegen Guthfrid versammeln.«

Niniane starrte ihn an. Das erste Mal hörte sie von diesem Plan.

»Ihr erwartet, daß ich Euch erlaube, ein sächsisches Heer auf Bryn Atha zu halten?«

»Wir werden Euch nichts tun«, sagte Ceawlin ungeduldig. »Ich habe Euch mein Wort gegeben, Naille. Mein Wort ist heilig.«

»Naille ...« Alanna sprach. »Er ist immerhin mit Niniane verheiratet.«

»Eine sächsische Heirat. Das bedeutet gar nichts.«

»Ich werde sie gerne nach Eurem Glauben heiraten, wenn Ihr es wünscht«, sagte Ceawlin ohne zu zögern.

»Siehst du, Naille? Welchen besseren Beweis gibt es für seine Redlichkeit?« Niniane bemerkte mit leichtem inneren Schmunzeln, daß Alanna zu Ceawlins Befürworter geworden war.

»O ja, Vater.« Isolde erschien an der Seite ihres Vaters und zupfte an seiner Tunika. »Er ist ein netter Mann. Er hat meine Katze vom Baum geholt.«

Naille sah überrascht aus. »Die Katze, die in dem Baum hinter dem Haus war?«

»Ja. Er kletterte ganz nach oben und hat sie mir geholt.«

Naille schaute Ceawlin an. »Sehr geschickt, Prinz.«

Ceawlin grinste und sah aus wie ein harmloser, achtzehnjähriger Junge. Naille, der ihn in Beranbyrg hatte kämpfen sehen, ließ sich nicht täuschen, wohl aber seine Frau und seine Kinder. »In Ordnung«, sagte er langsam. »Ihr könnt auf Bryn Atha bleiben. Jedenfalls zunächst einmal.«

13

Niniane legte den Garten an und überredete Naille, ihr die meisten Tiere zurückzugeben. Außerdem konnte sie ihn dazu bringen, drei Männer zur Verfügung zu stellen, die bei der Aussaat von Weizen, Roggen und Gerste helfen sollten. Ceawlin hatte gut reden, daß er kaufen würde, was sie brauchten, aber Niniane wußte, sie waren auf ihre eigenen Nahrungsmittel angewiesen. Ohne eigene Vorräte konnte man einfach nicht mehrere Männer den Winter über versorgen. Also säte sie das Getreide aus. Irgendwann später, zum rechten Zeitpunkt, würde sie Ceawlin erklären, daß er und seine Männer die Ernte einzubringen hatten.

Ceawlin verbrachte seine Zeit mit Jagen und dem Herstellen der Quartiere. Niniane war überrascht, welch ein fähiger Zimmermann er war. »Ich habe den Zimmermännern in Winchester zugeschaut«, bekannte er etwas beschämt. »Als kleiner Junge natürlich.«

»Natürlich«, stimmte sie ernsthaft zu.

»Mein Vater war noch mit dem Bau Winchesters beschäftigt. Sigurd und ich verbrachten viel Zeit damit, lästig zu werden. Du weißt ja, wie Jungs sind.« Er legte hölzerne Latten über den erdigen Boden der Quartiere und schlug die Nägel in die Bretter. Niniane saß auf dem bereits fertiggestellten Teil.

Sie unterdrückte ein Lächeln. »Ich weiß.«

»Wie auch immer, es hat sich als sehr nützlich erwiesen. Wir brauchen Unterkünfte für die Lehnsmänner, und ich glaube nicht, daß du sie bei dir im Haus haben willst.«

»Ganz bestimmt nicht.«

»Das Haus ist zu klein. Und wir brauchen die Empfangsräume, die abgeschlossen waren, für die Frauen.«

Sie starrte ihn an. »Welche Frauen?« fragte sie.

»Du wirst doch Frauen brauchen, die dir beim Kochen und Weben helfen, nicht?«

»Oh.« Sie schaute seine schlanke, lange Hand an, die gerade einen neuen Nagel ansetzte. »Woher kommen diese Frauen?«

»Darüber habe ich mir noch keine Gedanken gemacht. Glaubst du, wir könnten einige der hier ansässigen Mädchen bekommen?«

»Für ein Haus voller sächsischer Männer? Nein!«

Er schaute von seiner Arbeit auf. »Nein?« Er hatte seine Augenbrauen in einer Weise zusammengezogen, die sie liebte, die ihn wie einen kleinen Jungen aussehen ließ, der um Honig bettelte.

»Nein, Ceawlin. Zu viele Familien haben einen Sohn oder Ehemann bei Beranbyrg verloren.«

Er nickte langsam und begann, wieder zu hämmern. »Weißt du, wen wir nach Bryn Atha holen sollten?« fragte sie nach einer Minute.

»Wen?« fragte er über das Geräusch des Hammers hinweg.

»Deine Mutter.«

Er setzte sich auf seine Fersen und strich sich das Haar von der Wange. »Meine Mutter? Aber warum?«

»Weil ich nicht glaube, daß sie in Winchester sicher ist.«

Seine Augen weiteten sich. »Nicht sicher? Aber ... glaubst du, Guthfrid würde ihr etwas antun?«

»Ich könnte mir das zumindest sehr gut vorstellen.«

Er runzelte die Stirn. »Unsinn. Meine Mutter ist jetzt keine Bedrohung mehr für sie. Cynric ist tot.«

»Die Königin haßt dich, Ceawlin. Du hast nicht gehört, wie sie mit Edric über dich gesprochen hat.« Niniane zitterte. »Sie haßt dich und würde alles tun, um dich zu verletzen. Und Fara ist deine Mutter.«

»Das würde sie nicht wagen«, sagte er abrupt. Aber sie

konnte sehen, daß er etwas blaß geworden war. »Cutha ist da… «

»Gift läßt sich sehr einfach verabreichen. Und was könnte Cutha tun? Guthfrid hat nun die Macht in Winchester.«

Seine Augen nahmen ein tiefes Türkis an. »Daran habe ich niemals gedacht. Du hast recht, Niniane. Ich muß sie aus Winchester herausholen.« Seine Stimme wurde vorwurfsvoll. »Warum hast du das nicht eher erwähnt?«

»Ich habe nicht daran gedacht«, gestand sie. In Wahrheit hatte sie in den letzten Wochen kaum an etwas anderes gedacht, aber das sagte sie nicht. »Es ist mir erst eingefallen, als du von den Frauen gesprochen hast, da mußte ich plötzlich an die Halle der Frauen in Winchester denken und an Fara.«

Sie starrten einander an und fühlten sich beide schuldig. Ceawlin legte den Hammer beiseite und stand auf. »Ich reite nach Venta und treffe mich mit Sigurd.«

Niniane starrte ihn an, aber es war niemand da, der an seiner Stelle gehen konnte. »Ja«, sagte sie schließlich mit leiser Stimme. »Ich schätze, das solltest du tun.«

Er erreichte Venta, noch bevor die Tore geschlossen wurden. Er ritt auf einem Pferd, das er von Naille geliehen hatte, da sein eigenes oder der Wallach von Niniane möglicherweise erkannt worden wäre. Außerdem trug er einen Umhang mit einer Kapuze, der einmal Ninianes Vater gehört hatte. Er hatte erst dagegen protestiert und gemeint, daß eine Kapuze im Mai verdächtig wäre. Aber sie hatte darauf bestanden.

»Du siehst vielleicht etwas ungewöhnlich aus«, sagte sie, »aber wenn du dich etwas krümmst und tust, als wärst du alt, wird es keinen Verdacht erregen. Alte Leute frieren immer. Auf jeden Fall ist es mit Kapuze sicherer als ohne. Es gibt in ganz Wessex keinen Kopf wie deinen, Ceawlin.«

Sie hatte natürlich recht. Und so zog er die Kapuze über, sobald er in Sichtweite von Winchester war und behielt sie auf, bis er an Helwigs Haus angekommen war. Sie war überrascht, ihn zu sehen.

»Wir hörten, daß Ihr das Baby töten wolltet und wegranntet, als es Euch nicht gelang«, erzählte sie ihm, sobald er in der Küche saß und von dem Kanincheneintopf aß, den sie ihm hingestellt hatte.

Er runzelte ärgerlich die Stirn. »So stellen sie es also dar?«

»Ja.«

»Nun, die Wahrheit ist, daß Guthfrid *mich* umbringen lassen wollte, aber ich wurde gewarnt und konnte fliehen.«

»Das klingt wahrscheinlicher«, stimmte die sächsische Frau zu. Helwig war Bäckerin, ihr gehörte das Geschäft ihres ehemaligen Mannes. Er war Brite gewesen und schon seit einigen Jahren tot. Ceawlin kannte sie beinahe seit ihrer Witwenschaft. Helwig war eine gutaussehende, junge Frau, deren Mann ungefähr dreißig Jahre älter gewesen war. Sie freute sich über die Freiheit, die ihr eine angenehme Witwenschaft ermöglichte, und hatte kein Bedürfnis, wieder zu heiraten. Die jungen Prinzen von Winchester waren eine ideale Antwort auf das Problem des leeren Bettes gewesen. »Wieso seid Ihr zurückgekommen?« fragte sie nun. »Ich würde gerne glauben, daß es meinetwegen geschah, aber so dumm bin ich nicht.«

Er grinste sie an und nahm noch einen Bissen von dem Eintopf. »Ich bin wegen meiner Mutter hier. Ich mache mir Sorgen, daß sie in Winchester nicht sicher ist.«

»Ah.« Ein wachsamer Blick schlich sich auf Helwigs schönes Gesicht.

»Was ist?« fragte er besorgt.

»Es heißt, daß es Fara nicht gutgeht«, antwortete sie.

»Was soll das bedeuten?«

Sie zuckte ihre breiten Schultern. »Genau das. Es geht ihr nicht gut. Sie war nicht mehr in Venta, seit der König gestorben ist.«

»Der Tod meines Vaters zehrt an ihr, das ist alles.« Er wischte die Soße mit einem Stück Brot zusammen. »Ich muß Sigurd eine Nachricht zukommen lassen«, sagte er mit dem Brot im Mund. »Wer geht morgen nach Winchester?«

»Ich weiß es nicht. Ich werde fragen. Soll Sigurd wissen, daß Ihr hier seid?«

»Ja. Ich muß ihn sehen.«

»In Ordnung.«

Sie verließ die Küche und kehrte eine halbe Stunde später zurück. »Der Seifenmacher bringt morgen einen Wagen nach Winchester. Er ist vertrauenswürdig. Er wird die Nachricht weitergeben.«

»Gut.« Ceawlin stand auf und streckte sich. »Ich bin seit dem Morgengrauen geritten, Helwig, und ich bin müde. Kann ich ein Bett haben?«

»Nicht mein Bett?«

Er schenkte ihr ein charmantes Lächeln. »Ich würde so gerne, aber nicht heute nacht.«

»In Ordnung.« Sie fühlte sich nicht beleidigt und brachte ihn zu dem kleinen Schlafzimmer, das an ihres angrenzte, und ließ ihn allein. Fünf Minuten später war er eingeschlafen.

Sigurd kam erst am späten Nachmittag des folgenden Tages. Ceawlin war zusehends ungeduldiger geworden, als die Stunden vergingen. Die Bäckerei war im vorderen Teil von Helwigs Haus, während die Wohnräume hinten lagen. Der Wohnbereich bestand aus zwei kleinen Schlafzimmern, einem kleinen Wohnraum und der Küche, in der Helwig buk. Es war nicht viel Platz. Ceawlin hielt sich nur im Wohnraum auf und verbrachte die meiste Zeit des Tages damit, wie ein Löwe im Zimmer auf und ab zu schreiten. Er hörte Sigurds Stimme von der Bäckerei herüberschallen, sobald sein Freund eingetreten war. Da jedoch noch andere Menschen zugegen waren, mußte er warten, bis er in den Wohnraum gehen konnte.

Die jungen Männer schlugen sich auf die Schultern und auf den Rücken. »Götter«, sagte Sigurd schließlich. »Was machst du in Venta, Ceawlin? Ich dachte, du wärest in Bryn Atha sicher.«

Helwig streckte ihren Kopf in die Tür. »Seid leise«, warnte sie.

»In Ordnung«, versprach Ceawlin. Dann sagte er zu Sigurd: »Ich bin gekommen, weil ich mir Sorgen um meine Mutter mache. Ich möchte sie nach Bryn Atha holen, Sigurd. Ich glaube nicht, daß sie in Winchester sicher ist.«

»Oh.« Sigurds Augen wichen Ceawlins besorgtem Blick aus. Er setzte sich in einen von Helwigs abgenutzten Sesseln und stützte seine Arme auf die Lehnen. Er schaute zu Boden.

»Was ist los?« Ceawlins Stimme klang scharf. »Ihr ist doch nichts geschehen?«

Sigurd schaute nicht auf. »Sie ist krank, Ceawlin. Seit dem letzten Monat, als du gegangen bist, geht es mit ihr bergab. Es ist irgend etwas in ihrem Inneren. Sie hat große Schmerzen.«

Ceawlins schöne Wangen, immer noch jungenhaft unschuldig ohne jede Spur von einem Bart, wurden weiß. »Könnte es Gift sein?« fragte er mit heiserer Stimme.

Sigurd schüttelte den Kopf. »Mein Vater hatte es vermutet. Ihr Essen wird jedesmal vorgekostet. Es ist kein Gift. Es ist die Krebs-Krankheit.« Er schaute Ceawlin direkt an. »Sie stirbt, Ceawlin.«

»Das glaube ich nicht.« Ceawlin ging in die entfernteste Ecke im Raum und lehnte seinen Kopf gegen die Mauer. Nach einem langen Augenblick fragte er: »Du hast gesagt, daß sie Schmerzen hat?«

»Ja. Aber der Priester gibt ihr Medizin. Das hilft etwas.«

»Wie ... wie lange noch?«

»Es kann nicht mehr lange dauern. Sie ist bereits sehr schwach.«

Ceawlin konnte sich nicht bewegen. Sigurd schaute ihn an, wie er dastand, den Kopf vornüber gebeugt, die Stirn gegen die grüne Gipswand gepreßt. Er hatte Ceawlin noch nie so verletzlich gesehen. Sigurds graue Augen wurden dunkel vor Mitleid.

Als Ceawlin endlich wieder sprach, war seine Stimme fest. »Kann ich sie sehen?«

»Du kannst nicht nach Winchester kommen, Ceawlin. Es wäre Wahnsinn, wolltest du es versuchen. Und der Gedanke, daß du dich in solche Gefahr begeben hast, würde sie nur aufregen. Ihre größte Freude ist im Moment, daß du in Sicherheit bist.«

Ceawlin ballte seine Fäuste. Er antwortete nicht.

»Ich weiß, daß es hart ist«, sagte Sigurd. »Aber du kannst nichts tun.« Nach einem kleinen Augenblick fügte er sanft hinzu: »Sie geht zu deinem Vater, Ceawlin.«

Schweigen breitete sich aus. Sigurd saß still da, seine Augen auf Ceawlins Rücken und die geballten Fäuste gerichtet. Nach einer Zeit, die wie eine kleine Ewigkeit schien, entspannten sich Ceawlins Hände, und er wandte sein Gesicht wieder Sigurd zu. Es war weiß, aber Sigurd war erleichtert, als er sah, daß er sich wieder unter Kontrolle hatte. »Die Welt ändert sich«, sagte Ceawlin.

»So ist es.« Sigurd hielt es für sinnvoll, nun von anderen Dingen zu sprechen. »Guthfrid offenbart sich mehr und mehr als abhängig von Edric. Die Edlen sind nicht glücklich. Edric hat natürlich seine Getreuen, Männer, die darauf hoffen, unter ihm zu Wohlstand zu kommen, aber die meisten der Edlen und eine Reihe der Lehnsmänner mögen ihn nicht. Sie sehen die goldenen Möglichkeiten der Macht, die sie für sich selbst erhofft hatten, wegschwimmen.«

»Das sind gute Neuigkeiten.« Ceawlins Gesicht war immer noch sehr blaß und er schien Sigurd noch nicht seine ganze Aufmerksamkeit zu schenken.

Dennoch fuhr Sigurd fort. »Es ist bekannt, daß du auf Bryn Atha bist. Da du Niniane mitgenommen hast, war es nicht schwer zu erraten, wohin du gehen würdest. Guthfrid verlangte von Edric, einen Kriegertrupp hinterherzuschicken, aber er weigerte sich. Er meinte, du wärst ein herrenloser Mann und somit harmlos. Die Wahrheit ist natürlich, daß er sich nicht sicher sein konnte, daß ihm genügend Männer folgen würden. Die Edlen mögen dich zwar als ihren König abgelehnt haben, aber sie sind noch nicht soweit, daß sie dich tot wünschen.«

»Das ist ja sogar noch besser.« Ceawlin hörte nun aufmerksam zu. »Ich habe die alten Sklavenunterkünfte auf Bryn Atha für meinen eigenen Kriegertrupp hergerichtet, Sigurd. Es ist ein großes Gebäude. Die Männer können im Juni kommen.«

Sigurd runzelte die Stirn. »Mein Vater hält nicht viel von deiner Idee, einen eigenen Kriegertrupp auf Bryn Atha zusammenzustellen, Ceawlin. Er will, daß du alles ihm überläßt.«

Ceawlin schritt wieder in die Mitte des Zimmers. »Ich habe großen Respekt vor Cutha, das weißt du. Aber ich kann nicht einen anderen Mann alle Arbeit für mich erledigen lassen. Wenn er meine Sache in Winchester unterstützen will, bin ich ihm sehr dankbar. Aber was ich kann, muß ich selber tun.« Er blieb vor Sigurd stehen.

Sigurd stand langsam auf. Tatsächlich forderte Cutha unerbittlich, daß Ceawlin ihm die Sache überließ. »Ich glaube, mein Vater hofft, dich ohne Kampf an deinen Platz zu bringen«, sagte er, während er sich aufrichtete.

»Es wird einen Kampf geben«, antwortete Ceawlin. »Das läßt sich nicht vermeiden. Es gibt zu viele Lehnsmänner, die sich fürchten, wenn ich König bin. Und sie haben recht«, fügte er grimmig hinzu. Dann, als Sigurd immer noch zögerte: »Wenn auch du glaubst, nicht kommen zu können, Sigurd, verstehe ich das selbstverständlich.«

»Sei kein Narr, Ceawlin. Natürlich werde ich kommen.« Sigurd stand nahe bei ihm. »Habe ich nicht einst dir als meinem Herrn die Treue geschworen?«

Ceawlins Wangen färbten sich leicht rötlich. »Egal, wer mich sonst im Stich läßt«, sagte er, und seine Stimme war viel rauher als gewöhnlich: »Ich weiß, daß ich immer auf dich zählen kann.«

»Bis in den Tod«, sagte Sigurd und sie blickten sich an, beide bewegt und ein bißchen beschämt über ihre eigenen Gefühle. »Nun«, sagte Sigurd etwas brüsk, »ich gehe jetzt besser. Die Leute werden sich wundern, was ich so lange in einer Bäckerei tun könnte.«

Ceawlin grinste. »Ich war bekannt dafür, daß ich ganze

Nachmittage in der Bäckerei verbrachte. Warum solltest du nicht das gleiche tun?«

»Helwig hatte niemals Augen für mich«, gab Sigurd zurück. »Nicht, solange du da warst.«

»Ich bin nicht mehr da«, entgegnete Ceawlin. »Und du weißt, daß wir immer alles geteilt haben.«

Erst, als Sigurd seine Hand auf die Türklinke gelegt hatte, fragte er: »Wie geht es Niniane?«

»Wunderbar«, antwortete Ceawlin sofort. »Sie ist ein Naturgeschöpf, das weißt du ja.«

»Nun, dazu wurde sie ja auch erzogen, nehme ich an.«

»Ja.« Ceawlin schaute auf seine Hand. Etwas anderes als Niniane beschäftigte seine Gedanken. »Sigurd ... wirst du ... wirst du meine Mutter von mir grüßen?«

»Natürlich werde ich das.«

Ceawlin lächelte ihn verlegen an, aber er wich seinem Blick aus. »Nun, dann bis zum Juni.«

»Bis zum Juni«, sagte Sigurd und stieß die Tür auf.

Ceawlin brach am frühen Morgen des nächsten Tages, sobald Venta seine Tore geöffnet hatte, nach Bryn Atha auf. Er war voller Sorgen um seine Mutter und wünschte, Sigurd hätte ihm nicht erzählt, daß sie unter Schmerzen litt.

Niniane und Gereint waren gerade beim Essen, als er Bryn Atha erreichte. Die Hunde rasten in den Hof, um ihn zu begrüßen, sie bellten und rannten um die Beine des Pferdes herum. Niniane hörte das Spektakel und rief: »Ceawlin ist zurück!« Sie rannte zur Tür. Er war vom Pferd gestiegen und kam ihr entgegen, als sie auf den Hof trat. Er war allein.

»Du warst nicht sehr lange fort«, sagte sie, während sie in seinem Gesicht zu lesen versuchte. Sein Gesichtsausdruck verriet jedoch nichts.

»Nein. Ich habe mit Sigurd gesprochen.«

»Das ist gut.« Gereint stand auf der Türschwelle und sie sagte zu ihm: »Gereint, bringst du bitte das Pferd in den Stall und gibst ihm Wasser und Korn? Ich hebe das Essen für dich auf.«

Nailles Sohn nahm mürrisch die Zügel in die Hand. Er war nicht glücklich gewesen, als sein Vater von ihm verlangt hatte, in einem sächsischen Haus zu bleiben.

»Komm herein«, sagte Niniane zu Ceawlin, während der Junge das müde Pferd wegführte. »Du mußt hungrig und durstig sein. Hast du Venta heute morgen verlassen?«

»Ja.« Er folgte ihr ins Haus und sah zu, wie sie Wasser in eine Schüssel füllte, damit er sich waschen konnte. Sie stellte keine Fragen, sondern nahm einfach seinen Umhang und legte ihn beiseite. Dann sagte sie: »Komm ins Eßzimmer. Es gibt Hühnchen.«

Als er ihr die Galerie entlang folgte, sagte er: »Meine Mutter ist krank. Sigurd sagt, sie stirbt bald. Sie konnte nicht mit mir kommen. Ich konnte sie nicht einmal sehen.« Seine Stimme war vollkommen ruhig, vollkommen ausdruckslos.

Niniane senkte den Blick und hütete sich davor, ihn anzusehen. »Es ging ihr nicht gut, als wir Winchester verließen, aber ich hätte nicht gedacht ...«

»Nein. Ich auch nicht.«

Sie erreichten das Eßzimmer. »Setz dich hin«, sagte Niniane. »Ich hole dir etwas zum Essen.« Sie ging in Richtung Küche, blieb dann plötzlich stehen und preßte die Hand vor den Mund. Er machte keine Anstalten, zu ihr zu gehen, und er sagte auch nichts. Nach einem Moment hatte sie sich unter Kontrolle und ging in die Küche, um ihm einen Teller mit Essen herzurichten. Als Gereint zurückkam, saßen sie beide wieder am Tisch.

»Hast du irgend etwas Wichtiges von Sigurd erfahren?« fragte Niniane.

»Ja. Es ist genau das geschehen, was wir vermutet haben. Edric wird immer mächtiger. Sigurd sagt, Cutha will nicht, daß ich einen Kriegertrupp zusammenstelle, er will ohne Kampf die Königsherrschaft für mich erlangen.«

Niniane vergaß sogar, nur so zu tun, als ob sie säße. »Ist das möglich?«

Er schüttelte den Kopf und trank von dem Wein, den sie ihm

eingeschenkt hatte. »Guthfrid und Edric werden nicht so einfach verschwinden. Wenn ich die Königsherrschaft will, werde ich darum kämpfen müssen. Ich habe Sigurd gesagt, er soll im Juni mit den anderen Lehnsmännern kommen.«

Mit einer Mischung aus Furcht und Mißtrauen in den Augen starrte Gereint auf Ceawlin. Dann wandte er sich an Niniane. »Du läßt wirklich zu, daß er seine Heiden nach Bryn Atha bringt?«

Ceawlin legte sein Messer hin und schaute den Jungen an. »Euer Vater weiß über alles Bescheid«, sagte er ruhig. »Ihr habt gehört, was ich ihm geschworen habe.«

»Werdet Ihr Euer Versprechen auch halten?« fragte Gereint widerspenstig. »Das ist es, was ich wissen will.«

Hinter den blaugrünen Augen blitzte Wut auf. »Ich habe niemals einen Eid gebrochen.«

Gereint schien bereits darüber nachgedacht zu haben, oder er hatte den Älteren bei ihren Gesprächen zugehört, denn jetzt sagte er herausfordernd: »Was ist mit diesem neuen König, Eurem Bruder? Habt Ihr ihm nicht den Eid ewiger Treue geschworen? Und plant Ihr nicht, diesen zu brechen?«

»Ich habe Edgar, dem Sohn von Cynric, geschworen.« Ceawlins Augen waren immer noch wütend wegen der Beleidigung. »Dieses Balg jedoch ist nicht mehr der Sohn meines Vaters, als Ihr es seid. Ich weiß das. Niniane weiß das. Alle in Winchester wissen das.«

Niniane zollte Gereint Anerkennung für seinen Mut, wenn auch nicht für sein Reden. Seine Augen wichen denen von Ceawlin niemals aus. »Wie könnt Ihr da so sicher sein?« fragte er.

Ceawlin antwortete nicht. Aber es war eine berechtigte Frage, dachte Niniane plötzlich. Der Junge wollte nur sicher sein, daß er Ceawlins Wort trauen konnte. Sie antwortete ihm.

»Cynric hatte Glück, daß er die beiden Söhne erhielt, und er erhielt sie in der Zeit seiner Macht, nicht in seinen alten Tagen. Es gab keine weiteren Söhne nach Ceawlin und Edwin. Auch keine Töchter. Keine der Frauen aus den Frauengemächern, die

Cynrics Bett teilten ...« Die Augen des Jungen weiteten sich vor Schrecken. »Sie leben etwas anders in Winchester«, sagte Niniane. »Wie auch immer, keine der Frauen, die mit dem König schliefen, hatte jemals empfangen.« Ihr Blick wanderte von Gereint zu Ceawlin; sie war überrascht, daß er ganz blaß um Mund und Nase war. Sie schaute wieder Gereint an und fügte zögernd hinzu: »Der Fehler lag nicht bei den Frauen, es war Cynric, der kein Kind zeugen konnte.«

»Nun, irgend jemand hat der Königin ein Kind gemacht«, sagte Gereint. Seine Augen blitzten etwas über seine eigene Dreistigkeit. Wenn sein Vater ihn so hören könnte ...

»Edric. Der Lehnsmann, über den wir sprachen. Es war bekannt, daß er das Bett der Königin teilte.« Ninianes Stimme war ruhig. Vielleicht hätte sie das alles nicht sagen sollen? Ceawlin sah so blaß aus, so still ...

Gereint aß schweigend weiter, zusammen mit dem Essen verdaute er, was sie ihm gerade erzählt hatte. Schließlich wandte er sich an Ceawlin. »Wie viele Männer werden kommen?«

Ceawlin nahm wieder sein Messer auf. Offensichtlich hatte er das, was ihn beunruhigt hatte, wieder in den Griff bekommen. »Zunächst ungefähr ein Dutzend.«

»Ein Dutzend? Das ist alles? Ihr könnt nicht mit einem Dutzend Männer um ein Königreich kämpfen!«

Ceawlin grinste den Jungen an, ein freches, betörendes Grinsen. »Es ist nur für den Anfang, Gereint. Wenn die anderen sehen, daß ich einen Kriegertrupp ernähren und erhalten kann, werden mehr folgen.«

»Und dann werdet Ihr Krieg gegen die Königin führen?«

»Dann werde ich Krieg gegen die Königin führen.«

Es entstand eine nachdenkliche Stille. Dann meinte Gereint: »Mein Vater sagte, Ihr hättet in Beranbyrg wie ein Verrückter gekämpft.«

Ceawlin grunzte. »Es ist eine Frage der Übung«, sagte er. »Ich bin für den Krieg trainiert worden, seit ich acht Jahre alt war.«

Gereints Augen wurden groß. »Alles, was ich tue, ist auf dem Feld arbeiten«, sagte er. Es klang bedauernd.

»Auch das ist wichtige Arbeit«, sagte Ceawlin.

»Ja,« antwortete Gereint, aber er klang nicht sehr überzeugt.

Nach dem Essen ging Ceawlin hinunter in den Stall und sah nach den Pferden. Gereint zögerte etwas, als der Prinz gegangen war, dann schaute er Niniane an. »Geh mit ihm, wenn du willst, Gereint«, sagte sie beiläufig. »Er sorgt dafür, daß die Pferde Wasser für die Nacht haben. Vielleicht kannst du helfen.«

»In Ordnung«, sagte der Junge und verließ Niniane. Nach vierzig Minuten kamen sie zurück, sie unterhielten sich eifrig über die verschiedenen Pferde, die sie gekannt hatten. Niniane war gerade mit dem Abwasch fertig. Es war später als gewöhnlich; der Himmel wurde bereits dunkel.

Ceawlin gähnte. »Götter, bin ich müde.«

»Geh ins Bett«, sagte Niniane. »Ich komme gleich nach.«

Er ging fort, und eine Minute später verschwand auch Gereint. Niniane ging in die Küche zurück und deckte den Frühstückstisch. Ihre Hände arbeiteten automatisch, denn ihre Gedanken waren bei den Neuigkeiten, die Ceawlin von Fara gebracht hatte.

Ihr Herz trauerte um die Friedlehe. Fara war immer so wunderbar nett zu ihr gewesen. Aber sie trauerte auch um Faras Sohn, der irgendwie wichtiger in ihrem Leben geworden war als jeder andere Mensch.

Sein Gesicht hatte keinen Aufschluß darüber zugelassen, wie er sich fühlte. Seine Unempfindlichkeit jedoch zeigte ihr, daß sie ihn nicht würde trösten können. Er würde den ersten Schritt machen müssen, ihr sagen müssen, daß er ihre Fürsorge brauchte. Sie konnte nicht unaufgefordert in seine Trauer treten.

Sie beendete die Arbeit und ging langsam die Galerie zu ihrem Zimmer entlang. Er lag mit dem Rücken zur Tür im

Bett, hatte die Decken über die Schultern gezogen. Sie trat leise ein, zog sich aus und schlüpfte neben ihn ins Bett. Es war still. Dann streckte er seine Hand nach ihr aus.

Er hatte sie niemals so geliebt wie in dieser Nacht, so verzweifelt, rücksichtslos, verausgabend. Zum ersten Mal hatte sie das Gefühl, nur ein Körper für ihn zu sein; sie bezweifelte, daß er wußte, wer sie war. Sie hinderte ihn jedoch nicht daran, sondern war froh, daß sie ihm geben konnte, was er an Trost benötigte. Als er schließlich ruhig dalag, zog sie ihn in ihre Arme und vergrub ihren Mund in seinen Haaren, als wäre er ein Kind an ihrer Brust. Er schlief tief und fest.

14

Es war ein wunderschöner, warmer Junitag, und Niniane beschloß, einen Stuhl in den Hof zu stellen, damit sie in der Sonne ihre Haare trocknen konnte. Sie hatte ihre und auch Ceawlins an diesem Morgen gewaschen, aber nun war er für den Rest des Tages fortgegangen, und sie wollte sich eine Stunde lang ausruhen und ein bißchen auf der Harfe spielen. In den letzten Wochen hatte sie sich sehr müde gefühlt.

Die Sonne schien kräftig und Niniane breitete ihre Haare wie einen Fächer auf ihrem Rücken aus. Sie nahm die Harfe, die Alric für sie gemacht hatte, in die Hand. Es war eines der wenigen Dinge, die sie aus Winchester mitgenommen hatte. Sie zupfte gerade an den Saiten und versuchte, eine Melodie einzufangen, die sich in ihrem Kopf gebildet hatte, als sie durch Hufgetrappel abgelenkt wurde. Sie schaute auf und sah mehrere Sachsen in den Hof reiten.

Guthfrid! dachte Niniane sofort. Sie ist gekommen, um uns zu töten. Dann erkannte sie Sigurd.

Sigurd hatte sie als erster gesehen. »Niniane!« rief er. Er stieg von seinem Pferd, überließ es einem der anderen Männer und schritt über den Hof.

Sie sind also gekommen, dachte Niniane, und es war kein glücklicher Gedanke. Sie hatte niemals so richtig geglaubt, daß es geschehen würde, gestand sie sich ein, während sie ihre Harfe auf die Seite legte und aufstand, um Ceawlins Freund zu begrüßen.

»Sigurd. Ihr seid also gekommen.«

»Wir sind gekommen.« Er drückte ihre Hände. »Ihr seht wunderbar aus.«

Sie lächelte leicht. »Ich dachte einen Augenblick lang, Ihr wärt Guthfrids Kriegszug«, bekannte sie. »Ich habe immer noch Herzklopfen.«

Er runzelte betroffen die Stirn. »Es tut mir leid, wenn wir Euch geängstigt haben. Ceawlin sagte uns, wir sollten im Juni kommen.«

»Ich weiß. Und er wird sich sehr freuen, Euch zu sehen.« Sie bemühte sich, ebenfalls glücklich auszusehen.

Sigurd schaute sich um. »Euer Zuhause ist wundervoll.«

»Danke.«

»Wo ist Ceawlin?«

»Er ist heute zum Markt geritten.« Ninianes Grübchen zitterte leicht. »Er arbeitet sehr hart daran, die Atrebaten für sich zu gewinnen, Sigurd. Und er scheint erfolgreich zu sein. Sie fangen an, ihn als den netten Jungen, der mit Niniane verheiratet ist, zu sehen.«

Sigurd warf seinen Kopf zurück und lachte lauthals los. »Kommt mit«, sagte Niniane. »Ich werde Euren Männern zeigen, wo sie schlafen.«

Als Ceawlin am späten Nachmittag nach Bryn Atha zurückkehrte, sah er als erstes, wie Sigurd und zwei andere Sachsen einen Tisch in die neu hergerichteten Sklavenquartiere hinübertrugen. Sigurd schaute auf, erkannte ihn und ließ den Tisch fallen. Ceawlin sprang vom Pferd und die beiden jungen Männer trafen sich in der Mitte des Hofes, sie schlugen sich gegenseitig auf die Schulter und lachten.

Niniane beobachtete sie von der Tür aus. Sigurd war ein gutaussehender junger Mann, dachte sie, aber neben Ceawlins ungewöhnlicher Größe und seiner außerordentlichen Schönheit wirkte er blaß und unbedeutend. Sie standen mehrere Minuten beieinander und sprachen miteinander. Als Ceawlin sich dann zu Niniane umdrehte, war sein Gesicht sehr ernst.

Gab es Neuigkeiten von Fara? dachte Niniane. Sie hatte Sigurd nicht selbst gefragt, denn sie spürte, daß dieses Recht Ceawlin zustand.

Ceawlin kam nicht ins Haus. Er ging statt dessen zu den Quartieren, vermutlich um seine neuen Männer zu begrüßen. Niniane begab sich in die Küche zurück. Irgendwie mußten all die Männer versorgt werden.

Insgesamt waren fünfzehn Lehnsmänner mit Sigurd nach Bryn Atha gekommen, zehn aus der Halle der Prinzen und fünf aus der großen Halle. Sie waren alle noch jung. Niniane servierte das Essen im Eßzimmer der Villa, wo ein zweiter Tisch aufgestellt worden war. Tatsächlich, wie Sigurd zwischen zwei Bissen humorvoll zu Ceawlin sagte, hatte Niniane sie die ganze Zeit seit ihrer Ankunft Möbel hin und her schleppen lassen.

Niniane lächelte und antwortete nicht. Sie und Ceawlin saßen in der Mitte des größeren Tisches, zusammen mit Sigurd und Penda, einem Lehnsmann aus der großen Halle, und einigen anderen.

»Das Wild ist sehr gut, Mylady«, sagte Penda höflich.

»Danke.« Niniane selbst war nicht hungrig. Sie legte das Messer beiseite und wandte sich ihm zu: »Wie seid Ihr aus Winchester herausgekommen, Penda? Ihr seid sicherlich nicht alle gemeinsam fortgeritten?«

»Nein.« Er grinste sie an. Penda war ein paar Jahre älter als Ceawlin, er hatte gelbbraune Haare, einen Bart und helle, haselnußbraune Augen. Seine Ankunft war eine Überraschung gewesen, er gehörte nicht zu den Männern, die Ceawlin erwartet hatte. »Wir haben Winchester alle zu verschiedenen Zeiten und Anlässen verlassen, einige gingen auf die Jagd, andere nach Venta. Dann haben wir uns auf der Straße getroffen. Als Edric erkannte, daß wir gegangen waren, war der Tag zu weit fortgeschritten, um uns zu verfolgen.«

»Guthfrid könnte Euch dennoch bis Bryn Atha verfolgen. Sicherlich wird sie erraten haben, wohin Ihr alle gegangen seid.« Es war Ninianes tiefste Sorge.

»Ich glaube nicht, daß wir verfolgt werden, Mylady«, erwiderte der Mann zuversichtlich. »Edric hat Angst, Winchester den Rücken zu kehren. Er kann den Edlen nicht trauen, die er zurücklassen müßte. Irgend jemand könnte das Kind ergreifen und sich selbst an Edrics Stelle setzen.«

»Also ist Edric wirklich so mächtig geworden?«

Penda blickte angeekelt drein. »Guthfrid wird ihn heiraten.«

»Oh.«

»Deshalb bin ich zu Ceawlin gegangen«, sagte Penda. »Es war zuviel.«

»Ja,« sagte der Lehnsmann Wuffa. Er stand langsam auf, und als die Männer es sahen, wurden sie still. Mitten in diese Stille hinein sprach Wuffa ganz im Stil des sächsischen Bankettspruchs: »Wir sind zu Euch gekommen, Prinz, und bitten Euch, unser Anführer zu sein. Ihr seid der Wotan-Geborene, der einzige verbliebene Sohn Eures Vaters. Wir bitten Euch, uns in Euren Dienst zu nehmen, und wir schwören, Euch treu bis zum Ende unserer Tage zu dienen.«

Es war vollkommen still, als sämtliche Männer im Raum und auch Niniane auf Ceawlin starrten. Wuffa setzte sich wieder, als Ceawlin sich erhob. Er ist so schön, dachte Niniane, mit seinem frischgewaschenen Haar und seinen blauen Augen und seiner beeindruckenden Größe. »Ich nehme Euch als meine Männer an«, antwortete Ceawlin auf Wuffas Ersuchen. Seine Stimme und sein Gesicht waren sehr ernst. »Solange ich lebe, werde ich alles, was ich habe, mit Euch teilen, dessen seid gewiß. Zusammen werden wir Wessex zurückgewinnen.«

»Auf Ceawlin!« Es war Sigurd, der aufstand und seinen Becher zu einem Trinkspruch erhob. »Auf Ceawlin, unseren rechtmäßigen König!« Jetzt standen alle Männer auf, und Niniane folgte ihnen langsam. Sie schaute Ceawlin an und wünschte, nicht so viel Furcht zu verspüren.

»Meine Mutter ist tot.« Er sagte es ihr, als sie allein im Schlafzimmer waren. »Sigurd hat es mir erzählt. Sie ist vor vier Tagen gestorben.«

»Oh, Ceawlin.« Sie blickte in sein ungerührtes Gesicht und wußte nicht, was sie sagen sollte. Welche Worte gab es für jemanden seines Glaubens? Für sie gab es den Trost eines liebenden Gottes und der Belohnung im Himmel. Aber für ihn? Was glaubte er? Sie war sich nicht sicher. »Es tut mir leid«, sagte sie schließlich und war sich der Hilflosigkeit ihrer Worte durchaus bewußt.

»Mir nicht. Es ist eine Erleichterung. Sie hatte Schmerzen. Sigurd erzählte es mir, als ich in Venta war. Jetzt muß ich nicht mehr an ihre Qualen denken. Jetzt ist es vorbei.«

Er saß vornübergebeugt auf dem Bett und zog sich die Schuhe aus. Seine Haare waren nach vorn gefallen und verdeckten sein Gesicht. »Das hast du mir nicht erzählt«, sagte sie leise. Sie versuchte, nicht verletzt zu klingen, weil er sein Leid nicht mit ihr geteilt hatte, aber sie war es.

Er zuckte die Achseln. »Du hast sie sehr gemocht, ich weiß das«, sagte er. Sein Gesicht war immer noch verborgen. »Es hätte nichts verbessert, wenn du dich auch gesorgt hättest.«

Er hatte ihr nichts erzählt, um sie zu schonen. Sie fühlte sich besser und war sogleich beschämt, daß ihre Gedanken mehr ihr und Ceawlin gegolten hatten, als Fara.

Fara war eine Frau mit einem wirklich liebenden Herzen gewesen, dachte Niniane. Sie war keine Christin, aber Gott würde sie sicherlich im Himmel aufnehmen. Der Gedanke tröstete sie, aber sie wußte, daß er Ceawlin nicht trösten konnte. Was würde ihn trösten?

»Es ist vorüber«, wiederholte er. Seine Stimme war ausdruckslos und hart. »Jetzt liegt es an mir, daß sie nicht vergessen wird. Die Harfner werden eines Tages davon singen, daß Fara einem König von Wessex das Leben schenkte. Das schwöre ich.«

»Ich weiß, daß sie es tun werden.« Sie sah ihn an. Vielleicht war dies der Moment ... Er klang so ... Sie hatte sich entschieden. »Ceawlin«, sagte sie. »Ich erwarte ein Kind.«

»*Was?*«

Sie starrte ihn an. »Ich erwarte ein Kind.«

»Bist du sicher?« Er stand vollkommen still da, aber um ihn war eine so starke Spannung, daß sie sich fürchtete.

»Ja, ich bin sicher. Es sind alle Anzeichen da, und ich habe gestern mit Alanna gesprochen ...« Ihre Stimme brach ab. Seine Augen blitzten türkis und Farbe stieg in seine Wangen. »Stimmt etwas nicht? Bist du nicht zufrieden?«

»Zufrieden? Zufrieden? Du weißt nicht, wie zufrieden ich bin. Oh, Niniane.« Und er riß sie stürmisch in seine Arme. »Mein Glücksstern«, murmelte er in ihrem Haar. »Du bist immer mein Glücksstern gewesen.«

Sie legte ihre Arme um seine Taille und lehnte ihre Wange gegen seine Brust. Dieser stürmische Ausbruch irritierte sie, sie hatte niemals so etwas von ihm erwartet. Nun, sie hatte wohl das Richtige gesagt, soviel war sicher. »Deine Mutter wäre zufrieden«, murmelte sie leise.

»Ja.« Sein Griff verstärkte sich. Dann entspannte er sich wieder und hielt sie etwas von sich weg, so daß er ihr ins Gesicht sehen konnte. »Wir müssen einige Frauen herholen«, sagte er. »Du kannst die ganze Arbeit für all die Männer nicht alleine verrichten.«

»Ich denke, ich kann einige der britischen Mädchen dazu bringen, mir zu helfen. Du hast gut daran gearbeitet, sie für dich einzunehmen.«

Er grinste. »Du hättest mich heute auf dem Markt sehen sollen. Ich wurde sogar eingeladen, mit Naille und Col und Conmach zu essen.«

»Wirklich?« Die drei Männer, die Ceawlin erwähnt hatte, waren nach Coinmail die drei wichtigsten Anführer der Atrebaten.

»Und Gereint hat mich gebeten, ihm zu zeigen, wie man mit einem Schwert umgeht«, fügte er stolz hinzu.

Niniane lachte.

»Kleine Niniane.« Er berührte ihre Wange kurz mit einem Finger. »Mein Glücksstern.«

Ceawlin wachte mit dem Morgengrauen auf. Niniane schlief noch. Sie lag an diesem Morgen auf dem Rücken, einen Arm über ihrem Kopf, mit der Hingabe eines schlafenden Kindes. Auf der Innenseite ihres Ellbogens waren feine Äderchen zu sehen. Sie sah nicht alt genug aus, um ein Baby zu bekommen.

Er fühlte wieder das Gefühl von Triumph in sich aufsteigen, das er letzte Nacht gespürt hatte. Er hatte ein Kind gezeugt! Seine Frau erwartete ein Kind!

Ceawlin hatte es niemals einem anderen Menschen anvertraut, nicht einmal Sigurd, aber seit einigen Jahren lebte er in dem Schrecken, daß er vielleicht kein Kind zeugen könnte. Sicher, er war erst achtzehn, aber keine der Frauen, bei denen er gelegen hatte, hatte empfangen. Und sein Bart mußte sich noch entwickeln. Vergeblich hatte seine Mutter ihm versichert, daß die Bärte von Männern mit schönen Haaren erst spät wachsen würden. »Dein Vater hat seinen auch erst spät bekommen«, hatte sie gesagt und doch nur mehr Furcht in seinem Herzen gesät. Alle in Winchester wußten, daß es um Cynrics Zeugungskraft nicht gut bestellt war.

Und jetzt erwartete Niniane ein Kind. Sein Kind. Sie war nicht Guthfrid, seine Niniane. Dessen war er sicher. Er schaute auf das Gesicht seiner schlafenden Frau.

Sie war so süß, hingebungsvoll. Es war ihr grenzenloses Vertrauen, das ihn am meisten rührte. Und wenn er mit ihr zusammen war, war die sinnliche Flamme der Leidenschaft immer mit einer Zärtlichkeit vermischt, die er niemals für eine der anderen Frauen gespürt hatte. Wahrscheinlich, weil sie Jungfrau gewesen war und nichts von der Liebe wußte, außer dem, was er sie gelehrt hatte.

Er hatte ihr niemals eine Morgengabe gegeben. Sein Gesicht verzog sich, als ihn dieser Gedanke traf. In diesem Moment öffnete Niniane die Augen und sah ihn an. »Ist etwas nicht in Ordnung?« fragte sie mit vom Schlaf noch ganz rauchiger Stimme.

»Ich dachte gerade daran, daß ich dir niemals eine Morgengabe gegeben habe.«

Sie rieb sich die Augen und gähnte. Er lächelte über ihre Anstrengungen, wach zu werden. »Was ist eine Morgengabe?« wollte sie wissen.

»Das Geschenk eines Ehemannes an seine Frau am Morgen nach ihrer Heirat. Es bezeugt, daß sie eine Jungfrau war, daß ihr Blut rein ist.«

»Oh.«

Er war sehr ernst. »Ich werde dir eines Tages eine Morgengabe geben, Niniane. Ich verspreche es dir. Eines Tages, wenn ich König bin.«

Sie lächelte schläfrig und gähnte wieder. »Das ist nett.«

»Schlaf noch ein bißchen«, sagte er. »Du bist müde.«

»Überhaupt nicht. Es geht mir gut«, sagte sie. Er stand auf und begann, sich anzuziehen. Als er sich wieder zum Bett umdrehte, war sie bereits eingeschlafen.

Niniane wartete, bis die Lehnsmänner eine Woche auf Bryn Atha waren, bevor sie mit einer Sache an Ceawlin herantrat, die unangenehm für ihn sein würde. »Das Gras muß geschnitten werden«, sagte sie.

»Ja?« gab er stirnrunzelnd zurück. »Dann sieh zu, daß es geschnitten wird.«

»Ich kann es nicht selber schneiden«, gab sie zurück.

»Natürlich kannst du es nicht selbst schneiden. Niemand würde dies verlangen. Naille soll ein paar Männer schicken.«

»Ceawlin, du verstehst nicht. Jeder Mann im Umkreis von einigen Meilen ist mit seinem eigenen Gras beschäftigt. Es gibt niemanden, der unseres schneiden könnte.«

»Sie können hierherkommen, wenn sie mit der eigenen Arbeit fertig sind.«

»Das Gras wird so lange nicht halten. Es muß jetzt geschnitten werden, solange das Wetter noch schön ist. Wenn es auch nur einmal regnet, verlieren wir es.«

Seine Augen schimmerten jetzt in einem dunkleren Farbton.

»Was willst du damit sagen, Niniane? Daß ich es schneiden soll?«

Sie reckte ihr kleines, rundes Kinn empor. Früher oder später mußte sie es sowieso sagen. »Ja. Du und die Lehnsmänner, ihr müßt es schneiden.«

»Nein.«

»Dann werden deine Pferde keinen Hafer haben. Das Vieh wird kein Heu haben.«

»Ich habe dir gesagt, daß ich kaufen werde, was wir brauchen.« Die Narbe neben seinem Auge wurde weißer, wie immer, wenn er ärgerlich wurde.

»Niemand wird dir Heu verkaufen, Ceawlin. Sie brauchen es für ihre eigenen Tiere.«

»Wir haben immer Heu für Winchester gekauft.«

»Ihr habt eure eigenen Höfe von Freien bearbeiten lassen, die Winchester einen Tribut leisten mußten. Es gibt bei den Atrebaten keine Freien. Niemand leistet uns einen Tribut. Was wir essen, was wir den Tieren geben, müssen wir selbst anpflanzen.«

Es trat eine tiefe Stille ein. Niniane hatte seine Reaktion vorausgesehen. Die sächsischen Lehnsleute betrachteten sich als kriegerische Elite; allein die Idee, das Feld zu bestellen, würde sie empören. Auf jeden Fall empörte sie Ceawlin.

»Heißt das, ich soll von meinen Lehnsleuten verlangen, daß sie wie gewöhnliche Freie auf dem Feld arbeiten?« Seine Stimme klang gefährlich ruhig.

»Wenn nicht, werden wir verhungern«, antwortete sie.

»Ich habe es dir vor Monaten bereits erklärt. Ich werde auf dem Markt kaufen, was wir benötigen.«

»Das kannst du nicht. O ja, jetzt gibt es dort genug Nahrungsmittel, sicher. Aber warte, bis der Winter kommt, Ceawlin, denn dann ist es eine andere Geschichte. Dann gibt es kein Gemüse mehr, und die Jagdbeute wird spärlich. Wenn wir weder Getreide noch Korn haben, und auch kein Futter für die Tiere, werden wir alle verhungern. Erwarte nicht von Naille, daß er deine Krieger ernährt, denn das wird er nicht tun.«

»Ich kann bei den sächsischen Siedlungen kaufen.«

»Und wenn Faras Juwelen weg sind? Was willst du dann nehmen, um sie auszustatten? Womit willst du sie nachher belohnen? Nachdem du alles Geld für Nahrungsmittel ausgegeben hast.«

»Wie kann ich meine Männer auf das Feld schicken?« Seine Nasenflügel bebten. Er wurde jetzt wirklich wütend. »Es sind sächsische Krieger. Keine Bauern.«

Niniane ließ sich nicht davon abbringen. »Sag ihnen, wenn sie nicht auf dem Feld arbeiten, gibt es nichts zu essen.«

»Ich bin ihr Herr. Ich bin verantwortlich dafür, daß sie etwas zum Essen haben!«

Niniane starrte in seine blitzenden Augen. Er wußte natürlich, daß sie recht hatte. Deshalb war er so aufgebracht. »Nun, du magst ein Sachse und ein Prinz sein, Mylord, aber wenn du leben und ein König sein willst, wirst du die Arbeit eines Bauern erlernen müssen.«

»Rede nicht mit mir, als wäre ich ein Kind.«

»Dann hör auf, dich wie ein Kind zu verhalten.«

Er ballte die Fäuste zusammen und machte einen Schritt auf sie zu. Sie machte keine Bewegung. »Richtig. Schlag mich. Das wird alle Probleme lösen.«

Er machte auf dem Absatz kehrt und verließ das Zimmer.

In dieser Nacht erklärte er seinen Männern, daß sie für das Heu selbst sorgen müßten.

15

Der Priester kam im August zu den Atrebaten, und nach einer Unterredung mit Naille erklärte er sich einverstanden, Niniane und Ceawlin zu trauen. Auf Bryn Atha herrschte eifrige Geschäftigkeit, als Naille mit dem walisischen Priester am frühen Nachmittag des vierzehnten Augusts ankam. Ceawlin hatte überall auf dem Grundstück Übungsplätze für seine Lehnsleute errichtet, für Ringkämpfe, für das Werfen von Wurfspießen, und zur Stärkung der Kraft hatte er einen Laufpfad geschaffen, der um die Mauer herum führte, die das Grundstück eingrenzte. Als Naille, mit dem Priester an seiner Seite, durch das Tor ritt, sah er als erstes seinen Sohn und verschiedene andere britische Jungen Wurfspieße auf ein Ziel schleudern.

Gereint machte sich gut, erkannte er voller Freude. Aber er hatte nicht gewußt, wie viele atrebatische Jungen hierhergekommen waren.

»Sind dies alles sächsische Männer?« wollte Vater Mal voller erschreckter Überraschung wissen. »Ich hätte nicht gedacht, daß es so viele sind.«

»Es sind nicht nur Sachsen«, erwiderte Naille etwas grimmig. »Die Hälfte sind Briten.«

»Die Briten vereinigen sich mit den Sachsen in einer Schlacht?«

»In den Übungen für eine Schlacht«, verbesserte Naille. »Die Jungen können ein bißchen Übung gebrauchen. Ich habe das sehr gut bei Beranbyrg gesehen. Wir waren in der Überzahl, aber sie schlugen uns in Grund und Boden. Wir Älteren haben niemals gelernt, Krieg zu führen. Es ist gut, wenn die Jungen es tun.«

Der Priester drehte sich ungläubig zu ihm um. »Und dieser sächsische Prinz ... dieser Ceawlin ... er trainiert die Jungen, die gegen ihn kämpfen werden?«

Naille warf dem Priester einen Blick zu. »Er denkt nicht, daß wir noch einmal die Waffen gegen ihn erheben. Coinmail schwor bei Beranbyrg, es niemals zu tun, als Ceawlin ihm das Leben schenkte.«

»Hat Coinmail für alle Atrebaten geschworen?«

»Nein.«

»Ah«, sagte der Priester. »Aber dieser Ceawlin erkennt das nicht.«

»Ich weiß nicht, was Ceawlin erkennt. Ich weiß nur, daß Gereint mit den Sachsen trainieren wollte und ich es ihm gestattet habe. Ceawlin und ich haben das Thema nicht näher erörtert.«

»Er ist sehr jung, dieser Prinz«, sagte Vater Mal, als sie über den Hof schritten. »Und naiv.«

»Jung mag er vielleicht sein«, entgegnete Naille mit etwas mehr Schärfe in seiner Stimme, »aber ich bezweifle, daß er jemals naiv ist. Ah«, er erhob die Hand, als sich die Tür der Villa öffnete und ein Mädchen heraustrat, »da ist Niniane.«

Vater Mal war überaus beeindruckt von der Prinzessin, die jung und hübsch war und eine sanfte Art hatte. Eine solche Ehefrau, fühlte er, würde eine ausgezeichnete Missionarin für Christus abgeben. »Ich werde nach Ceawlin schicken«, sagte sie zu Naille, nachdem sie den Priester begrüßt hatte. Sie rief einem Lehnsmann etwas auf sächsisch zu und er verschwand.

»Wo ist Ceawlin?« fragte Naille.

»Er kann überall sein. Er sagt, es hält die Männer wachsam und bringt sie dazu, ihr Bestes zu geben, wenn sie nicht genau wissen, wann er kommt und sie beobachtet.« Sie lächelte Vater Mal zu. »Ich bin so glücklich, daß Ihr gekommen seid, Vater. Es bedeutet mir so viel, nach meinem eigenen Glauben verheiratet zu sein.«

»Ich bin ebenfalls glücklich, Mylady.« Er schaute flüchtig auf ihre Figur. Naille hatte gesagt, sie wäre schwanger, aber bisher gab es noch keine sichtbaren Zeichen.

»Gehen wir hinein«, sagte Niniane und hielt dann inne. »Oh, gut, da kommt Ceawlin.«

Die Augen des Priesters wurden groß vor Überraschung, als er den jungen Mann erblickte, der über den Hof kam. Er war augenscheinlich bei den Ringern gewesen, denn er war bis zur Taille ausgezogen und als er herankam, sagte er zu seiner Frau: »Es tut mir leid, aber mein Hemd und meine Tunika sind irgendwo verlorengegangen.« Dann sah er Naille an.

»Prinz«, sagte Naille sofort, »darf ich Euch Vater Mal vorstellen. Er hat gesagt, er wäre glücklich, Euch nach dem christlichen Glauben zu verheiraten.«

Ceawlin lächelte den Priester an. »Ich freue mich, Euch

kennenzulernen, Vater.« Sein Blick und seine Stimme waren vollkommen freundlich, sein Britisch fehlerfrei. »Eine solche Heirat bedeutet meiner Frau sehr viel.«

Vater Mal schaute den halbnackten jungen Mann vor sich erstaunt an. Naille hatte ohne zu zögern die Autorität des Jungen anerkannt und den Priester vorgestellt, als wären sie in der großen Halle von Camelot und Ceawlin der Hochkönig. Die Zähne des Prinzen waren von perfektem Weiß und seine Augen hatten ein außergewöhnliches Blau. Der Priester lächelte zurück. Er war selbst ein großer Mann, aber zu dem Sachsen mußte auch er aufschauen. Plötzlich merkte er, wie er ihn anstarrte und suchte nach einer Antwort für dessen Höflichkeit. Dann hörte er hinter sich Niniane sagen: »Ich hole dir ein neues Hemd, Ceawlin. Kommt herein, Vater, und laßt mich Euch etwas zum Essen bringen.«

Der sächsische Prinz hielt die Tür auf, und sie führte den Priester aus der Sonne ins Haus hinein. Sie betraten einen Raum, der gemütlich mit Möbeln aus Weidengeflecht eingerichtet war. Dann verschwand Niniane, um ein Hemd für ihren Mann zu holen. Ceawlin setzte sich; er war überhaupt nicht beschämt wegen seines unbekleideten Oberkörpers. Er lächelte Naille aufmunternd zu und sagte: »Gereint macht sich sehr gut.«

»Ich sah ihn, als wir ankamen«, antwortete Naille. »Aber ich muß zugeben, daß ich überrascht war, auch Ferris und Owain und Druce zu sehen.«

Ceawlin zuckte die Schultern. Die Bewegung setzte sich über die Muskeln am Oberarm fort. »Ihr wißt, wie Jungs sind. Wenn sie erst einmal mitbekommen haben, daß irgendwo mit Waffen geübt wird, kann sie nichts mehr zurückhalten.«

»Wie alt seid Ihr, Prinz?« fragte Vater Mal.

»Achtzehn«, sagte Ceawlin.

Vater Mal schaute Naille an, aber der Brite schien seine Belustigung darüber, daß dieser Achtzehnjährige so locker über »Jungs« sprach, nicht zu teilen. Niniane kam mit einem Hemd herein und Ceawlin zog es an. Dann setzte sie sich auf einen

Stuhl in die Nähe von Ceawlin und schaute den Priester erwartungsvoll an.

»Wann könnt Ihr uns vermählen, Vater?« fragte sie.

»Ich werde mindestens die nächsten zwei Wochen hier verbringen«, erwiderte der Priester. »Also irgendwann in dieser Zeit, wann immer es Euch recht ist.«

Ein Mädchen kam mit einem Tablett zur Tür herein und stellte es auf einen Tisch. Niniane lächelte und sagte: »Danke, Meghan.«

»Meghan ist glücklich hier, wie ich erfahren habe«, bemerkte Naille, als das Mädchen den Raum wieder verlassen hatte. »Ich sprach letzte Woche auf dem Markt mit ihrem Onkel.«

»Ich bin froh, das zu hören.« Niniane reichte den Männern Becher mit Bier. »Sie ist eine sehr gute Arbeiterin. Und es tut mir gut, ein paar Frauen um mich herum zu haben. All diese Männer!«

»Niniane mag es, Leute mit Arbeit zu versorgen«, sagte Ceawlin. Es lag ein Ton in seiner Stimme, den der Priester nicht ganz deuten konnte.

Seine Frau setzte sich wieder hin. »Ceawlin und ich denken, daß es schön wäre, eine richtige Hochzeitsfeier zu haben«, sagte sie und ignorierte den Kommentar ihres Mannes. »Wir würden gerne all die Familien einladen, die in den letzten Monaten so nett zu uns waren. Was hältst du davon, Naille?«

Naille starrte ihr kleines, unschuldiges Gesicht an. Er war sich nicht sicher, ob er die Idee überhaupt mochte. In der letzten Zeit hatte er sich gefragt, ob er es Ceawlin nicht zu einfach gemacht hatte, sich bei den Atrebaten einzuschmeicheln. Er hatte niemals gewollt, daß der Prinz ein so wesentlicher Teil des örtlichen Lebens wurde, als er ihm erlaubt hatte, auf Bryn Atha zu leben. Er hatte Bryn Atha als eine isolierte Insel der Sachsen angesehen, auf die er ein wachsames Auge halten konnte. Jetzt entwickelte es sich jedoch anders, als er erwartet hatte. Sogar die Sache mit Gereint ... Damals schien es eine gute Idee, die Sachsen ihre eigenen Feinde ausbilden zu lassen. Aber jetzt ...

»Ich weiß so wenig von den Christen«, sagte Ceawlin mit seinem charmantesten, jungenhaften Blick zu dem Priester. »Meine Lehnsleute würde eine richtige christliche Hochzeit sehr interessieren.«

»Eine wunderbare Idee!« sagte der Priester von Herzen. »Wir werden alle Gläubigen einladen, die kommen können.«

Als Nailles Blick auf Ceawlins leuchtendblaue Augen fiel, hatte er das Gefühl, ausmanövriert worden zu sein.

Eine Woche später wurden sie vermählt. Der Himmel an diesem Tag war wolkenlos und die Sonne schien wundervoll. Ceawlin und seine Männer hatten die ganze Woche gejagt und Unmengen von Wild herbeigeschafft, das von Niniane und den drei Mädchen, die nun auf Bryn Atha lebten, zusammen mit Gemüse aus dem Garten und Brotlaibern gekocht wurde. In dem großen Empfangsraum waren Tische aufgestellt worden, auf denen auf riesigen Holzplatten das Essen serviert wurde, so daß sich jeder selbst bedienen konnte. Ceawlin hatte sichergestellt, daß eine beachtliche Menge Bier vorhanden war.

Naille fand seinen Platz neben Sigurd am Haupttisch, an seiner anderen Seite saßen Alanna und ihre älteren Kinder. Naille schien es, als wären die Sachsen heute etwas gedämpfter Stimmung, und er sagte mit scheinbarer Beiläufigkeit: »Es stört Euch nicht, daß Euer Prinz in einer christlichen Zeremonie heiratet?«

»Natürlich nicht.« Sigurd war sichtbar erstaunt über die Frage. Das war es also nicht, dachte Naille. »Es war sehr schön«, fügte der Sachse höflich hinzu. Sie waren alle höflich, diese Sachsen. Es war eine beständige Überraschung für Naille, der immer eine andere Meinung von den früheren Feinden gehabt hatte.

Was wohl Coinmail denken würde, fragte sich Naille, wenn er sein Volk Seite an Seite mit den sächsischen Kriegern speisen sähe? Aber Coinmail hatte ihnen Niniane selbst gegeben. Naille war dabeigewesen, als Cynric sie für seinen Sohn erbeten hatte. Coinmail konnte sich über diese Hochzeit also nicht beklagen. Und was Naille letzte Nacht zu dem Priester gesagt hatte, könnte sich schließlich als wahr erweisen. Niniane könnte Ceawlin konvertieren. Er wußte, daß Alanna daran glaubte. Warum bloß erschien Naille der Gedanke so unwahrscheinlich?

Der Krach in dem Raum wurde immer lauter. Naille beugte sich etwas nach vorn, um Ceawlin sehen zu können, der an der anderen Seite von Sigurd saß. Niniane sprach mit dem Priester, der zu ihrer Rechten saß, und Ceawlin starrte mit einem wachsamen Blick auf die Tür. Naille konnte sein Profil deutlich erkennen: die schwachen Höhlen unter den starken Wangenknochen, die gerade Nase, der breite, feste Mund. Er sah nüchtern aus, ganz und gar nicht wie ein Bräutigam. Dann rannte jemand durch den Raum, kämpfte sich zwischen den Tischen hindurch zu Ceawlin. Naille erkannte mit einem kleinen Schauer des Erstaunens, daß Ceawlin ihn über all dem Lärm hatte kommen hören.

»Mylord! Mylord!« Es war einer von Ceawlins Lehnsmännern, wie Naille erkannte, vermutlich derjenige, den sie Bertred nannten. Er war sehr jung. »Sie kommen, Mylord!« stieß er hervor. »Ich habe sie gesehen. Edric und ein Kriegertrupp. Sie kommen!«

»Ihr habt die Straße nach Corinium beobachtet?« Ceawlin war vollkommen ruhig. Die Stimmen erstarben, als alle erkannten, was geschehen war.

»Ja, Mylord. Ich sah sie von meinem Posten aus. Sie sind sieben Meilen entfernt, jetzt noch weniger. Ich mußte hierherkommen.«

Ceawlin sagte etwas auf sächsisch. Dann fragte er: »Wie viele?«

»Ich habe vierzig gezählt, Mylord.«

»In Ordnung.« Ceawlin stand auf. »Wir werden sie an der Festung aufhalten, wie wir es geplant haben. Sind sie zu Fuß?«

»Ja.«

»Gut. Dann haben wir Zeit.« Er schaute sich um und sagte: »Es tut mir leid, meine Freunde, daß wir so überstürzt aufbrechen müssen, aber es scheint, als gäbe es Arbeit für uns. Die Königin hat einen Kriegertrupp nach mir ausgesandt und ich möchte ihn nicht enttäuschen.« Seine Augen waren ein Sturm an Farben in seinem gebräunten Gesicht. »Bleibt ruhig und genießt das Essen. Wir werden später wieder zurück sein.«

»Es sind vierzig von ihnen, Prinz!« Es war die Stimme des Priesters. Naille schaute in seine Richtung und sah Ninianes weißes Gesicht.

Die sächsischen Lehnsmänner strömten alle zur Tür. »Nun, wir sind siebzehn.« Ceawlin warf dem Priester ein spöttisches Grinsen zu. »Die Chancen stehen also gut.«

»Achtzehn, Mylord!« Es war die Stimme eines jungen Briten und es dauerte einen verblüfften Moment, ehe Naille erkannte, daß es sein Sohn war, der den Sachsen folgte.

»Neunzehn!« sagte Ferris von einem Tisch in der Mitte des Raumes aus und stand ebenfalls auf.

»Zwanzig!« sagte eine andere Stimme.

»Einundzwanzig!«

Naille saß in dumpfem Schrecken da, als die Jungen seines Volkes den Sachsen hinterherströmten. Dann hatte er seine Stimme wieder im Griff. *»Gereint!«*

Sein Sohn war bereits an der Tür, aber er drehte sich um. »Dies ist nicht dein Kampf«, sagte Naille über die Köpfe der anderen hinweg. Jegliche Aktivität hatte aufgehört, war wie in der Zeit gefroren.

»Doch Vater, das ist es.« Die Stimme des Jungen klang respektvoll, aber fest. »Wenn die sächsischen Edlen jemals einen Fuß auf atrebatisches Land setzen, werden sie uns hinausdrängen. Das sagt Ceawlin, und ich glaube ihm. Wenn er gewinnt, wird er uns ein guter Herr sein und für uns sorgen. Ich glaube auch das. Deshalb ist es unser Kampf, Vater.«

Nailles Kopf flog herum zu dem sächsischen Prinzen. Ceawlins Gesicht war ernst. »Das ist Euer Werk«, sagte Naille zu ihm.

»Ich habe nichts zu Gereint gesagt, das ich nicht auch zu Euch gesagt habe«, erwiderte der Prinz. Seine Stimme war sehr ruhig. »Aber ich sage Euch jetzt dieses, Naille. Ihr seid der Führer Eures Volkes. Wenn Ihr nicht wollt, daß diese Jungen mir folgen, dann werde ich sie nicht mitnehmen.«

»*Nein!*«

»Ruhig, Gereint.« Ceawlin sprach sehr sanft, aber Gereint wurde still. Naille schaute seinen Sohn an. Niemand im Saal schien auch nur zu atmen.

»Also gut«, hörte sich der Brite selbst sagen. Seine Stimme schien merkwürdig weit weg. »Sie können mitgehen.«

Gereints Gesicht hellte sich auf wie eine Kerze. »Ich danke dir, Vater!« Er drehte sich um und rannte aus dem Raum. Sigurd hatte bereits den Tisch verlassen, und als Naille sich wieder setzte, waren nur noch er da, Alanna, ihre beiden Töchter und der Priester. Niniane folgte den Männern nach draußen.

»Bist du verrückt, Naille?« schrie Alanna ihn an. Ihr Gesicht war aschfahl. »Sie sind immer noch in der Unterzahl!«

»Es wird ihm nichts geschehen, Alanna.«

»Woher willst du das wissen?«

»Ich habe Ceawlin bei Beranbyrg gesehen. Er alleine ist so viel wert wie zehn Männer. Und der Junge hat recht. Unsere größten Chancen liegen auf Ceawlins Seite.«

»Wie konnte das passieren?« jammerte Alanna. »Ich verstehe das nicht. Niemand hat so etwas erwartet. Niemand!«

»Ceawlin hat es erwartet«, erwiderte Naille müde. »Warum sonst hätte er einen Posten auf der Straße aufgestellt?«

Eine Pause entstand. Dann sagte sie: »Er hat niemals etwas zu uns gesagt.«

»Ich habe immer geglaubt, daß er ein sehr kluger junger Mann ist«, sagte Naille. »Aber jetzt erkenne ich, daß ich ihn unterschätzt habe. Gereint hat recht. Er ist nicht der Mann, den man sich zum Feind machen sollte.« Er schaute sich im Raum um, jetzt befand er sich in einem Zustand des Aufbruchs. »Nun, ich denke, ich sollte mir besser auch eine Waffe besorgen.«

»Du gehst nicht mit ihnen!«

Er stand auf und schaute in die entsetzten Augen seiner

Frau. Er lächelte sie etwas unsicher an. »Weißt du, Alanna, es tut ganz gut, zur Abwechslung mal auf der Seite der Sieger zu sein.« Und er folgte seinem Sohn hinaus.

Sie hatten tatsächlich gewonnen, hatten Eldric bei der Feste Cob überrascht. Das Gelände auf der Seite von Bryn Atha war hoch, und Ceawlins Männer waren aus der Deckung hervorgekrochen und über die Männer hergefallen, als sie noch durch das Wasser wateten. Der Angriff war völlig unerwartet gewesen, und durch den Schwung, den sie von dem Hügel erhalten hatten, von enorm wilder Wucht. Die Männer im Wasser hatten sich bemüht, ihre Waffen zu erheben, aber ihre Schilde hingen über ihren Rücken. Die erste Reihe fiel, noch bevor die Männer überhaupt beginnen konnten, sich zu verteidigen.

»Die Sachsen waren die ersten«, erklärte Naille später seiner Frau, als sie sich zum Schlafen niedergelegt hatten. Überall in der Villa lagen Menschen auf dem Fußboden und schliefen, aber Naille und Alanna hatten Coinmails Zimmer bekommen. »Ceawlin achtete darauf, daß unsere Männer sicher im Hintergrund blieben. Wir folgten einfach nur der sächsischen Linie. Es war überraschend einfach.«

»Aber wart ihr nicht in der Unterzahl?«

»Nicht sehr. Und es machte nichts. Die Wucht des Angriffs war zu groß. Sie konnten ihm nicht standhalten. Als wir fertig waren, war das Wasser des Flusses rot vor Blut. Und wir selbst hatten nur ein paar Fleischwunden!«

»Du klingst, als hätte es dir gefallen«, klagte Alanna ihn an.

»Ich glaube, das hat es.« Naille war über sich selbst überrascht.

»Was ich gerne wüßte, ist, was Coinmail tun wird, wenn er all dies erfährt.« Alanna stützte sich auf den Ellbogen und blickte ihrem Mann ins Gesicht. »Du kennst seine Pläne. Er wäre niemals einverstanden gewesen, an Ceawlins Seite zu kämpfen. Für Coinmail sind die Sachsen Feinde.«

»Vielleicht ändert er seine Meinung. Wenn er Ceawlin triff ...«

»Coinmail ändert niemals seine Meinung. Die Welt könnte um ihn herum zusammenbrechen, und er würde seine Meinung doch nicht ändern. Du kennst ihn, seit er ein kleines Kind war. Du weißt das.«

»Er hat sein Wort gehalten, niemals die Waffen gegen einen westsächsischen König zu erheben.«

»Er hatte niemals vor, es zu halten.«

»Ich weiß. Und ich weiß nicht, ob er im Recht ist. Wenn die Leute dem Wort ihres Prinzen nicht vertrauen können...«

»Er gab das Wort nicht seinen Leuten, er gab es einem Heiden.«

»Ich weiß. Und dieser Heide hat blindes Vertrauen darin. Denn für Ceawlin ist das gegebene Wort etwas Heiliges.«

Alanna nickte und lehnte sich wieder zurück. »Vielleicht wird er ein Christ. Dann kann auch Coinmail nichts mehr gegen ihn einwenden.«

Naille gähnte. »Gütiger Gott, Frau, ich bin müde. Laß mich jetzt schlafen.«

»Für dich mag das alles in Ordnung sein, Naille...« setzte Alanna an, aber die einzige Antwort war ein sehr sanftes Schnarchen.

Ceawlin war einer der wenigen anderen Männer auf Bryn Atha, der die private Atmosphäre eines Schlafzimmers mit seiner Frau teilte. Aber im Gegensatz zu Naille verlor er keine Zeit mit Reden. Und er bekam auch nicht viel Schlaf. Aber am nächsten Morgen wachte er mit unbändiger Energie auf und beauftragte die Frauen sofort mit den Vorbereitungen zu einem Siegerbankett für seine Männer.

Niniane hatte nicht das Herz, ihm zu sagen, daß der Weizen, die Gerste und der Roggen fällig zur Ernte waren.

16

Es war eine gute Ernte und die Lagerräume und Scheunen auf Bryn Atha füllten sich beständig mit Vorräten für den Winter. Ceawlin feierte das Herbstfest der Sachsen mit einem großen Bankett. Es gab natürlich keinen sächsischen Tempel auf dem Anwesen und er entschied sich dagegen, einen zu bauen. Es hätte nur seinem Bestreben widersprochen, der Sensibilität der Briten entgegenzukommen. So hielten sie also das Bankett im Eßzimmer des Hauses ab, lediglich mit Gebeten an Wotan und Thor und Tiwaz anstelle eines formellen Opfers.

Der November verstrich mit kaltem, schwerem Regen und die trüben, grauen Himmel des Dezembers setzten ein. Ceawlin bemühte sich sehr darum, seine Männer zu beschäftigen. Bisher war noch kein Schnee gefallen, also ließ er sie auf dem eisenharten Boden trainieren und in waghalsigen Wettkämpfen durch die Wälder reiten. Ungefähr jedes zweite Mal wurden die Sachsen von britischen Jungen begleitet, die mit ihnen bei der Feste Cob gekämpft hatten. Die Kälte und der graue Himmel konnten den jugendlichen Geist, der auf Bryn Atha herrschte, nicht beeinträchtigen.

Niniane war hochschwanger und für sie war die Trägheit noch anstrengender als für die Männer. Je näher ihre Zeit rückte, desto häufiger hatte sie furchterregende Träume und Phantasien. Würde das Kind gesund sein? Sie hatte bereits Kinder ohne Gliedmaßen gesehen, mit schrecklich mißgestalteten Mündern. Sicher würde ihrem Kind so etwas nicht passieren. Sicher würde Gott nicht ein kleines, unschuldiges Kind für die Sünden seiner Mutter bestrafen.

Es bereitete ihr Sorgen, daß Ceawlin das Yule-Fest feiern wollte. Sie war all diesen heidnischen Praktiken gegenüber zu nachgiebig gewesen. Sie sollte sich bemühen, diese armen Seelen zu Christus zu bekehren.

Die Sachsen dekorierten den Empfangsraum und das Eßzimmer mit Immergrün, das sie in den Wäldern gepflückt hatten. In Winchester waren die Vorbereitungen für das Yule-Fest Aufgabe der Frauen gewesen, aber die einzigen Frauen auf Bryn Atha waren christlich, und so mußten die Sachsen es selbst in die Hand nehmen. Niniane und die drei britischen Mädchen blieben in der Küche und lauschten dem Gelächter der Männer, das ihre Arbeit begleitete. Ceawlins Stimme war am klarsten von allen.

»Sie klingen, als hätten sie Spaß«, sagte Meghan ein bißchen sehnsüchtig.

»Schmutziger Heidenkram«, erwiderte Amena. Sie war die älteste der drei und die unscheinbarste.

»Sie tun gar nichts so Schreckliches«, sagte Wynne. Sie war ein hübsches Mädchen mit rotgoldenem Haar und grünen Augen. Ceawlin wollte sie loswerden, er meinte, sie wäre zu schön, um zwischen einem Haufen hungriger Sachsen frei herumzulaufen, aber Niniane brauchte ihre Hilfe und es gab keine andere Frau, die nach Bryn Atha kommen wollte. Also blieb Wynne. »Es ist nett«, fügte Wynne jetzt hinzu, »daß sie das Haus mit dem Grün schmücken. Es ist so fröhlich.«

Amena grunzte.

»Ich finde es auch nett«, sagte Niniane entschlossen. »Und ich sehe keinen Grund, warum wir Weihnachten nicht zur gleichen Zeit feiern können, wenn die Sachsen das Yule-Fest begehen. Die beiden Feste fallen beinahe auf den gleichen Tag.«

»Die Geburt von Jesus Christus mit einem Haufen schmutziger heidnischer Rituale begehen?« Amena war zutiefst erschreckt. »Niemals!«

»Du weißt, was Vater Mal gesagt hat, als er im August hier war, Amena.« Niniane blickte von dem Brotteig, den sie gerade knetete, hoch und warf dem Mädchen einen strengen Blick zu. »Er sagte, wir wären alle Missionare für Christus. Daß es unsere Pflicht wäre, unser Bestes zu geben und das Wort des Herrn den Sachsen nahezubringen. Und Yule hat keine schmutzigen heidnischen Rituale. Es ist lediglich ein fröhliches Fest. Wir haben an Weihnachten auch ein besonderes Bankett. Es wird keinen Schaden anrichten, wenn wir beide verbinden, aber es ist eine Möglichkeit, den Sachsen von der Geburt Christi zu erzählen.«

»Ich finde, das ist eine hervorragende Idee!« sagte Wynne.

»Ja.« Meghan lächelte schüchtern. Dann wandte sie sich mit ihrer sanften Stimme an Amena. »Niniane hat recht, Amena. Es ist unsere Pflicht, Missionare für Christus zu sein.«

»Ich stimme euch nicht zu«, sagte Amena.

»Dann wirst du auch nicht zum Bankett kommen müssen«, sagte Niniane mit ehrlicher Freundlichkeit. »Vielleicht möchtest du lieber nach Hause zu deiner Familie gehen.«

Amena warf ihr einen Blick zu, sagte jedoch nichts. Nach einer Minute fuhr Niniane mit der Arbeit an ihrem Teig fort.

Am Morgen des Weihnachtstages und des Yule-Festes war der Himmel voller Schnee. Niniane ging für einige Minuten in den Hinterhof, um den Gerüchen der Küche zu entkommen, und sah, daß der Himmel immer dunkler wurde. Die Wolken hatten eine gelbe Tönung angenommen, und der Wind war stark. Er zerrte an ihren Haaren und wickelte ihren Rock um ihre Knie. Es hatte den Anschein, als würde ein Sturm aufkommen.

Das Baby trat in ihrem Bauch und sie legte eine Hand auf die Wölbung. Ihr Rücken schmerzte. Nur noch ein paar Wochen, dachte sie. Es konnte bestimmt nicht mehr lange dauern. Sie war der ewigen Trägheit so müde, war diese Plumpheit so leid, die Last ihres Gewichtes, das sie mitschleppen mußte, wohin sie auch ging. Würde sie wohl jemals wieder schlank und kräftig sein?

Sie schaute noch einmal in den Himmel, seufzte und ging in die Küche zurück.

Die beiden zusammengelegten Feste waren ein großer Erfolg. Die Männer hatten zu Ehren von Frey einen Eber geröstet, und die Frauen hatten tagelang gebacken und besondere Leckerbissen auf dem Tisch ausgebreitet. Immer wieder wurde Honigwein herumgereicht. Das Eßzimmer war erfüllt von dem Glanz der Kerzen, von Immergrün und dem Klang und Gelächter junger Stimmen.

Als das Essen beendet war, bat jemand Bertred, die Harfe zu spielen. Niniane war seit einiger Zeit nicht mehr in der Lage, die Harfe zu halten, da sie ihren Schoß verloren hatte, und so mußte Bertred, der jüngste der Lehnsmänner, als Ersatz dienen.

Niniane saß zwischen Ceawlin und Sigurd an dem großen Tisch und lauschte dem Klang von Bertreds angenehmer Stimme. Ein Feuer brannte im Ofenloch des Hypokaustums, und niemand sonst schien zu frösteln, aber Niniane fror an Händen und Füßen. In diesen Tagen schienen ihre Hände und Füße immer kalt zu sein. Es war, als würde das Baby sämtliches Blut von ihr abziehen, dachte sie, als sie ihren Umhang fester um ihre Schultern zog.

»Friert Ihr?« fragte Sigurd mit Anteilnahme in den grauen Augen.

»Mir ist in letzter Zeit immer kalt«, antwortete sie und schenkte ihm ein klägliches Lächeln. »Fühlt meine Hand.«

Sie streckte ihre Finger vor und einen Moment lang schloß sich seine große, mit Hornhaut versehene und wunderbar warme Hand um sie.

»Ihr friert!«

»Was ist los?« Ihre leisen Stimmen hatten Ceawlins Aufmerksamkeit erweckt.

»Niniane friert«, sagte Sigurd. Es klang beinahe wie ein Vorwurf.

»Ja?« Ceawlin öffnete die Brosche, die seinen eigenen Umhang hielt, und legte ihn um die Schultern seiner Frau. Er war von seinem Körper angewärmt, und sie kuschelte sich dankbar hinein. Ceawlin wandte sich wieder der Musik zu.

»Soll ich Euch eine Decke holen?« fragte Sigurd Niniane.

»Nein. Danke, nein, Sigurd. Es geht mir jetzt gut.«

»Eure Nasenspitze ist rot.«

Ceawlin schaute sie wieder an, ein leichtes Runzeln war auf seiner Stirn zu sehen. »Ihr konzentriert euch nicht auf die Musik.«

»Entschuldigung«, sagte Niniane und wandte sich pflichtbewußt Bertred zu. Sigurds Mund zog sich zusammen, aber er schwieg.

Bertred spielte ein bekanntes sächsisches Klagelied über eine verlorene Jugend. Es war die Art von Liedern, die nur junge Menschen genießen konnten, dachte Niniane, als sie den Worten lauschte:

Und er träumt von den Männern in der Halle
von Reichtum und den Jahren der Jugend,
da sein Herr sie zum Gelage und Fest willkommen hieß.

Die Lehnsmänner hatten es sich an den Tischen bequem gemacht und lauschten freudig. Das Kerzenlicht flackerte auf den blonden und braunen Köpfen. Nicht ein graues Haar in diesem Raum, dachte Niniane. Und Ceawlin war nicht der einzige, der noch immer keinen Bart hatte. Ihre Augen blieben an dem Tisch hängen, wo Penda saß. Er schaute Wynne an. Niniane sah, wie sich die Augen des Mädchens ihm zuwandten. Der Sachse hob seinen Weinbecher leicht und lächelte, ein Lächeln, das von Wynne erwidert wurde. Dann bemerkte das Mädchen, wie Niniane sie beobachtete und warf ihr einen unschuldigen Blick zu, bevor sie sich wieder dem Harfner zuwandte.

Niniane runzelte die Stirn. Das konnte Ärger bedeuten, dachte sie. Wenn Wynne jemals … Vielleicht sollte sie es Ceawlin erzählen. Aber er würde sie dazu bringen, Wynne fortzuschicken, und dabei benötigte sie diese zusätzlichen Hände. Gerade jetzt, wo sie sich so erschöpft fühlte.

Sie würde ein Auge auf das Mädchen werfen. Penda war keiner der jungen Lehnsmänner aus der Halle der Prinzen. Er war älter, ein Mann bereits, kein Junge mehr. Und die Männer von Winchester waren nicht an Enthaltsamkeit gewöhnt. Vielleicht sollte sie es Ceawlin doch erzählen.

»Und jetzt, Mylady …« Bertred hatte sein Lied beendet und wandte sich an sie. »Ich glaube, auch Ihr habt eine Geschichte, die Ihr erzählen möchtet.«

Alle Augen im Raum richteten sich auf sie. Niniane verdrängte Wynne aus ihren Gedanken und konzentrierte sich auf die Worte, die sie sagen wollte. »Ja. Dieser Tag des Yule-Festes ist auch das Fest unseres Gottes, Christus. Ich möchte Euch die Geschichte seiner Geburt erzählen. Ich hoffe, es stört Euch nicht.«

Ein Gemurmel höflicher Ermutigung wanderte durch das Eßzimmer. »Gut, also dann«, begann Niniane. »Es war einmal eine Frau namens Maria...«

Die Sachsen lauschten aufmerksam. Draußen wurde der Wind stärker; Niniane konnte ihn an den Läden rütteln hören, die gegen die Kälte geschlossen worden waren. »Und die Schäfer auf den Feldern sahen ebenfalls den Stern«, sagte sie. Neben ihr sah sie Ceawlins Finger unruhig an seinem Weinbecher auf und ab wandern. Meghans braune Augen waren riesig, als sie mit atemloser Aufmerksamkeit Ninianes Worten lauschte. Bertred schaute Meghan an, nicht Niniane.

»Und so wurde Christus also geboren«, endete Niniane. Sie wollte nicht zu lange sprechen. »Wir glauben, daß er gekommen ist, um die Welt von der Sünde und dem Tod zu erlösen, und deshalb huldigen wir ihm.«

»Die Welt vor dem Tod retten, Mylady?« Es war Wuffa, der die Frage gestellt hatte. »Wie soll das gehen? Die Menschen sterben immer noch.«

»Sie sterben, ja, aber nicht für immer. Nach dem Tod, so glauben wir, werden wir in ein Land zu Christus gehen, das wir Himmel nennen.«

»Mich interessiert nicht, wohin wir gehen, wenn wir tot sind, sondern wie wir leben.« Ceawlins Stimme klang ausgesprochen freundlich, aber Niniane konnte die Irritation heraushören, die darin schwang. Er beargwöhnte, was sie tat, und er mochte es nicht. »Und noch eher denke ich daran, daß wir den ersten Wintersturm bekommen. Wir sollten besser nach den Tieren sehen, bevor der Schneefall zu stark wird.«

Murren und Klagen machten sich an den gemütlichen Tischen breit, aber sie standen alle auf. Draußen hatte es bereits zu schneien begonnen. Die Sachsen kämpften sich ihren Weg durch Schnee und Wind zu den Scheunen. Als sie wieder ins Haus zurückkehrten, war aus dem grauen Tag bereits dunkle Nacht geworden.

Das Yule-Fest in Winchester war sehr viel verschwenderischer als das auf Bryn Atha, aber nur halb so fröhlich. Die Niederlage gegen Ceawlin nagte noch immer an ihnen. Aber die Schlacht bei der Feste Cob hatte mehr als nur den Stolz von Edrics Männern vernichtet. Zwei der Edlen hatten Söhne in der Auseinandersetzung verloren und Rache für den Mann geschworen, der das Blut ihrer Verwandten vergossen hatte. Im Frühling würden sie die Schuld eintreiben.

Auch andere in Winchester warteten auf den Frühling, sie warteten darauf, wie Ceawlin sich und seine Lehnsmänner durch den Winter bringen würde. Es gab einige in Winchester, die Cynrics Sohn, einen rechtmäßigen Wotan-Geborenen, dem ihnen aufgedrängten unrechtmäßigen Machthaber vorziehen würden, wenn der Prinz nur beweisen könnte, daß er in der Lage war, einen Kriegertrupp zu ernähren. Cutha verließ das Yule-Fest frühzeitig und ging zurück in seine eigene Halle. Er hatte getobt, als er aus Ost-Anglia zurückgekehrt war und feststellen mußte, daß Edric ihn hereingelegt hatte. Natürlich hätte es auch noch schlechter kommen können. Ceawlin hatte die Angreifer zurückgeschlagen und den Vorteil der Überraschung selbst ausgenutzt. Aber Cutha war dennoch nicht glücklich.

Mit seinem ältesten Sohn neben sich saß er jetzt vor seinem eigenen Herd und brütete vor sich hin. Die Stimmung in Winchester war genau so, wie er gehofft hatte. Er wußte, im Frühling würde es eine gute Anzahl von Lehnsmännern geben, die bereit wären, sich auf Ceawlins Seite zu schlagen. Mit der Zeit bildeten sich zwei Lager heraus. Warum war er so unzufrieden?

»Welch ein finsteres Fest!« Cuthwulf streckte seine Beine vor dem Feuer aus. »Der Anblick dieses schändlichen Diebes, wie er da auf Cynrics Platz sitzt, genügt, um einen Mann vom Essen abzubringen.«

Cutha beobachtete die Gestalt seiner Frau, die sich auf der

anderen Seite der Halle hin und her bewegte. Coenburg hatte sich in den letzten Tagen nicht gut gefühlt und ihre Mutter pflegte sie. »Ja«, sagte er nach einiger Zeit, »die Halle schien ziemlich leer zu sein.«

»Kein Ceawlin, kein Sigurd, kein Penda. Und Fara ist für immer gegangen.« Cuthwulf leerte seinen Becher. »Nur ein Haufen alter Graubärte, die in Winchester zurückgeblieben sind.«

»Das ist nicht wahr.« Cutha war sichtbar verstimmt.

»Nun, die besten der Jungen sind bei Ceawlin. Das kannst du nicht leugnen.« Cuthwulf grinste. »Außer mir, natürlich. Und wenn erst Frühling ist...«

»Du hast doch nicht vor, zu ihm zu gehen?«

Cuthwulfs vorstehende Augen starrten ihn an. »Was ist los, Vater? Ich dachte, du würdest Ceawlin unterstützen?«

Das tat er natürlich. Nur hatte Cutha eigentlich selbst die Königsherrschaft für Ceawlin erkämpfen wollen. Er hatte nicht damit gerechnet, daß der junge Prinz eine derart aktive Rolle in der Entwicklung seines eigenen Schicksals spielen würde. Es verwirrte ihn. Cuthas Ziel war gewesen, den neuen König tief in seine Schuld zu bringen. Der Edle war fest darauf aus, unter Ceawlins Herrschaft eine genauso wichtige Figur zu werden, wie er unter Cynric immer gewesen war.

Aber die Dinge entwickelten sich anders als geplant.

»Wir werden sehen, wie er durch den Winter kommt«, sagte Cutha nun zu seinem ältesten Sohn. »Ceawlin ist ein großer Kämpfer. Wir alle wissen das. Aber er hat keinerlei Erfahrung damit, wie man Männer bei sich behält. In Winchester ist das einfach. Nahrungsmittel sind leicht verfügbar. Auf Bryn Atha wird es anders sein. Die Briten, die mit ihm gekämpft haben, werden ihre Vorräte für ihre eigenen Leute brauchen. Wir werden sehen.«

»Mylord?« Es war die sanfte Stimme seiner Frau. Sie war seine zweite Frau, viel jünger als er, die Mutter von Coenburg, aber nicht von Sigurd und Cuthwulf. »Soll ich noch etwas Wein holen?«

»Ja.« Er betrachtete ihre Gestalt. Normalerweise war er kein großer Trinker, anders als die meisten der sächsischen Lehnsleute und Edlen. Aber heute war er in sehr düsterer Stimmung. Draußen blies der Wind stark, und es schneite heftig.

»Götter«, sagte Cuthwulf an seiner Seite. »Das wird ein langer Winter werden.«

Die Welt des Januar war weiß vor Schnee. In den gesamten letzten zehn Jahren hatte es nicht soviel geschneit, erzählte Naille, als Ceawlin mit Gereint zur Farm geritten kam, um dort mit ihnen zu essen. Er war hauptsächlich gekommen, um Alanna zu sehen. Er wollte sichergehen, daß Nailles Frau bereit war, nach Bryn Atha zu kommen, um Niniane bei der Geburt zu helfen.

»Natürlich komme ich«, versicherte Alanna ihm. »Ich habe es Niniane bereits vor langer Zeit versprochen.«

»Warum kommt Ihr nicht jetzt gleich mit mir?« fragte Ceawlin. »Auf diese Weise könnt Ihr sicher sein, daß Ihr wohlbehalten dort ankommt. Stellt Euch nur vor, wir bekommen einen neuen Sturm und Ihr könnt nicht hindurch.«

Alanna nahm sich zusammen, um nicht seine Hand zu betätscheln. »Ich werde durchkommen. Es kann noch eine weitere Woche dauern, Prinz, und ich kann meine Familie nicht so lange allein lassen, um auf Bryn Atha herumzusitzen und zu warten. Erstgeborene sind oft spät. Macht Euch keine Sorgen. Ich werde da sein.«

Sie stand an der Tür des Bauernhauses und sah zu, wie Ceawlin wegritt. Dann drehte sie sich zu ihrem Mann um, auf ihrem Gesicht das amüsierte Lächeln, das sie immer für Ceawlin bereit hatte. »Solch ein netter Junge«, sagte sie. »Er macht sich Sorgen um sie.«

Naille grunzte, sagte aber nichts.

Am nächsten Morgen schneite es, und am Nachmittag begannen Ninianes Schmerzen. Ceawlin sattelte Bayvard und ritt in das die Augen blendende Weiß, um Alanna zu holen.

Genau das hatte er befürchtet, dachte er grimmig, als er sich durch den schneebedeckten Wald kämpfte. Warum wollte diese dumme Frau nicht schon gestern mit ihm mitkommen? Jetzt mußte er sie mitten in einem Schneetreiben holen. Und es würde auch dunkel sein. Wahrscheinlich würde sie gar nicht kommen wollen, würde sagen, daß es zu gefährlich wäre.

Aber sie mußte mitkommen, und wenn er sie dazu zwingen müßte. Diese Mädchen in Bryn Atha hatten keine Ahnung vom Kinderkriegen. Sie waren alle noch Jungfrauen! Alanna würde kommen müssen. Niniane brauchte Hilfe. Es könnte etwas schiefgehen. Das Baby könnte sterben... *sie* könnte sterben... Alanna würde kommen müssen.

Es war bereits dunkel, als er in den Hof ritt. Alanna wußte sofort, was geschehen war, als sie seine schneebedeckte Gestalt in der Tür sah. »Ihr müßt kommen«, sagte er. Sein Gesicht war grimmig und er sah überhaupt nicht jung aus.

Alanna seufzte. »Warum können Babys niemals zur passenden Zeit kommen? In Ordnung, Prinz. Kommt herein und wärmt Euch etwas auf. Ich muß ein paar Dinge zusammensuchen.«

Ceawlins Gesicht entspannte sich ein bißchen, als er merkte, daß sie keinen Widerstand leistete, und er schüttelte den Schnee von den Füßen und schritt in den Raum. Er nahm seinen Umhang jedoch nicht ab, und zehn Minuten später saß Alanna auf einem ihrer Pferde. Ceawlin nahm ihren Zügel und führte sie aus dem Hof heraus.

Niemals würde Alanna den Ritt nach Bryn Atha vergessen. Der Schnee machte sie blind, bedeckte den Pfad, so daß die Pferde bis zu den Knien im Schnee stakten. Alanna verbarg ihr Gesicht in der Decke, die sie gegen die Kälte mitgenommen und um ihre Schultern geschlungen hatte. Es ging nur sehr langsam voran, aber Ceawlin verirrte sich nicht ein einziges Mal. Er schien sie alleine durch seinen Instinkt zu leiten, dachte Alanna. Sie war niemals in einem solchen Sturm draußen gewesen, und sie fror sehr, aber sie hatte keine Furcht. Sie hatte den unerschütterlichen Glauben, daß er sie sicher dort hinbringen würde.

Und er brachte sie dort hin. Sie waren bereits im Hof, als sie bemerkte, daß sie ihr Ziel erreicht hatten; der Schnee fiel so dicht, daß sie die Mauern nicht sehen konnte, bis sie sich direkt vor ihr auftürmten. Er hob sie von ihrem Pferd und sagte: »Geht schon hinein. Ich muß mich um die Pferde kümmern.«

Sie nickte und schleppte sich zur Tür, die sofort geöffnet wurde. Sie hatten offensichtlich eine Wache aufgestellt. Ceawlin sah, wie sie hineinging, und führte die Pferde in den Stall.

Niniane hatte nicht gewußt, daß es solche Schmerzen geben konnte. Zuerst waren sie noch erträglich gewesen, und es gab eine Pause zwischen der einen Attacke und der nächsten. Wenn dies alles ist, hatte sie gedacht, kann ich es ertragen. Sie biß die Zähne zusammen und ballte ihre Fäuste und kämpfte gegen den Impuls an, laut aufzuschreien. Sie wollte so gern stark sein. Aber dann folgten die Schmerzen schneller und schneller und bald gab es keine Pause mehr. Es gab nichts mehr als den Schmerz. Ihr Körper war ihm ausgeliefert, wurde von ihm aufgefressen, zerrissen.

Sie war so dankbar, Alanna zu sehen. Sie hatte Angst gehabt, daß die Frau es nicht schaffen würde... da war dieser Sturm... Sie konnte den Wind an den Läden rütteln hören. »Du bist da!« keuchte sie, als sie Alannas Gesicht sah.

»Ich bin hier, meine Liebe. Dein Ehemann hat mich sicher und gesund hierhergebracht. Wie geht es dir?«

»Ich... gut.« Dann kam der Schmerz wieder. Alanna nahm ihre Hand. »Preß«, sagte sie. »Es ist in Ordnung, meine Liebe.« Sie schaute auf die erschreckten Mädchen hinter sich. »Bringt mir etwas heißes Wasser«, sagte sie. »Und ein heißes Getränk für mich. Ich friere.«

Die Mädchen stoben davon, um ihre Wünsche zu erfüllen, sie waren dankbar für diese Gelegenheit, dem Schmerz zu entkommen.

Der Schmerz kam in gleichmäßigen Wehen, überschwemmte Niniane... Ihr Wille, stark zu sein, brach schließlich zusammen und sie schrie laut auf vor Schmerz und Schrecken. Sie würde dies niemals überleben... sie würde in dieser schrecklichen Agonie sterben. Alanna hielt immer noch ihre Hand und sagte: »Schrei nur, mein Kind. Es wird dir guttun.« Und Niniane schrie wieder, es kümmerte sie nicht mehr, ob Ceawlin es hörte und sie für eine dumme Kuh hielt.

Die Nacht schritt voran. Ceawlin stand am Fenster in dem kleinen Zimmer und starrte hinaus in das Schneegestöber. Sigurd saß in einem Stuhl und starrte auf den Boden. Die beiden jungen Männer waren so weiß wie die winterliche Welt draußen. Keiner sprach ein Wort. Von der Galerie drangen Ninianes Schreie zu ihnen.

Ninianes Kind wurde in der pechschwarzen Nacht eines Januarmorgens geboren. Sie war erschöpft und schweißgebadet von dem Schmerz und der Angst, ihr Hals fühlte sich vom Schreien ganz wund an. »Es ist bald vorüber, mein Kind«, sagte Alanna, »nur noch ein bißchen mehr.« Noch eine letzte, große Schmerzattacke, von der sie glaubte, daß sie sie zerreißen würde, und Alanna hielt etwas in den Händen. »Ein Junge!« sagte die Frau in die plötzliche Stille hinein.

Niniane hörte die Worte, sie hörte die Schreie des Babys und schloß die Augen. Sie verspürte nichts als eine fürchterliche Müdigkeit. Sie zwang ihre Augen, sich zu öffnen und fragte: »Ist ... ist alles in Ordnung?«

»Ein wunderschönes Baby, meine Liebe«, sagte Alanna. »Er ist perfekt.« Niniane schloß wieder ihre Augen.

Sie lag die ganze Zeit halb benommen da, während die Frauen sie wuschen und ankleideten. Dann brachten sie ihr ihren Sohn zum Füttern. Sie schaute voller Staunen auf den kleinen Kopf unter ihrem Kinn und schlang instinktiv ihre Arme um ihn. Sie spürte seinen Mund an ihrer Brust, und ihr Herz wurde plötzlich von Zärtlichkeit durchströmt. Sie berührte den weichen, seidigen Kopf mit ihren Lippen. Als sie einige Minuten später wieder aufschaute, trat Ceawlin in den Raum.

Er sah so müde aus, wie sie sich fühlte. Seine Augen waren hohl und seine Haut war grau. Er hatte die ganze Nacht ihren Schreien gelauscht, dachte sie plötzlich voller Scham. Er trat ans Bett und schaute sie an.

Sie erinnerte sich an die sächsische Tradition und fragte weich: »Mylord, nehmt Ihr Euren Sohn an?«

Er streckte seine Hände aus und sie reichte ihm das Kind. Das Baby schrie, als es von der Brust fortgenommen wurde, und Ceawlin legte seine Wange an das winzige Gesicht. Das Schreien hörte auf. Als Ceawlin seinen Kopf wieder hob, konnte Niniane sehen, daß die Farbe in seine Haut zurückgekehrt war.

»Du hast deiner Mutter eine harte Zeit bereitet, mein Sohn«, sagte er zu dem kleinen Bündel in seinem Arm.

»Ich war nicht sehr tapfer«, sagte Niniane.

Er legte das Kind zurück in ihre Arme. »Einmal, als ich ein Junge war, bin ich einem Schaf begegnet, das von einem Wolf angefallen worden war. Es war halb aufgefressen, aber es lebte noch. Ich erinnere mich immer noch an seine Schreie...« Er schaute sie aus schattenverhangenen Augen an. »So hast du heute nacht geklungen.«

»Niniane muß schlafen, Prinz«, sagte Alanna und trat näher. Sie nahm das Baby aus den Armen seiner Mutter. »Die Mädchen haben das Babykörbchen hergebracht, meine Liebe. Laß mich den kleinen Prinzen zum Schlafen hier hineinlegen, so daß du ungestört ruhen kannst.«

Ein Teil von Niniane verlangte wieder nach ihrem Baby, aber sie war so müde, so unglaublich müde... Ihre Augen schlossen sich, und sie schlief ein.

Als sie viele Stunden später erwachte, war der Sturm vorüber. Jemand hatte die Fensterläden geöffnet und die Sonne strömte ins Zimmer. Voller Überraschung sah sie, daß Ceawlin immer noch im Raum war. Kleine Streifen aus Sonnenlicht bildeten silbrige Blitze in seinem Haar. Er stand vor dem Körbchen und schaute hinab auf seinen Sohn.

17

Ceawlin nannte seinen Sohn Cerdic, nach Cynrics Vater, der die Westsachsen damals nach Wight gebracht hatte. Cerdic war ein hübsches Baby, mit großen, blauen Augen und einem feinen Flaum aus goldenem Haar. Jede Nacht dankte Niniane Gott für seine Güte, ihr ein so schönes und gesundes Kind geschenkt zu haben. Nur eines nagte an ihrer Freude. Ceawlin weigerte sich, Cerdic taufen zu lassen.

»Nein«, entgegnete er ohne Umschweife, als Niniane von der Ankunft des Priesters im kommenden Sommer sprach. »Kein christlicher Priester wird seinen Zauberspruch über meinen Sohn sprechen. Er ist ein Wotan-Geborener, ein zukünftiger König von Wessex. Ich werde deinen Priestern nicht erlauben, ihm zu nahe zu kommen.«

Niniane war überrascht gewesen. Er hatte sich bei ihrer Heirat so entgegenkommend verhalten, daß sie mit einer solchen Reaktion niemals gerechnet hätte. Aber nichts konnte ihn umstimmen. Sein Sohn würde nicht getauft werden und Schluß damit. Niniane entschied, die Angelegenheit erst einmal auf sich beruhen zu lassen. Cerdic konnte ohnehin nicht getauft werden, bevor Vater Mal im Sommer zurückkehrte, und so schien eine Diskussion überflüssig zu sein.

Gegen Ende des Winters sandte Ceawlin Sigurd nach Venta, um durch Cutha zu erfahren, was in Winchester vor sich ging. Sigurd sollte, wie Ceawlin im Jahr zuvor, in der Bäckerei bei Helwig bleiben, die eine Nachricht nach Winchester überbringen lassen würde.

»Ich muß wissen, was ich erwarten kann«, sagte Ceawlin zu seinem Freund, als er sich an einem graublauen Februarmorgen von ihm verabschiedete. »Gibt es noch mehr Lehnsmänner, die sich mir anschließen wollen? Wenn ja, so müssen sie bald kommen. Ich kann nicht den ganzen Frühling hier auf Bryn Atha sitzen und auf Edric warten. Ich muß derjenige sein, der den ersten Schritt macht.«

Sigurd ritt fort, und Ceawlin nahm den Rest seiner Männer mit auf die Jagd nach einem Wolf, der in den letzten beiden Nächten ein Schaf und ein neugeborenes Kalb auf ihrer Weide gerissen hatte. Niniane und ihre Frauen waren alleine in der Villa, sie saßen in dem Winterzimmer, das Niniane zum Zimmer für die Frauen umfunktioniert hatte, als Naille in den Hof geritten kam.

Meghan ging zur Tür, um ihn hereinzulassen. Niniane blickte von ihrer Spindel auf und lächelte, als sie ihn erkannte. »Naille! Wie gut, dich zu sehen. Aber Ceawlin ist nicht hier. Ein Wolf packte letzte Nacht eines unserer Kälber, und er und die Männer verfolgen ihn.«

Das Gesicht des Stammesführers war sehr düster. »Ich bin nicht gekommen, um Ceawlin zu sehen, Niniane. Ich wollte dich sehen.« Er schaute die Mädchen an, die an den Webstühlen arbeiteten. »Können wir alleine sprechen?«

Niniane verbarg ihr Erstaunen. »Natürlich«, sagte sie und wollte die Mädchen hinausschicken. Dann besann sie sich eines anderen. Sie stand auf, legte ihre Spindel und die Wolle beiseite und führte Naille die Galerie entlang.

»Coinmail ist auf dem Hof«, sagte er, sobald sie die Tür hinter ihnen beiden geschlossen hatte.

Niniane spürte das Blut aus ihrem Gesicht weichen. Sie starrte Naille an, der so blaß aussah, wie sie sich fühlte. »Was... was will er?«

»Er hat gehört, daß du mit Ceawlin nach Bryn Atha gekommen bist und daß wir ihn bei der Feste Cob gegen die Sachsen unterstützt haben. Das hat ihn nach Hause zurückgebracht.«

»Aber wie hat er davon erfahren, Naille? Ich dachte, er ist in Glevum. Das ist auf der anderen Seite des Aildon-Gebirges!«

»Einer aus unserem Stamm ritt nach Glevum, um es ihm zu sagen. Nicht jeder ist erfreut darüber, daß die britischen Jungen so unter den Einfluß der Sachsen geraten. Nicht jeder stimmt meiner Entscheidung zu, Ceawlin zu unterstützen.«

»Wer hat es ihm gesagt?« verlangte Niniane wild.

Der Brite zuckte die Schultern. »Welche Rolle spielt es, da er es weiß und hier ist, um der Zusammenarbeit der Atrebaten mit deinem Ehemann ein Ende zu setzen?«

Niniane setzte sich auf eine der Bänke des Eßzimmers und starrte Naille besorgt an. »Was wirst du tun?« fragte sie.

»Ich weiß es nicht. Aber er will dich sehen, Niniane. Und ich halte es für gut, wenn du mit ihm sprichst. Vielleicht kannst du ihm begreiflich machen, was wir uns davon erhoffen, wenn wir Ceawlin unterstützen.«

»Möchtest du, daß ich jetzt gleich mitkomme?«

»Ja. Während Ceawlin noch auf der Jagd ist. Ich glaube, es ist besser, wenn wir Coinmail und Ceawlin voneinander fernhalten.«

»Ja«, stimmte Niniane stürmisch zu. »Das ist wahr. Also gut, Naille. Ich werde den Frauen erzählen, daß Alanna mich sehen möchte.«

»Gut.«

»Ich muß vorher nur noch Cerdic füttern.«

Naille seufzte. »In Ordnung. Aber beeil dich, Niniane! Ich möchte nicht, daß Ceawlin auf den Hof kommt und nach dir sucht. Er und Coinmail ...«

»Ich weiß. Ich versuche mein Bestes, Naille. Warum gehst du nicht runter zur Scheune und sattelst Ruist für mich?«

»In Ordnung«, sagte der Brite und verließ das Zimmer.

Niniane wartete, bis sie den Hof von Bryn Atha verlassen hatten und auf dem Pfad waren, der sie zu Nailles Hof bringen würde, ehe sie die Frage stellte, die sie am meisten beunruhigte. »Hat Coinmail eine Vereinbarung mit den Dobunni getroffen?«

»Sie sind nicht übereingekommen, für das Land der Atrebaten zu kämpfen, wenn du das meinst«, antwortete er. »Coinmail hat ihnen nicht begreiflich machen können, daß sie selbst bedroht sind. So nahe an Wales waren die Dobunni zu viele Jahre hindurch in Sicherheit. Die Sachsen haben Glevum nicht einmal in den Tagen Arthurs bedroht.«

»Dann ist es Coinmail nicht gelungen ...«

»Coinmail wird eine Prinzessin der Dobunni heiraten«, sagte Naille. Und er fügte mit trockener Stimme hinzu: »In vielerlei Hinsicht sind er und Ceawlin sich sehr ähnlich.«

Niniane antwortete nicht, aber sie wälzte Nailles Worte still in ihrem Kopf hin und her. Vielleicht hatte Naille in einem oberflächlichen Sinn recht. Sowohl Ceawlin als auch Coinmail waren sehr zielstrebige Männer, beide waren Kämpfer und Anführer. Aber ihre Charaktere waren so völlig unterschiedlich.

Niniane hatte ihren Bruder drei Jahre lang nicht gesehen, aber sie erinnerte sich lebhaft an die Jahre, die sie unter seiner Dominanz verbracht hatte. Sie hatte ihn bewundert und sich bemüht, ihn zufriedenzustellen, hatte ihm erlaubt, sich über ihre von Natur sehr spontanen Gefühle unbarmherzig und ironisch als Richter aufzuspielen und sie zu beeinflussen und zu unterdrücken. Ihre einzige Rettung vor ihm waren Kerwyn und die Musik gewesen; er hatte das gewußt, und deshalb hatte er sich dem alten Harfner gegenüber so mißbilligend gezeigt. Er war ein Mensch, der völlige Unterwerfung forderte.

Erst in Winchester kam ihr zu Bewußtsein, wie unterjocht sie zu Hause gewesen war.

So war Ceawlin nicht. Ceawlin befreite ihre natürlichen Gefühle, ihre natürliche Lebhaftigkeit. Er war eine genauso beherrschende Persönlichkeit wie Coinmail, und dennoch fühlte sie sich neben ihrem Ehemann nie so, als müsse sie auf ihre Zunge achten und ihre Gefühle verbergen ...

»Er ist sehr wütend«, unterbrach Naille ihre Gedanken. »Er hat den Eindruck, ich hätte ihn betrogen.« Schmerz zeichnete sich in Nailles Gesicht, in seiner Stimme ab. »Dabei habe ich nur getan, was ich für den Stamm am besten hielt, Niniane.«

»Ich weiß das, Naille. Die meisten der Atrebaten wissen das auch, sonst wären sie niemals mit zur Feste Cob gegangen, um an der Seite Ceawlins zu kämpfen.«

»Einmal mußte ich sogar Gereint davon abhalten, über Coinmail herzufallen«, sagte Naille mit immer noch leicht zitternder Stimme. »Ceawlin hat ganz sicher die jungen Männer für sich gewonnen.«

»Er ist selbst noch so jung, deshalb wohl.«

Naille sah sie an. »Das ist auch Coinmail«, entgegnete er.

Niniane lächelte etwas amüsiert. »Aber Ceawlin bedeutet viel mehr Spaß.«

»Ja.« Auch Nailles Stimme schien zu lächeln. »Das tut er.«

Den Rest des Weges ritten sie schweigend. Die Straße war morastig vom schmelzenden Schnee, und die Pferde und Reiter waren schlammbespritzt, als sie Nailles Besitz erreichten. Gereint hatte augenscheinlich auf sie gewartet, denn er erschien sofort auf dem Hof und nahm ihnen die Pferde ab.

»Ich bin froh, daß du gekommen bist«, sagte er zu Niniane.

»Ich hoffe, du hast dich nicht wieder mit deinem Fürsten angelegt«, sagte Naille scharf. Ein rebellischer Zug erschien auf Gereints Gesicht, aber er sagte nichts. Naille preßte die Lippen zusammen. »Geh und reinige die Pferde«, sagte er, und Gereint führte die Tiere zur Scheune.

Coinmail war bei Alanna und den jüngeren Kindern in der Küche. Das erste, was Niniane von ihm sah, war das dunkle, flammend rote Haar. Er stand auf und starrte sie an, seine Augen waren wie dunkelgraue Eisstücke in seinem ebenmäßigen Gesicht. »Aha«, sagte er. »Da ist meine Schwester. Die Frau des Sachsen.«

Niniane begegnete seinem Blick mit Gelassenheit. »Willkommen, Coinmail«, sagte sie.

»Leg deinen Umhang ab, Niniane, ich habe etwas Heißes zum Trinken für dich.« Alanna trat auf sie zu und nahm ihr den Umhang ab. Dann ging Niniane auf ihren Bruder zu.

Früher war er ihr so groß vorgekommen. Natürlich war er immer noch beträchtlich größer als sie, aber seine Größe konnte sie nicht mehr einschüchtern. Sie war daran gewöhnt, so weit nach oben zu schauen. »Warum bist du gekommen?« fragte sie.

In seinen grauen Augen flackerte kurz Überraschung auf. Er war es von seiner kleinen Schwester nicht gewöhnt, daß sie in diesem Tonfall mit ihm sprach. Dann runzelte er die Stirn. »Ich bin gekommen, um der sächsischen Besetzung von Bryn Atha ein Ende zu bereiten. Dieser … dieser Mann, den du geheiratet hast, wird woanders hingehen müssen. Und seine Kameraden auch. Ich will auf meinem Land keine Sachsen.«

Niniane starrte ihren Bruder an, sie starrte auf das Gesicht, das sie seit ihrer Kindheit kannte. Coinmail war ein außerordentlich gutaussehender Mann. Beinahe so hübsch anzusehen wie Ceawlin. Aber Coinmails Gesichtszüge, obwohl wunderbar gleichmäßig und harmonisch, waren immer hart. Niemals war etwas Weiches um seinen Mund, niemals eine Zärtlichkeit in seinem Gesicht wie bei Ceawlin, wenn er seinen schlafenden Sohn ansah oder mit Bayvard sprach oder mit ihr schlief.

Coinmail hatte sie jahrelang einschüchtern können, dachte sie, weil er ihre Ehrfurcht vor ihm genährt hatte. Sie hatte immer geglaubt, einen Mann, der seiner Sache so sehr ergeben war, der in seiner Zielstrebigkeit so fanatisch war, bewundern zu müssen. Ahern hatte sich Coinmail seit dessen zehntem Lebensjahr gebeugt.

Aber jetzt schaute sie ihren Bruder an und sah einen Mann, der so fehlbar war wie sie selbst. Coinmail war nicht vollkommener als jedes andere Geschöpf Gottes, und dieser Gedanke verlieh ihr Mut. »Bryn Atha ist mein Heim«, sagte sie. »Und Ceawlin ist mein Mann. Du hast der Hochzeit zugestimmt, Coinmail. Nach Beranbyrg – wo du, soviel ich weiß, dein Leben aus Ceawlins Händen erhalten hast.«

Seine Augen waren wie graues Eis. »Ich hatte keine andere Wahl, als der Hochzeit zuzustimmen. Es war dein Fehler, daß sie dich bekommen haben, Niniane. Ich habe dir befohlen, zu Geara zu gehen, aber du hast nicht auf mich gehört.«

»Kerwyn war zu krank.«

»Die Sachsen wären nicht an einem kranken und sterbenden Harfner interessiert gewesen. Aber an dir, an einer Prinzessin der Atrebaten, waren sie interessiert. Ich habe dir das erklärt. Ich bin eigens nach Bryn Atha zurückgekommen, um dich zu warnen. Als sie dich erst einmal hatten, konnte ich nichts mehr für dich tun.«

Niniane konnte mühelos lesen, was in seinem Kopf vorging.

Er hatte seine Hände in Unschuld gewaschen, weil sie ihm nicht gehorcht hatte. Bitterkeit stieg in ihr auf.

»Auch du hast einen Fehler gemacht, Coinmail, als du Bryn Atha verlassen hast, um nach Glevum zu gehen«, sagte sie. »Der Stamm hat seine Entscheidung getroffen, während du fort warst, und die Entscheidung heißt Frieden mit den Sachsen. Ceawlin wird eines Tages König seines Landes sein, und er hat geschworen, das Land der Atrebaten zu schützen, als wäre es sein eigenes. Und mein Mann steht zu seinem Wort – anders als mein Bruder.«

Schweigen breitete sich in der Küche aus. Alanna und Naille waren nicht mehr als Schatten in Ninianes Augenwinkeln. Coinmail stand vor ihr, sein Gesicht wirkte wie aus Stein gehauen. Niniane konnte sehen, was in dem eisernen Schweigen ihres Bruders vorging. Nicht Reue, sondern Wut. Kalte Wut. Begraben wie ein Eisberg unter der beherrschten Oberfläche seines Gesichtes und seiner Gedanken.

»Ich sehe, du bist der Versuchung des Feindes erlegen«, sagte er schließlich.

»Ceawlin ist nicht der Feind.« Alanna sprach jetzt, sie versuchte, die plötzlich spürbare Feindseligkeit zwischen Bruder und Schwester etwas zu mildern. »Ich habe versucht, es dir zu erklären, Coinmail. Er hat Niniane nach christlichem Glauben geheiratet. Und er ist ein wirklich guter Junge. Er ist sogar auf einen Baum geklettert, um Isoldes Katze zu retten!«

»Er hat die Schlauheit Satans«, sagte Coinmail. »Ich sehe das sehr wohl. Er hat euch alle für sich eingenommen, nicht wahr?«

»Wir sind bei Beranbyrg vernichtend geschlagen worden«, meldete sich Naille zu Wort. »Und du hast gesagt, daß du mit den Dobunni keine Vereinbarung erzielen konntest. Also was bietest du uns dann an, Coinmail? Eine Wiederholung von Beranbyrg, mit noch mehr Männern und Jungen, erschlagen von den Speeren der Sachsen? Wir können nicht gegen sie kämpfen! Ich war bei der Feste Cob dabei. Ceawlin hat die Briten in die letzte Reihe gestellt, und wir folgten nur dem sächsischen

Angriff. Sie sind wie eine gewaltige Lawine, Coinmail! Es liegt an Ceawlin. Du hast ihn bei Beranbyrg gesehen. Ich bezweifle, daß die erste sächsische Reihe ohne ihn gehalten hätte. Er würde einen fürchterlichen Feind abgeben. Aber ich glaube, er gibt auch einen ehrlichen Freund ab.«

»Du sprichst von der Ehrlichkeit eines Sachsen?« Coinmails Stimme war kalt vor Verachtung. »Er benutzt euch, das ist alles. Und wenn ihr ihm erst geholfen habt, König zu werden, wird er sein wahres Gesicht zeigen.«

»Ich glaube das nicht«, sagte Naille. Seine braunen Augen hielten Coinmails Blick stand.

Eine angespannte Stille trat ein. Dann sagte Coinmail langsam: »Selbst wenn all das wahr ist, was du sagst, selbst wenn dieser Ceawlin sein Wort hält und unser Land beschützt, werde ich in ihm immer noch meinen Feind sehen. Er ist ein Sachse, ich bin ein Brite. Er ist ein Heide, ich bin ein Christ. Er und seine Leute sind meine Feinde, und ich werde nicht ruhen, ehe ich sie für immer aus diesem Land vertrieben habe.«

Er meinte jedes Wort genau so, wie er es sagte, dachte Niniane. Deshalb war er so beeindruckend. Es war kleinlich von ihr, ihn des Wortbruchs zu beschuldigen. Er würde es nicht so sehen. Er würde einfach jeden Kurs einschlagen, jeden Weg verfolgen, der ihn seinem Ziel, die Sachsen zu zerschlagen, näherbringen würde.

Schließlich antwortete Naille ihm. »Du bist kein neuer Arthur, Coinmail. Und selbst wenn du es wärst, so teilen die Briten nicht länger den Willen, gemeinsam zu kämpfen. Die sächsischen Königreiche verteilen sich überall in diesem Land, und nichts wird sie aufhalten können. Aber es gibt noch einen anderen Unterschied zu Arthur. Wie Ceawlin einmal zu Gereint sagte, besteht das sächsische Volk längst nicht mehr aus denselben barbarischen Piraten, die erstmals an anderen Ufern landeten. Sie sind zivilisiert geworden, Coinmail. Die Lehnsmänner auf Bryn Atha sind so freundlich und höflich wie der höchstgeborene britische Fürst. Niniane sagt, daß Venta unter Cynric wieder eine blühende Stadt geworden ist. Und eines

Tages werden sie auch Christen werden. Sieh dir die Franken an. Warum sollte es den Sachsen anders ergehen?«

Coinmails Haut stach weiß gegen das Rot seines Haares ab. »Ich werde niemals akzeptieren, was du sagst, Naille. Solange noch Atem in mir ist, werde ich sie bekämpfen. Ich bin ein Brite. Niemals werde ich meinen Kopf vor einem sächsischen König beugen.«

»Dieser sächsische König wird eine britische Königin haben«, sagte Alanna plötzlich. »Und der König, der Ceawlin folgt, wird der Sohn deiner Schwester sein, mit königlichem atrebatischen Blut in seinen Adern. Auf *diese* Weise erobern wir die Sachsen, Coinmail. Nicht mit dem Schwert.«

»Die Männer, die mich nach Hause riefen, stimmen nicht mit euch überein«, sagte Coinmail.

»Die Männer, die dich nach Hause riefen, sind nur eine Handvoll.« Es war Gereint, der gerade durch die Tür kam. Er war sehr schmutzig vom Waschen und Bürsten des Pferdes. »Die übrigen sind auf Ceawlins Seite.«

Coinmails Augen wanderten zu Niniane zurück. »In einem hast du recht, Schwester«, sagte er schließlich. »Ich habe einen Fehler gemacht, als ich Bryn Atha verließ.«

Niniane spürte einen unerwarteten Stich aus Mitleid. Schließlich war er immer noch ihr Bruder, und er sah so einsam aus. »Komm nach Hause mit mir, Coinmail«, sagte sie spontan und ignorierte Nailles erschreckten Blick. »Komm nach Hause mit mir und triff Ceawlin. Sieh dir mein Baby an. Wir sind doch immer noch eine Familie. Laß uns Freunde bleiben.«

Seine Augen suchten ihre. »Nein, was du verlangst, ist unmöglich. Die Sachsen müssen zermalmt werden; dieser Gedanke ist stärker in mir als alles andere in der Welt, stärker sogar als die Blutsbande. Du kannst nicht beides haben, Niniane. Wenn du ihn wählst, bist du nicht länger meine Schwester.«

Sie war so blaß wie er, aber ihre Antwort kam ohne Zögern. »Er ist mein Ehemann, Coinmail. Mein Ehemann und der Vater meines Kindes. Gottes Vorschriften dazu sind sehr klar: Meine Pflicht liegt bei meiner Ehe.«

»Dann lebe wohl«, sagte er. Er sah so starr aus, als wäre er aus Marmor gemeißelt. »Du kehrst besser nach Hause zurück, bevor du vermißt wirst.«

»Komm mit mir, Liebe«, sagte Alanna, als Niniane sich weder rührte noch etwas sagte. »Gereint wird dich wohlbehalten nach Bryn Atha zurückbringen.« Und Niniane folgte Nailles Frau und Sohn aus dem Zimmer.

Es war dunkel geworden, ehe Niniane Bryn Atha erreichte; als sie in den Hof ritt und zu den Unterkünften der Lehnsmänner schaute, sah sie gelbes Kerzenlicht hinter den Fenstern schimmern. Ninianes ohnehin schon schweres Herz sank noch weiter. Es war Essenszeit, und die Männer waren nicht im Haus. Dies bedeutete, daß sie noch nicht gegessen hatten.

Ein Sachse wartete jedoch im Haus und kam nach draußen, als sie vom Pferd stieg. »Der Prinz hat sich Sorgen um Euch gemacht, Mylady«, sagte er.

Niniane erkannte Wuffas Stimme, noch bevor sie ihn richtig sehen konnte, und sie stellte ihm die Frage, die sie im Moment am meisten beschäftigte. »Haben die Lehnsmänner gegessen, Wuffa?«

Die Antwort war, wie sie schon gefürchtet hatte, negativ. »O je«, sagte sie, »und es ist schon so spät. Ihr müßt hungrig sein. Ich werde mich sogleich darum kümmern.«

»Ich helfe Gereint mit den Pferden«, bot Wuffa an.

»Ja, Gereint«, sie wandte sich an ihn, »es ist zu spät für dich, nach Hause zu gehen. Bleib die Nacht hier und kehr morgen zurück.« Niniane war sicher, daß Naille den Jungen mit ihr fortgeschickt hatte, um ihn aus Coinmails Nähe zu haben.

»Danke, Mylady«, antwortete der Junge. »Das werde ich.« Die beiden Männer führten die Pferde in die Ställe, und Niniane ging ins Haus.

Amena wartete im Atrium auf sie. »Der Prinz hat das Baby in das Schlafzimmer gebracht, Mylady. Ich habe alles versucht, um Cedric zu beruhigen, aber nichts hat geholfen. Er ist hungrig.«

Amenas Gefühle waren offensichtlich verletzt, weil Ceawlin ihr das Baby fortgenommen hatte. »Danke, Amena«, sagte Niniane. »Ich habe gehört, daß es noch kein Abendessen gegeben hat.«

»Nein, Mylady. Die Sachsen sind erst vor kurzer Zeit von der Jagd zurückgekehrt.«

Niniane runzelte die Stirn. »Nun, dann geh in die Küche und kümmer dich um das Essen. Ich möchte, daß es so schnell wie möglich serviert wird. Wenn die Männer den ganzen Nachmittag gejagt haben, werden sie hungrig sein.« Dann drehte Niniane sich um und ging die Galerie entlang.

Sie kam an der Küche vorbei und hörte ihren Sohn schreien. Die Schreie wurden jedoch spärlicher, je näher sie dem Schlafzimmer kam. Sie erreichte die Tür und stieß sie auf.

Ceawlin schritt im Zimmer auf und ab, er trug seinen Sohn in den Armen. Ohne stehenzubleiben schaute er Niniane an. »Wo warst du?« wollte er wissen. Seine Augen sprühten vor Wut, aber er zwang sich zu einer ruhigen Stimme, um nicht das Kind zu verängstigen.

»Bei Naille.«

»Im Namen der Götter, weshalb bist du so spät am Tag dorthin geritten? Du mußt gewußt haben, daß es bei deiner Rückkehr dunkel sein würde. Das Abendessen ist nicht fertig und die Männer sind hungrig. Das Baby ist hungrig. *Ich* bin hungrig.« Er war wirklich wütend. »Diese Mädchen sind noch schlimmer als nur nutzlos. Ich komme hierher und erfahre, daß es kein Essen gibt, daß meine Frau weg ist und mein Sohn schreit, weil das dumme Ding, das auf ihn aufpassen sollte, ihn hin und her rüttelt und ihn ganz krank macht!«

Niniane nahm das Baby aus seinen Armen. »Habt ihr den Wolf gestellt?« fragte sie. Sie saß in dem alten Sessel und öffnete ihr Kleid. Cerdic, der spürte, daß er bald gefüttert werden würde, schrie vor Ungeduld.

»Ich kann sehr gut nachfühlen, wie er sich fühlt«, murrte Ceawlin.

»Ihr habt den Wolf nicht gestellt.«

»Nein, wir haben den Wolf nicht gestellt. Bis dahin werden wir eine Wache bei dem Vieh aufstellen müssen.«

Niniane legte das Baby an ihre Brust und es wurde still im Zimmer. Sie schaute von ihrem Sohn auf und sah, wie Ceawlin sie beobachtete. Er saß auf der Kante des Bettes. »Warum bist du zu Nailles Hof geritten?« fragte er.

»Coinmail ist da«, antwortete sie.

Seine Augen wurden größer. »Dein Bruder?«

»Ja. Er hat gehört, daß wir hier auf Bryn Atha sind. Er hat von dem Kampf bei der Feste Cob gehört. Er kam nach Hause, um herauszufinden, was geschehen ist.«

»Was hat er gesagt?«

»Er hat Naille gesagt, daß er es nicht duldet, wenn die Atrebaten dich unterstützen.«

Ceawlin zog die Augenbrauen zusammen. »Und Naille?«

»Naille sagte, daß nach seiner Einschätzung die Zusammenarbeit mit dir der bessere Weg für die Atrebaten wäre. Daß der Stamm ihm darin zustimme. Coinmail geht zurück nach Glevum, glaube ich. Er wird eine Prinzessin der Dobunni heiraten.«

»Hmm«, sagte Ceawlin. Seine Augen waren auf den Kopf seines Sohnes gerichtet, aber sie blickten ins Leere. Er dachte über Coinmail nach. Niniane setzte das Baby etwas anders hin, sie dachte ebenfalls an Coinmail und ihr Gespräch und schaute Ceawlin prüfend an.

Er war letzte Woche neunzehn geworden, und Niniane und die Mädchen hatten tagelang gekocht und ein riesiges Bankett für die Feier vorbereitet. Das größte Zeichen seines zunehmenden Alters jedoch war sein langsam zunehmender Bart. Niniane konnte es nun sehen, er glitzerte wie Silberfäden an seiner Haut.

»Hast du jemals daran gedacht, dich zu rasieren, Ceawlin?« fragte sie unvermittelt. »Das Rasiermesser meines Vaters ist immer noch hier. Coinmail war heute so ordentlich rasiert. Und die alten römischen Rasiermesser funktionieren immer noch gut.«

Ceawlins blaugrüne Augen schweiften vom Baby ab und trafen auf ihre. »Rasieren? Meinen Bart abnehmen?«

»Ja. Deine Haut ist so schön…« Ihre Stimme brach ab. Das Erstaunen in seinen Augen war beinahe seltsam. »Ich schätze, das entspricht nicht der Art der Sachsen«, endete sie.

»Ganz sicher nicht. Wenn die Männer deines Volkes mit Absicht den Bart abnehmen und wie Frauen aussehen wollen, ist das ihre Sache. Aber erwarte so etwas nicht von mir!«

Cerdic hatte beachtlich nachgelassen, an ihrer Brust zu saugen. Sie nahm ihn hoch und legte ihn an ihre Schulter, um auf seinen Rücken zu klopfen. »Als nächstes wirst du verlangen, daß ich meine Haare abschneide«, sagte Ceawlin.

»Ich werde niemals wollen, daß du dein Haar abschneidest. Ich liebe deine Haare.« Sie runzelte die Stirn. »Allerdings müßten sie mal gewaschen werden.«

Er stand vom Bett auf. »Niniane, es gibt wichtigere Dinge, als über meine Haare und meinen Bart zu reden! Hat Naille dich zurückgebracht?«

»Nein, es war Gereint.«

»Aha. Und wie ist Gereint mit deinem Bruder ausgekommen?«

»Nicht gut. Gereint ist einer deiner hingebungsvollsten Anhänger geworden – wie du sehr gut weißt, da du einiges getan hast, um ihn für dich zu gewinnen.«

»Ich habe nichts Besonderes getan«, erwiderte er sanft.

»Nimm ihn mit auf die Wolfsjagd, und er wird dich sogar noch mehr lieben.«

Ceawlin sah sie nachdenklich an und verließ dann das Zimmer. Niniane legte das Baby zum Schlafen in das Körbchen und ging in die Küche, um nach dem Essen zu sehen.

Sigurd traf am Tag nach seiner Ankunft in Helwigs Bäckerei seinen Vater. Cutha war froh, seinen Sohn zu sehen, und neugierig, wie Ceawlins Lehnsmänner den Winter überstanden hatten.

»Sehr gut«, erwiderte Sigurd auf Cuthas Frage. »Bryn Atha

hat viel fruchtbares Ackerland, und die Ernte war gut. Es gab genug Essen während des Winters.«

»Ich habe mich gefragt, wie ihr das macht«, sagte Cutha gedehnt. »Ceawlin kann einen Kriegertrupp in den Kampf führen, daran zweifle ich nicht. Aber ich war nicht sicher, wie er sich als Versorger machen würde.«

»Es war mehr Niniane als Ceawlin, der wir es zu verdanken haben, daß es uns so gut geht«, erwiderte Sigurd schließlich. »Sie war diejenige, die darauf bestand, daß wir selbst Getreide anbauten. Sie ist eine sorgfältige und sparsame Organisatorin. Ceawlin hat sehr viel Glück mit seiner Frau.«

»Euer eigenes Getreide anbauen? Du willst doch nicht sagen, daß ihr selbst auf den Feldern gearbeitet habt?«

Sigurd grinste. »Doch, Vater. Wir arbeiteten auf den Feldern. Es war gar nicht so schlimm.«

»Keiner der Lehnsmänner hat dagegen revoltiert?«

»Wie sollten wir dagegen revoltieren, wenn unser Prinz mit uns arbeitet?«

Cuthas klare blaue Augen durchforschten das Gesicht seines Sohnes. Alles, was er sagen konnte, war: »Ich bin überrascht.«

»Nun, wir sind guter Stimmung und in guter Verfassung, Vater. Ceawlin hat mich zu dir geschickt, um herauszufinden, ob es weitere Rekruten für seinen Kriegertrupp gibt. Die Zeit des guten Wetters steht bevor und er ist bereit.«

»Was hat er vor?« Cuthas Stimme war so ausdruckslos wie sein Gesicht.

»Ich weiß es nicht genau. Er sagte nur, er will nicht auf Bryn Atha sitzen und warten, bis Edric kommt. Er will irgendwie in die Offensive gehen. Ich kenne Ceawlin. Etwas anderes würde seiner Natur nicht entsprechen.«

»Ich habe daran gedacht, nach Banford zu gehen«, sagte Cutha vorsichtig. Banford war der Besitz östlich von Venta, den Cynric ihm gegeben hatte, bald nachdem der König Winchester erbaut hatte. Es hatte einmal einem Prinz der Belgen gehört und bestand aus einem Bauernhof und umliegenden Feldern.

Sigurd war verwirrt. »Aber warum, Vater? Wenn du Winchester verlassen willst, wäre es da nicht am klügsten, zu Ceawlin nach Bryn Atha zu gehen?«

»Es könnte von größerem Nutzen sein, wenn ich selber einen Kriegertrupp befehlige. Auf diese Weise müßte Edric an zwei Fronten kämpfen, und er müßte seinen Kriegertrupp aufteilen.«

Sigurd runzelte die Stirn. »Ich glaube nicht, daß Ceawlin das möchte.« Seine Stimme war eindeutig mißbilligend. »Wenn Lehnsmänner in Winchester sind, die für Ceawlin kämpfen möchten, schicke ich sie nach Bryn Atha.«

Cutha war verärgert. »Ich habe mit Cynric gekämpft, lange bevor Ceawlin geboren wurde. Erlaube mir die Weisheit der Erfahrung. Ich zweifle nicht an Ceawlins Mut, aber er hat nur begrenzte Kampferfahrung und noch weniger Kenntnisse über die Strategien, die im Kampf zum Erfolg führen. Du kannst ihm sagen, daß ich in diesem Frühjahr das Feld selbst übernehme, natürlich für seine Sache. Laß ihn im Norden bleiben. Ich werde sehen, was ich tun kann, um Edric, die Königin und ihren Bastard aus Winchester herauszutreiben.«

Nichts, was Sigurd sagte, konnte den Entschluß seines Vaters ändern. Es war eine Sache des Stolzes, das erkannte der Sohn schließlich. Sein Vater, Verwandter von Cynric und ein Edler Winchesters, wollte sich nicht dem Kommando eines jungen und ungeübten Prinzen unterstellen. Er würde für Ceawlin kämpfen, aber er würde es auf seine Weise tun.

Es war ein deutlich beunruhigter Sigurd, der am folgenden Tag Richtung Norden nach Bryn Atha ritt. Ceawlin würde seine Neuigkeiten nicht mögen. Dessen war er sich ganz sicher.

18

Ceawlin war tatsächlich verärgert, als Sigurd ihm von Cuthas neuen Plänen berichtete. »Damit bindet er mir die Hände hinter dem Rücken zusammen«, sagte er zu seinem Freund, während er im Gemeinschaftszimmer auf Bryn Atha auf und ab ging. »Das hast du ihm doch sicher klargemacht? Meine Streitkräfte müssen zusammenarbeiten. Es ist überhaupt nicht gut, zwei Kriegertrupps im Feld zu haben.«

»Ich habe ihm gesagt, daß du es nicht mögen würdest, Ceawlin«, sagte Sigurd. Seine bestürzten Augen waren auf den harten, ärgerlich verzogenen Mund des Prinzen gerichtet. »Es ist eine Frage des Stolzes. Er ist so viel älter als du, hat so viel mehr Erfahrung. Er will sich nicht unter deinen Befehl stellen.«

Ceawlin blieb stehen und schaute Sigurd direkt an. Der Rest seines Gesichts war so hart wie sein Mund. »Wünscht er sich auch, König zu sein?«

Sigurds Augen weiteten sich vor Überraschung. »Natürlich nicht! Das ist es nicht, was ihn bewegt. Er kämpft für dich, Ceawlin. Er will die Königsherrschaft nicht für sich selbst.«

»Das hat er dir gesagt?«

»Das hat er mir gesagt. Und ich glaube ihm.«

Die Härte um Ceawlins Mund lockerte sich ein wenig. »Also gut. Aber es ist immer noch ein Fehler, nicht zu unserer Streitmacht zu stoßen. Getrennt sind wir weniger stark, weniger effektiv, als wenn wir vereint wären. Cutha spielt in Edrics Hand, wenn er dies tut.«

»Vielleicht. Aber so wird es nun mal sein. Er wird nach Banford gehen und die Lehnsmänner mit sich nehmen, die ihm und dir gegenüber loyal sind. Edric wird gegen ihn ziehen müssen. Mit etwas Glück hat mein Vater Edrics Streitkräfte beseitigt, ohne daß wir überhaupt unsere Speere heben müssen.«

Ceawlin sah nicht so aus, als würde er dieser Vorstellung Glauben schenken. Aber alles, was er sagte, war: »Wer wird voraussichtlich mit Cutha gehen?«

»Oswald ist der einzige Edle. Die anderen scheren sich nicht um Edric, aber mein Vater meint, sie würden erst einmal abwarten und zusehen, wer Sieger wird, bevor sie sich auf eine Seite schlagen.«

»Da hat mein Vater ja einen tollen Rat von Edlen zusammengestellt«, sagte Ceawlin geringschätzig.

»Sie waren loyal gegenüber Cynric, aber nun hat niemand die Macht in den Händen und die Dinge sind anders.«

Ceawlin rieb sich mit der Handinnenfläche die Wange. »Also Cutha und seine Leute und Oswald mit seinen gegen den Rest von Winchester.«

»Mein Vater sagt, er kann auf weitere Lehnsmänner aus der Halle des Königs zählen.«

Ceawlin fluchte, er fuhr sich wild mit der Hand durchs Haar und schritt wieder im Zimmer auf und ab. Sigurd saß still da und beobachtete ihn mit resignierter Anteilnahme. Es gab nichts, was Ceawlin tun konnte – deshalb war er ja auch so verärgert. Die Tür öffnete sich, und Niniane schaute herein.

»Ceawlin? Ich muß mit dir sprechen.« Ihr Blick fiel auf Sigurd, der in Coinmails altem Sessel saß. »Sigurd! Ich wußte nicht, daß Ihr zurück seid.«

Er lächelte sie an. »Ich bin gerade erst angekommen, Niniane.«

Ihr kleines Gesicht hellte sich mit einem Lächeln auf. »Ich bin froh, Euch sicher zu Hause zu sehen. Diese Reisen nach Venta machen mich nervös.« Dann wandte sie sich an Ceawlin. »Ich werde später wiederkommen.«

»Nein, du kannst gleich bleiben.« Er schritt weiter auf und ab, schaute sie dabei nicht an. »Nun, was ist es?« Als sie die Tür hinter sich geschlossen hatte, fügte er hinzu: »Aber ich warne dich, Niniane, sag jetzt nichts über das Vieh oder die Äcker. Ich bin im Moment nicht in der Stimmung, Bauer zu spielen.« Seine Stimme klang spürbar übellaunig. Sigurd sah ihn mißbilligend an.

»Ich wünschte, das wäre alles, womit ich dich belästigen müßte«, sagte Niniane.

Ceawlin blieb stehen und starrte sie an. »Was ist es?« fragte er hart.

»Wynne ist schwanger«, antwortete sie. »Sie hat gesagt, daß Penda der Vater ist.«

Ceawlins Augen verengten sich zu kleinen, türkisen Schlitzen. »Willst du damit sagen, daß Penda sie verführt hat?«

»Ja.«

Er fluchte, lang und ausgiebig. »Ich hatte dich aufgefordert, dieses Mädchen wegzuschicken!« Er schrie beinahe.

»Ich weiß, Ceawlin, aber ich brauchte ihre Hilfe. Es ist so viel zu tun, mit all diesen Männern...«

»Ich will nichts davon hören, wieviel du zu tun hast! Bei den Göttern! Wegen ein paar lausiger Mahlzeiten und ein paar Kleidungsstücken hast du mich in eine unmögliche Lage gebracht! Bei den Göttern«, wiederholte er. Seine Stimme wurde etwas weniger wild, als er darüber nachdachte, was er jetzt tun mußte. »Ich könnte dich erwürgen, Niniane.«

»*Ceawlin.*« Sigurd war erschreckt über die Art und Weise wie Ceawlin mit seiner sanften Frau sprach. »Es ist nicht Ninianes Fehler. Was hast du erwartet? Es gibt keine Frauen hier, und die Lehnsmänner haben einen gesunden Appetit. Ich bin überrascht, daß du den ganzen Winter über keine Vergewaltigung am Hals hattest. Wenn es nicht Wynne gewesen wäre, dann eine andere Frau.«

Ceawlins Augen flackerten kurz zu Sigurd. »Er wird sie heiraten müssen«, sagte er zu Niniane.

»Ich weiß.«

»Er wird sie heiraten, und ich werde der Familie das Strafgeld zahlen.«

Niniane nickte. Ihre Augen wirkten riesig in ihrem kleinen Gesicht. »Es tut mir leid, Ceawlin«, sagte sie unglücklich. »Ich habe vermutet, daß zwischen Penda und Wynne etwas war. Ich hätte es dir sagen sollen...«

Ihre Stimme brach ab. Er schaute sie voller Abscheu an. »Du hast etwas geahnt und mir nichts davon erzählt?«

Sie biß sich auf die Lippe und nickte. Sie wirkte so klein, so hilflos mitten im Feuer von Ceawlins Zorn. Sigurd wollte die Arme ausstrecken und sie in die Sicherheit seiner beschützenden Umarmung reißen.

»Nun, dann bete zu deinem gekreuzigten Gott, daß Naille und ihre Eltern das Geld und die Heirat als Entschädigung für die verlorene Unschuld ihrer Tochter akzeptieren«, sagte

Ceawlin zu seiner Frau. »Wenn sie es nämlich nicht tun, werde ich gezwungen sein, Penda hinzurichten. Und ich kann es mir eigentlich nicht leisten, ihn zu verlieren.« Seine Stimme war voller Bitterkeit.

Sämtliche Farbe wich aus Ninianes Wangen. Sie war schwer getroffen. »Das würdest du nicht tun«, flüsterte sie.

»Ich werde keine andere Wahl haben. Ich kann das Wohlwollen der Atrebaten nicht verlieren.« Er nahm eine kleine Porzellantasse von einem Tisch und warf sie auf die Fliesen, wo sie in kleine Stücke zersprang. »*Götter*!« schrie er wieder wild heraus, stob an Niniane vorbei, als wäre sie gar nicht vorhanden und knallte die Tür hinter sich zu.

Die beiden im Zimmer Zurückgebliebenen lauschten dem Geräusch der sich entfernenden Schritte. Dann sagte Sigurd mit sehr sanfter Stimme: »Es ist in Ordnung, Niniane. Es ist nicht Euer Fehler. Ceawlin hätte so etwas voraussehen müssen.«

»Aber das hat er doch, Sigurd.« Sie stand immer noch verloren an der Tür. »Er hat mir gesagt, daß ich Wynne wegschicken soll, und ich wollte nicht. Und Weihnachten habe ich einen Blick zwischen den beiden gesehen ... Ceawlin hat recht. Ich hätte es ihm sagen müssen.« Sie sah so betrübt aus, daß er zu ihr ging und in einer brüderlichen Geste einen Arm um ihre Schultern legte.

»Quält Euch nicht so sehr. Es wird alles in Ordnung kommen. Ceawlin wird Penda dazu bringen, sie zu heiraten.«

Er spürte, wie sie in seinem Arm zitterte. »Ich wußte, es würde ihn wütend machen.«

»Es ist nicht nur Eure Nachricht, die ihn so aufgebracht hat. Ich habe ihm erzählt, daß mein Vater plant, seinen eigenen Kriegertrupp anzuführen und sich nicht mit Ceawlin zu vereinigen. Er war bereits wütend, bevor Ihr in das Zimmer gekommen seid. Er hat lediglich seine Wut an Euch ausgelassen.« Sigurd klang nicht so, als würde er das Verhalten seines Freundes billigen.

Ninianes Schultern versteiften sich sofort, als er von Cuthas

Plänen sprach. Nun sagte sie mit alarmierter Stimme: »Was heißt das, Sigurd? Cutha wird seinen eigenen Kriegertrupp anführen? Heißt das, er will die Königsherrschaft für sich selbst?«

»Nein.« Er ließ seinen Arm sinken. »Ceawlin hat mir die gleiche Frage gestellt. Ich kann nicht glauben, daß Ihr beide so etwas auch nur denken könnt. Es ist einfach so, mein Vater als der ältere und erfahrenere Krieger glaubt, er könnte Ceawlin besser dienen, wenn er seine eigenen Männer führt.«

Niniane warf ihren Kopf zurück, um forschend in sein Gesicht zu blicken. Ihr Hals war lang und schlank wie der Stengel einer Blume. Ihr helles Haar hing bis zu ihrer Taille herunter, ein glänzender Fächer in Kupferbraun. »Ceawlin hat auf die zusätzlichen Männer gezählt«, sagte sie.

»Ich weiß. Aber mein Vater könnte den entscheidenden Schlag für ihn ausführen.«

Ninianes weiße Zähne bohrten sich in ihre Unterlippe. Ceawlin würde auch das nicht mögen, dachte sie, und der Gedanke stand für Sigurd sehr deutlich in ihrem Gesicht geschrieben. Aber alles, was sie sagte, war: »Ich erkenne sehr gut, warum es nicht der richtige Zeitpunkt war, ihm von Wynne zu berichten.«

»Nein.« Er blickte mit seltsam ruhigen Augen in ihr Gesicht. Seine Stimme klang jedoch vollkommen normal, als er hinzufügte: »Aber er mußte es einmal erfahren. Er wird sie verheiraten, Niniane. Macht Euch keine Sorgen. Es wird alles in Ordnung kommen.«

Ein wunderschönes Rosarot durchströmte ihre Haut an den Wangenknochen. »Wie konnte ich so dumm sein, ihm nichts von meinem Verdacht mitzuteilen!«

Er hob eine Hand, als wollte er sie berühren, aber dann ließ er sie wieder sinken. Sein Mund wurde fester. »Hört auf, Euch Selbstvorwürfe zu machen.« Seine Stimme klang jetzt scharf. »Es war so sehr Ceawlins Fehler wie Eurer.«

Niniane bemerkte die Veränderung in seiner Stimme und dachte, er wäre über sie verärgert. »Es tut mir leid, Sigurd«, sagte sie entschuldigend. »Ich wollte Euch nicht mit meinem schlechten Gewissen langweilen. Ihr möchtet sicher zu Ceawlin gehen, und ich halte Euch hier fest.« Sie lächelte ihn an, um ihm zu zeigen, daß er gehen konnte, ohne ihre Gefühle zu verletzen.

»Ihr langweilt mich nicht. Ihr könntet mich niemals langweilen.« Jetzt klang er verärgert. »Ich möchte nur einfach nicht, daß Ihr glaubt, Ihr hättet einen Fehler gemacht. Das habt Ihr nicht.«

Ninianes Lächeln wurde echter. »Ich danke Euch, Sigurd, daß Ihr mich aufgeheitert habt. Ihr seid ein guter Mann.« Sie streckte ihre Hand aus, um mit ihren sanften Fingern seine Wange zu berühren. Dann seufzte sie, legte ihre Hand auf die Türklinke und sagte: »Ich gehe jetzt besser und kümmere mich darum, die Scherben wegzuräumen.« Und damit war sie verschwunden.

Sigurd blieb noch einige Minuten im Zimmer zurück; seine Augen hingen an den Scherben auf dem Boden, seine Finger berührten seine Wange.

Ceawlin hatte ein ziemlich unerfreuliches Gespräch mit Penda, der das gleiche zu ihm sagte wie Sigurd: »*Ihr* habt eine Frau hier, Prinz. Was erwartet Ihr, wie lange wir ohne auskommen?«

Die Wahrheit in Pendas Worten machte Ceawlin nur noch wütender. Er kontrollierte jedoch seine Wut und ließ sich Pendas Einverständnis geben, Wynne zu heiraten. Dann ging er zu Nailles Hof, wo er die Nacht verbrachte, und begab sich am nächsten Tag zusammen mit Naille zu Wynnes Eltern.

»Ja, es wird alles in Ordnung kommen«, sagte er gereizt zu Niniane, als er schließlich wieder nach Bryn Atha zurückgekehrt war. Er war ins Schlafzimmer gegangen, um seine Tunika zu wechseln, und dort fand er sie beim Stillen von Cerdic. »Sie haben der Hochzeit zugestimmt. Eine christliche Hochzeit, natürlich, also kann es nicht vor dem Sommer geschehen. Es kostete mich eine gute Summe in Gold, möchte ich hinzufügen.« Er zog sich seine gute Tunika, die Niniane erst kürzlich fertiggestellt hatte, über den Kopf und warf sie auf das Bett. Dann holte er seine alte aus der Truhe. »Dies war mir jedoch eine Lehre«, sagte er. »Ich kann die Männer nicht länger müßig herumsitzen lassen. Nächste Woche brechen wir zum Kriegszug auf.«

Niniane zuckte vor Überraschung zusammen, und Cerdic verlor die Brustwarze. »Ist schon gut«, beruhigte sie das Baby und legte ihn wieder an. Dann sagte sie zu Ceawlin: »Aber Sigurd erzählte mir, daß Cutha seinen eigenen Kriegertrupp anführen wird.«

»Ich schere mich nicht darum, was Cutha tun wird. Ich werde mich auf das stürzen, was gerade verfügbar ist. Ich kann Edric nicht zur Schlacht herausfordern, das weiß ich sehr wohl. Aber ich kann einige der kleinen Dörfer einnehmen, vielleicht sogar ein paar Freie einsammeln, die das Leben auf der Farm satt haben und gerne sehen möchten, wie das Leben eines Lehnsmannes ist. Das ist eine Möglichkeit, meinen Kriegertrupp zu vergrößern.«

Niniane starrte ihn an. Sie wollte herausschreien, daß er nicht gehen sollte, daß er auf Cutha warten sollte, daß es verrückt war, zu glauben, daß zwei Dutzend Männer erfolgreich der Armee von Winchester trotzen könnten. Aber sie sagte nichts. Er würde tun, was er glaubte, tun zu müssen, und nichts von dem, was sie sagen könnte, würde einen Unterschied machen.

»Bertred ist an Meghan interessiert«, sagte sie statt dessen.

»Nun, das entscheidet es dann wohl endgültig. Ich werde sie von Bryn Atha fortbringen. Wir werden ein paar Dörfer überfallen und einige Frauen einsammeln. Sonst verbringe ich noch mein Leben damit, den zornigen Eltern atrebatischer Mädchen ins Gesicht zu blicken!«

Niniane stand mit offenem Mund da. »Du willst Frauen nach Bryn Atha bringen?«

Er schnallte sich den Schwertgürtel über die Tunika. »Du wirst einen Platz finden müssen, wo wir sie unterbringen können.«

»Hast du vor, mein Haus in ein Bordell zu verwandeln?« Ihre Stimme war schrill vor Wut.

Er schaute auf. »Fang darüber keinen Streit mit mir an, Niniane. Sigurd und Penda haben recht. Es war unvernünftig von mir, zu erwarten, daß sächsische Männer wie deine kastrierten Priester leben würden. Ich werde ein paar Dörfer überfallen – sächsische Dörfer ... keine Sorge, ich werde deine kostbaren Briten nicht belästigen – und einige Frauen mitnehmen, und vielleicht einige Männer für meinen Kriegertrupp. Das wird die Lehnsleute ein bißchen aufmuntern und sie wissen lassen, daß ich ein Herr bin, der sich wirklich um ihr Wohlergehen sorgt.«

»Du wirst die Atrebaten schockieren, wenn du solche Frauen hierher holst«, sagte sie. »Christen haben eine deutlich andere Meinung darüber.«

»Nun, dann sind sie eben schockiert. Ich habe geschworen, mich nicht in ihr Leben einzumischen, also sollen sie sich auch nicht in meines einmischen. Ich brauche ein paar Frauen für die Männer, und damit Schluß!« Er nahm sein Schwert auf, das er zusammen mit der neuen Tunika auf das Bett geworfen hatte. »Sag deinen Leuten, daß die Frauen hier in der Küche helfen. Die Götter wissen, daß du genug über mangelnde Hilfe gejammert hast! Jetzt wirst du welche bekommen.« Und er verließ das Zimmer mit einem großen Knall, als die Tür hinter ihm zuschlug.

»Cutha hat sich also nicht mit Ceawlin vereinigt.« Edric sprach an einem nassen, stürmischen Märznachmittag in der privaten Atmosphäre der Halle der Königin mit Guthfrid. »Er ist in Banford.«

»Banford?« Guthfrids schlanke Schultern richteten sich kerzengerade auf. Sie saß auf der Bettkante und blickte ihren Mann an. »Was hat er vor? Will Cutha die Königsherrschaft für sich selbst?«

»Er sagt, nein. Er hat sich für Ceawlin erklärt. Aber es ist ganz sicher seltsam, daß er nicht den Streitkräften des Bastards beigetreten ist. Die Edlen mögen das nicht. Sie trauen Cutha nicht. Ich tue es auch nicht. Er hat die Macht zu lange geschmeckt, um sie leichtfertig abzugeben.«

»Wie viele Männer sind mit ihm gegangen?«

»Fünfzig.«

Guthfrid hob eine dünne, gebogene Augenbraue. »Du hast dreimal so viel.«

Edric lächelte zufrieden. »Ich weiß. Cutha glaubt, er wäre der Anführer eines Kriegertrupps, aber sein ganzer Erfolg hing mit Cynric zusammen. Wir werden sehen, wie er sich alleine macht, und noch dazu bei einem Verhältnis von drei zu eins.«

»Du wirst ihn verfolgen?«

»Ich werde ihn verfolgen. Und zwar schnell, bevor er die Möglichkeit hat, seine Verteidigung vorzubereiten oder seine Meinung zu ändern und sich mit Ceawlin zusammenzutun.« Edric tätschelte mit seinen schwieligen Händen die Schulter der Königin. »Es hätte nicht besser kommen können«, sagte er. »Nun, da Cutha und Cuthwulf aus Winchester fort sind, brauche ich nicht mehr ständig ein Messer in meinem Rücken zu fürchten. Jetzt kann ich mich mit einem richtigen Kriegertrupp auf den Weg machen. Und wenn ich erst mit Cutha abgerechnet habe, wenden wir uns nach Norden und bereiten Ceawlin ein für allemal ein Ende.«

»Bring Ceawlins Kopf nach Winchester«, sagte Guthfrid, »und ich werde ihn als Gabe auf Edwins Grab legen.«

Die angelsächsischen Siedlungen in dem Tal oberhalb der Themse wurden von Siedlern bewohnt, die seit der Zeit Arthurs das Flußtal von Kent herunter oder entlang des Icknield-Pfads von Ost-Anglia gekommen waren. Es war ein Gebiet Britanniens, das noch nicht erfolgreich von einem der angelsächsischen Königreiche beansprucht wurde, und dieses Gebiet suchte Ceawlin sich für seinen ersten Überfall aus. »Ich habe geschworen, die Grenzen von Wessex zu erweitern, um es den anderen englischen Königtümern gleichzustellen«, erklärte er Sigurd, als er ihm erstmals von seinen Plänen berichtete. »Wir werden oberhalb der Themse beginnen. Ich hörte, das Land dort wäre fruchtbar und die Höfe wohlhabend. Lassen wir sie Gehorsam gegenüber Ceawlin von Wessex schwören.«

Gereint und seine Freunde wollten die Sachsen begleiten, aber Naille weigerte sich, ihnen dies zu erlauben. Es war eine Sache, zu kämpfen, wenn ihr eigenes Land bedroht war, sagte er, aber eine ganz andere, wenn es um die Ausdehnung des sächsischen Königreiches ging. Ceawlin hatte seine Weigerung gutgelaunt aufgenommen und sogar Gereint zurechtgewiesen, als er gegen die Entscheidung seines Vaters protestiert hatte.

Der Kriegertrupp verließ an einem kühlen, bedeckten Märzmorgen Bryn Atha. Niniane hatte ihnen mit kaum verborgenem Groll Lebewohl gesagt. Der Gedanke, daß Ceawlin Frauen nach Bryn Atha bringen würde, fraß sich wie Säure in ihr Herz. Er wußte, wie sie darüber dachte, aber das kümmerte ihn nicht. Er brauchte Frauen, »und damit Schluß!« Sie trennten sich beim Abschied mit dem bestimmten Gefühl, jeweils der andere wäre uneinsichtig.

Ceawlin fand, daß sie prüde war. Aber das war es gar nicht, dachte sie, als sie den letzten Mann des Kriegertrupps durch das Tor von Bryn Atha hinausreiten sah. Sie hatte zu lange in Winchester gelebt, um durch die leichtlebige Moral der Sachsen im Hinblick auf ihr Liebesleben in Wut zu geraten. Die Lehnsmänner könnten Hunderte von sächsischen Mädchen in ihren Betten haben, es wäre ihr gleichgültig. Es war Ceawlin, um den sie sich Sorgen machte. Sie konnte Cynric und die Frauengemächer nicht vergessen; der Harem, der nur zum Vergnügen des Königs existiert hatte.

Was würde sie tun, wenn Ceawlin eine dieser Frauen in sein Bett nähme? Allein der Gedanke verursachte eine blinde, eifersüchtige Wut. Sie hatte sich niemals als eine besitzergreifende Person empfunden, aber mit Ceawlin... Sie war nicht wie Fara, dachte sie verzweifelt, als sie zurück ins Haus ging. Sie war nicht zum Lieben und Teilen geboren. Sie konnte nicht zusehen, wie eine andere Frau ihn... sie konnte nicht einmal daran denken, ohne daß sich ihre Fäuste ballten.

Er würde ihr das nicht antun.

Aber hier war der Unterschied zwischen Heiden und Christen sehr groß. Er würde ihr das nicht antun, redete sie sich selbst ein, als sie ihr Gesicht in dem beruhigenden Babygeruch von Cerdic vergrub. Aber sie war sich nicht so sicher.

Ceawlin blieb beinahe zwei Wochen fort, und als er zurückkehrte, brachte er Vieh und zusätzlich zehn Männer für seinen Kriegszug mit, aber keine Frauen.

»Was ist geschehen?« fragte Niniane Sigurd, während Ceawlin sich um die Verteilung der neuen Männer und Tiere kümmerte.

»Das Land dort ist sehr fruchtbar«, erwiderte Sigurd. »Britische und angelsächsische Höfe erstrecken sich über das ganze Tal. Sie hatten natürlich keine Ahnung, daß wir kommen würden, und somit auch keine Zeit, ihren Widerstand zu organisieren. Wir sind von Hof zu Hof marschiert und bereits der Anblick eines bewaffneten Trupps versetzte ihnen einen gehörigen Schrecken. Ceawlin behandelte sie sehr milde. Er erklärte sich ihnen als ihr König und nahm Vieh als Tribut mit. Bei den weniger wohlhabenden Höfen warb er außerdem mit dem Versprechen auf Ruhm in Winchester um die Söhne. Es sind diejenigen, die wir mit uns zurückgebracht haben.«

Niniane hörte mit verborgener Ungeduld zu. Sie war nicht an den Männern interessiert. »Ich dachte, er wollte auch Frauen mitbringen, Sigurd. Er erzählte mir, Ihr hättet recht, und daß es unvernünftig von ihm war, von den Lehnsmännern Enthaltsamkeit zu erwarten.«

»Oh, die Frauen. Ja, es werden einige Frauen kommen. Einer der ostanglischen Siedler hatte einige ostsächsische Frauen als Sklavinnen. Ceawlin hat sie ihm abgekauft. Es wäre ein geschickterer Zug, als freie Frauen zu nehmen, sagte er. Ceawlin hofft, dieses Land bald endgültig zu Wessex hinzuzählen zu können. Es ist wirklich sehr fruchtbar.«

»Wo sind diese Frauen jetzt, Sigurd?«

»Nicht weit hinter uns.« Sigurd grinste. »Ceawlin hat Penda die Aufsicht über sie aufgetragen. Penda war außer sich vor Wut.«

»Wie viele sind es?«

»Fünf, glaube ich.«

»Ich weiß nicht, wo ich sie unterbringen soll«, murrte sie.

»Steckt sie in die Quartiere der Lehnsleute«, sagte Sigurd fröhlich. »Sie können sie sauberhalten. Bei den anderen waren sie Küchenmägde, also werden sie Euch beim Kochen und der Gartenarbeit ebenfalls helfen können.«

Niniane starrte in sein lächelndes Gesicht, ihre Augen waren grau und wild. »Ich finde Euch abstoßend«, sagte sie. Langsam und deutlich. Und sie beobachtete, wie sein Lächeln sich langsam auflöste und ein schockierter Blick an dessen Stelle trat. »Abstoßend«, wiederholte sie nachdrücklich. Sie ließ ihn mitten im Zimmer mit einem ziemlich dummen Ausdruck auf dem immer noch überraschten Gesicht stehen.

Die Frauen kamen einige Stunden nach den Männern an, sie wurden von Penda und einem der Jüngeren begleitet. Ceawlin war mit den übrigen Männern und dem Vieh verschwunden, und so blieb es Niniane überlassen, die Neuankömmlinge zu begrüßen. Penda übergab sie ihrer Obhut mit beinahe komischer Erleichterung.

Es waren insgesamt fünf Frauen, zwei von ihnen waren mittleren Alters und drei waren noch Mädchen. Sie sprachen ostsächsisch, einen etwas anderen Dialekt als den, den man in Winchester sprach, aber Niniane verstand beinahe alles, was sie sagten. Sie fand heraus, daß zwei der Mädchen Schwestern waren, Töchter der ältesten Frau und des anglischen Siedlers, der sie verkauft hatte. Sklaverei war bei den Atrebaten seit Jahren nicht mehr praktiziert worden, und Niniane war erschreckt darüber, wie diese Frauen behandelt worden waren.

Die Frauen schienen jedoch nicht unglücklich mit ihrem Schicksal zu sein. Sie waren von Bryn Atha beeindruckt; sie waren von Penda beeindruckt, sie waren von dem silberblonden König beeindruckt, der sie gekauft hatte. Niemand von ihnen schien bestürzt über den Vorschlag, daß sie in den Unterkünften der Lehnsmänner leben sollten. Mit einem Gesicht aus Stein begleitete Niniane sie dorthin und fand einen Raum für die Neuankömmlinge, indem sie kurzerhand die Besitztümer der Männer, die bisher den Raum vor der Tür mit benutzt hatten, hinauswarf. »Ihr könnt hier wohnen«, sagte sie und schaute auf die Holzwände, die Ceawlin über dem Gips angebracht hatte.

Die Frauen waren von den Unterkünften beeindruckt. Niniane schnüffelte und zog ihre kleine, nach oben gerichtete Nase hoch, als sie in dem Zimmer bemerkte, was ihr draußen entgangen war. Sie rochen. »Ich werde in der Küche eine Wanne heißes Wasser bereitstellen lassen«, sagte sie bedeutungsvoll zu den fetthaarigen Frauen, die sie mit sichtlicher Freude ansah. »Ihr braucht alle ein Bad. Und saubere Kleider. Kommt mit.«

19

Ceawlin und seine Männer waren seit zwei Tagen wieder zu Hause, als die Lehnsleute von Banford auf Bryn Atha ankamen. Wuffa, der die Wache an der Straße nach Corinium übernommen hatte, hatte sie als erster gesehen und zunächst geglaubt, es handelte sich wieder um Edric. Dann aber erkannte er sie als diejenigen, die zu Cutha gehörten, und er ritt den Berg hinab, hinter dem er sich versteckt hatte und führte sein Pferd auf die Straße. Die kleine Gruppe griff zu den Speeren, als sie die berittene Gestalt sahen, dann rief jemand: »Es ist Wuffa!« und sie ließen ihre Speere wieder sinken.

»Ine«, sagte Wuffa. Sein Blick fiel auf den Mann, der die erschöpfte Gruppe anführte. »Was ist geschehen?«

»Edric hat uns überrascht«, kam die grimmige Antwort. »Cutha hatte ihn nicht so schnell erwartet. Er kam in der Morgendämmerung, und wir waren nicht vorbereitet.«

»Was ist mit Cutha?«

»Er konnte fliehen. Aber wir ließen ungefähr zwanzig Männer tot auf dem Hof zurück, bevor wir um unser Leben rannten. Wir waren nur fünfzig, und sie zählten mindestens zweihundert. Wir hatten keine Chance.«

»Ihr seid auf dem Weg nach Bryn Atha?«

»Ja. Wir haben den Kontakt zu Cutha verloren und da hielten die anderen und ich es für das beste, nach Norden zu gehen und Ceawlin aufzusuchen. Ich war damals mit Cynric auf Bryn Atha und ziemlich sicher, daß ich die Straße wiedererkennen würde.«

»Das hast du auch. Folgt mir, ich bringe euch dorthin.«

Ine schaute Wuffa an. »Würde es dir etwas ausmachen, wenn Erick auf deinem Pferd reitet?« fragte er. »Er wurde bei Banford verwundet und kann nicht gut gehen.«

»Natürlich nicht.« Wuffa stieg sofort ab, und Ine half seinem Kameraden in den Sattel.

»Wie viele Meilen sind es noch bis Bryn Atha?« fragte Ine, als er neben Ceawlins Lehnsmann herschritt.

»Acht.«

»Und hier ist immer eine Wache?«

»Ja. Hier und auf der Straße nach Calleva. Nur dadurch haben wir Edric im letzten Jahr kommen sehen.« Wuffa verbot sich den Satz, daß Ceawlin es sich nicht erlaubt hatte, überrascht zu werden. Es war auch gar nicht nötig, das zu sagen. Jeder konnte es deutlich erkennen.

»Du siehst gut aus«, war Ines nächster Kommentar.

»Es geht uns sehr gut«, sagte Wuffa. »Tatsächlich sind wir erst vor kurzem von einem Ritt in den Norden zurückgekehrt. Der Prinz wollte die Täler dort für Wessex beanspruchen. Wir brachten etwas Vieh und ein paar Frauen zurück nach Bryn Atha.«

»Ich verstehe«, sagte Ine.

»Auch euch wird es schon bald gutgehen«, versprach Wuffa fröhlich.

Ine schaute auf die vierzehn müden Männer zurück, die er

führte. »Das wäre schön«, antwortete er und es klang, als meinte er es auch so.

Es war nicht genug Platz in den Quartieren, um weitere fünfzehn Männer unterzubringen, und so steckte Ceawlin die Neuankömmlinge in eine der Lagerscheunen, die er während des Winters genau für einen solchen Zweck hergerichtet hatte. Niniane wusch und verband Ericks Schulterwunde und servierte allen Männern im großen Empfangszimmer eine heiße Mahlzeit. Es war jetzt nicht mehr genug Platz im Eßzimmer, um sie alle unterbringen zu können.

Nach dem Essen nahm Ceawlin Sigurd und Penda mit in sein Schlafzimmer, um mit ihnen zu reden. Niniane und die Frauen räumten die Tische ab, und nach und nach verschwanden die Männer zu ihren Schlafplätzen. Cerdic war in seinem Körbchen in der Küche bei den Frauen, er stieß mit den Füßen in die Luft und brabbelte vor sich hin. Als er zu schreien begann, fütterte Niniane ihn, und bald danach war es an der Zeit, ihn schlafen zu legen.

Die drei Männer waren noch immer in ihrem Schlafzimmer. Sie schauten kurz auf, ignorierten sie dann aber, als sie das Baby in das Körbchen legte und sich niederkniete, um seine Kleider zu wechseln.

»Wir können es im offenen Kampf nicht mit ihm aufnehmen«, sagte Ceawlin. »Noch nicht. Er hat viel mehr Männer, und es sind erfahrene Krieger, keine untrainierten Jungen. Wir müssen ihn verfolgen, verrückt machen und beten, daß Wotan uns mehr Männer schickt.«

Niniane deckte Cerdic zu. Die Männer waren still. »Wo ist er?« fragte sie Ceawlin.

Er warf ihr einen kurzen Blick zu. »Ich weiß es nicht. Ich habe Bertred und Octa fortgeschickt, um es auszukundschaften.«

Sie zwang sich, ruhig zu sprechen. »Ist es möglich, daß sie herkommen?«

»Ich will nicht, daß sie herkommen. Die Mauern von Bryn

Atha sind stark und vielleicht könnten wir einer Belagerung widerstehen, aber ich will das nicht. Es steht zu viel auf dem Spiel.«

»Sie würden alle Höfe in der Umgebung verwüsten«, sagte Niniane.

»Ich weiß das. Ich habe gesagt, ich will nicht, daß er herkommt.« Ihre Bemerkung irritierte ihn, und er runzelte die Stirn. »Was machst du überhaupt hier? Dies ist eine Sache der Krieger, du hast nichts damit zu tun.«

»Es ist Zeit, Cerdic ins Bett zu bringen«, antwortete sie. Das Baby fing an zu schreien, als wollte es die Bemerkung seiner Mutter unterstützen. Niniane schaukelte das Körbchen etwas und sagte zu den Männern: »Wenn ihr reden müßt, dann bitte leise.«

Die drei Männer starrten sie an. Sie lächelte ihnen süß zu und begann, dem Baby etwas vorzusingen. »Kommt in mein Zimmer«, sagte Sigurd. »Dort werden wir das Baby nicht stören.«

»Ja. Es scheint, als wärst du der einzige, der den Luxus von Ungestörtheit in diesem von Frauen überschwemmten Ort genießt«, erwiderte Ceawlin. Die drei Männer gingen mit schweren Schritten zur Tür, aber Niniane bemerkte, daß Ceawlin sich bemühte, sie leise hinter sich zu schließen, um seinen Sohn nicht zu stören.

Cerdic schlief, und auch Niniane war im Bett, als Ceawlin schließlich wiederkam. »Bist du wach?« fragte er leise.

»Ja.« Sie richtete sich etwas auf, um ihn besser sehen zu können.

Er setzte sich auf ihre Seite des Bettes. »Ich wußte, es war ein Fehler, als Cutha nach Banford ging. Und dann ließ der Narr sich auch noch überraschen. Dieser Stolz, von dem Sigurd gesprochen hat, kostet mich zwanzig Männer. Ich kann es mir nicht leisten, zwanzig Männer zu verlieren!«

Niniane schlang ihre Arme um die Knie. »Naille könnte die Dinge jetzt etwas anders sehen, Ceawlin. Als du nach Norden geritten bist, hatte es mit den Atrebaten nichts zu tun. Dies hier schon. Edric weiß, daß du bei der Feste Cob Briten bei dir hattest. Wenn er in dieses Land kommt, will er uns eine Lektion erteilen. Ich denke, daß Naille jetzt Gereint und seine Freunde mit dir kämpfen lassen wird.«

Sie hatten die Kerze nicht angezündet, und das einzige Licht im Raum kam von dem Mond, der durch das Fenster schien. Ceawlin schaute auf seine Hände, die er auf den Knien gefaltet hatte. Sein Haar glänzte wie fließendes Mondlicht. »Sobald die Späher mit Neuigkeiten über Edric zurückkehren, werde ich ihn verfolgen.«

Ihre Knöchel wurden weiß, als ihre Finger sich in die blaue Decke über ihren Knien gruben. »Ich dachte, du wolltest keine Schlacht.«

»Das will ich auch nicht. Ich will eine Jagd. Ich werde ihn von Bryn Atha fortlocken.«

»Ja.« Ihre Stimme war überraschend fest. »Ich verstehe.«

»Du wirst hier eine Weile alleine zurechtkommen müssen, Nan.«

»Ich werde es schaffen. Mach dir keine Sorgen um mich. Ich kann auf mich und Cerdic aufpassen.«

Er hob schließlich den Kopf und sah sie an. »Ich werde dir drei Männer hierlassen. Stell die ganze Zeit an den beiden römischen Straßen Wachen auf. Und wenn du Edric kommen siehst, mußt du von Bryn Atha verschwinden.«

Sie starrte in sein Gesicht. Seine Worte waren ein unheimliches Echo einer anderen Zeit, erinnerten an die Warnung eines anderen Mannes. »Ihr beiden dürft nicht in Guthfrids Hände fallen«, sagte Ceawlin schwermütig. »Du warst diejenige, die gesagt hat, daß sie mich küßt. Und du bist meine Frau, Cerdic ist mein Sohn.«

Niniane hatte plötzlich einen trockenen Mund. »Ja«, sagte sie endlich. »Ich verstehe.«

Sein Gesicht war grimmig. »Es macht mir nichts aus, mein eigenes Leben zu riskieren«, sagte er. »Ich bin ein Krieger, und das ist mein Schicksal. Aber du ... mein Sohn ... das ist etwas anderes.«

»Ich kann mich in Gearas Keller verstecken, wenn es sein muß«, sagte sie. »Niemand weiß auch nur, daß er existiert.«

Er legte seine Hände um ihr Gesicht. »Laß diesmal keinen sterbenden Harfner dazwischenkommen.«

»Nein, das werde ich nicht. Ich verspreche es dir.« Er neigte sein Gesicht nach unten und sie schlang ihre Arme um seinen Nacken.

Drei Tage lang hörten sie nichts davon, wo Edric sich aufhielt. Augenscheinlich hatte er zunächst einmal Cutha verfolgt, bevor er sich nach Norden wandte. Als Ceawlins Späher Edric schließlich ausmachten, war sein Kriegertrupp ungefähr zwanzig Meilen südlich von Bryn Atha, auf der Straße nach Calleva.

Binnen vier Stunden nach Eintreffen der Nachricht war auch Ceawlin unterwegs. Bei ihm waren seine eigenen und Cuthas Lehnsleute und zehn Briten. Zwei der britischen Freiwilligen und der verletzte Erick blieben auf Bryn Atha zurück. Ceawlins Kommando bestand aus neunundvierzig Männern, während Edric nach Aussage von Ine ungefähr zweihundert hatte. Im Unterschied zu jenen waren Ceawlins Männer jedoch alle beritten.

»Für die Taktik, die ich im Kopf habe, wird die Geschwindigkeit von wesentlicher Bedeutung sein«, hatte Ceawlin Naille erzählt, und obwohl der Brite gemurrt hatte, versorgte er doch sowohl Cuthas Lehnsleute wie auch die britischen Jungen mit Pferden.

»Arthurs Erfolg beruhte auf seiner Reiterei«, hatte er zu Ceawlin gesagt, als die Pferde in Bryn Atha übergeben wurden. »Niemals hätte ich gedacht, daß ich Sachsen mit Pferden ausrüste und in seine Fußstapfen trete.«

Ceawlin dachte insgeheim, daß die Geschichten über Arthur reichlich übertrieben wären. Es war einem Reiter einfach nicht möglich, bei dem Schock eines schweren Lanzenaufpralls im Sattel zu bleiben. Aber vorsichtigerweise sagte er Naille nichts davon, sondern lächelte und dankte dem Briten für seinen wertvollen Beitrag.

Bryn Atha schien verlassen zu sein, als die Männer erst einmal fort waren. Niniane und die Frauen standen im Hof und schauten verloren auf das Tor, durch das sie davongeritten waren. Dann straffte Niniane ihre Schultern. Sie hatte Ceawlin gesagt, sie würde es alleine schaffen, und das würde sie auch. Sie wandte sich an Meghan und sagte brüsk: »Da die Männer alle fort sind, müssen wir uns um das Vieh und die Felder selbst kümmern. Wir werden genug beschäftigt sein, bis sie zurückkehren. Kommt nun«, ihre Stimme wurde schärfer, um die Aufmerksamkeit auch der übrigen Frauen zu erlangen, »ins Haus. Es gibt Arbeit zu tun.«

Ceawlin führte seine Männer an einen Punkt auf der römischen Straße, der acht Meilen südlich von Calleva lag. Er wußte, daß eine halbe Meile westlich ein britischer Hof stand. Der Bauer war zu Tode erschreckt, als ein Trupp von fünfzig Reitern in seinen Hof donnerte, aber Ceawlin ließ Gereint mit ihm sprechen, und schon bald fütterten die Sachsen ihre Pferde, gaben ihnen zu trinken und warteten auf die Späher, die Ceawlin ausgesandt hatte.

Es wurde bereits spät, als Ceawlin und Sigurd nebeneinander an der Ecke des Hofes standen und auf die Straße blickten. »Eine Meile südlich von hier ist ein vortrefflicher Platz, um ein Lager aufzuschlagen«, sagte Ceawlin. »Ich hoffe, daß Edric das tun wird. Dann, wenn sie alle schlafen, sind wir am Zug.«

Die Späher kehrten innerhalb einer Stunde zurück und erklärten, daß Edric genau tat, was Ceawlin gehofft hatte. Die Männer aßen das Brot und den Käse aus ihren Satteltaschen, dann gab es nichts mehr zu tun – außer warten.

Der Tag verschwand. Große Banner aus blutrotem Licht erstreckten sich über den Himmel und verdeckten die Wolken. Dann kam die Dunkelheit.

Die Männer warteten, ohne zu schlafen, auf das entscheidende Signal. Ceawlin hatte ihnen vorher genau gesagt, was sie tun sollten: »Reitet wie Krieger aus der Hölle durch dieses Lager. Benutzt eure Wurfspieße und tötet so viele Männer, wie möglich. *Bleibt niemals stehen.* Ich will keinen Kampf Mann-gegen-Mann. Wir gehen rein und sind sofort wieder draußen, und wir werden so viele mit dem Wurfspieß töten, wie wir können. Ich kann es mir nicht leisten, auch nur einen einzigen von euch zu verlieren. Ist das klar?«

Nachdem sie zugestimmt hatten, fuhr er fort: »Wir werden von Süden in das Lager kommen und es in Richtung Norden durchqueren, dann reiten wir die römische Straße entlang, bis wir in Calleva sind.«

»Wohin gehen wir nach Calleva, Prinz?« Es war Ine, der sprach. »Edric wird uns folgen, soviel ist sicher.«

»Ich *will*, daß er uns folgt. Nach Calleva reiten wir zum Aildon-Gebirge, Ine. Zum Badon-Paß.«

»Der Badon-Paß?« Ine runzelte die Stirn. »Ist das nicht dort, wo Arthur ...?«

»Ja.« Ceawlin hob die Augenbraue. »Ich bin dort gewesen, seit ich auf Bryn Atha war, und ich verspreche euch, ein paar Dutzend Männer können den Paß leicht gegen einen ganzen Kriegertrupp behaupten. Dorthin will ich gehen und dorthin soll Edric uns folgen.«

Es war nach Mitternacht, als Ceawlin und seine Männer aufbrachen. Der britische Bauer kannte einen Weg, der sie südlich von Edric auf die Straße bringen würde, und Gereint überredete ihn, sie zu führen. Sie führten ihre Pferde nacheinander am Zügel, weil der Pfad zugewachsen und schmal war und sie sich nicht ihre Köpfe an den herabhängenden Zweigen stoßen wollten.

Ceawlin schritt voran, direkt hinter dem Bauern. Es war sehr dunkel im Wald, und nur seine hervorragende Fähigkeit, nachts zu sehen, ermöglichte ihm, die Gestalt des Bauern nicht aus den Augen zu verlieren. Es war leichter für die Männer hinter ihm, die einem großen Pferd folgen konnten. Nach einer langen Zeit, von der seine innere Uhr ihm mitteilte, daß es sich nur um eine halbe Stunde handelte, sah er das Mondlicht vor sich herabscheinen. Zumindest hatte es jetzt ein Ende mit diesem langen Tunnel aus Bäumen.

Die Straße wirkte geradezu hell nach der Schwärze unter dem Blätterdach des Waldes. Ceawlin stieg auf Bayvard und hielt das Pferd ruhig, bis auch die übrigen Männer die Straße erreicht hatten. Niemand sprach ein Wort. Sie waren sich alle nur zu sehr bewußt, daß jedes Geräusch von der Nachtluft weitergetragen wurde, und sie waren lediglich eine Viertelmeile von Edrics Lager entfernt. Von ihrem Sammelplatz aus konnten sie die verlöschenden Lagerfeuer deutlich erkennen. Der Klang der Pferdehufe auf dem Straßenschotter erschien Ceawlin unnatürlich laut, aber im Lager weiter oben wurde kein Alarm gegeben.

Schließlich hatte der letzte Mann die Straße erreicht. Sie stellten sich wie zuvor abgesprochen auf, acht Reihen mit jeweils sechs Männern hintereinander. Ceawlin hielt seinen Wurfspieß in der rechten Hand, als er den Arm hob. Einen Augenblick herrschte eine außergewöhnliche Stille, in der sogar die Pferde wie angewurzelt dastanden. Dann ließ er seinen Arm nach unten sausen und die Gruppe von Reitern galoppierte die Straße entlang.

In weniger als einer Minute erreichten sie Edrics Lager. Ceawlin wich plötzlich von der Schotterstraße ab und ritt geradewegs auf die im Gras um das Lagerfeuer schlafenden Männer zu. Seine Männer folgten ihm mit donnernden Hufen nach.

Er sah ein Gesicht im Schein des Feuers, erkannte, wie ein Lehnsmann aus der Halle des Königs aufstand und nach seinem Schwert griff. Ceawlins Wurfspieß traf ihn mitten in die Brust. Ceawlin galoppierte über die am Boden liegenden Körper und griff nach dem anderen Wurfspieß, den er an seinem Gürtel befestigt hatte. Er schlug einem anderen Mann in den Rücken, als dieser vor den mörderischen Hufen flüchten wollte. Dann war Ceawlin auch schon auf der anderen Seite des Lagers und schoß wieder auf die Straße zu. Er wandte sich um, wollte sehen, wer neben ihm und wer hinter ihm war. Der gesamte Trupp schien noch unversehrt. Ceawlin spürte wieder Schotter unter Bayvards Hufen und ritt weiter.

Als sie Calleva erreicht hatten, hielten sie an, um die Männer zu zählen. Sie hatten keinen einzigen verloren.

Ceawlin hatte nur einmal vor Calleva angehalten, um drei Meilen südlich der Stadt einen Mann auf der Straße zu postieren, der dort auf das erste Anzeichen von Edrics Kriegertrupp warten und dann die übrigen in der Stadt warnen sollte.

Die Stadttore waren geöffnet; schließlich hatten die Einwohner keine Ahnung, daß Sachsen in ihrer Nähe waren. Ceawlin ritt hinein und brachte seine Männer und Pferde im alten Forum unter. Er verlangte von den Stadtbewohnern Heu für die Pferde und Essen für die Männer. Die Leute kamen dem Befehl etwas weniger mürrisch nach, als sie erst einmal gesehen hatten, daß auch Briten unter den sächsischen Eindringlingen waren. Nachdem sie ihren Hunger gestillt hatten, ließ Ceawlin jeden Mann seine Satteltaschen mit soviel Essen füllen, wie er nur tragen konnte. Dann legten sich alle für ein paar Stunden zum Schlafen nieder.

Eine Stunde nach der Morgendämmerung kam Octa mit der Nachricht nach Calleva geritten, daß Edric ihnen folgte. Ceawlin weckte seine Männer, und sie ritten in nordöstlicher Richtung davon, auf die Berge zu.

Ceawlin wußte, daß es ein Risiko war, so nah an Bryn Atha vorbeizureiten. Aber er hatte zu wenig Männer, um etwas anderes zu tun, als sich in den Bergen zu verstecken und Edric hinter sich herzulocken. Er zählte auf Edrics Gier, ihn zu ergreifen, darauf, daß er es für nicht wichtig genug erachten würde, bei der Villa anzuhalten. Und wenn er es doch täte... wenn er es doch täte, wäre Niniane schlau genug, sich selbst und das Baby in Sicherheit zu bringen.

Ceawlin ritt nicht allzu schnell. Er wollte Edric in dem Gefühl wiegen, er wäre in seiner Reichweite, damit er die Verfolgung nicht womöglich aufgäbe. Ein- oder zweimal erspähten sie ungefähr eine Meile hinter sich einige von Edrics Reitern. Edric ließ also seine Beute auskundschaften.

Im Gegensatz zu Edric besaß Ceawlin den Vorteil, daß Männer bei ihm waren, die die Gegend kannten. Die Westsachsen waren nur einmal so weit nördlich gewesen, zu der Zeit, als sie die Briten bei Beranbyrg geschlagen hatten. Das Gebiet war ihnen zum großen Teil unbekannt.

Und so erkannten sie nicht, daß sie zum Badon-Paß geführt wurden.

Es war später Nachmittag, als Ceawlins Männer die Spalte in jenen Hügeln erreichten, die den Briten als Badon-Paß bekannt waren. Der Paß bestand aus einer fünf Meilen langen Schlucht, die zwischen den zwei höchsten Bergen des Aildon-Gebirges, dem Mount Badon und dem Mount Dall, hindurchführte. Die römische Straße, die Venta mit Corinium verband, lag etwas weiter westlich, wo die Berge niedriger waren. Hier jedoch ging es auf beiden Seiten des Passes steil nach oben, der Grund war felsig und uneben, der Durchlaß schmal. In dieser Schlucht hatte weniger als hundert Jahre zuvor Arthur eine ganze Generation sächsischer Krieger begraben. Jetzt benutzte der Anführer einer neuen sächsischen Generation mit Hilfe von britischen Verbündeten den gleichen Paß noch einmal.

Pferde waren nutzlos in diesem Gebiet, und Ceawlin ließ die Hälfte seiner Männer je zwei Pferde durch die Schlucht an das andere Ende führen, wo die Tiere angebunden und von drei Männern bewacht wurden. Die übrigen Männer mühten sich wieder die fünf Meilen zurück zu ihren Kameraden. Sie aßen Brot und Käse, das einzige, was sie mitgenommen hatten. Ceawlin war sicher, daß die Lehnsleute von Winchester an diesem Tag nicht mehr den Paß erreichen würden; sie waren zu Fuß und bewegten sich auf unbekanntem Terrain. Trotzdem wartete er nicht bis zum nächsten Morgen, sondern postierte seine Männer auf dem Mount Badon und dem Mount Dall, mit der Anweisung, dort bis zur Ankunft Edrics zu bleiben.

Gereint war voller Überschwang. Er war mit Geschichten über die Schlacht bei Badon aufgewachsen, und hier stand er nun, auf genau demselben Berg, und folgte der gleichen Strategie wie der größte Held seines Volkes.

Tatsächlich war es jedoch nicht die gleiche Strategie. Ceawlin hoffte kaum, Edric in den Paß hineinlocken zu können. Im Gegensatz zu Arthur besaß er nicht den Vorteil der Überraschung. Ceawlins Hoffnung bestand darin, Edric am Eingang des Passes festzunageln, während der Prinz einen weiteren Plan verfolgte.

Die Sonne ging an einem wunderschönen, tiefblauen Himmel auf. Die frühe Morgenluft war kühl, aber Gereint kauerte hinter einem Felsen, der ihn vor den feindlichen Pfeilen schützen sollte, und so bemerkte er die Kälte kaum. Wenn sein Vater erst erfahren würde, was er getan hatte! Der Morgen zog sich endlos in die Länge, während er seine Augen, auf der Suche nach dem Feind, nach Osten richtete. Ceawlin hatte sich auf den Berg direkt ihm gegenüber begeben. Man konnte Ceawlin nicht übersehen, dachte Gereint. In ganz Britannien gab es keinen Kopf wie seinen.

Schließlich sah er in einiger Entfernung die ersten Reihen des marschierenden Kriegertrupps. Edric war gekommen.

Seit zwei Stunden wußte Edric, wohin Ceawlin ihn lockte; er hatte Kundschafter ausgesandt, die einen ortsansässigen Bauern ausfragten. Als er die Worte »Badon-Paß« hörte, wußte er sofort Bescheid. Natürlich hatte er von der Schlacht beim Badon-Paß gehört und wußte, daß es der entscheidende Sieg Arthurs gegen die Sachsen gewesen war. Aber er kannte kaum Einzelheiten. Es entsprach nicht der sächsischen Art, bei ihren Niederlagen zu verweilen. Als Edric also vor seinen marschierenden Männern herritt, war er optimistisch und glaubte, mit Ceawlin bald abgerechnet zu haben und im Sommer wieder nach Winchester zurückkehren zu können.

Dann erreichte er den Paß.

Er sah die Männer auf den Bergen und die gespannten Bögen. Sie verschwanden schnell hinter Büschen und Felsen, die ihnen als Deckung dienten, aber nicht schnell genug, um nicht noch bemerkt zu werden. Edric sah die enge Schlucht, die durch diese hohen, kalkigen Berge schnitt.

Es wäre Selbstmord gewesen, hätte er den Paß betreten wollen. Seine Männer würden keinen Schutz vor den Bogenschützen hoch über sich haben. Und es war auch nicht möglich,

Männer auf die Suche nach ihnen auszuschicken. Sie würden genauso schnell abgeschossen werden, als wenn sie sich auf dem Boden des Passes befänden. Edric hatte jedoch genug davon, ein wartendes Ziel für Ceawlin darzustellen. Er hatte fünfundzwanzig Mann an der Straße nach Calleva verloren.

»Wir werden sie aussitzen«, sagte Edric finster zu den Edlen. »Sie haben nur die Nahrungsmittel, die sie mit sich führen. Sie sind in diesen Bergen gefangen. Irgendwann werden sie herauskommen müssen, und dann warten wir auf sie.«

»Wohin führt der Paß?« wollte einer der Edlen wissen. »Könnten sie nicht auf der anderen Seite wieder herauskommen?«

»Der britische Bauer sagte, er führt nirgendwohin – nur tiefer in die Berge. Wenn sie diesen Weg wählen, werden sie dies umsonst getan haben. Falls Ceawlin König über einen Haufen unfruchtbarer Berge sein will, bitte sehr. Aber ich glaube nicht, daß es das ist, was er will. Er will Winchester. Er wird herauskommen. Er wird herauskommen müssen.«

Edric schlug auf der sanften Böschung vor dem Paß, außerhalb der Reichweite von Ceawlins Bogenschützen, sein Lager auf. Gelegentlich kam ein Pfeil heruntergeschossen, wenn einer der Männer aus Winchester sich zu nahe herantraute. Niemand wurde getroffen. Ceawlins Männer nahmen schließlich in Schmährufen Zuflucht.

»Sie versuchen verzweifelt, uns in den Paß zu locken«, sagte Edric voller Zufriedenheit. »Gut.«

Die Nacht brach herein und der Kriegertrupp aus Winchester stellte um das gesamte Lager herum Wachen auf. Edric wollte sich nicht noch einmal überraschen lassen. Die Nacht verging friedlich. Als am nächsten Morgen die Sonne aufging, waren die Bogenschützen verschwunden.

»Sie sind tiefer in die Berge hinausgegangen«, sagte Edric. Aber er war sich nicht ganz sicher. Es sah Ceawlin nicht ähnlich, so leicht aufzugeben. »Ich brauche jemanden aus dieser Gegend«, befahl er. »Ich will genau wissen, was am anderen Ende des Passes ist.«

Es war bereits Mittag, als er es herausfand. Der Paß führte auf die alte römische Straße, die von Corinium nach Calleva führte. Ceawlin hatte niemals die Absicht gehabt, Edric in den Paß zu locken. Er hatte ihn lediglich an der Nase herumgeführt, hatte so getan, als würde er die Nacht über in den Bergen bleiben, während er in Wirklichkeit mit seinen Reitern zurück nach Calleva galoppiert war. Und von Calleva aus lag die Straße nach Winchester offen und einladend vor ihm.

Grimmig führte Edric seine Männer nach Osten und brachte sie wieder aus den Bergen heraus. Sie rasteten nicht einmal, um zu schlafen oder zu essen, sondern marschierten die ganze Nacht hindurch. Sie erreichten Calleva, um dort zu erfahren, daß Ceawlin bereits am vorigen Tag durchgekommen war und die Straße nach Süden genommen hatte. Der erschöpfte Kriegertrupp aus Winchester nahm wieder die Verfolgung auf.

20

Ceawlin tat so, als wollte er nach Winchester gehen, dann wandte er sich nach Westen gen Searobyrg, wo Cynric so viele Jahre zuvor die Eroberung von Wessex begonnen hatte. Den Rest des Frühlings und den frühen Sommer hindurch spielten die beiden Kriegertrupps in ganz Wessex ein Katz-und-Maus-Spiel. Sie ließen sich dabei von britischen Höfen und sächsischen Ansiedlungen ernähren, die auf ihrem Weg lagen. Ceawlin hoffte verzweifelt, Nachricht von Cutha zu erhalten, aber der Edle und seine ihm verbliebenen Anhänger schienen von der Landkarte verschwunden zu sein.

Anfang Juli wurde Edric der Jagd müde und kehrte nach Winchester zurück. Guthfrid empfing ihn mit dem öffentlich angebrachten Respekt und wartete, bis sie mit ihm allein war, ehe sie ihm ihre Meinung sagte.

»Er macht einen Narren aus dir!« Ihre braunen Augen waren beinahe schwarz vor Wut und Verachtung. »Götter! Du bist wie ein Jagdhund, der seine Spur nicht aufnehmen kann! Er hat dich kreuz und quer durch Wessex geführt, und immer wieder ist er dir entkommen!«

»Was kann ich tun?« schrie Edric zurück. »Er hat nicht vor, gegen mich zu kämpfen. Er versucht lediglich ...«

»Einen Narren aus dir zu machen. Nun, Edric, das ist ihm gelungen.«

Er warf sich auf einen mit Schnitzereien verzierten Holzstuhl und starrte sie widerspenstig an. »Zumindest bin ich Cutha losgeworden.«

»Wo ist Cutha denn?«

»Vom Erdboden verschluckt. Niemand hat mehr etwas von ihm gehört, seit er mit seinem Schwanz zwischen den Beinen von Banford geflohen ist.«

Ihre dünnen, geschwungenen Brauen zogen sich zusammen. »Das gefällt mir nicht.«

»Es gefällt mir besser, als wenn er sich mit Ceawlin vereinigt hätte.«

»Wo ist Ceawlin jetzt?«

»Irgendwo im Westen. In der Nähe von Selwood.«

»Ist es dir jemals in den Sinn gekommen, Edric«, sagte Guthfrid, »daß Ceawlin dich die ganze Zeit vom Norden ferngehalten hat?«

Edric sah sie an.

»Ferngehalten von Bryn Atha«, sagte sie.

Eine Pause entstand.

»Die Briten dort sind auf seiner Seite«, sagte Edric schließlich. »Er hatte bei der Feste Cob einige bei sich, und auch jetzt reitet wieder eine ganze Reihe mit ihm.«

»Er hat eine Frau dort.«

»Eine Frau«, sagte Edric, »und einen Sohn.«

Ihre Augen weiteten sich, und ein merkwürdiges Glitzern trat in sie, ließ sie beinahe fiebrig erscheinen. »Einen Sohn?« Ihre Stimme war scharf.

»So hörte ich.«

»Das wußte ich nicht.«

Sie sahen sich an. Dann sagte sie: »Er hat meinen Sohn getötet.«

Er betrachtete sie eine Zeitlang, dann lächelte er plötzlich. »Was würdest du sagen, wenn ich verspreche, morgen nach Bryn Atha aufzubrechen?«

Sie legte ihre Hände auf seine Schultern, und ihr Mund näherte sich seinem. »Ich wäre sehr zufrieden«, murmelte sie. »Aber töte sie nicht. Bring sie einfach nur her.«

»Es wird mir ein Vergnügen sein«, antwortete er und zog sie hinunter auf seinen Schoß.

Tatsächlich hielt sich Ceawlin aber gar nicht in der Nähe von Selwood, dem großen Wald, der Wessex von Dumnonia trennte, auf. Er war Edric bis nach Winchester gefolgt und hatte nun sieben Meilen nördlich an der Straße nach Calleva gelagert. Wie Guthfrid bemerkt hatte, war er immer bestrebt, sicherzugehen, daß Edric nicht nach Norden entwischte. Folglich erfuhr der kleine Trupp von Reitern, der Ceawlin folgte, fast sofort, daß sich der Kriegertrupp von Winchester wieder auf die Straße begeben hatte.

Es wurde sehr schnell klar, daß Edric nicht im Sinn hatte, auf die Suche nach Ceawlin zu gehen. Er marschierte absichtlich nach Norden, auf Calleva zu, obwohl er noch immer glauben mußte, daß Ceawlin sich im Westen aufhielt. Und von Calleva waren es nur zehn Meilen bis Bryn Atha.

Ceawlin und seine Männer kehrten Edric den Rücken und ritten ebenfalls nach Norden.

Bryn Atha sah aus wie immer, als sie an einem warmen, bedeckten Julinachmittag durch das Tor ritten. Die Hunde kamen zur Begrüßung herbeigelaufen und bellten laut. Eine Frau, die die Hunde hörte, trat aus dem Haus, als die Männer und Pferde über den Hof kamen. Sigurd erkannte Wynne an ihrer Haarfarbe. Ihr liebliches Gesicht strahlte, als sie Penda erblickte.

Die Männer stiegen ab, und zwei andere Frauen kamen heraus auf den Hof. Immer noch schaute Sigurd sich um. Bertred sprach mit Meghan, und Penda hatte seine Arme um Wynnes Schultern gelegt. »Wo ist Niniane?« fragte Ceawlin und sprach Sigurds Gedanken aus. Er hockte auf seinen Fersen und kraulte die weißen Ohren des Hundes.

»Oh, mein Herr, sie sieht nach den Hühnern«, antwortete Wynne ein bißchen atemlos. »Sie sind letzte Nacht von irgendeinem Tier belästigt worden, und sie stellt eine Falle auf.«

»Götter«, sagte Ceawlin, hin- und hergerissen zwischen Verzweiflung und Erheiterung. »Niniane und ihr Hof!« Er streichelte den Hund ein letztes Mal, richtete sich auf, nachdem er die Zügel seines Pferdes einem der Männer zugeworfen hatte, und ging, gefolgt von drei Hunden, auf die Hühnerställe zu. Sigurd beauftragte die Männer damit, die Pferde in die Ställe zu bringen, und ging langsam auf das Haus zu. Ein Mann öffnete die Tür, und beim Näherkommen erkannte Sigurd in ihm den christlichen Priester Vater Mal.

Sigurd grüßte ihn höflich. »Wir sind froh, Euch zu sehen«, erwiderte der Mann. »Bringt Ihr gute oder schlechte Nachrichten?«

»Keine guten, fürchte ich. Edric kommt nach Norden, Vater Mal«, sagte Sigurd. »Wir glauben, daß er nach Bryn Atha will.«

Der Priester antwortete nicht, aber sein Gesicht nahm härtere Züge an.

»Wie lange seid Ihr bereits hier auf Bryn Atha?« fragte Sigurd.

»Eine Woche. Naille erzählte mir, daß ich Wynne mit einem der sächsischen Lehnsmänner vermählen sollte, und so hofften wir, Ihr würdet zurückkehren, bevor ich wieder fort muß.«

»Oh, ja.« Sigurd hatte Pendas Hochzeit beinahe vergessen. »Nun, Ihr müßt es schnell tun, wenn es überhaupt geschehen soll. Ceawlin möchte jeden von Bryn Atha fort haben, bevor Edric kommt.«

Die beiden hatten die ganze Zeit in der Tür gestanden, und jetzt schaute der Priester über Sigurds Kopf hinweg. »Da ist ja der Prinz«, sagte er. Sigurd blickte sich um und sah die beiden näher kommen. Ceawlin schaute in Ninianes Gesicht und sprach mit ihr. Der Scheitel ihres Kopfes reichte nicht einmal bis zu seiner Schulter. Während Sigurd sie beobachtete, faßte sie ihren Ehemann an der Hand und antwortete etwas. Er nickte mit ernstem Gesicht.

»Willkommen, Sigurd«, sagte Niniane, als sie beinahe am Haus waren und sie endlich die Männer in der Tür bemerkt hatte. Sie lächelte. »Warum seid Ihr nicht hineingegangen?«

Sigurd zwang sich, freundlich zurückzulächeln. Ihr eigenes Lächeln war atemberaubend, ihre Augen ein tiefes Blau. Sie und Ceawlin hielten sich immer noch an den Händen.

»Wir haben auf Euch gewartet«, antwortete Sigurd.

Sie lachte etwas unsicher. »Nun, kommt mit und laßt mich etwas zum Essen holen!« Niniane führte sie in das Eßzimmer und ging dann selbst in die Küche. Sie war bald mit der Nachricht zurück, daß das Essen vorbereitet wurde. Dann sagte sie zu ihrem Mann: »Möchtest du deinen Sohn sehen?«

Ceawlin, der am Fenster gestanden hatte, schritt eifrig zur Tür. »Wo ist er? Schläft er?«

»Er müßte jetzt von seinem Mittagsschlaf aufgewacht sein. Er ist so groß geworden. Warte nur, bis du ihn siehst.«

Sie gingen zusammen die Galerie entlang, enger aneinandergedrängt, als es von der Breite des Flures her eigentlich erforderlich gewesen wäre. Ceawlin öffnete die Zimmertür und schloß sie hinter ihnen wieder. Die Läden waren geschlossen, damit die Sonne nicht eindringen konnte. Cerdic schlief noch.

Ceawlin beugte sich über ihn und schaute ihn an. Einen Augenblick lang sagte er gar nichts. Dann meinte er: »Du mußt von hier fort, Niniane. Ihr beide müßt fort. Edric ist auf dem Weg nach Norden.«

»Ich verstehe.« Ihre Stimme war sehr weich. »Ich dachte mir, daß ihr deshalb gekommen seid.« Das Baby bewegte seine Lippen, als würde es saugen, dann steckte es einen Finger in den Mund und war wieder still.

»Er lutscht an seinem Daumen!« sagte Ceawlin. Niniane lächelte über das Staunen in seiner Stimme.

»Wir sind der Grund, weshalb du die ganze Zeit im Süden geblieben bist, nicht wahr?« fragte sie.

»Ja. Ich habe dir gesagt, daß ich Edric von Bryn Atha fernhalten wollte. Ich hoffte, Nachricht von Cutha zu erhalten.«

»Du hast noch nichts von ihm gehört?«

»Gar nichts.« Er klang bitter. »Er scheint einfach verschwunden zu sein.«

»Ceawlin.« Sie holte tief Luft. »Ceawlin«, wiederholte sie. »Ich werde das Baby nehmen und mit Vater Mal nach Glastonbury gehen. Wir werden dort in Sicherheit sein und, was noch wichtiger ist, wir werden dir nicht im Weg stehen. Du bist frei und kannst tun, was du willst, ohne durch die Sorge um uns belastet zu sein.«

Er wandte sich von dem Baby ab und sah sie an, sah das kleine Gesicht mit den großen Augen, das ihn immer so berührt hatte. Sie hatte recht. Sie war im Moment eine Belastung für ihn. Sie banden ihn fest, sie und der Sohn, den er so liebte. Es trat eine kurze Stille ein, dann fragte er: »Wo liegt Glastonbury?«

»In Dumnonia. Dumnonia ist noch britisch, ist immer britisch gewesen. Es gibt ein Kloster dort, eine Gruppe religiöser Frauen, die geschworen haben, Gott zu dienen. Ich kann bei ihnen bleiben, hat Vater Mal gesagt. Wir werden dort sicher sein, bis du nach uns schickst.«

»Du hast schon gründlich darüber nachgedacht.«

Sie nickte. Selbst in dem trüben Licht des Zimmers sah er die kupfernen Strähnen in ihrem Haar. »Ich wußte, daß es soweit kommen würde. Ich werde nicht zulassen, daß Guthfrid durch mich eine Möglichkeit hat, sich an dir zu rächen.«

»Nan.« Sein Tonfall war plötzlich verändert. Sie ging auf ihn zu und hob ihm ihr Gesicht entgegen. Sein Kuß war intensiv, intensiv und hungrig. Sie schlang ihre Arme um seine Taille. »Götter. Es ist so lange her«, sagte er. Sie preßte ihren Körper an seinen, neigte ihren Kopf zurück und lehnte ihn gegen seinen Arm, so daß sich das Haar wie ein Strom kupferner Seide über sein Handgelenk ergoß. Er richtete sich etwas auf, und ihre Füße verloren den Kontakt zum Boden. Er trug sie zum Bett.

»Ceawlin...« Ihre rauchige Stimme klang jetzt noch rauchiger als sonst und unsicher. »Nicht jetzt. Sie warten auf uns...« Aber ungeachtet ihrer Worte verlangte ihr Körper nach ihm. Er fühlte es, fühlte das Feuer in seinem eigenen Blut und legte sie auf das Bett. Als sein Mund sich wieder um ihren schloß, schlang sie ihre Arme um seinen Nacken und protestierte nicht mehr.

Als Ceawlin endlich wieder in das Wohnzimmer zurückkehrte, gab er einige Anordnungen. Niniane und der Priester würden in der Morgendämmerung des folgenden Tages nach Glastonbury aufbrechen. Die britischen Mädchen würden zurück zu ihren Familien gehen, während die sächsischen Sklaven auf Bryn Atha bleiben sollten. »Wenn es eine Heirat zwischen Wynne und Penda geben soll«, sagte Ceawlin zu dem Priester, »müßt Ihr es heute nacht tun.«

Erst, als die Männer ihre Pferde gefüttert und sie mit Wasser versorgt hatten, erfuhr Ceawlin, daß es noch eine zweite Heirat geben sollte. Bertred kam direkt vom Stall in das Haus und bat Ceawlin um ein privates Gespräch. Meghan war bei ihm. »Meghan und ich möchten heiraten, Mylord«, sagte Bertred respektvoll, aber fest, sobald sie mit dem Prinzen alleine waren.

Ceawlin zog eine Augenbraue empor. »Das ist eine Überraschung.«

»Ich habe bisher nichts davon gesagt, weil Meghan auf den Priester warten wollte«, erklärte Bertred. »Und dann waren wir auf dem Kriegszug. Ich weiß, daß wir morgen wieder aufbrechen, aber trotzdem... möchten wir heiraten.« Sein Kinn zeugte von ungewohnter Beharrlichkeit.

Ceawlin sah seinen jungen Mann gedankenverloren an. »Habt ihr die Erlaubnis von ihren Eltern?« fragte er nach einem Augenblick. »Ich habe keine Einwände, aber ich möchte nicht, daß mir die Atrebaten deswegen an die Kehle gehen.«

»Mein Vormund hat nichts dagegen, solange wir nach christlichem Glauben verheiratet werden.« Es war Meghan, die sonst kaum den Mut hatte, mit Ceawlin zu sprechen, jetzt aber tapfer Bertred unterstützte.

»Dein Vormund?«

»Mein Onkel«, erwiderte das Mädchen. »Meine Eltern sind tot.«

Ceawlin sah die beiden lange an. »Schwört ihr, daß Meghans Onkel seine Einwilligung gegeben hat?«

»Ja, Mylord«, antworteten sie im Chor.

»Also gut«, sagte Ceawlin. »Es scheint, daß Vater Mal heute nacht sehr beschäftigt sein wird.« Er nickte Bertred mit einem ansteckenden Lächeln zu. »Wie noch einige andere.«

Bertred grinste zurück, und Meghan errötete.

Ceawlin hatte die beiden Verliebten mit ins Eßzimmer genommen, als sie ihn privat sprechen wollten. Jetzt kehrte er in das Wohnzimmer zurück, wo Niniane sich mit Sigurd und dem Priester unterhielt. Die drei schauten ihn an, als er hereintrat; allen stand die Neugier im Gesicht geschrieben. »Sie wollen heiraten«, sagte Ceawlin.

Sigurd sah überrascht aus, Niniane nicht. »Sie haben geschworen, daß sie die Erlaubnis von Meghans Onkel haben«, fuhr Ceawlin fort. Dann fragte er seine Frau: »Hast du etwas davon gewußt?«

Sie schüttelte den Kopf. »Meghan hat mir nichts erzählt. Aber ich hatte meinen Verdacht. Ich habe dir davon erzählt, Ceawlin, erinnerst du dich nicht?«

Er brummte etwas. Sie fuhr fort: »Dies ist nicht wieder so eine Sache wie bei Wynne und Penda, dessen bin ich mir sicher. Sie haben gewartet. Und Meghans Eltern leben nicht mehr, es ist nur noch ein Onkel da, der froh sein wird, wenn er die Verantwortung für sie abgeben kann. Das war auch der hauptsächliche Grund, weshalb er sie nach Bryn Atha kommen ließ.«

Ceawlin zog eine Augenbraue hoch. »Ich verstehe.« Dann wandte er sich an den Priester. »Eure Dienste sind sehr gefragt, Vater Mal.«

»Das ist immer so, wenn ein Priester so selten in eine bestimmte Gegend kommt«, erwiderte Vater Mal. »Die Hochzeiten und Taufen häufen sich. Ich war die ganze letzte Woche schon sehr beschäftigt. Da war Euer eigener Sohn, Prinz...« Er brach ab, als er den Ausdruck auf Ceawlins Gesicht sah. Für einen Augenblick wurde es absolut still.

»Was heißt das, da war mein eigener Sohn?« Der Priester starrte erschreckt auf einen plötzlich vollkommen veränderten Ceawlin. Der umgängliche, zivilisierte Prinz, mit dem er bisher gesprochen hatte, war nun völlig verschwunden, als hätte er niemals existiert. Ceawlin machte einen Schritt auf den Priester zu, und Vater Mal wich zurück. Ceawlins Gesicht war weiß, seine Augen wie zwei Blitze aus türkisfarbenen Schlitzen.

»Habt Ihr meinen Sohn getauft?«

»Ich... ja... die Prinzessin bat mich darum.«

Ceawlin sah seine Frau an. Sie war blaß, hielt jedoch ihren Kopf aufrecht. Er machte einen Schritt auf sie zu, aber sie wich nicht zurück. »Ist das wahr?« fragte er.

»Ja.« Ihre Augen begegneten seinem wütenden Blick und hielten ihm stand.

Seine Hände ballten sich zu Fäusten zusammen. »Ich habe dir gesagt, ich dulde in seiner Nähe keinen christlichen Priester. Er ist mein Sohn. Wie konntest du es wagen?«

»Er ist auch mein Sohn, Ceawlin. Ich mußte so handeln. Es geht um seine unsterbliche Seele.«

Wilde Wut, wie er sie nie zuvor gekannt hatte, durchströmte Ceawlin. Sie hatte es getan. Cerdic, sein Sohn... verhext von diesem wimmernden Priester... verloren... Er machte noch einen Schritt auf sie zu und hob seine Faust. Er wollte sie umbringen. Er hörte nicht den Schrei des Priesters, er sah nicht, wie Sigurd aufsprang, um ihn zurückzuhalten. Sein Blick galt nur Niniane, die weder zurückzuckte noch sich irgendwie schützte, die ihn lediglich mit einem sehr ruhigen Gesicht anstarrte. In der letzten Sekunde öffnete er seine Finger und schlug sie mit der flachen Hand mitten ins Gesicht. Sie fiel auf den Boden.

»Ceawlin! Hör auf!« Es war Sigurd, der nach seinem Arm griff und ihn wegzerrte. Ceawlin schüttelte ihn ab, drehte sich um und verließ den Raum. Krachend schlug er die Tür hinter sich zu.

Niniane war von Ceawlins Schlag nicht bewußtlos geworden, sondern nur etwas betäubt. Sie öffnete die Augen und sah Sigurds weißes Gesicht über sich. »Geht es Euch gut?« fragte er sie. Seine Stimme klang so angespannt wie sein Gesicht aussah.

»Ja, ich glaube schon.« Sie legte ihre Hand an die Wange. Es brannte fürchterlich. Sie bewegte ihren Kiefer. Er schmerzte. Sie sah sich im Raum um und blickte dann auf die Tür.

»Er ist gegangen.« Es war Vater Mal, der ebenfalls sehr bleich aussah. »Meine Tochter, es tut mir so leid. Ich habe nicht gewußt, daß ... Ich hätte nichts von der Taufe sagen sollen. Ihr hättet mir mitteilen müssen, daß ich nichts sagen soll.«

»Es ist in Ordnung«, antwortete Niniane. Sigurd half ihr auf die Beine. »Er mußte es wissen. Ich würde so etwas nicht vor ihm geheimhalten.«

»Er hätte Euch nicht schlagen dürfen.« Sigurds graue Augen waren härter, als Niniane jemals zuvor bei ihm gesehen hatte. »Ich verstehe, was er empfindet, aber er hätte Euch nicht schlagen dürfen.«

»Ceawlins Wut ist heiß, nicht kalt«, erwiderte Niniane. »Aber ich habe ihn niemals so wütend gesehen wie gerade eben.« Sie zitterte und entfernte sich einen Schritt von Sigurd, damit er es nicht merkte. »Wohin ist er gegangen?«

»Ich weiß es nicht«, antwortete Sigurd.

Niniane fühlte sich flau im Magen. Sie hatte gewußt, daß Ceawlin ärgerlich sein würde, aber so etwas hatte sie nicht erwartet.

»Er hätte Euch nicht schlagen dürfen«, wiederholte Sigurd.

Das Zittern wurde stärker. Niniane schaute mit beunruhigten Augen Ceawlins Freund an. Wie konnte sie erklären, daß ihr nicht der Schlag so sehr zusetzte, sondern vielmehr die Furcht, daß Ceawlin ihr niemals vergeben würde, was sie getan hatte? Sie verschränkte die Arme über der Brust und sagte bestimmt: »Wir werden zuerst die Hochzeiten durchführen und dann essen. Ich werde das Eßzimmer herrichten, da im Empfangsraum nicht genügend Platz ist. Die Lehnsmänner werden sich selbst bedienen und im Stehen essen müssen.«

»Seid Ihr sicher, daß es Euch gutgeht?« fragte der Priester. »Ihr solltet Euer Gesicht etwas kühlen, Prinzessin.«

»Das werde ich«, antwortete sie. Dann wandte sie sich an Sigurd: »Würde es Euch etwas ausmachen, den Männern zu erklären, daß sie in einer Stunde in den Empfangssaal kommen sollen? Die Vermählungen werden dann stattfinden.«

»In Ordnung«, sagte er, schaute noch einmal mit seinem harten Blick auf ihre Backe und verließ den Raum.

Niniane und der Priester waren alleine. »Er ist durch und durch ein Heide, nicht wahr?« fragte Vater Mal. Er sprach nicht von Sigurd.

»Ja«, sagte Niniane mit leiser Stimme. »Das ist er.«

»Eure Pflicht liegt bei Euren Kindern, meine Tochter. Ihr habt recht gehandelt, als Ihr Euren Sohn taufen ließet.« Dann fügte er vorsichtig hinzu: »Wenn Ihr in Glastonbury bleiben wollt, kann das bestimmt arrangiert werden.«

»Nein!« Niniane starrte ihn mit erschreckten Augen an. »Ceawlin verlassen, meint Ihr? Ich kann das nicht tun, Vater. Ich liebe ihn.«

»Er ist ein schöner junger Mann, meine Tochter, und ich kann verstehen, daß eine Frau sehr leicht unter seinen Einfluß gerät. Aber ich muß Euch sagen, wenn Ihr mit ihm verheiratet bleibt, könntet Ihr Eure unsterbliche Seele gefährden.«

Niniane schüttelte den Kopf. »Nein, das glaube ich nicht. Ceawlin ist ein wirklich guter Mann, Vater.« Bei dem skeptischen Blick des Priesters fügte sie ungeduldig hinzu: »Erklärt mir nicht, daß kein christlicher Mann jemals seine Frau geschlagen hat!«

»Das kann ich natürlich nicht sagen …«

»Nun, ich werde Euch folgendes sagen«, sagte Niniane leidenschaftlich. »Ich lebe weitaus lieber mit einem Mann wie

Ceawlin, der einen Wutausbruch hat und mich niederschlägt, als mit einem ›guten Christen‹, der mit eisigem Despotismus regiert und jede ehrliche Gefühlsregung mit seiner Mißbilligung unterdrückt.«

»Prinzessin, ich weiß nicht, von wem Ihr da sprecht, aber ich kann Euch versichern, daß die Kirche ehrliche Gefühlsregungen niemals unterdrücken will.«

»Es tut mir leid.« Niniane fuhr mit einer zitternden Hand durch ihre Haare. »Vergebt mir, Vater. Ich bin aufgeregt. Ich werde gehen und mein Gesicht etwas mit Wasser kühlen.«

»Tut das, meine Tochter«, sagte der Priester freundlich. »In der Zwischenzeit werde ich die Vorbereitungen für die Hochzeiten treffen.«

Niniane kam der Abend endlos lang vor. Ceawlin kehrte weder zu den Hochzeiten noch zum Fest zurück, und Sigurd mußte die Trinksprüche halten. Ninianes Wange trug eine sichtbare Schwellung, und wenn auch niemand fragte, so gab es doch einige neugierige Blicke.

»Ich werde die Becher noch einmal nachfüllen lassen«, sagte Sigurd, als die Platten mit Essen leer waren. »Wir müssen morgen in Form sein, wenn wir aufbrechen.«

»Ich danke Euch, Sigurd.« Sie lächelte ihn an. »Ihr seid ein guter Freund.« Sie schaute sich im Zimmer um, das von Männerstimmen und Männergelächter erfüllt war. »Ich werde jetzt gehen und das Baby füttern. Ich komme später wieder zurück.«

Er nickte. Sie spürte seine Blicke auf sich, als sie aus dem Zimmer schritt.

Ihre Schlafzimmertür war geschlossen. Niniane runzelte die Stirn. Sie ließ sie immer offen, wenn das Baby dort alleine lag, damit jemand hören konnte, wenn es schrie. Sie stieß die Tür leise auf, um das Kind nicht zu wecken, und hielt überrascht inne, als sie sah, daß bereits jemand im Zimmer war. Es war Ceawlin. Er stand neben dem Babykörbchen und schaute mit einem deutlich besorgten Blick seinen Sohn an. Plötzlich verstand Niniane. Er suchte nach einem sichtbaren Zeichen der Taufe.

»Ceawlin«, sagte sie leise und trat in den Raum. Er hob seinen Kopf und warf ihr einen wachsamen, beinahe gehetzten Blick zu. Ihr Herz floß über vor Mitgefühl. »Ihm ist nichts geschehen, Ceawlin. Er ist der gleiche, der er vorher war.«

»Wenn das so ist, warum mußtest du ihn dann taufen lassen?«

»Es ist für das Leben nach dem Tod, nicht für dieses Leben. Wenn er getauft ist, kann er in den Himmel kommen, nachdem er gestorben ist.«

»Ich sorge mich nicht um das Leben nach dem Tod«, sagte er. »Ich sorge mich um dieses Leben. Ich sorge mich darum, mein Schicksal in diesem Leben zu erfüllen. Und dafür möchte ich auch bei meinem Sohn sorgen.«

»Daran hat sich nichts geändert. Seine Bestimmung, sein Schicksal, was immer er ist, hat sich durch die Taufe nicht verändert. Er hat noch immer all seine Kraft, all seine Stärke.«

»Ein König ist für seine Leute verantwortlich, er muß zwischen seinen Leuten und den Göttern stehen.«

Sie holte tief Luft. »Du glaubt an viele Götter, ich an einen. Was immer Cerdic glaubt, er wird in der Lage sein, für seine Leute Verantwortung zu tragen. Er wird König sein. Er ist dein Sohn, Ceawlin. Nichts kann das ändern.«

Er wandte sich von dem Körbchen ab und schritt zum Fenster, um hinauszublicken. Nach einem Augenblick folgte sie ihm. Sie legte ihre Arme um seine Taille und drückte ihre Wange sanft gegen seinen Rücken. Er versteifte sich, zog seinen Rücken aber nicht weg. »Ich möchte nicht, daß du nach Glastonbury gehst«, sagte er. »Ich traue diesem Priester nicht.«

»In Ordnung. Wenn du es nicht möchtest, werde ich nicht dorthin gehen.«

Es entstand eine lange Pause. Sie hielt ihn weiterhin umfaßt und schloß die Augen; sie spürte seine starken Muskeln unter ihrer unverletzten Wange. »Vielleicht könnte ich zu Coinmail gehen«, sagte sie zweifelnd.

Er drehte sich um, befreite sich von ihr und schaute sie an. Das blasse Licht des schwindenden Tages beleuchtete ihr Gesicht und die Schwellung auf der Wange. »Nein.«

Sie suchte seine Augen, versuchte, seine Gedanken zu lesen. »Ich werde bei den Frauen in Glastonbury bleiben«, versprach sie. »Ich verspreche dir, daß der Priester nichts mehr mit Cerdic machen wird.«

Sein Gesicht war verschlossen. »Schwörst du es?«

»Ja.«

»Also gut«, sagte er nach einiger Zeit. »Du kannst nach Glastonbury gehen.«

Sie standen sich nah gegenüber, berührten sich aber nicht. »Es ist nur, daß mir nichts anderes einfällt«, erklärte sie. »Ich will nicht gehen, Ceawlin.« Ihre weißen Zähne bissen leicht auf ihre rissige Unterlippe. »Ich wünschte, ich könnte mit dir gehen.«

Er seufzte, als ob ein großer Stein, der auf seinem Herzen gelegen hatte, von ihm genommen worden wäre. »Nan«, sagte er. Er berührte zärtlich ihre Wange mit seiner Fingerspitze. »Habe ich dir sehr weh getan?«

»Oh, Ceawlin.« Dicke Tränen schimmerten in ihren Augen. »Ich wollte nicht ungehorsam sein. Es war nur ... ich *mußte* es tun.« Sie warf ihre Arme um ihn und begann zu weinen.

»Ist schon gut«, sagte er. Er berührte kurz mit seiner Wange ihren Kopf. »Hör auf zu weinen, Nan. Es ist schon gut.« Nach einer Pause fügte er leise hinzu: »Sieh nur, jetzt hast du das Baby geweckt.«

21

Als Edric am nächsten Tag nach Bryn Atha einmarschierte, fand er es bis auf ein paar Sklavinnen verlassen vor. Die Sklavinnen waren aus Ostsachsen und bemerkenswert dumm; alles, was sie wußten, war, daß der Prinz einige Tage zuvor nach Bryn Atha gekommen war und die Prinzessin mitgenommen hatte. Wohin er sie gebracht hatte, wußten sie nicht.

Edric steckte das Haus, die Scheune und die Lagerräume in Brand, bevor er wieder abzog. Er wollte sich an den Menschen rächen, die es gewagt hatten, ihrem Freund Unterschlupf zu gewähren. Der Tag war heiß, und die Luft war immer noch dick vom Rauch der brennenden Gebäude, als Edrics Kriegertrupp einen Waldpfad entlangmarschierte, der zumindest versprach, irgendwohin zu führen. Die Sachsen waren erst eine Meile gegangen, als plötzlich von beiden Seiten des Pfades ein Pfeilhagel auf sie niederprasselte. Die Männer schrien und fluchten, als sie ihre Schilde hoben, um sich vor dem Tod zu schützen, der da aus dem Wald zu ihnen geflogen kam.

»Ergreift sie!« schrie Edric, und einige begannen, in Richtung Wald zu rennen, zu den Männern, die dort im Blattwerk der Bäume versteckt sein mußten. Eine neue Salve von Pfeilen flog durch die Luft und fand ihr Ziel. Diejenigen, die noch standen, zogen sich wieder zurück.

»Wir müssen in Deckung gehen!« schrie einer der Edlen Edric zu.

»Bildet einen Schildwall!« rief Edric. »Ihr da in der Mitte, haltet die Schilde über eure Köpfe.« Die Männer kauerten sich auf dem Pfad zusammen, auf dem selbst zusammengedrängt nur drei nebeneinander stehen konnten. Sie bildeten eine lange Reihe, die äußeren Schilde nach außen gewandt, die mittleren über ihren Köpfen. Es flogen noch einige weitere Pfeile, dann geschah nichts mehr. Die Sachsen suchten den Wald ab, die Schilde vor ihren Körpern, die Wurfspieße in der Hand, fanden jedoch niemanden. Schließlich rief Edric seine Männer wieder auf den Weg zurück. Die Pfeile hatten ihnen vier Tote und zwei Verwundete beschert.

»Wir werden nach Bryn Atha zurückkehren«, sagte Edric bitter. »Wenn wir weitergehen, werden wir nur wieder in einen ähnlichen Hinterhalt geraten.« Dann, als sie sich auf den Weg machten, fügte er hinzu: »Im Namen der Götter, wann werden wir einen Feind finden, gegen den wir kämpfen können?«

Der Sommer wurde zum Herbst. Edric quartierte seinen Kriegertrupp in den alten römischen Häusern in Calleva ein und die Edlen diskutierten darüber, wie sie weiter vorgehen sollten: nach Winchester zurückkehren oder die Jagd nach Ceawlin wieder aufnehmen. Die Sachsen waren verärgert über die Fortschritte, oder besser über den Mangel an Fortschritten, über das Fehlen einer richtigen Schlacht. Sie hatten mehr als ein Fünftel ihrer Männer verloren und, soweit sie wußten, hatten sie Ceawlin noch nicht einmal einen kleinen Hieb versetzt.

Edric gewann schließlich die Oberhand. »Wenn wir ihm erlauben, sich frei zu bewegen, wird er vermutlich noch mehr Briten dazu bringen, ihn zu unterstützen. Dann wird er eines Tages vor den Toren von Winchester stehen.« Der wahre Kern dieser Aussage wurde zögernd von den anderen Edlen eingestanden. Edrics Vorschlag gewann langsam ihre Sympathien: »Unser erster Schritt«, sagte Edric, »muß sein, ihn aus der Sicherheit der Berge hervorzulocken. Er kann in einer Schlacht nicht gegen uns bestehen. Wenn er es könnte, würde er nicht wegrennen und sich verstecken wie ein Fuchs mit einem Jagdhund auf seiner Fährte.«

Nach einer langen Diskussion stimmten die Edlen schließlich dem Plan zu. Sie würden Ceawlin aus den Bergen locken, indem sie vorgaben, nach Winchester zu ziehen. Dann, wenn der Prinz sich einbildete, sicher zu sein, würden sie über ihn herfallen und ihn in Stücke reißen.

Es war ein ungewöhnlich warmer Oktobertag, als die Späher, die Ceawlin aufgestellt hatte, um die Sachsen in Calleva zu überwachen, auf Bryn Atha eintrafen. Ceawlin war im vergangenen Monat in der Villa gewesen, beinahe die ganze Zeit, in der die Sachsen sich in Calleva aufhielten. Indem er sie den Teil wieder aufbauen ließ, den Edric abgebrannt hatte, sorgte er dafür, daß die Lehnsmänner keine Langeweile verspürten. Aber die Zeit verstrich nur langsam. Jetzt schien es, als würde endlich etwas geschehen.

Die Neuigkeiten waren sogar noch besser, als Ceawlin gehofft hatte.

»Mylord«, sagte Bertred, einer der beiden Späher, »Edric befindet sich mit allen seinen Männern auf dem Weg nach Winchester. Es sieht so aus, als würden sie nach Hause gehen!«

Ceawlin blickte in Richtung Calleva, als wenn er von dort, wo er stand, die Straße sehen könnte. »Bist du sicher?« fragte er und schaute wieder Bertred an.

»Ja, Mylord. Wir haben sie mindestens zehn Meilen weit verfolgt, bevor wir zurückritten.«

Ceawlin atmete tief aus. »Nun, das sind in der Tat gute Neuigkeiten. Sie werden wohl in Winchester überwintern. Sie haben den ganzen letzten Monat im Norden nichts unternommen, soviel steht fest.«

»Sie haben es sich in Calleva gemütlich gemacht, Prinz, das kann man wohl sagen.« Es war Ine, der andere Späher. »Sie haben sich ganze Wagenladungen mit Nahrungsmitteln von den Siedlungen um Winchester bringen lassen. Ich bezweifle, daß sie es wieder mit zurücknehmen.«

Ceawlin zog eine Augenbraue hoch. Edric hatte die Lagerräume von Bryn Atha verbrannt, und sie würden Nahrungsmittel für den Winter benötigen. »Vielleicht sollten wir Calleva einen Besuch abstatten«, sagte Ceawlin.

Ine grinste. »Es sind auch Frauen da. Sie kamen während des letzten Monats aus allen Richtungen, als erst einmal das Wort umging, daß die reichen Lehnsmänner aus Winchester in Calleva wären.«

»Ein weiterer Grund«, sagte Ceawlin. »Essen und Frauen. Ganz sicherlich werden wir nach Calleva marschieren.«

Ceawlins Männer ritten am späten Vormittag des zweiundzwanzigsten Oktober in Calleva ein und wie Ine gesagt hatte, gab es dort jede Menge Nahrungsmittel. Es war auch Bier da, und die Männer öffneten umgehend ein Faß. Die meisten der Einwohner, die die sächsische Invasion miterlebt hatten, blieben in ihren Häusern und hielten die Türen verschlossen. Da Ceawlin angeordnet hatte, daß niemand von den Briten ein

Haar gekrümmt werden dürfte, blieben sie größtenteils unversehrt. Weit mehr Interesse als an den verarmten Briten hatte Ceawlin an den Säcken voll Korn, die er und Sigurd in der Kirche aufgestapelt fanden.

Ine hatte auch, was die Frauen betraf, recht gehabt. Es war eine erfreuliche Anzahl britischer und sächsischer Huren in der Stadt, die es in der Hoffnung auf Geschenke von Edrics Männern nach Calleva gezogen hatte. Diese Frauen waren mehr als bereit, ihre Dienste nun Ceawlins Männern zukommen zu lassen, und im großen und ganzen wurden diese Angebote freudig angenommen. Angesichts von Bier und Frauen waren die Sachsen nicht in der Stimmung, Kornsäcke aufzuladen, und Ceawlin war klug genug, ihnen einen Tag und eine Nacht zu gönnen, bevor er sie an den wirklichen Grund erinnern wollte, weshalb sie in Calleva waren.

Er stand auf den Stufen des Forums und blickte nachdenklich auf die Straßen mit den römischen Häusern, als eine weibliche Stimme auf sächsisch zu ihm sagte: »Mylord, würdet Ihr nicht gerne mitkommen und mein Zimmer sehen?«

Ceawlin schaute auf die Stufe unter sich und sah ein Mädchen mit korngelben Haaren und blauen, von langen Wimpern umgebenen Augen. Sie starrte ihn an. Als sie merkte, daß sie seine Aufmerksamkeit errungen hatte, lächelte sie. »Es ist nicht weit«, fügte sie verlockend hinzu.

Er hatte seit Monaten keine Frau mehr gehabt, nicht, seit Niniane nach Glastonbury aufgebrochen war. Dieses Mädchen war außerordentlich hübsch und er wußte sofort, daß sein Körper ihr Angebot nur zu gerne begrüßen würde. Ohne nachzudenken streckte er seine Hand vor und berührte ihr sonnengleiches Haar. Sie blickte ihn durch leicht gesenkte Wimpern verführerisch an. »Folgt mir, Mylord«, murmelte sie in der Überzeugung, einen Kunden gewonnen zu haben. Er stieg eine Treppenstufe hinab und stand neben ihr, aber als sie mit ihm davongehen wollte, sträubte er sich.

Sein Verhalten überraschte ihn. Sei kein Narr, sagte er sich ungeduldig, als er unschlüssig neben der Hure stehenblieb. Du brauchst eine Frau. Niniane wird es niemals erfahren. Es kann Jahre dauern, bis du sie wiedersiehst. Hast du vor, die ganze Zeit allein zu bleiben? Aber seine Füße wollten immer noch nicht weiter.

Das Mädchen schaute ihn verwirrt an. »Mylord?« fragte sie, als er sich nicht vom Fleck rührte.

Es war unmöglich. Natürlich konnte er sich nicht von anderen Frauen fernhalten. Lächerlich, so etwas überhaupt nur zu denken.

Aber der irrationale, instinktive und abergläubische Teil in ihm sagte etwas anderes, sagte, daß Niniane sein Glücksstern war, daß, wenn er sie betrog, sein Glück ihn verlassen würde. Er erinnerte sich plötzlich an ihre Worte, als er sich von ihr verabschiedet hatte. Sie hatte auf dem ruhigsten Pferd gesessen, das sie im Stall hatten, und hielt Cerdic im Arm. »Wenn ich dich das nächste Mal sehe«, hatte sie geflüstert, »hast du vielleicht einen weiteren Sohn.«

Keine andere Frau hatte ihm ein Kind geschenkt. Niniane hatte ihm Cerdic geschenkt, und sie würde ihm weitere Kinder schenken. Dessen war er sicher.

Er trat einen Schritt zurück. »Nein«, sagte er zu dem Mädchen und lächelte, um die Zurückweisung etwas abzuschwächen. »Ich kann nicht, meine Süße. Jemand muß die Wache an der Straße übernehmen, und ich scheine der einzige zu sein, der nüchtern genug dazu ist.« Dann wandte er sich von ihr ab und ging in die andere Richtung davon.

Ceawlin grollte wütend vor sich hin, als er die Hauptstraße Callevas in Richtung der Tore entlangging. Er war sicher, daß er sich wie ein Narr verhalten hatte. Sein Körper sagte ihm, daß es so war. Beinahe wollte er sich umdrehen und das Mädchen suchen. Aber er tat es nicht.

Er stand oben auf der Stadtmauer und beobachtete die Straße, als Sigurd ihm eine Stunde später Gesellschaft leistete. Dessen zerknitterte Kleidung zeigte ihm, daß sein Freund den Angeboten der Stadt nicht so viele Skrupel entgegengebracht hatte. Aus irgendeinem Grund brachte ihn das sogar noch mehr auf. Er blickte Sigurd finster an und fragte: »Gibt es in dieser Stadt auch nur einen einzigen nüchternen Than?«

»Das bezweifle ich.« Sigurd fuhr sich mit der Hand durch die zerwühlten Haare. »Warum läßt du es dir nicht auch gutgehen?«

»Jemand muß Wache halten«, erwiderte Ceawlin übellaunig.

»Ich sehe nicht ein, warum«, sagte Sigurd. »Es ist offensichtlich, daß Edric nach Winchester zurückkehrt. Warum sonst sollte er so weit in den Süden gehen?«

Plötzlich wich die schlechte Stimmung aus Ceawlins Gesicht. An ihre Stelle trat der wachsame Gesichtsausdruck, den Sigurd nur zu gut kannte. »Er hat zuviel Nahrungsmittel zurückgelassen«, sagte er zu Sigurd, aber er war abwesend, als wenn er seinen eigenen Worten nicht zuhörte.

Sigurds Augen folgten Ceawlins, aber er konnte nichts erkennen, was den Prinzen zu einem solchen Ausdruck hätte veranlassen können. »Was ist?« begann er gerade, als Ceawlin plötzlich fluchte.

»Es ist Edric«, sagte Ceawlin mit kalter und harter Stimme. »Beim Hammer des Thor, Sigurd. Es ist Edric. Er hat uns eine Falle gestellt.« Ceawlin fluchte noch einmal.

Immer noch konnte Sigurd nichts erkennen, aber er glaubte Ceawlins Worten. Die Scharfäugigkeit des Prinzen war bei seinen Männern legendär. Das Blut rauschte kurz durch Sigurds Kopf, dann floß es wieder zurück. Er war sofort nüchtern. »Was sollen wir tun?« fragte er.

»Wir müssen die Männer aus der Stadt bringen, Sigurd! Wir dürfen keine Zeit verlieren.«

Sigurd griff nach Ceawlins Arm, als der Prinz die Mauer verlassen wollte, und zwang ihn, sich umzudrehen und ihn anzusehen. »Du gehst«, sagte Sigurd mit tödlichem Ernst. »Ich meine das ernst, Ceawlin. Rette dich. Die Männer sind alle zumindest halbbetrunken, du kannst sie nicht schnell genug in Bewegung setzen. Ich versuche, sie aufzurütteln, sie aus Calleva herauszubringen, aber du mußt jetzt sofort gehen. Du bist derjenige, den wir nicht verlieren dürfen.«

»Nein«, sagte Ceawlin und zog seinen Arm aus Sigurds Griff. »Wir kommen hier alle gemeinsam raus. Los, komm!«

Sigurd konnte hinterher unmöglich sagen, wie Ceawlin es geschafft hatte, seine Männer vom Bier und den Frauen fortzuziehen, aber irgendwie war es ihm gelungen. Innerhalb von fünfzehn Minuten saß die gesamte Gruppe im Sattel. Nur zehn Minuten, bevor Edric durch das südliche Tor hineinritt, hatten sie Calleva durch das Nordtor verlassen. Von der Stadtmauer aus war immer noch deutlich zu sehen, wie Ceawlin und seine Männer auf der Straße nach Corinium in nordwestliche Richtung flohen. Edric, der seit dem Sommer ebenfalls eine berittene Truppe aufgebaut hatte, nahm sofort die Verfolgung auf, seine Reiter zuerst, dann die Männer zu Fuß.

Innerhalb einer Stunde war es dunkel geworden. »Wenn sie auf dieser Straße weiterreiten«, sagte Onela zu Edric, als die beiden Edlen durch die Nacht ritten, »werden sie auf britisches Gebiet stoßen. Und es ist kein freundliches britisches Gebiet.«

»Sie müsssen auf die Berge zuhalten«, knurrte Edric. »Es ist ihre einzige Chance. Ceawlin kann nicht riskieren, zwischen den Briten in Corinium und uns festzusitzen.«

»Vielleicht reitet er wieder zum Badon-Paß«, sagte Onela grimmig. »Er wird das gleiche Spiel wie damals mit uns spielen, Edric. Er nimmt den Paß von der einen Seite bis zur anderen, nur dieses Mal in der anderen Richtung.«

»Ich vermute, das wird er versuchen«, gab Edric ihm recht.

»Er wird uns wieder entwischen!«

»Dieses Mal nicht.« Edric warf einen Blick auf die Reiter hinter sich. »Ich habe inzwischen das Gebiet kennengelernt, Onela. Die Straße nach Corinium geht sowohl nach Norden, als auch nach Westen, aber Ceawlin wird auf ihr bleiben müssen, bis er die Stelle erreicht, von der er nach Süden zum Paß abbiegen kann. Ich schlage vor, wir verlassen die Straße bereits und wechseln auf einen Weg, der an den Bergen entlang nach Westen führt. Wenn Ceawlin sich dann nach Süden zum Paß wendet, werden wir schon vor ihm da sein.«

Onela dachte einen Augenblick nach und spielte im Kopf die

Strategie durch, die Edric ihm beschrieben hatte. Dann meinte er langsam: »Sehr gut, Edric.« Nach einer weiteren Pause: »Sehr gut!« Er gab ein äußerst unangenehmes Lachen von sich. »Was für ein Schock für den Bastard, wenn er uns vor sich findet, während er uns doch hinter sich wähnt.«

»Ja», sagte Edric. »Das hoffe ich.«

Onela dachte weiter. »Er wird versuchen, umzukehren und zu fliehen«, sagte er. Es war zu dunkel, um sein Gesicht zu erkennen, aber Edric konnte die Mißbilligung in seiner Stimme hören.

»Wir werden einige Männer an der Straße postieren«, erklärte Edric. »Er wird sie in der Dunkelheit nicht sehen können und sie werden ihn vorbeilassen. Aber wenn er zurückkehrt, wird sein Weg versperrt sein.«

Onela lachte. »Gefangen«, sagte er. »Der Fuchs wird endlich gefangen sein.«

»Exakt.« Edric wandte sich um und rief den Kundschafter zu sich.

»Der Weg, den wir nehmen müssen, liegt genau vor uns, Mylord«, sagte der Mann, einer von Edrics eigenen Männern, der Wochen zuvor losgeschickt worden war, um das Gebiet einzig zu diesem Zweck auszukundschaften. Dieses Mal wollte Edric sich nicht auf die Glaubwürdigkeit eines britischen Bauern verlassen.

»Sehr gut«, sagte Edric. »Ihr könnt die Führung übernehmen, Wiglaf. Wir folgen dann.«

Es war stockdunkel, als Ceawlins Männer die Straße nach Corinium entlangritten. Sigurd war schon vor längerer Zeit zu genau dem Schluß gekommen, den Edric gerade Onela dargelegt hatte. Sie würden von der Straße abbiegen und sich nach Süden wenden, auf die Berge und den Paß zu. Er erzählte es Ceawlin.

»Das ist genau das, was Edric von uns erwartet«, kam die grimmige Antwort.

»Aber er ist hinter uns«, sagte Sigurd. »Was kann es schaden, wenn er es errät, solange wir schneller sind als er? Wenn wir erst auf der anderen Seite des Passes sind, befinden wir uns in freundlich gesinnter Umgebung, im Gebiet der Atrebaten, einem Gebiet, das wir kennen. Die Berge hier kennen wir nicht, Ceawlin.«

»Aber was, wenn Edric sie kennt?«

Die Nacht war dunkel, und Ceawlin war nur eine schattenhafte Gestalt, die nah neben Sigurd ritt. Die Männer hinter ihnen waren still. Still, nüchtern und erschöpft. Das einzige Geräusch in der Nacht kam vom Knirschen der Pferdehufe auf dem Kies.

»Was meinst du damit?« antwortete Sigurd langsam mit einer Gegenfrage.

»Ich meine, daß Edric diese Falle sorgfältig geplant hat. Er wußte, daß ich ihn beobachten ließ, und er tat alles, um mich glauben zu machen, daß er nach Winchester ging. Er tat auch alles, um meine Lehnsmänner wissen zu lassen, daß Essen und Frauen in Calleva waren. Es war ziemlich sicher, daß ich nach Calleva kommen würde, wenn er es erst einmal verlassen hatte.«

Sigurd bemühte sich, den Ausdruck auf Ceawlins Gesicht zu erkennen, aber er sah nicht mehr als die Umrisse seines Profils. »Also kam er zurück und hoffte, dich in Calleva zu erwischen. Das hat er auch beinahe geschafft. Wenn du nicht die Straße beobachtet hättest ...«

Er konnte kaum erkennen, wie Ceawlin den Kopf schüttelte. »Ich bin sicher, er hätte mich gerne in Calleva erwischt. Aber ich bin genauso sicher, daß er weitergehende Pläne gemacht hat, falls es nicht klappen sollte. Wenn ich Edric wäre, hätte ich es getan.«

»Edric ist nicht so klug wie du.«

»Edric ist aber auch nicht dumm. Und er hatte Zeit, diesen Plan auszuarbeiten. Er war einen ganzen Monat in Calleva.«

»Nun, was fürchtest du dann, Ceawlin?« fragte Sigurd ungeduldig.

»Ich fürchte, daß Edric einen Weg zwischen uns und den

Bergen gefunden hat«, kam die vernichtend einfache Antwort.

»Im Namen der Götter«, sagte Sigurd.

»Ja.«

Stille trat ein. Hinter sich hörte Sigurd einen der Männer gegenüber einem anderen klagen, wie schlecht ihm war. »Was sollen wir tun?« wollte er schließlich von Ceawlin wissen.

»Wir werden umkehren«, kam die unerwartete Antwort.

»Umkehren?«

»Ja.« Bei diesen Worten hielt er Bayvard an. »Wir kehren um!« rief er den Männern hinter sich zu.

Protestgemurmel beantwortete seine Worte.

»Bleibt ruhig und hört mir zu«, sagte Ceawlin. Seine Stimme war gerade laut genug, um die letzten Männer zu erreichen. »Ich glaube, daß Edric irgendwo zwischen uns und den Bergen ist. Wenn wir nach Calleva zurückkehren, können wir ihm ausweichen.«

»Und wenn er nicht zwischen uns und den Bergen ist, werden wir geradewegs in ihn hineinlaufen.« Es war Penda, Sigurd erkannte ihn an der Stimme.

»Ich glaube nicht, daß wir das tun«, sagte Ceawlin. »Wir kehren um.«

Die nächsten zwei Stunden marschierten die beiden Kriegertrupps auf parallelen Wegen, aber in verschiedene Richtungen, aneinander vorbei. Edric, bemüht, einen Blick auf Ceawlin vor sich zu erhaschen, hielt in Richtung Süden auf die Berge zu und hatte keine Ahnung, daß der Prinz den Weg nach Osten zurückritt. Erst, als er einen ganzen Tag am Badon-Paß gewartet hatte, gestand Edric sich ein, daß Ceawlin ihn wieder einmal ausgetrickst hatte.

Diesmal erlaubte Ceawlin seinen Männern nicht, in Calleva auszuruhen, sondern trieb sie weiter nach Westen, bis sie in der freundlichen Umgebung der Berge waren, die sie kannten. Als seine erschöpften Männer auf den Boden fielen, um zu schlafen, bereitete sich Ceawlin darauf vor, die erste Wache selbst zu übernehmen. Während er es sich hinter einem geeigneten

Felsen bequem machte, wurde ihm langsam bewußt, daß Edric ihn in Calleva erwischt hätte, wenn er das Angebot des Mädchens mit den goldenen Haaren angenommen hätte.

Wieder einmal hatte Niniane sich als sein Glücksstern erwiesen.

22

Es war Ende März, als er erfuhr, daß Cutha im Süden wieder aufgetaucht war. »Er muß sich mit mir vereinigen«, sagte Ceawlin zu Sigurd. »Beim Hammer des Thor, wenn ich fünfzig Männer mehr habe, kann ich Edric gegenübertreten. Endlich!«

»Wieso haben wir nicht an Wight gedacht?« fragte Sigurd. »Mein Vater hat immer noch Verwandte dort. Witgar, der König, ist sein Cousin. Witgar ist *dein* Cousin, Ceawlin. Dein Vater und sein Vater waren Brüder.« Sigurd fuhr sich mit der Hand durch die hellbraunen Haare. »Warum haben wir nicht an Wight gedacht?« fragte er wieder.

Ceawlin lief im Zimmer hin und her. »Cutha ist vielleicht kein großer Feldherr, aber er ist listig, wenn es um irgendwelche Machenschaften geht«, sagte er über seine Schulter und bemerkte nicht, wie Sigurd die Stirn in Falten legte. »Ich hätte wissen müssen, daß er so leicht nicht aufgibt!« Ceawlin hielt kurz inne und grinste Sigurd schief an.

Sigurd erwiderte das Lächeln nicht, sondern sagte mit noch immer ernstem Gesicht: »Wie willst du Kontakt mit ihm aufnehmen?«

»Ich werde in den Süden reiten, um ihn zu treffen«, kam die prompte Antwort. »Ich warte nicht mehr länger darauf, daß Cutha zu mir kommt. Dieses Mal gehe *ich* zu ihm.«

Am nächsten Tag verließ Ceawlin mit einem Kriegertrupp, der jetzt an die sechzig Mann zählte, Bryn Atha und wandte sich nach Süden auf Winchester zu.

An dem Tag, an dem sich die Kriegertruppen von Ceawlin und Cutha endlich verbanden, trällerten die Lerchen weit oben im blauen Himmel. Cutha hatte Venta und Winchester auf seinem Weg nach Norden gemieden, war nach Westen über die Ebene von Salisbury gegangen und hatte sich dann nordöstlich gehalten, um auf die Straße nach Corinium zu gelangen. Nach etwas mehr als einer Woche hatten Ceawlins Kundschafter ihn ausgemacht, und der Prinz, der weiter nach Süden gelangt war, brachte seinen Kriegertrupp wieder etwas nach Norden, um Cutha bei Anbyrg zu treffen.

Die beiden Trupps schlugen ihr Lager auf, und Ceawlin, Sigurd, Cutha und Cuthwulf setzten sich nieder, um zu reden. Eine frische Brise wehte und der Wind wirbelte Ceawlins dickes, schönes Haar wie Flachs hin und her, während er sich mit dem Rücken gegen seinen Sattel lehnte und sich mit Cutha unterhielt. Die Haare waren so, wie Cutha sie in Erinnerung hatte, aber das Gesicht hatte sich verändert. Als er Ceawlin das letzte Mal gesehen hatte, war er ein bartloser, rotbackiger Junge gewesen. Jetzt war Ceawlins Gesicht schmaler und härter, und seine Wangen waren nicht länger gerötet. Der kurzgestutzte Bart, den er jetzt trug, hatte die gleiche unglaubliche Farbe wie sein Haar. Aber die Augen waren noch die gleichen; sie hatten immer noch dasselbe tiefe Blaugrün, das Erbe seines Vaters.

»Ich habe dreiundfünfzig Männer bei mir«, beantwortete Cutha Ceawlins Frage. »Nach der... Angelegenheit bei Banford wußte ich, daß ich mehr Männer brauchen würde, wenn ich dir irgendwie von Nutzen sein sollte. Ich war nicht älter als du, als ich mit deinem Vater Wight verließ, Ceawlin, aber ich habe noch Verwandte auf der Insel. Sie haben mich willkommen geheißen.«

»Wir haben uns nicht vorstellen können, wohin du gegangen sein könntest«, sagte Ceawlin. »Ich habe monatelang versucht, etwas über dich oder von dir zu erfahren, aber du schienst vom Erdboden verschluckt zu sein.« Er lächelte und zeigte seine weißen Zähne. »Dennoch hatte ich das sichere Gefühl, daß du eines Tages wieder erscheinen würdest, Cutha.«

»Natürlich«, sagte Cutha gelassen.

»Ich hörte, daß ihr das ganze letzte Jahr Katz und Maus mit Edric gespielt habt«, gab Cuthwulf dröhnend von sich.

Ceawlins Augen wanderten von Cutha zu dessen Sohn. »Ich hatte keine große Wahl, Cousin. Ich hatte nicht genügend Männer, um ihm in einer offenen Schlacht gegenüberzutreten.«

»Nun, jetzt hast du sie«, sagte Cuthwulf.

»Jetzt habe ich sie.« Ceawlin wandte sich von Cuthwulf ab und sah Cutha wieder an. »Wie viele deiner Männer sind von Wight?«

»Siebenunddreißig.«

Der blaugrüne Blick war unangenehm hart. »Und was hast du ihnen dafür versprochen?«

Cuthas hohe Augenbrauen rückten noch höher. »Land. Es ist nicht mehr viel übrig auf Wight oder an der Südküste, die zu Wight gehört. Die meisten der Männer sind jung, Ceawlin, jung und hungrig nach Land.«

»Lehnsleute?«

»Freie, die meisten«, kam die etwas zögernde Antwort.

»Also haben sie keine Ahnung vom Kämpfen.«

»Sie wissen genug.« Cuthas Stimme war scharf. »Genug, um einen Schild zu halten und mit einer Lanze zu stoßen.«

»Ine hat es nach den Ereignissen bei Banford bis nach Bryn Atha geschafft, Vater«, warf Sigurd ein. »Er und noch vierzehn andere.«

»Ich bin froh, das zu hören«, sagte Cutha zu seinem Sohn. »Ich hatte gehofft, daß sie das tun würden. Ich selbst hielt es für das beste, mich nach Süden zu wenden, um einen neuen Kriegertrupp aufzustellen und Ceawlin zur Unterstützung zu kommen.« Sigurd erkannte, daß der Stolz seines Vaters es ihm nicht erlaubt hatte, mit weniger Männern bei Ceawlin anzukommen, als er ursprünglich um sich versammelt hatte. Er hoffte inständig, daß auch Ceawlin das erkennen und mit Cutha vorsichtig umgehen würde.

Ceawlin schien seine Gedanken erraten zu haben, denn er

grinste Cutha jetzt an und sagte: »Mein Vater hat immer gesagt, daß du den scharfsinnigsten Kopf in Winchester hast, Cousin. Es war ein kluger Gedanke, nach Wight zu gehen. Deine Männer sind herzlich willkommen.«

Cuthas schmales, dunkles Gesicht entspannte sich, als er Ceawlins Lächeln erwiderte. »Es ist Zeit, daß der wahre König der Westsachsen auf seinem Recht besteht«, sagte er. »Darin stimmen wir alle überein«, sagte Sigurd inbrünstig. Ceawlin lachte und stand auf. »Kommt«, sagte er zu den anderen, »ich verhungere. Laßt uns etwas essen.«

Ceawlin führte seinen vereinigten Kriegertrupp zurück nach Calleva, wo er ein paar Wochen verbrachte, in denen er die neuen Rekruten von Wight trainierte. Dann kam endlich die Botschaft, auf die er gewartet hatte: Edric hatte Winchester verlassen und marschierte nach Norden. Sein Kriegertrupp zählte, Bertreds Bericht zufolge, ungefähr zweihundertfünfzig Mann.

Ceawlin hatte knapp über hundert, aber das Verhältnis war immer noch das beste, das er in den letzten zwei Jahren gehabt hatte, und er war entschlossen, Edric dieses Mal in einem offenen Kampf gegenüberzutreten. Während seiner Reisen durch Wessex im vergangenen Frühling hatte er ein paar mögliche Schlachtfelder ausgemacht, und jetzt entschied er, nach Süden, nach Searobyrg zu gehen. Hier hatte Cynric seinen ersten Sieg während seines Eroberungsfeldzugs in Wessex errungen, und Ceawlin, der sehr abergläubisch war, wenn es um sein Glück ging, beschloß, an dem gleichen Ort um die Krone seines Vaters zu kämpfen.

Als Edric hörte, daß Ceawlin Calleva wieder westlicher Richtung verlassen hatte, dachte er, der Prinz wäre wieder auf der Flucht. Dieses Mal würde er jedoch nur langsam vorankommen, da die neuen Rekruten keine Pferde besaßen. Dieses Mal, dachte Edric, würde er den Preis eintreiben können, der sich ihm bis dahin entzogen hatte. Daher feuerte er seine Männer unaufhörlich an, führte sie westlich von der Straße, die nach Corinium ging, über den alten Weg auf die Ebene von Salisbury und dem bereits Geschichte gewordenen Dorf Searobyrg zu. Es war am frühen Nachmittag des achtzehnten Mai, als Ceawlins Kriegertrupp Searobyrg erreichte. Wie die Kundschafter mitteilten, war Edric einen Tagesmarsch hinter ihnen; Zeit genug für Ceawlin, sich mit dem Land wieder vertraut zu machen und seinen Schlachtplan zu schmieden.

Ceawlin hatte aber nicht nur aus Aberglauben Searobyrg gewählt. Der Ort barg bestimmte Vorteile für ein Heer, das seinem Feind gegenüber in der Minderzahl war. Als Dorf mit lediglich einer alten christlichen Kirche, einem Schmied und einer Schänke war Searobyrg eher unbedeutend, aber es besaß eine der wichtigsten Furten über den Fluß Avon in diesem Gebiet. Die Furt lag nordwestlich von dem Dorf und die alte Straße, der Ceawlin und seine Männer gefolgt waren, führte direkt an ihr vorbei.

Genau südlich von der Furt war ein Berg, der von den Ortsansässigen Mount Rom genannt wurde. Auf der nördlichen Seite, mit Blick auf die Furt, fiel der Berg steil ab, während er im Osten sanft auslief. Auf diesem Berg stationierte Ceawlin seine Männer, teilte sie in drei Gruppen auf und postierte sie in Reihen auf der steilen Nordkante, damit sie sofort von jedem gesehen werden würden, der an der Furt vorbeikam. Und Edric würde an der Furt vorbeikommen müssen. Der Frühling war feucht gewesen, und die Ufer der Flüsse waren meilenweit sumpfig und matschig, sie machten es Edric unmöglich, den Avon weiter stromaufwärts zu überqueren und sich in Ceawlins Flanke zu stehlen. Die einzige Möglichkeit, den Fluß zu dieser Zeit zu überqueren, lag bei Searobyrg.

Ceawlins Männer blieben den Rest des Tages auf dem Hügel, immer in Bereitschaft, aber entspannt, da niemand Edric vor dem Morgen erwartete. Die Dämmerung brach heran und die Kundschafter kehrten zurück und berichteten, daß Edrics Kriegertrupp nur sechs Meilen entfernt war. Ceawlin stellte Wachen für die Nacht auf, er wollte das Risiko eines nächtlichen Überfalls nicht eingehen.

Sigurd schlief unruhig und war noch vor beinahe allen anderen wach. Der Himmel wurde heller, aber die Sonne war noch nicht zu sehen. Die Sicht würde schlecht sein, dachte Sigurd bestürzt, dabei war es doch so wichtig, daß Edric die Männer auf dem Berg erkennen konnte.

Auch eine Stunde später war das Licht noch trübe. Sigurd beobachtete Ceawlin, der die Reihen der Männer auf und ab schritt und mit ihnen sprach. Die Männer lachten, wenn er sie verließ, aber als er zu Sigurd kam, war sein Gesicht ernst.

»Endlich«, sagte Sigurd und bemühte sich, seine Stimme freudig klingen zu lassen. »Hast du daran geglaubt, daß dieser Tag jemals kommen würde?«

Er erhielt nur ein müdes Lächeln zur Antwort.

»Ich wünschte, es wäre heller!« sagte Sigurd und starrte in den Nebel, der den Fluß bedeckte.

»Wenn sich der Nebel nicht aufklärt, werde ich die Strategie ändern. Auch der Nebel wird uns zugute kommen, Sigurd. Mach dir keine Sorgen.« Ceawlin berührte in zuversichtlicher Geste die Schulter seines Freundes, dann ging er zu Penda hinüber.

Der Nebel begann schließlich, sich zu lichten, und eine halbe Stunde später war der Fluß sichtbar. Sigurd sprach mit den Freien von Wight, heiterte sie mit Witzen auf und erzählte ihnen Geschichten, um ihnen Mut zuzusprechen, als von vorne ein Schrei zu hören war: »Mylord!« Sigurd drehte sich sofort um und schaute auf den Fluß. Die erste Reihe von Edrics Männern war auf dem anderen Ufer zu sehen.

Sigurd kannte den Schlachtplan, er hatte ihn voll und ganz befürwortet, als Ceawlin ihn gestern nach ihrer Ankunft in Searobyrg vorgestellt hatte. Es war natürlich allen klar, daß Edric sich seiner zahlenmäßigen Überlegenheit – er besaß mehr als zweimal soviel Männer wie der Prinz – bewußt war. »Er wird den Berg nicht erstürmen«, hatte Ceawlin zu Sigurd, Cutha und Cuthwulf gesagt, als sie gestern abend auf dem Berg standen und die Feste betrachteten. »Er ist nicht Narr genug, um mir diesen Vorteil zu geben. Ich schätze, er wird versuchen, an der nördlichen Seite vorbeizugelangen und dann von Osten kommen, wo es weniger steil ist.« Ceawlin hatte ihnen den Weg gezeigt, den er meinte. »Aber Edric weiß nicht«, fuhr er fort, »daß er dann in einen Sumpf marschiert.«

Sie hatten alle wie magisch angezogen hinunter auf den Boden gestarrt. »Keine gute Ausgangsposition, um zu kämpfen«, erwiderte Cutha schließlich. Sein Gesicht und seine Stimme waren ausdruckslos.

»Nein, keine gute Ausgangsposition.« Ceawlin hatte ihnen dann den Rest seiner Strategie erklärt. Sie würden unter drei Kommandos kämpfen. Cutha und Cuthwulf sollten die Männer von Banford unter sich haben. Sigurd, der auf der linken Seite kämpfen sollte, hatte die Besten von Bryn Atha bekommen – und die unerfahrenen Freien von Wight. Ceawlin selbst würde mit den übrigen aus Bryn Atha und den Briten die Mitte übernehmen.

Sigurd schaute auf die Männer, die hinter ihm standen und grinste sie ermutigend an. Zufrieden sah er, daß Penda ganz links Position bezogen hatte. Seine starke Gegenwart würde die unerfahrenen Freien jeden Gedanken an Flucht vergessen lassen. Die Männer standen reglos da und beobachteten, wie Edrics Kriegertrupp die Furt überquerte. Genau, wie Ceawlin erwartet hatte, wollte Edric nicht von Norden her angreifen, sondern schwenkte nach rechts, um über die sanftere Steigung aus dem Osten zu kommen. Ceawlin rief seinen Anführern etwas zu, und die Männer auf dem Berg stellten sich sofort neu auf, mit dem Blick nach Osten.

Der Himmel war immer noch grau und versprach Regen, aber die Sicht war nun einigermaßen gut. Tödliche Stille herrschte auf dem Berg, als sich alle Augen nach unten auf den marschierenden Kriegertrupp richteten. Sigurd sah, wie Edrics Männer den Sumpf erreichten, sah, wie sie schwankten und anhielten.

Für einen kurzen Moment hielt Sigurd den Atem an. Was würde Edric tun? Würde er kommen oder zurückgehen, vielleicht doch versuchen, den Berg von der nördlichen Seite her einzunehmen? Oder sich zurückziehen, bis er Ceawlin auf besserem Gelände begegnen konnte?

Edric schritt weiter, aber seine Männer marschierten nur langsam, da der Boden weich war und sich an ihre Füße klammerte. Sigurd konnte bei den Männern hinter sich den Schauer der Aufregung spüren. Sie atmeten den Geruch der Schlacht. Er schaute Ceawlin an, aber der Prinz war ruhig und hielt die Augen auf den Kriegertrupp unten gerichtet. Er hatte ihnen gestern gesagt, daß er nicht angreifen wollte, ehe der Feind nicht genau unter ihnen war. Wenn sie nicht warteten, war die Gefahr, von Edrics Überzahl in der Flanke geschlagen zu werden, zu groß.

Von ganz rechts erscholl ein lauter Schlachtruf und Sigurd zuckte zusammen. Dann starrte er in vollkommenem Erstaunen auf seinen Vater und seinen Bruder, die, gefolgt von den Lehnsmännern ihres Kommandos, den Berg hinunterstürmten.

Sigurds Blick flog zu Ceawlin hinüber; er sah auf dessen Gesicht den Ausdruck wilder Wut. Sigurds Magen sackte nach unten. Was hatte sich sein Vater dabei gedacht? Ceawlin hatte deutlich gesagt, daß sie warten sollten, bis...

Seine Augen wanderten wie unter Zwang zurück zu den angreifenden Sachsen, und während er hinsah, stürmten sie in die linke Flanke von Edrics Reihe. Die Reihe brach unter dem Druck von Cuthas Angriff zusammen.

»Sollen wir auch gehen?« schrie Penda.

»Nein«, rief Sigurd zurück. »Nicht, ehe der Prinz das Signal gegeben hat.«

Einer von Edrics Männern schrie wild und versuchte, seine Leute um sich zu versammeln. Selbst aus dieser Entfernung erkannte Sigurd den grauen Kopf von Onela. Die Lehnsmänner aus Winchester begannen, sich auf beiden Seiten von Cuthas Kommando neu zu formieren; Ceawlins Männern drohte jetzt die Gefahr, selbst eingeschlossen zu werden.

»Sigurd!« schrie Ceawlin. »Geh auf die rechte Seite und dränge sie in die Mitte. Los!«

Sigurd hob sein Schwert, rief zuerst Penda, dann den übrigen etwas zu, und stob auf der rechten Seite von Edrics Männern den Berg hinunter. Während er rannte, sah er, wie die kampferfahrenen Männer aus Winchester ihre Aufstellung veränderten, sich statt hintereinander nun auch stärker nebeneinander aufstellten, um nicht von Sigurds Männern in die Flanke getroffen zu werden. Die Linie von Winchester war jetzt nur noch drei Reihen tief, als Ceawlin und die Männer aus Bryn Atha sie wie eine Lawine in der Mitte traf.

Edrics Mitte stürzte wie ein Kartenhaus zusammen. Sigurd schrie vor Begeisterung und schloß sie von rechts ein. Cutha auf der anderen Seite tat das gleiche. Die Männer von Winchester wankten, wichen zurück, drehten sich um und flohen.

Edric, die Edlen und der Rest der berittenen Männer erreichten ihre Pferde, entkamen über die Furt und hielten auf Winchester zu. Ceawlins Männer verfolgten diejenigen, die zu Fuß waren, aber sie hatten vorher den Befehl erhalten, sie lediglich gefangenzunehmen, nicht zu töten. Ceawlin wollte seine Königsherrschaft mit so wenig Blutvergießen wie möglich beginnen. Als der Tag endete, hatten siebzig Männer aus dem Kriegertrupp von Winchester Ceawlin als ihrem Herrn die Treue geschworen.

Dann marschierte er nach Winchester.

Edric hatte die Tore geschlossen und Bogenschützen auf den Mauern aufgestellt. Ceawlin schlug außerhalb der Tore ein Lager auf und bereitete sich auf eine Belagerung vor. Edric würde nur wenige Männer bei sich in Winchester haben, wenige Männer und viele Frauen. Die Wagen mit den Nahrungsmitteln, die normalerweise von den umliegenden Siedlungen in die königliche Enklave rollten, würden angehalten werden. Sie konnten natürlich die Pferde essen und es gab Gemüse aus den Gärten, aber spätestens im Herbst würden sie nichts mehr zu essen haben. In der Zwischenzeit gab es für Ceawlins Männer in der nahegelegenen Stadt Venta jede Menge Unterhaltung – und es gab all die Wagen, die sie auf dem Weg nach Winchester aufhielten und die voller Nahrungsmittel waren.

Ceawlin ließ sich mit seinen Männern nieder und bereitete sich auf eine lange Wartezeit vor.

23

»Cerdic! Wo bist du, Cerdic?« Niniane suchte von der Ecke der Kapelle aus mit den Augen die umliegenden Felder ab. Wohin war das Kind gegangen? Und es war so kalt... Sie zog sich den Umhang fester um die Schultern und rief noch einmal. Niemals wieder würde sie Cerdic der Obhut dieses dummen Dienstmädchens überlassen.

Es gab innerhalb des Klosters nicht viel, das Cerdic passieren konnte, aber Niniane hatte immer Angst vor dem Wasser. Glastonbury war praktisch eine Insel in einem See, die nur mit einer Landbrücke mit dem Festland verbunden wurde. Seit Cerdic laufen konnte, machte Niniane sich Sorgen, daß er ins Wasser fallen und ertrinken könnte. »Cerdic!« schrie sie wieder, und diesmal klang Panik in ihrer schrillen Stimme.

»Hier, Mama.« Ein kleiner Junge lugte hinter einem Holzstoß hervor. »Ich spiele im Holz«, sagte er mit gewinnendem Lächeln, als sie über den Hof der Kapelle schritt, um ihn zu holen.

»Du weißt, daß du in der Nähe von Riba bleiben sollst«, schalt Niniane. »Von jetzt an wirst du bei mir bleiben müssen. Es scheint, daß ich dich bei anderen Leuten nicht lassen kann.«

Seine blaugrauen Augen, sie hatten dieselbe Farbe wie ihre eigenen, schauten mit munterer Unbetroffenheit zu ihr auf. Niniane hielt ihre Hand auf, er gab ihr seine kleine schmutzige und nebeneinander schritten sie zum Kloster zurück. Es war schon eine lange Zeit her, seit Niniane ihren kleinen, kräftigen Sohn das letzte Mal getragen hatte. Mit zweiundzwanzig Monaten war er sehr groß für sein Alter und außerordentlich unabhängig. Allzu unabhängig, dachte sie, während sie mit einer Mischung aus Liebe und Verzweiflung auf den sonnenblonden Schopf blickte, der jeden Tag etwas höher zu sein schien.

»Schau doch, Mama«, sagte Cerdic und zeigte auf etwas. »Was sind das für Männer?« Niniane schaute ebenfalls auf und sah eine Gruppe Reiter über die Landbrücke auf das Klostergelände zu kommen. Ihr Herz machte einen großen, erleichterten Sprung, als sie den ersten Reiter erkannte. Es war Gereint. Sie begann zu laufen und zog Cerdic an der Hand hinter sich her.

Gereint sah sie kommen, sobald er sein Pferd über die Brücke geführt hatte. Er hob seine Hand und ließ seine Männer anhalten, dann stieg er ab, um sie zu begrüßen. Niniane blieb etwa zwei Meter vor dem jungen Briten abrupt stehen, woraufhin Cerdic stolperte und auf seine Knie fiel. Sie starrte Gereint ängstlich an und wartete.

»Mylady«, brachte Nailles Sohn formell hervor, »ich bin gekommen, um Euch nach Winchester zum König zurückzubegleiten.« Dann, als ihre Augen riesig wurden, grinste er. »Edric hat sich vor drei Wochen ergeben. Ceawlin hat ihn und Guthfrid zu ihrem Vater, dem König von Ost-Anglia, in die Verbannung geschickt. Es ist alles vorbei, Niniane. Ceawlin ist König.«

Niniane warf sich in Gereints Arme. »Ich kann es nicht glauben«, sagte sie immer wieder. »Ich kann es nicht glauben.«

Er tätschelte ihr den Rücken. »Glaub es, denn es ist wahr. Ceawlin hat mich geschickt, um dich nach Winchester zu holen.«

»Mama! Mama! Wer ist der Mann? Mama...« Niniane hörte plötzlich die beunruhigte Stimme ihres Sohnes und ließ Gereint los.

»Guter Gott«, sagte Gereint und schaute auf das Kind, das an dem braunen Wollrock seiner Mutter zerrte. »Das kann doch nicht Cerdic sein?«

»Ganz bestimmt ist das Cerdic.« Niniane wischte sich die Tränen ab, und Cerdic drängte sich zwischen sie und den Briten. »Geh weg«, sagte er stürmisch auf Britisch zu Gereint. »Ich mag dich nicht. Mama weint wegen dir.«

»Es ist in Ordnung, Liebling«, sagte Niniane und kniete sich hin, damit er in ihr Gesicht sehen konnte. »Ich weine, weil ich glücklich bin. Das ist Gereint, und er hat uns gute Nachrichten gebracht. Wir gehen mit ihm zurück nach Winchester zu deinem Vater.«

»Ach so«, sagte Cerdic unbeeindruckt. Seine Mutter hatte ihm so viel von seinem Vater erzählt, aber er konnte sich an Ceawlin gar nicht mehr erinnern. »Das Baby auch?«

»Das Baby auch.«

»Baby?«

Niniane wandte ihm ihr strahlendes Gesicht zu und sagte: »Ceawlin hat einen neuen Sohn.«

Wegen der Kinder mußten sie eine Sänfte mitnehmen. Ceawlin hatte aus begreiflichen Gründen Gereint und eine britische Eskorte geschickt, und Ninianes Gruppe hatte keine Schwierigkeiten, als sie durch das britische Dumnonia ihren Weg zu der alten Straße nahmen, die von Aquae Sulis nach Venta verlief. Das Novemberwetter war kühl und feucht, aber das Baby war sehr gut eingewickelt und lag einigermaßen geborgen im Schutz der Sänfte. Es aß und schlief abwechselnd und machte seiner Mutter keinen Ärger. Dasselbe konnte man von seinem älteren Bruder nicht sagen.

Cerdic haßte die Sänfte; unruhig rutschte er hin und her und stieß das Baby, auf das er eifersüchtig war, immer wieder an, wenn Niniane nicht hinsah. Erst, als Gereint ihm anbot, sich vorne zu ihm auf sein Pferd zu setzen, hatte Niniane etwas Ruhe. Er ritt so lange mit Gereint, bis er müde wurde, und als er dann in die Sänfte kam, schlief er sofort ein.

Sie kamen nur langsam voran und Niniane war selbst ganz krank geworden von der Sänfte, als sie Wessex erreichten. Sie wäre viel lieber geritten, aber es war zu kalt, um das Baby dem Wind auszusetzen, und sie fühlte sich nicht gut bei dem Gedanken, es allein zu lassen. Also ließ sie sich von der Sänfte hin- und herschaukeln, spielte Guck-Guck-Spiele oder sang dem Baby etwas vor, um es bei guter Laune zu halten und schalt Cerdic, wenn er immer noch gelegentlich seinen kleinen Bruder eifersüchtig stieß.

Als sie an den Abenden anhielten, um ein Lager aufzuschlagen, erzählte Gereint ihr die Geschichte von Ceawlins Kriegszug.

»Sie haben Winchester sechs Monate belagert?« fragte Niniane ungläubig, als sie das erste Mal von Ceawlins letzter Taktik gehört hatte.

»Ja. Es gab keinen Kampf, Niniane. Ceawlin hat sie ganz einfach ausgehungert.«

»Gütiger Gott«, sagte Niniane. »Aber da waren Frauen in Winchester!«

»Ich weiß.« Gereint zuckte die Achseln. »Es war nicht einfach für sie, befürchte ich. Sie sahen alle ziemlich mager und hohläugig aus, als es endlich vorbei war. Aber niemand starb. Oder zumindest nicht sehr viele.«

Niniane dachte an Nola und Hilda und all die anderen Mädchen aus den Frauengemächern. »Gab es denn keinen anderen Weg?«

»Edric hätte es jederzeit beenden können. Er hätte sich nur ergeben müssen. Was er am Ende ohnehin mußte.«

»Aber Ceawlin hat ihn nicht getötet?«

»Nein. Er ließ die drei gehen, Edric, Guthfrid und Edgar. Ich fand es nicht richtig. Aber er sagte, er wollte keine Blutfehde mit Ost-Anglia und er war sicher, es würde eine geben, wenn er Guthfrid umbrachte. Also ließ er sie gehen. Drei der Edlen gingen mit ihm, diejenigen, die Ceawlin nicht die Treue schwören wollten.«

»Ich bin froh darüber«, sagte Niniane. »Ceawlin hat recht. Die Sachsen haben eine schreckliche Tradition der Blutrache, Gereint. Ceawlin wird sicherer sein, wenn Guthfrid noch lebt, als wenn er sie getötet hätte.«

»Ich nehme an.« Gereint war jedoch eindeutig noch nicht überzeugt. »Sie ist eine böse Frau. Sie hat Ceawlin angesehen, als wäre sie eine Schlange.«

Niniane erzitterte. »Ich weiß. Sie haßt ihn, weil er ihren Sohn Edwin getötet hat. Dabei hat Edwin versucht, Ceawlin zu töten, Gereint. Ich weiß es. Ich war dabei und habe es gesehen.

Alle in Winchester haben es gesehen, auch Guthfrid. Aber trotzdem macht sie ihn dafür verantwortlich, sie macht ihn verantwortlich und will Rache. Ich glaube nicht, daß sie sich ändert, solange sie lebt.«

»Nun, im Moment ist sie jedenfalls in Ost-Anglia und wir sind sicher vor ihr.« Gereint lächelte sie an. »Du wirst die neue Königin sein, Niniane. Wie fühlst du dich dabei?«

»Frag mich in einem Jahr«, erwiderte sie. Er lachte.

Niniane wollte nicht in einer Sänfte nach Winchester einziehen, und daher ritt sie die letzten Meilen ihrer Reise auf einem Pferd. Gereint hatte Cerdic vor sich auf dem Pferd und Niniane trug das Baby, während Ferris vor ihr herging und die Zügel hielt. Bevor sie aus der Sänfte geklettert war, hatte sie sich die Haare gekämmt und ihr Gesicht gewaschen. Ihre Kleider waren zerknittert und sie roch unglücklicherweise nach dem Baby, aber es gab nichts, womit sie das hätte ändern können.

Ein Jahr und drei Monate waren vergangen, seit sie Ceawlin das letzte Mal gesehen hatte. Sie hatte sich in all der Zeit nach ihm gesehnt, nur auf den Augenblick hin gelebt, da sie wieder zusammen sein würden. Jetzt, wo dieser Moment kurz bevorstand, bemerkte sie, daß sie Angst hatte. Ein Jahr war eine lange Zeit. Was, wenn er sich verändert hatte, wenn er eine andere Frau gefunden hatte ...?

Es gab ein Thema, über das sie sich all die Zeit in Glastonbury geweigert hatte, nachzudenken. Aber jetzt, kurz bevor sie wieder zusammen sein würden, konnte sie an nichts anderes mehr denken.

Er hatte außerhalb der Mauern von Winchester sein Lager aufgeschlagen, und Venta war nur eine Meile entfernt. Wenn sie das gewußt hätte ... Sie hatte sich nicht übermäßig gesorgt, solange sie ihn auf Bryn Atha wähnte, oder irgendwo im Land während der Auseinandersetzungen mit Edric. Aber er war sechs Monate in der Nähe von Venta gewesen. Niniane wußte, warum die Sachsen so oft nach Venta gegangen waren, sie wußte, welche Art Unterhaltung die Stadt bereithielt. Sie erinnerte sich an Ceawlins Kommentar, als sie ihn daran hindern wollte, die Frauen nach Bryn Atha zu bringen. »Ich habe hier genug, das mich beschäftigt hält«, hatte er gesagt. Aber dieses Mal war sie nicht da, um ihn beschäftigt zu halten. Vielleicht hatte er ja eine Frau gefunden, die er mehr mochte als sie.

Hör auf, schalt sie sich selbst. Du wirst deinen Ehemann zum ersten Mal nach mehr als einem Jahr wiedersehen. Du bringst ihm ein neues Kind. Zerstöre nicht all dein Glück, indem du dir Sorgen machst über etwas, das vielleicht gar nicht geschehen ist.

»Da sind wir, Mylady«, sagte Gereint neben ihr. Sie blickte nach vorne und sah in der Ferne die großen, hölzernen Palisaden von Winchester. »Es ist schwer zu glauben, daß ein solcher Ort seit mehr als zwanzig Jahren existiert, und wir davon nichts gewußt haben«, sagte er.

»Ich weiß«, entgegnete Niniane. »Ich erinnere mich daran, wie ich das erste Mal Winchester sah.« Sie fuhr fort, Gereint die Geschichte ihrer ersten Ankunft in der königlichen Enklave der Sachsen zu erzählen, um sich beim Erzählen von ihrer Angst abzulenken.

Ein paar Minuten später unterbrach sie sich und sagte: »Sie haben uns gesehen.«

Gereint blickte auf das Tor und sagte: »Ja. Jemand kommt, um dich zu begrüßen.«

Ein einzelner Reiter kam durch das Tor geritten, und sie erkannte ihn sofort an dem blassen Helm seiner Haare. Er trieb sein Pferd zu einem Trab und Gereints Gruppe hielt an, um zu warten. Niniane sah ihn kommen, ihr Herz hämmerte in ihrer Brust. Das Baby mußte es gehört haben, denn es erwachte mit einem Schrei des Protestes aus seinem gesunden Schlaf. Niniane beruhigte es, dann war Ceawlin auch schon vor ihr.

Sie starrten sich in die Augen und einen Augenblick lang sagte niemand auch nur ein Wort. Dann starrte er auf das Bündel in ihren Armen. »Mylord«, sagte Niniane mit lobenswerter Festigkeit, »nehmt Ihr Euren Sohn an?«

Er war vom Pferd abgestiegen und stand neben ihr, bevor sie

die Bewegung auch nur gesehen hatte. Sie beugte sich hinunter, um das Baby in seine Arme zu legen, und ihre Gesichter berührten sich. Er schaute wieder in ihre Augen, ein schneller, leuchtender Blick, der eine eindeutige Nachricht enthielt. Ihr Herz schlug wie eine Trommel in ihrer Brust.

»Ist das mein Vater?« wollte Cerdic von Gereint wissen. Ceawlin und Niniane hatten sächsisch gesprochen, aber Cerdic sprach britisch.

»Ja, mein Junge«, antwortete Gereint in derselben Sprache. »Das ist dein Vater.«

Ceawlin starrte auf seinen Sohn. »Cerdic?« fragte er.

»Cerdic«, antwortete Niniane weich.

Ceawlin ging, immer noch mit dem Baby in seinen Armen, zu Gereints Pferd. »Als ich dich das letzte Mal sah«, sagte er zu dem kleinen Jungen sanft auf britisch, »warst du ein Baby. Jetzt bist du ein Junge.«

»Ein großer Junge«, sagte Cerdic stolz.

Ceawlin grinste. »Ein sehr großer Junge.«

»Ich will nicht auf die Sänfte«, sagte Cerdic. »Ich will auf dem Pferd reiten.«

»Möchtest du mit mir auf meinem Pferd reiten?« fragte Ceawlin.

Cerdic starrte mit großen Augen auf den herrlichen Braunen, den sein Vater ritt. »*Das* Pferd?« fragte er.

»Das Pferd.«

»Ja.«

»In Ordnung«, erwiderte Ceawlin. »Ich will nur schnell deiner Mutter das Baby wiedergeben, und dann kannst du mit mir auf Bayvard reiten.«

Und so ritten sie zusammen durch das Tor von Winchester, Niniane mit dem Baby im Arm, Cerdic vor seinem Vater auf dem Rücken Bayvards, die Zügel in seiner Hand, als würde er selbst lenken.

Winchester sah aus wie immer: die gepflasterte Straße, die große Halle aus Holz. Niniane schaute sich um, sie erinnerte sich, dann wandte sie sich an Ceawlin. »Wo wohnst du?« fragte sie.

Er warf ihr einen schnellen Blick von der Seite zu. »In der Halle des Königs«, antwortete er.

Ihr stockte der Atem, und zum ersten Mal wurde es ihr wirklich bewußt. Die Halle des Königs. Es war wirklich wahr. Ceawlin war wirklich König. Eine Furcht beschlich sie, an die sie noch nicht gedacht hatte. Bedeutete dies, daß sie in der Halle der Königin wohnen würde?

»Ceawlin«, sagte sie in dringendem Tonfall, »ich möchte nicht in Guthfrids Halle wohnen.«

Sie waren nun an der Seite des Tempels; die gewaltige Holzsäule überragte den Tempelzaun links von ihnen. Die große Halle mit ihrem beeindruckenden Dach ragte vor ihnen am Ende der Straße auf. »Ich werde dich nicht in der Halle der Königin unterbringen«, antwortete er. »Guthfrid wäre zu... zu allgegenwärtig.«

»Ja«, antwortete sie inbrünstig. Genau das war es. Sie würde die vergiftende Gegenwart von Cynrics Frau in jedem Winkel, in jeder Ecke des Gebäudes spüren. Sie wußte es.

Die Pferde schritten weiterhin gleichmäßig die Straße entlang. Es waren Lehnsleute im Hof, viele, die Niniane von Bryn Atha kannte. Sie spürte die Augen von ganz Winchester auf sich, sah Lächeln zur Begrüßung auf bekannten und unbekannten Gesichtern.

Er würde sie also in die Halle der Frauen bringen, wo Fara gewohnt hatte. Die Halle der Frauen und die Frauengemächer. All die exotischen Ehegewohnheiten Winchesters, die so weit von ihrer eigenen Ehe entfernt gewesen waren, als sie noch auf Bryn Atha gelebt hatten, kehrten in ihr Gedächtnis zurück. Sie neigte ihren Kopf etwas und verbarg ihr Gesicht in dem weichen Haar ihres kleinen Sohnes.

»Hier sind wir, Cerdic«, hörte sie ihn zu dem Kind vor sich sagen. »Hier wirst du jetzt leben.« Sie spürte, wie ihr Pferd anhielt und hob zögernd den Kopf. Sie standen vor der Halle des Königs. Sie blickte ihren Mann an.

»Ich dachte, es wäre viel angenehmer für uns, wenn wir zusammenleben«, sagte er.

Sie lächelte. Blut schoß in ihren Kopf und machte sie benommen. Seine Augen hatten wieder diesen Blick. »Ja«, sagte sie und lachte. Auch ihr Lachen klang benommen. »Viel angenehmer.«

In dieser Nacht gab es in der großen Halle ein Bankett, um Ninianes Ankunft in Winchester zu feiern. Ceawlin saß auf dem Thron mit seiner Frau neben sich, und zum ersten Mal trug Niniane den Becher mit dem Trinkspruch durch die Halle, wie Guthfrid es immer getan hatte. Cutha hatte seinen alten Platz an der Seite des Königs erhalten, und Niniane bot zuerst ihm den Becher an. Sigurd saß neben Niniane, zu ihm würde sie zuletzt kommen, und so saß er mit auf dem Tisch aufgestützten Ellbogen da und beobachtete, wie sie ihre Runde durch die Halle machte.

Sie unterschied sich äußerlich nur wenig von dem Mädchen, das Winchester drei Jahre zuvor verlassen hatte. Sie sah noch genauso schlank und zerbrechlich aus wie damals; zwei Kinder hatten daran nichts geändert. Sie trug ihr Haar heute frei, und es floß wie schöne, glänzende Seide über ihre Schultern und ihren Rücken hinab. Sie hielt ihren kleinen, lieblichen Kopf immer noch wie eine Blüte auf einem Stengel. Er sah, wie sie von Mann zu Mann schritt und diejenigen, die sie kannte, mit dem sanften Charme begrüßte, an den sich alle noch gut von Bryn Atha erinnern konnten. Dann kam sie auf ihn zu. Sie reichte ihm das Trinkhorn, und ihre Finger berührten unabsichtlich seine. Sie sagte etwas zu ihm, und er zwang sich, zu lächeln und zu antworten. Sie nahm ihm den Becher wieder ab und schaute Ceawlin an. Ihre Augen waren wie zwei Sterne.

Der Harfner sang. Ceawlin und Niniane lauschten aufmerksam, aber Sigurd bemerkte, daß sie so eng beisammensaßen, daß sich ihre Schultern berührten. Als das Lied zu Ende war, beugte Ceawlin sich vor und flüsterte etwas in ihr Ohr, und als sie antwortete, bedeckte er ihre Hand mit seiner. Sigurd sah, wie ihr Mund zu zittern begonnen hatte.

Der Weinbecher machte die Runde, und Sigurd nahm einen tiefen Schluck. Schließlich erhob Niniane sich. »Ich bleibe nicht mehr lang«, hörte er Ceawlin ihr zumurmeln, und Sigurd beobachtete benommen, wie sie die Halle verließ. Sie konnte wunderschön gehen. Sie war immer die graziöseste Frau gewesen, die er kannte.

Cutha bot Ceawlin mehr Wein an; aber er lehnte lachend ab. »Heute abend nicht«, hörte Sigurd ihn sagen. Bei diesen Worten wandte er sich seinem Freund, dem König, zu.

Ceawlin schaute auf die Tür, schaute sie an, wie ein Falke aussehen mußte, der vom Himmel herunter auf seine Beute stürzt. Da war dieser Blick in seinen wilden, glitzernden Augen, die harte, feste Linie um seinen Mund. Sigurd nahm einen schmerzhaften Atemzug und sagte etwas, das er niemals gesagt hätte, wenn er nicht betrunken gewesen wäre. »Wenn du sie so ansehen wirst, wird sie sich zu Tode erschrecken.«

Die glitzernden Augen wandten sich ihm zu. »Wie ansehen?« fragte Ceawlin.

»Als wenn du sie gierig verschlingen wolltest.«

»Das will ich auch«, antwortete Ceawlin. Seine Augen veränderten sich nicht. Dann fügte er hinzu: »Würdest du nicht das gleiche fühlen, wenn du an meiner Stelle wärst?«

Sigurd spürte, wie ihm das Blut in den Kopf schoß und die Wangen färbte. Ceawlin starrte ihn an, seine Augen weiteten sich, als er plötzlich begriff. Sigurd stand auf, er wich zurück vor dieser schrecklichen Erkenntnis. Penda, auf der anderen Seite von Sigurd, fragte: »Was ist los?«

»Ich... muß mich erleichtern«, sagte Sigurd wild und wandte sich ab; unsicher wankte er zur hinteren Tür der Halle.

Über den leeren Platz hinweg schaute Penda Ceawlin an. »Was ist los mit ihm?«

»Er hat zuviel getrunken, glaube ich«, erwiderte Ceawlin nüchtern. Dann fügte er hinzu: »Immerhin ist es ja ein Grund zu feiern.«

Es gab nur ein Schlafzimmer in der Halle des Königs, und so wurde Cerdic zum Schlafen auf einen Platz neben dem Herdfeuer gelegt. Das Baby schlief fest in seinem Körbchen, und Niniane war bereits im Bett, als Ceawlin in das Zimmer kam.

»Ceawlin«, sagte sie, als sich die Tür öffnete. »Oh, Ceawlin.« Ihre Stimme bebte. Eine Öllampe brannte neben ihrem Bett und erhellte sanft den Raum. Er sah, daß sie die Bettdecke über ihre Brüste gezogen hatte, aber ihre Schultern waren nackt. Die Unsicherheit, die die kurze Unterhaltung mit Sigurd heraufbeschworen hatte, verschwand in dem Schwall purer, blanker Lust, die seinen Körper beim Anblick des perlmuttartigen Schimmers dieser nackten Schultern durchströmte. Er hatte so lange auf sie gewartet... seit mehr als einem Jahr hatte er gewartet... viel zu lange. Er ging zum Bett, und mit unbarmherziger Hand zog er die Decke weg. Sie nahm ihre Arme hoch, ihr helles Haar verteilte sich auf der weißen Satinhaut ihrer Brüste. Er stöhnte und warf sich auf das Bett neben sie.

Sie schliefen nicht viel in dieser Nacht, sondern liebten sich, redeten, liebten sich, immer und immer wieder. »Das Bett riecht nach uns«, sagte Niniane, als die Lampe schließlich flackerte und ausging. »Was werden die Dienerinnen morgen denken?«

Ceawlin gähnte und streckte sich wollüstig aus. »Sie werden denken, daß ich sehr ausgehungert war.« Er grinste sie durch das verwuschelte Haar an, das über sein Gesicht fiel. »Und sie haben recht damit.«

Niniane beugte sich nach vorn und überschüttete seine Wange mit einem Schauer aus kleinen Küssen. Dann seufzte sie genießerisch auf und kuschelte ihren Kopf in die Kuhle seiner Schulter.

»Warte«, sagte er. »Ich habe fast vergessen, daß ich etwas für dich habe.« Zögernd bewegte sie sich, damit er aufstehen konnte. Er ging zur Truhe in der Ecke und nahm etwas heraus. Ihre Augen wurden riesig, als sie sah, was es war. Ein bezaubernder Reif aus Gold, mit wunderschönen Gravuren und kostbaren Juwelen. Es war die Art von reichem Schmuck, den nur eine Königin tragen würde, aber Niniane hatte ihn niemals bei Guthfrid gesehen. »Ich habe ihn in Venta machen lassen«, sagte er. »Für dich.« Ihre Augen glänzten, als er sich vorbeugte, um ihn auf ihr zerwühltes kupferbraunes Haar zu stecken. »Es ist deine Morgengabe.«

II

Der König
(567–575)

24

Der Skop sang von der Ankunft des Frühlings:

Das neue Jahr ist eingekehrt
in die Heime der Menschen.
Der Schoß der Erde ist schön,
das Himmelsdach scheint hell,
und das Schiff gleitet mit
stolzem Bug über das Wasser …

Sigurd lauschte Alrics Gesang, den dieser zu Ehren von Coenburgs Hochzeitstag verfaßt hatte und ließ seine Augen über die große Halle von Winchester schweifen. Die Bänke waren an diesem Mainachmittag voll besetzt; die Edlen und Lehnsleute, die zumindest einen Teil des Jahres auf dem Land lebten, das ihnen der König gegeben hatte, waren nach Winchester geströmt, um der Hochzeit von Cuthas Tochter mit Ceawlins Edlem Penda beizuwohnen. Selbst Cuthwulf, der sich seit den vergangenen zwei Jahren gar nicht mehr gut mit Ceawlin verstand, war zu Coenburgs großem Tag gekommen.

Sigurd schaute in das hübsch gerötete Gesicht seiner Schwester und befand sich plötzlich in einer anderen Zeit, an einem anderen Ort, bei einer anderen, christlichen Hochzeit. Es war vor acht Jahren gewesen, als Vater Mal Penda das erste Mal verheiratet hatte. Sigurd erinnerte sich nur zu gut an diesen Tag. Es war der Tag, an dem Ceawlin Niniane in den Schutz des Klosters Glastonbury gesandt hatte, der Tag, an dem Ceawlin von der Taufe seines Sohnes erfahren hatte, der Tag, an dem Sigurd zum ersten Mal in seinem Leben in seinem Herzen eine erschreckende Wut gegen seinen Freund gespürt hatte.

Sigurd hob seinen weingefüllten Becher und brachte seine Gedanken energisch von solch gefährlichen Gewässern ab. Statt dessen erinnerte er sich an Pendas erste Frau, Wynne. Wie schön sie gewesen war, dachte er, und wie kurz ihr Leben… verloren, wie das Leben so vieler anderer Frauen, bei der Geburt. So wie er vor zwei Jahren beinahe seine eigene Frau verloren hätte. Sie hatten ihm nach der Geburt der Zwillinge erklärt, daß Edith keine weiteren Kinder haben würde, und er hatte an Wynne gedacht und war froh gewesen. Er trug genug Schuld in seinem Herzen gegenüber Edith; er wollte nicht auch noch die Schuld ihres Todes tragen.

Alrics Harfe verstummte, und nach einem kurzen Augenblick erklangen Rufe nach weiterem Gesang. Sigurd sah, wie Penda seinen dunklen Kopf vorbeugte und etwas zu Coenburg sagte, er sah seine Schwester mit einem raschen, schüchternen Lächeln antworten. Diese Heirat war Cuthas Werk. Sigurd wußte es. Daß er Penda seine einzige Tochter anbot, zeigte an, wie wichtig Cutha ihn erachtete, wie wichtig er glaubte, daß Penda werden würde. Sigurd hoffte, daß Coenburg glücklich sein würde. Penda war nicht gerade ein häuslicher Mann. Aber schließlich heiratete man ja nicht des Glückes wegen. Man heiratete wegen der Macht. Nur wenige Auserwählte fanden etwas mehr.

Alric machte der Königin ein Zeichen, und der Lärm in der Halle nahm noch weiter zu. Sigurd blickte weiter auf den Skop, der die Harfe von sich streckte. Dann schritt Niniane über den glänzenden Boden; ihre Wangen waren leicht gerötet. Alric verbeugte sich vor ihr und überreichte ihr das Instrument. Sigurd sah kurz Ceawlin an und bemerkte, wie dieser dem Skop bedeutete, sich neben ihn auf den Thron zu setzen. Niniane berührte die Saiten und sofort wurde es still in der Halle. Einen Augenblick später erfüllte ihre volle, rauchige Stimme den Raum.

Es geschah nicht oft, daß Sigurd eine solche Entschuldigung hatte, um sie anzusehen, und er hörte auf, sich dagegen zu wehren, gab seinem Verlangen nach und nahm sie in vollen Zügen in sich auf.

Sie trug den goldenen Reif, den Ceawlin ihr gegeben hatte, als sie zum ersten Mal nach Winchester zurückgekehrt war. Ihre Haare waren gelöst, wie Sigurd sie am liebsten mochte. In diesen Tagen trug sie ihr Haar meistens aufgesteckt, aber heute floß es über ihre Schultern und ihren Rücken hinab, ein schimmernder Mantel aus herbstlicher Seide. Sie trug ein reich geschmücktes Wollkleid von tiefem Blau mit Juwelen an den Schultern, am Hals, der Taille und den Handgelenken. Die Granaten an ihrer Hand blitzten im Fackellicht auf, als sie ihre Finger über der Harfe bewegte.

Ihre Figur war immer noch schlank und hübsch; bisher hatten die Schwangerschaften noch keine Spuren hinterlassen. Aber sie war auch nicht mehr länger ein Kind. Ihr Gesicht war schmaler, die Wangenknochen betonter, als in den sieben Jahren zuvor; und ihre Brüste waren voller, es waren jetzt die Brüste einer Mutter, nicht die eines Mädchens. Auch die leicht sehnsüchtige Atmosphäre, die ihn so gerührt hatte, als er ihr das erste Mal begegnet war, war längst verschwunden. Eine ruhige Würde umgab Niniane jetzt, die Aura einer Frau, die daran gewohnt war, daß ihre Wünsche erfüllt wurden. Und in der Halle des Königs saßen ihre vier Söhne um das Herdfeuer herum, vier gesunde, kräftige Erben für Ceawlin.

Die letzte Note erstarb, und sie schaute von der Harfe hoch. Ihre Augen begegneten Sigurd, und sie lächelte. Er bewegte seinen Mund in einer Art von Antwort und sah, wie Alric seine Harfe wieder zurücknahm.

»Sie sagen, daß sie mit ihrer Musik die Menschen verzaubern kann«, sagte seine Frau in sein Ohr. »Daß es Hexerei ist.«

Sigurd fuhr herum und starrte in Ediths blasse, blaue Augen. »Wer sagt das?« verlangte er zu wissen.

Sie war überrascht durch seine Heftigkeit. »Die Mädchen in den Frauengemächern.« Dann, als er lediglich angewidert dreinblickte, fügte sie hinzu: »Es ist nur zu bekannt, Sigurd, daß sie den König verzaubert hat. Und als unser kleiner Cutha krank war, spielte Niniane die Harfe, und es ging ihm wieder besser. Und auch ihre eigenen Söhne sind so gesund. Sicher hat es etwas mit Zauberei zu tun.«

»Das ist das Lächerlichste, was ich jemals gehört habe.« Sigurd war gewöhnlich sehr freundlich zu seiner Frau, aber jetzt wurden seine Augen kälter, als sie sich jemals erinnern konnte, sie gesehen zu haben. »Ich möchte niemals wieder so etwas von dir hören, Edith. Ist das klar?«

»Ja, Sigurd.« Ihre Augen füllten sich angesichts dieser ungewohnten Härte mit Tränen.

Das vertraute Schuldgefühl zerrte an seinem Herzen. Es war nicht Ediths Fehler, daß er sie nicht liebte. Es war nicht ihr Fehler, daß er längst begonnen hatte, ihrer großen Sanftheit und Süße, die ihn ganz am Anfang besonders angezogen hatten, überdrüssig zu werden. Wie auch ihrer Bewunderung. Es war zunächst so angenehm gewesen, eine Frau zu besitzen, die Augen nur für ihn hatte; ihre Liebe hatte sein Ego ebenso besänftigt wie sein Herz... Deshalb hatte er sie geheiratet, aber dann hatte er nur allzuschnell herausgefunden, daß es nicht Ediths Liebe war, was er wollte. Und jetzt war alles, was er für sie empfand, dieses jämmerliche Schuldgefühl. »Weine nicht«, sagte er etwas freundlicher.

»Ich weine nicht«, sagte sie, und ihre Augen waren bis zum Rand voll.

»Was ist los?« Es war Cutha, der Ediths Tränen bemerkt hatte.

»Edith erzählte mir gerade irgend so eine unsinnige Geschichte, die in den Frauengemächern ihre Runde macht«, sagte Sigurd. »Etwas über Niniane, die mit ihrer Musik den König verhext haben soll.«

Cuthas Augenbrauen zogen sich zusammen. »Unsinn«, sagte er.

»Ich weiß. Aber es könnte gefährlicher Unsinn sein, Vater. Ich möchte nicht, daß eine solche Geschichte weniger freundlich gesinnte Ohren erreicht.«

»Hmm.« Einen Augenblick später nickte Cutha. »Ich werde mit Ceawlin sprechen.« Er sah seine Schwiegertochter irritiert an. »Weine nicht, Edith, du hast recht getan, Sigurd von einem solchen Vorwurf zu berichten. Und jetzt sei ein gutes Mädchen und trink deinen Wein.«

Edith beeilte sich, seiner Aufforderung nachzukommen.

Der Priester legte Coenburgs Finger auf die von Penda und klopfte mit dem heiligen Hammer von Thor leicht auf ihre vereinigten Hände. Dann geleiteten die Edlen und Lehnsleute von Winchester unter viel Lachen und Aufmunterung die Braut und den Bräutigam von der großen Halle zu der Halle, die Ceawlin für Penda hatte errichten lassen, als er ihn fünf Jahre zuvor zum Edlen ernannt hatte. Sigurd spürte einen kleinen Stich von Mitgefühl für seine Schwester, als er ihre angsterfüllten Augen sah, aber es mußte sein. Und Penda würde es ihr leicht machen. Eine Sache, derer man sich bei Penda sicher sein konnte, war sein Wissen über Frauen.

Sigurd fand sich neben Ceawlin wieder, als die Glückwünsche verteilende Menge zur großen Halle zurückkehrte. Die Frauen hatten sich, da die Braut nicht mehr da war, ebenfalls zurückgezogen, aber die Männer würden noch bis weit in die Nacht hinein trinken. Hinter sich hörte er Cuthwulfs betrunkenes Gelächter, und plötzlich fühlte er sich gar nicht mehr wohl in seiner Haut. »Edith hat mir heute etwas gesagt, das ich dir wohl besser mitteilen sollte«, hörte er sich zu Ceawlin sagen.

»Aha?« Ceawlin zog die silberblonden Augenbrauen mit dem vertrauten, forschenden Blick empor.

»Es hängt mit Niniane zusammen.«

Sie gingen einen Augenblick schweigend nebeneinander her, dann rief Ceawlin Ine etwas zu. »Ich komme später nach, Ine. Amüsiert euch schon mal.«

»Das werden wir, Mylord«, kam die unbändige Antwort.

»Komm mit mir zur Halle des Königs«, sagte Ceawlin zu seinem Freund. »Niniane wird die Kinder ins Bett bringen, dann können wir uns ungestört unterhalten.«

Die Halle des Königs war, abgesehen von ein paar Dienern

und Ceawlins altem Jagdhund, tatsächlich leer. Nur ihr jüngstes Kind schlief in dieser Zeit mit Ceawlin und Niniane in der Halle. Ceawlin hatte darauf bestanden, daß die älteren Kinder letztes Jahr in die Halle der Prinzen umgezogen waren.

»Bringt uns etwas Bier, danach könnt ihr gehen«, sagte Ceawlin zu den Dienern und zeigte auf einen Stuhl vor Cynrics altem Tisch, der immer noch mitten im Raum stand. Als die Becher vor ihnen standen und sie allein waren, fragte Ceawlin: »Was ist jetzt mit Niniane?«

»Es ist irgendein Unsinn, den Edith mir erzählt hat, aber ich dachte, du solltest es wissen. In der Halle der Frauen heißt es, daß Niniane dich mit ihrer Musik verhext hat.«

Ceawlins Reaktion war ganz anders, als Sigurd erwartet hatte. Der König warf seinen Kopf zurück und brach in schallendes Gelächter aus.

»Es ist vielleicht nicht so lustig, wenn eine solche Geschichte an weniger freundlich gesinnte Ohren gelangt«, sagte Sigurd, als Ceawlin sich schließlich wieder beruhigt hatte.

»Meinst du Guthfrid?« Ceawlin nahm einen großen Schluck Bier. »Guthfrid sagt seit Jahren weit Schlimmeres über Niniane.« Der Humor war jetzt vollständig aus seinem Gesicht gewichen. »Mich beunruhigt nicht, was Guthfrid *sagt*, sondern was sie *tut*.«

»Ich weiß.« Sigurd spürte wieder den Schrecken, der ihn im letzten Winter durchfahren hatte, als sie einen Gefolgsmann von Guthfrid innerhalb der Mauern von Winchester ergriffen hatten. Der Mann hatte Gift bei sich gehabt, Gift, das nach seinen eigenen Aussagen für die Königin bestimmt gewesen war. Ceawlin hatte den Mann auf der Stelle töten wollen, aber Niniane schickte ihn mit einer Verachtung, von der sie wußte, daß sie Guthfrid noch viel mehr treffen würde, zurück nach Ost-Anglia zu Redwold, dem ostanglischen König.

»Du hättest Guthfrid töten sollen, als du die Gelegenheit dazu hattest«, sagte Sigurd.

Ceawlin zuckte die Achseln. »Ich hätte vor sieben Jahren keinen Krieg mit Ost-Anglia gewinnen können, Sigurd. Ich hatte Winchester erobert, aber wenn ich damals einen Kriegertrupp hätte zusammenstellen müssen, wären die Männer verschiedenen Anführern gegenüber loyal gewesen. Und wenn ich Guthfrid getötet hätte, wäre es zu einem Krieg mit Ost-Anglia gekommen. Redwold hat für den Tod Edwins Wergeld von mir akzeptiert, aber beim Tod von Guthfrid hätte er, um seine Ehre zu behalten, nichts anderes tun können als Krieg zu führen. Du weißt das.«

Sigurd wußte es und schwieg. Plötzlich schob Ceawlin seinen Becher zurück, stand auf und schritt zum Herd hinüber. Der weiße Hund hob seinen Kopf von den Pfoten, als sein Herr näherkam. Ceawlin bückte sich und kraulte seine Ohren, dann stand er auf und stocherte im Feuer herum. Sigurd beobachtete ihn, verglich ihn mit dem Ceawlin vor sieben Jahren, wie er es zuvor in der großen Halle mit Niniane gemacht hatte.

Mit siebenundzwanzig Jahren hatte Ceawlin alle Spuren seiner Jugend verloren. Seine Schultern waren breiter geworden, und während er in seiner Jugend so dünn gewesen war, so hatte er sich jetzt zu einem schlanken, kraftvollen erwachsenen Mann entwickelt. Auch nur die nebensächlichste, unbewußteste Geste zeugte von der Autorität eines Königs, der die Macht über Leben und Tod in seinen Händen hielt. Er war, wie Bertred einmal gegenüber Sigurd bemerkt hatte, einem Gott so nah, wie es ein Mann nur jemals sein konnte.

»Auch ich wollte mit dir über Niniane sprechen, Sigurd«, sagte er schließlich über seine Schulter. Er legte den Stab hin, mit dem er im Feuer gestochert hatte. »Du hast vielleicht bemerkt, daß wir in der letzten Zeit Probleme miteinander haben.«

»Ich habe es bemerkt«, erwiderte Sigurd mit ausdrucksloser Stimme. Dann fügte er hinzu: »Es ist einfach, in euren Gesichtern zu lesen.«

Tatsächlich, dachte Sigurd, während er Ceawlin resigniert die breiten Schultern hochziehen sah, tatsächlich wußten alle in Winchester, daß zwischen dem König und seiner Frau Streit herrschte. Gerade in der letzten Zeit war Sigurd mehrere Male in die Halle des Königs gekommen, um Ceawlin schreiend und Niniane mit einem verschlossenen, unversöhnlichen Gesichtsausdruck vorzufinden, der so gar nicht ihrer normalen, heiteren Art entsprach. »Willst du mir sagen, was los ist?« fragte er, als Ceawlin nicht weitersprach.

»Nan möchte ihren Bruder sehen.«

Sigurd richtete sich kerzengerade auf. »Was?«

»Ihren Bruder«, wiederholte Ceawlin. Er wandte sich um. »Coinmail. Denjenigen, der in Glevum lebt. Sie will ihn besuchen.«

»Es wäre nicht sicher«, sagte Sigurd. »Du wirst ihr das doch sicher nicht erlauben.« Aber er wußte, sobald er es gesagt hatte, daß Ceawlin es ihr erlauben würde. Er würde nicht mit Sigurd darüber sprechen, wenn er es nicht bereits beschlossen hätte. Und er hatte seine Frau Nan genannt.

»Ich gestatte ihr sicherlich nicht, nach Glevum zu gehen. Die Versuchung, sie als Geisel zu nehmen, ist für einen britischen Prinzen mit Machtambitionen einfach zu verführerisch. Aber ich habe gesagt, sie kann ihn in Glastonbury treffen, wenn er dorthin kommt. Die Christen glauben an die Heiligkeit einer Kirche. Sie schwört, daß sie dort sicher ist.«

»Aber warum?« fragte Sigurd. »Was soll der Sinn eines solchen Treffens sein?«

»Das wissen nur die Götter.« Ceawlin zuckte erneut die Schultern. »Sie will ihren Bruder sehen. Sie hat ihn beinahe zehn Jahre nicht mehr gesehen, und sie will ihn jetzt sehen. Ich verstehe es auch nicht, Sigurd, aber es ist ihr wichtig.«

»Also hast du ihr gesagt, daß sie gehen kann?«

»Ich habe ihr gesagt, daß sie nach Glastonbury gehen kann, wenn Coinmail sie dort treffen will... und wenn du einverstanden bist, sie zu begleiten.« Er schaute Sigurd aus schmalen, blaugrünen Augen an. »Ich muß jemanden mit ihr schicken, dem ich trauen kann. Sie würde eine außerordentlich wertvolle Geisel abgeben. Ich gebe dir eine Eskorte von dreißig Männern.«

»Im Namen der Götter, Ceawlin!« Ärger flammte in Sigurds

Augen und in seiner Stimme auf. »Bist du verrückt? Was kann es denn für einen Nutzen haben, wenn du sie nach Glastonbury gehen läßt? Behalte sie hier in Winchester, wo sie in Sicherheit ist.«

Ceawlin seufzte. »Sigurd, bei den meisten Dingen ist Nan die mildeste, nachgiebigste Frau, die ich kenne. Nur selten widersetzt sie sich meinem Willen. Letztes Jahr zum Beispiel, als ich darauf bestand, daß die Jungen hier auszogen, damit ich ein bißchen Ruhe haben könnte. Sie wollte es nicht, aber sie gab nach, ließ mich gewähren. Aber von Zeit zu Zeit ist ihr etwas wichtig, wirklich wichtig. Und dann gibt sie nicht nach. So war es mit der Taufe der Kinder. Und sie sind getauft worden, alle. So war es, als ich ihr eine Amme für Ceowulf geben wollte.« Er ging wieder zum Tisch zurück. »Weißt du, was sie getan hat?«

»Nein.«

»Sie war so schwach vom Kindbett – deshalb wollte ich ja die Amme haben –, und sie stand auf und ging mit einem Messer auf die Frau los. Einem Messer!« Ceawlin schüttelte verwundert den Kopf. »Sie konnte kaum stehen, und sie hielt der Frau das Messer an die Kehle und sagte: ›Gib mir mein Baby zurück.‹«

Sigurd spürte einen schmerzvollen Stich in seiner Brust. »Sie liebt ihre Kinder sehr, deine Niniane.«

»Die meisten Frauen lieben ihre Kinder, aber nicht so. Ein Messer! Es war eine harte Geburt gewesen... sie sollte noch nicht aufstehen... ich hatte fürchterliche Angst, daß es wieder bluten könnte.« Ceawlin nahm seinen Becher und leerte ihn. »Was hätte ich machen können? Ich gab ihr das Baby, und sie stillte es.« Er stellte seinen leeren Becher hin und sah Sigurd an.

»Du hättest nichts tun können«, sagte Sigurd.

»Nein.« Ceawlins Mund entspannte sich wieder, und ein amüsierter Blick kehrte in sein Gesicht zurück. »Diese Sache mit den Frauengemächern. Sie sagen, daß sie hexen kann, weil sie wissen, daß ich mit keiner anderen schlafe. Aber kannst du dir vorstellen, wie Niniane es aufnehmen würde, wenn ich es täte, Sigurd?«

Der Schmerz in Sigurds Brust vertiefte sich. »Sie würde ihr Messer wieder herausholen?«

Ceawlin ging um den Tisch und setzte sich. »Das könnte sein. Und ich bin ganz und gar nicht sicher, daß sie es nicht bei mir benutzen würde!«

Sigurd schaute ärgerlich auf den Mann neben sich. Ceawlin starrte wieder in seinen Becher, und alles, was Sigurd von ihm sehen konnte, war sein klares Profil und einen dichten Vorhang aus hellen Haaren. Tat Ceawlin dies absichtlich? fragte er sich. Ceawlin wußte, was er Niniane gegenüber empfand. Beschwor er möglicherweise diesen Schmerz bewußt herauf?

»Diese Sache mit Coinmail«, sagte Ceawlin. »Es ist das gleiche. Sie will ihren Bruder sehen und fertig. Entweder ich gebe nach, oder ich zerbreche sie; es gibt keine Alternative. Unter diesen Umständen halte ich es für das Beste, sie gehen zu lassen. Aber ich muß sicher sein können, daß ihr nichts geschehen wird.«

»Götter!«

»Ja.« Ceawlin sah seinen Freund an. »Ich wollte dich nicht mit meinen Eheproblemen belästigen, alter Freund, aber ich möchte, daß du verstehst, wie es ist.« Seine meerblauen Augen sahen Sigurd zuversichtlich an. »Wirst du gehen?« fragte er.

Sigurd hörte sich ja sagen.

Das Land um Glastonbury war sehr feucht; aus diesem Grund nannten die Briten es Sommerland. Sigurd war niemals zuvor so weit westlich gewesen, und er war überrascht von dem steilen, seltsam aussehenden Felsen, der sich direkt vor ihnen aufbaute. »Glastonbury wurde vor langer Zeit erbaut«, erklärte Niniane ihm, »von den Alten, die auch die stehenden Steine bei Avebury und im Süden geschaffen haben.«

Das Kloster selbst war beinahe vollständig von einem mit Unkraut gesäumten Wassergraben umgeben. Sigurd sandte zunächst eine kleine Gruppe von Männern über die Brücke, um sicherzugehen, daß auch alles in Ordnung wäre, bevor er Niniane erlaubte, sie mit ihm zu überqueren. Sie wurden von

Vater Mal begrüßt, der ihnen erzählte, daß Coinmail am Tag zuvor angereist war.

Niniane wollte ihren Bruder alleine sprechen, und der Priester bot ihr an, sie zu dem Raum zu bringen, in dem Coinmail untergebracht war. Sigurd und seine Männer schlugen draußen auf dem Feld ein Lager auf und entfachten Feuer zum Kochen.

Das erste, was Niniane ausmachte, als sie von der grellen Sonne in den dunklen Raum hineintrat, war die Farbe seines Haares. Sie lächelte und streckte ihm ihre Hände entgegen. »Coinmail. Ich bin so froh, dich zu sehen.«

Er schritt ohne große Eile durch den Raum und beugte sich zu ihr hinab, um ihre Stirn zu küssen. »Du siehst gut aus, Niniane«, sagte er. »War es wirklich nötig, die Hälfte der Lehnsleute deines Mannes zum Schutz mitzubringen? Ich bin alleine gekommen.«

Niniane errötete. Wie typisch für Coinmail, dachte sie, daß er sie von Anfang an ins Unrecht setzte. »Es war nicht meine Idee, Coinmail, sondern Ceawlins. Er hat diesen verrückten Gedanken, daß jemand versuchen könnte, mich zu entführen.«

»Würde er dich denn wiederhaben wollen?« fragte Coinmail.

Er war ernst. Sie starrte in sein Gesicht, auf die schöne, gewaltige Gestalt, an die sie sich so gut erinnerte. Er hatte sich nicht verändert: die breiten, hellen Brauen waren die gleichen, die Augen immer noch dunkel und grau wie die Nordsee. Sie hatte niemals etwas Weiches in diesen eindrucksvollen Augen gesehen, und auch jetzt waren sie nicht sanft, als er das erste Mal nach acht Jahren seine Schwester betrachtete. Sie wirkten einfach nur neugierig.

»Ja«, sagte sie nach einer langen Pause. »Das würde er.«

Coinmail zog eine Augenbraue nach oben. Es war ein Trick, den auch Ceawlin anwandte und der ihn jungenhaft und charmant erscheinen ließ. Coinmail dagegen sah aus wie Gott am Tage des Jüngsten Gerichts. »Dann kommst du also von ihm?« fragte er.

Dieses Treffen verlief gar nicht so, wie sie es erwartet hatte.

»Natürlich komme ich nicht von Ceawlin! Was könnte dir Ceawlin wohl zu sagen haben? Ich bin meinetwegen gekommen.«

»Warum?«

»Was glaubst du, warum?« rief sie voller Verzweiflung. »Weil du mein Bruder bist, mein einziger lebender Verwandter, deshalb wollte ich dich sehen.« Dann, als Coinmail sie weiterhin so ansah, als wäre sie sein Feind, fügte sie hinzu: »Ist das so seltsam?« Die Verzweiflung hatte sie verlassen und sie verspürte plötzlich eine große Traurigkeit.

In seinem Gesicht war kein Funke von Verständnis zu erkennen. »Ja, Niniane. Ich finde es seltsam. Du wolltest mich acht Jahre lang nicht sehen. Warum sollte es dir plötzlich so wichtig geworden sein?«

Niniane hatte Ceawlin nicht jahrelang herrschen sehen, ohne etwas davon zu lernen. Sie zog ihre braunen Augen zusammen und fragte mit ruhiger Stimme, die an Kühle der von Coinmail gleichkam: »Warum warst du einverstanden, mich zu sehen?«

»Ich war neugierig. Ich dachte, du kommst entweder mit einer Botschaft von deinem Mann, in welchem Fall mich interessiert hätte, was er mir zu sagen hat. Oder ich dachte, du bringst mir Informationen, die ich in meinem Kampf gegen ihn benutzen könnte.«

»*Was?*«

»Nun, was hätte ich sonst denken sollen?« Ein Muskel zuckte in seiner Wange, das bisher einzige Anzeichen einer Gefühlsregung.

Ihre Stimme bebte vor Empörung. »Ich habe dir nichts mitgebracht, Coinmail, außer einem Neffen, der im Kloster bei den Nonnen schläft. Ich bin sicherlich nicht hierhergekommen, um meinen Mann zu verraten.«

Er antwortete nicht.

»Coinmail …«, Niniane nahm einen tiefen Atemzug und legte eine Hand auf den Arm ihres Bruders. »Laß uns nicht streiten.«

Sein Arm war steif und unnachgiebig unter dem Druck ihrer Finger. »Es gibt nicht viel für uns zu tun, Niniane«, erwiderte er. »Es ist offensichtlich, daß du dich auf die Seite meiner Feinde geschlagen hast. Erwartest du, daß ich dich dafür liebe?«

»Aber Ceawlin ist nicht dein Feind!« schrie sie leidenschaftlich. Ihre Finger gruben sich mit Nachdruck in seinen Unterarm. »Ich bin gekommen, um dir das zu sagen. Coinmail, höre mir zu. In Wessex leben heute Sachsen und Briten friedlich zusammen. Kein sächsischer Lehnsmann hat jemals britisches Gebiet angerührt, das verspreche ich dir. Sie leben alle in Frieden und Harmonie zusammen. Frag Vater Mal. Die Priester von Glastonbury sind in Wessex willkommen. Kein britischer Christ muß Vergeltung fürchten, weil er seine Religion ausübt.«

Seine Antwort kam ohne Zögern. »Und ein Sachse ist König. Alle britischen Kinder lernen, sächsisch zu sprechen, und britische Mädchen heiraten sächsische Männer und bringen noch mehr Sachsen zur Welt, die in die Fußstapfen ihrer Väter treten können. Bald wird es keine Briten mehr in Wessex geben, meine liebe Schwester. Bald wird es nur noch Sachsen geben. Hast du geglaubt, daß ich das befürworten würde? Hast du geglaubt, daß ich deinem Ehemann dankbar bin, weil er über mein Volk herrscht? Weil er mir meinen Platz weggenommen hat? Weil er aus den Atrebaten verdammte Sachsen macht?«

Niniane ließ ihre Hand fallen, als hätte er sie weggeschlagen. »Coinmail ... so ist es nicht.«

»Ist es nicht?« fragte er ironisch.

»Nun ... selbst wenn es so ist ... ist es so schlecht?«

»Ich werde ein solches Leben bis zu meinem letzten Atemzug bekämpfen, Niniane. Ich würde meine Seele dem Teufel verkaufen, wenn ich es damit beenden könnte. Niemals, niemals werde ich freiwillig einen Zentimeter britisches Land an einen Sachsen abtreten. Niemals.«

Sie hatte zu zittern begonnen. »Ceawlin will Wessex nicht in das Land der Dobunni ausdehnen, Coinmail.«

»Noch nicht.«

»Niemals!«

Seine grauen Augen waren kalt wie Eis. »Wie viele Söhne hast du, Niniane?«

Sie zitterte jetzt so sehr, daß sie sicher war, daß er es sehen konnte. »Vier.«

»Vier Söhne. Und sie werden Land brauchen, werden Land wollen. Und genauso die Söhne der Lehnsleute deines Mannes. Bald wird nicht mehr genug Land in Wessex sein, um sie alle zu halten. Eines Tages, Niniane, werden sie in das Gebiet der Dobunni vordringen, und von dort direkt nach Dumnonia.« Er war kein großer Mann, aber er schien den Raum mit der Intensität seiner Leidenschaft zu erfüllen. Niniane spürte, wie sie einen Schritt zurückwich.

»Nein«, sagte sie, aber es fehlte ihrer Stimme an Überzeugungskraft. Das Schrecklichste an dieser Unterhaltung war, dachte sie, daß Coinmail möglicherweise recht hatte.

»Geh zurück zu deinem Sachsen, Niniane«, sagte ihr Bruder. »Geh zurück und sage ihm, daß er einen Feind in Glevum hat.« Und er schoß an ihr vorbei und verließ das Zimmer.

Als sie sich ungefähr fünfzehn Minuten später soweit gesammelt hatte, um ihm folgen zu können, stellte sie fest, daß er bereits aus Glastonbury fortgeritten war. Er war nicht einmal lange genug geblieben, um ihr Baby zu sehen.

25

Sie wurden über viele Meilen verfolgt, als sie von Glastonbury wieder nach Osten fortritten. Selbst Niniane konnte die britischen Späher sehen, die sie von verschiedenen, günstig gelegenen Stellen aus während ihrer Reise beobachteten. Sigurd plazierte sie inmitten eines lebendigen Schildes aus berittenen Lehnsmännern, und sie drückte das Baby eng an ihre Brust und versuchte, nicht verängstigt zu erscheinen.

»Glaubst du, daß es Coinmail ist?« fragte sie Sigurd, der neben ihr ritt und grimmig aussah.

»Ich weiß nicht, wer es ist, Niniane, aber es ist mit Sicherheit jemand, der weiß, daß wir in Glastonbury waren.« Was natürlich hieß, daß er Coinmail in Verdacht hatte.

»Coinmail würde niemals wollen, daß ich verletzt werde«, sagte sie.

»Wer immer es auch ist, ich glaube nicht, daß du verletzt werden sollst.« Sigurds Augen suchten ständig die Gegend ab, er schaute auf beide Seiten des Weges und auch nach hinten und nach vorne. »So etwas würde nur bittere Vergeltungsmaßnahmen von Ceawlin zur Folge haben. Aber als Geisel ...« Es war auch Ninianes Befürchtung, daß Coinmail sie benutzen könnte, um Ceawlin zu irgend etwas zu zwingen, das er nicht tun wollte.

Sie wußte jetzt, wie falsch es gewesen war, auf diesem Treffen mit Coinmail zu bestehen. Statt ihre Furcht zu besänftigen, hatte das Treffen sie nur in der Vermutung bestärkt, daß er eine Gefahr darstellte. Und es waren einige unangenehme Zweifel in ihrem eigenen Herzen angerührt worden, Zweifel, die sie nicht ganz verdrängen konnte, als sie, vor ihrem eigenen Bruder, ihren eigenen Leuten inmitten des sächsischen Schildwalls geschützt, dahinritt. Sie konnte nicht leugnen, daß in einigem von dem, was Coinmail gesagt hatte, ein Körnchen Wahrheit war.

Sie verließen Dumnonia und befanden sich schon bald innerhalb der Grenzen von Wessex. »Es tut mir leid«, sagte Niniane mit kleinlauter Stimme, als Sigurd in der Sicherheit ihres eigenen Landes das Lager für die Nacht aufschlug. »Ceawlin hatte recht. Nach Glastonbury zu gehen, war nicht sicher für mich. Es tut mir leid, daß du mit deinen Männern durch mich in Gefahr geraten bist, Sigurd.«

Sie saß mit ihm am Feuer und fütterte ihr Kind; er hockte auf seinen Fersen neben ihr und starrte in die Flammen. »War es das wert?« fragte er.

»Nein.« Ihre Stimme klang seltsam gedämpft, und er

wandte ihr seinen Kopf zu, damit er sie sehen konnte. Auch sie schaute in das Feuer, und die Flammen flackerten plötzlich auf und beleuchteten ihr Gesicht, das Baby an ihrer Brust, ihre Schultern, ihren Nacken, die Linien ihres Gesichtes und ihr Haar. Sigurd fühlte, wie sich sein Hals zusammenzog. Er konnte nicht sprechen.

»Er haßt Ceawlin«, sagte Niniane. »Er wird sich niemals einem sächsischen Gesetz beugen, egal wie gütig es auch ist. Er ist Ceawlins Feind, Sigurd. Nichts, was ich sagte, konnte das ändern. Du kennst Coinmail nicht. Er ist wie ein Stein; er wird sich niemals ändern.«

»Er ist wie du«, brachte Sigurd hervor. Er sah, wie sie ihn erstaunt anblickte.

»Wie ich? Ich bin überhaupt nicht so! Ich hasse das alles an Coinmail, diese ... Kälte ... und diese Unbeugsamkeit.«

»Und was glaubst du, wie du wirkst, Niniane, wenn Ceawlin dir sagt, daß er nicht möchte, daß du nach Glastonbury gehst?«

Ihre Augen waren zwei riesige, schwarze Teiche in dem schönen, blassen Oval ihres Gesichtes. »Was meinst du damit?«

»Du hast beinahe die gleichen Worte über deinen Bruder gesagt, wie Ceawlin über dich, als er mich bat, dich nach Glastonbury zu begleiten. Er sagte, daß du wie ein Stein wärest, der sich, egal was er sagte, nicht ändern würde.«

»Ich ... ich ...« Sie war leichenblaß. Er wußte, er verletzte sie, wenn er so sprach, aber plötzlich spürte er in sich das wilde Verlangen, sie zu verletzen. Sie hatte ihn auch verletzt.

Sigurd fuhr unbarmherzig fort. »Ceawlin sagte, er könnte dir entweder nachgeben, oder dich zerbrechen, er sagte, daß er keine andere Wahl hätte.« Er starrte sie aus seinen jetzt blaßgrauen Augen an. »Du bist sehr hart, Niniane, gegenüber denen, die dich lieben.« Und nur er wußte, daß er von sich selbst sprach.

Leuchtende Farbe errötete ihr Gesicht. Er bemerkte das Glitzern von Tränen in ihren Augen. »Du hast recht, Sigurd«, sagte sie. »Ceawlin ist zu gut zu mir. Zu gut. Ich verdiene seine Güte nicht.« Die Tränen glitzerten immer noch, aber sie flossen nicht. »Du hast auch recht, wenn du sagst, daß er der einzige ist, bei dem ich so hart bin. Aber Sigurd, weißt du, ich habe Angst um ihn. Er fürchtet sich selbst so wenig, daß ich das Gefühl habe, ich muß um uns beide Angst haben.« Das Baby hatte mit Trinken aufgehört und sie legte es sich über ihre Schulter. Sigurd konnte einen kurzen Blick auf ihre weiße Brust erhaschen, bevor sie sich wieder bedeckte. Sie war so vollkommen unbefangen, wie sie da vor ihm saß und das Kind stillte. Es kam ihr nicht einmal in den Sinn, daß er in ihr auch etwas anderes sehen könnte, als die Frau von Ceawlin.

»Warum solltest du Angst um ihn haben?« fragte er mit harter Stimme. »Wenn es jemals einen Mann gab, der auf sich selbst aufpassen konnte, so ist es Ceawlin.«

»Ich weiß nicht, warum«, sagte sie, und ihr eigenes Gesicht war beinahe ebenso düster wie Sigurds. Sie gab ihrem Sohn einen leichten Klaps auf den Rücken. »Aber wenn ich an Ceawlin denke... an meine Kinder..., wenn ich daran denke, daß ihnen irgend jemand etwas antun könnte... werde ich wild...« Sie lächelte nicht, sondern war todernst. Auch ihm, der auf ihre kleine, zerbrechliche Gestalt blickte, war nicht nach Lachen zumute.

Es entstand eine längere Pause. Das Baby stieß einige Male geräuschvoll auf und Niniane murmelte etwas. Sigurd stand auf. »Ich werde bei den Wachen nachsehen«, sagte er und verließ sie, damit sie sich auf die Nacht vorbereiten konnte.

»Ceawlin verhätschelt diese Frau in lächerlicher Art und Weise«, sagte Cuthwulf.

»Er hätte ihr nicht erlauben sollen, Wessex zu verlassen«, stimmte Cutha ihm zu. »Aber sie ist jetzt wieder zu Hause in Sicherheit und nichts ist geschehen.«

»Dank Sigurd.« Cuthwulf erhob den Becher in die Richtung seines Bruders.

»Es gab keine wirkliche Gefahr«, sagte Sigurd milde.

»Das habe ich aus dem, was ich von den anderen gehört habe, nicht so verstanden.« Cutha blickte etwas schräg zu Sigurd hinüber, aber Sigurds Gesicht veränderte sich nicht. Er war seit zwei vollen Tagen wieder zurück in Winchester, aber dies war die erste Möglichkeit, mit seinem Vater zu reden. Cutha war nicht in der königlichen Enklave gewesen, als Ninianes Gruppe zurückgekehrt war.

Cuthas Halle war so wie immer, aber sonst hatte sich in Winchester einiges verändert. Viele der Änderungen spiegelten das andere Leben wider, das der König und die Königin führten. Die unverheirateten Lehnsmänner schliefen immer noch auf den Bänken in der großen Halle, aber mehr und mehr Männer hatten geheiratet und zogen von Winchester fort, auf ein Stück Land, das der König ihnen gegeben hatte. Die Frauengemächer waren zu Unterkünften derjenigen Mädchen geworden, die ihre Väter oder natürlichen Beschützer verloren hatten und folglich auf den König angewiesen waren, um ordentlich verheiratet werden zu können. Neue Hallen waren für die Männer errichtet worden, die mit Ceawlin in seinem Kampf um die Königsherrschaft gekämpft hatten, Männer, die er in den Stand der Edlen erhoben hatte. Aber diese Männer verbrachten mindestens die Hälfte des Jahres auf ihren eigenen Ländereien. Nur Cutha blieb aus Altersgründen noch in Winchester an der Seite des Königs. Cutha und Sigurd, die als des Königs rechte und linke Hand bekannt waren.

In dieser Nacht saßen sie in Cuthas Halle, Cutha und Sigurd, und hörten sich Cuthwulfs altbekannte Klagen an. »Bei den Göttern, aber das Leben in Winchester ist langweilig in diesen Zeiten! Ceawlin macht aus uns ein Volk von Bauern.«

»Ceawlin macht aus uns ein Volk«, erwiderte sein Vater. »Und ich will nichts mehr von weiteren verrückten Taten von dir hören, Cuthwulf. Ceawlin war bemerkenswert tolerant bei der letzten, aber seine Geduld wird nicht ewig dauern.«

Cuthwulf setzte seinen Weinbecher mit Wucht auf der Sessellehne auf. Die Nacht war warm, und sie hatten die Tür der Halle geöffnet, um ein bißchen Wind hereinzulassen.

»Taten!« explodierte er. »Was für Taten? Alles, was ich getan habe, war, ein paar britische Höfe zu überfallen. Cynric würde weinen, wenn er dieses frauenabhängige Hündchen sehen würde, zu dem sein Sohn geworden ist.«

»Jetzt ist es genug!« Cuthas Stimme traf mit Sigurds ärgerlichem Protest zusammen. »Ceawlin hat begriffen, im Gegensatz zu dir«, fuhr Cutha mit kalter, beherrschter Stimme fort, »daß der König von Wessex nicht mehr länger nur der Anführer eines Kriegertrupps ist. Er ist ein Gesetzgeber, ein Friedensstifter, ein *König*, Cuthwulf, nicht nur ein Stammesführer, ein König.«

»Und was hast du von Ceawlins Königsherrschaft, Vater?« Cuthwulfs Unterlippe schoß angriffslustig nach vorn. »Oh, er gibt Lippenbekenntnisse ab für deinen Rat, aber hört er dir wirklich zu? Hört er überhaupt auf irgend jemanden, außer auf diese britische Frau? *Das* ist es, weshalb er den Briten gegenüber so vorsichtig ist, Vater. Es ist Ninianes Werk. Darüber solltest du dir im klaren sein.« Er lehnte sich weiter nach vorne. »Und wen wird Ceawlin rufen, wenn er einen Kriegertrupp zusammenstellen muß? Wer ist in Winchester geblieben, um seinen Ruf zu beachten? Alle die Edlen und Lehnsleute sind kreuz und quer im Land verstreut. Wohin du auch mich verbannt hast.« Er warf seinem Vater einen anklagenden Blick zu.

»Ich habe dich aus Winchester fortgeschickt, damit du Ceawlin nicht zu nah kommst, Cuthwulf. Du hast eine zu schnelle Zunge, mein Sohn, und nicht genug Respekt vor deinem König.«

Cuthwulf schnaubte unmißverständlich, und Cutha runzelte die Stirn.

»Die Edlen und Lehnsleute haben geschworen, einem Ruf des Königs an die Waffen nachzukommen«, warf Sigurd als Antwort auf seinen Bruder ein. »Du weißt das so gut wie ich, Cuthwulf. Dein Problem ist, daß du ein hartnäckiger Nörgler bist und nicht weißt, was du mit dir machen sollst, wenn du aufgefordert wirst, deinen Kopf anstelle deines Schwertes zu benutzen.«

»Und dein Problem ist, daß du von dieser rotköpfigen britischen Hexe genauso verhext bist wie Ceawlin«, sagte Cuthwulf brutal. Plötzlich, als Sigurd ihm einen Becher Wein direkt ins Gesicht schleuderte, sprang er auf.

»Cuthwulf!« Die Stimme seines Vaters hielt den wilden Stoß auf, mit dem Cuthwulf auf Sigurd ansetzte. Cutha schaute von dem keuchenden Cuthwulf auf das kalte, zornige Gesicht seines jüngeren Sohnes. »Geh nach Hause, Sigurd«, sagte er weich. »Dein Bruder ist betrunken. Geh nach Hause zu Edith und vergiß, was er gesagt hat.«

Stille herrschte in dem Raum, als Sigurd hinausging. Nur seine Schritte hallten auf dem hölzernen Boden wider. Als er fort war, wandte sich Cutha an seinen ältesten Sohn. »Du bist ein Idiot«, sagte er, aber ohne Wut.

»Was ich gesagt habe, ist ganz offensichtlich die Wahrheit.« Cuthwulf warf sich wieder in einen Sessel. »Er ist genauso betört durch sie wie Ceawlin.«

»Ceawlin hat zuviel von dem gesehen, was einem Mann passiert, wenn er zwischen zwei Frauen gefangen ist«, sagte Cutha. »Als er aufwuchs, hatte er das Bemühen seines Vaters vor Augen, sowohl Fara als auch Guthfrid zufriedenzustellen. Er wuchs in einer Atmosphäre der Zwietracht auf, die immer entsteht, wenn ein Mann zwei Frauen hat. Er hält sich an Niniane, weil es der einfachere Weg ist. Und sie hat Ceawlin und Wessex vier Söhne geschenkt. Sie hat ihre Pflicht als Königin erfüllt, Cuthwulf. Du mußt ihr Gerechtigkeit widerfahren lassen. Und sie ist auch nicht rachsüchtig oder machthungrig, wie Guthfrid es war. Ceawlin könnte es wesentlich schlechter getroffen haben.« Es entstand eine Pause, als Cutha das verärgerte Profil seines streitsüchtigen Ältesten betrachtete. »Sag nie wieder so etwas über Niniane und Sigurd.«

Cuthwulf sah seinen Vater verwirrt an. »Warum?«

»Weil du Sigurd aufgeregt hast.«

»Er steht zu sehr in Ceawlins Schatten«, sagte Cuthwulf. »Er stand immer zu sehr in Ceawlins Schatten.«

»Vielleicht, aber es ist zu spät, das jetzt zu ändern.« Cutha zog seine Augenbrauen nach oben. »Ich bin überrascht, daß du Sigurds Gefühle so klar erkannt hast, Cuthwulf. Du hast gewöhnlich nicht gerade eine gute Wahrnehmung.«

Cuthwulf grunzte. »Ich habe es nicht erkannt«, sagte er. »Ich habe es einfach nur gesagt. Er hat sich selbst verraten.«

»Ja, das hat er.« Cutha lehnte sich in seinem Sessel zurück. »Auch ich habe es nicht gemerkt«, sagte er und blickte gedankenverloren auf seine Schuhspitzen.

In Ost-Anglia lag ein König im Sterben. Guthfrids Vater Redwold, der volle dreißig Jahre von Sutton Hoo an der Küste der Engen See aus regiert hatte, lag in seiner großen Halle. Um ihn herum waren seine Leibgarde, seine Edlen, seine Tochter und sein Erbe Aethelbert versammelt. Aethelbert war vierzig Jahre alt, er hatte eine lange Zeit auf diesen Augenblick gewartet; endlich lag die Königsherrschaft in unmittelbarer Reichweite.

Schatten schlichen über das Land, und das Leben des alten Königs verlosch mit dem Licht. Guthfrid stand mit versteinertem Gesicht neben ihrem Bruder. Ihr Vater war zu alt gewesen, um einen Krieg mit dem jüngeren, tatkräftigeren König der Westsachsen zu führen, aber ihr Bruder würde anders handeln.

Redwolds Augen öffneten sich, und es schien Guthfrid, als würde er genau sie ansehen. Dann entwich ein befremdliches, röchelndes Geräusch seinem Hals und sein Gesicht schien in sich selbst zusammenzufallen. Sie trat an das Bett und beugte sich vor, um etwas zu hören. »Er ist tot«, sagte sie und begegnete, während sie sich aufrichtete, dem Blick ihres Bruders.

In Ost-Anglia war es Sitte, die Könige zu verbrennen. Redwolds Königin war schon lange tot, und so oblag Guthfrid als seiner einzigen Tochter die Pflicht der Beerdigung. Es war das Vorrecht der Frau, ihren Mann zu den Göttern zu schicken.

Guthfrid ordnete an, daß ein großer Scheiterhaufen errichtet werden sollte, und die Männer arbeiteten die ganze Nacht hindurch und hievten das Holz empor. Es war nicht einfach, einen menschlichen Körper zu verbrennen; es brauchte eine beachtliche Menge an Hitze. Bei denjenigen, die von nicht ganz so großer Bedeutung waren, machte es nichts, wenn der Körper nicht ganz verbrannt war, aber bei einem König mußte man sorgfältiger sein. Alle wußten, daß, je höher der Rauch in die Luft aufstieg, desto höher würde der Mann, der da verbrannt wurde, im Land der Toten aufsteigen.

Die Frauen kleideten den alten König in seine besten Kleider und schmückten ihn mit seinen Juwelen. Dann wurde er mit seiner besten Bettstatt auf eine Eichenbahre gelegt und zu dem Scheiterhaufen getragen. Sein Helm wurde ebenfalls auf den Scheiterhaufen gelegt, genauso wie einige ausgesuchte bronzene Trinkgefäße, die zum Gebrauch in der anderen Welt bestimmt waren.

Der Morgen war grau und bedeckt, und der Scheiterhaufen erhob sich kahl in den bleiernen Himmel. Guthfrid stand neben ihrem Bruder; die Edlen und Lehnsleute gruppierten sich um den Scheiterhaufen herum. »Bringt das Pferd her«, sagte Guthfrid.

Das einzige Geräusch vom Feld war das Zwitschern der Vögel über ihnen. Der Priester führte Redwolds Pferd, einen grauen Hengst, zu Aethelbert an den Scheiterhaufen. Der Hengst war sehr ruhig, er war alt, wie der König, und mit Drogen betäubt worden. Redwolds Sohn hob die Axt. In der letzten Sekunde witterte das Pferd jedoch die Gefahr, in der es sich befand, riß seinen Kopf zurück und versuchte, sich loszureißen. Die Priester hielten das Pferd sehr fest, aber dennoch verfehlte Aethelbert die Arterie. Der Hengst brüllte auf und warf sich hin und her, und Aethelbert mußte wieder und wieder zuschlagen. Die Schreie des Hengstes übertönten die der Vögel. Schließlich lag das Tier tot da, und sie schleppten seinen Kadaver näher zum Scheiterhaufen. Aethelbert legte die Axt, die er benutzt hatte, auf das Lager seines Vaters.

»Bringt die Frau her«, sagte Guthfrid als nächstes. Selbst die Vögel waren still, als Redwolds Sklavenmädchen über das Feld zum Scheiterhaufen geführt wurde. Sie wurde von zwei Lehnsmännern und einer alten Frau in Schwarz begleitet. Das Mädchen ging, als wäre sie betrunken.

»Willst du mit dem König sterben?« fragte Guthfrid.

»Ja«, antwortete das Mädchen. Ihre Pupillen waren seltsam geweitet, und sie sah benommen aus. Guthfrid nickte der alten Frau zu, die einen Strick von ihrer Taille löste. Sie schlang den Strick einmal um den Hals des Mädchens und gab zweien der Männer jeweils ein Ende in die Hand. Der dritte hielt das Mädchen fest und preßte ihre Arme an die Seiten. Dann erwürgten sie sie und legten ihren Körper auf das Lager neben Redwold.

»Zündet das Feuer an«, sagte Guthfrid. Als die Flammen emporschossen, begann sie zu klagen und zu weinen. Schon bald prasselte und fauchte das Feuer, dessen außerordentliches Orange sich gegen den grauen Himmel abhob. Der Rauch stieg höher und höher in die Luft auf. Die Zuschauenden sahen, wie die Flammen die Körper berührten, sich in die Kleidung fraßen. Guthfrid stimmte mit den Frauen ein Totenlied an, als das Feuer seine reinigende Arbeit verrichtete und Redwold ruhmvoll zu den Göttern sandte.

Dann errichtete das ostanglische Volk einen großen Scheiterhaufen und behängte ihn mit den Schätzen seines Haushaltes. Alsdann legten sie ihren geliebten König, Herrscher für dreißig Jahre, in die Mitte. Sie entfachten das Feuer, der Rauch stieg nach oben, und die Menschen beklagten ihren König und Herrscher.

So sang Redwolds Skop in der großen Halle von Sutton Hoo später an diesem Abend. Das Beerdigungsfeuer war erstorben und die Überreste der Körper und die Grabbeigaben waren eingesammelt worden. Die Asche war in ein Bronzegefäß gesteckt worden, das die Symbole von Thunor trug, um Schutz zu erwirken, dann hatte man das Gefäß zum königlichen Friedhof getragen. Am nächsten Morgen würden die Lehnsleute ein großes Hügelgrab errichten, um auch für zukünftige Generationen den Platz von Redwolds Grab zu kennzeichnen.

Aethelbert, als Redwolds einziger noch lebender Sohn, saß

in dieser Nacht auf dem Thron seines Vaters. Neben ihm saß seine Frau, Mutter seiner fünf Kinder. Links von ihm war seine Schwester, Guthfrid, mit ihrem Ehemann Edric. Aethelbert schaute auf die Bänke, auf die ängstlichen Gesichter der väterlichen Lehnsleute, und er dachte an den nächsten Tag. Er spürte in sich all den Eifer und die Ungeduld eines Mannes, der zu lange von sich selbst ferngehalten worden war. Ost-Anglia, einst eines der führenden englischen Königtümer, war in den letzten Jahren in den Schatten getreten. Zu lange hatte ein alternder König das Ruder in der Hand gehabt.

Den ostanglischen Edlen und Lehnsleuten war allgemein bekannt, daß sich der König mit seinem Sohn nicht verstanden hatte. Schon seit mehreren Jahren konnten sie sich nicht mehr treffen, ohne daß sie aneinandergerieten. Tatsächlich hatte Aethelbert wegen der dauernden Streitereien mit seinem Vater die letzten fünf Jahre in Kent beim Volk seiner Mutter verbracht.

Der Hauptgrund für ihren Bruch war die Art und Weise gewesen, wie sein Vater mit Guthfrids Rückkehr umgegangen war. Aethelbert hatte darauf gebrannt, die Entwürdigung seiner Schwester und den Tod ihres Sohnes zu rächen. Und Redwold hatte Wergeld akzeptiert! Aethelbert wurde wütend, wann immer er daran dachte. Ceawlin hatte seinen eigenen Bruder ermordet, und ihm wurde gestattet, Wergeld zu zahlen, sich aus einer Blutfehde herauszukaufen, die nichts weniger als sein Leben gefordert hätte. Das hatte Ost-Anglia zu einer Zielscheibe des Spotts gemacht, dessen war Aethelbert sicher. Er hatte darüber öfter sprechen hören, als er sich später in Kent erinnern wollte.

Er betrachtete jetzt das immer noch helle Haar seiner Schwester und dachte an Wessex. Bereits vor dem Tod Edwins hatte es eine Blutfehde zwischen seinem Königshaus und dem der Westsachsen gegeben. Die Heirat von Guthfrid war der Versuch ihres Vaters gewesen, die Fehde zu beseitigen, eine weitere feige Friedenshandlung, die sich als verhängnisvoll herausgestellt hatte.

Vergeblich hatte seine Schwester ihren Vater in all diesen Jahren gebeten, das Unrecht wiedergutzumachen. Nun, sie würde jetzt nicht mehr vergeblich bitten müssen. Redwold war ein seniler Narr gewesen, er hatte nicht die Bedeutung erkannt, Guthfrids Sohn, der einen rechtmäßigen Anspruch auf den westsächsischen Thron besaß, hier in seiner eigenen Halle zu haben.

Er spürte Guthfrids Blicke auf sich und begegnete ihren dunklen, brennenden Augen. Bald, meine Schwester, sprach er in seinem Herzen zu ihr. Zuerst muß ich mein Haus hier in Ordnung bringen. Dann werde ich mich um Wessex kümmern.

26

Die Jahre des Exils in Kent hatten nur dazu geführt, daß Aethelbert sich immer tiefer in ein Gewirr beharrlicher Obsessionen verstrickte. Hierzu zählten der brennende Wunsch, Ost-Anglia den Stolz wiederzugeben, von dem er glaubte, daß sein Vater ihn durch das Akzeptieren des Wergelds verraten hatte; der Glaube an seine eigenen militärischen Fähigkeiten; der Haß auf den König von Wessex; und die Ambitionen im Hinblick auf die Ausdehnung seines eigenen Königreiches. Alle diese Obsessionen vereinigten sich in einem einzigen Ziel: der Invasion von Wessex und der Niederlage und dem Tod des Königs von Wessex.

Unglücklicherweise gab es keinen Plan, den Aethelbert sofort hätte in die Tat umsetzen können. Erst einmal war es notwendig, sich der älteren Lehnsmänner zu entledigen, die Redwold in seiner entwürdigenden Politik der Aussöhnung mit Wessex unterstützt hatten, und sie durch jüngere, tapferere und kühnere Männer zu ersetzen. Diese Arbeit der Rache und des Neuaufbaus nahm den Rest des Jahres 567 in Anspruch. Als der Winter allmählich den Griff, mit dem er die Welt umklammerte, etwas lockerte, hatte der König von Ost-Anglia aber immerhin einen Kriegertrupp von ungefähr fünfhundert Männern in Sutton Hoo um sich geschart.

An dem Nachmittag, als Aethelbert mit seiner Schwester und ihrem Mann zusammensaß, um die Pläne eines Einmarsches nach Wessex zu besprechen, blies der Wind hart von der Engen See. Die drei saßen um das Herdfeuer in der großen Halle. Ebenfalls bei ihnen war Edgar, der Junge, den Aethelbert auf den Thron von Wessex setzen wollte. Mit zwölf Jahren war Edgar alt genug, um zu verstehen, was für seine Zukunft geplant wurde.

»Du willst über die Icknield-Route einmarschieren?« fragte Edric.

»Ja. Es ist der direkteste Weg von Ost-Anglia nach Wessex.« Aethelberts Augen, deren Braun etwas heller als das seiner Schwester war, glühten vor Eroberungsfreude. »Zu lange hat Ceawlin das obere Themsetal für Wessex beansprucht. Ein weiterer Fehler meines Vaters. Wir werden den Krieg beginnen, indem wir dieses Land für Ost-Anglia zurückfordern.«

»Ceawlin hat dieses Land jetzt seit mehr als acht Jahren in seinem Besitz«, sagte Edric. »Er wird es nicht unbewacht lassen.«

»Er hat es unter den Schutz eines seiner Edlen gestellt«, entgegnete Aethelbert. »Soviel habe ich herausgefunden.«

»Welcher ist es?« fragte Guthfrid.

»Der, der Penda heißt.«

»Penda wird sich loyal gegenüber Ceawlin verhalten«, sagte Edric nach einer kleinen Denkpause. »Er wird kämpfen, Mylord.«

»Vielleicht«, erwiderte Aethelbert. »Aber ich habe nahezu sechshundert Männer, Edric. Wie viele Lehnsleute kann ein Edler auf seinem Landgut halten? Zwanzig?«

»Sicherlich nicht mehr als zwanzig«, sagte Guthfrid.

»Ceawlin wird einen Kriegertrupp von Winchester dorthin bringen, sobald er von unserer Gegenwart im Themsetal erfahren hat«, sagte Edric. »Du wirst nicht lange den Vorteil der Überraschung haben.«

Aethelbert lächelte selbstgefällig. Er hatte breite Schultern und besaß die Angewohnheit, sie nach vorne zu stoßen, als könnte er es nicht abwarten, sich in irgendwelche Taten zu werfen, egal welche Schwierigkeiten sie ihm bereiten würden. »Du hast den Rest meines Planes noch nicht gehört«, sagte er.

Guthfrids dunkelbraune Augen zogen sich zusammen. »Was hast du sonst noch vor, Aethelbert?« fragte sie schließlich, als ihr Bruder eine längere Pause entstehen ließ.

»Meine Verwandten Oslaf und Cnebba werden Wessex von Kent aus angreifen, zur gleichen Zeit, wenn ich von Ost-Anglia her einmarschiere.«

Edgar, der bisher schweigend zugehört hatte, sagte jetzt aufgeregt: »Du wirst sie von zwei Seiten in die Zange nehmen, Onkel!«

Aethelberts hellbraune Augen wandten sich seinem Neffen zu. Edgar war blasser, weniger lebhaft als sein Bruder Edwin, aber er war ebenfalls ein gutaussehender Junge. Von größerer Wichtigkeit war für Aethelbert, daß er vollkommen von Guthfrid beherrscht wurde. Er erwartete keine großen Probleme, sollte Edgar erst einmal in Wessex herrschen. »So ist mein Plan«, antwortete er seinem Neffen mit einem väterlichen Lächeln.

Edric zupfte an seinem Schnurrbart. »Es klingt gut.«

»Es ist ein brillanter Plan«, schnappte Aethelbert. Das schwache Lob seines Schwagers hatte an seinem Stolz gekratzt.

Edric starrte ihn schief an. »Bei Ceawlin haben selbst brillante Pläne die Angewohnheit, schiefzugehen.«

»Ja, wir wissen alle, daß du deine Schwierigkeiten mit Ceawlin hattest, mein Bruder«, sagte Aethelbert, als er aufstand. Er war kein großer Mann, aber er war sehr muskulös. Er warf Edric einen selbstzufriedenen Blick zu, bevor er fortging, die Schultern charakteristisch nach vorne geworfen, die Augen auf den Boden geheftet.

»Darf ich mit auf den Kriegszug gehen, Mutter?« fragte Edgar.

»Nein!« Guthfrid starrte voller Entsetzen auf das schöne

Gesicht mit den braunen Augen, ihren einzigen lebenden Sohn. »Nein, mein Liebling. Du bist zu wertvoll, um in einer Schlacht riskiert zu werden. Dein Onkel wird die Schlacht für dich schlagen, keine Angst. Beim nächsten Yule-Fest, Edgar, wirst du in der großen Halle von Winchester sitzen.« Und sie schenkte ihm ein bezauberndes Lächeln.

Niniane schaute zufrieden in ihrem sonnigen Schlafzimmer umher. Fünf Jahre waren nun vergangen, seit Ceawlin den Zimmermännern angeordnet hatte, ein Loch in die Wand der Halle des Königs zu schlagen. Er hatte eines der wenigen verbliebenen Fenster aus dem Präteritum in Venta kommen lassen. In ganz Winchester war es das einzige Fenster, und Niniane liebte es.

Der Märztag war kühl, aber der Flecken Sonnenlicht auf dem Boden des Zimmers war warm. Ceawlins Hund hatte längst das Vergnügen von glasgefilterter Sonne entdeckt, und er lag nun auf einem der beiden Felle und döste in der Wärme. Niniane hatte es aufgegeben, sich über den Hund in ihrem Schlafzimmer zu beklagen, und als Kompromiß dafür hatte Ceawlin ihm beigebracht, sich vom Bett fernzuhalten. Die Bettdecke, eine blaue Wolldecke mit einer Borte mit weißen Pferden, war Ninianes anderer Stolz und ihre ganze Freude. Es hatte sie ein halbes Jahr gekostet, sie auf dem großen Webstuhl in der Halle der Frauen zu weben. Sie strich mit ihrer Hand über die Decke, dann stand sie auf und ging zu den größeren der zwei Kleidertruhen, um ihre Kleider und Tuniken durchzusehen.

»Was tust du da?« Es war Ceawlin. Der Hund hörte die geliebte Stimme, hob seinen Kopf und stand auf, um seinen Herrn zu begrüßen. Niniane, die auf der Erde hockte, fuhr fort, Kleidungsstücke auf verschiedene Stapel zu verteilen.

»Ich lege die Dinge beiseite, die ich mitnehmen will, wenn ich nach Wyckholm gehe«, sagte sie.

»Oh.« Er ging zum Bett und setzte sich hin. Ein paar Minuten lang sah er ihr schweigend zu. Der Hund folgte ihm und lehnte seinen Kopf gegen Ceawlins Knie.

Sie faltete ein letztes, leinenes Unterkleid zusammen, dann wandte sie sich um und sah ihn an. »Ist etwas nicht in Ordnung, Ceawlin?«

Er zuckte die Schultern. »Eine der Siedlungen in der Nähe von Kent ist wieder überfallen worden.«

»Oh.« Sie suchte nach etwas in seinem Gesicht. »Nun, das ist Oswalds Gebiet, nicht wahr?«

»Ja. Oswald hat die Verfolgung aufgenommen, und dabei ist sein Sohn getötet worden.«

»Oh ...« Dieses Mal zog sie das Wort in die Länge.

»Ja.« Der Blick, der auf ihrem Gesicht ruhte, war gedankenvoll. »Mir gefällt das nicht, Nan. Es gab in der letzten Zeit zu viele von diesen Überfällen. Und dieser jüngste Angriff war mehr als nur ein Viehdiebstahl. Es waren nahezu zweihundert Mann, sagte Oswald. Das ist ein Kriegertrupp. Ich habe nicht vergessen, daß Guthfrids Mutter aus Kent stammt. Und ich habe auch nicht vergessen, daß Aethelbert die letzten fünf Jahre, während sein Vater noch lebte, bei den Verwandten seiner Mutter verbrachte.«

Sie runzelte fragend die Stirn. »Glaubst du, daß Guthfrid hinter diesen Überfällen in Kent steckt?«

»Sie oder Ost-Anglia. Ich würde diesen Gedanken sicherlich nicht weit von mir weisen. Und ich glaube auch nicht, daß es der richtige Moment für dich ist, um nach Wyckholm zu gehen.«

Sie legte eine saffranfarbene Tunika auf einen der Stapel und hockte sich auf die Fersen. »Coenburg wird bald ihr Kind zur Welt bringen, Ceawlin. Ich habe ihr versprochen, daß ich bei ihr sein würde. Du weißt das.«

Er streckte die Hand aus, um die Ohren seines Jagdhundes zu kraulen, aber sein Blick war auf seine Frau gerichtet. »Kannst du nicht eine von den anderen Frauen schicken?«

»Es wäre nicht dasselbe. Coenburg ist Cuthas Tochter, Pendas Frau. Ihr gebührt die Ehre, die Königin bei der Geburt bei sich zu haben. Auch das weißt du.«

Ceawlin fuhr fort, seinen Hund zu streicheln, und das Tier

räkelte sich vor Vergnügen. Niniane stand auf und setzte sich neben ihren Mann auf das Bett. »Wovor hast du Angst?« fragte sie sanft.

»Meine Spione in Ost-Anglia erzählen eine interessante Geschichte«, antwortete er. »Sie sagen, daß Aethelbert die Halle von all den alten Lehnsknechten seines Vaters gesäubert hat. Sie sagen, daß er jetzt von einer großen Anzahl neuer umgeben ist, junger Männer und landhungriger Männer.« Er hatte sich etwas vorgebeugt, um den Hund anzufassen, und jetzt richtete er sich wieder auf und schaute ihr ins Gesicht. »Ich glaube, daß er vorhat, mich anzugreifen«, sagte Ceawlin.

»Gütiger Himmel.«

Er lächelte etwas verlegen in ihr kleines, erschrecktes Gesicht. »Ich kann nicht sagen, daß mir eine solche Entscheidung unwillkommen wäre. Ich habe keine Angst vor einem Kriegszug gegen Ost-Anglia. Allerdings bin ich nicht erfreut über die Idee, zur gleichen Zeit gegen Ost-Anglia *und* Kent in den Krieg zu ziehen.«

»Ich will überhaupt nicht, daß du in den Krieg ziehst«, sagte sie stürmisch.

Er grinste und seine Augen tanzten, als er sagte: »Natürlich nicht.«

Selbst nach all den vielen Jahren drehte ihr dieser Blick das Herz um. Aber sie würde es ihn nicht merken lassen. »Ich verstehe«, sagte sie mit feinem Sarkasmus, »daß ich nur eine Frau und daher unfähig bin, das Vergnügen beim Töten und Verkrüppeln anderer Menschen nachzuvollziehen.«

Er hob eine Augenbraue und sah sie an. »Guthfrid ist eine Frau, und sie versteht es sehr gut.«

»Guthfrid ist ein Monster.«

»Mmm.« Seine Augen schimmerten, während er sie betrachtete.

»Was glaubst du, wird geschehen?« fragte sie.

»Ich glaube, daß Aethelbert mich mit diesen Grenzüberfällen nach Kent locken will. Und dann, wenn ich im Osten ausreichend beschäftigt bin, wird er selbst in Wessex einmarschieren, er wird von Ost-Anglia die Icknield-Route in das Themsetal nehmen. Und genau da liegt Wyckholm. Unter diesen Umständen würde ich es vorziehen, wenn du an einem anderen Ort wärst.«

»Aber was ist mit Coenburg? Ich habe ihr versprochen, bei ihr zu sein. Es ist ihr erstes Kind, Ceawlin. Und jetzt, da ihre Mutter tot ist, bin ich die Frau, die ihr am nächsten steht.« Er sagte nichts dazu, sondern stand vom Bett auf und begann, auf und ab zu schreiten. Sie sah ihm einen Augenblick zu, bevor sie mit dünner Stimme sagte: »Du hast einen Plan, Ceawlin. Du wirst Penda dort nicht einfach gegen eine ostanglische Invasion allein lassen.«

Er ging weiter auf und ab. »Ich werde Penda einhundert Männer und fünf Wagenladungen mit Pfeilen und Speeren schicken. Wyckholm ist von einem mächtigen Palisadenzaun umgeben; alles, was Penda tun muß, ist, diejenigen seiner Freien und der britischen Bauern zu sich zu holen, die innerhalb der Umzäunung sein wollen. Mit dieser Anzahl an Männern und Waffen wird er in der Lage sein, Aethelbert zurückzuhalten. Wenn Penda ihn eine Zeitlang für mich festhalten und mir Zeit geben kann, mit der Situation an der Grenze zu Kent fertigzuwerden, würde das reichen.«

»Hast du Nachricht, daß Aethelbert tatsächlich einen Kriegertrupp zusammenstellt?«

»Nein.«

»Also könnte es sein, daß nichts von all dem eintrifft?«

»Das stimmt«, sagte er. Bedauern schwang in seiner Stimme mit.

»Dann gehe ich nach Wyckholm. Wenn ich nicht gehe und Aethelbert kommt nicht, wird nicht nur Coenburg sich aufregen. Penda wird sich angegriffen fühlen, Ceawlin. Du weißt, wie empfindlich er reagiert, wenn es um seine Position und seine Vorrechte geht. Und wenn Aethelbert wirklich kommt, werde ich innerhalb der Mauern vollkommen in Sicherheit sein – wie jeder andere auch.«

Er blieb vor ihr stehen und schaute auf sie hinab. Seine

Schultern waren so breit, daß sie das Licht vom Fenster aufhielten. Er ist so groß, dachte sie. So groß und stark und furchtlos. Er hofft wirklich auf einen Krieg. Sie kannte ihn zu gut. Wut gegen ihn breitete sich in ihr aus. Sie reckte das Kinn hoch und sagte: »Ich werde nach Wyckholm gehen.« Und sie war völlig verblüfft, als er sich ohne ein weiteres Wort einverstanden erklärte.

Aethelberts Kriegertruppe verließ Sutton Hoo bei Morgengrauen an einem nebligen Märzmorgen und begann ihren Weg den Icknield-Weg hinunter, einem alten Weg, der zuerst von den Alten benutzt worden war und entlang der Chilton-Berge von Ost-Anglia in das Tal der Themse verlief. Er war nicht gepflastert oder mit Kies bestreut, wie die anderen von den Römern zurückgelassenen Straßen, sondern nur ein schmutziger Pfad. Er verlief jedoch durch ein Gebiet, in dem weder Moore noch Wälder den einfachen Durchgang versperrten, und es war der direkteste Weg nach Wessex.

Sechshundert Männer marschierten unter Aethelberts Banner und das kriegerische Herz des Königs von Ost-Anglia schwoll an vor Stolz, als er vor seinen Leuten herritt. Endlich, nach all den Jahren der Enttäuschung, nach den langen Jahren des Wartens auf den Tod eines alten Mannes, befand sich Aethelbert von Ost-Anglia auf dem Kriegszug.

Er wußte, daß Ceawlin einen seiner Edlen an der nördlichsten Grenze des Landes postiert hatte, das Wessex als seinen Besitz beanspruchte; er wußte, daß Penda dort ein Landgut gebaut hatte, das von einer Mauer umgeben war. Aber Aethelbert hatte sechshundert Männer. Er befürchtete wenig Schwierigkeiten, weder beim Ansturm auf Pendas Landgut, noch beim Einmarsch in das Herz von Wessex selbst. Daher war es ein ernsthafter Schock, als er, kaum daß er Verulamium passiert hatte, in einen Hinterhalt geriet und von Reitern angegriffen wurde, die ihre Pfeile mit tödlicher Präzision abschossen und dann flohen.

»Er weiß, daß wir kommen«, sagte Edric grimmig und fest

überzeugt. »Ich habe es dir gesagt, daß man bei Ceawlin mit allem rechnen muß.«

»Es ist nicht Ceawlin«, sagte Aethelbert. »Es ist Penda. Jemand hat ihn benachrichtigt, daß wir unterwegs sind. Aber er kann nicht genügend Männer haben, um eine effektive Verteidigung aufrechtzuerhalten.«

Die Höfe in dieser Gegend waren wohlhabend, und Aethelbert betrachtete sie mit gierigem Blick. Dieser Teil Englands würde bald ihm gehören. Es gab allerdings nirgendwo ein Anzeichen dafür, daß Menschen auf diesen Höfen arbeiteten; weder auf den Feldern, noch in irgendeinem der Häuser, an denen sie vorbeikamen. Und dann, in einiger Entfernung, versperrte ein großer Palisadenzaun den Weg nach Süden zur Themse – Wyckholm.

Es war deutlich größer, als Aethelbert erwartet hatte.

»Das ist der Landsitz eines Edlen?« wollte er von Edric wissen. »Ceawlin muß großes Vertrauen in seine Männer haben, wenn er ihnen eine solche Festung überläßt.«

Auch Edric war überrascht. Wyckholm würde jedem Mann, der es besaß, die Macht über das gesamte Tal der oberen Themse geben. Er erkannte sofort die Notwendigkeit, es für Ost-Anglia einzunehmen, und erzählte dies auch seinem Schwager. Aethelbert stimmte ihm zu. Mittlerweile war der Tag zu weit fortgeschritten; man ließ sich in einiger Entfernung zu den Mauern Wyckholms nieder und bereitete sich auf den nächsten Morgen vor, an dem der Sturm auf Wyckholm stattfinden sollte.

Innerhalb der Mauern in der Halle der Frauen, die von Menschen fast überquoll, schenkte Coenburg endlich einem Sohn das Leben. Es war eine lange Geburt gewesen und Penda hatte mehrere Male seine Kriegsvorbereitungen unterbrochen, um zu erfahren, wie es stand. Er hatte bereits eine Frau im Kindbett verloren und wollte nicht, daß diese Erfahrung sich wiederholte.

»Den Göttern sei Dank«, sagte Sigurd, als Niniane ihm endlich erzählte, daß das Kind geboren war. Das Warten war sehr anstrengend gewesen, und er hatte sich an die schreckliche

Nacht erinnert, als Cerdic geboren wurde, an die Nacht, als Edith bei der Geburt seiner eigenen Kinder beinahe gestorben war, und so sagte er: »Jedesmal, wenn ein Kind geboren wird, wundere ich mich darüber, daß eine Frau jemals wieder einen Mann in die Nähe ihres Bettes läßt.«

Er fand, daß Niniane müde aussah. Coenburg hatte beinahe zwanzig Stunden für die Geburt gebraucht, und Niniane war die ganze Zeit bei ihr geblieben. Sie hatte ihre Haare auf dem Kopf zusammengebunden, damit sie ihr aus dem Weg waren, aber einige Strähnchen rutschten aus dem Knoten und kräuselten sich um ihr Gesicht und ihren Hals. Schatten der Schlaflosigkeit lagen unter ihren Augen, und ihr Kleid war zerknittert und mit etwas beschmiert, das er nicht identifizieren konnte. Aber bei seinen Worten lächelte sie, und das Grübchen in der Ecke ihres Mundes zuckte. »Oh«, sagte sie und legte ihre Finger leicht auf seinen Ärmel, »ihr seid es wert.«

Er erwiderte ihr Lächeln nicht, sondern schaute sie ernst an. »Sind wir das?« fragte er.

Das Grübchen vertiefte sich. »Ceawlin ist es.« Dann, als Penda durch die Tür kam, wurde auch ihr Gesicht ernst.

»Mylord«, sagte sie mit zeremonieller Förmlichkeit, »Ihr habt einen Sohn.«

Penda grinste und strich mit einer Hand durch sein bereits unordentliches Haar. »Danke, Mylady«, sagte er zu Niniane. Dann, als er Sigurd bemerkte, fügte er hinzu, »deine Schwester ist eine gute Frau, Sigurd. Ein Sohn!«

Niniane schob ihre Hand unter Pendas Arm. »Coenburg wartet auf dich.« Sigurd blieb nicht, bis die beiden gegangen waren, sondern drehte sich um und ging nach draußen, um noch einmal nach den Verteidigungsmaßnahmen zu sehen.

Die Krieger aus Ost-Anglia griffen Wyckholm im Morgengrauen an und wurden von einem Hagel von Pfeilen begrüßt, der Dutzende von ihnen niedermähte.

»Im Namen Wotans, wie viele Männer hat er auf dieser Mauer?« brüllte Aethelbert zu Edric.

»Zu viele!« brüllte Edric. »Zieh dich zurück, bevor du die Hälfte deiner Männer verlierst!«

Die ostanglischen Krieger zogen sich so weit zurück, daß sie außerhalb der Reichweite der Pfeile waren, und diskutierten diese neue Entwicklung.

»Er hat mindestens zweihundert Männer dort drin«, sagte Edric. »Sieh nur.« Da jetzt der Überraschungseffekt dahin war, hatte Penda seinen Männern erlaubt, sich auf den Mauern zu zeigen.

»Dahin sind also alle Bauern verschwunden«, sagte Aethelbert bitter.

»Nicht nur die Bauern. Sieh doch.« Edric zeigte auf einen Mann auf der Mauer. »Weißt du, wer das ist?«

»Nein.«

»Das ist Sigurd. Cuthas Sohn und Ceawlins bester Freund. Es kann nur einen Grund dafür geben, daß Sigurd hier ist; Ceawlin wußte, daß wir kommen würden, und hat ihn geschickt.«

Aethelbert fluchte. Dann fragte er: »Wer könnte es ihm erzählt haben?«

»Ein Töpfer, ein Juwelier, ein Mann, der Medizin verkauft; jeder, der lang genug in der Nähe von Sutton Hoo war, um zu bemerken, daß es Vorbereitungen für einen Krieg gab. Es ist nicht schwer, darauf zu schließen, gegen wen du vorgehen würdest oder welchen Weg du nehmen würdest.«

Aethelbert schob seinen Kopf nach vorne. »Wenn das so ist, warum ist Ceawlin dann nicht selbst hierhergekommen?«

»Das weiß ich nicht.«

»Vielleicht hat er beschlossen, nach Osten zu gehen, um mit den Eindringlingen aus Kent fertig zu werden.«

»Das könnte sein.«

Aethelbert stand auf und starrte auf die Mauer von Wyckholm. »Wir werden es noch einmal versuchen, wenn es dunkel ist«, sagte er. »Wenn wir hineinkommen, haben wir sie. Wir sind nahezu dreimal so stark wie sie.«

»Vielleicht haben wir mehr Erfolg, wenn es dunkel ist«,

stimmte Edric zu, und Aethelbert rief seine Edlen herbei, um die Befehle zu erteilen.

Sie hatten in der Dunkelheit auch nicht mehr Erfolg. Pendas Männer, alle von Ceawlin wegen ihrer großen Fähigkeiten mit dem Bogen ausgewählt, schossen die herannahenden Feinde ab, und bei den wenigen, die die Mauer erreichten, hatten sie noch leichteres Spiel, weil sie noch besser zu sehen waren. Wieder rief Aethelbert seine Lehnsmänner zusammen.

»Wir könnten sie belagern«, sagte Aethelbert, als er sich mit seinen Edlen beriet. »Das Gebiet hier ist reich an Nahrungsmitteln und Futter für die Tiere. Wir könnten monatelang hierbleiben und sie aushungern.« Er warf Edric einen schnellen Blick zu. »Genau das hat Ceawlin in Winchester gemacht.«

»Ja, aber alle Feinde von Ceawlin waren sicher in Winchester«, sagte Edric säuerlich. »Das ist hier nicht der Fall. Ceawlin ist irgendwo in Freiheit. Ich möchte mich nicht gerne zwischen ihm und Penda in die Zange nehmen lassen, Mylord.«

»Nein«, sagte einer der Edlen. Er blickte unruhig über die Schulter, als würde Ceawlin irgendwo aus der Dunkelheit erscheinen. Edric warf ihm einen Blick spöttischer Verachtung zu.

»Ich glaube«, meinte Aethelbert unnachgiebig, »wir sollten versuchen, uns mit unseren Verbündeten aus Kent zu vereinigen. Es könnte immerhin sein, daß Ceawlin dort ist. Diese Festung«, er hob seine Hand und machte eine geringschätzige Bewegung in die Richtung, in der Wyckholm lag, »ist nicht wichtig. Ich bin nach Wessex gekommen, um Ceawlin zu besiegen, nicht um meine Zeit zu vertrödeln, indem ich seine Edlen besiege.«

»Ja, Mylord.«

»Das ist wahr, Mylord.«

»Es ist der Bastard, den wir wollen.«

Edric hörte sich die eifrige Zustimmung von Aethelberts Edlen an und kräuselte die Lippen in der Dunkelheit. Er sagte jedoch nichts, weil es so aussah, als würde Aethelbert sie von Wyckholm fortbringen, und Edric hatte die Wahrheit gesagt, als er meinte, daß er nicht zwischen Ceawlin auf der einen Seite und Sigurd und Penda auf der anderen aufgerieben werden wollte.

»Sie ziehen ab!« Das Wort machte die Runde innerhalb der Mauern von Wyckholm, dann rannte jemand mit der Nachricht zu Penda. Er und Sigurd schritten durch das Tor und sahen zu, wie sich der Kriegertrupp aus Ost-Anglia zurückzog.

»Sie gehen nach Süden«, sagte Sigurd.

»Ich hatte gehofft, sie länger halten zu können.« Pendas haselnußbraune Augen zogen sich in der Morgensonne zusammen.

»Ceawlin rechnet damit, daß sie einige Zeit mit einer Belagerung verbringen«, stimmte Sigurd ihm ernst zu. »Er hoffte, Cuthwulf so genug Zeit geben zu können, damit er mit den Angreifern aus Kent fertigwürde.«

»Wo will sich Ceawlin mit Cuthwulf treffen?«

»Silchester.« Silchester war der sächsische Name für Calleva.

Penda fluchte, dann wandte er sich Sigurd zu. »Es ist eine große Kriegertruppe. Ich hätte nicht gedacht, daß Aethelbert so viele Männer zusammenbekommen würde.« Penda sah besorgt aus. »Wie viele Männer kann Ceawlin bekommen? Er hat mir bereits einhundert geschickt.«

»Und er hat Cuthwulf zweihundert gegeben.«

Penda runzelte die Stirn. »Dann ist Winchester leer. Wenn die anderen Edlen nicht schnell auf seinen Ruf reagieren, könnte Winchester in Gefahr sein.«

»Bertred und Ine sind mit ihren Männern gekommen, noch bevor ich abgereist bin«, sagte Sigurd. »Und Cynigils und Wuffa haben zugesagt, daß sie kommen würden.«

Penda und Sigurd sahen einander an. »Wenn du mit deinen eigenen Männern, den Edlen und den Frauen hierbleibst«, sagte Sigurd dann, »werde ich die Männer aus Winchester nehmen und nach Calleva ziehen, um mich mit Ceawlin zu treffen.«

Penda nickte langsam. »Ja, ich glaube, das solltest du tun. Ich würde mitkommen, aber jemand muß hierbleiben, falls Aethelbert versucht, zurückzukehren.«

Sigurd schlug seinem Schwager leicht auf die Schulter. »Wir lassen dir die meisten Pfeile hier. Du kannst deine Freien trainieren, bis wir wieder zurück sind.«

Penda grunzte. »Wenn nicht die Frauen wären, würde ich mit dir gehen.«

»Ich weiß«, sagte Sigurd verständnisvoll. »Aber jemand muß hier aufpassen.«

»In Ordnung«, sagte Penda. »Komm mit. Du solltest keine Zeit verlieren.«

27

Niniane stand neben Sigurd vor der Halle der Frauen und sah zu, wie die Männer sich im Hof versammelten. »Ich wünschte, sie wären länger vor Wyckholm geblieben«, sagte sie wohl zum fünften Mal in der letzten Stunde.

»Ich weiß. Das tun wir alle. Ich schätze, daß Aethelbert nicht das Risiko eingehen wollte, zwischen Ceawlin und Penda eingekeilt zu sein. Eine kluge Entscheidung, was ihn betrifft, so unangenehm sie für uns auch sein mag.«

Niniane lächelte etwas bedauernd. »Wir hätten jemanden auf die Mauer stellen und vortäuschen lassen sollen, er sei Ceawlin.«

»Es ist schwierig, jemanden zu finden, der wie Ceawlin aussieht.«

Sie neigte ihren Kopf ein wenig. »Das ist wahr.« Dann schaute sie wieder an ihm hoch. Ihr Gesicht war angespannt und weiß. »Sigurd, das Kriegsheer ist so groß. Ceawlin ist niemals in der Lage, so viele Männer um sich zu sammeln.«

»Er wird wissen, was er zu tun hat, Niniane. Mach dir keine Sorgen um Ceawlin.«

Ihre Stimme klang bitter. »Ich verbringe mein ganzes Leben damit, mir Sorgen um Ceawlin zu machen. Er hat den Edlen all sein Vertrauen geschenkt, hat ihnen mehr Macht gegeben, als jemals zuvor ein König. Wenn sie ihn nun im Stich lassen, Sigurd? Wenn sie nicht auf seinen Ruf reagieren und kommen?«

»Sie werden kommen.« Sigurd klang zuversichtlich. »Ceawlin weiß genau, was er tut, Niniane. Er hat den Edlen solche Macht gegeben, weil er weiß, daß es der beste Weg ist, die Grenzen sicher zu halten, seine Hauptstadt und das Land zu schützen. Es ist für einen König nicht möglich, in Winchester so viele Männer ständig unterzubringen, wie es für solche Fälle notwendig wäre. Kein König könnte sie ernähren und bezahlen. Aber wenn er die Verantwortung auch auf die Edlen verteilt, ist er in der Lage, eine große Anzahl an Männern in Waffen zu halten. Sieh dir an, wie gut das System bisher funktioniert hat. Penda war hier im Norden mit seinen Leuten und half, Aethelbert entgegenzutreten, während Oswald und Cuthwulf mit ihren Männern im Osten zum Kampf bereit sind. Diese Schnelligkeit gibt Ceawlin Zeit, seinen eigenen Kriegertrupp zusammenzustellen. Wenn er keine Männer an den Grenzen gehabt hätte ...«

»Ich weiß, ich weiß«, unterbrach Niniane ihn. »Ceawlin sagt mir das auch immer. Aber ich habe Angst ...«

»Ich gebe zu, daß in anderen Händen das Aufteilen einer solchen Macht gefährlich sein könnte. Aber nicht in Ceawlins Händen, Niniane. Und es ist auch nicht nur, weil die Edlen wissen, daß sie ihm ihr Stück Land und ihre Macht zu verdanken haben. Sie sind ihm gegenüber loyal, weil sie ihn lieben. Ceawlin hat die besondere Fähigkeit, die Herzen seiner Männer zu gewinnen.«

Niniane lächelte ihn mit unverhüllter Zuneigung an. »*Du* liebst ihn, Sigurd. Ich weiß das sehr gut. An deiner Loyalität habe ich niemals gezweifelt.«

Er schaute hinunter auf ihr nach oben gerichtetes Gesicht

und Bitterkeit stieg in ihm hoch. Dachte sie niemals daran, daß seine Liebe nicht nur Ceawlin galt? Erinnerte sie sich niemals... »Erinnerst du dich an die Zeit in Winchester, bevor du mit Ceawlin verheiratet wurdest?« hörte er sich sagen. »Weißt du noch, wie wir zusammen mit Coenburg und den anderen Kindern gespielt haben?«

Ihre Augen spiegelten das Blau des Himmels wider. »Ja«, sagte sie weich. »Wie lang das zurückzuliegen scheint, Sigurd. Es ist kaum zu glauben, daß ich dieselbe Person bin wie das Mädchen damals.«

»Du hast mich immer an ein zartes, kleines Reh aus dem Wald erinnert«, sagte er. »So graziös, so schüchtern...«

Sie lachte. »Nun, ich habe gelernt, eine Löwin zu sein. Ich mußte es lernen, seit ich mit Ceawlin zusammenlebe.«

Er starrte sie gebannt an. Sie hatte recht, dachte er, und seine Augen leuchteten plötzlich. Sie war klein und feingliedrig und hübsch wie immer, aber sie erinnerte ihn nicht länger an ein zaghaftes Reh. Das sanfte Mädchen, das in Winchester so sehr sein Herz bewegt hatte, würde niemals die Amme ihres Kindes mit einem Messer bedroht haben, sie würde niemals Ceawlin gezwungen haben, sie gegen besseres Wissen nach Glastonbury reisen zu lassen.

An diesem Morgen hatte sie ihre Haare mit goldenen Nadeln auf dem eleganten, kleinen Kopf hochgesteckt, den sie stolz auf dem langen, schlanken Nacken trug. Es gab nichts Schüchternes oder Ängstliches mehr an Niniane.

Dennoch war es die Niniane der jetzigen Zeit, die ihn in seinen Träumen verfolgte. Dies war das Gesicht, nach dem er hungerte, wenn er in der Nacht neben seiner süßen und sanften Frau lag; nicht das mädchenhafte Gesicht von vor zehn Jahren. Er liebte jetzt die Frau, zu der sie geworden war, die Frau, die Ceawlin gehörte.

»Sigurd.« Er starrte sie an und sein Herz hämmerte. »Paß auf, daß ihm nichts geschieht«, sagte sie. »Ich werde mich besser fühlen, wenn ich dich an seiner Seite weiß. Er glaubt, daß er alles kann.«

Nein, sie dachte niemals an ihn. Sie dachte niemals an einen anderen Mann als Ceawlin. Die übrigen waren lediglich Schatten ohne Fleisch und Blut. »Es gibt nicht viel, das Ceawlin nicht tun kann, Niniane«, sagte er und bemühte sich, seine Stimme frei von Bitterkeit klingen zu lassen. »Aber ich werde auf ihn aufpassen, keine Sorge.«

Sie stellte sich auf die Zehenspitzen und gab ihm einen sanften Kuß auf die Backe. »Gott möge dich beschützen, Sigurd«, sagte sie.

»Danke«, antwortete er und verließ sie in Richtung seiner Männer.

Es regnete an dem Tag, als Ceawlin aus Winchester herausmarschierte. Abgesehen von Cutha waren zwei andere Edle seines Vaters bei ihm, Oswald und Cynigils, und dann drei eigene, Bertred, Ine und Wuffa. In seinem Kriegertrupp marschierten etwas über zweihundert Männer. Er hatte auch Gereint benachrichtigen lassen und hoffte, bei Silchester auf ein britisches Kontingent von weiteren fünfzig Männern treffen zu können. In Silchester hatte er sich auch mit Cuthwulf verabredet. Sein gesamter Plan hing an Pendas Fähigkeit, Aethelbert lange genug festzuhalten, so daß Cuthwulf genügend Zeit haben würde, um die Eindringlinge aus Kent zu zermalmen, und anschließend mit seinen zweihundert Männern als Verstärkung zu Ceawlin zu reiten.

Sie befanden sich zehn Meilen südlich von Silchester, als seine Kundschafter ihm berichteten, daß Aethelbert nicht mehr im Norden war, sondern östlich von ihnen und auf Kent zumarschierte. Ceawlin fluchte laut. »Er will sich mit dem Kriegertrupp aus Kent zusammentun. Genau das hatte ich verhindern wollen.«

»Es sind sehr viele, Mylord«, berichtete der Späher, einer von Bertreds Männern. »Sie gehen nach Odinham.« Odinham war der Name von Ines Festung ungefähr zehn Meilen östlich von der Straße, die Winchester mit Silchester verband.

Ceawlin stand im Regen; seine Haare klebten an seinem

Kopf und Wasser tropfte von den Wimpern. »Ich kann nicht zulassen, daß er auf Cuthwulf trifft. Cuthwulf hat nicht genug Männer, um gegen Aethelberts richtiges Kriegsheer bestehen zu können«, sagte er grimmig.

»Was sollen wir dann tun?« fragte Cutha.

»Wir werden ihm folgen und ihn aufhalten«, sagte Ceawlin.

»Wir haben nicht mehr Männer als Cuthwulf«, erinnerte ihn Cutha.

»Aber meine Männer sind geübt«, erwiderte Ceawlin. »Bertred, gib den Befehl zum Abmarsch.«

Ceawlins Männer waren gut darin, sich schnell fortzubewegen. Sie überquerten aufgeweichte Flächen und marschierten mit einer Geschwindigkeit über sumpfige Wege, von der Aethelbert und seine Männer, die sich gegen das Wetter gekrümmt im Schneckentempo vorwärtsgekämpft hatten, kurz vor Odinham völlig überrascht wurden. Aethelbert, der seinen Männern den Befehl zum Aufbau des Nachtlagers gegeben hatte, war verblüfft, daß Ceawlin, den er noch innerhalb der Mauern Winchesters wähnte, plötzlich vor ihm war. Es wurde jetzt immer dunkler und die beiden Heere lagerten auf den gegenüberliegenden Seiten eines trübseligen, schlammigen Bohnenfeldes. Sie stellten alles für die Nacht fertig und bereiteten sich auf den Kampf am nächsten Morgen vor.

Die Westsachsen waren in der Minderzahl; ihre Zahl belief sich auf knapp ein Drittel des ostanglischen Kriegertrupps. »Wir haben die Erfahrung auf unserer Seite«, sagte Ceawlin zu seinen Edlen, als sie unter einem hastig aufgeschlagenen Zelt Schutz suchten. »Die Männer aus Ost-Anglia sind einen solchen Kampf, wie er morgen stattfinden wird, nicht gewohnt. Wir müssen allerdings die Sache schnell beenden, denn je länger der Kampf dauert, desto eher wird sich ihre Überzahl gegen uns auswirken.«

Am nächsten Tag, der grau und ungemütlich anbrach, war das Fest von Eostre. Der Regen hatte die ganze Nacht hindurch nicht aufgehört, und der Wind blies den Männern von Wessex ins Gesicht, als sie sich in Schlachtordnung aufstellten.

Ceawlin hatte Bertred den rechten, Ine den linken Flügel und Cutha die Mitte gegeben. Er selbst kommandierte eine freie Gruppe von zwanzig Männern, die immer dort Verstärkung bringen sollten, wo sie am meisten benötigt würden. Der Regen prasselte auf sie herunter und die Männer warteten darauf, daß der Feind auf der anderen Seite des Feldes den ersten Zug tat.

»Mylord!« Der Ruf kam von einem der Männer aus Ceawlins Gruppe. »Hört!« Dann hörten sie es alle, den Klang von schnell herannahenden Pferdehufen. Aus der Düsternis wirbelten die Pferde heran, vollkommen beschmutzt von dem stürmischen Ritt. Es war Gereint, und bei ihm waren dreißig Männer.

»Es kommen noch mehr«, sagte Gereint atemlos zu Ceawlin. »Aber sie kommen zu Fuß.«

Ceawlin grinste und schlug Gereint auf die Schulter. »Bei allen Göttern, es tut gut, dich zu sehen!« Er schaute sich um, suchte Bertred und Ine. »Wo doch jetzt die alten Kameraden wieder zusammen sind, wie können wir da noch verlieren?«

In diesem Moment drehte sich der Wind und peitschte den Männern aus Ost-Anglia den Regen mit ganzer Kraft ins Gesicht. »Benutzt zuerst eure Pfeile!« rief Ceawlin, dann schickte er hastig die Pferde nach hinten und plazierte Gereint und seine Männer in der Mitte bei Cutha.

Ein Schrei war von der anderen Seite des Feldes zu hören, und dann kamen die ostanglischen Krieger. Ceawlins Bogenschützen schossen eine Salve auf die ankommende, feindliche Masse ab. Aethelberts Bogenschützen antworteten, aber sie waren von dem dichten Regen halb geblendet, und die meisten ihrer Pfeile flogen nicht weit genug. Noch einmal schossen Ceawlins Schützen auf die dichte Masse der anstürmenden Thane. Aethelberts Männer, wütend geworden durch ihre Verletzlichkeit, warfen sich auf den Feind.

Ceawlins Schlachtreihe gab unter dem Druck des übermächtigen Feindes etwas nach. Überall auf dem Feld schlugen die Männer mit Schwertern, Lanzen und Kriegsäxten um sich.

Cutha spürte den Aufprall in der Mitte, wie ein Verrückter schlitzte er sich durch die Feinde hindurch, bis er sah, daß seine Linke gehalten hatte.

Ines Flanke ganz links war die erste, die schwankte, und Ceawlin nahm seine Männer und warf sich in den Kampf, stürmisch fuhr er auf sie nieder, ein silberhaariges Instrument der Zerstörung und des Todes. Als sich die Flanke wieder gefangen hatte, führte er seine Männer fort und an eine andere schwache Stelle.

Langsam, während die tödlichen Minuten verflossen, machte sich die Überzahl der Männer aus Ost-Anglia bemerkbar. Zentimeter für Zentimeter verloren die Westsachsen an Boden. Unermüdlich warf sich Ceawlin, der furchteinflößendste Krieger auf dem Feld, nach vorn, er stieß in die Blößen des Feindes, um das Voranschreiten zu verhindern und seine eigenen Männer zu ermutigen. Aber seine Linie wurde trotzdem immer weiter zurückgedrängt.

Sigurd hörte den Kampf, noch bevor er ihn sah. Die westsächsische Linie war beinahe bis an die Grenze des Feldes zurückgedrängt worden, als aus dem Regen die Verstärkung aus Wyckholm erschien. Mit einem Schrei warfen sie sich auf die rechte ostanglische Flanke. Ceawlin, der das Entsetzen bei Sigurds Angriff gesehen hatte, stürmte nach vorne zu seinen eigenen Männern und sammelte sie hinter sich. Die Westsachsen hatten durch die Verstärkung wieder neuen Mut gefaßt und schoben sich erneut nach vorne. Die Männer aus Wessex kämpften wie verrückt gewordene Hunde, sie warfen sich auf die ostanglischen Männer, bis sie nachgaben, weiter und weiter zurückwichen und schließlich ganz zusammenbrachen. Plötzlich befanden sich alle im Rückzug und flohen zu ihren Pferden auf der anderen Seite des Feldes.

Ceawlin rief seine Männer zurück; er erlaubte ihnen nicht, sie zu verfolgen, weil er es sich nicht leisten konnte, zu viele Männer zu verlieren. Eine Meile entfernt sammelte Aethelbert in einem schlammigen, sumpfigen Kornfeld seine Männer um sich. Sie leckten sich die Wunden. Ceawlin wartete, bis es dunkel geworden war, dann schlug er einen großen Bogen um Aethelberts Heer und wandte sich nach Osten, um ihnen den Weg nach Kent abzuschneiden.

»Beim Hammer des Thor, was war ich froh, dich zu sehen!« Ceawlin schlang seinen Arm um Sigurds Schulter, als die beiden von der Kochstelle zu ihren Schlafplätzen gingen. Es war jetzt seit einigen Stunden hell; Ceawlin hatte seinen Kriegertrupp zu der Feste in der Nähe von Oswalds Landhaus bei Gildham gebracht. Es war der Ort, den er für die nächste Auseinandersetzung mit Aethelbert ausgesucht hatte. Seinen Männern hatte er nicht einmal wenige Stunden Ruhe gegönnt, so beharrlich bestand er darauf, sein Ziel zu erreichen.

»Ich bin erst nach Silchester gegangen«, sagte Sigurd. »Es war gut, daß du daran gedacht hast, einen Mann mit einer Nachricht in die Stadt zu schicken.«

»Ich habe ihn wegen Gereint dort hingeschickt.« Ceawlins Griff wurde einen kurzen Augenblick etwas fester. »Ich hätte wissen müssen, daß du mich nicht im Stich lassen würdest.«

»Wir haben Aethelbert zu schnell von Wyckholm zurückgeschlagen. Er sah, daß er es nicht einnehmen konnte und zog weiter.« Ceawlin spürte, wie sich Sigurds Schultern kurz hoben. »Wir hätten unsere Stärke etwas verbergen sollen.«

»Was ihr gemacht habt, war besser.« Ceawlin grinste, und seine Zähne blitzten weiß auf in seinem schmutzigen Gesicht. »Wir befinden uns jetzt zwischen Aethelbert und Kent. Ich rechne jeden Augenblick mit Verstärkung von Cuthwulf. Es könnte nicht besser stehen, Sigurd – dank deiner rechtzeitigen Rettung, mein Freund.«

Ceawlin war immer großzügig, wenn es darum ging, Lob zu verteilen. Das war einer der Gründe, warum er bei seinen Männern so beliebt war. »Was hättest du getan, wenn ich nicht gekommen wäre?« fragte Sigurd neugierig.

»Ich habe den Edlen vorher gesagt, daß, wenn ich den Rückzug befehle, sie ihre Männer nehmen und wie Hunde aus der Hölle auf das Landhaus Odinham zulaufen sollten. Ine hatte vorher Bescheid gegeben, damit sie uns auch wirklich öffnen würden. Aber wenn wir das getan hätten, wäre der Weg nach Kent für Aethelbert frei gewesen.« Ceawlin fuhr sich mit einer Hand durch das unordentliche Haar. »Dies ist viel besser«, sagte er voller Zufriedenheit. »Jetzt bestimme ich den Krieg.«

Ceawlins Männer schliefen fest auf dem kalten, schlammigen Boden in der Nähe der Feste Gild und warteten auf Neuigkeiten aus Kent. Sie erhielten sie am folgenden Nachmittag, als Cuthwulf mit seinem Kriegertrupp von nahezu zweihundert Männern eintraf: Er hatte seine eigenen Leute bei sich und diejenigen, die Ceawlin ihm von Winchester mitgegeben hatte. Sigurd warf einen Blick auf das überschwengliche Gesicht seines Bruders und wußte, daß Cuthwulf erfolgreich gewesen war.

»Es war ein Kriegertrupp, richtig«, sagte Cuthwulf zu Ceawlin und den übrigen Edlen, als sie um ein Feuer herum saßen und sich wärmten. »Die Anführer waren Oslaf und Cnebba, Verwandte von Aethelbert. Sie hatten eine ungeheure Menge an Vieh zusammengebracht, als ich bei Wibbandum auf sie traf.« Cuthwulfs Zähne blitzten in dem Schwarz seines Bartes auf. »Wir haben sie in Grund und Boden geschlagen«, prahlte er. »Zwei der Edlen und die Hälfte der Männer sind jetzt tot. Der Rest rannte zurück nach Kent.«

»Gute Arbeit, Cuthwulf«, sagte Ceawlin. »Gut gemacht.« Dann fragte er: »Was hast du mit dem Vieh gemacht?«

Ein verschlagener Blick huschte über Cuthwulfs Gesicht. »Oh«, sagte er und machte eine abwehrende Bewegung mit der Hand, »wir haben uns darum gekümmert.«

»Wie?« fragte der König.

Cuthwulfs Gesicht verschloß sich. »Ich habe es unter Bewachung von einigen meiner Männer zurückgelassen.«

»Die Tiere müssen zu ihren ursprünglichen Besitzern zurückgebracht werden.«

»Diese Tiere gehören mir!« sagte Cuthwulf. »Sie sind meine Kriegsbeute. Ich habe sie meinen Männern versprochen.«

»Sie gehören dir nicht, weder zur Aufbewahrung, noch um sie weiterzugeben. Diese Tiere gehören zu den Siedlungen und

Höfen, von denen die Männer aus Kent sie gestohlen haben. Und du wirst sie zurückgeben.«

Cuthwulf starrte Ceawlin an. Die Augen des Königs schimmerten in einem scharfen Türkis, wie Sigurd es bisher kaum gesehen hatte. »Cuthwulf«, sagte Sigurd ruhig, »Ceawlin hat recht. Wenn das Vieh aus Kent kommen würde, wäre es Kriegsbeute. Aber es gehört den Westsachsen, unseren eigenen Leuten.«

»Was ist mit dem Vieh, das den Briten gehört?« fragte Cuthwulf.

»Die Briten, die in Wessex leben, gehören auch zu mir. Du wirst alle Tiere zurückgeben.«

Cuthwulf fluchte, stand auf und ging vom Feuer fort.

»Du hättest warten sollen«, sagte Cutha in die plötzliche Stille hinein zu Ceawlin. »Er hat dir einen großen Dienst erwiesen, Ceawlin. Du hättest ihm eine Möglichkeit geben müssen, seinen Sieg zu genießen.«

Ceawlins Augen funkelten noch immer. »Ich habe es ihm gesagt«, sagte er mit kalter Stimme zu Cutha. »Noch bevor ich ihn nach Osten gesandt habe, sagte ich ihm, daß ihm das Vieh nicht gehört. Er wußte es. Er hatte kein Recht, es seinen Männern zu versprechen.«

Die Stille schuf eine angespannte Atmosphäre. Dann stand Cutha auf und ging zu seinem Sohn. Sigurd stützte seinen Kopf in die Hände und starrte auf den Boden.

Aethelbert wachte am Morgen nach der Schlacht bei Odinham auf, um zu entdecken, daß Ceawlin abgezogen war. Edric zog ein grimmiges und mürrisches Gesicht, als er die Neuigkeiten hörte, aber Aethelbert schätzte es anders ein als sein Schwager. »Er wollte mir nicht wieder begegnen«, erklärte er. »Es war nur Glück, daß Sigurd im letzten Moment kam. Es hat unseren Leuten den Mut genommen. Sie wußten nicht, wie vielen neuen Angreifern sie noch würden standhalten müssen.«

»Es hat sicherlich unser Heer entmutigt«, sagte Edric. »Aber ich bezweifle, daß Ceawlins Abreise irgend etwas mit Furcht zu tun hat.«

»Er hat lediglich aus Glück gesiegt«, wiederholte Aethelbert. »Uns schlug der Regen ins Gesicht, und dann tauchten gerade rechtzeitig seine Männer auf.«

Die anderen ostanglischen Edlen unterstützten ihren König. Edric schaute bleich über das Feld, wo seine Männer damit beschäftigt waren, die ostanglischen Toten zu verbrennen. Diese Narren, dachte er. Ceawlin hatte sie geschlagen. Sie waren dreimal so viel gewesen wie er und seine Männer, und er hatte sie geschlagen. Und jetzt war er gegangen, um ihnen die Möglichkeit zu nehmen, sich mit den Männern aus Kent zu vereinen.

»Tatsächlich«, sagte Aethelbert mit plötzlicher Leidenschaft, »sind *wir* die einzigen, die noch auf dem Feld sind. Nach den Regeln des Gesetzes können wir den Sieg für uns beanspruchen.«

Es hat keinen Sinn, zu argumentieren, dachte Edric. Nichts, was er sagte, würde das Bild des großen Kriegers, das Aethelbert von sich selbst hatte, zurechtrücken. Er konnte nur hoffen, daß Oslaf und Cnebba gegen denjenigen, den Ceawlin zu ihnen geschickt hatte, erfolgreich waren. Denn daß Ceawlin jemanden geschickt hatte, daran zweifelte er nicht. Er kämpfte jetzt schon so lange gegen Cynrics Sohn, daß er Ceawlins Gedanken vermutlich besser kannte als jeder seiner eigenen Edlen.

»Wir werden morgen nach Kent marschieren, wenn wir unseren Toten die letzte Ehre erwiesen haben«, sagte Aethelbert. »Wenn wir uns erst mit meinen Verwandten vereinigt haben, wird kein Glück der Welt Ceawlin in die Lage versetzen, uns Widerstand zu leisten.«

Aethelberts Kriegertruppe brauchte zwei Tage, um die zwanzig Meilen zurückzulegen, für die Ceawlin eine Nacht benötigt hatte. Als sie noch fünf Meilen entfernt waren, erfuhren sie, daß Ceawlin sie bei der Feste Gild erwartete. Und dann erfuhren sie von der Niederlage von Oslaf und Cnebba.

»Wir müssen kämpfen«, sagte Edric, als die ostanglischen Edlen sich berieten. »Wenn wir umkehren, wird er uns nur folgen. Und Penda versperrt den Weg nach Ost-Anglia.« Er schaute in die Runde düsterer Gesichter. »Die Chancen stehen gleich, Mylords. So hat er keinen Vorteil vor uns.«

»Wir konnten sie nicht schlagen, als sie in der Minderzahl waren«, sagte einer der Edlen bedrückt. »Wie sollten wir sie jetzt besiegen?«

Der Mythos eines ostanglischen Sieges bei Odinham konnte die Realität von Ceawlin und vierhundert Westsachsen vor ihnen nicht ändern.

»Das letzte Mal war das Glück auf ihrer Seite«, sagte Edric. Er versuchte, seine Stimme so zuversichtlich wie möglich klingen zu lassen. »Kommt mit. Läßt sich Ost-Anglia von einem Kampf, bei dem die Chancen gleich stehen, einschüchtern?«

»Natürlich nicht!« sagte Aethelbert, dessen leidenschaftliches Herz durch Edrics Worte angeregt wurde.

Die übrigen Edlen stimmten zu, wenn auch mit deutlich weniger Enthusiasmus.

Die Schlacht bei der Feste Gild wurde am darauffolgenden Tag ausgetragen und endete mit einer Niederlage für den Kriegertrupp aus Ost-Anglia. Aethelberts Männer krümmten sich unter der Wucht des westsächsischen Ansturms. Nach weniger als zehn Minuten brachen die ostanglischen Linien ein, und die Lehnsmänner flohen. Ceawlin gab den Befehl, sie zu verfolgen, und die Westsachsen schlachteten die fliehenden Männer gnadenlos ab. Als der Tag sich seinem Ende zuneigte, war die Feste Gild überschwemmt mit toten Männern.

Bei Anbruch der Nacht befand sich Aethelbert, der auf einem Pferd hatte entkommen können, sicher in Kent. Aber das Heer, das er so stolz von Ost-Anglia hergeführt hatte, lag in blutigen Resten auf dem Boden von Wessex. Der König kehrte nach Sutton Hoo zurück; ein widerstrebender Bote der Katastrophe. Er mußte seiner Schwester nicht nur erzählen, daß ihre Hoffnungen, für ihren Sohn einen Thron zu erhalten, bei der Feste Gild zunichte gemacht worden waren; er mußte ihr auch mitteilen, daß Edric, ihr Mann, tot war.

Nachdem Ceawlin einen Boten zu Penda in den Norden geschickt hatte, um ihm das Ende der ostanglischen Bedrohung mitzuteilen, kehrte er mit seinen Edlen und Lehnsleuten nach Winchester zurück. Ihr Sieg hatte sich bereits herumgesprochen, und so stand der größte Teil der Bevölkerung aus Winchester und Venta an der Straße und begrüßte ihre Verteidiger.

Sigurd ritt mit seinem Vater, jeder auf einer Seite von Ceawlin, der den goldenen Helm trug. Cuthwulf hatte den Kriegertrupp nicht zurück nach Winchester begleitet; direkt nach dem Kampf hatte er seine Männer genommen und war zu seinem Landhaus Banford zurückgekehrt, das er für seinen Vater bewohnte, während dieser in der Halle von Winchester blieb. Als Sigurd erfahren hatte, daß Ceawlin den Befehl über die Expedition nach Kent Cuthwulf übertragen hatte, war er erfreut gewesen. Die wachsende Unzufriedenheit seines Bruders hatte ihm immer mehr Sorgen bereitet, und ein solches Kommando würde sicherlich seinen Stolz befriedigen. Jetzt war er nicht mehr so sicher, ob Ceawlins Entscheidung zugunsten Cuthwulfs ein Zeugnis der Ehre gewesen war, wie er ursprünglich vermutet hatte. Er fürchtete, daß Ceawlin damit noch ein letztes Mal Cuthwulfs Einstellung, seine Untertänigkeit ihm gegenüber hatte testen wollen. Darüber hinaus fürchtete Sigurd, daß Cuthwulf den Test nicht bestanden hatte.

Edith begrüßte ihren Mann mit so herzlicher Dankbarkeit, daß Sigurd sich schämte, so wenig an sie gedacht zu haben. Die Zwillinge kamen herbeigelaufen und warfen ihre kleinen Arme um seine Beine, und sein Herz schwoll vor Liebe an, als er sich zu ihnen hinabbeugte und seine Arme um ihre kräftigen, kleinen Körper schlang. Seine Liebe zu Kindern war spontan und unbeschattet – die einzige Liebe, die er empfand, die nicht durch Schuld befleckt war, dachte er manchmal.

In der Nacht ihrer Rückkehr nach Winchester hielt Ceawlin ein riesiges Siegerbankett in der großen Halle ab, die weit über ihre Möglichkeiten mit den zurückgekehrten und zurückgebliebenen Edlen und Lehnsleuten gefüllt war. Alric übertraf sich selbst mit einem Erinnerungsgesang. Er konnte die Einzelheiten über die Kämpfe erst wenige Stunden zuvor erfahren haben, und dennoch hatte er sie in ruhmvolle Musik verwandelt. Auch Sigurds Rettungsmarsch erfuhr besondere Beachtung.

»Wie konnte er das so schnell schaffen?« wollte Sigurd über Ninianes leeren Platz hinweg von Ceawlin wissen.

Ceawlin grinste ihn an. »Ich habe gleich nach dem Kampf einen Boten nach Winchester gesandt, um Alric mit der Erzählung zu ergötzen. Ich wollte, daß er fertig sein würde.«

Sigurd begann zu lachen. »Götter! Vergißt du niemals etwas?«

»Selten«, antwortete Ceawlin und stimmte in den Chor mit ein, der eine Wiederholung des Liedes forderte.

»Oh, Sigurd, das war wunderbar.« Ediths blaue Augen glänzten, als sie ihren heldenhaften Ehemann ansah. »Du hast den Kriegertrupp des Königs gerettet. Ich bin so stolz auf dich.«

Das Lächeln, das er ihr schenkte, war etwas verlegen. »Bist du das, Edith?«

»Oh, ja.«

Ihre dünne, zerbrechliche Hand ruhte auf dem Tisch, und er berührte sie sanft. »Das freut mich«, antwortete er.

Es gab weitere Lieder, und der Wein machte immer wieder die Runde in der Halle. Dann hörte Alric zu singen auf, um sich selbst auch dem Wein zu widmen, und das Gebrüll männlicher Stimmen und männlichen Gelächters erfüllte den Raum. Bertred und Wuffa und Gereint saßen gegenüber von Edith, und Sigurd konnte hören, wie sie an die Zeiten erinnerten, da sie in Wessex hinter Edric hergewesen waren. Sie waren alle Edle, alle außer Gereint, der den sächsischen Titel aus Ehrerbietung gegenüber seinem Vater abgelehnt hatte, und sie alle herrschten über eine große Anzahl von Sklaven, Freien und Lehnsleuten, die zu ihren Landgütern gehörten. Heute abend jedoch klangen sie wieder wie kleine Jungen, als sie noch einmal die früheren Heldentaten mit Ceawlin durchlebten.

»Ich glaube, es ist an der Zeit, daß ich mich zurückziehe«, flüsterte Edith in Sigurds Ohr.

Er lachte. »Ja. Es wird jetzt sehr laut.« Überall standen jetzt die anderen Frauen und Mädchen auf und machten sich daran, fortzugehen und die Halle den weintrinkenden Männern zu überlassen.

»Wirst du auch bald kommen, mein Liebling?«

In ihren blauen Augen lag so viel Hoffnung. Sigurd spürte den bekannten Stich der Schuld und sagte herzlich: »Natürlich. Schlaf nur noch nicht ein.«

Sie lächelte ihn an, und ihr hübsches Gesicht strahlte hell. Als sie wegging, drehte Sigurd seinen Kopf etwas und begegnete Ceawlins Blick.

»Glücklicher Mann«, sagte Ceawlin. »Wir übrigen haben unsere Frauen zu weit entfernt in dieser Nacht.«

»Es gibt genug willige Frauen in Venta!« rief Wuffa, der Ceawlins Kommentar zufällig hörte, und die Männer am ersten Tisch brüllten anerkennend.

»Nicht für den König«, hörte Sigurd sich selbst sagen.

Ein schwacher Blitz der Überraschung trat in Ceawlins Augen. »Ach ja, Niniane ist es wert, zu warten«, meinte Bertred dann. Er grinste und lehnte sich nach vorn, um an Sigurd vorbei Ceawlin anzublicken. »Erinnerst du dich, wie sie uns auf Bryn Atha dazu gebracht hat, den ganzen Sommer wie Sklaven auf dem Feld zu arbeiten?«

»Allerdings«, sagte Ceawlin voller Gefühl.

»Nun, ich sage euch was«, sagte Wuffa ungestüm. »Nur wegen dieses Sommers kann ich erkennen, wenn meine Freien nachlässig sind. Ich weiß, wann ein Feld geerntet werden muß!«

»Erinnerst du dich noch...«, sagte Gereint, und die alten Kameraden verloren sich wieder in einer neuen Runde von Erinnerungen an längst vergangene Tage. Nach einer halben Stunde stand Sigurd auf und ging zu seiner Frau.

28

Die Sonne schien an dem Tag, als die Königin nach Winchester zurückkehrte. Sigurd war mit seinem Vater bei den Waffen, als er die Rufe hörte.

»Niniane ist wieder zurück«, sagte Cutha. Er schaute Sigurd nicht an.

»Ja.« Sigurd fuhr fort, die Lehnsmänner zu beobachten, die die Schilde und Schwerter und Bögen aufstapelten, die sie vom Kampffeld bei der Feste Gild mitgenommen hatten. Aber kurze Zeit später meinte er: »Ich gehe wohl besser. Ceawlin ist heute morgen nicht da. Ich bin gleich wieder zurück.« Mit gerunzelter Stirn sah Cutha zu, wie sein Sohn aus der Tür schritt.

Es war beinahe eine Prozession, die die Straße heraufkam, und Sigurd sah sofort, daß Penda neben Niniane ritt. Er stand vor der großen Halle und beobachtete, wie die Pferde langsam näher kamen.

Plötzlich rannte eine kleine Gestalt zur Straße und rief: »Mama!« Sigurd erkannte Ceowulfs hellblonde Haare und schoß ebenfalls nach vorn, als der Junge die Straße überquerte, auf der die Pferde kamen. Dann erschienen auch Cerdic und Crida, aber sie folgten Ceowulf langsamer. Cerdic trug seinen zweijährigen Bruder genauso auf der Schulter, wie Ceawlin immer die Jungen getragen hatte. Als Ninianes Pferd stehenblieb, wurde sie schnell von ihren Söhnen umringt.

Sigurd ging zu Penda.

»Ich entschied mich, die Königin selbst zu begleiten«, sagte Penda, als er vom Rücken des Pferdes auf den Boden sprang. Er lächelte Sigurd bedauernd an. »Ich wollte die ganze Geschichte aus erster Hand hören. Ich schätze, ihr habt Aethelbert ziemlich getroffen.«

»Wir haben ihn vernichtet«, sagte Sigurd.

»Und ich war nicht dabei.« Das Bedauern war jetzt noch deutlicher zu spüren. Sigurd lächelte. »Du hast mehr als nur deinen Teil dazu beigetragen, Penda.« Aber seine Augen waren nicht mehr länger auf seinen Schwager gerichtet, sondern auf Niniane, die dabei war, vom Pferd zu steigen. »Warte«, sagte er schnell und ging zu ihr, um ihr aus dem Sattel zu helfen.

Ihre Taille war gertenschlank unter seinen Händen, und sie lächelte ihn an, als sie auf den Beinen stand: »Danke, Sigurd.«

»Mama! Mama!« Ihr Jüngster streckte die Hände nach ihr aus, und sie nahm ihn von Cerdics Schultern. »Du solltest ihn nicht so tragen, Cerdic. Du könntest ihn fallen lassen. Er ist kein Leichtgewicht mehr.«

»Ich kann ihn tragen, Mutter«, sagte Cerdic ungeduldig. »Er mag es.« Und dann, in einem Ausbruch verletzter Gefühle: »Vater hat uns die ganze Zeit in Winchester gelassen! Wir haben alles verpaßt, Mutter!«

Niniane lachte. »Ihr klingt bemerkenswert nach jemandem, den ich kenne«, sagte sie und schaute schelmisch zu Penda.

Der Edle lächelte widerstrebend zurück. »Frauen verstehen so etwas niemals«, sagte er.

»Nun, das ist wahr gesprochen«, erwiderte sie. Dann wandte sie sich an Crida. »Wo ist euer Vater?«

»Er mußte heute morgen in Venta einen Streit schlichten, Mutter«, antwortete Crida. »Wir wußten nicht, daß du schon so nah bei Winchester warst.«

Niniane streckte ihre Hand aus, um über sein schimmerndes, schönes Haar zu streicheln, aber er duckte sich und zog seinen Kopf weg. Die Zärtlichkeit seiner Mutter machte ihn vor den Männern befangen. »Kommt mit hinein«, sagte sie zu ihren Söhnen, »und erzählt mir, was ihr gemacht habt, während ich weg war.« Sie bückte sich, um den kleinen Sigurd auf den Boden zu stellen, dann nahm sie seine Hand und ging auf die Halle des Königs zu.

»Ceowulf«, sagte Sigurd sanft, als die Kinder sich umdrehten und ihrer Mutter folgen wollten. Ceawlins drittältester Sohn schaute ihn forschend an. »Du darfst nicht so vor die Pferde rennen. Du könntest sie erschrecken. Du willst doch nicht, daß deine Mutter vom Pferd geworfen wird, oder?«

»Meine Mutter ist noch niemals vom Pferd gefallen«, sagte Ceowulf verächtlich.

»Sigurd hat recht«, sagte Penda. »Außerdem könntest du dabei zertrampelt werden.«

»In Ordnung«, sagte Ceowulf, bedacht darauf, schnell fortzukommen. Es gefiel ihm ganz offensichtlich nicht, von den Edlen seines Vaters getadelt zu werden. Er nahm ihnen die Möglichkeit, noch mehr zu sagen, indem er sich einfach umdrehte und hinter seinen Brüdern herrannte.

Penda wies die Männer, die mit geritten waren, an, die Pferde in die Ställe zu führen, dann wandte er sich zu Sigurd: »Komm mit mir in die Halle. Ich möchte alles über den Kampf erfahren«, sagte er, und bereitwillig schritt Sigurd neben ihm über den Hof.

Ceawlin kam nicht vor dem späten Nachmittag nach Winchester zurück. Niniane war in der Halle der Frauen bei Nola. Als Ceawlin damals König geworden war, hatte Niniane dafür gesorgt, daß den Mädchen in den Frauengemächern normale Eheschließungen angeboten wurden, entweder mit Lehnsmännern oder Handelsleuten aus Venta. Nola hatte jedoch nicht geheiratet, sie hatte es vorgezogen, als erste Dienerin bei Niniane zu bleiben, und sie war nun schon lange für die Halle der Frauen und die Frauengemächer zuständig. Niniane suchte sie an diesem Nachmittag auf, um mit ihr über Brynhild, eine der Dienerinnen aus der Halle der Frauen, zu sprechen, die sie gerne verheiraten wollte. In diesem Augenblick kam Brynhild selbst mit zwei anderen Mädchen in die Halle und sagte: »Mylady, der König ist gerade angekommen.«

Ninianes Gesicht strahlte: »Ich spreche mit dir morgen weiter darüber, Nola«, sagte sie, lächelte kurz den drei jungen Gesichtern zu und ging hinaus. Die drei jungen Mädchen, alles Töchter von Lehnsleuten, gingen sofort nach draußen auf die Veranda, um von dort einen guten Blick auf den Hof zu haben.

Die leichte Brise wehte Ceawlins Haare von seinen Schultern, und die Farbe seiner Augen war selbst auf der Veranda der Halle der Frauen gut zu erkennen. Er hatte seine Frau gesehen und unter den Blicken der drei Mädchen schwang er sich von seinem Pferd, warf die Zügel einem Stallburschen zu und riß sie in eine stürmische Umarmung.

Merta, die jüngste und am leichtesten zu beeindruckende der drei Mädchen, seufzte sehnsuchtsvoll: »Sie ist so glücklich«, sagte sie und schaute mit weit geöffneten Augen auf Niniane, die nun in das Gesicht ihres Mannes lachte.

»Es ist nicht gerecht«, antwortete das zweite Mädchen. »Auch wenn wir einen noch so netten Ehemann kriegen, es gibt doch keinen zweiten Mann wie den König.«

»Wie macht sie das?« wiederholte Brynhild, die älteste, die in der Halle der Frauen am meisten gestellte Frage. »Wie bindet sie ihn so an sich? Einen Mann wie ihn... wie macht sie es?«

»Es ist sehr einfach.« Die Mädchen hatten Nola nicht herauskommen hören und zuckten bei ihrer Stimme schuldbewußt zusammen. »Er liebt sie«, sagte Nola. »Das ist alles.«

»Aber warum, Nola?« fragte Brynhild plötzlich. »Ich mag Niniane, ich finde sie hübsch, und sie ist sicherlich auch eine gute Frau für ihn, eine gute Königin. Aber das könnte man von vielen Frauen sagen, und trotzdem werden die von ihren Männern nicht so verehrt, wie der König Niniane verehrt.«

Nola schaute in die drei jungen Gesichter, die sie so wehmütig ansahen. Es stimmte, daß Ceawlin einen Standard für Ehemänner gesetzt hatte, dem die meisten nur schwer folgen konnten. Nola lächelte etwas schief. »Das kann ich euch nicht sagen.« Ihre Augen folgten dem König und der Königin, die sich in ihre Halle zurückzogen. »Er war nicht immer so treu«, sagte sie. »Ich erinnere mich noch gut an die Zeit des alten Königs, als die Frauen in den Frauengemächern alles darum gegeben hätten, zu Ceawlin ins Bett gerufen zu werden. Aber das hat sich alles verändert, seit er Niniane zu seiner Frau genommen hat.«

Mertas Augen wurden riesig. »Nola, hast du jemals...«

»Genug von diesem Gerede«, schnappte Nola und warf den

Mädchen spitze Blicke zu. »Es ist gut für euch, daß sich die Dinge geändert haben, daß ihr eine christliche Königin habt, die die Ehre der Mädchen unter ihrer Verantwortung für schützenswert hält. Jetzt habt ihr die Möglichkeit, gute Ehen schließen zu können, Kinder zu gebären, die die Ehre des Namens ihres Vaters und Landes weitertragen. Es ist für uns alle sehr gut, daß Niniane Königin in Winchester ist.«

»Ja, Nola«, stimmten die Mädchen in hastiger Bestätigung im Chor zu.

»Ich dachte, ich hätte euch zum Bleichen geschickt.«

»Ja, Nola. Wir gehen schon.« Und die Mädchen flohen vor der Halle und dem plötzlich so feurigen Blick in Nolas braunen Augen.

Am nächsten Morgen erfuhr Sigurd, daß Ceawlin seine zwei ältesten Söhne mit auf die Jagd genommen hatte, also mußte er warten. Statt dessen ging er zu seinem Vater.

»Ich habe mich entschieden, in Zukunft auf Wokham zu leben«, sagte er zu Cutha. »Ceawlin gab mir das Land, als er König wurde, und ich bin kaum dort gewesen. Es ist Zeit für mich, meine Pflichten als Edler wahrzunehmen, mich um mein eigenes Land und meine eigenen Leute zu kümmern. Ich schulde es meinem Sohn.« Es war die Rede, die er sich für Ceawlin zurechtgelegt hatte, und jetzt beobachtete er, wie sie bei Cutha funktionierte.

Sein Vater sah erst überrascht aus, dann gedankenvoll. Cuthas braunes Haar hatte graue Strähnen, aber sein schmales, dunkles Gesicht war erstaunlich wenig gealtert seit Cynrics Tod. In diesem Augenblick, dachte Sigurd, fühlte er selbst sich wahrscheinlich sogar älter, als Cutha aussah.

»Ich glaube, das ist eine kluge Entscheidung«, antwortete Cutha schließlich.

Sigurd war überrascht. Er hatte eine Diskussion erwartet.

»Hast du es Ceawlin schon gesagt?« wollte Cutha wissen.

»Noch nicht. Er ist mit Cerdic und Crida auf der Jagd. Ich werde es ihm heute nachmittag sagen.«

Cuthas blaue Augen zogen sich zusammen. »Es wird ihm nicht gefallen. Du weißt, wie er sich auf dich verläßt, Sigurd.«

Sigurd wußte es, und dieses Wissen machte ihn elend. »Seine Söhne werden älter. Es wird gut für Ceawlin sein, wenn er lernt, sich an Cerdic zu wenden und nicht an mich.«

»Ja ...«, sagte Cutha. »Und ich bin auch noch hier.«

Sigurd zwang sich zu einem Lächeln. »Es ist das beste für Edith und die Kinder, wenn wir nach Wokham gehen. Es ist Zeit, an sie zu denken.«

»Erzähl das Ceawlin«, riet Cutha ihm.

»Ja«, sagte Sigurd, »das werde ich.«

Das Gespräch, in dem er Ceawlin mitteilte, daß er Winchester verlassen würde, war noch schlimmer, als Sigurd es sich vorgestellt hatte. Der Anblick Ceawlins, wie er mit seinen Söhnen von der Jagd zurückkehrte, brachte Erinnerungen an die Zeit zurück, als er und Ceawlin Jungen gewesen waren und sich aus Winchester davongestohlen hatten, um zusammen zu jagen. Wie glücklich sie damals gewesen waren. Wie sorglos.

Aber die Erinnerung spielte ihm einen Streich, dachte er einen Augenblick später. Denn die glückliche Kindheit, die er vor sich sah, war in Wirklichkeit von Hinterlist überschattet gewesen, von Edwins Haß und Guthfrids Feindseligkeit. Es war die Freundschaft zwischen ihm und Ceawlin, die so kristallklar schien; der Rest von Winchester war ein Morast voller Zwistigkeiten und Rivalitäten gewesen. Aber die Erinnerung an ihre Jugend und Kindheit war immer noch in Sigurds Gedächtnis lebendig, als er Ceawlin aufsuchte, um ihm von seiner Entscheidung zu berichten.

Er ging zur Halle des Königs und fand Ceawlin beim Essen mit seinen zwei ältesten Söhnen. Die drei lachten, als Sigurd hereinkam, und einen Moment lang sah er etwas wie Verstimmung in Cerdics Augen aufflammen, als er sich näherte. Es geschah nicht oft, daß die Kinder ihren Vater für sich allein hatten, und es tat Sigurd leid, daß er sie bei etwas störte, das offensichtlich ein Genuß für sie war. Er konnte es nicht ändern.

»Ceawlin», sagte er, »ich muß mit dir sprechen.«

»Natürlich», erwiderte Ceawlin. Er machte eine Geste auf einen der Stühle zu. »Setz dich.« Seine Stimme war zugleich zwanglos und auch befehlend.

Sigurd ging um den Tisch und setzte sich neben Crida. Vielleicht würde es einfacher sein, es bei der Gegenwart der Jungen hinter sich zu bringen. »Ich werde Edith und die Kinder nehmen und in Wokham leben«, sagte er geradeheraus.

Ceawlin zog eine Augenbraue hoch. »Du brauchst nicht mein Einverständnis, wenn du dein Landhaus besuchen willst, Sigurd. Wenn du nach Wokham willst, dann geh.«

»Du verstehst mich nicht, Ceawlin. Ich werde nicht für einen Besuch gehen. Ich will dort leben. Immer. Ich werde nicht nach Winchester zurückkehren.«

Ceawlin stellte das Bier wieder hin, das er gerade trinken wollte und schaute Sigurd lange an. Sein Gesicht war ganz ruhig. »Warum?«

Sigurd konnte dem Blick seines Freundes nicht standhalten. »Deine anderen Edlen leben auch auf ihren Landgütern. Es ist Zeit, daß ich mich um das kümmere, was mir gehört. Ich schulde es meinem Sohn.«

»Du bist nicht einer von meinen ›anderen Edlen,«, sagte Ceawlin. Seine Stimme war sehr ruhig. »Cerdic und Crida, laßt uns bitte allein«, sagte er dann.

»Ja, Vater.« Die Jungen bemerkten den Ausdruck in Ceawlins Stimme und standen sofort auf und verließen die Halle.

Ceawlin wartete, bis sich die Tür hinter ihnen geschlossen hatte, bevor er fragte: »Was ist los, Sigurd? Ist es Cuthwulf?«

»Nein!« Sigurd starrte ihn erstaunt an. »Dies hat nichts mit Cuthwulf zu tun.«

»Aha.« Ceawlin fuhr sich mit der Hand durch das kurze Haar an der Stirn. »Dann verstehe ich es nicht, Sigurd. Natürlich kannst du tun, was du möchtest, das weißt du. Wokham gehört dir, und wenn du dort leben willst, dann ist das deine Entscheidung. Aber... ich verstehe es nicht.«

Sigurd starrte in diese vertrauten blauen Augen, und das Gefühl tiefempfundener Liebe erfüllte plötzlich sein Herz. Es war nicht Ceawlins Fehler. Und er wußte, daß sein Freund ihn schmerzlich vermissen würde. Es gab keine verbotene Liebe, die Ceawlins Herz quälte und die Freundschaft, die er für Sigurd empfand, vergiftete. Nein, natürlich konnte Ceawlin es nicht verstehen. Und weil er es nicht verstand, war er verletzt.

Götter! Er schien Unglück zu verbreiten, wo immer er hinkam. Sigurd stützte seine Ellbogen auf den Tisch und verbarg seinen Kopf in seinen Händen. »Es ist nur ... Ceawlin, ich kann es nicht mehr ertragen, noch länger in der Nähe von Niniane zu sein!«

Es herrschte absolute Stille. Schließlich hob Sigurd seinen Kopf. Ceawlin war sehr blaß, und einmal zuckte sein Mundwinkel. Aber sein Blick war fest. »Ich hatte es einmal vermutet... aber, beim Hammer des Thor, Sigurd, das liegt zehn Jahre zurück!«

»Und haben sich deine Gefühle in den zehn Jahren geändert?« fragte Sigurd bitter.

Ceawlins Mundwinkel zuckten wieder. »Nein. Nein, das haben sie nicht.«

»Du siehst also, es ist am besten, wenn ich gehe.«

»Hat sie.. weiß sie ...?«

Sigurds Lachen war nicht angenehm. »Niniane weiß nicht, daß überhaupt noch ein anderer Mann auf der Welt existiert, außer dir, Ceawlin. Du hast gesehen, was ich empfinde, mein Bruder, mein Vater ... vielleicht sogar meine Frau ... aber nicht sie.«

Schließlich senkte Ceawlin seine Augen. Sigurd starrte voller Schmerz auf das Gesicht seines Freundes, das ihm vertrauter war als sein eigenes. »Ich wollte sie heiraten. Ich habe es dir niemals gesagt, aber ich war kurz davor, meinen Vater um die Erlaubnis zu bitten. Und dann kam diese Intrige von Guthfrid, und ihr mußtet Winchester verlassen ...«

»Ich habe es nicht gewußt.« Ceawlins Stimme war gedämpft. »Sigurd. Ich weiß nicht, was ich dir sagen soll.«

»Es gibt nichts zu sagen.« Sigurd stand auf. »Als ich herkam, wollte ich dir das nicht sagen, aber dann erkannte ich, daß du keinen anderen Grund als den wirklichen glauben würdest.« Er rieb sich mit der Hand über die Stirn, als würde sie schmerzen. »Um ehrlich zu sein, Ceawlin, als ich dich mit deinen Jungen hereinreiten sah, dachte ich an unsere Jugend und daran, daß ich dir etwas mehr als ein paar schwache Entschuldigungen schuldig bin.«

»Sigurd.« Ceawlin stand ebenfalls auf. Seine Augen waren reinstes Türkis. »Haßt du mich?«

»*Nein.*« Er machte einen Schritt nach vorne, und dann lagen Ceawlins Arme um seine Schultern. »Niemals«, sagte Sigurd schwach.

Einen langen Augenblick standen die beiden Männer so da, dann ließ Ceawlin seine Arme wieder sinken. »Dann geh also. Und wenn du jemals wieder zurückkommen möchtest, sollst du wissen, daß du immer willkommen bist.«

Sigurd nickte, er wagte nicht zu sprechen, drehte sich um und floh beinahe aus der Halle.

29

Der Dezember war bitterkalt, und überall in Winchester saßen die Männer an den Herdfeuern und versuchten, sich aufzuwärmen. Im gewaltigen Herd in der großen Halle brannten zwei wild flackernde Feuer, und die Männer kauerten eng nebeneinander, besserten ihre Kleidung aus und sprachen über alles mögliche. Die meisten Hallen der Edlen standen leer, außer der von Cutha und Bertred. Bertred war genau an diesem Nachmittag in Winchester gewesen, um mit dem König über Cuthwulf zu beraten, dessen Landgut in der Nähe vor Bertreds lag und der in diesem Herbst wieder besonders unruhig gewesen war. Bertred war jedoch an diesem Abend nicht in seiner eigenen Halle, sondern bei Ceawlin und seiner Familie in der Halle des Königs.

Cutha saß mit seinen eigenen Lehnsmännern zusammen und starrte in das Feuer, das hell im Herd loderte. Er fühlte sich kalt, alt und allein. Er hatte getan, was er wollte, hatte Ceawlin zum König von Wessex gemacht, und in dieser Nacht saß er da und überlegte, was er dafür bekommen hatte. Seine beiden Söhne waren aus Winchester verbannt, Cuthwulf, weil er sich mit Ceawlin nicht verstand, und Sigurd ... Seit zwei Jahren war Sigurd nun in Wokham, und es gab noch immer keine Anzeichen, daß er zurückkommen würde.

Und er selbst? Auf den ersten Blick betrachtet, hatte sich seine Position in Winchester nicht geändert. Ceawlin hatte keine seiner Pflichten und Ehren weggenommen oder eingeschränkt. Aber alle in Wessex wußten, daß die wahre Macht allein beim König lag, und bei denen, denen er sein Ohr lieh. Und in den letzten zwei Jahren hatte Cutha die entwürdigende Entdeckung gemacht, daß seine Stimme nicht zu denen zählte, die für den König von Bedeutung waren.

Tatsächlich hatte er unter dem Sohn niemals die gleiche Position besessen wie unter dem Vater. Es war *sein* Sohn, Sigurd, der Ceawlins rechte Hand gewesen war, der Ceawlins Vertrauen besaß. Nun, da Sigurd gegangen war, hatte Ceawlin aufgehört, auch nur den Anschein zu wahren, als würde Cutha eine Kraft in seiner Regierung darstellen.

Oh, er war immer liebenswürdig, immer höflich. Aber das genügte Cutha nicht. Er spürte tief in sich die dringenden Forderungen seiner eigenen Fähigkeiten; Fähigkeiten, für die es innerhalb der Grenzen von Ceawlins Königsherrschaft keinen Raum zur Entwicklung gab.

Es genügte ihm nicht, der Herrscher seines eigenen Landgutes zu sein, seiner eigenen Lehnsleute und Freien und Sklaven. Ceawlins übrige Edlen schien es zufriedenzustellen, über ihren Besitz und ihre Untergebenen zu herrschen und Ceawlin regelmäßig den Tribut zu schicken, um ihre Bindung an ihn zu zeigen. Cutha wollte eine andere Macht.

Seine Unzufriedenheit hatte im vergangenen Sommer einen Höhepunkt erreicht, als Ceawlin Cerdic mit der Tochter des

Königs von Sussex verlobt hatte, ohne auch nur mit ihm darüber zu sprechen.

Die Beleidigung brannte immer noch in ihm, wenn er daran dachte. Es stimmte, daß es keine richtige Zeremonie gegeben hatte, lediglich eine Übereinkunft, daß, sobald Cerdic sechzehn Jahre alt sein würde, die Verlobung offiziell werden würde. Aber Ceawlin hatte ihm noch nicht einmal etwas davon gesagt, bevor nicht schon alles beschlossen war!

Das Feuer zischte, und einer der Männer stand auf, um in den Scheiten herumzurühren. Cutha schaute brütend in die Runde seiner Männer. Er hatte begonnen, in seinem Kopf seine eigene Macht zu überprüfen, diejenigen, die sich ihm anschließen würden gegenüber denjenigen aufzuwiegen, die Ceawlin folgen würden. Er hatte mit Cynigils gesprochen, einem der früheren Edlen von Cynric und Edric, der nach Edrics Niederlage bei Ceawlin geblieben war, und auch Cynigils war mit Ceawlin nicht besonders zufrieden. Genau wie Cuthwulf war er der Meinung, daß Ceawlin den Briten zu sehr entgegenkam.

Draußen heulte der Wind, er blies von Halle zu Halle und verkündete mit seiner lauten Wildheit, daß wieder einmal der Winter nach Wessex zurückgekehrt war. Die Menschen in der Halle des Königs achteten jedoch nicht darauf, so intensiv waren sie mit ihren verschiedenen Tätigkeiten beschäftigt. Cerdic und Crida saßen mit überkreuzten Beinen vor dem Herd und waren in ein Würfelspiel vertieft. Ceowulf schaute zu und verlangte hartnäckig, bei dem Spiel mitmachen zu dürfen. Schließlich beachtete Ceawlin die Bitten seines dritten Sohnes, unterbrach die Unterhaltung mit Bertred und befahl den beiden älteren Jungen, ihn an ihrem Spiel zu beteiligen.

»Er will *immer* das tun, was wir machen, Vater«, beklagte sich Crida.

Das war zweifellos wahr. Es lagen nur fünfzehn Monate zwischen Cerdic und Crida, und die beiden ältesten Söhne waren enge Freunde und ständige Begleiter. Ceowulf war drei Jahre jünger als Crida und beinahe genauso groß, aber dennoch betrachteten seine älteren Brüder ihn als einen der Kleinen und schoben ihn zu Sigurd und dem achtzehn Monate alten Eirik ab. Ceowulf wehrte sich bitter dagegen, und es gab immer wieder Streit zwischen den Brüdern, weil er versuchte, sich Cerdic und Crida anzuschließen und doch jedes Mal zurückgewiesen wurde. Aber gelegentlich griffen seine Eltern, gewöhnlich seine Mutter, ein und brachten Cerdic und Crida dazu, mit ihm zu spielen, und so war es auch in dieser besonders kalten und windigen Nacht.

Cerdic gab seinen Würfel mit ungewöhnlicher Freundlichkeit Ceowulf und setzte sich auf ein Fell zu Füßen seines Vaters. Während des letzten Jahres hatte Ceawlin seinem ältesten Sohn erlaubt, ihn zu beobachten, wenn er die verschiedenen Pflichten seiner Königsherrschaft ausübte. Cerdic würde im nächsten Jahr dreizehn werden und war sehr stolz auf die ihm von seinem Vater verliehene neue Ehre. Er setzte sich still hin und lauschte dem Gespräch der Männer.

»Wie viele Männer hat er zusammengebracht?« fragte Ceawlin.

»Achtzig, würde ich sagen«, kam Bertreds grimmige Antwort.

Ceawlin fluchte. Er starrte düster in die Flammen.

»Es ist Cuthwulf, Vater, nicht?« fragte Cerdic zaghaft.

»Ja.« Ceawlin sah seinen Sohn nicht an, sondern blickte weiterhin in die Flammen. »Er zwingt mich dazu, gegen ihn vorzugehen«, sagte er schließlich.

Bertred rieb seinen Kopf. »Ich verstehe ihn nicht, Ceawlin. Beim Schwerte Wotans, was will er?«

»Ich bezweifle, daß er es weiß. Cuthwulf denkt nicht. Er hat es nie getan.«

»Kannst du nicht Cutha dazu bringen, ihn etwas fester an die Kandare zu nehmen?«

Es entstand eine lange Pause. Dann meinte Ceawlin: »Ich glaube nicht.«

Cerdic starrte seinen Vater an. Ceawlins Gesicht war hart

wie Eisen. Dann schaute er auf Bertred. Das freundliche Gesicht des Edlen war nicht weniger ernst. »Was ist mit Sigurd?« fragte Bertred etwas scheu.

Ceawlin lehnte sich in seinem Sessel zurück und ließ den Kopf gegen die hohe Rückenlehne sinken. »Sigurd hat bereits mit ihm gesprochen.«

»Ich versteh.« Nach einer Pause fügte er hinzu: »Was wirst du machen, Ceawlin?«

Der Blick seines Vaters ruhte einen Augenblick auf seinem Gesicht. Einen schrecklichen Moment lang fürchtete Cerdic, sein Vater würde ihn gleich hinausschicken, aber dann wandte er sich an Bertred und sagte: »Ich sorge dafür, daß er Banford verläßt.«

Bertreds Augen weiteten sich. »Und wohin willst du ihn schicken?«

»Hierher zurück, nach Winchester. Wo ich ein Auge auf ihn haben kann.«

»Cutha wird das nicht mögen.«

»Cutha ist entweder nicht in der Lage, ihn zu kontrollieren, oder er will es nicht. Er hat mir keine Wahl gelassen. Ich kann nicht zulassen, daß meine Edlen ihre eigenen Kriegertrupps zusammenstellen. Eine vernünftige Anzahl von Lehnsmännern, um ihre Grenzen zu schützen, ist eine Sache. Aber achtzig Männer, das ist etwas anderes.«

»Ja«, sagte Bertred, »das ist es.« Dann meinte er: »Cutha und Cynigils sind in der letzten Zeit sehr freundlich.«

»Das ist mir nicht entgangen.« Ceawlins Stimme klang sehr kalt.

Die Tür der Halle öffnete sich, und frostige Luft zog durch den Raum. Cerdic drehte sich um und sah seine Mutter hereinkommen. Sie war in der Halle der Prinzen gewesen und hatte seine beiden jüngeren Brüder zu Bett gebracht. Sie kam herüber zu ihnen, öffnete dabei ihren Umhang und strich das Haar zurück, das der Wind verwirbelt hatte. Ihre Wangen waren rosig vor Kälte, und Cerdic, der von Niniane zu Bertred gesehen hatte, war überrascht, auf dem Gesicht des Edlen einen Blick offener Bewunderung zu entdecken. »Wie machst du es, daß du so jung bleibst?« fragte er, und Cerdics Mutter lachte und setzte sich auf den dritten Stuhl beim Feuer.

Für Cerdic war seine Mutter immer nur seine Mutter gewesen. Ceawlin sah er als Mann und König, und schon vor vielen Jahren hatte er gedacht, daß es keinen Mann auf der Welt gab, der so herrlich war wie sein Vater. Aber Mutter war Mutter. Zwar inzwischen weniger wichtig für ihn als früher, aber immer noch ein notwendiger und bedingungsloser Bestandteil seiner Existenz. Vater gehörte zu seinem Königreich, zu seinem Volk. Mutter gehörte zu ihnen – zu seinem Vater und zu ihm und seinen kleinen Brüdern. Oh, sie kümmerte sich um den Haushalt, die Frauen, das Kochen und Weben, aber diese Dinge tat sie für sie. Mutter war... einfach nur Mutter.

Aber er sah die Bewunderung in Bertreds Augen, und zum ersten Mal sah er seine Mutter an und erkannte in ihr die Frau. Er sah, daß ihre Haare weich waren und glänzten und eine Farbe besaßen, die er bisher bei niemandem gesehen hatte. Er sah ihre großen graublauen Augen, die seinen so ähnelten, ihre kleine Stupsnase und den feingeschnittenen Mund, der Ceowulfs Grübchen in der einen Ecke hatte. Sie *war* noch jung, seine Mutter. Jung – und sehr hübsch.

Sie lächelte ihn an. »Wie lieb von dir, Cerdic, daß du deinen Bruder eine Weile mit Crida spielen läßt.«

Bei dieser Bemerkung drehte sich Crida herum. »Er kann sich die Summen nicht merken«, sagte er geringschätzig. »Kann Ceowulf denn *überhaupt* nichts?«

»Du konntest auch noch nicht so gut rechnen, als du acht warst, Crida«, sagte Niniane. Was nicht stimmte, dachte Cerdic. Crida hatte immer einen Sinn für Zahlen gehabt. Er konnte sogar noch eher als Cerdic rechnen. Eine Tatsache, die er sich selbst eingestand, wenn er sie auch gegenüber Crida nicht zugeben wollte.

»Ich spiele mit dir, Ceowulf«, sagte er jetzt und wurde dafür von seiner Mutter mit einem dankbaren Blick belohnt. Crida warf den Würfel fort und stand grollend auf.

»Du kannst ins Bett gehen, Crida«, sagte Ceawlin.

Crida sah seinen Vater wild an, aber nach einem Blick in seine Augen erwiderte er murrend: »Ja, Vater.« Er nahm seinen Umhang und ging durch die Tür hinaus zur Halle der Prinzen.

Niniane seufzte. »Er hat keine Geduld mit denen, die nicht so klug sind wir er.«

»Er wird es lernen müssen«, sagte Ceawlin.

»Ich nehme es an.« Sie lächelte Bertred an und fragte: »Wie geht es Meghan und den Kindern?«

Cerdic sah noch, wie sich Bertreds Gesicht mit einem Lächeln aufhellte, bevor er sich wieder seinem Bruder und dem Würfelspiel zuwandte.

Die Neuigkeiten, die Bertreds Lehnsmann mitbrachte, waren nicht gut. In der vergangenen Woche hatte Cuthwulf seine Männer genommen und war nach Norden, in das Land der Dobunni geritten. Er war bei Bedcanford auf eine hastig zusammengestellte Gruppe von Briten gestoßen und hatte sie geschlagen. Die Sachsen hatten dann einige Städte in der Umgebung geplündert und waren dann triumphierend wieder nach Banford zurückgekehrt.

»Sie sagen, daß der Anführer der Dobunni im Kampf getötet wurde, Mylord«, berichtete Bertreds Lehnsmann. »Wir haben das alles nur erfahren, weil meine Herrin gerade einen Mann mit einem Auftrag zu Cuthwulfs Frau geschickt hatte. Er kam während des Siegerbanketts dort an. Sobald er erfahren hatte, was geschehen war, eilte er zurück nach Romsey und berichtete es dem Edlen.«

»Welcher Anführer wurde getötet?« wollte Ceawlin wissen.

»Ich weiß es nicht, Mylord. Mein Herr, Bertred, schickte einige Kundschafter in den Norden, um mehr herauszufinden. Er wird Euch Nachricht geben, sobald er mehr weiß.«

»Schön.« Ceawlins Augen flackerten über den Mann hinweg, der vor ihm stand. »Geht zur großen Halle. Dort soll Euch jemand trockene Kleider und etwas zum Essen und Trinken geben.«

»Ja, Mylord. Danke, Mylord.« Der Mann ging einen Schritt zurück, dann wandte er sich um und eilte aus der Tür. Er hatte den König in den vergangenen Jahren schon oft gesehen, aber noch niemals hatte er so ausgesehen wie jetzt. Er schätzte sich glücklich, daß er nicht das Ziel von Ceawlins offensichtlicher Wut war.

Als sich die Tür geschlossen hatte, blickte Ceawlin sich im Raum um. Er hatte gerade mit dreien seiner ältesten Lehnsmänner gesprochen, als Bertreds Mann angekündigt worden war, und sie saßen noch immer auf der Bank, auf die er sie geschickt hatte. Jetzt starrten sie eifrig auf ihre Füße. Sie hatten alles mit angehört.

»Holt Cutha her«, sagte Ceawlin.

Die Männer schauten erst auf und dann weg. »Ja, Mylord«, sagten sie einstimmig, um dann beinahe so hastig wie der vorige Mann zu verschwinden.

Die Tür öffnete sich, und wieder strömte der Geruch des Regens in die Halle. Niniane kam herein. »Was für ein Wetter!« sagte sie, als sie ihren Mann alleine beim Feuer sitzen sah. Als er nicht antwortete, schaute sie ihn genauer an. Die Hand, mit der sie gerade die Schnalle ihres Umhangs öffnen wollte, verharrte mitten in der Bewegung. »Was ist geschehen?« fragte sie mit plötzlich scharfer Stimme.

Er schaute sie nicht an. »Cuthwulf ist in das Land der Dobunni eingedrungen«, sagte er. »Es gab einen Kampf. Cuthwulf hat gewonnen.«

Ein scharfer Atemzug war ihre einzige Antwort. Dann kam sie näher zu ihm heran. Sein Gesicht war gefaßt und ruhig. Die Dobunni! dachte sie. Was war mit Coinmail? Ceawlin schien ihre Gedanken zu lesen, denn jetzt schaute er sie an und sagte: »Ich weiß nicht, ob Coinmail beteiligt war. Bertred hat Kundschafter ausgesandt, um zu erfahren, was genau geschehen ist.«

Neben seinem Stuhl stand ein Schemel, auf den sie sich mit einer Plötzlichkeit setzte, als würden ihre Beine jeden Moment versagen. Regen war in ihren Haaren und auf den Schultern ihres blauen Wollumhangs. »Er muß verrückt sein«, sagte sie. »Hat er geglaubt, du würdest das zulassen?«

»Falls er irgendwelche Hoffnungen gehabt hatte, so werde ich sie bald begraben.« Seine Stimme war hart und kalt.

Sie fuhr sich mit der Zunge über die plötzlich trockenen Lippen. »Was wirst du tun?« fragte sie.

»Ich werde ihn töten», sagte Ceawlin. Sie starrte ihn an und wußte, daß er es ernst meinte. Sie hatte ihn schon oft verärgert gesehen, wütend, aber niemals mit dieser gnadenlosen Härte. Er meinte, was er gesagt hatte.

»Ceawlin ... was ist mit Sigurd?«

Diese Kälte war weit beängstigender als jede seiner heißen Wutausbrüche. »Cuthwulf ist sein Bruder. Ich gebe dir zwar recht, daß zwischen ihnen wenig Liebe ist, aber sie haben dennoch das gleiche Blut.«

»Auch ich und Edwin hatten gemeinsames Blut. Blut ist nicht alles, Niniane. Wenn Sigurd sich zwischen mir und Cuthwulf entscheiden muß, zweifle ich nicht daran, auf wen seine Wahl fällt.« Er schaute über ihren Kopf hinweg auf die Tür. »Ah, Cutha.« Beim Klang seiner Stimme rann ein Schauer ihren Rücken hinunter. »Dein Sohn hat einen Kriegszug in das Land der Dobunni unternommen. Es gab einen Kampf, und sie haben ihre Städte geplündert.«

Cuthas Rücken war sehr gerade, als er sich Ceawlins Stuhl näherte. »Mein Sohn ist ein Sachse«, sagte er.

»Dein Sohn hat meine Autorität herausgefordert. Ich bin bisher nachsichtig mit ihm gewesen, weil er Sigurds Bruder und dein Sohn ist. Aber diesmal hat er sich zu weit hinausgewagt. Ich bin König von Wessex, und niemand in diesem Land unternimmt einen Kriegszug ohne meine Zustimmung.«

»Du bist König von Wessex, weil ich dich dazu gemacht habe«, sagte Cutha.

Ceawlin lachte. »Wie viele Schlachten hast du für mich gewonnen, Cousin?«

Als Ceawlin lachte, war Cutha rot geworden, jetzt wurde sein Gesicht leichenblaß. »Du bist nicht der einzige Krieger in

Wessex, Ceawlin. Welche Fehler auch immer er begangen hat, Cuthwulf ist ein erfahrener Kriegsführer. Er hat immer gewonnen.«

»Nein.« Ceawlin beugte sich in seinem Stuhl leicht nach vorne und starrte Cutha mit scharfem Blick an. Seine Augen schlossen sich zu Schlitzen. »Nein, Cousin. Dieses Mal hat er verloren.«

Es gab kein Geburtstagsbankett für Cerdic. Statt dessen marschierte Ceawlin im frühen Morgengrauen mit einhundert Lehnsleuten von Winchester fort und fiel über Banford her. Cuthwulfs Männer hatten nicht mit einer solch raschen Vergeltungstat gerechnet und waren vollkommen überrascht. Sie leisteten vollkommen unorganisiert Widerstand, während Cuthwulf floh. Ceawlin schickte ihm ein paar Männer hinterher, aber Cuthwulf und einige seiner Leute entwischten und flohen nach Süden in Richtung der Insel Wight.

Niniane war erleichtert, als sie hörte, daß Cuthwulf noch lebte. Sie fürchtete, daß sein Tod Cuthas Unzufriedenheit mit Ceawlin offenbart hätte. Denn Ninianes wachsamen Augen war es nicht entgangen, daß sich Cutha immer mehr von Ceawlin entfernte, und sie fürchtete, daß Ceawlin das zu leichtnahm. Der Edle wurde zwar möglicherweise alt, aber er war noch nicht zahnlos.

Niniane war klar, daß Cutha in irgendeiner Weise Ceawlin für das Verschwinden Sigurds aus Winchester verantwortlich machte. Erst nachdem Sigurd fort war, war ihr der Riß zwischen dem König und seinem ersten Edlen klar geworden. Niniane hatte Ceawlins eigenen Schmerz bei Sigurds Abreise gesehen, und sie war wütend auf Sigurd gewesen; diese weitere Entwicklung mit Cuthwulf machte sie nur noch wütender.

Sigurd war der einzige, der den Zwist zwischen Ceawlin und seinem Vater und seinem Bruder hätte etwas mildern können, und dennoch blieb er in Wokham und spielte Bauer. Sie erzählte Ceawlin jedoch nichts von ihren Gedanken. Immer wenn sie Sigurd erwähnte, verschloß sich sein Gesicht abrupt.

Irgend etwas war zwischen den beiden geschehen, von dem er ihr nicht erzählen wollte, und obwohl Ceawlin gelegentlich nach Wokham ging, um Sigurd zu besuchen, war Sigurd noch nicht ein einziges Mal nach Winchester zurückgekehrt.

Aber Niniane begann zu denken, daß es nicht nur Sigurds Abwesenheit war, die Cutha entfremdet hatte. Seine Worte, als er von Cuthwulfs Kampf erfahren hatte, waren eindeutig. Cutha dachte, daß er selbst Ceawlin zum König gemacht hatte, und er war ganz offensichtlich der Meinung, dafür nicht genügend Anerkennung zu erhalten.

Es lag ein wahrer Kern in Cuthas Gedanken. Es stimmte, Ceawlin hatte die Männer gebraucht, die Cutha mitgebracht hatte. Aber Cutha hatte sowohl in Ceawlins, als auch in seinem eigenen Interesse gehandelt. Seine Stellung unter Ceawlin war weit höher als jemals unter Edric. Nein, dachte Niniane, Cutha hatte keinen Grund, sich zu beklagen.

Aber Cutha war ganz offensichtlich nicht dieser Meinung.

Nachdem Ceawlin von seinem Überfall auf Banford zurückgekehrt war, ritt er gen Norden nach Wokham, um mit Sigurd zu sprechen. Danach besuchte er Bryn Atha und sprach mit Naille. Gereint bot sich als Bote zwischen Wessex und den Dobunni an und ging nach Glevum, um ihnen im Namen Ceawlins Entschädigung für den Schaden anzubieten, den sein rebellischer Edler angerichtet hatte. Coinmail, der bei der Schlacht von Bedcanford nicht dabeigewesen war, empfing Gereint mit eisiger Verachtung. Die Entschädigung wurde zurückgewiesen, und Gereint kehrte zurück; er war wütend auf die verächtliche Weise, mit der ihn sein früherer Herr behandelt hatte.

Der Winter ging in den Frühling über, und sie erfuhren, daß Cuthwulf sich tatsächlich in Wight aufhielt. Als das Wetter milder wurde, traten die Zwistigkeiten und die Bitterkeit zwischen dem König und seinem Edlen Cutha immer deutlicher hervor. Schließlich, im Mai, verkündete Cutha, daß er sich gerne aus Winchester zurückziehen wolle. Er würde nach Banford gehen, meinte er zu Ceawlin, der ihm mit unverhohlener Erleichterung den Wunsch gestattete.

Anfang Juni kam aus Wight die Nachricht, daß Cuthwulf gestorben war.

»Getötet in einem Streit«, sagte Ceawlin zu Niniane. »Wie passend.«

Ninianes Antwort war zurückhaltend, aber sie war nicht glücklich über Cuthwulfs Tod. »Weiß Cutha es?« fragte sie.

»Er wußte es wahrscheinlich noch eher als ich«, erwiderte Ceawlin bissig. »Er ist ständig in Verbindung mit Wight.«

»Ceawlin... findest du es richtig, ihn an einer so langen Leine zu halten?« fragte Niniane. »Ich traue ihm nicht. Er würde dir etwas zufügen, wenn er könnte. Ich weiß es.«

»Du siehst hinter jedem Baum Gespenster, Nan«, sagte er ungeduldig. Es war seine Standardantwort auf alle die Gefahren, von denen sie ihn bedroht glaubte. Ein Teil von ihr wußte, daß er recht hatte, daß sie Ceawlin und ihre Kinder übermäßig beschützen wollte. Und was konnte Cutha auch tun, um Ceawlin zu verletzen?

Nichts, antwortete sie sich selbst sofort. Aber trotzdem war sie unsicher. »Ich finde, du solltest Cutha beobachten lassen«, sagte sie.

Er gab ihr einen Kuß auf die Stirn. »Das tue ich bereits«, antwortete er und ging in die große Halle davon, um dort Recht zu sprechen.

30

Es war spät im August und das Summen der Bienen erfüllte die Luft. Sigurd kehrte von einem Ausritt auf sein Landgut zurück; vor ihm auf dem Sattel saß seine kleine, tränenüberströmte Tochter. Aus der entgegengesetzten Richtung sah er eine Gruppe Männer auf die Tore Wokhams zureiten. Bald hatte er seinen Vater erkannt.

Eine düstere Ahnung beschlich ihn. Natürlich hatte er von Cuthwulfs Tod gehört. Er konnte keine persönliche Trauer empfinden; er und Cuthwulf waren niemals Freunde gewesen. Aber Blut war Blut, und er bedauerte zutiefst, daß es mit Cuthwulf ein solches Ende genommen hatte.

»Sieh nur«, sagte er sanft zu Hilda, die immer noch wegen des Bienenstichs an ihrem Finger weinte, »da ist dein Großvater.«

»Großvater?« Sie schaute ihn aus seinen eigenen unbewegten, grauen Augen an. »Wußtest du, daß Großvater kommt, Papa?«

»Nein«, sagte Sigurd düster. »Ich wußte es nicht.« Cutha hatte ihn gesehen und brachte seine Gruppe zum Stehen. Mit einer gewissen Widerwilligkeit, die er vor seiner Tochter jedoch zu verbergen trachtete, spornte Sigurd sein Pferd an, um Cutha einzuholen.

Als sie innerhalb der Mauern von Wokham waren, gab Sigurd seine Tochter in die Obhut seiner Frau und nahm seinen Vater mit in die beeindruckende Halle des Landguts. Dies war das erste Treffen der beiden seit Cuthwulfs Tod, und Sigurd war erschüttert, wie grau das Haar seines Vaters jetzt war und wieviel älter er plötzlich aussah.

Cutha verschwendete keine Zeit. »Sigurd«, sagte er, sobald er mit seinem Sohn alleine war, »ich ertrage Ceawlin nicht länger.«

Das merkwürdige Gefühl, das Sigurd gleich zu Beginn beschlichen hatte, verstärkte sich. »Was mit Cuthwulf geschehen ist, war nicht Ceawlins Schuld, Vater«, sagte er mit einem Kloß im Hals. »Cuthwulf ist für sein Unglück selbst verantwortlich.«

»Ceawlin hat ihn nicht richtig behandelt«, sagte Cutha. »Er hat keinen Versuch unternommen, Cuthwulf zu belohnen, ihn sich zum Freund zu machen. Cuthwulf hat für ihn gekämpft, und was hat er dafür erhalten? Wo ist sein Landgut, Sigurd? Wo sind seine Ehrenbezeichnungen?«

»Es war immer klar, Vater, daß Cuthwulf nach dir Banford erhalten würde«, sagte Sigurd. »Banford ist eines der größten Landgüter in ganz Wessex. Ich kann nicht gerade behaupten, daß Cuthwulf hereingelegt worden ist.«

»Dir hat er Wokham gegeben, und Penda das gesamte Tal der oberen Themse; Bertred, Ine und sogar Cynigils, der früher für Edric gekämpft hat – sie alle wurden mit einem Landgut belohnt. Nur Cuthwulf nicht.«

Sigurd rieb sich die Stirn. »Vater, Cuthwulf war nicht gerade der... vertrauenswürdigste Mann.«

»Er war für Ceawlin vertrauenswürdig genug, um ihn gegen Cnebba und Oslaf einzusetzen. Und er hat sich um die beiden gekümmert, hat sie nach Kent zurückgetrieben und das Vieh zurückgefordert, das sie gestohlen hatten. Dies alles hat er für Ceawlin getan, und was war der Lohn? Beleidigungen. Beleidigungen, weil er es gewagt hat, seinen Männern ein wirklicher Kriegsführer zu sein und sie für ihren Mut zu belohnen.« Cuthas blaue Augen waren kalt, sein Mund dünn vor Ärger. »Cynric hätte sich niemals so verhalten«, sagte er.

Sigurd unterließ es, darauf hinzuweisen, daß Cuthwulf kein Recht gehabt hatte, die Tiere, die ihm nicht gehörten, unter seinen Männern zu verteilen. »Vielleicht nicht«, sagte er statt dessen. »Aber Cynric dachte immer noch wie ein Kriegsführer, Vater. Ceawlin denkt wie ein König.«

»Ceawlin denkt daran, wie er selbst weiterkommt, er und seine Familie. Er verschwendet keinen Gedanken an seine Edlen und seine Lehnsleute. Weißt du, Sigurd«, sagte Cutha, und jetzt glitzerten seine Augen, »daß er Cerdic mit der Tochter des Königs von Sussex verlobt hat?«

»Ja, ich weiß es.«

»Weißt du auch, daß er es tat, ohne sich mit mir auch nur zu beraten? Er teilte mir einfach eines Tages mit, daß er diese Heirat arrangiert hatte. Nachträglich. Er hatte Bertred nach Sussex geschickt, um die Bedingungen auszuhandeln. Bertred!«

»Ich stimme dir zu, daß es etwas... gedankenlos von ihm war, das zu tun, Vater...«

»*Gedankenlos?*«

Sigurd rieb sich wieder die Stirn. Was diese Sache anging, stimmte er mit Cutha überein. Ceawlin hatte Cuthas Gefühle verletzt. Bei einer für Wessex so wichtigen Angelegenheit hätte er ihn wenigstens *ein bißchen* beteiligen müssen, oder es zumindest so aussehen lassen müssen, als würde er ihn beteiligen.

»Die einzige Person, auf die Ceawlin mittlerweile noch hört, ist seine Frau«, sagte Cutha verbittert.

»Niniane ist klüger als jede gewöhnliche Frau. Ich würde ihren Rat auch nicht ablehnen.« Sigurd war froh, daß seine Stimme so normal klang. »Sie ist mit Ceawlin zusammen, seit er aus Winchester fliehen mußte«, fügte er hinzu. »Er ist ihr nähergekommen, als die meisten Männer ihren Frauen jemals nahekommen.«

Cutha sah ihn an, und Sigurd blickte zurück. Cutha war der erste, der die Augen sinken ließ. »Ich gehe nach Wight«, sagte er.

Seit Beginn dieser Unterredung hatte Sigurd das Gefühl, als schwebe ein Schwert über seinem Kopf. »Warum?« fragte er nach einem kleinen, angespannten Augenblick.

»Der König von Wight, Witgar, ist der Sohn von Cynrics ältestem Bruder«, erwiderte Cutha. »Er hat mehr Recht auf die Königsherrschaft von Wessex als Cynrics Bastard.« Und Sigurd erkannte, daß das Schwert jeden Moment herabzustürzen drohte.

»Das kannst du nicht machen, Vater«, sagte er heftig. »Du kannst Ceawlin nicht so in den Rücken fallen. Erinnerst du dich nicht? Du warst derjenige, der ihn unterstützt hat, als alle anderen Edgar wählten. Du hast ihn zum König gemacht.«

Cuthas Augenbrauen hoben sich, und einen Augenblick sah er wieder jung aus. »Ich erinnere mich, Sigurd. Es ist dein Freund, der es vergessen hat.«

Sigurd sank in seinem Sessel zusammen wie ein alter Mann. »Du kannst Witgar nicht auf den Thron von Wessex setzen. Wight ist ein kleines Königsreich, viel kleiner als Wessex. Ceawlin würde jeden Kriegertrupp zerstören, den Wight gegen ihn aufstellen könnte.«

»Wir werden sehen«, sagte Cutha. »Ich habe noch eine gewisse Bedeutung in diesem Königreich, mein Sohn. Und ich bin auch nicht der einzige Edle, der mit Ceawlin unzufrieden ist.«

Sigurd bedeckte den unteren Teil seines Gesichtes mit seiner Hand. »Mit wem hast du gesprochen?«

Cutha zuckte die Achseln und schwieg. Sigurd nahm einen tiefen, unruhigen Atemzug. »Hast du mit Witgar darüber gesprochen?«

Diese Frage nötigte ihn zu einer Antwort. »Cuthwulf hat es erwähnt. Witgar ist ein Mann in den Fünfzigern, Sigurd. In diesem Alter ist der Tod nicht mehr fern, und man sieht, daß man nur noch wenig Zeit zur Verfügung hat, um ruhmvolle Taten zu vollbringen. Cynric war noch älter, als er sich entschied, in das Land der Atrebaten einzudringen.«

Sigurd schaute seinen Vater an und dachte, daß Cutha vielleicht von sich selbst sprach. Dann meinte Cutha: »Ceawlin ist noch jung. Ich bin es nicht.« Sigurd fühlte sich in seinem Verdacht bestätigt. »Wenn ich noch einen Namen hinterlassen will, an den die Harfner sich erinnern, muß ich bald handeln.«

»Vater... bitte mich nicht, dich dabei zu unterstützen. Ceawlin ist mein Freund, ich habe ihm meinen Eid geschworen. Ich kann ihn nicht verraten. Ich kann es nicht!«

Cutha erhob sich und starrte düster in das Gesicht seines gepeinigten Sohnes. »Denk einmal nach, Sigurd. Was hat Ceawlin jemals für dich getan? Dieses Landgut«, er machte eine lässige Handbewegung zur Halle hin, »war nicht mehr als dein Recht, nicht mehr, als was er jedem Mann gegeben hat, der ihm behilflich war, König zu werden. Aber was hat er dir, seinem vermutlich größten Freund, sonst noch gegeben?«

»Es gibt sonst nichts, was ich will«, antwortete Sigurd fest. »Und wenn es etwas gäbe, bräuchte ich nur danach zu fragen.«

Cuthas blaue Augen verengten sich und wurden härter. »Du wirst ihm nichts von diesem Gespräch erzählen?«

»Natürlich nicht!« Sigurds Gesicht war weiß. »Du bist mein Vater. Wie kannst du so etwas von mir denken?«

»Ich weiß nicht, was ich von dir denken soll, Sigurd«, kam die wohlüberlegte Antwort. »Blut scheint für dich weniger zu wiegen als diese einseitige Freundschaft.« Plötzlich legte Cutha eine Hand auf Sigurds Schulter. »Ich sage dir dies, mein Sohn.

Es gibt nur eine Regel im Leben, und die heißt: Wenn du etwas willst, geh und hol es dir. Nach dieser Regel lebt Ceawlin, und nach ihr lebe auch ich. Es täte dir gut, wenn du einmal darüber nachdächtest. Und denk auch daran, daß, wenn Ceawlin sterben sollte, Niniane eine Witwe sein würde.«

Auch der letzte Tropfen Farbe wich jetzt aus Sigurds Gesicht.

»Edith ist nicht die Tochter eines Königs«, fuhr Cutha fort. »Es wäre einfach, sie loszuwerden.« Und dann, als Sigurd immer noch nicht antwortete, fügte er hinzu: »Du schuldest ihm nichts, Sigurd. Nichts! Die Vergangenheit ist vergangen. So sieht Ceawlin es, denn sonst hätte er sich niemals gegenüber Cuthwulf und mir so verhalten können. Deine Pflicht liegt bei deinen Verwandten, deinem eigenen Blut, nicht bei deinem undankbaren König. Erinnere dich daran, wenn ich nach dir schicken lasse.« Und Cutha, nach einem verschlagenen und befriedigten Blick auf das aschfahle Gesicht seines Sohnes, verließ die Halle, rief seine Männer zusammen und ritt nach Süden zur Insel Wight.

Witgar empfing Cutha mit schmeichlerischer Aufmerksamkeit. Sie waren keine Fremden; Cutha hatte nach der Niederlage gegen Edric bei Banford einige Zeit auf Wight verbracht, bevor er nach Norden gegangen war, um Ceawlin im Kampf um die Königsherrschaft von Wessex zu unterstützen.

Der König von Wight war mit dem Gang der Ereignisse zufrieden, die den ersten Edlen von Wessex an sein Ufer gespült hatten. Cutha hatte richtig geurteilt, als er Sigurd den Charakter Witgars beschrieben hatte. In den letzten Jahren war ihm Wight, so wohlhabend, so gefestigt, so begrenzt, wie es war, langweilig geworden. Der König war durch den ersten Besuch Cuthas aufmerksam geworden, und er nahm nun stärker Notiz von dem Königreich seines Cousins. Als die Jahre verstrichen, wurde der Kontrast zwischen dem sprießenden Wessex und seinem eigenen, kleinen Inselreich immer offensichtlicher. Der Auslöser, der Witgar aus der Rolle des neidischen

Zuschauers hinausgeholt und in die eines aktiven Verschwörers versetzt hatte, war die bevorstehende Verlobung zwischen Cerdic und der Prinzessin von Sussex. Sussex umfaßte das gesamte Land entlang der südöstlichen Küste Englands, und wie Wessex lag es Wight sehr nahe. Witgar selbst hatte eine dynastische Heirat zwischen Sussex und seiner Enkelin angestrebt, aber sie war abgelehnt worden. Im Lichte seines eigenen Versagens war Ceawlins Erfolg sicherlich bitter.

Witgar war dreiundfünfzig Jahre alt. Die beiden Söhne, die ihm seine Königin geschenkt hatte, waren tot. Die Erben waren entweder seine zwei Enkel, Söhne seines nicht rechtmäßigen Sohnes, oder seine sechs legitimen Enkelinnen. Nach Witgars Ansicht waren die Tage Wights als unabhängiges Königreich gezählt. Es war zu klein, und er hatte keinen kraftvollen Nachfolger, der seine Leute zusammenhalten konnte. Seit dem Tode seines zweiten Sohnes hatte Witgar sich der Tatsache ergeben, daß die einzige Hoffnung für Wight in einer Heirat zwischen Auda, seiner ältesten Enkelin, mit dem Erben von Wessex oder Sussex bestand. So würde Wight von einem der größeren Königreiche aufgenommen werden, und sein Blut würde weiterhin in den Adern zukünftiger Herrscher fließen.

Aber Sussex hatte eine Prinzessin von Wight für seinen Erben zurückgewiesen und den Prinzen nach Northumbrien verlobt. Und Wessex hatte seinen Erben mit Sussex verbunden. Es schien, daß niemand eine Prinzessin von Wight haben wollte, und Witgars Stolz war ernsthaft verletzt. Einmal mehr war ihm mitgeteilt worden, wie klein und unwichtig das Königreich war, über das er herrschte.

Dann war Cuthwulf nach Wight gekommen, hatte angedeutet, daß einige der Edlen mit Ceawlin unzufrieden waren, daß die Herrschaft von Cynrics Bastard in Wessex vielleicht doch nicht so gefestigt war, wie es bisher immer schien. Witgar war interessiert und ließ Cuthwulf dies spüren. Die Ankunft Cuthas war keine große Überraschung.

»Willkommen auf Wight, Cousin«, sagte er zu Cutha, als

dieser an einem warmen, milden Augustnachmittag in seine Halle trat. »Ich vermute, Ihr hattet eine leichte Überfahrt.«

»Nichts hätte einfacher sein können«, antwortete Cutha herzlich. »Eure Insel ist so schön, Mylord. Es ist eine Freude, wieder hier zu sein.«

Witgar bot Cutha Bier an, und Cutha nahm es entgegen. Erst, als die beiden Männer sich hingesetzt hatten, Witgar auf seinen Thron und Cutha neben ihn, sprachen sie über den Grund von Cuthas Besuch.

Cutha verlor keine unnötigen Worte. »Mylord, wärt Ihr gerne der König von Wessex?« fragte er.

»Wessex hat bereits einen König«, entgegnete Witgar.

»Sicher. Aber Ceawlin ist ein Bastard. Ihr seid der Sohn von Cerdics ältestem Sohn. Ihr könnt Wessex mit höherem Recht beanspruchen als Ceawlin.«

»Das mag so sein, aber Ceawlin ist nun seit mehr als zehn Jahren König. Er wird sich nicht so einfach wegschicken lassen.«

»So einfach nicht, nein. Aber es ist möglich. Ceawlin ist nicht so sicher, wie er denkt.« Cuthas blaue Augen waren sehr kalt. »Er hat mich unterschätzt, Witgar, und das ist ein ernster Fehler.«

»Wie soll das möglich sein?« fragte Witgar frei heraus. »Ich habe nicht die Anzahl an Männern zu meiner Verfügung, die nötig wäre, um einen König wie Ceawlin zu vertreiben, der über eine große Anhängerschaft befehlen kann.«

»Ah...« Cutha lächelte. »Aber über welche Anhänger kann Ceawlin denn befehlen? Das ist nämlich die Frage, Mylord. In der Halle in Winchester hält er über einhundert Lehnsmänner, seine persönliche Kriegertruppe. Der Rest seiner Streitkräfte muß von den Anhängern seiner Edlen kommen.«

»Und?« fragte Witgar, als Cutha scheinbar in seine Gedanken vertieft eine Pause machte.

»Und seine Edlen sind zum großen Teil mir verpflichtet«, kam die zerstörerisch einfache Antwort.

Eine lange Pause entstand. »Wer ist Euch verpflichtet, Cousin?« wollte Witgar dann wissen. »Ihr solltet wissen, daß ich einige Nachforschungen über die Situation in Wessex angestellt habe, und es scheint mir, als wären Ceawlins Edle bemerkenswert loyal.«

»Sie mögen loyal gewesen sein, ja. Aber denkt daran, Witgar, Sigurd ist mein Sohn. Penda ist mein Schwiegersohn. Ine war mein Lehnsmann, bevor er Ceawlins Edler wurde; sein erstes Gelöbnis galt mir. Cynigils ist mit Ceawlin so unglücklich wie ich und bereit, mir zu folgen. Ich würde sagen, die einzigen zwei Edlen, die Ceawlin gegenüber von sich aus loyal sind, sind Bertred und Wuffa.«

Witgars grüngraue Augen verengten sich. »Wollt Ihr damit sagen, daß die Edlen, die Ihr soeben genannt habt, sich an einem Kriegszug gegen Ceawlin beteiligen würden?«

»Sie werden uns entweder beitreten, oder sie werden sich heraushalten. Auf jeden Fall werden sie nicht Ceawlin unterstützen.«

»Habt Ihr darüber Zusagen?«

Cuthas Augen blieben fest. »Ja, Mylord, die habe ich.«

Witgar nahm einen großen Schluck von seinem Bier. »Er hat nur einhundert Männer in Winchester?«

»Einhundert Männer. Er mag in der Lage sein, mehr zusammenzubekommen, wenn er etwas Zeit hat. Aber wir werden ihm diese Zeit nicht geben.«

»Was ist mit den Leuten seiner Frau, mit den Briten?«

»Ich zweifle nicht daran, daß die Atrebaten hinter ihm stehen würden, aber auch hier gilt das gleiche, er müßte Zeit haben, sie zu sammeln.«

Witgar nahm noch einen Schluck. »Es wird nicht funktionieren, Cousin. Um erfolgreich zu sein, brauchen wir einen schnellen Sieg. Um offen zu sein: Um erfolgreich zu sein, müssen wir Ceawlin gefangennehmen. Und ich habe nicht genügend Männer, um das zu tun.«

Cutha leerte seinen Becher und stellte ihn mit einem kleinen Geräusch auf dem hölzernen Tisch ab. »Wir könnten noch mehr Männer von Ost-Anglia bekommen«, sagte er.

Witgar starrte ihn an. »Wie?«

»Verheiratet Eure Enkelin mit Guthfrids Sohn und versprecht ihm, nach Euch König von Wessex zu werden.«

Witgars Augen wurden jetzt sehr grün. »Guthfrids Sohn«, sagte er leise. »Aber sie sind Cousin und Cousine«, fügte er hinzu.

»Nicht über das Blut«, sagte Cutha kühl. »Ich würde einen Eid darauf schwören, daß Edgar nicht Cynrics Sohn ist. Aber wie auch immer«, er zuckte die Achseln, »der Junge ist ganz sicher Guthfrids Sohn, und sie ist eine Prinzessin von Ost-Anglia. Eure Enkelin würde Königin sein, Mylord. Euer Großenkel würde König sein.«

»Ich dachte, Ihr würdet Guthfrid hassen«, sagte Witgar. »Seit mein Onkel gestorben ist, seid Ihr ihr unversöhnlicher Feind gewesen. Und sie muß Euch genauso hassen. Glaubt Ihr, daß sie in eine solche Unternehmung mit Euch einwilligen wird?«

»Wie Ihr schon sagtet, Mylord, Guthfrid und ich waren unversöhnliche Feinde und Gegner in all diesen Jahren. Aber jetzt brauchen wir einander. Sie wird mich als einen Verbündeten akzeptieren; wegen des Wohles ihres Sohnes wird sie mich akzeptieren.«

»Wenn Ihr das Versprechen der Unterstützung von Ost-Anglia erhalten könnt, können wir es wagen«, sagte Witgar. »Ich kann einhundert Mann aufstellen. Wenn Ost-Anglia uns hundert mehr geben kann und wenn Ceawlins Edle und ihre Männer sich mit uns zusammentun, wird es gelingen.«

»Ja«, sagte Cutha grimmig. »Ich denke, das wird es.«

»Und Ceawlin selbst?«

Cuthas Augen waren von einem Blau, so rein wie ein klarer See. »Wir können Ceawlin nicht erlauben, am Leben zu bleiben«, sagte er. »Es wäre zu gefährlich.«

Witgar nickte zufrieden. »Das ist auch meine Meinung. Und seine Söhne?«

Cutha zuckte die Achseln. »Es sind noch Kinder. Wir wollen den Vater, Witgar.«

Witgar schaute Cutha gerissen an. »Werdet Ihr selbst nach Ost-Anglia gehen, Cousin?«

Cutha lächelte etwas schief. »Ich würde Euch erst bitten, einen Boten mit der Bitte um sicheres Geleit für mich zu schicken. Guthfrid sähe es ähnlich, mich ermorden zu lassen, bevor ich meinen Vorschlag überhaupt vorbringen kann.«

»Das wird leicht genug sein«, erwiderte Witgar. »Ich werde einen meiner eigenen Edlen schicken, um Euch den Weg zu bereiten.«

»Ich danke Euch, Mylord.« Die beiden Männer standen auf, schauten einander an und gaben sich die Hände. »Ihr werdet König von Wessex sein, Witgar«, sagte Cutha. »Ich habe einst Ceawlin die Macht in die Hände gelegt und werde sie bald in Eure legen.«

»Ihr werdet mich nicht undankbar erleben, Cousin«, erwiderte Witgar, was Cutha ein deutlich ironisches Lächeln entlockte.

Es war bereits Oktober, als Cutha nach Ost-Anglia reisen konnte. Es hatte eine Menge Überredungskunst von Aethelbert erfordert, seine Schwester dazu zu bringen, Ceawlins verräterischen Edlen zu empfangen. Guthfrids Gefühle hatten sich mit der Zeit nicht geändert, und sie haßte Cutha beinahe ebensosehr wie Ceawlin. Wenn er nicht gewesen wäre, dachte sie, wäre Ceawlin niemals auf den Thron von Wessex gekommen. In einem bestimmten Sinn war Cutha der Verursacher all ihrer Leiden, und sie weigerte sich strikt, auch nur mit ihm zu sprechen.

Aethelbert brauchte fast einen ganzen Monat, um Guthfrid zu überzeugen, sich, auch in Edgars Interesse, mit dem Edlen zu unterhalten. Aethelbert selbst war eifrig bestrebt, die Niederlage, die er durch Ceawlins Hand auf dem Schlachtfeld erlitten hatte, zu rächen. Allein der Name der Feste Gild war eine qualvolle Erniedrigung seines wilden Stolzes. Er hatte viele neue Lehnsmänner in seiner Halle auf Sutton Hoo versammelt, aber seine Anhängerschaft war nur noch ein kläglicher Rest des stolzen Kriegertrupps, den er nach Wessex geführt hatte. Er hatte nicht die Kraft, Ceawlin noch einmal alleine anzugreifen, und daher interessierte ihn das Angebot aus Wight mächtig.

Schließlich willigte Guthfrid, getrieben von ihrem eigenen Hunger nach Rache, ihren Ambitionen für ihren Sohn und den unaufhörlichen Überredungsversuchen ihres Bruders ein, Cutha zu sehen.

Sie empfing ihn in der großen Halle von Sutton Hoo, trug ihre kostbarsten Juwelen und setzte sich neben Aethelbert auf den Thron. Ihr Sohn Edgar saß auf der Bank an ihrer anderen Seite.

Die elf Jahre seit ihrer Vertreibung aus Winchester hatten narbenähnliche Spuren in Guthfrids Gesicht hinterlassen. Aber ihre Haare glänzten immer noch in einem satten Gold, ihre Figur war immer noch schlank, und ihr Stolz war so groß, wie er immer gewesen war. Als Cutha sich der Königin näherte, die er vom Thron gestoßen hatte, sagte sie kalt: »Ihr dürft knien.« Sie erlaubte ihm erst wieder aufzustehen, nachdem er sie für das, was er ihr und ihrem Sohn angetan hatte, um Vergebung gebeten hatte.

Cutha war angemessen reumütig und demütig und durfte nach ungefähr zehn Minuten wieder aufstehen. Dann begannen die Verhandlungen.

Guthfrid willigte ein, ihren Sohn mit Witgars Enkelin zu verheiraten. Sie gestattete Witgar, einem alten Mann, wie sie dachte, der sicher nicht mehr lange in dieser Welt sein würde, bis zu seinem Tod in Winchester zu regieren. Dann würde Edgar seinen rechtmäßigen Platz in Anspruch nehmen. Guthfrid dachte immer an die Königsherrschaft als etwas, das rechtmäßig Edgar zustand. Es lag schon Jahre zurück, seit sie sich daran erinnert hatte, daß Edgar nicht wirklich Cynrics Sohn war.

Aethelberts Rolle bestand darin, einhundert Männer nach Wessex zu schicken, die über Kent eindringen sollten. Die beiden Kriegertrupps würden sich bei Winchester vereinigen, wo sie Ceawlins Männer überwältigen und den König gefangennehmen wollten.

»Der Schlüssel des Ganzen ist der Überraschungseffekt«, erklärte Cutha Aethelbert. »Ceawlin darf nicht bemerken, daß wir kommen. Wir müssen Winchester am ersten Tag unseres Marsches erreichen. Ist Ceawlin erst einmal von unserem Kommen unterrichtet, wird er genügend Zeit haben, um nach Verstärkung zu schicken. Er ist ein gefährlicher Mann, Mylord. Ein sehr gefährlicher Mann.«

Aethelbert war still. Er hatte die Wahrheit dieser Aussage bereits selbst herausgefunden.

»Was ist, wenn Ceawlin nicht in Winchester ist?« fragte Guthfrid.

»Dann wird es einfach sein, die königliche Enklave einzunehmen.«

»Aber Ihr habt soeben erzählt, wie gefährlich dieser Ceawlin ist!« sagte Edgar. Seine braunen Augen spiegelten seine Verwirrung angesichts dieses offenkundigen Widerspruchs.

»Wenn ich ... wir Winchester erst einmal in unserer Hand haben, werde ich nach meinem Sohn Sigurd schicken. Wo immer Ceawlin ist, er wird Sigurd bitten, sich mit seinen Männern mit ihm zu treffen. Sigurd wird Ceawlin gefangennehmen.«

»Sigurd?« fragte Guthfrid. »Sigurd war immer Ceawlins treuester Freund.«

»Sigurd ist schuld daran, daß ich meinen Sieg bei Odinham nicht festigen konnte«, sagte Aethelbert bitter. »Es war sein Auftauchen in letzter Sekunde, das Ceawlins Männern frischen Mut gemacht hat.«

Cutha unterließ es, Aethelbert daran zu erinnern, daß auch er in Odinham gewesen war. »Sigurd ist mein Sohn und ein Sachse«, antwortete er zuversichtlich. »Die Pflichten des Blutes haben mehr Gewicht als die der Freundschaft.«

»Ceawlin wird niemals Sigurd verdächtigen«, sagte Guthfrid.

Cutha lächelte. »Nein«, antwortete er. »Das wird er nicht.«

An dem Tag, als Cutha Sutton Hoo verließ, schien die Sonne. Ein gutes Omen, dachte er. Es hatte sich alles so entwickelt, wie er es sich gewünscht hatte. Im nächsten Sommer würde er wieder zurück in seiner Halle in Winchester sein.

Wenn auch nur das leiseste Unbehagen in seinem Kopf darüber herrschte, daß er die beiden Könige, mit denen er verhandelt hatte, über die Unzufriedenheit von Ceawlins Edlen etwas belogen hatte, so ließ er sich dadurch nicht beunruhigen. Mit Penda hatte er nicht gesprochen, aber Penda war ein pragmatischer Mann. Und Coenburg würde ihm zusetzen, ihn davon abbringen, gegen ihren Vater und ihren Bruder ins Feld zu ziehen.

Sigurd… Er mußte zugeben, daß er sich dessen, was Sigurd tun würde, längst nicht so sicher war, wie er es Guthfrid gegenüber scheinen ließ. Aber wenn Sigurd auch nur beschloß, sich herauszuhalten und nichts zu tun, würde das für Witgars Ziele eine Hilfe sein. Sigurd und Penda befehligten schließlich achtzig Männer.

Und während er all seine ehrgeizigen Pläne schmiedete, kam ihm nicht ein einziges Mal zu Bewußtsein, daß er seinen Sohn vor eine unmögliche Wahl stellte, daß er ihn in eine unmögliche Situation brachte.

31

Crida hatte an seinem dreizehnten Geburtstag mehr Glück als Cerdic. Der Apriltag war kühl, aber frühlingshaft, die Sonne brach immer wieder durch die Wolken. Ceawlin nahm Crida mit auf die Jagd, nur sie beide, wie er es mit Cerdic im Jahr zuvor getan hatte, wenn auch etwas verspätet. Crida war außerordentlich glücklich über diese Ehre; es war selten, daß er seinen Vater nur für sich allein hatte.

Die Jagdhunde spürten beinahe sofort eine Fährte auf und stoben davon, und Ceawlin und Crida galoppierten ihnen durch den grünen Wald hinterher, über Zweige hinweg, die vom winterlichen Eis heruntergerissen worden waren, die Köpfe tief über die Nacken der Pferde gebeugt, um herabhängenden Ästen auszuweichen. Nach ungefähr zwanzig Minuten hatten die Hunde die Spur verloren und begannen, wieder herumzuschnüffeln. Ceawlin drosselte das Tempo seines Pferdes etwas und schaute seinen zweitältesten Sohn an.

Crida war ein hervorragender Reiter; der beste in Winchester, dachte Ceawlin stolz. Seine geringe Größe machte es ihm leicht, im Sattel das Gleichgewicht zu halten, und seine Beine waren extrem kräftig. Er würde niemals die Größe erreichen, die Cerdic besaß und die sich auch bei Ceowulf schon anzeigte, und plötzlich dachte Ceawlin darüber nach, ob ihn das wohl bekümmerte. Es war oft schwierig zu erkennen, was Crida dachte oder fühlte. Cerdic war weit offener als sein jüngerer Bruder.

»Du bist der beste Reiter in Winchester«, sagte Ceawlin jetzt zu seinem Sohn. »Ich habe dich immer gerne reiten gesehen.«

Crida schaute Ceawlin an, und seine Augen weiteten sich vor Überraschung. »Du bist der beste Reiter in Winchester, Vater. Alle wissen das.«

Ceawlin schüttelte den Kopf. »Ich bin zu groß. Du bist besser.«

Cridas schöne Gesichtshaut, die so viel Ähnlichkeit mit der des jungen Ceawlin hatte, errötete verräterisch. »Nun, ich denke, es hat zumindest einen Nutzen, klein zu sein.«

»Du hast meine Haarfarbe, aber dein Körper ist von deiner Mutter«, sagte Ceawlin.

»Ich weiß.« Die Antwort kam etwas undeutlich. »Ich dachte immer, ich würde noch wachsen und so groß wie Cerdic werden, aber ich habe mich längst damit abgefunden, daß es nicht so ist.«

»Du wirst noch wachsen«, erwiderte Ceawlin. »Der Bruder deiner Mutter ist auch kein kleiner Mann. Aber du wirst niemals so groß werden wie Cerdic.« Er sah seinen Sohn ernst an. »Was macht das, Crida? Du hast die Fähigkeiten, die wichtiger sind als die Größe.«

Cridas Augen waren ebenfalls die von Ceawlin, wenn auch mehr grün als blau. Sie verrieten nichts, als er antwortete: »Was habe ich, Vater?«

»Du hast Intelligenz«, sagte Ceawlin. »Außerordentliche Intelligenz.« Er grinste. »Deine Mutter würde sagen, daß du das auch von ihr hast.«

Cridas normalerweise reserviertes Gesicht erhellte sich mit einem Lächeln.

»Du wirst deinem Bruder von großem Wert sein, wenn er König ist«, erzählte Ceawlin seinem Sohn. »Ich bin sehr stolz auf dich, Crida.« Er sah, wie Crida sein Gefallen daran zu verbergen suchte, und dachte, daß es eine gute Idee gewesen war, einige Zeit allein mit dem Jungen zu verbringen, und daß er es wieder tun sollte. Dann meldeten sich die Jagdhunde wieder zu Wort, und Vater und Sohn stoben erneut davon.

Niniane stand auf den Stufen der Halle der Prinzen und sah zu, wie ihr Mann und ihr Sohn von den Ställen zurückkamen. Sie schritten sehr dicht nebeneinander her. In seiner linken Hand trug Ceawlin einen Bogen, sein rechter Arm lag um Cridas Schulter. Crida reichte seinem Vater gerade mal bis an die Schultern. Niniane schaute die beiden blonden Schöpfe an, die wie Silber in der Frühlingssonne glänzten, und blinzelte eine Träne fort.

Crida sah sie zuerst. »Wir haben einen Eber erlegt, Mutter!« rief er.

»Sehr schön.« Sie lächelte den beiden entgegen. »Ich schätze, ihr beide habt auch Hunger.«

»Einer der Gründe, warum ich so unerschütterlich all die Jahre an deiner Mutter festhalte, Crida«, sagte Ceawlin ernst, »ist, weil sie versteht, wie wichtig für einen Mann das Essen ist.«

Crida lachte. »Du hältst an Mutter fest, weil sie die schönste Frau auf der ganzen Welt ist«, sagte er.

Ceawlins Augen wanderten zu seiner Frau. »Das ist auch wahr«, stimmte er zu. Seine Augen schimmerten amüsiert.

»Du machst mir Komplimente, Crida«, sagte Niniane. Dann fügte sie zu ihrem Mann hinzu: »Gereint kam, während ihr fort wart, Ceawlin. Naille liegt im Sterben.«

Die Unbekümmertheit wich sofort aus Ceawlins Gesicht. »Wo ist Gereint?« wollte er wissen.

»In der Halle des Königs. Er ist gekommen, um dich zu bitten, mit ihm nach Norden zu gehen. Naille möchte dich sehen.«

Ceawlin nickte, gab Crida einen leichten Klaps auf die Schulter und ging fort, um mit Gereint zu reden.

»Wie war die Jagd?« wollte Niniane von Crida wissen. »Komm rein und erzähl mir alles.« Er begann seine Geschichte, noch bevor sie die Tür zur Halle der Prinzen erreicht hatten.

»Ich gehe natürlich mit ihm«, sagte Ceawlin zu Niniane. Sie waren alleine in ihrem Schlafzimmer und bereiteten sich auf das Schlafengehen vor. »Ich schulde Naille sehr viel.«

»Ja.« Niniane seufzte. »Er ist ein guter Mann. Wir werden ihn vermissen.« Sie legte sich ins Bett und zog die Decke zu sich heran.

Schweigen breitete sich aus, während Ceawlin sich weiter auszog. Niniane beobachtete ihn im flackernden Schein der Kerze. »Ich bin froh, daß du Crida heute zur Jagd mitgenommen hast«, sagte sie dann. »Er war so aufgeregt! Er hat sich sogar dazu herabgelassen, Ceowulf die Geschichte mit dem Eber zu erzählen!«

»Ich glaube, es macht ihm etwas aus, daß er so klein ist.«

Niniane warf einen reuevollen Blick auf den wunderbaren Körper ihres Mannes, der nun vollständig ausgezogen war. »Ich fühle mich so schuldig«, sagte sie. »Es ist mein Fehler, daß Crida so klein ist.«

Ceawlin lachte und legte sich ins Bett. »Es ist auch dein ›Fehler‹, daß er geboren wurde.« Als sie ihre kleine Nase rümpfte, fügte er hinzu: »Er wird sich damit abfinden, Nan. Auf den ersten Blick ist Cerdic derjenige, der mehr beeindruckt. Aber es ist Crida, der den Verstand hat.«

»Auch Cerdic hat Verstand!« verteidigte Niniane spontan ihren Erstgeborenen.

Er schnaubte leicht. »Ich wollte damit nicht sagen, daß er keinen hat. Cerdic hat die Fähigkeit, die Menschen zu verstehen, und wird ein guter König werden. Aber Crida ist schneller. Das ist alles.«

»Nun, das stimmt«, sagte Niniane beruhigt. »Er braucht Alric nur einmal zuzuhören, und schon kann er seine Lieder wiedergeben. Es ist ein Problem für Cerdic, daß Crida so viel schneller ist. Aber Crida übt Nachsicht gegenüber Cerdic. Es ist Ceowulf, der die Wucht seiner Geringschätzung abbekommt.«

»Vielleicht sollte ich Ceowulf auch einmal mit zur Jagd nehmen«, meinte Ceawlin humorvoll.

»Ich halte das für eine gute Idee«, erwiderte seine Frau. »Die zwei ältesten Jungen und die zwei jüngsten haben jeweils sich. Es ist Ceowulf, der ein bißchen abseits steht. Ich denke oft, daß es sehr schade ist, daß ich dieses Kind nach Ceowulf verloren habe. Dann hätte er einen Freund.«

»Alle diese Söhne!« sagte Ceawlin. »Wann werde ich endlich eine Tochter haben?«

Niniane lächelte ihn an. Seit der Geburt von Ceowulf wünschte er sich eine Tochter. Niniane, die mit ihren Söhnen sehr zufrieden war, fand es amüsant, daß Ceawlin so begierig darauf war, ein Mädchen zu haben. »Ich glaube, ich werde mit dir zu Naille gehen«, murmelte sie.

»Keine Kinder«, sagte er warnend. »Ich bin glücklich, wenn du dabei bist, aber Eirik muß in Winchester bleiben.«

»Er ist kein Baby mehr, und es wird ihm bei der Dienerin gutgehen«, erwiderte Niniane. Sie erhob sich etwas und beugte sich über ihn, um ihn leicht auf die Lippen zu küssen. »Wir können auf Bryn Atha wohnen«, sagte sie. »Wie in den alten Tagen. Vielleicht werden wir dir sogar eine Tochter machen.«

»Hmmm.« Ihre Haare hingen frei nach unten und umgaben sie beide wie ein seidenes Zelt. »Das wäre schön«, sagte er, zog sie zu sich herunter und küßte sie erneut.

Es war bedrückend, Naille so schwach und krank zu sehen. Auch Alanna sah alt und mitgenommen aus. Diese beiden hatten in ihrem Leben immer hart gearbeitet, dachte Niniane. Ihr eigenes Leben in Winchester war soviel einfacher, als es das von Alanna als Bauersfrau jemals gewesen war.

Wieviel Glück ich gehabt habe, dachte sie. Wie gut Gott zu mir gewesen ist. Sie hatte dem Mann, den sie liebte, fünf Kinder geboren und jedes davon lebte noch. Lebte und gedieh. Sie hatte soviel Glück. Bereits der Gedanke daran ängstigte sie ein bißchen. Als wenn allein durch Gedanken das Glück aufs Spiel gesetzt werden würde.

Der Apriltag war so warm, als wäre es Juni, und die Welt roch nach Frühling. Ninianes düstere Stimmung verflog bald, als sie und Ceawlin zurück nach Bryn Atha ritten. Es war schwer, an einem Tag wie diesem traurig zu bleiben.

»Denkst du, ich sollte Gereint zum Edlen machen?« fragte Ceawlin sie. »Er würde den Titel annehmen, denke ich, wenn Naille nicht mehr da ist. Aber würde seine Stellung bei den Atrebaten dadurch bedroht werden?«

Der Weg war breit genug, so daß sie nebeneinander reiten konnten. Er schwieg, während sie darüber nachdachte. »Nein, ich glaube nicht«, antwortete sie schließlich. »Die Männer aus Nailles Generation werden es nicht mögen, aber die jüngeren, die mit dir gekämpft haben und dich kennen, werden erfreut sein.«

Er nickte. »Das hatte ich mir auch gedacht.«

»Coinmail wird ihn natürlich dafür verachten, das ist klar.«

Ceawlin zuckte die Achseln. »Was macht das schon? Er hat mit den Atrebaten nichts mehr zu tun gehabt, seit er nach Glevum gegangen ist.«

»Er ist jetzt einer der Anführer der Dobunni.«

»Die Dobunni gehen mich nichts an.«

»Nein, ich glaube, das tun sie nicht.«

»Ich verstehe deine Sorge bezüglich Coinmail nicht, Niniane«, sagte Ceawlin ungeduldig. »Nach allem, was du mir erzählt hast, hat er dich deine ganze Kindheit über unterdrückt und eingeschüchtert. Warum kümmert dich, was er denkt?«

»Es ist nicht so sehr, was er denkt, sondern was er vielleicht tut, das mir Sorgen macht, Ceawlin.«

»Was kann er tun? Er hat geschworen, niemals mehr gegen mich zu kämpfen.«

Niniane hielt ihren Wallach an, und auch Ceawlins Hengst blieb stehen. »Ceawlin, ich würde auf dieses alte Versprechen nicht so vertrauen.«

»Er hat mir sein Wort gegeben«, sagte Ceawlin.

»Ich glaube nicht, daß Coinmail ein Versprechen gegenüber einem Heiden für verbindlich hält.«

Er schüttelte den Kopf. »Du siehst Gespenster hinter jedem Baum, Nan.« Er trieb sein Pferd wieder an. »Coinmail ist nicht in der Position, mir Schaden zufügen zu können. Und er kann auch Gereint keinen Schaden zufügen. Ich denke, ich werde ihn zum Edlen machen.«

»Gibst du ihm ein Landgut?« fragte sie nach einem Augenblick.

»Er hat bereits sein eigenes Land. Es ist eher der Gedanke, daß ein Brite genauso mächtig sein sollte wie die anderen Männer, denen ich so großes Vertrauen entgegenbringe. Jeder, der mich kennt, weiß, daß Gereint in meinem Herzen den gleichen Platz einnimmt wie Penda oder Bertred. Aber jetzt wird es allen deutlich.«

Niniane lächelte ihn an. »Du bist ein Mann, der zu seinem Wort steht, Ceawlin. Du hast Naille all die Jahre über versprochen, daß du den Atrebaten genauso ein König sein wirst, wie den Sachsen, und du hast es wahrgemacht.«

Er antwortete darauf nicht, aber sie konnte sehen, daß ihm ihre Worte gefallen hatten.

Sie streiften die Felder von Bryn Atha und ritten durch ein kleines Wäldchen, das stehengeblieben war, als das Land gerodet worden war. »Ich habe Durst. Laß uns an dem Fluß etwas trinken«, sagte Ceawlin plötzlich.

Sie folgte ihm zu einem kleinen rauschenden Bach, wo sie von den Pferden abstiegen und sie an einen Baum banden. Ceawlin legte sich auf den Bauch und beugte sich nach vorn, um von dem Wasser zu trinken. Niniane beobachtete ihn mit einem Lächeln in den Augen. »Deine Haare werden naß«, sagte sie.

Er richtete sich auf. Von den Enden seiner Haare, die ins Wasser gefallen waren, tropfte es auf seine Schulter. »Bist du nicht durstig?« fragte er.

»Ich werde mein Gesicht nicht in diesen Bach stecken. Ich warte, bis wir nach Bryn Atha kommen, danke.«

Er bildete mit seinen Händen eine Schale, ließ etwas von dem kristallklaren Wasser hineinlaufen und bot es ihr an. Sie beugte ihren Kopf und trank aus seinen Händen. »Mehr?« fragte er sanft, als sie aufgehört hatte.

»Ja«, sagte sie und trank wieder. Als sie fertig war, schaute sie in seine Augen und wußte sofort, warum er wirklich in dem Wäldchen gehalten hatte. »Jemand könnte vorbeikommen, Ceawlin«, sagte sie.

»Das werden sie nicht.« Er streichelte zärtlich ihre Wangenknochen mit seinen Fingern und neigte seinen Kopf, um sie zu küssen. Sie schloß die Augen und spürte, wie sich tief in ihrem Bauch brennende Aufregung breitmachte. Die Luft war so warm, so frühlingshaft. Sein nasses Haar kitzelte an ihrer Wange. Sie legte ihre Arme um seine Taille und rieb ihren Körper an seinem.

»Da drüben«, sagte er. »Da ist es sauber.« Sie gingen zu dem Platz, auf den er gedeutet hatte und sanken zu Boden.

»Nan«, stammelte er und küßte sie wieder, diesmal noch intensiver. Er schob eine Hand unter ihren Rock. Niniane wimmerte. Der Hengst, der das Angebundensein satt hatte, scharrte jetzt mit den Hufen auf dem Boden. Ceawlin zog mit schroffen Bewegungen die Kleider vom Leib, dann war er da, wo sie ihn haben wollte, tief, hart, immer und immer wieder zustoßend, bis ihr ganzer Körper vor Erregung zitterte, und Wellen intensiver Lust ihren Rücken hinauf und ihre Beine hinabwanderten. Sie sackten zusammen, Ceawlin keuchte wild und war feucht vor Schweiß.

»Ich liebe dich«, murmelte er wieder an ihrem Ohr, nachdem er sich etwas erholt hatte.

Sie seufzte tief und lang, und er hob seinen Kopf, um ihr Gesicht sehen zu können. Sie lächelte zurück und zog seinen Kopf nach unten, damit sie seinen Mund küssen konnte.

Der Hengst schnaubte und scharrte wieder auf dem Boden. »Er ist eifersüchtig«, sagte Ceawlin und stand auf. »Da drüben ist etwas Gras«, sagte er. »Ich werde ihn ein bißchen grasen lassen. Das wird ihn auf andere Gedanken bringen.«

Niniane rückte ihre Kleider und ihre Haare zurecht, während Ceawlin sich um die Pferde kümmerte. Sie hatte sich mit dem Rücken an einen Baum gelehnt und schaute verträumt auf den schnell fließenden Bach, als er zu ihr zurückkam. »Das Gras wird sie etwas beschäftigen«, sagte er und legte sich neben sie, sein Kopf in ihrem Schoß.

Niniane schaute zu ihm herunter, schaute auf das wuschelige silberblonde Haar, die langen, dunkelgoldenen Wimpern und den kurzen Silberbart; auf den dünnen, ausdruckslosen Mund; auf die Narbe der Wunde, die sie ihm genäht hatte und die sich schwach und weiß neben seinem linken Auge abzeichnete. Wie er so dalag, mit seinem Kopf vertrauensselig in ihrem Schoß, sah er kaum älter aus als der Junge, mit dem sie fünfzehn Jahre zuvor nach Bryn Atha gekommen war. Nur der Bart war anders. Sie fuhr mit ihren Fingern durch sein dickes, seidenes Haar. Er schaute sie träge an und meinte: »Deshalb habe ich dich mit nach Bryn Atha genommen. Letzte Nacht dachte ich, ich würde einen Leichnam lieben.«

»Ich habe geschlafen«, sagte sie.

»Das habe ich gemerkt.«

Sie spürte Verärgerung in sich aufsteigen. »Dann hättest du es bleiben lassen sollen.« Sie hätte es beinahe gesagt, hielt dann aber ihre Zunge im Zaum. Sie hatte längst begriffen, daß es weitaus einfacher war, Ceawlin sexuell zufriedenzustellen, als ihn abzuweisen. Seine schlechte Laune am nächsten Tag war das Mehr an Schlaf nicht wert, das sie dadurch gewann. Aber er wäre wütend, wenn sie das sagen würde; sie würde seinen

Stolz verletzen. Sie strich seine Haare von den Schläfen zurück, und ihr Ärger verflog wieder. Sie wollte sich nicht mit ihm streiten. Sie war zu glücklich. Sie berührte seine Stirn mit ihren Lippen und sagte: »Ich habe das Gefühl, daß du bald deine Tochter haben wirst.«

Er hielt ihre Hand fest und führte sie zu seinen Lippen. »Das wäre schön.«

Sie blieben, bis die Pferde das Stück Gras kahlgefressen hatten, dann kehrten sie zur Villa zurück. Zehn Tage später galoppierte ein Mann zu ihnen und brachte die Botschaft, daß Cutha, Witgar und Aethelbert Winchester eingenommen hatten.

32

Am nächsten Nachmittag ritten Gereint und ein Kontingent bewaffneter Briten nach Bryn Atha. Am Tag darauf würden sie alle nach Silchester marschieren, um sich mit den Streitkräften von Sigurd, Penda, Bertred, Ine und Wuffa zu vereinigen. Niniane sollte auf Bryn Atha bleiben, bis Ceawlin ihr eine Nachricht zukommen lassen würde.

Sie saßen gerade beim Essen; die Königin, der König, Gereint, Ferris und Ceawlins langjährige britische Anhänger im Eßzimmer, die übrigen in den Unterkünften der Lehnsmänner, als ein Reiter durch das Tor von Bryn Atha galoppierte. Ceawlin und die anderen standen bereits, als der Mann von einem bleichen, verstörten Budd ins Eßzimmer geführt wurde.

Der schmutz- und schweißbedeckte Reiter warf sich vor Ceawlin auf die Füße. »Mylord! Mylord! Ein Kriegertrupp ist hinter Euch her! Sie sind jetzt nur noch sechs Meilen entfernt!«

Ceawlins Gesicht war steinhart. »Wer seid Ihr?« fragte er.

»Ich kenne ihn, Mylord«, antwortete Gereint. »Er ist der Schmied aus Silchester.«

»Woher wißt Ihr, daß sie nicht kommen, um sich mit mir zu verbünden?« wollte Ceawlin von dem Mann wissen.

»Mylord, sie tragen die Fahne mit dem Roten Eber.«

In den letzten Jahren war es üblich geworden, daß jeder westsächsische Edle ein Zeichen für sich wählte, um seine Männer von den Männern anderer Edlen des Königs unterscheiden zu können. Ceawlins Zeichen war das weiße Pferd, Cutha der rote Eber. »Ist es Cutha?« fragte Ceawlin. »Kommen sie über die Straße von Winchester?«

»Nein, Mylord. Sie kommen nicht von Winchester. Sie kommen von Osten.«

Ich kann es nicht glauben, dachte Ceawlin. Ich glaube es einfach nicht. Er wandte sich an Gereint. »Sende einen Reiter aus, um die Geschichte nachzuprüfen.«

»Ich werde selbst gehen«, sagte Gereint und rannte aus dem Zimmer.

»Mylord...« Es war Ferris, dessen Gesicht weiß vor Angst war.

Ceawlin machte eine unwirsche Handbewegung. »Wir können nichts unternehmen, solange wir nicht wissen, wer es ist«, sagte er. »Geht und erzählt den anderen, was geschehen ist.«

Der Raum leerte sich, und Ceawlin blieb allein mit seiner Frau zurück. Er schaute sie nicht an, sondern ging zum Fenster und starrte auf den Hof, als Gereint durch das Tor hinausritt.

Es gab nur einen Edlen, dessen Landgut genau im Osten von Silchester lag. Er trug die Fahne mit dem roten Eber bei sich. Er konnte es nicht glauben.

»Es ist Sigurd«, sagte Niniane hinter ihm.

Er rang nach Luft. »Ja. Es kann niemand anders sein.«

»Ceawlin... was sollen wir tun?«

Er schloß die Augen. Niemals in seinem Leben hatte er sich so gefürchtet. Meine Söhne, dachte er. Meine Jungen. Wenn ich erst tot bin, wird Cutha sie töten. Er wird sie töten müssen. Sie sind meine Erben. Er war wie festgefroren, wie gelähmt vor Angst. Er konnte keinen klaren Gedanken fassen.

»Können wir nicht die Tore von Bryn Atha schließen?« fragte Niniane. »Würden wir einer Belagerung standhalten?«

»Nein.« Er warf seinen Kopf von einer auf die andere Seite,

spürte das kühle Glas der Fensterscheibe unter seiner Stirn. Die Türen der Quartiere der Lehnsmänner öffneten sich, und der Hof füllte sich plötzlich mit Männern, Bögen und Schwertern.

Meine treuen Briten, dachte Ceawlin. Cutha wird auch gegen sie mit einiger Anstrengung kämpfen müssen.

»Eine Belagerung würde entweder meine Gefangennahme oder meinen Tod bedeuten«, sagte Ceawlin. »Das ist das letzte, was wir tun sollten.«

»Dann mußt du fort.« Ihre Stimme war jetzt an seiner Seite, und schließlich wandte er seinen Kopf, um sie anzusehen. »Du mußt dich in Sicherheit bringen, Ceawlin. Cutha hat... er hat unsere Kinder.«

Ihr Gesicht neben seiner Schulter war weiß und gequält; Schweiß schimmerte auf ihrer Haut. Aber ihre großen blaugrauen Augen waren voller Vertrauen, daß er wissen würde, was zu tun war. »Sie haben den Osten und den Süden blokkiert«, sagte sie. »Kannst du nach Norden gehen, zu Penda?«

»Hast du vergessen, Nan? Penda ist Cuthas Schwiegersohn.«

Jetzt trat Angst in ihre Augen. »Guter Gott. Ich hatte es vergessen... glaubst du, daß Sigurd gekommen ist, um dir zu helfen?«

»Nein. Wenn er das täte, würde er nicht die Fahne mit dem roten Eber mitführen.« Es versetzte ihm einen Stich ins Herz, wenn er auch nur daran dachte, was Sigurd tat, was Sigurd fühlen mußte. »Er hat es getan, um mich zu warnen, Nan. Er kam auf Befehl seines Vaters, aber er führt diese elende Fahne mit sich, um mir eine Chance zu geben.«

»Was für eine Chance?« schrie Niniane. »Er ist dabei, dich gefangenzunehmen, Ceawlin. Oh, mein Gott...« Sie preßte ihre Fingerknöchel gegen den Mund, um nicht weiterzureden.

Ceawlin holte tief Luft. Er war jetzt wieder ruhiger. »Du hast recht, ich muß fort. Zu viele Leben wären verwirkt, wenn Cutha mich in seine Hände bekommt. Und es gibt nur eine Richtung, in die ich gehen kann, Nan. In britisches Gebiet. Nach Corinium.«

Niniane dachte sofort an Coinmail. »Nein. Du wärst dort nicht sicher, Ceawlin. Nicht in Corinium. Es steht unter der Herrschaft der Dobunni.«

»Ich werde nicht sicher sein, wenn ich als Sachse gehe. Was aber, wenn ich mich dort als Brite ausgebe?«

Ihre Augen weiteten sich, als sie darüber nachdachte.

»Mit meiner Sprache kann ich auch als Brite gelten«, sagte er.

»Ja. Ja, das kannst du.«

»Also, dann«, sagte er und lächelte sie unsicher an. »Vielleicht solltest du schnell das alte Rasiermesser deines Vaters finden. Und eine Schere, um meine Haare zu schneiden.«

Als Gereint mit der Bestätigung dessen, was sie bereits wußten, wieder nach Bryn Atha zurückkehrte, hatte Ceawlin die meisten Briten bereits wieder zurück auf ihre Höfe geschickt.

»Ich reite nach Corinium«, teilte Ceawlin Gereint mit. »Sigurd wird den Atrebaten nichts tun, davon bin ich überzeugt. Auch Cutha wird keine Raubzüge unternehmen, solange er nicht ganz sicher ist, daß ich tot bin.«

Gereint starrte seinen König an. Ceawlins schönes Haar war jetzt so kurz wie sein eigenes, und er war sauber rasiert. »Ich verstehe«, sagte er langsam. »Du willst so tun, als wärst du ein Brite?«

»Ja.»

»Ich gehe mit dir.«

Ceawlin gab ihm einen freundschaftlichen Schlag auf die Schulter. »Ich leugne nicht, daß ich deine Gesellschaft sehr hilfreich finden würde.«

»Wenn Coinmail jemals entdeckt, daß du in seinem Gebiet bist«, sagte Gereint grimmig, »wird er genauso unbarmherzig sein wie Cutha.«

Ceawlin zuckte die Achseln. »Bitte eine Gefahr nach der anderen. Laß uns von Bryn Atha verschwinden, bevor ich mir wegen Coinmail Sorgen mache.«

»Ja«, sagte Niniane drängend. »Zögere nicht mehr länger!«

»Ich hole die Pferde«, sagte Gereint.

»Ferris besteht darauf, auch mitzukommen«, sagte Ceawlin, und Gereint, der schon bei der Tür war, schaute über die Schulter und grinste.

Ceawlin und Niniane waren allein. Er legte seine Hände auf ihre Schultern. »Ich hasse es, dich so zu verlassen, Nan, aber du kannst nicht mit mir kommen.«

»Ich weiß.« Sie schaute ihn tapfer an. »Es wird besser für die Jungen sein, wenn ich bei ihnen bin. Sie müssen so verängstigt sein...« Sie rieb mit der Handinnenfläche an seiner frischrasierten Wange entlang. »Sigurd wird mir nichts antun«, sagte sie.

»Ich weiß.« Er warf ihr einen merkwürdigen Blick zu. »Sigurd würde dir niemals etwas antun«, sagte er.

»Wenn du erst einmal fort bist... was wirst du dann machen?«

Er nahm ihre Hände in seine und führte sie an seinen Mund. »Ich weiß es nicht, wir werden sehen. Hab Geduld, Nan. Hab Geduld und warte. Ich werde zu dir kommen, darauf kannst du dich verlassen.«

»Ich weiß.« Sie erhob sich und schlang ihre Arme um seinen Nacken. Er preßte sie an sich, fühlte ihre Weichheit, und dann dachte er plötzlich verzweifelt, daß sie hoffentlich nicht wirklich seine Tochter in sich trug. Es würde auch ohne eine neue Schwangerschaft schwer genug für sie sein.

»Ich muß gehen«, sagte er, und sie ließ ihn los. Gereint und Ferris waren im Hof bei den Pferden.

»Gott beschütze dich, mein Liebling«, sagte sie. Er nickte und war fort.

Als Sigurds Kriegertrupp eine Stunde später nach Bryn Atha einmarschierte, fanden sie nur die Königin und einige zum Haus gehörende Diener vor. Niniane stand im Hof direkt vor dem Haus, und als Sigurds Pferd vor ihr anhielt, sagte sie klar und deutlich: »Der König ist nicht hier.« Sigurd hatte den Männern seinen Rücken zugewandt, und so war Niniane die einzige, die das Aufblitzen wilder Erleichterung in den grauen Augen des Edlen erkennen konnte.

»Wohin ist er gegangen?« Es war der Mann, den Niniane als Cuthas ersten Lehnsmann erkannte, der jetzt sein Pferd nach vorne drängte und sich neben Sigurd aufbaute.

Niniane lächelte amüsiert. »Erwartet Ihr von mir, daß ich Euch das sage?«

Das harte Gesicht des Mannes spannte sich an und er wandte sich an Sigurd. »Ich hatte Euch gewarnt, Mylord, nicht die Fahne mit dem roten Eber mitzuführen. Wären wir unter unserer eigenen Fahne gekommen, hätten wir ihn jetzt gefangennehmen können.«

Sigurds graue Augen waren kalt. »Wenn ich für meinen Vater kämpfe, ist es nur recht, wenn ich seine Fahne mitführe. Ceawlin ist wahrscheinlich nach Norden zu Penda gegangen. Wir können hier nichts mehr tun.«

»Sigurd«, drängte Niniane ihn, »was ist mit meinen Söhnen?«

Seine Augen wandten sich ihr zu, aber er schaute ihr nicht ins Gesicht, sondern links an ihr vorbei. »Deinen Söhnen geht es gut, Niniane. Ich gehe jetzt selbst nach Winchester. Ihnen wird nichts geschehen, das verspreche ich dir.«

»Nimm mich mit«, sagte sie.

Er sah sie nicht an. »Ich glaube nicht...«, begann er, wurde aber von Harold, Cuthas Mann, unterbrochen.

»Natürlich nehmen wir Euch mit. Ihr seid Ceawlins Frau! Habt Ihr geglaubt, wir würden Euch frei herumlaufen lassen, Mylady?« Sein Lachen war hart und brutal.

Niniane ignorierte ihn und heftete ihre Augen weiter auf Sigurd. »Ich möchte bei meinen Kindern sein«, sagte sie.

Er zögerte, dann nickte er, wandte sich abrupt an einen seiner Krieger und befahl: »Sattelt ein Pferd für die Königin. Wir verlassen Bryn Atha sofort und marschieren nach Winchester.«

33

Ferris hatte einen Cousin, dessen Hof auf halbem Weg zwischen Bryn Atha und Corinium lag. Kurz vor Mitternacht hielten die drei Flüchtlinge aus Bryn Atha schließlich dort an. Ferris' Cousin war etwa dreißig Jahre alt, im gleichen Alter wie sie, und er brachte die drei müden Reiter in die Küche, schickte seine Frau ins Bett und setzte sich hin, um der Geschichte von Verrat und Betrug zu lauschen, die sein Cousin zu erzählen hatte.

Als Ferris geendet hatte, starrte der Cousin, der Owain hieß, in verwunderter Bestürzung auf die drei Männer vor ihm. Gereint hatte er bereits zuvor getroffen. Den anderen sehr großen, sehr blonden Mann kannte er nicht. Ferris hatte ihn als Rhys vorgestellt. »Aber ich verstehe nicht«, sagte Owain schließlich, »wieso mußtet ihr fliehen? Nach allem, was ihr erzählt habt, waren sie nur hinter dem König her.«

»Es ist nur zu bekannt, daß wir zum König gehören«, erwiderte Gereint grimmig. »Unser Leben ist nichts mehr wert, wenn Cutha uns erwischt.«

»Nun, Ferris … Gereint, ihr wißt, was wir immer davon gehalten haben, daß die Atrebaten die Sachsen unterstützt haben«, sagte Owain fromm. »Ich will nicht hart sein, aber ihr habt euch diesen Ärger selbst eingebrockt.«

Ferris und Gereint warfen einen schnellen Blick auf den Mann mit den schönen Haaren, der sie begleitete. Der Blonde lächelte. »Nun, es ist noch nicht alles verloren.« Seine Stimme war sanft. »Mit Gottes Hilfe ist Ceawlin sicher und kann sich noch behaupten.«

»Ja, das stimmt.« Ferris' Stimme klang plötzlich merkwürdig unterdrückt. »Mit Gottes Hilfe.«

Der Blonde bekreuzigte sich und Ferris begann zu husten. »Alles in Ordnung?« fragte der Mann, den sie Rhys nannten.

»Ja, bestens.« Ferris schaute seinen Cousin an. »Ich könnte allerdings etwas Wasser gebrauchen.«

»Natürlich.« Owain sprang auf. »Wie dumm von mir. Ihr müßt durstig sein... und auch hungrig, nach einem solchen Ritt.«

Als die Männer sich über das Essen und Bier hermachten, das er vor ihnen auf den Tisch stellte, blickte Owain einen nach dem anderen an. »Was werdet ihr jetzt tun?« fragte er schließlich.

Es war der Blonde, dessen Augen die erstaunlichste Farbe besaßen, die er jemals gesehen hatte, der jetzt antwortete. »Wenn es Euch nicht stört, würden wir gerne für eine Weile hierbleiben. Es gibt uns die Möglichkeit, zu sehen, wie sich die Dinge in Wessex entwickeln, und wir können abschätzen, ob oder wann es sicher ist, wieder zurückzukehren.« Die blaugrünen Augen des Mannes bewegten sich lebhaft in dem flackernden Licht der Kerze. »Wir sind alle geübte Bauern, Owain. Wir könnten Euch bei Eurer Arbeit helfen.«

Gereint gab ein strahlendes Lächeln von sich. »Das stimmt, Rhys«, sagte er.

»Nun...« Owain schaute seinen Cousin an. Es gab mehr, als das, was man ihm erzählte, dessen war er sicher. »Wollt ihr darauf warten, bis ihr von Ceawlin hört?« fragte er Ferris frei heraus.

Ferris hielt den Augen seines Cousins stand, dann lächelte er etwas verlegen und zuckte die Achseln. »Ja«, sagte er. »Das wollen wir. Und wir brauchen einen Platz, während wir warten. Wirst du uns helfen, Owain?«

»Ich denke, daß ihr verrückt seid«, sagte der Dobunni, dessen Mutter eine Atrebatin war.

Der Blonde grinste. »Da habt Ihr zweifellos recht.«

Owain schaute wieder die drei an und seufzte. »Also gut. Ihr könnt eine Weile hierbleiben.«

»Noch eine Sache.« Es war wieder der Blonde, und diesmal hatte seine sanfte Stimme einen unmißverständlich gebieterischen Ton. »Es ist besser, wenn unsere Gegenwart hier so geheim wie möglich bleibt. Euer Herr, Coinmail, ist bekanntlich nicht besonders gut auf seine alten Verwandten zu sprechen.«

»Seid Ihr mit Coinmail verwandt?« wollte Owain neugierig wissen.

»Ja«, sagte der Mann namens Rhys, und ein ironischer Ton war in seiner Stimme. »Ich fürchte, das bin ich.«

Der Sommer zog in Winchester ein. Cutha verbrachte seine Zeit damit, um die Edlen zu werben und Aethelbert und Witgar davon abzuhalten, sich zu streiten. Wenn Ceawlin zurückkam – und Cutha, der den König sehr gut kannte, zweifelte nicht daran, daß er versuchen würde, die Königsherrschaft zurückzuerobern – wenn Ceawlin also zurückkam, würde vieles davon abhängen, wie viele Freunde Cutha für sich hatte gewinnen können.

Das Land, so schien es Cutha, war wie in Schweigen versunken. Niemand wußte, wo Ceawlin war, obwohl es am wahrscheinlichsten schien, daß er sich irgendwo in Dumnonia aufhielt. Cutha glaubte, daß der König zuerst versuchen würde, Bertred zu erreichen, und da Banford nicht weit von Bertreds Landgut entfernt war, war es einfach, Bertred zu beobachten, ohne daß dieser es bemerkte. Bertred selbst versuchte Cutha nicht für sich zu gewinnen, er würde bis zu seinem Tod Ceawlins Mann bleiben; alles, was Cutha tun konnte, war zu versuchen, den Edlen vom König zu isolieren.

Penda war verdächtig still. Er war gegenüber dem Mann, den Cutha zu ihm geschickt hatte, freundlich gewesen, hatte sich jedoch geweigert, mit seinen Leuten nach Winchester zu kommen. Er hatte behauptet, er wäre besser eingesetzt, wenn er die nördliche Grenze von Wessex beobachtete.

Cuthas Hauptverbündete waren Cynigils, der nach Winchester gekommen war, um Cutha zu helfen und die Siegesbeute einzustreichen, die ihm versprochen worden war, und Sigurd, Cuthas eigener Sohn. Ine und Wuffa waren kurz in Winchester erschienen, hatten Cutha höflich zugehört und waren dann wieder nach Hause zurückgekehrt. Zum ersten Mal bekam Cutha wirklich eine Ahnung davon, mit wieviel Macht Ceawlin seine Edlen ausgestattet hatte.

Und dennoch, unter Ceawlin war diese Macht streng begrenzt gewesen, wie Cuthwulf herausgefunden hatte. Die Edlen besaßen nur die Freiheit, ihre Macht auf Geheiß des Königs auszuüben. Cutha trommelte diese Weisheit in die Ohren von Penda, Ine und Wuffa und hoffte, daß seine Worte auf fruchtbaren Boden fielen. Unter einem neuen König, erzählte er ihnen, würde ihre Macht sogar noch größer sein. Zu Cuthas großer Erleichterung hatte Guthfrid sich der Bitte ihres Bruders widersetzt und sich geweigert, mit Edgar nach Wessex zu kommen. Die Wolfsmutter hatte nur noch ein Junges, und das würde sie nicht riskieren, bis sie nicht genau wußte, daß es dort in Sicherheit war. Erst, wenn Ceawlin tot wäre, antwortete sie Aethelbert, würde sie nach Winchester kommen.

Die Monate zogen sich auch für Ceawlin in die Länge. Ferris, dessen Gesicht nicht so bekannt war wie das von Gereint, verbrachte den Sommer damit, Botschaften von Ceawlin zu seinen Edlen zu bringen. Ceawlin schätzte, daß Cutha inzwischen ungefähr vierhundert Männer unter seinem Befehl haben mußte. Außerdem hatte er einhundert von Ceawlins Männern in Winchester eingeschlossen, die er von ihren Diensten abhielt. Die Streitkräfte von Penda, Ine, Wuffa und Bertred würden alle zusammen keine zweihundert Mann ausmachen. Die Edlen, die genauso wie ihr König rechnen konnten, waren gezwungen, zu warten.

Der Sommer verging. Ceawlin stand zu seinem Wort und half bei der Feldarbeit und tat sein Bestes, unauffällig zu bleiben. Er war jedoch kein Mann, den man übersehen konnte, und nur zu bald wurde das Wohlbehagen gestört, da die Gegenwart des Blonden Anlaß zu Gerede in dem Tal gab, in dem Owains Hof lag.

Owains Frau war nervös.

»Mir gefällt das nicht«, pflegte sie ihm Nacht für Nacht zu sagen. »Ferris ist die ganze Zeit dabei, nach Wessex zu gehen oder von Wessex zu kommen. Sie arbeiten mit Ceawlin zusammen, ich weiß es.«

»Und was, wenn sie es tun?« fragte Owain. »Es hat nichts mit uns zu tun.«

»Doch, das könnte es.« Maire besaß dunkle Augen und dunkle Haare, sie war eine Frau mit starken Knochen und sehr weißen Zähnen. »Dieser Rhys. Er ist irgendeine wichtige Figur, Owain. Dein Cousin und Gereint sind eine Sache, aber er ist etwas ganz anderes.«

»Wie wichtig kann er sein, Maire? Er ist immerhin ein Brite.«

»Er sieht aber nicht britisch aus.«

Owain zuckte die Schultern. »Kein Sachse könnte so sprechen wie er. Außerdem ist er mit Coinmail verwandt.«

»Aber er will nicht, daß Coinmail weiß, daß er hier ist.«

Owain zuckte wieder die Schultern.

»Vielleicht hat er eine britische Mutter, Owain, aber ich möchte mit dir wetten, daß sein Vater ein Sachse war.« Maires braune Augen waren ernst. »Er ist wichtig, mein lieber Mann. Das solltest du selbst merken. Ferris und Gereint unterwerfen sich ihm. Du unterwirfst dich ihm... ja das tust du! Selbst *ich* ertappe mich dabei. Es ist nicht so, daß er es fordert, sondern es ist etwas... etwas um ihn herum... Ich kann nicht sagen, was... aber es ist da, Owain!«

Owain seufzte. Er wußte, daß seine Frau recht hatte. »Er ist sehr angenehm, Maire.«

Sie lächelte bedauernd. »Zu angenehm, mein lieber Mann. Und zu eindrucksvoll. Seine Gegenwart hier ist nicht unbemerkt geblieben, dessen kannst du sicher sein. Was geschieht, wenn die Leute erfahren, daß wir einen Sachsen aus Wessex hier verbergen? Du weißt, wie sehr die Sachsen gehaßt werden. Wir müssen an unsere Kinder denken, unsere Zukunft, Owain. Ich finde, du solltest ihnen sagen, daß sie weiterziehen müssen.«

Ceawlin war zu dem gleichen Schluß wie seine Gastgeber gekommen. Die Wagen der Bauern, vollbeladen mit Dingen, die in der Stadt verkauft werden sollten, rollten nun regelmäßig nach Corinium. Es konnte Ceawlin nicht entgehen, daß seine

Gegenwart, zusammen mit der von Ferris und Gereint, eine Menge an örtlichem Klatsch produzierte.

Owain selbst brachte eine Ladung Nahrungsmittel nach Corinium und kehrte mit der Neuigkeit zurück, daß Coinmail vor kurzer Zeit in der Stadt gewesen war. Der Fürst der Dobunni, Coinmails Schwiegervater, war krank, und der Prinz hatte mehr und mehr dessen Rolle übernommen. Es war klar, daß Coinmails Sohn der nächste Fürst sein würde, aber da das Kind erst sechs Jahre alt war, würde Coinmail für einige Jahre die Rolle als Anführer der Dobunni übernehmen. Und Corinium lag weniger als zwanzig Meilen von Owains Hof entfernt.

»Es ist bekannt, daß der Fürst an Wessex interessiert ist«, berichtete Owain nach seiner Rückkehr auf den Hof seinem Cousin. »Und er kennt Gereint. Es wird nicht lange dauern, bis er von eurer Gegenwart in diesem Tal erfährt. Bisher war Glevum weit genug entfernt, und ihr wart hier in Sicherheit, aber jetzt, da er nach Corinium gekommen ist...« Owains Stimme brach ab, als er seine drei Gäste unglücklich ansah. »Ihr habt gesagt, ihr wolltet nicht, daß Coinmail von eurer Anwesenheit hier weiß«, fügte er hinzu.

Sie alle warteten darauf, daß der Mann namens Rhys antwortete. Wie Maire bemerkt hatte, warteten sie immer auf Rhys. Eine Fliege flog um den Käse herum; ihr Surren war das einzige Geräusch in dem Raum, in dem es plötzlich vollkommen still geworden war. Owain schaute den Mann an, der ihm gegenüber am Küchentisch saß. Seine Haare waren von der Sommersonne fast ganz bleich geworden, und seine Haut hatte ein überraschend goldenes Braun angenommen. Man würde nicht vermuten, daß eine so schöne Haut braun werden könnte, dachte Owain. Rhys' Aufmerksamkeit schien ausschließlich der Fliege zu gelten. Das Insekt ließ sich auf dem Tisch nieder, und wie der Blitz sauste Rhys' starke Hand hinunter. Das Surren hörte auf. Rhys schaute Gereint an und sagte: »Es ist Zeit, nach Wessex zurückzukehren.«

In Wessex herrschte düstere Stimmung. Cutha spürte es, wenn er nach Venta ging, er sah es in den feindseligen Augen der Händler, die wie immer ihre Waren an Winchester verkauften, dies aber jetzt mit einer ungewohnten Verdrießlichkeit taten. Ceawlin, begann Cutha zu erkennen, war ein sehr beliebter König gewesen.

Aethelbert war ruhelos. Seine kriegerische Seele trachtete danach, Ceawlin noch einmal auf dem Schlachtfeld zu begegnen, und er war enttäuscht und verärgert über die Abwesenheit seines Feindes. Auch Witgar war nicht glücklich. Die fortdauernde Abwesenheit der westsächsischen Edlen zeigte ihm nur zu deutlich, daß, solange Ceawlin noch auf freiem Fuße war, er nur dem Namen nach König war.

Unglücklich kam Cutha zu dem Schluß, daß sein Sieg beinahe zu leicht gewesen war. Sigurds Verrat, der Ceawlin aus dem Königreich getrieben hatte, hatte Wessex in einen Zustand unbehaglicher Spannung versetzt. Es hatte keine Schlacht gegeben, kein entscheidendes Kräftemessen, und folglich auch keinen Sieger. Es zeigte sich, daß Ceawlin selbst vom Exil aus einen langen Schatten warf.

Und während die Monate verstrichen, schien folglich auch Sigurds Übertritt zu Cutha, damals als großer, gelungener Streich betrachtet, immer weniger ein Triumph zu sein. Zum einen hatte er Wessex in diesem unregierbaren Zustand gelassen, zum anderen quälte er ganz offensichtlich Sigurds Herz. Es war Cutha nur zu klar, daß sein Sohn den Betrug an seinem eigenen Freund nicht vergessen konnte. Sigurds Qualen wurden auch nicht durch Cuthas Versicherung gelindert, daß er nur deshalb so gehandelt hatte, um seinen Vater nicht zu verraten.

Cutha schlug Sigurd vor, nach Wokham zurückzukehren, aber sein Sohn weigerte sich, Winchester zu verlassen. Sigurd hatte Angst um Ceawlins Söhne; Cutha wußte das sehr gut. Und er hatte auch Grund dazu, wie Cutha sich in einigen ehrlichen Augenblicken eingestand. Als er zu Beginn den Plan von Ceawlins Sturz ausgearbeitet hatte, hatte er nicht einen Moment damit verbracht, über das Schicksal von Ceawlins Söhnen nachzudenken. Und wenn ihm der Gedanke jemals gekommen war, hatte er ihn resolut wieder fortgewischt. Jetzt jedoch waren die Jungen in der Halle der Prinzen nur zu offensichtlich, nur zu gegenwärtig. Und nur zu beliebt. Vielleicht, begann Cutha zu überlegen, vielleicht könnte Witgars Enkelin Cerdic heiraten.

Sein Kopf weigerte sich beharrlich, darüber nachzudenken, was Aethelbert und Guthfrid von dieser Veränderung halten würden.

Und die Sache wurde nur noch schwieriger, denn Nola hatte ihm erzählt, daß Niniane ein weiteres Kind erwartete. Götter, dachte Cutha, konnte Ceawlin nicht wie Cynric sein? Sechs Kinder... sechs Erben für Wessex. Er konnte nicht einmal daran denken, was er mit Ceawlins sechs Kindern machen sollte.

34

»Es ist nicht nur Coinmail«, erklärte Ceawlin seinen beiden treuen Kameraden, als sie alleine beieinandersaßen, um Owains Neuigkeiten zu besprechen. »Ich bin überzeugt, wenn ich noch länger aus Wessex fortbleibe, werde ich es verlieren. Ich darf Cutha nicht die Zeit geben, seine Herrschaft zu festigen.«

»Du hast keinen Kriegertrupp, Ceawlin«, sagte Gereint.

Ceawlin zog in einer Geste, die sie seit Monaten nicht mehr bei ihm gesehen hatten, die Augenbraue leicht nach oben. »Und ich werde niemals einen Kriegertrupp haben, wenn ich mich nicht in Wessex blicken lasse, um einen zusammenzustellen.«

Gereint lächelte. »Immerhin«, sagte er, »ist es nicht das erste Mal, daß du in einer solchen Position bist.«

Ceawlin grinste. »Die Edlen waren bisher, in meiner Abwesenheit, widerstrebend. Wir werden sehen, was sie tun werden, wenn sie mich vor ihrer Tür finden.«

Ferris biß sich auf die Lippe. »Es ist riskant.«

»Es ist noch riskanter, gar nichts zu tun«, erwiderte Ceawlin überzeugt. »Ich habe den ganzen Sommer verschwendet und nichts aufzuweisen, außer dem Korn, das in Owains Lagerräumen liegt. Ich darf nicht länger zögern. Es ist Zeit, daß die Würfel fallen.«

»Wohin gehen wir zuerst, Mylord?« fragte Gereint.

»Nach Wyckholm.«

Ferris schluckte schwer. Er war derjenige gewesen, der für Ceawlin mit den Edlen gesprochen hatte. »Mylord, Penda hat versprochen, sich herauszuhalten. Ich glaube nicht, daß er dich verraten würde, aber ich glaube auch nicht, daß er dir zur Hilfe kommen würde. Penda ist jemand, der sich um sich selbst kümmert.«

»Er kam einmal für mich nach Bryn Atha«, sagte Ceawlin. Seine Augen wirkten in dem gebräunten Gesicht heller als gewöhnlich. »Ich denke, daß es für Penda schwer sein wird, sich mir zu verweigern, wenn ich unter seinem Dach bin.«

»Seine Frau ist Cuthas Tochter«, erinnerte Gereint seinen König.

»Penda ist nicht der Mann, der sich von einer Frau beeinflussen läßt«, sagte Ceawlin. »Wir gehen nach Wyckholm.«

Es war der letzte Tag im August, als Ceawlin und seine beiden Kameraden von dem Hof fortritten, der ihnen in den letzten vier Monaten Unterschlupf gewährt hatte. Owain und seine Frau standen am Tor und sahen zu, wie die Pferde im Dunstschleier des heißen, ruhigen Morgens davontrotteten. »Gott sei Dank«, sagte Maire.

Owain seufzte. »Ja«, stimmte er zu, aber in seiner Stimme schwang Bedauern mit.

»Der Wagen für Corinium ist fertig«, erinnerte seine Frau ihn.

»In Ordnung.« Der Bauer warf einen letzten Blick auf die Straße, dann kehrte er pflichtbewußt zu seiner Arbeit zurück.

Penda war verblüfft, als ihm einer seiner Männer die Nachricht brachte, daß der König vor seinen Toren stünde. Er konnte es nicht richtig glauben, bis die große, sonnengebräunte Gestalt Ceawlins tatsächlich vor ihm stand. »Mylord!« rief er, während seine haselnußbraunen Augen suchend von Ceawlin zu den beiden Briten wanderten, die ihn begleiteten. »Was machst du hier?«

Ceawlin dehnte die Muskeln seines Rückens, als wären sie steif. »Ich bin gekommen, um dich zu sehen, natürlich. Götter, Penda, habe ich Durst! Wir kommen direkt von Ufton.«

Penda riß sich zusammen. Sie standen alle mitten in seiner Halle, und jetzt deutete er auf die Bänke entlang den Wänden. »Setzt euch doch bitte. Ihr müßt müde sein. Ich werde nach etwas Essen und Bier schicken.«

Als er zurückkam, sah er, daß Ceawlin es sich auf einer der Bänke bequem gemacht hatte; breite Schultern lehnten an der Wand, lange Beine streckten sich vor ihm aus. Als Penda sich näherte, grinste der König und rieb mit der Hand über sein nacktes Kinn. »Ich bin überrascht, daß du mich erkannt hast«, sagte er.

Penda lächelte zurück. »Es ist unmöglich, dich nicht zu erkennen, Ceawlin.«

Das Bier kam, und die drei Neuankömmlinge tranken durstig. Penda wartete. Als Ceawlin fertig war, stellte er den Becher neben sich auf die Bank und sagte: »Ich kann nicht länger warten, Penda. Ich stelle einen Kriegertrupp zusammen. Bist du auf meiner Seite oder gegen mich?«

»Ich bin nicht gegen dich, Ceawlin«, erwiderte sein Edler vorsichtig. »Aber ich muß an das Wohlergehen meiner eigenen Leute denken. Cutha hat weit mehr Leute, als du möglicherweise zusammenbekommen kannst.«

Wie Ceawlin so an der Wand lehnte, sah er vollkommen entspannt aus, vollkommen locker. »Wenn wir nun die Lehnsmänner nehmen, ja. Aber nicht, wenn wir auch die Freien nehmen.«

Penda starrte seinen König an. »Wenn wir die Freien zu

Lehnsleuten machen, wer wird dann die Äcker bestellen, wenn der Krieg vorbei ist?«

»Ich habe nicht gesagt, daß ich sie zu Lehnsleuten machen will. Ich sagte, ich lasse sie kämpfen. Es sind deine Männer. Du bist mein Mann. Ich brauche Männer, Penda.«

Die Augen des Edlen weiteten sich. Was Ceawlin vorschlug, war etwas völlig Neues für ein sächsisches Königreich. Vor mehr als einem Jahrhundert, als die Eindringlinge immer noch aus Germanien herüberkamen, zählten die sächsischen Heere Tausende von Kriegern. Jeder Mann, der alt genug zum Kämpfen war, kämpfte. Dann hatte Arthur sie in ihre Königtümer entlang der Ost- und Südküste zurückgeschlagen und sie hatten sich niedergelassen, um als Bauern zu arbeiten und zivilisiert zu werden. Seit dem letzten Jahrhundert etwa wurden die Kriege der Sachsen von einer kleinen Gruppe professioneller Krieger, den Lehnsleuten geführt. Die Freien hatten das Land bearbeitet. Einen Freien zum Kampf zu bitten, hatte folglich bedeutet, ihn eine Stufe höher emporzuheben, ihn zu einem aus der Kriegerelite zu machen. Er war hinterher nicht wieder zum Arbeiten auf den Hof gegangen.

»Du hast dreißig Lehnsmänner«, sagte Ceawlin. »Du kannst mindestens noch dreißig Freie bewaffnen.«

»Und danach werden sie wieder zurück auf mein Land kommen?« fragte Penda.

»Ja. Ich werde sie bezahlen, Penda. Oder ich bezahle dich, und du kannst sie bezahlen. Ein Mann sollte eine Gegenleistung dafür erhalten, daß er sein Leben riskiert. Aber sie werden keine Lehnsleute werden.«

»So etwas ist noch niemals geschehen«, sagte Penda.

Ceawlin ließ seine Schultern etwas an der Wand hinunterrutschen und betrachtete seine Füße. »Das Leben in Wessex war gut unter meiner Herrschaft«, sagte er. »Sie schulden mir etwas dafür.« Er schaute auf und begegnete Pendas Augen. Mit sanfter Stimme fügte er hinzu: »Auch du.«

Einen winzig kleinen Moment waren Pendas Augen in dem türkisfarbenen Blick gefangen. Penda stellte fest, daß er vergessen hatte, zu atmen. »Ich habe dir einmal die Treue geschworen, Ceawlin«, meinte er dann mit rauherer Stimme als gewöhnlich. »Wenn du diesen Plan durchführen willst, bin ich dabei.«

Ceawlin lächelte; seine weißen Zähne strahlten in dem gebräunten Gesicht. Er stand auf und legte freundschaftlich eine Hand auf Pendas Schulter. »Guter Mann«, sagte er. »Ich wußte, ich würde auf dich zählen können.«

Penda warf seinem Herrn einen reuevollen Blick zu. Er hatte eigentlich nicht vorgehabt, sich in diesen Kampf zwischen Ceawlin und seinem eigenen Schwiegervater einzumischen. »Das Schicksal meint es gut mit dir, Ceawlin. Das war immer so.«

»Das Schicksal meint es gut mit denen, die den Mut nicht sinken lassen«, erwiderte Ceawlin, und zum ersten Mal, seit er auf Wyckholm angekommen war, klang seine Stimme grimmig.

Am ersten September verließen Witgar und seine Männer Winchester und marschierten nach Süden. Das Ufer gegenüber der Bucht von Wight war seit der Zeit Cerdics Teil von Witgars Gebiet gewesen, und Witgar hatte in Winchester Berichte von Überfällen aus Sussex erhalten. Augenscheinlich testete das benachbarte Königreich die Stabilität der neuen Regierung in Wessex, und Witgar hielt es für klug, ohne Verzögerung seine Autorität in dem alten Königreich wiederherzustellen. Cutha stimmte zu, wenn auch widerstrebend. Er wollte nicht zu viele Männer aus Winchester abziehen.

Die zweite Septemberwoche brachte die Nachricht, auf die Ceawlins Familie schon lange gewartet hatte. Der König war auf Wyckholm bei Penda.

Es war Sigurd, der Niniane und ihren beiden ältesten Söhnen die Nachricht überbrachte. »Mein Vater hat die Botschaft von Coenburg erhalten«, sagte Sigurd, die Augen direkt auf die Königin gerichtet.

»Was hat der Bote gesagt?« fragte Niniane angespannt.

»Nur das. Ceawlin ist auf Wyckholm, und Penda unterstützt ihn.«

Die vier waren alleine in einer Ecke der Halle der Prinzen, und jetzt lachte Cerdic. »Wenn Penda zu meinem Vater hält, werden es die anderen Edlen auch tun.«

Selbst in dem Dämmerlicht der Ecke konnte Niniane die Anspannung in Sigurds Gesicht erkennen. »Ja«, sagte er. »Das werden sie.«

Es entstand eine Stille, als die drei ihre Augen auf Cuthas Sohn, Ceawlins verräterischen Freund richteten. »Was wird Cutha tun?« fragte Niniane schließlich.

»Nichts, im Moment jedenfalls. Es wird schließlich zu einem Kampf kommen, denn anders kann es keinen eindeutigen Sieger geben, und Wessex müßte in diesem unangenehmen Zustand des Wartens verharren.«

»Also wird er Ceawlin einen Kriegertrupp zusammenstellen lassen?«

»Ich denke ja.«

Wieder entstand eine Pause. »Nun«, sagte Sigurd, als die Atmosphäre angespannter wurde, »ich dachte, ihr würdet das gerne wissen.« Er drehte sich um und schritt zur Tür; Niniane dachte kurz, daß er sehr einsam, sehr verletzlich aussah. Dann sagte Crida etwas, und sie wandte sich ihren Söhnen zu. Sie konnte für Sigurd keine besondere Sympathie mehr erübrigen.

Die Augen der beiden Jungen leuchteten. »Endlich!« sagte Cerdic.

»Könnte Sigurd die Wahrheit sagen, Mutter? Wird Cutha Vater erlauben, einen Kriegertrupp zusammenzustellen?«

»Ich glaube ja«, erwiderte Niniane langsam. Sie dachte nach, während sie sprach. »Sigurd hat recht, wenn er sagt, daß es zu einem Kampf kommen muß. Witgar kann nicht regieren, solange er sich nicht auf dem Schlachtfeld beweist. Die Edlen werden ihm nicht folgen.«

»Vater ist niemals im Kampf geschlagen worden«, sagte Cerdic stolz.

Aber Crida konnte rechnen. »Cutha hat Vaters Männer hier

in Winchester eingesperrt. Die Edlen haben jeder nur dreißig oder vierzig Lehnsmänner. Das bedeutet, daß Vater noch nicht einmal über zweihundert Mann verfügen kann. Cutha muß vierhundert haben, mindestens.« Er sah seine Mutter an; seine silbernen Augenbrauen waren besorgt zusammengezogen.

»Dein Vater hat schon öfter gewonnen, als die Chancen gegen ihn standen, mein Sohn«, sagte Niniane mit mehr Zuversicht, als sie wirklich verspürte. »Es gibt keinen größeren Krieger in England als Ceawlin. Wir müssen ihm vertrauen und glauben, daß er weiß, was er tut.«

»Beim Hammer des Thor!« sagte Cerdic. Er benutzte den bevorzugten Fluch seines Vaters. »Wenn ich nur an seiner Seite sein könnte. Ich fühle mich hier in Winchester so nutzlos.«

»Warten ist der schwierigste Teil jeder Bemühung, Cerdic«, sagte Niniane mit einem Seufzer. »Am besten, du lernst das, solange du noch jung bist.«

»Vater braucht alle Leute, die er kriegen kann«, sagte der Prinz.

Niniane schloß die Augen. Sie hatte sich so lange danach gesehnt, etwas von ihm zu hören, aber nun, da sie es wußte... Ein starker Arm umfaßte ihre Schultern. »Es wird alles in Ordnung kommen, Mutter«, sagte Cridas Stimme an ihrem Ohr. Sie schaute in seine Augen, die so sehr wie Ceawlins aussahen. Er war gewachsen in diesen vergangenen Monaten, dachte sie. Er war ein paar Zentimeter größer als sie. »Du siehst blaß aus«, sagte er jetzt zu ihr. »Komm und setz dich hin.«

»Ja«, sagte sie, »das werde ich tun.«

Sie konnte nicht schlafen in dieser Nacht, warf sich nur unruhig auf dem Bett hin und her, das Crida gehört hatte, und davor Ceawlin. Crida war zu Cerdic ins Zimmer gezogen, als Niniane nach Winchester zurückgekehrt war. Sie hatte noch niemals gut in diesem fensterlosen Raum geschlafen, allein in diesem engen Bett, aber heute nacht konnte sie überhaupt nicht schlafen. Daher saß sie sofort aufrecht im Bett, als sich die Tür leise öffnete.

»Wer ist da?« fragte sie.

»Crida.«

Niniane griff nach dem Zunder auf dem Tisch neben ihr. »Komm herein, Crida«, sagte sie und zündete eine Kerze an.

Er schloß die Tür hinter sich und trat an ihr Bett heran. »Ich kann Cerdic nicht finden«, sagte er mit leiser Stimme. »Ich bin vor einer halben Stunde wach geworden, und er war fort.«

»Fort? Wohin kann er gegangen sein? Cutha stellt jede Nacht einen Wächter vor der Halle der Prinzen auf.«

»Der Wächter schläft«, sagte Crida. »Ich glaube, er ist betrunken.«

»Lieber Gott!« Niniane starrte ihren zweiten Sohn an. »Wohin kann er gegangen sein, Crida?«

»Ich fürchte, er versucht, aus Winchester herauszukommen, Mutter. Er hat über seine Gefangenschaft hier geklagt, und nun, da er weiß, wo er Vater finden kann ... «

»Das kann er nicht tun!« Niniane sprang aus dem Bett und griff nach Cridas Arm. »Er würde nicht gehen, ohne es dir zu sagen!«

»Er wußte, daß ich versuchen würde, es ihm auszureden.« Cridas Gesicht sah in dem flackernden Kerzenlicht gar nicht jung aus. »Wir haben bereits zuvor darüber gesprochen. Götter, Mutter. Was sollen wir tun?«

»Wir können nichts tun«, sagte Niniane. Sie ließ sich wieder schwer auf das Bett fallen. »Wo hast du nachgesehen?«

»In den Ställen. Bei den Toren. Alles ist ruhig. Ich habe nichts von Cerdic gesehen.«

»Er kann unmöglich aus Winchester herauskommen«, sagte Niniane.

»Nicht mit dem Pferd. Aber stell dir vor, er versucht es über die Mauer?«

»Es sind Wachen auf der Mauer.« Sie strich sich die Haarsträhnen aus dem Gesicht. »Wenn er es versucht, werden die Wachen ihn einfach fangen und wieder zu uns zurückbringen. Oder er wird an ihnen vorbeikommen und zu deinem Vater gelangen. Das eine oder das andere.«

»Ja«, sagte Crida langsam. »Ich vermute, du hast recht. Das eine oder das andere.« Sie sahen sich nicht an.

»Niemand hat ihn gehen sehen?« fragte Niniane etwas später. Sie bezog sich auf die Diener, die in dem großen Saal der Halle auf den Bänken schliefen.

»Sie schlafen alle.«

»Dann können wir nur warten, Crida«, sagte Niniane. »Vielleicht erkennt er, daß es unmöglich ist, und kommt von selbst zurück.«

»Das könnte sein.« Crida klang hoffnungsvoller. »Es tut mir leid, Mutter, ich hätte dich nicht wecken sollen. Aber ich wußte nicht, was ich tun sollte...«

»Ich habe nicht geschlafen«, sagte sie. »Komm. Wir beide werden jetzt zusammen in deinem Zimmer auf ihn warten. Ich wette, Cerdic kehrt innerhalb der nächsten Stunde wieder zurück.«

Es war nur eine halbe Stunde, nachdem Crida Niniane geweckt hatte, daß eine schattenhafte Gestalt wie aus dem Nichts erschien und auf die Mauer im Süden direkt hinter Bertreds Halle sprang. Der diensttuende Wächter gähnte und schaute gerade auf den zu drei Vierteln vollen Mond, um die Zeit abzuschätzen, als seine Aufmerksamkeit durch merkwürdige Geräusche erweckt wurde. Er stand normalerweise etwas weiter unten an der Mauer, hatte seine Position aber zur Abwechslung geändert. Er hatte die ganze Woche Wachdienst gehabt und war ziemlich gelangweilt.

»Wer ist da?« rief er scharf und begann, auf die Figur zuzulaufen, die da im Schatten der Mauer auf dem Wachgang lauerte. Es kam keine Antwort, und die Figur begann, über die Mauer zu klettern. Der Wächter sah, wie sich die Finger am oberen Rand der Mauer festhielten, dann hörte er einen dumpfen Knall, als der Flüchtling auf dem harten Boden unten aufschlug. Der Wächter legte mit ruhigen Fingern einen Pfeil auf die Sehne und rief noch einmal. Die Gestalt, deren Haare in dem Mondlicht hell schimmerten, wandte sich nicht ein einziges Mal um, sondern begann, auf die Felder zuzulaufen. Es sah aus, als würde die Gestalt hinken; es war ein langer Fall von der Mauer bis zur Erde gewesen. Der Wächter hob den Bogen, zielte und schoß. Die Gestalt fiel nach vorne auf ihr Gesicht und lag still da, die Arme zu beiden Seiten ausgebreitet.

Ein paar andere Männer kamen herbeigelaufen. »Was ist los?« fragten sie.

»Ich weiß es nicht. Jemand versuchte, über die Mauer zu entwischen. Ich habe ihn erschossen.«

Ein Mann rief nach Hilfe, und sie legten eine Leiter an die Mauer und kletterten hinunter. Sie brachen den Pfeil im Rücken ab und drehten die Gestalt herum. Zum ersten Mal sahen sie das Gesicht von Ceawlins ältestem Sohn. Der Wächter hatte gut getroffen. Cerdic war tot.

Es war Cutha, der Niniane diese Nachricht überbrachte. Sigurd hatte sich geweigert, es zu tun. Cutha weckte den Wächter an der Tür der Halle der Prinzen, indem er ihn einfach in den Bauch trat. Nach einem kurzen Gespräch mit dem würgenden Wächter betrat er die Halle, um Niniane und Crida wartend vorzufinden. Niniane hatte einen Umhang um ihr Nachthemd gewickelt; ihre Haare hingen in einem Wirrwarr von braunen und bronzenen Strähnen bis zu ihrer Taille. Sie war barfuß. In dem schummrigen Licht der Kerze, die auf der Herdstelle stand, sah sie kaum älter aus als der Sohn neben ihr, dachte Cutha. Auch Cridas Haare waren durcheinander, und er trug nur ein paar leinene Hosen. Seine junge Brust und seine Schultern waren muskulöser, als Cutha gedacht hatte.

Diese Eindrücke wanderten während eines einzigen, schweigenden Augenblicks durch den Kopf des Edlen, bevor Niniane fragte: »Was ist los?«

»Wißt Ihr, wo Cerdic ist, Niniane?« fragte er, unwissend, wo er beginnen sollte.

»Nein. Crida kam vor wenigen Minuten zu mir und erzählte, daß Cerdic nicht in seinem Bett ist. Wo ist er, Cutha? Was ist geschehen?«

»Er hat dem Wächter Wein gegeben«, sagte Cutha in dem Versuch, den Augenblick hinauszuzögern, wo er es ihr würde sagen müssen. »Deshalb ist er aus der Halle der Prinzen entwischt.«

»Wo ist er?«

»Niniane…« Er schaute von Cerdics Mutter zu Crida. In diesem Licht sah der Junge unverkennbar wie sein Vater aus. Cutha fühlte sich plötzlich lebhaft an den Siebzehnjährigen erinnert, der ihn um Hilfe gebeten hatte, als Cynric gestorben war. Und jetzt war Ceawlins Sohn tot. Ceawlins Sohn für seinen Sohn. Aber dies hatte er nicht gewollt. Als er so in der Halle stand und sah, wie sich auf Cridas jungem Gesicht langsam das Verstehen abzeichnete, da wußte er, daß er es nicht gewollt hatte.

»Cerdic ist tot«, sagte er. Seine Stimme klang hart vor unterdrückten Gefühlen.

Die beiden vor ihm bewegten sich nicht. Sie sprachen auch nicht.

»Er versuchte, über die Mauer zu klettern«, fuhr Cutha fort, immer schwerer nach Worten ringend. »Es war dunkel, und der Wächter wußte nicht, wer er war. Er schoß. Cerdic war bereits tot, als sie bei ihm waren.«

»Ich glaube es nicht«, sagte Niniane. »Das kann nicht wahr sein.«

»Niniane, die Götter wissen, ich wünschte, es wäre nicht wahr«, sagte Cutha. »Aber es ist wahr.«

Im Hintergrund war der Lärm von Kindern zu hören, und weibliche Stimmen, die sie zum Schweigen gemahnten. »Kann ich ihn sehen?« fragte Crida.

»Ich habe den Körper in die Halle der Frauen bringen lassen. Ich dachte, Ihr würdet ihn nicht hier haben wollen… bei den Kindern…«

Niniane bewegte sich wie eine Schlafwandlerin, die sieht, ohne zu sehen. »Ich werde mitkommen«, sagte sie. Crida eilte an ihre Seite, und zusammen verließen die beiden die Halle der Prinzen; sie überquerten den Hof im Licht des Mondes, den Cerdic nie wieder würde sehen können.

35

Die Beerdigungsriten für Cerdic führte Crida durch. Zuerst hatte sich Niniane geweigert, sie dachte, er wäre noch zu jung und es wäre zuviel für ihn. Dann sah sie jedoch, daß es den Jungen trösten würde, wenn er derjenige war, der dies für seinen Bruder tat, und sie gab nach. Es würde auch Ceawlin viel bedeuten.

So sprach Crida das Weihegedicht und tötete den Ochsen, den Cutha zur Verfügung gestellt hatte, um Cerdics Rang zu ehren. Es war nur eine Handvoll Männer im Tempel: Crida, Ceowulf, der so lange gebettelt hatte, bis seine Mutter ihm erlaubt hatte, teilzunehmen, Alric und eine Handvoll der jüngeren Lehnsmänner, mit denen Cerdic befreundet gewesen war. Sigurd ließ sich nicht blicken.

Crida führte die Zeremonie fehlerlos aus, und er und Ceowulf hielten die ganze Nacht hindurch Wache bei Cerdics Körper. Ceowulf schlief ein, Crida jedoch nicht. Er saß bewegungslos auf der Bank des Königs, seine Augen auf das ruhige Gesicht seines toten Bruders gerichtet. Sein gefaßtes Gesicht offenbarte nichts von der Verwirrung, die in ihm herrschte.

Wo war Cerdic jetzt? fragte er sich. Seine Mutter hatte ihm gesagt, daß Cerdic im Himmel war, bei ihrem Gott, der allen ein Vater war. Er wollte das gerne glauben. Er konnte den Gedanken nicht ertragen, daß Cerdic irgendwo lag, wo es kalt oder freudlos oder düster war. Nicht Cerdic, der immer so voller Freude, voller Leben gewesen war. Sein Vater glaubte nicht das, was seine Mutter glaubte, aber Crida war sich nicht so sicher. Es mußte für diejenigen, die reinen Herzens waren, etwas Gutes nach diesem Leben geben, dachte er beinahe verzweifelt, ohne den Blick von dem Gesicht seines Bruders abzuwenden, das nichts preisgab. Es machte einfach Sinn zu glauben, daß es etwas nach diesem Leben für sie gab. Stunden später saß er immer noch in derselben Position da, als Ceowulf wieder aufwachte.

»Crida?« Die Stimme des Jüngeren war schläfrig.

»Ja.«

»Ich … bin eingeschlafen. Es tut mir leid.«

»Das macht nichts.« Cridas Stimme klang weit entfernt und etwas unpersönlich.

Die beiden Jungen waren alleine im Tempel; die Priester waren gegangen, um die Vorbereitungen für den Gang zum Grab zu treffen. Die Kerzen waren alle niedergebrannt. Der Geruch von gekochtem Ochsen vom Beerdigungsbankett hing in der Luft. Ceowulf schritt zögernd an die Seite seines toten Bruders. Er schaute jedoch Crida an und nicht Cerdic, als er fragte: »Was machen wir jetzt?«

»Die Priester und Alric werden gleich kommen«, antwortete Crida. »Wir werden Cerdic zum Grab bringen und ihn in die Erde lassen.«

»Oh.« Schließlich schaute Ceowulf auf Cerdics ruhiges Gesicht.

»Crida …«, sagte er mit vor Gefühl erstickter Stimme. Er schaute immer noch auf Cerdic. »Crida, ich kann nicht glauben, daß wir ihn niemals wiedersehen werden.«

Cridas Gesicht spannte sich an. »Ceowulf, nicht …« Aber der Junge hatte bereits zu weinen begonnen, und große Schluchzer schüttelten seinen ganzen Körper.

Crida stand auf. Er wollte wegrennen, weg von der tränenreichen Trauer, die er in der Stimme seines Bruders hörte. Er konnte nicht zulassen, daß Ceowulf ihn zerbrach, er mußte die Beerdigung noch durchstehen. Ceowulf hob sein bekümmertes Gesicht. »Crida … « Crida zögerte. Ceowulf war erst zehn. Er konnte ihn nicht so allein stehen lassen. Er breitete seine Arme aus, und der Junge, so groß wie er, aber nicht so kräftig, stolperte zu ihm. Während er Ceowulf festhielt, begann auch Crida zu weinen. Ceowulfs Arme schlangen sich um seine Schultern, und die beiden Brüder, die sich in den glücklichen Tagen ihrer Vergangenheit so oft gestritten hatten, hielten und trösteten sich gegenseitig in ihrer Trauer.

Die Beerdigungsprozession war klein. Nola ging mit Niniane, während Alric Crida und Ceowulf begleitete. Die Spuren von Tränen waren auf den Gesichtern der Jungen und auch auf Alrics. Nola schluchzte unkontrolliert, als die Grabgüter und Cerdics Körper in das Grab hinabgelassen wurden.

Ich kann nicht glauben, daß dies hier wirklich geschieht... Ich kann nicht glauben, daß dies hier wirklich geschieht... Es war der einzige Gedanke, der immer wieder in Ninianes Kopf herumkreiste. Gestern um diese Zeit war Cerdic noch am Leben. Heute war er tot. Sie begruben ihn gerade.

Cridas Stimme war fest, als er die Weihesprüche aufsagte, aber Niniane konnte die Anstrengung sehen, die es ihn kostete. Ich darf nicht weinen, dachte sie. Es würde die Jungen aufregen, wenn ich weine; sie würden damit nicht fertig werden. Ich darf nicht weinen.

Ihr war nicht einmal nach Weinen zumute. Sie war taub. Ich kann nicht glauben, daß dies hier wirklich geschieht, dachte sie. Ich kann nicht glauben, daß dies hier wirklich geschieht.

Im Oktober marschierte Ceawlin nach Silchester. Er hatte beinahe einhundertfünfzig Männer bei sich, die Lehnsmänner und Freien von Penda und Ine und ein Kontingent der Atrebaten. Bertred und Wuffa hatten ihm mitteilen lassen, daß sie ihn innerhalb der nächsten Woche in Silchester treffen würden. Auch sie würden ihre Freien mitbringen.

Wokham war fünfzehn Meilen östlich von Silchester, aber Ceawlins Späher waren darüber informiert, daß Sigurd seine Lehnsmänner nach Winchester gebracht hatte, und so nahmen die Streitkräfte des Königs zuversichtlich Besitz von der Stadt. Die Kundschafter, die Sigurd zurückgelassen hatte, zählten die Männer und ritten nach Süden, um es ihrem Edlen mitzuteilen.

»Bertred und Wuffa müssen da sein«, sagte Cutha, als er die Neuigkeiten von Sigurd vernahm. »Es gibt keine Möglichkeit, wie Ceawlin ohne sie so viele Männer hätte versammeln können.«

Sigurd zuckte die Achseln. »Sprich mit den Kundschaftern,

wenn du willst. Es sind vertrauenswürdige Männer, Vater. Sie kennen Bertred und Wuffa. Sie kennen ihre Lehnsmänner. Wenn meine Männer sagen, sie sind nicht in Silchester, kannst du sicher sein, daß sie es nicht sind.«

»Aber wo hat Ceawlin so viele Männer herbekommen?«

»Ich weiß es nicht«, sagte Sigurd. »Aber er hat sie. Und wie ich Bertred und Wuffa kenne, hat er bald noch mehr.«

Tatsächlich brachte die nächste Woche die unangenehme Nachricht, daß die Edlen Bertred und Wuffa in Silchester mit ungefähr einhundertzwanzig weiteren Männern zu Ceawlin gestoßen waren. Schließlich dämmerte es Cutha. »Er hat die Freien bewaffnet«, sagte er zu Aethelbert und Sigurd, als sie um Ceawlins Tisch in der Halle des Königs saßen. »So ist er an die Männer gekommen. Beim Schwerte Wotans, er hat die Freien bewaffnet!«

»Welch eine einfache Lösung«, sagte Sigurd mit einem Lachen. »So einfach, daß es nur Ceawlin einfallen konnte, es auch zu tun.«

»Das ist keine witzige Angelegenheit«, sagte Cutha ärgerlich. »Er hat einen Kriegertrupp von nahezu dreihundert Mann!«

»Wir haben mehr«, sagte Aethelbert. »Und wenn wir sicher gehen wollen, können wir unsere Freien auch bewaffnen.«

»Die Freien von Winchester haben Ceawlin die Treue geschworen«, machte Sigurd deutlich.

»Sie schulden die Treue demjenigen, der König in Winchester ist«, antwortete Aethelbert mit feurigen Augen. »Wenn wir ihnen befehlen, für uns zu kämpfen, dann werden sie auch kämpfen.«

»Wir können ihnen Waffen geben«, sagte Cutha grimmig, »aber wenn der Kampf erst einmal begonnen hat, können wir dann darauf zählen, daß sie für uns kämpfen?« Eine zerstörerische Pause trat ein. »Ceawlin ist sehr beliebt«, fügte Cutha schließlich hinzu. »Ich würde seinen Freien nicht soweit trauen, daß ich es wagen würde, ihnen den Rücken zu kehren.«

»Wir sind immer noch hundert Mann stärker als er«, sagte Aethelbert.

»Das stimmt.« Cutha spannte seine Schultern an. Er war alt geworden in diesen letzten Monaten, dachte Sigurd. Er begann, wie ein alter Mann auszusehen. »Und Freie wissen nicht, wie man kämpft. Wir sind immer noch im Vorteil.« Er blickte Aethelbert an und sagte: »Wir dürfen uns durch Ceawlin nicht aus Angst dazu verleiten lassen, irgend etwas Dummes zu tun.«

Aethelbert stieß sein Kinn nach vorn. »Ceawlin macht mir keine Angst!«

»Das sollte er aber«, sagte Sigurd. »Ich habe oft genug neben ihm gekämpft. Ceawlin ist niemals besiegt worden. Ihr habt ihn im Kampf gesehen, beide. Er ist unbesiegbar.«

Cutha beeilte sich hinzuzufügen: »Auch du bist bisher niemals besiegt worden.«

Sigurd lächelte spöttisch. »Aber wie du weißt, hatte ich immer Ceawlin dabei, der mir sagte, was ich tun mußte.«

Aethelbert lächelte spöttisch. »Aber wie du weißt, hatte ich immer Ceawlin dabei, der mir sagte, was ich tun mußte.«

Aethelbert schlug mit der Faust auf den Tisch. »Ich will nichts mehr von einer Niederlage hören!« rief er. Er stand auf. »Laßt ihn kommen, diesen Kriegshelden, und ich werde ihm zeigen, was eine Niederlage ist!« Er stapfte aus dem Zimmer, die Schultern nach vorne geworfen, die Augen auf den Boden gerichtet. Cutha und Sigurd sahen ihm nach, dann stand auch Sigurd auf. »Du solltest besser schnell Cynigils und Witgar benachrichtigen«, riet er seinem Vater. »Es wäre klug, unsere Streitkräfte sofort zusammenzuziehen.«

Cutha nickte. »Ich bin in der großen Halle, wenn du mich brauchst«, fügte Sigurd hinzu, bevor er das Zimmer verließ.

Er ging jedoch nicht zur großen Halle, sondern suchte Niniane. Er hatte seit dem Tod von Cerdic nicht persönlich mit ihr sprechen können, aber jetzt zwang er seine widerspenstigen Füße in die Richtung der Halle der Prinzen.

Es wurde still, als Sigurd durch die Tür trat. Er hatte den

deutlichen Eindruck, daß alle im Raum einen Schritt zurückzuckten. Die eiserne Schnur, die über seiner Brust zu liegen schien, zog sich noch enger zusammen. Dann kam Crida auf ihn zu.

»Ich bin gekommen, um mit deiner Mutter zu sprechen«, sagte Sigurd zu Ceawlins jetzt ältestem Sohn.

Cridas Augen verrieten nur zu deutlich, was er fühlte, aber seine Stimme war voll kühler Höflichkeit, als er sagte: »Meine Mutter ruht.«

Sigurd mußte Niniane jetzt sehen, er wußte, er würde nicht in der Lage sein, noch einmal zurückzukommen. »Kannst du sie fragen, ob sie mich sehen will?«

Crida nickte einmal kurz, dann verschwand er in Ceawlins altem Zimmer. Das Warten schien ewig zu dauern. Niemand sprach. Selbst die jüngeren Kinder starrten ihn feindselig an, oder zumindest schien es ihm so. Schließlich kehrte Crida zurück. »Meine Mutter wird mit dir sprechen«, sagte er. »Komm mit mir.«

Sigurd folgte Crida zum Schlafzimmer. Crida ging mit ihm hinein und schloß die Tür hinter sich. Sigurd sah Niniane an.

Sie hatte geruht; auf dem Bett waren immer noch die Abdrücke ihres Körpers zu sehen. Jetzt stand sie neben der Kleiderkommode an der Wand. Ihr Gesicht war dünn, dachte er. Zu dünn. Schatten hingen unter ihren großen, rauchblauen Augen. Sie war jetzt ganz offensichtlich schwanger. Sein Herz zog sich vor Mitleid zusammen. »Niniane«, sagte er. »Ceawlin ist in Silchester mit nahezu dreihundert Mann. Er wird vermutlich bald nach Süden ziehen. Möchtest du, daß ich einen Boten zu ihm schicke, der ihm von Cerdic berichtet?«

Niniane setzte sich auf die Kiste. Crida bewegte sich, als wollte er an ihre Seite kommen, aber sie schüttelte den Kopf und sah Sigurd an. »Ich habe daran gedacht«, sagte sie. »Er weiß es nicht. Die ganze Zeit ist Cerdic schon unter der Erde, und Ceawlin weiß es nicht.«

Der Reifen um Sigurds Brust zog sich noch enger zusammen. »Ich verstehe das, Niniane. Es ist deine Entscheidung. Wenn du meinst, er sollte es wissen, werde ich jemanden zu ihm schicken. Oder du wartest, bis du es ihm selbst sagen kannst.«

Ihre Lippen waren blutleer. Sie blickte in sein Gesicht und sagte: »Ich glaube, er sollte es wissen.«

Sigurd begegnete ihrem Blick. »Ich denke das auch«, sagte er.

»Also gut. Schicke jemanden zu ihm«, meinte sie.

Er nickte und wandte sich zur Tür. Als er die Hand auf der Türklinke hatte, wartete er einen Moment darauf, daß sie noch mehr sagen würde, aber sie tat es nicht. Er stieß die Tür auf, ging hinaus und schloß sie leise hinter sich.

Sigurd sandte einen seiner eigenen Männer, einen Mann, den Ceawlin gut kannte. Der König stand starr wie ein Fels, während der Mann Bericht gab. »Wann ist das geschehen?« fragte Ceawlin, als der Than schließlich geendet hatte.

»Anfang September, Mylord. Es geschah, als der junge Prinz von Eurem Aufenthalt auf Wyckholm erfuhr. Er wollte ganz offensichtlich zu Euch gelangen.«

Ceawlin war immer noch von der Sommersonne gebräunt, aber jetzt war er ganz weiß. »Wie geht es meiner Frau?« fragte er.

»Sie lebt mit Euren Söhnen in der Halle der Prinzen, Mylord. Sie ist… sie ist schwanger.«

Ceawlin schloß seine Augen. Sehr kurz nur. Als er sie wieder öffnete, glitzerten sie, aber seine Stimme war fest und kühl. »Ihr könnt nach Winchester zurückkehren«, sagte er.

»Ja, Mylord.« Der Lehnsmann machte einen Schritt zurück. »Habt Ihr… habt Ihr irgendeine Botschaft, Mylord?«

»Nein«, sagte Ceawlin. Seine Augen waren von einem wunderbaren Türkis. »Meine Botschaft ist das Schwert.«

Sigurds Mann wandte seinen Blick vom König ab, nickte und verschwand aus dem Raum.

Sigurds Bote war keine fünf Minuten fort, als Ceawlin seinem Kriegertrupp befahl, sich zum Abmarsch fertigzumachen. Es war später Nachmittag, aber der König wollte keine Verzögerung; er führte seine Männer zur römischen Straße und von dort aus nach Süden. Dem größeren Teil seines Heeres erlaubte er, bei Einbruch der Dunkelheit Rast zu machen, aber eine kleine Gruppe von berittenen Kundschaftern wurde weiter nach Alford geschickt, zu dem Landgut von Cuthas verräterischem Partner Cynigils.

Cynigils hatte seine Männer bisher noch nicht nach Winchester gebracht. Jetzt wurde er mitten in der Nacht von einem seiner Männer mit der Nachricht geweckt, daß Ceawlin fast schon vor den Toren stand. Cynigils Männer hatten jedoch die Späher des Königs für den Kriegertrupp gehalten. Panisch trieb der Edle seine Männer hinaus und floh von Alford, er floh nach Osten, weg von Winchester und der Schlacht, die jetzt so klar bevorstand.

Als Ceawlin um acht Uhr am folgenden Tag diese Nachricht erhielt, setzte er schnell seinen Weg nach Süden fort. Am Nachmittag war er in Sichtweite der Mauern von Winchester.

Witgar war ebenfalls noch nicht in Winchester. Niemand hatte erwartet, daß Ceawlin so schnell kommen würde. Cutha stand auf der Mauer der königlichen Enklave und schaute ungläubig auf die Truppen des Königs, die sich außerhalb der Reichweite der Bogenschützen aufstellten. Ohne Witgars Männer waren beide Kriegertrupps ungefähr gleich stark, und Cutha wollte sich nicht auf eine Schlacht mit Ceawlin einlassen, ohne in der Überzahl zu sein. Er wandte sich an Aethelbert, der neben ihm stand. »Ich habe einen Boten zu Witgar geschickt. Wenn er nur recht schnell kommt, werden wir Ceawlin zwischen uns einkesseln können.«

Aethelbert nickte kurz. Seine suchenden Augen blieben an einer großen Gestalt hängen, die bei einer Gruppe links von der Hauptmacht stand. »Da ist er«, sagte er. Seine Augen brannten. »Ceawlin ist nicht zu verwechseln.«

Cutha sah jetzt auch hin. »Nein, das ist er nicht.« Er wandte sich von der Mauer ab. »Er wird sich nicht den Weg nach Winchester hinein erzwingen, nicht, wenn seine Familie hier ist. Wir haben Zeit. Wir werden auf Witgar warten.«

Ceawlin wartete jedoch nicht auf Witgar. Stunden, bevor sein Kriegertrupp Winchester erreicht hatte, hatte er einen Boten auf die Suche nach dem König von Wight gesandt. Was er Witgar anbot, war einfach: eine Heirat von Crida, dem Erben des Königtums von Wessex, mit Witgars Enkelin, der Prinzessin Auda. Die Bedingung für eine solche Heirat war, daß Witgar Ceawlin als König akzeptierte und sich damit von Cutha abwandte.

Der König von Wight bedachte die Situation; er erinnerte sich daran, wie unangenehm es gewesen war, anstelle von Ceawlin in Winchester zu regieren, und stimmte zu. Schließlich, so sagte er sich, bekam er jetzt, was er eigentlich immer gewollt hatte. Eine Vereinigung von Wessex und Wight, sein Blut in den Adern künftiger Könige.

Als Ceawlin das Einverständnis von Witgar hatte, sandte er einen Boten nach Winchester, der eine weiße Fahne auf einem erhobenen Schwert mit sich führte, um seine friedfertigen Absichten zu signalisieren. Der Bote wurde hereingelassen und zu Cutha und Aethelbert in die Halle des Königs gebracht. Auch Sigurd war dort, er saß in einer Art und Weise am Ende des Tisches, die andeutete, daß er an dieser Diskussion nicht aktiv teilnehmen wollte.

Der Bote war Sigbert, der junge Lehnsmann, der Ceawlin nach Bryn Atha begleitet hatte und so nicht gefangengenommen worden war. »Mylord«, sagte er mit steinernem Gesicht zu Cutha. »Ich bin gekommen, um Euch mitzuteilen, daß der König von Wight Frieden mit Ceawlin geschlossen hat.«

»*Was?*« Die wütende Stimme gehörte Aethelbert.

Cutha saß still da. Nicht einmal sich selbst gegenüber hatte er eine solche Möglichkeit eingestanden, aber er hatte tief in sich gewußt, daß er sie fürchtete.

»Wie sind die Bedingungen?« Jetzt sprach Sigurd; seine Stimme war ruhig, beinahe wie bei einer gewöhnlichen Unterhaltung.

»Mylord, eine Heirat zwischen Prinz Crida und der Prinzessin Auda.«

»Ich verstehe.« Sigurd blickte seinen Vater an. »Sehr geschickt, Vater. Genau, was Witgar ursprünglich gewollt hatte.«

Cutha fühlte sich elend. »Ist das alles?« wollte er von Sigbert wissen.

»Nein, Mylord. Ich bin bemächtigt, Euch die Bedingungen Eurer Kapitulation zu übermitteln.«

Cutha atmete lang und hörbar aus. »Wie sind sie?«

»Dem König von Ost-Anglia wird freies Geleit für sich und seine Männer in sein eigenes Land zugesichert.« Neben ihm atmete Aethelbert schwer durch die Nase. Cutha bedeutete ihm mit einer kurzen Handbewegung, ruhig zu sein.

»Und?« fragte er.

»Euch, Mylord, bietet der König Euer Leben.«

Mein Leben, dachte Cutha. Aber sein Eigentum wäre fort, er würde es einem der Männer geben, die Ceawlin treu geblieben waren. Sein Einfluß, seine Macht, alles verloren ...

»Dem Edlen Sigurd ...«, fuhr Sigbert fort. Er machte eine Pause und wandte sich an Cuthas Sohn. Sigurd wich dem Blick des jungen Lehnsmannes aus und blickte auf den Tisch, als wenn er voll darauf konzentriert wäre, sich mit dem Muster des Holzes zu beschäftigen. »Der König bietet Euch die vollständige Entschuldigung an, Mylord«, sagte Sigbert zu ihm, »wenn Ihr die Bedingungen für den Frieden akzeptiert.«

Absolute Stille trat ein. Cutha und Aethelbert würden ihr Leben behalten; Sigurd würde vergeben werden.

»Wartet draußen«, sagte Cutha zu Ceawlins Boten, und der junge Lehnsmann nickte und verließ den Raum.

»Der hat Nerven«, schnaubte Aethelbert. »Als ob ich wie ein geprügelter Hund nach Ost-Anglia zurückkehren würde, ohne daß eine Schlacht ausgetragen, ohne daß ein Sieger ermittelt wurde.«

Cutha ignorierte den König und wandte sich an seinen Sohn. »Sigurd?« fragte er.

Sigurd schaute zur Seite. »Was immer du beschließt, ich werde mich daran halten, Vater«, antwortete er.

Dank sei den Göttern, dachte Cutha. Er legte seinen Kopf in seine Hände und dachte an Ceawlin. Er sah vor seinem geistigen Auge den Jungen, dem er so viele Jahre zuvor auf den Thron geholfen hatte. Aber das Bild des lächelnden Jungen wurde überlagert von einem neueren Bild, einem Ceawlin mit harten Augen, der regieren wollte und nicht duldete, daß seine Autorität in Frage gestellt wurde. Ceawlin würde ihn leben lassen, aber das Leben, das ihm bevorstand – als Rentner auf Wokham wahrscheinlich – war nicht sehr attraktiv.

Er ließ Sigbert wiederkommen, und als der Bote des Königs vor ihm stand, schaute er auf und sagte: »Ich werde mich nicht beugen und den Boden vor Ceawlins Füßen küssen.«

Sein Blick wanderte kurz zu dem nach unten gebeugten Kopf seines Sohnes, dann wieder zu Sigbert. »Wir werden kämpfen«, sagte er.

Bevor er zu Bett ging, besuchte Sigurd noch Niniane. Dieses Mal schickte sie Crida fort, und die beiden saßen allein in dem Schlafzimmer, das eigentlich für einen der königlichen Prinzen gedacht war. »Du weißt, was geschieht?« fragte er sie.

»Ja.«

»Morgen wird es vorüber sein.«

»Ja.« Sie sah ihn ernst an. Sie trug ihren kleinen, schönen Kopf stolz auf dem langen, schlanken Nacken. Er hatte immer die Art geliebt, wie sie ihren Kopf trug. »Ich habe auch gehört, daß Ceawlin angeboten hat, dir zu verzeihen«, sagte sie.

»Ja.« Sein Gesicht war maskenhaft starr; die Haut über seinen Wangenknochen schien zu straff gespannt zu sein. »Ja, das hat er.«

»Warum hast du es nicht angenommen, Sigurd?« fragte sie leise.

»Ich kann nicht, Niniane ... Ich kann meinen Vater nicht allein lassen ..., nicht jetzt.«

Sie schaute ihn an und nickte dann.

»Es ist mein Fehler«, sagte er unglücklich. »Ich weiß das.

Alles ist mein Fehler. Wenn ich nicht nach Bryn Atha gekommen wäre, damals, könnte Cerdic noch leben.«

Sie war sehr blaß. »Sigurd.« Sie schluckte und versuchte es noch einmal. »Ceawlin hat dir angeboten, dir zu verzeihen, *nachdem* er von Cerdics Tod erfahren hat. Er macht dich nicht dafür verantwortlich.«

»Und du? Machst du mich dafür verantwortlich?«

Sie machte eine Handbewegung, als würde sie ein paar Spinnweben aus ihrem Gesicht streichen. »Ich mache dich dafür verantwortlich. Ich mache mich selbst dafür verantwortlich, daß ich nicht gemerkt habe, was er dachte. Ich mache den Wächter verantwortlich, der geschossen hat. Ich mache Cerdic dafür verantwortlich, daß er so tollkühn war. Ich denke immerzu, wenn ich nur die Zeit zurückdrehen könnte, es ungeschehen machen, verhindern könnte. Aber ich kann es nicht.«

»Nein.« Seine Stimme klang hoffnungslos. »Nein, wir können die Zeit nicht zurückdrehen.«

»Warum wolltest du mich sehen?« fragte sie.

»Niniane ... Ich weiß, ich habe kein Recht, dich das zu fragen, nicht nach Cerdic. Aber ... wirst du dich für mich um meine Kinder kümmern? Edith ist ... nun, du kennst ja Edith. Sie liebt sie sehr, aber sie ist nicht sehr einfühlsam.«

Ihre Augen weiteten sich und durchforschten sein Gesicht. »Sigurd ...« Ihre Nasenspitze war vor Anspannung ganz weiß. »Selbst wenn du morgen kämpfst, wird Ceawlin dir immer noch vergeben. Das solltest du wissen.«

Er zwang sich zu einem Lächeln. »Ich weiß das. Es ist ... nur für den Fall.«

»Natürlich werde ich mich um deine Kinder kümmern. Und Ceawlin wird es auch tun. Du brauchst dich um sie nicht zu sorgen.«

»Ich danke dir. Du bist ... du bist sehr gut.«

Er dachte, er hätte seine Stimme vollkommen normal gehalten. Aber sie starrte ihn an, und ihre Pupillen weiteten sich; er wußte, sie hatte begriffen, daß er von dem Kampf nicht zurückkommen würde. Sie streckte eine Hand nach ihm aus. »Sigurd… mein Liebster…«, und sie kam zu ihm und legte ihre Wange auf seine Schulter.

Er umfaßte ihren Körper leicht mit seinen Armen. Er spürte das Kind, das sie trug. Die Knochen ihrer Schultern und ihres Rückens waren so klein und leicht. Er gestattete sich, ihre Haare mit seinen Lippen zu berühren, bevor er etwas zurücktrat. Er wollte ihr sagen, wie sehr er sie liebte, er öffnete sogar seinen Mund, um es zu sagen, tat es aber dann doch nicht. Es war auch dafür zu spät.

»Lebewohl, Niniane«, sagte er, ließ seine Hand von ihrer Schulter gleiten und ging durch die Tür hinaus.

36

Es regnete an dem Morgen, als die Schlacht von Torfield geschlagen werden sollte. Cutha führte ungefähr zweihundert Männer – seine eigenen Leute, die von Sigurd und Aethelbert – kurz nach Anbruch der Morgendämmerung aus Winchester hinaus. Der kalte, graue Morgen entsprach der Stimmung von Cuthas Kriegertrupp. Die meisten der Westsachsen, die an diesem Tag nach Torfield marschierten, hatten bereits unter Ceawlin gekämpft. Sie wußten, wie er im Kampf war. Sie fanden keinen großen Gefallen daran, auf der gegnerischen Seite zu sein, zumal sie wußten, daß sie in der Minderzahl waren.

Als sie die verabredete Stelle erreicht hatten, war der Regenschauer in leichten Nieselregen übergegangen. Der König hatte seine Leute bereits in Schlachtordnung auf der weiter entfernten Seite des flachen, abgegrasten Feldes aufgestellt. Ceawlin selbst war für Cuthas Männer deutlich zu erkennen. Der König ritt auf einem großen, grauen Hengst, mit dem er die Reihen seiner Männer auf und ab schritt. Er schien mit ihnen zu plaudern.

Es war das erste Mal, daß Sigurd Ceawlin nach seinem

Verrat sah. Der Edle war wenige Tage zuvor nicht unter denjenigen gewesen, die auf der Mauer gestanden hatten. Jetzt betrachtete er die große, schlanke Gestalt, den vertrauten blonden Kopf, und sein Hals schien sich vollkommen zuzuschnüren. Dann wandte sich Ceawlin um und nahm Cuthas Männer in Augenschein, die sich ebenfalls in Schlachtordnung aufstellten. Plötzlich hörte der König auf, seinen Kopf zu bewegen; er hatte gefunden, was er suchte.

Ceawlin war außerordentlich scharfsichtig. Sigurd zweifelte nicht daran, daß der König ihn entdeckt hatte, daß er sogar den Ausdruck auf seinem Gesicht erkennen konnte. Für Sigurd jedoch war die Entfernung zu groß, als daß er hätte Ceawlin deutlich erkennen können, aber aufgrund der Richtung, in die der König blickte, konnte es keinen Zweifel geben. Sigurd erhob seinen Kopf und schaute finster zurück. Dann erhob Ceawlin, für beide Kriegertruppen sichtbar, seine Hand in einer Grußgeste. Sigurd führte seine eigene Hand empor, leicht und kraftlos, dann ließ er sie wieder zur Seite fallen. Er konnte kaum durch die Tränen hindurchblicken, die plötzlich seine Augen erblinden ließen.

»Sigurd, du bekommst den rechten Flügel«, hörte er seinen Vater sagen, und er schloß seine Augen fest zusammen, öffnete sie wieder, blinzelte einige Male und drehte sich herum, um zu antworten.

In weniger als einer halben Stunde war die Schlacht von Torfield vorüber. Das einst so friedliche Feld, auf dem den ganzen Sommer über Schafe gegrast hatten, war überschwemmt mit den Körpern der Erschlagenen. Cuthas Erschlagenen. Ceawlin hatte nur zwanzig Männer verloren.

Dabei hätten die Rebellen noch viel mehr Männer verloren, hätte Ceawlin seinen Leuten erlaubt, die Flüchtenden zu verfolgen. Aber der König hatte seine eifrigen Männer zurückgehalten. Ceawlin ließ niemals zu, daß die Lust am Töten sein Urteilsvermögen verdunkelte, und er wußte, daß nun, da Cutha und Aethelbert tot waren, die führerlosen Männer harmlos waren. Und darüber hinaus würden sie nach einem neuen Herrn suchen. Es war weitaus besser, ihnen gegenüber Milde walten zu lassen und sie zu seinen eigenen Gefolgsleuten zu machen.

Er stand gerade da, betrachtete das leichenübersäte Feld und trank einen Schluck aus dem Trinkhorn, das ein Lehnsmann ihm gereicht hatte, als Penda zu ihm trat. »Ceawlin ...« Pendas Gesicht war finster. »Ceawlin, sie haben Sigurd gefunden.«

Er wußte es. Mit einem Blick auf Pendas Gesicht wußte er es. Wut schüttelte ihn. »Ich hatte den Befehl gegeben, daß ihm nichts geschehen soll!«

»Es waren die Freien, Ceawlin. Sie wußten nicht, wer er war. Sie hatten niemals die Gelegenheit gehabt, ihn zu sehen.«

Die Wut verließ ihn so schnell, wie sie gekommen war. Er ließ das Trinkhorn sinken und wischte sich mit einer Hand den Mund ab. Ein Muskel zitterte unkontrolliert in seiner Wange. »Bring mich zu ihm«, sagte er.

Bertred brachte die Neuigkeit von Ceawlins Sieg nach Winchester. »Cutha ist tot«, erzählte er Niniane und ihren Söhnen, als er sie in der Halle der Prinzen traf. »Und auch Aethelbert.«

»Und Sigurd?« fragte Crida, als seine Mutter schwieg.

»Sigurd wurde ebenfalls getötet«, erwiderte Bertred. »Ceawlin hatte den Befehl gegeben, daß ihm nichts geschehen solle, aber er geriet zwischen die Freien, und die wußten nicht, wer er war.«

»Aber wo ist mein Vater?« fragte Ceowulf bestürzt. »Warum ist er nicht mitgekommen?«

»Ceawlin hat mich vorgeschickt, um die Ordnung in Winchester wiederherzustellen.« Bertred sprach zu Niniane, nicht zu den Kindern. »Auch nach Venta wurde die Nachricht von seinem Sieg gesandt. Morgen früh will Ceawlin mit seinem Kriegertrupp durch Venta marschieren und dann nach Winchester reiten.«

»Eine Siegesprozession«, sagte Crida mit Zufriedenheit.

»Ja.« Bertred schaute Ceawlins silberhaarigen Sohn an.

»Dein Vater hält es für wichtig, seinen Sieg zu betonen und ihn zu zelebrieren, um alle Ängste und Unsicherheiten, die in den Herzen der Leute zurückgeblieben sein könnten, zu zerstreuen.«

Crida nickte bedächtig.

»Er wünscht, daß du neben ihm reitest«, sagte Bertred dann.

Cridas Augenbrauen hoben sich in einer vertrauten Geste. »Ich?«

»Ja.« Bertreds Gesicht war jetzt vollkommen ernst. »Du bist sein Erbe.«

Die Farbe wich aus Cridas Gesicht und er warf einen Blick auf seine Mutter. Niniane legte eine Hand auf den Arm ihres Sohnes und sagte ruhig zu Bertred: »Crida wird dich begleiten, wann immer du wieder fortreiten willst, Bertred.«

Bertred nickte. Dann sagte er mit hilfloser und schmerzerfüllter Stimme: »Niniane, es tut mir so leid wegen Cerdic.«

»Ich weiß.« Ihre Stimme war freundlich und gefaßt. »Ich danke dir.« Sie schaute Crida an. »Komm mit mir«, sagte sie. »Bevor du gehst, möchte ich noch deine Haare waschen.«

Bertred sprach eine Stunde mit Ceawlins Lehnsmännern, die von Cutha gefangengenommen worden waren, dann ritt er nach Venta. Er kehrte am Nachmittag aus der Stadt zurück, holte Crida ab und brachte ihn nach Torfield, wo sie Ceawlin treffen wollten. Niniane schritt langsam über den Hof, und zum ersten Mal, seit sie mit Ceawlin nach Bryn Atha gegangen war, betrat sie die Halle des Königs. Sie blieb jedoch nur ein paar Minuten, bevor sie Nola in der Halle der Frauen aufsuchte.

Ungefähr eine halbe Stunde später wurde die Halle des Königs auf den Kopf gestellt. Die hölzernen Böden wurden gescheuert, ebenso die Bänke, die Tische, die Stühle. Das Bett wurde vom Stroh befreit, das alte verbrannt und frisches, zusammen mit sauberen Leinen, aufgelegt. Die Decken und Felle ließ Niniane zum Ausklopfen und Lüften nach draußen tragen. Niniane und Nola beaufsichtigten die Dienerinnen, und es war bereits dunkel, als die Arbeit endlich erledigt war. Ninianes Rücken schmerzte vor Müdigkeit und ihre Beine konnten sie kaum noch tragen, aber als sie sich mit ihren Söhnen an Ceawlins Tisch setzte, um spät noch etwas zu essen, machte die Befriedigung die Müdigkeit durchaus wett. Ihr Haus gehörte wieder ihr.

Als Crida im Lager bei Torfield ankam, waren die Toten bereits beiseite geschafft worden und Feuer brannten an den Kochstellen. Ceawlin sprach gerade zu einer Gruppe von Sigurds Lehnsmännern, die gekommen waren, um sich zu ergeben, als jemand ihm mitteilte, daß sein Sohn im Lager angekommen wäre.

Crida stand neben Bertred, seine schlanke, jungenhafte Gestalt sah sehr verletzlich neben dem so viel stärkeren Mann aus. Ceawlin rief seinen Sohn, und der Junge drehte sich um. Sein Gesicht erhellte sich. »Vater!« Er machte einen Schritt auf ihn zu, dann hielt er plötzlich inne. Wenn er ein paar Jahre jünger gewesen wäre, dachte Ceawlin, wäre er ihm entgegengerannt und hätte sich in die Arme seines Vaters geworfen.

»Es tut gut, dich zu sehen, mein Junge«, sagte Ceawlin und legte einen Arm um Cridas Schultern. Er drückte ihn kurz an sich. »Wie geht es deiner Mutter?«

»Sie ist tapfer«, sagte Ninianes Sohn.

Ceawlin blickte ihn einen Augenblick schweigend an, dann nickte er. Er wandte sich an Bertred: »Ist für morgen alles vorbereitet?«

»Ja«, sagte Bertred. Die beiden Männer diskutierten eine Weile ihre Pläne, während Crida still danebenstand und zuhörte. Dann wandte Ceawlin sich wieder an seinen Sohn.

»Komm«, sagte er. »Wir beide machen einen kleinen Spaziergang.«

Das Feld war von einem Dickicht aus Bäumen umgeben, die herbstlich rot und gold gefärbt waren, und in diese ungestörte Atmosphäre führte Ceawlin seinen Sohn. Nachdem sie eine Zeitlang schweigend nebeneinander hergegangen waren, fragte er Crida mit gefestigter Stimme: »Wer hat das Beerdigungsritual für Cerdic durchgeführt?«

»Ich habe es getan.« Cridas Stimme war genauso vorsichtig um Beherrschung bemüht wie Ceawlins. »Und Ceowulf hat mich bei der Wache in der Nacht unterstützt.« Er erzählte seinem Vater nicht, daß Ceowulf eingeschlafen war.

»Ich bin froh darüber«, sagte Ceawlin. Dann fügte er mit offensichtlicher Anstrengung hinzu: »Crida, ich weiß, wie nah du und Cerdic euch gestanden habt. Ich weiß, wie schwer es für dich sein muß.«

»Vater.« Crida blieb stehen und nahm einen tiefen Atemzug. Seine Stimme klang zusammengeschnürt. »Ich glaube, ich sollte dir etwas sagen. Ich *muß* dir etwas sagen. Ich habe Cerdic geliebt; du weißt, daß ich ihn geliebt habe. Aber ... aber ...« Dann sprudelten die Worte wie in einem schuldbewußten Rausch hervor: »Ich bin froh darüber, einmal König sein zu können.«

Sie waren unter dem flammenden Dach der Bäume stehengeblieben. Das Feuer über ihnen war jedoch nur eine optische Täuschung. Es war kalt im Wald, kalt und feucht. Ceawlin schaute in das Gesicht seines Sohnes. Crida schaute jedoch nicht zurück, sondern starrte verzweifelt auf den Boden. Ceawlin stieß einen Seufzer aus und sagte: »Als ich siebzehn Jahre alt war, tötete ich meinen Bruder, um König sein zu können. Immerhin mußt du nicht mit dieser Blutschuld leben.«

Cridas Blick flog zu seinem Vater. Es war einen Moment still, dann sagte er: »Du hast deinen Bruder in einem Duell getötet. Er hatte sein Schwert vergiftet. Du hast in Notwehr gehandelt. Mutter hat uns alles darüber erzählt.«

»Ich hätte ihn nicht töten müssen«, sagte Ceawlin. »Aber ich haßte ihn. Und ich wollte König werden.«

Crida forschte mit beunruhigtem Blick im Gesicht seines Vaters. Ceawlin streckte die Hand aus und strich sanft über das frischgewaschene, umherfliegende Haar seines Sohnes. »Ich bin froh, daß du König sein willst«, sagte er. »Um ein guter König sein zu können, muß man es sehr stark wollen.«

»Aber...« Cridas Stimme war voller Qual. »Wenn ich die Möglichkeit hätte, Cerdic zurückzubringen... Vater! Ich weiß nicht, was ich tun würde!«

Ceawlin war versucht, tröstende Worte zu sagen, ihm zu versichern, daß er natürlich beschließen würde, seinen Bruder zurückzuholen. Was Crida auch zweifellos tun würde. Cridas qualvolles Schuldbewußtsein wurde ganz allein durch die Möglichkeit hervorgerufen, daß er sich vielleicht anders entscheiden könnte, es war das sehr reale Zögern, aufzugeben, was er soeben erhalten hatte. Ceawlin wollte seinem Sohn nicht helfen, sich von diesen Gefühlen zu befreien. »Das ist etwas, mit dem du leben mußt, Crida«, sagte er. »Es ist ein Teil der Bürde, ein Mann zu sein.«

Stille entstand. Ceawlin konnte die Stimmen seiner Männer im Lager hören. Es raschelte neben ihnen, als ein kleines Tier vorbeihuschte. Über ihnen begann ein Vogel zu zwitschern. »Ja«, sagte Crida schließlich. Seine Augen begegneten denen seines Vaters und hielten ihnen stand. »Ich verstehe.«

37

Der Märztag war ungewöhnlich warm, und nachdem Niniane ihre Tochter gestillt hatte, nahm sie ein Pferd und ritt aus Winchester hinaus und in den Wald. Es war matschig unter ihren Füßen, aber sie kannte eine Waldlichtung, die gewöhnlich trocken war. Im letzten Monat war sie häufiger dort, und auch an diesem warmen Märzmorgen, sechs Monate nach Cerdics Tod, war dieser Ort ihr Ziel.

Der Himmel war blaßblau und wolkenlos. Niniane stieg ab, band ihr Pferd an und setzte sich auf einen halbmorschen Stamm eines Eichenbaums, der ein Jahr zuvor bei einem Sturm umgestürzt war. Die Sonne schien warm auf ihren Kopf und ihren Rücken, aber sie bemerkte es kaum, denn sie saß da und starrte, ohne wirklich etwas zu sehen, auf den kleinen Teich in der Mitte der Lichtung. Sie saß so ruhig und so lange da, daß zwei Rehe, die sich in Sicherheit wähnten, aus dem Wald kamen, um an dem Teich von dem frischen, klaren Wasser zu trinken.

Am schlimmsten war die Monatszeit, wenn sein Todestag wiederkehrte, dachte Niniane. Diese Tage markierten den unerbittlichen Fluß der Zeit, sie entfernten sie mehr und mehr von demjenigen, den sie geliebt hatte.

Heute könnte sie sagen: Vor sechs Monaten hat er noch gelebt. Morgen würde sie es schon nicht mehr sagen können. Bald würden es sieben Monate sein, acht Monate, ein Jahr. Es war ein schöner Tag; sie bemerkte es beinahe zum ersten Mal. Ein schöner Tag, um auf die Jagd zu gehen. Cerdic war gerne auf die Jagd gegangen. Sie begann, leise zu weinen.

Die Rehe verschwanden, als sie sich bewegte. Nach einer Weile bemühte sie sich darum, ihre Beherrschung wiederzuerlangen, und ging zu dem Teich, um ihre Augen mit kaltem Wasser zu kühlen. Sie näßte eine Ecke ihres Umhangs und legte sie an die Augen. Sie wollte nicht mit geschwollenen Augen nach Winchester zurückkehren, wollte Ceawlin nicht wissen lassen, daß sie wieder geweint hatte.

Auch er trauerte. Sie wußte es. Aber nach dem einen Ausbruch in der Nacht seiner Rückkehr nach Winchester trauerte er nur noch im stillen. Er wollte nicht über Cerdic sprechen, nicht mit ihr, nicht mit anderen.

»Nan, ich kann nicht«, hatte er verzweifelt gesagt, als sie versucht hatte, ihre Gefühle mit ihm zu teilen. »Ich kann das nicht immer und immer wieder durchsprechen. Verlang es bitte nicht von mir. Ich kann es einfach nicht.«

Das war der Unterschied zwischen ihnen, dachte sie, als sie die Zügel fest in die Hand nahm und aufstieg. Er hatte Cerdics Tod akzeptiert, hatte ihn durchlitten und dann damit abgeschlossen. Sie hatte das nicht. Sie war so stark, so mutig gewesen, aber nur aus dem einen Grund, weil sie es nicht akzeptiert hatte.

Und jetzt wurde sie damit nicht fertig. Ceawlin hatte es geschafft, er führte sein Leben weiter, aber sie konnte es nicht. Sie hing darin fest, durchlebte ihn immer und immer wieder in ihrem Kopf.

Die Nächte waren am schlimmsten. Sie konnte nicht schlafen, spielte in ihrem Kopf die Möglichkeiten durch, wie es hätte vermieden werden können. Zwei Szenen spielten sich immer und immer wieder in ihrem Kopf ab.

In der ersten hörte sie Cerdic aufstehen, hörte, wie er sich heimlich aus seinem Schlafzimmer stahl. In dieser Szene stand sie dann selbst auch auf und folgte ihm, sie folgte ihm und fing ihn gerade in dem Augenblick ab, als er dabei war, über die Mauer zu klettern. Sein blondes Haar würde hell im Mondlicht schimmern, und er würde sie anlächeln und sagen: »Was tust du hier, Mutter?« Und sie würde seinen Arm berühren und sagen: »Tu das nicht, Cerdic. Komm wieder zurück in die Halle der Prinzen mit mir.« Und dann würde er mitkommen, so groß, so gesund, so voller Leben, zurück in die Sicherheit der Halle der Prinzen.

In der anderen Szene hatte ihn der Pfeil getroffen, aber die Wunde war nicht tödlich. Sie würde ihn in die Halle tragen und verbinden. Er würde sie aus seinen tiefblauen Augen ansehen und sagen: »Es tut mir leid, Mutter. Es tut mir leid, daß ich dir soviel Sorgen gemacht habe.«

Sie durchdachte diese Szenen so lange und so intensiv, daß es ihr beinahe schien, als wären sie wahr. Und dann kam die schreckliche Erkenntnis, die langsame Dämmerung, daß sie sich nichts vormachen konnte, daß sie träumte, daß nicht wahr war, was sie dachte, daß es wirklich geschehen war. Cerdic war tot.

Dann weinte sie gewöhnlich, bewegte sich kaum, um Ceawlin nicht zu stören. Sie weinte in stummer Qual, während die Stunden der Nacht nur langsam verstrichen.

Rechtzeitig zum Essen kehrte sie nach Winchester zurück. Ceawlin warf ihr einen langen, intensiven Blick zu, und sie wußte, daß er die Spuren ihrer Tränen gesehen hatte. Er sagte nichts, aber als er an ihrem Stuhl vorbeiging, strich er mit seiner Hand sanft über ihren Kopf.

Am Tag, nachdem Crida vierzehn geworden war, sagte Ceawlin: »Ich werde nach der Prinzessin von Wight schicken. Wir werden im nächsten Monat die Verlobung feiern und sie wird hier in Winchester leben, bis sie heiraten.«

Niniane protestierte. Sie wollte kein fremdes Mädchen in Winchester, nicht noch jemand, für den sie verantwortlich sein würde. Sie hatte genug Arbeit mit Edith und ihren zwei Kindern, die jetzt in der königlichen Enklave lebten und in beinahe alle Familienangelegenheiten hineingezogen wurden. Und dieses Mädchen war Witgars Enkelin. Niniane machte Witgar bittere Vorwürfe, daß er sich auf Cuthas Seite gestellt hatte; Cuthas Rebellion hätte ohne Witgar niemals stattfinden können, dachte sie. Wenn Witgar nicht gewesen wäre, würde Cerdic noch leben. Sie wollte nicht, daß Witgars Enkelin nach Winchester kam und hier lebte.

Aber Ceawlin war unerbittlich. »Ich möchte, daß sie hierherkommt, Nan«, sagte er, als sie in der geschützten Atmosphäre ihres Schlafzimmers wieder einmal allein waren. »Sie wird hier sicherer sein.«

Niniane verstand, was er meinte. Aus den Berichten, die sie von Ost-Anglia erhalten hatte, hatten sie entnehmen können, daß Guthfrid einen Tobsuchtsanfall bekommen hatte, als sie von Witgars Verrat gehört hatte. Niniane wußte, daß Ceawlin wie sie an das Gift dachte, das Guthfrid ihr einmal geschickt hatte. »Ich will diese Heirat für Crida«, sagte Ceawlin. »Genauso, wie Guthfrid sie für ihren eigenen Sohn will.« Sein Mund war grimmig. »Auda muß nach Winchester kommen.«

Crida verstand ebenso wie Ceawlin die Bedeutung dieser Heirat für Wessex. Ceawlin hatte diese Entscheidung nicht nur wegen des unmittelbaren Vorteils kurz vor der Schlacht gegen Cutha getroffen. Die Verbindung mit Wight würde viele andere Vorteile haben: Das Gebiet von Wessex würde sich bis zum Meer ausdehnen, ihnen einen dringend benötigten Seehafen bescheren und einen möglichen Feind im Süden ausschalten.

Crida hatte dies alles verstanden und zugestimmt. Dennoch

war die Realität der Hochzeit bisher nur verschwommen gewesen, weit weg in der Zukunft. Jetzt plötzlich war es jedoch hier und heute. Plötzlich kam ein Mädchen aus Fleisch und Blut nach Winchester. Innerhalb eines Monats würde er mit einer Fremden verlobt sein.

Sie war in seinem Alter, das war also in Ordnung. Aber vielleicht mochte er sie nicht. Vielleicht war sie ja häßlich. Oder, was noch schlimmer wäre, vielleicht war sie ja größer als er! Crida wuchs noch, wie Ceawlin es ihm vorausgesagt hatte, aber er würde niemals ein großer Mann sein, niemals die Größe seines Vaters und seiner jüngeren Brüder haben. Es wäre unerträglich für ihn, eine Frau zu haben, die größer wäre als er. Aber Crida war ein Prinz, und er wußte, wo seine Pflichten lagen. Er dachte still für sich darüber nach und ließ von seinen Ansichten nichts verlauten.

Unter diesen Bedingungen kam Auda nach Winchester. Sie wurde von Witgar begleitet, der Ceawlin mit einer Ungezwungenheit anlächelte, als hätte niemals etwas das herzliche Vertrauen zwischen ihm und seinem Cousin beeinträchtigt. Witgar brachte einen Zug Lehnsmänner und Frauen mit, die ebenfalls mit Schlafplätzen und Essen versorgt werden mußten.

Crida traf seine zukünftige Frau zum ersten Mal kurz vor dem Bankett, das Ceawlin am Abend ihrer Ankunft in der großen Halle gab. Die wichtigsten Gäste aus Wight waren in der alten Halle der Königin untergebracht worden, und dorthin ließ Ceawlin eine halbe Stunde vor Beginn des Banketts seinen Sohn rufen.

Auda stand zwischen ihrem Großvater und Ceawlin, als Crida zur Tür hereinkam. Zu seiner großen Erleichterung sah er sofort, daß sie kleiner als seine Mutter war. Die Blicke der anderen ruhten auf ihm, als er zu ihnen schritt, aber er beachtete sie kaum. Er blieb vor den beiden Königen stehen, verneigte sich kurz und schaute mit ernster Höflichkeit seinen Vater an.

»Crida«, sagte Ceawlin, »dies ist Auda, die Prinzessin von

Wight. Ich dachte, ihr solltet euch vielleicht treffen, bevor wir in die große Halle zum Bankett gehen.« Nachdem sie einander offiziell vorgestellt worden waren, warf Crida einen direkten Blick auf das Mädchen, das seine Frau werden würde.

Sie war hübsch. Dies war sein zweiter, erleichterter Eindruck. Ihr Haar war lichtbraun, ihre Gestalt war klein und ebenmäßig. Sie hatte auf irgendeine Stelle auf seiner Brust geschaut, hob jetzt ihre langen Wimpern und sah flüchtig in sein Gesicht. Ihre Augen waren von einem goldenen Haselnußbraun.

»Ich freue mich, Euch in Winchester willkommen heißen zu können«, sagte Crida.

»Danke, Mylord.« Ihre Stimme war weich und tief. Sie senkte ihre Augen wieder.

»Ein schönes Paar«, sagte Witgar heiter. »Was, Ceawlin?«

Ceawlins Augenbraue zuckte, aber er erwiderte mit perfekter Höflichkeit: »Außerordentlich.«

Audas Gesicht war zur Seite gewandt; es hatte den Anschein, daß sie gar nichts gehört hatte. Crida schaute sie an, und wieder hob sie, für einen Sekundenbruchteil, die Augen zu ihm empor.

»Und dies ist Audas Mutter, Lady Geata«, sagte Ceawlin. Eine dünne Frau mit scharfen Gesichtszügen trat hervor und beanspruchte seine Aufmerksamkeit.

Das Begrüßungsbankett war nicht gerade eines der ausgelasseneren Feste in Winchester. In Wessex herrschte immer noch eine Menge Bitterkeit wegen Witgars Versuch, Ceawlin zu stürzen, und wenn die Lehnsleute von Winchester auch höflich waren, so waren sie nicht vergnügt. Aber Ceawlin war erleichtert, daß sie immerhin höflich waren. Er hatte ihnen gedroht, sie aus seinem Dienst zu entfernen, falls es während des Aufenthaltes der Gesandtschaft aus Wight irgendwelche Vorfälle geben sollte.

Auda saß neben der Königin und sprach kaum ein Wort während des gesamten Festes. Niniane, die in ein wunderschönes gewebtes, weißes Überkleid gekleidet war und den goldenen Reifen trug, den Ceawlin ihr als Morgengabe gegeben hatte, unternahm des guten Scheins wegen einen einzigen Versuch, Auda in ein Gespräch zu ziehen und gab es dann dankbar auf. Was für eine Maus das Mädchen ist, dachte sie. Armer Crida.

Auda hatte nicht nach Winchester kommen wollen, aber wie Crida kannte sie ihre Pflichten. Sie wußte, daß Witgar sie dem Prinzen von Sussex angeboten hatte und eine Absage erhalten hatte. Sie wußte, daß ihr Großvater wild geworden war, als Ceawlin seinen ältesten Sohn mit einer anderen verlobt hatte, ohne überhaupt an eine Heirat mit Wight zu denken. Sie war ein ruhiges Mädchen, aber sie hörte und verstand sehr viel mehr, als ihre Mutter und der zweite Mann ihrer Mutter jemals vermutet hätten.

So wußte sie auch, daß der Druck des Krieges Ceawlin zu dieser Hochzeit gezwungen hatte. Ihr Großvater war zufrieden; es war das, was er immer schon für Wight gewollt hatte. Ihre Mutter war zufrieden; ihre Tochter würde die Königin von Wessex sein. Auda war verängstigt. Sie wollten sie nicht in Wessex, dachte sie. Der Prinz, der ihr Ehemann sein würde, konnte sie nicht wollen. Sie führten diese Hochzeit jetzt nur aus, weil sie von Witgar dazu gebracht worden waren.

Die Realität von Wessex erwies sich als genauso schlimm, wie sie gefürchtet hatte. Der König war zwar sehr höflich, aber seine Augen waren zurückhaltend. Und er war so groß. Zu groß. Auda konnte erkennen, daß ihr Großvater, der sich sonst vor niemandem fürchtete, vor Ceawlin Angst hatte. Er machte auch Auda angst und schüchterte sie ein.

Mit der Königin war es sogar noch schlimmer. Wenn Ceawlin sich gegenüber Auda neutral verhielt, so mochte Niniane sie nicht. Auda hatte das sofort erkannt. Es dauerte nicht lange, bis das Mädchen die ganze Geschichte über Cerdics Tod gehört hatte, und dann begriff sie Ninianes Verhalten. Die Königin haßte Auda, weil der Verrat ihres Großvaters der Grund für Cerdics Tod gewesen war.

Aber es ist nicht mein Fehler, wollte Auda schreien, wenn Niniane sie mit frostiger Stimme und eisigen Augen ansprach. *Ich bin nicht gefragt worden.* Aber eine solche Bitte wäre mit Sicherheit nutzlos. Es war besser, so still und unauffällig wie möglich zu sein, und zu hoffen, auf diese Weise der Aufmerksamkeit der Königin zu entgehen.

Der einzige Funken Hoffnung in dieser schrecklichen ersten Woche in Winchester war Crida. Sie war erfreut gewesen, als sie gesehen hatte, daß er kein solcher Riese war wie sein Vater, sondern ein schlanker, eleganter Junge mit einem reinen, scharf geschnittenen Gesicht und wunderschönen, silbrigen Haaren. Er sah sie auch nicht so an, als würde er sie hassen. Seine außerordentlichen blaugrünen Augen waren sehr viel wärmer als die seines Vaters, überhaupt nicht zu zurückhaltend. Er war der einzige Mensch in Winchester, der ihr das Gefühl gab, daß sie sich auch nur vorstellen konnte, dort zu leben.

Das Bankett, das Ceawlin am Tag ihrer Ankunft gegeben hatte, war das großzügigste, an dem sie bisher teilgenommen hatte. Die große Halle von Winchester war weitaus größer als die Halle ihres Großvaters auf Wight. Die Waffen, die an den Wänden hingen, waren viel schöner, der Harfner weitaus geübter. Die Trinkhörner, die herumgereicht wurden, waren graviert und mit Edelsteinen besetzt. Die Leute aus Wight waren ziemlich überwältigt von all dem Glanz.

Das Verlobungsbankett war sogar noch berauschender. Audas Mutter hatte sie in ein Überkleid gekleidet, das das Gold ihrer Augen betonte. Aber in dem Moment, da sie die anderen Frauen aus Winchester sah, fühlte sie sich schlecht und unpassend gekleidet. Ihre Juwelen waren so schlicht gegenüber den Broschen und Gürtelschnallen und Halsbändern, die die Frauen von Ceawlins Edlen trugen.

Sie erhielt den Ehrenplatz neben der Königin. Niniane sah wunderschön aus. Auda war erstaunt gewesen, als sie zum ersten Mal gesehen hatte, wie jung Cridas Mutter war. In dieser

Nacht war jedoch ein angestrengter Ausdruck auf ihrem Gesicht, und Auda bemerkte die beunruhigten Blicke, die der König seiner Frau von Zeit zu Zeit zuwarf. Niniane erinnerte sich an ihren toten Sohn, dachte Auda; deshalb sah sie so ernst aus. Aus irgendeinem Grund fühlte Auda sich schuldig und war nicht in der Lage, den Augen der Königin zu begegnen.

Für ein Verlobungsbankett war die Feier überraschend gedämpft. Die Witze waren oberflächlich, der Humor ging nicht in die Tiefe. Auda, die immer schon ein Gespür für die jeweilige Atmosphäre hatte, erkannte dies und verstand den Grund dafür. Neben Crida zu stehen und die Verlobungsgeschenke zu empfangen, war das schwierigste, das sie jemals in ihrem Leben getan hatte.

Die Geschenke waren über alle Maßen großzügig. Sie warf Crida unbeabsichtigt einen erstaunten Blick zu, als die Berge von Kleidern und Juwelen und Leinen vor ihr aufgestapelt wurden. Er beobachtete sie, und als sich ihre Augen begegneten, lächelte er sie vorsichtig an.

Sie und Crida standen zusammen vor den Thronsitzen von Ceawlin und Niniane, und als schließlich das letzte Geschenk vor Audas Füßen niedergelegt worden war, erhob sich Ceawlin und rief die Zeugen. Drei Edle, die Auda als Penda, Bertred und Gereint vorgestellt worden waren, schritten nach vorne, um die Übergabe der Geschenke formal zu bezeugen. Dann, als die Edlen wieder ihre Plätze eingenommen hatten, nahm Crida ihre Hand in seine. Sie wußte, daß jetzt ein Kuß die Verlobung besiegeln würde, und gehorsam hob sie ihr Gesicht empor. Seine Lippen legten sich kühl und trocken auf ihre, dann schritt er zurück und erlaubte ihr, auf ihren Platz neben der Königin zurückzukehren.

Sie hätte es viel mehr vorgezogen, bei ihm zu bleiben.

38

Als die Verlobungsfeier vorüber war, kehrten Witgar und der Rest seines Gefolges nach Wight zurück, während Auda in Winchester blieb. Niniane brachte die Prinzessin in den Frauengemächern bei den anderen unverheirateten Frauen unter. Sie würde sich besser und nicht so allein fühlen, wenn sie Mädchen in ihrem Alter in ihrer Gesellschaft hätte, hatte sie Crida erzählt. Den wirklichen Grund, daß sich dann Nola und nicht sie selbst um Auda kümmern müßte, behielt Niniane für sich.

»Wenn du erst verheiratet bist, wird dein Vater dir die alte Halle der Königin geben, in der ihr beide leben könnt«, erzählte Niniane ihrem Sohn. »Jetzt jedoch, solange ihr beide noch so jung seid, ist es das Beste, so wie immer fortzufahren.«

»Ja, Mutter«, stimmte Crida ihr zu. Er war sich der Schwierigkeiten seiner Mutter, das Mädchen zu akzeptieren, mehr bewußt, als Niniane vermutete. Crida war der zurückhaltendste ihrer Söhne, aber wahrscheinlich auch derjenige, der Niniane am meisten verbunden war. Er sah, wie sie noch immer um Cerdic trauerte. Und da seiner Verlobten nicht entgangen war, wie seine Mutter über sie dachte, hielt auch er es für das Beste, wenn sich jemand anderes um Auda kümmerte.

Die Wochen vergingen. Nola berichtete Niniane, daß es keine Probleme mit Auda gab, daß sie aber sehr verschlossen wäre. Sie hatte mit keinem der anderen Mädchen Freundschaft geschlossen. »Sie ist eine fürchterliche Näherin, aber sie verbringt sehr viel Zeit mit den Näharbeiten.«

Niniane, die eine hervorragende Näherin war, warf Nola einen verächtlichen Blick zu und enthielt sich einer Antwort.

Dann eines Tages mitten im Juni, vor dem Fest, das den Sommer einleiten sollte, ging Niniane in ihr Schlafzimmer, um Fara zu füttern, und man sagte ihr, daß eine der Dienerinnen das Baby mit in den Gewürzgarten genommen hatte, damit es etwas frische Luft bekam. Niniane, die selbst den ganzen Morgen im Bleichhaus beschäftigt gewesen war, beschloß, sich selbst auf die Suche nach ihrer Tochter zu begeben.

Sie fand das Baby im Garten, es lag auf einer Decke. Vor ihr kniete Auda, sie beobachtete mit einem kleinen, zärtlichen Lächeln auf den Lippen, wie das Baby strampelte. Niniane hielt einen Moment überrascht inne, dann sprach sie das Mädchen mit ihrem Namen an. Auda fuhr erschrocken zusammen und schaute auf. Ihre Wangen färbten sich leicht rot. »Eure Dienerin mußte für ein paar Minuten fort, und ich habe ihr angeboten, mich um das Kind zu kümmern«, sagte sie sich verteidigend. Sie hatte die Augen gesenkt.

Niniane war verunsichert. Warum schaute das Mädchen ihr niemals ins Gesicht? Was sollte Crida bloß jemals mit einer solchen Maus anfangen?

»Ich danke Euch, Auda«, erwiderte sie kühl. »Das war nett, aber ich werde sie jetzt selbst nehmen.« Und sie ließ sich auf der Decke neben dem Kind nieder. Verwirrt durch die plötzliche Bewegung sprang Auda auf. Niniane runzelte die Stirn und schaute sie an. Einen winzigen Augenblick konnte sie in Audas ungeschützte Augen sehen, dann schlossen sich die langen Wimpern wieder darüber.

»Auda ...« Niniane war erschreckt. Das Mädchen war vor ihr zurückgezuckt, als fürchtete sie, geschlagen zu werden. Und in diesem kleinen, enthüllenden Augenblick trugen ihre Augen den Ausdruck eines geängstigten Kindes.

»Soll ich Euch eine Dienerin schicken, Mylady?« fragte das Mädchen. Ihre Stimme war fest, ihr Gesicht verriet nichts. Sie schaute Fara an.

»Nein«, sagte Niniane hilflos. »Nein. Aber warum tragt Ihr Fara nicht für mich in die Halle zurück?«

Auda richtete sich eine Winzigkeit auf, aber dann beugte sie sich hinab und nahm das Baby in ihre Arme. Niniane sah, daß sie das Baby mit spontaner Zärtlichkeit behandelte. Niniane ging neben ihr her, als sie zur Halle zurückkehrten, sie plauderte über das Baby, aber obwohl Auda höflich zuhörte, antwortete sie nur einsilbig.

Das Mädchen verließ die Halle des Königs, sobald sie Fara zurück in ihr Körbchen gelegt hatte. Niniane beobachtete, wie die kleine, schlanke Gestalt aus der Tür schlich und wurde plötzlich von einem schrecklichen Schuldgefühl erfaßt. Das arme Kind, dachte sie. Was habe ich mir nur dabei gedacht?

Niniane begriff plötzlich, daß das Mädchen sich in Winchester ängstigte und einsam war. Sie wurde von Gewissensbissen geplagt, angesichts der Art, wie sie das Mädchen behandelt hatte. Es gab keine Entschuldigung, dachte sie. Sie vor allem hätte wissen müssen, was es hieß, plötzlich unter Fremden zu sein, und zwar unter Fremden, von denen man für einen Feind gehalten wurde. Niniane dachte daran, wie nett Ceawlins Mutter zu ihr gewesen war, und sie fühlte sich nur noch schlechter. Sie begann, sich einen Plan zu überlegen, wie sie Auda als Freundin gewinnen konnte.

Es war ein hartes Stück Arbeit. Allen ihren Bemühungen wurde mit absoluter Höflichkeit begegnet. Auda traute ihr nicht, das war ganz offensichtlich. Nur wenn sie mit Fara zusammen war, erlebte Niniane das Mädchen ein bißchen glücklich. Auda liebte das Baby, und nur in den gemeinsamen Gesprächen über das Baby war Niniane etwas erfolgreich.

Der Juli begann mit einer Regenwoche, aber dann hatte der Himmel ein Einsehen und jeden Tag sandte eine außerordentlich heiße Sonne ihre Strahlen herab. Es war an einem solchen Nachmittag, nachdem sie Fara gefüttert und in ihr Körbchen zum Schlafen gelegt hatte, daß Niniane beschloß, sich in den Gewürzgarten zu setzen. Sie war in der letzten Zeit wesentlich seltener in den Wald geritten, weil die Geschehnisse innerhalb ihrer Familie sie viel zu sehr eingespannt hatten.

Sie ging langsam an den ordentlich gepflanzten Reihen von Gewürzen entlang, genoß die Sonne und dachte endlich einmal an nichts Besonderes, als Stimmen sie darauf aufmerksam machten, daß außer ihr noch jemand im Garten war. Sie schaute hoch und sah neben der Hütte, in der die Gartengeräte standen, den nicht zu verwechselnden blonden Kopf Cridas.

Sie hielt inne. Was machte Crida hier im Garten? Sie dachte, er wäre bei Ceawlin gewesen. Dann hörte sie den Klang einer weiblichen Stimme. Im nächsten Augenblick kam die Gestalt, die sich offensichtlich über die Pflanzen gebeugt hatte, in Sicht. Es war Auda.

Niniane stand still. Der Junge und das Mädchen hatten sie nicht gesehen, sie waren zu sehr in ihr Gespräch vertieft, als daß sie ihr Näherkommen bemerkt hätten. Auda hatte einen Krug Wasser in der Hand, und jetzt, als Crida etwas sagte, das sie offensichtlich überraschte, zuckte ihre Hand, und das Wasser schwappte über. Es floß über die Füße von Crida, der nach einem Augenblick des Schweigens in Lachen ausbrach.

Auda war zunächst aus Furcht zurückgeschreckt, aber jetzt stimmte sie in sein Gelächter ein, zuerst etwas zaghaft, dann aber mit beinahe hysterischer Hingabe. Nachdem sie ein paar Schritte gegangen waren, hielt Crida mitten im Lachen inne und streckte eine Hand aus, um sie zu sich heranzuziehen. Das Mädchen legte erwidernd seinen Arm um Cridas Nacken und hing an ihm, als wäre er ihre einzige Hoffnung auf der ganzen Welt. Ihr langes, braunes Haar strömte über Cridas Arm, und ihr Gesicht war an seine Schulter gepreßt. Niniane wandte sich um und ging fort.

Zum ersten Mal seit Monaten fühlte sie sich glücklich. Der Tag war schön und warm, und ganz plötzlich hatte sie Sehnsucht nach Ceawlin. Aber er mußte an diesem Tag einen besonders schwierigen Fall anhören, und sie wußte, daß sie ihn nicht stören durfte. Es ging um einen von Wuffas Männern, der die Tochter eines Lehnsmannes verführt hatte. Diese Tat war in den Augen des Gesetzes Vergewaltigung, und die Vergewaltigung einer freien Frau wurde gewöhnlich mit dem Tod bestraft, sofern er sie nicht heiratete.

In diesem Fall schien das Mädchen jedoch einverstanden gewesen zu sein. Sie und ihr Liebhaber baten nun den König, ihre Heirat anzuerkennen und ihr das Recht der Erbschaft zuzugestehen. Die Hauptbeteiligten in dieser Geschichte waren an diesem Tag alle in Winchester, um Ceawlins Urteil zu hören.

Niniane entschied sich, zu Nola zu gehen und etwas zu plaudern.

Die Anhörung in der großen Halle war am späten Nachmittag beendet, und als Ceawlin ins Schlafzimmer ging, saß Niniane am Fenster und stillte das Baby. Sie lächelte ihn an und fragte: »Wie ging es?«

Er grunzte etwas und dehnte seine Rückenmuskeln. Er haßte es, wenn er den ganzen Tag sitzen mußte. »Du weißt, was für ein Fall das war, Niniane. Das Mädchen ist noch ein Kind und eine Erbin, und der Mann versucht, Land und Macht in der einzigen Weise zu erlangen, die ihm möglich ist. Es wäre ihm niemals erlaubt worden, sie zu heiraten, also verführte er sie.«

»Und das Mädchen?«

»Das Mädchen war eindeutig einverstanden. Dennoch habe ich ihrem Vater geraten, nicht zu beweisen, daß sie einverstanden war. Die Ehe ist vollzogen, das Mädchen nicht länger eine Jungfrau und daher wertlos. Sie wird sogar das Recht auf ihr Erbe verlieren, wenn sie beweisen, daß sie aus freien Stücken mit dem Mann ging. Also ist es am besten, ihn als ihren Ehemann zu akzeptieren und die Ehre von allen Beteiligten zu bewahren.« Er zuckte die Achseln. »Das ist in solchen Fällen immer das beste. Ich weiß nicht, warum sie hergekommen sind, nur um das zu hören.«

Sie nahm Fara von der Brust und legte sie quer über ihre Schulter. »Sie wahren dadurch ihr Gesicht, wenn du derjenige bist, der entscheidet«, sagte sie.

»Ich vermute, es ist so.« Er schaute bedauernd über ihren Kopf hinweg aus dem Fenster. »Es ist ein hervorragendes Wetter zum Jagen. Und ich war den ganzen Tag in der Halle eingesperrt.«

»Willst du noch etwas ausreiten?« fragte sie spontan.

Seine Augen verweilten auf ihrem Gesicht. »Mit dir?«

»Mit mir. Es tut uns gut, zusammen ein bißchen rauszukommen.«

Er lächelte. Er war bereits drei Tage in dieser Woche auf die

Jagd gegangen, und seine Haut war braungebrannt von der Sonne. »Ich werde die Pferde satteln lassen«, sagte er.

Sie führte ihn zu der Lichtung. Die Luft war jetzt schwer und still und das Summen der Bienen war ungewöhnlich laut.

»Ich fürchte, wir bekommen einen Sturm«, sagte Ceawlin. Er schaute auf den Teich. »Ich habe Durst.« Er ging hin, um etwas zu trinken.

Niniane setzte sich auf den Baumstamm und sah ihm zu. »Ich glaube nicht, daß ich mir länger Sorgen um Auda machen muß«, sagte sie, als er wieder zurückkam.

»Ach?« Er hob eine Augenbraue. »Warum nicht?«

»Ich glaube, ich kann sie Crida überlassen«, erwiderte Niniane. Sie fühlte sich auf einmal so friedlich. Sie rückte etwas näher zu ihm heran, und als er seinen Arm um sie legte, lehnte sie ihren Kopf an seine Schulter. Einen Augenblick saßen sie schweigend da, beide mit ihren eigenen Gedanken beschäftigt.

»Dies ist bereits der dritte Fall einer Verführung in diesem Jahr«, sagte Ceawlin schließlich. »Ich werde die Strafgelder erhöhen müssen.«

»Zu viele gutaussehende Männer ohne Land versuchen, nach oben zu kommen«, murmelte Niniane.

»So scheint es.« Er beugte seinen Kopf nach unten und schaute sie an. »Warum bist du plötzlich so sicher, daß du Auda ruhig Crida überlassen kannst?«

Sie erzählte ihm von dem, was sie am frühen Nachmittag erlebt hatte.

»Hmm«, sagte Ceawlin. »Wenn das der Fall ist, sollten wir sie besser verheiraten, sobald Crida fünfzehn ist.«

»Fünfzehn ist zu jung!« protestierte Niniane. »Du hast auch nicht geheiratet, bevor du achtzehn warst. Ich dachte, wir wollten noch warten.«

»Ich hatte meine erste Frau mit fünfzehn«, entgegnete Ceawlin. »Mein Vater schickte eine der Frauen aus den Frauengemächern in mein Zimmer.«

»Ich finde das abstoßend«, sagte Niniane.

»Ich weiß.« Seine Stimme klang amüsiert. »Deshalb haben wir ja auch keine solchen Frauen mehr in Winchester. Witgar und seine Männer hielten uns für unzivilisiert. Ich mußte sie nach Venta schicken. Ich dachte, ich müßte auch Crida nach Venta...«

»*Was?*«

»Der Junge muß es von irgend jemandem lernen, Niniane«, sagte ihr Mann, der wie immer sehr praktisch dachte.

»Sie können es zusammen lernen. Wir haben das auch getan.«

»Ich hatte aber bereits etwas Erfahrung«, sagte er ungerührt.

Eine lange Pause entstand. Dann sagte sie: »Du bist so gut zu mir, Ceawlin.« Ihre Stimme klang vollkommen friedlich. Er lächelte und berührte ihr Haar mit seinem Mund.

»Keine andere Frau könnte mir geben, was du mir gibst«, sagte er. »Das ist alles.«

Als sie nach Winchester zurückkehrten, hatte es zu regnen begonnen. Alle Kinder hatten sich in dem großen Raum der Halle des Königs versammelt, als Niniane und Ceawlin eintraten. Niniane ließ Essen bringen, und während sie und Ceawlin aßen, hörte sie zu, wie ihr Mann Crida von dem Fall berichtete, den er heute zu entscheiden gehabt hatte.

»Warum ist Crida nicht dabeigewesen?« fragte Niniane schließlich.

Ceawlin zuckte mit den Schultern. »Das Mädchen bat darum, daß so wenig Leute wie nötig dabeisein sollten. Als wenn nicht ganz Wessex inzwischen von ihrer Schande wissen würde.«

»Wir brauchen mehr Land«, sagte Crida.

Niniane richtete sich auf. »Unsinn. Es gibt genug Land in Wessex.«

Ceawlin warf seinem Sohn einen warnenden Blick zu. Dann sagte er: »Wir sollten damit anfangen, daß Auda ihre Abende hier verbringt. Es muß langweilig für das Mädchen sein, die ganze Zeit mit den Frauen zusammen zu sein.«

»Eine sehr gute Idee.« Niniane warf Ceawlin einen dankbaren Blick zu. Sie hatte so etwas nicht selbst vorgeschlagen, weil sie wußte, wie gerne er versuchte, die Kinder aus der Halle fernzuhalten.

Auch Crida sah sehr zufrieden aus. »Sie könnte auf diese Weise lernen, weniger Angst vor uns zu haben. Ich werde es ihr sagen, Vater.«

III

Der Bretwalda
(576–577)

39

Dies war nicht das erste Mal, daß Coinmail Wales einen Besuch abstattete. In den letzten zwei Jahren, seitdem der Tod seines Schwiegervaters ihn zum unbestrittenen Anführer der Dobunni gemacht hatte, war er mehrere Male in Wales gewesen. Die Stammesführer, mit denen er sich an diesem Tag traf, waren zwei der führenden Fürsten von Gwent: Condidan und Farinmail. Beide hatten Land, das an die Sabrina See angrenzte, die Wales von Dumnonia trennte. Und beide waren bereits vorher gegenüber Coinmail aufgeschlossen gewesen, wenn er sie vor den Westsachsen und ihren Ausdehnungen in britisches Gebiet gewarnt hatte.

Die drei Männer trafen sich in Caer, Farinmails wichtigster Hochburg. Caer war eine typisch walisische Feste und bestand aus einer Gruppe von kleinen Steinhallen, beinahe Hütten, die von Erd- und Holzwällen umgeben waren. Die Halle, in der sie sich trafen, war ungefähr zwanzig mal zehn Meter groß und hatte einen Herdplatz am hinteren Ende. Die drei Prinzen waren allein, sie saßen in einem kleinen Halbkreis in Sesseln vor der Herdstelle. Es brannte jedoch kein Feuer, denn es war Sommer.

Es war Coinmail, der es zur Sprache brachte: »Witgar ist tot«, sagte er. »Wight ist jetzt ein Teil von Wessex.«

Es wurde einen Augenblick still. »Nun, wir wußten, daß es geschehen würde«, sagte Condidan. »Es ist keine Überraschung.«

»Es ist eine Gebietsausweitung nach Süden«, stimmte Farinmail zu. »Ich mag es zwar nicht, wie sich Ceawlins Einfluß immer weiter ausdehnt, aber Wight ist weit weg von uns.«

Coinmail antwortete auf diese Kommentare nicht. Statt dessen meinte er: »Ich habe gerade mit Dumnonia gesprochen. Kennt ihr die Villa von Dynas im Osten von Aquae Sulis?«

Die beiden walisischen Fürsten saßen jetzt aufrecht in ihren Sesseln. »Natürlich kennen wir sie«, antwortete Condidan. Seit Jahrhunderten hatte Dynas einem römisch-keltischen Fürsten der Durotrigen gehört. Die Villa stand zu Aquae Sulis in ähnlicher Beziehung wie Bryn Atha zu Calleva-Silchester. In den Tagen der römischen Herrschaft war der Herrscher von Dynas auch der Magistrat der Stadt gewesen. In den letzten zwei Jahrhunderten war aus Dynas, wie aus allen der von den Römern erbauten Villen, fast so etwas wie eine Insel geworden. Aber der Name war immer noch berühmt. Nicht so bekannt wie Avalon vielleicht, aber so ähnlich wie Bryn Atha.

Condidan sah Coinmail forschend an. Der walisische Prinz war ein Mann von ungefähr fünfzig Jahren, mit grau werdenden braunen Haaren und Bart. Er hatte niemals die römische Angewohnheit des Rasierens übernommen. »Was ist mit Dynas?« fragte er. »Ich dachte, Bevan wäre dort noch immer Fürst.«

»Das ist er auch. Aber er hat nur eine Tochter, die Dynas erben wird, wenn er gestorben ist. Und er hat das Mädchen mit dem Sohn von einem von Ceawlins Edlen verlobt.«

Es entstand eine entsetzte Stille. »Wie kann das sein?« fragte Farinmail schließlich. »Bevan ist Christ.«

»Sehr einfach.« Coinmails Stimme klang bitter. »Ceawlins Edler Bertred ist mit einer Britin verheiratet, und ihre Kinder wurden getauft. Wie auch die meiner Schwester. Nicht, daß das irgend etwas bedeutet; sie werden trotzdem alle zu Heiden erzogen. Aber die Taufe macht die Heirat möglich.«

»Ich verstehe das nicht.« Farinmail umschloß die Armlehne seines Sessels mit den Händen. »Warum sollte Bevan Dynas in die Hände von Sachsen geben?«

»Er glaubt, es wäre die beste Art, seinen Besitz zu schützen.« Coinmails Lippen waren zu einer dünnen Linie zusammengezogen. »Er ist ein Narr.«

»Mit der Annektierung von Wight wird Wessex sich von der Engen See bis zum Aildon-Gebirge ausdehnen.« Condidans buschige Augenbrauen rückten näher zueinander. »Und wenn Ceawlin sich erst einmal in Dumnonia festgesetzt hat...«

»Wird Wales als nächstes dran sein.« Farinmails schmales, dunkles Gesicht war grimmig.

Condidans Stirnrunzeln verstärkte sich. »Er hat nichts getan, was auf kriegerische Absichten hindeutet.«

»Das braucht er auch nicht«, erwiderte Coinmail. »Warum sollte er kämpfen, wo er doch durch Heiraten siegt? Es ist bei meinen eigenen Leuten genau dasselbe. Hochzeiten zwischen den Dobunni, die in der Nähe von Ufton leben, und den Atrebaten sind häufig. Ufton liegt direkt an der römischen Straße nach Corinium, Glevum und Wales, und die Atrebaten sind Ceawlins Untertanen.«

Eine tiefe Stille entstand, als die zwei walisischen Anführer den Fürsten der Atrebaten ansahen, der jetzt der Anführer eines anderen Stammes war. Coinmail ging auf die vierzig zu, aber es war noch keine Spur von Grau in dem rötlich-braunen Haar zu sehen, das er immer noch kurzgeschnitten nach römischer Art trug. Seine scharfgeschnittenen Gesichtszüge waren so schön wie in seiner Jugend. Er war, wenn überhaupt, dann noch beeindruckender als je zuvor und unerbittlich wie der Tod, was das Erreichen seiner Lebensziele anging.

»Vielleicht solltest du Kontakt mit deiner Schwester aufnehmen?« schlug Condidan schließlich vor. »Erzähl ihr von unseren Sorgen...«

Coinmails Lippen zogen sich hart zusammen. »Meine Schwester ist zu einer Sächsin geworden.«

»Aber sie ist doch sicher noch Christin, oder nicht?«

Coinmail zuckte die Achseln. »Was bedeutet das schon? Sie hat Ceawlin sechs Kinder geboren. Sie hat ihren Anteil an all diesen Eheschließungen. Niniane wird nichts für uns tun. Wenn wir Ceawlin aufhalten wollen, müssen wir es selbst tun.«

Niniane und Auda saßen zusammen im Gewürzgarten und spannen Wolle. Fara, eine kleine und lebhafte Dreijährige, jagte einen Schmetterling, während Audas Baby friedlich in dem Körbchen zu Füßen der Mutter schlief.

»Ceawlin besteht darauf, daß die Lehnsmänner aus Wight nach Winchester kommen und ihm und Crida die Treue schwören«, sagte Niniane mit einem Seufzer. »Ich muß zugeben, ich habe versucht, ihn zu überzeugen, daß es einfacher wäre, wenn er nach Wight geht, aber er weigert sich. Ich vermute, daß er recht hat. Es ist meistens so.« Niniane warf ihrer Schwiegertochter einen kläglichen Blick zu. »Natürlich bin ich diejenige, die sie unterbringen und versorgen muß.«

Auda war amüsiert. »Du schaffst das schon, Mutter. Auch das ist meistens so.«

Einen Augenblick war es still, während die Frauen friedlich ihre Wolle spannen. Das Baby leckte sich im Schlaf über die Lippen, und Auda begann zu lachen. »Er ist so gefräßig. Selbst im Schlaf denkt er nur an Essen.«

»Er ist ein schöner, gesunder Junge«, sagte Niniane. »Du und Crida, ihr seid gesegnet.«

»Ich weiß.« Audas Stimme war sehr weich. Sie wandte sich zu Niniane um und lächelte. »Ich glaube, du hast so lange in Winchester gelebt, Mutter, daß du gar nicht mehr spürst, wie ungewöhnlich das Leben hier ist. Hier gibt es keine kleinen Eifersüchteleien, keine Intrigen, keine Gehässigkeiten, wie sie die Enklave meines Großvaters auf Wight durchdrangen. Und ich weiß von meiner Schwester Fritha, die nach Ost-Anglia geheiratet hat, daß es dort dasselbe ist. Aber hier ... hier ist alles so friedlich.«

Ninianes geübte Finger arbeiteten weiter, auch als ihre Gedanken abschweiften. Ost-Anglia, dachte sie. Nein, nach all den Berichten, die sie von dort erhielten, waren die Dinge in den letzten paar Jahren weit entfernt davon gewesen, friedlich zu sein. Mit dem Tod von Guthfrids Bruder und dem Aufstieg von dessen Sohn Redwold zum König war Guthfrid von ihrer früheren, einflußreichen Position verdrängt worden. Sie und ihr Sohn stellten plötzlich eine Beeinträchtigung für den neuen König dar, eine störende Erinnerung an Ost-Anglias zweifache Niederlage durch Ceawlin von Wessex. Aber selbst nach ihrem erzwungenen Rückzug blieb Guthfrid eine Quelle der Bitterkeit und Zwietracht in Sutton Hoo. Sie hatte, nach allem, was man hörte, wie eine Furie gewütet, als Redwold nicht seinen Cousin, sondern seinen Bruder mit Audas Schwester Fritha von Wight verheiratet hatte.

Erst letzten Monat hatten sie erfahren, daß Guthfrid tot war. Durch Gift, wurde geflüstert; aber Gift war angeblich immer im Spiel, wenn ein Mitglied des Königshauses an etwas anderem als im Kampf oder im Kindbett starb.

Guthfrid, der unerbittliche Feind von allem, was Niniane lieb und teuer war, war endlich tot. Niniane fühlte immer noch einen Schauer von bösem, unchristlichem Vergnügen, wenn sie an Guthfrid dachte, die jetzt sicher unter der Erde war.

Guthfrid hatte auch in ihrer Zeit in Winchester genug Zwietracht gesät. Aber Niniane wollte Auda nicht an die Intrigen erinnern, an denen ihre eigene Familie einen nicht unbeträchtlichen Anteil hatte. Auda war außerordentlich empfindsam bei so etwas. Also wandte sie sich jetzt zu der Frau ihres Sohnes um und meinte mit einem kleinen Lachen: »Du würdest den Frieden in Winchester nicht so preisen, wenn du den Streit miterlebt hättest, den ich heute zwischen dem Bäcker und dem Koch schlichten mußte.«

Audas Gesicht war ernst. »Ich habe nicht von den Dienern gesprochen«, sagte sie.

»Ich weiß.« Niniane ließ ihre Hände in ihrem Schoß ruhen und sah, wie Fara in ein Beet mit Thymian fiel. Das kleine Mädchen stand unverletzt auf und eilte wieder dem Schmetterling hinterher. »Es gibt keinen Frieden in einem Haushalt, in dem zwei Frauen nach Macht streben«, sagte Niniane schließlich. »Ceawlin wuchs mitten in einem Krieg auf, der zwischen seiner Mutter und Guthfrid tobte. Er hat seine Lektion gelernt.« Sie nahm die Wolle wieder auf.

»Ich verstehe ...«, sagte Auda gedankenvoll.

Niniane warf ihr einen Blick von der Seite zu. »Was verstehst du?«

Farbe stieg in Audas Wangen. »Nun ja, du mußt wissen, Mutter, wie unüblich es ist für einen Mann ... na ja, ich meine, der König ist nicht wie andere Männer ...« Ninianes Amüsement war jetzt deutlich sichtbar, und Auda sagte etwas hilflos: »Du weißt schon, was ich meine.«

»Ich weiß, was du meinst.« Ninianes Grübchen war jetzt deutlich zu sehen. »Und es erklärt es auch *teilweise*.«

Auda blickte ihren Sohn an. »Ich hoffe, ich kann mit Crida eine ebenso gute Ehe führen, wie du mit dem König.« Ihr Blick sprang zu Niniane, dann wieder auf ihren Sohn zurück. Nach einem kurzen Zögern fügte sie hinzu: »Und ich denke nicht nur an mein eigenes Glück, wenn ich das sage.«

Niniane neigte ihren Kopf. »Was meinst du damit?«

»Ich glaube, wenn Friede in der Familie des Königs herrscht, dann herrscht auch Friede im Königreich«, sagte sie langsam und gedankenvoll. »Als mein Vater noch lebte, hat er sich immer mit meinem Großvater gestritten. Er fand, daß mein Großvater ihm nicht genügend Macht gab. Es gab immer irgendwelche Pläne und Verschwörungen zwischen ihm und den verschiedenen Lehnsmännern und Edlen, die in dieser Unzufriedenheit ihre Chance sahen, selbst voranzukommen.« Jetzt blickte Auda Niniane direkt an. »Crida denkt nicht so über den König. Crida bewundert seinen Vater, er liebt ihn. Alle deine Kinder empfinden so, gegenüber dem König, gegenüber dir und auch gegenüber den Geschwistern. Es gibt keine Rivalitäten. Und dieses ... Wohlwollen ... es sickert in jeden Winkel des Königreichs. Zu den Edlen und den Lehnsleuten.«

Niniane starrte Auda mit einer plötzlichen Regung von Freude und Respekt an. »Das hast du sehr scharfsinnig erkannt, Auda.«

Auda errötete. Wie dankbar das Kind für Lob ist, dachte Niniane, als sie Auda zulächelte. Sie packte ihre Wolle weg. Sie hatte schon seit längerem gedacht, daß Cridas Heirat für das Königreich ebenso ein Erfolg sein würde. Auda erwies sich als erstaunlich geschickt, was die Angelegenheiten des Regierens anging. Und ganz offensichtlich bewunderte sie auch Crida. Niniane dachte, daß ihr Sohn wie Ceawlin war und mit nur einer Frau zufrieden sein würde. Auda hatte Wessex bereits einen Erben geschenkt. Als Ninianes Gedanken diesen Punkt erreicht hatten, bekam Ceowulf einen Schluckauf im Schlaf, und Auda beugte sich nach vorne, um nachzusehen, ob alles in Ordnung war.

Crida hatte das Baby Cerdic nennen wollen, aber Niniane hatte sich geweigert. Sie war noch nicht bereit für einen neuen Cerdic.

Auda hatte recht, dachte sie jetzt, als sie auf den schlanken Rücken des Mädchens blickte, das sich über das Baby beugte. Ihre Familie war mit sich selbst im Frieden.

Es war eine Unterhaltung, an die sie sich in nicht allzu ferner Zukunft mit schmerzhafter Nostalgie erinnern sollte.

Ceawlin wütete. Es war lange her, daß Niniane ihn so wütend gesehen hatte. Er ging im Schlafzimmer auf und ab. »Ich werde es nicht erlauben«, sagte er. »Er hat sich entschieden, mich herauszufordern, und er wird feststellen, daß er einen Fehler gemacht hat.«

Niniane hatte sich in den Sessel am Fenster verkrochen und betrachtete ihn. Ceawlins Zorn hatte seinen Grund in der Tatsache, daß der Fürst von Dynas die Verlobung seiner Tochter mit Bertreds Sohn gelöst hatte. Es war weniger dieser Schritt an sich, der Ceawlin so erzürnte, als vielmehr der Grund dafür.

»Dynas fällt nicht in das Gebiet deines Bruders«, schleuderte er Niniane entgegen. »Coinmail ist über seine Grenzen hinausgeschossen, als er Bevan verboten hat, diese Hochzeit durchzuführen. Und Bevan ist ein Feigling ohne Rückgrat, daß er sich von Coinmail so einschüchtern läßt.«

Es war natürlich auch Bevans Feigheit, die ihn überhaupt eine Heirat mit einem Sachsen für seine Tochter hatte in Betracht ziehen lassen, aber Niniane hielt den Zeitpunkt für ungeeignet, Ceawlin dies klarzumachen.

»Was sagt Bertred?« versuchte sie aus ihm herauszubringen, nachdem er einige Zeit schweigend dagesessen hatte. Bertred war selbst an diesem Nachmittag mit der Neuigkeit von der Lösung der Verlobung nach Winchester gekommen.

»Bertred möchte, daß sich Bevan an die Verlobung hält. Ich kann ihm das nicht verübeln. Wie alle britischen Villen«, er warf einen geringschätzigen Blick auf Niniane, »verfällt auch Dynas immer mehr, aber es ist ein grundsätzlich reicher Besitz. Er wird eine sehr schöne Niederlassung für Bertreds zweiten Sohn bilden.«

»Aber Ceawlin, wie kannst du Bevan zu der Verlobung zwingen? Dynas liegt nicht innerhalb der Grenzen von Wessex. Es ist ein Teil von Dumnonia. Ich kann Coinmails Sorge, daß es in sächsische Hände fällt, verstehen...« Ihre Stimme brach ab. Er hatte aufgehört umherzugehen und stand jetzt vor ihr, türmte sich mit blitzenden Augen vor ihr auf.

»Dumnonia ist nicht Coinmails Sorge«, sagte er.

»Nun«, sie schluckte hart, »es ist auch nicht deine.«

»Dynas gilt meine Sorge. Es war dem Sohn eines meiner Edlen versprochen, und ich werde dafür sorgen, daß er es auch erhält.«

Niniane starrte in das Gesicht ihres Mannes. Es war lange her, seit es jemand gewagt hatte, Ceawlin herauszufordern. Er konnte mit einer so leichten Hand regieren, weil seine Herrschaft so unbestritten akzeptiert wurde. Aber jetzt würde es anders sein. Wenn Ceawlin in einen Streit mit Coinmail geriet, würde die Treue seiner britischen Gefolgsleute empfindlich auf die Probe gestellt werden. Sie wußte es. Eine Konfrontation mit Coinmail würde die gesamte Stabilität von Wessex bedrohen. Aber jetzt, während er noch so ärgerlich war, war nicht der richtige Moment, ihm das zu sagen. Er würde nicht zuhören. Später vielleicht, wenn sie ihn bei sich im Bett hatte...

»Ich habe die ganzen Jahre meine Hand für sie hingehalten«, sagte er jetzt. Die Linie um seinen Mund war dünn. »Wir brauchen mehr Land, und ich habe meine Hand bisher noch nicht danach ausgestreckt, ich habe mein Bestes versucht, Wessex mit friedlichen Mitteln auszudehnen. Ich habe immer auf die Rechte der Briten Rücksicht genommen. Aber wenn Coinmail mich herausfordert, Niniane, wird sich das alles ändern.«

Lieber Gott. »Ceawlin ... es ist nicht nötig, an einen Krieg zu denken«, sagte sie schnell. »Es ist nur eine Verlobung, die gelöst wurde!«

»Nein. Es ist eine Herausforderung, Niniane. Ich weiß es. Coinmail weiß es. Und wenn ich nicht antworte, werden mich meine Edlen und Lehnsleute verachten. Ich selbst werde mich verachten. Ich habe Bertred heute nachmittag versprochen, daß wir an der Verlobung festhalten.«

Das Wetter war drückend. Es war Jahre her, seit es eine solche Hitze gegeben hatte. Bevan saß in seinem Studierzimmer, trank Wein und schwitzte ziemlich stark. Es war noch keine Antwort von Bertred gekommen, seit Bevan einen Boten mit der Nachricht, daß die Verlobung aufgelöst war, zu dem Edlen nach Romsey geschickt hatte. Bevan begann zu hoffen, daß die Sachsen seine Probleme mit Coinmail verstanden und seinen Rückzug gutwillig akzeptierten.

»Mylord.« Einer der Hausdiener stand auf der Schwelle. »Mylord, der Edle Bertred ist soeben mit einem Trupp Männer in den Hof geritten.«

Bevan setzte seinen Weinbecher ab und grunzte. »Mylord«, fuhr der Diener mit riesigen Augen fort, »es ist jemand bei ihm ... Mylord, ich glaube, es ist der König höchstpersönlich!«

»*Was?*«

»Ein Mann mit silbernen Haaren, sehr groß, und er reitet einen weißen Hengst, Mylord.«

»O Gott!« Bevan stand mühselig auf. »Was soll ich jetzt tun?«

»Mylord, Lady Alys ist bereits bei ihnen und begrüßt sie.«

Bevan ließ einen gehetzten Blick durch sein Zimmer streifen, als würde er sich am liebsten verstecken. Dann, als er den Blick des Dieners auf sich spürte, richtete er sich auf und sagte voller Würde: »Ich werde ebenfalls kommen.«

Als er ihn neben Bertred stehen sah, wußte Bevan sofort, daß es Ceawlin war. Er hatte Ceawlin zwar niemals zuvor gesehen, aber es war nicht schwer zu erkennen, daß dieser Mann ein König war. Bevan ging zu ihnen, um seine unwillkommenen Gäste zu begrüßen, und führte sie ins Haus.

»Wir sind gekommen, um die Heirat zwischen Lady Alys und Cedric, dem Sohn von Bertred, zu besprechen«, sagte der König, als die drei Männer in der großen, mit Marmor ausgelegten Halle der Villa saßen. Die Halle war seit Jahrzehnten nicht mehr benutzt worden.

»Mylord ... mein König ...« Bevans blasse Augen sahen verzweifelt aus. »Ihr müßt verstehen, daß es nicht mein Wunsch war, von der Heirat zurückzutreten. Aber Fürst Coinmail kam hierher – mit einhundert Männern, Mylord! – und drohte, Alys nach Wales mitzunehmen, wenn ich nicht in die Lösung der Verlobung einwilligen würde.«

Aus Ceawlins Gesichtsausdruck ließ sich nichts entnehmen. Bevan hatte noch niemals einen Mann gesehen, der so gut aussah wie der sächsische König. »Ich wußte nicht, daß Fürst Coinmail Macht über diesen Teil der Welt besitzt.« Er klang etwas überrascht.

»Mylord, Ihr wißt, daß er hier offiziell keine Macht besitzt. Aber Coinmail ... nun, es ist schwer, nein zu Coinmail zu sagen. Besonders, wenn er mit hundert Männern kommt, um seinen Willen durchzusetzen!«

»Ah.« Ceawlin nahm einen Schluck von seinem Wein und lächelte Bevan zu. Der britische Fürst spürte, wie er sich entspannte. Das Lächeln des Königs war voller Charme. »Aber ich habe auch einhundert Männer bei mir«, sagte er. »Und ich werde dafür sorgen, daß Ihr Euer Heiratsversprechen einhaltet.«

Es dauerte einen Augenblick, ehe Bevan verstand. Dann verschwand sämtliche weinselige Farbe aus seinem Gesicht. »D-die Heirat einhalten?«

»Ja.« Die ungewöhnlichen blaugrünen Augen waren eindeutig freundlich. »Eure Tochter sagt, daß sie einwilligt. Und

Ihr habt vor Zeugen geschworen, Bevan. Die Heirat wird stattfinden.«

»Ich ...« Bevan war jetzt bleich bis auf die Lippen. »Aber was ist mit Coinmail?«

Die gute Laune war vollkommen aus dem Gesicht des Königs verschwunden. Bevan schlang in der Hitze des Raums die Arme um seine Brust, als wenn ihm kalt wäre. »Ich werde mich um Coinmail kümmern«, sagte Ceawlin. »Ihr braucht Euch darum nicht zu sorgen.«

40

Ceawlin brachte Alys und Bevan nach Winchester und ließ nach dem Priester von Glastonbury schicken.

»Du bringst dich selbst in eine unmögliche Situation«, sagte Niniane zu ihrem Mann. »Du kannst die Heirat erzwingen, aber das heißt nicht, daß Cedric jemals in der Lage sein wird, die Villa für sich zu beanspruchen. Es ist britisches Gebiet, Ceawlin! Coinmail wird ohne Mühe in der Lage sein, seinen Tod zu arrangieren. Und er wird es tun. Und was hast du getan? Statt für ihn ein Landgut zu gewinnen, werden Bertred und Meghan einen Sohn verlieren.«

»Das ist nicht die Angelegenheit einer Frau«, antwortete er.

Niniane wurde plötzlich wütend. »Du warst in der Lage, die Königsherrschaft zu erringen, weil du die Hilfe der Briten hattest«, sagte sie mit zittriger Stimme. »Und du hast die Hilfe der Briten bekommen, weil du mich hattest. Du hast die Königsherrschaft behalten, weil die Briten dir geholfen haben, Ceawlin. Wenn Gereint und Ferris dir nicht Unterschlupf vermittelt hätten, hätte Cutha dich gefangengenommen und getötet. Wage nicht zu sagen, es würde mich nichts angehen. Alles, was dich und meine Söhne betrifft, geht mich etwas an. Und ich sage dir jetzt, daß du einen Fehler machst.«

Seine Augen schlossen sich zu engen, blaugrünen Schlitzen

zusammen. Er war so ärgerlich wie sie. »Wenn dich jemand zur Königin krönt, kannst du die Entscheidungen fällen«, sagte er. »Bis dahin regiere ich, und ich sage, daß die Heirat stattfinden wird. Ich will dazu nichts mehr von dir hören.«

Niniane versuchte, mit Meghan zu reden. »Kannst du es nicht erkennen, Meghan?« sagte sie, als die beiden Frauen in der Halle des Königs beisammensaßen, um die Hochzeitszeremonie zu besprechen. »Diese Heirat ist eine Gefahr für Cedric. Er wird niemals in der Lage sein, in Sicherheit auf Dynas zu leben, nicht mit Coinmail als seinem Feind. Es wäre sehr viel besser, ein nettes sächsisches Mädchen für ihn zu suchen.«

Aber Meghan war keine Hilfe. »Bertred sagt, daß es eine hervorragende Partie für Cedric ist«, sagte sie zu Niniane. »Dieses Mädchen ist eine Erbin von etwas, das nicht so oft den jüngeren Söhnen gegeben wird. Es ist eine Möglichkeit für Cerdic, sich selbst auf einer viel höheren Stufe zu etablieren, als wir jemals hätten hoffen können. Bertred ist entschlossen zu dieser Hochzeit.«

»Meghan«, begann Niniane von neuem, »denk nach. Du bist eine Britin. Du mußt verstehen, wie diese Hochzeit das Königreich zerreißen wird. Ceawlins britische Anhänger haben ihre Loyalität ihm gegenüber immer wieder unter Beweis gestellt, aber niemals hat er sie gezwungen, sich zwischen Wessex und ihren eigenen Leuten zu entscheiden. Das wird sich ändern, wenn Coinmail diese Herausforderung annimmt.«

»Bertred meint, es wäre in Ordnung«, sagte Meghan, und damit war es für sie, so schien es, entschieden. Ninianes Liebe zu ihrem Mann war nicht so blind. Ceawlin konnte einen Fehler machen. Es stimmte, es geschah sehr selten, aber dieses Mal machte er einen. Sie wußte es. Und er wollte nicht auf sie hören.

Sie versuchte es bei Crida. Er hörte geduldiger zu als Ceawlin. »Ich verstehe, was du meinst, Mutter«, sagte er, als sie geendet hatte. »Aber was du nicht verstehst, ist, daß Vater in dieser Angelegenheit gar keine andere Wahl hat. Er kann vor deinem Bruder nicht das Gesicht verlieren. Du machst dir Sorgen, daß er die Treue der Briten verliert, wenn er gegen Coinmail in den Krieg zieht. Ich sage dir aber, er wird den Respekt der Sachsen verlieren, wenn er es nicht tut.«

Es erschien Niniane wie eine Ironie des Schicksals, daß jetzt, nach all den Jahren, in denen sie längst aufgehört hatte, Coinmail als echte Bedrohung für Ceawlin zu sehen, die Konfrontation bevorstand. Sie hatte sich selbst von der Behaglichkeit dieser letzten, friedlichen Jahre in Winchester einlullen lassen. Das Königreich gedieh. Ihre Kinder waren kräftig und gesund. Ceawlin war zufrieden.

Wie glücklich ihre Welt gewesen war. Wie dumm sie gewesen war, sich in Sicherheit zu wiegen, die Gefahren zu vergessen. Sie hatte das dunkle Gefühl, als wenn diese Herausforderung durch Coinmail ihr Fehler wäre, als wenn sie ihn die ganze Zeit in Schach gehalten hätte, einfach dadurch, daß sie sich Sorgen gemacht, ihn gefürchtet hatte. Als sie ihn erst einmal vergessen hatte und er in die hinterste Ecke ihrer Gedanken geraten war, war es, als hätte ihm dies die Freiheit gegeben, zu machen, was er wollte.

Sie war nicht glücklich gewesen, als sie von der Verlobung zwischen Bertreds Sohn und der Erbin von Dynas gehört hatte. Sie lebte schon zu lange bei den Sachsen, um nicht in mancher Hinsicht ihre Gewohnheiten zu übernehmen, aber sie war immer noch eine Britin. Dynas lag in Dumnonia, und kein Sachse hatte jemals dort Fuß fassen können. Kein Brite würde über diese Hochzeit jubeln. Indem Ceawlin die Heirat unterstützte, lieferte er Coinmail den entscheidenden Grund, der ihm bisher immer gefehlt hatte, um Kräfte für seinen Kampf um sich zu scharen. Dumnonia war das Herzstück des keltischen Britanniens. Dumnonia lag dort, wo Arthur Camelot gebaut hatte. Dumnonia und Wales waren die einzigen von den Sachsen noch unberührten Gebiete in Britannien. Es würde Coinmail gelingen, die Briten zu einem Kampf um Dumnonia um sich zu sammeln.

Ein junger Priester verheiratete Alys und Cerdic, und nach einem maßvollen Bankett wurden der frischvermählte Ehemann und seine Frau ins Bett gesteckt. Alys verlor ihre Jungfräulichkeit und es war geschehen; Dynas' nächster Herr würde ein Sachse sein. Wenn er lange genug lebte.

Ceawlin war sich sehr wohl bewußt, daß er Cerdic nicht jetzt nach Dynas schicken konnte, um dort zu leben. Das frischvermählte Paar würde auf Romsey wohnen, bis die Angelegenheit zwischen Ceawlin und Coinmail geregelt wäre. Bevan, die unglückselige Schachfigur in diesem Spiel um Macht, ging allein wieder nach Hause und verfluchte den Tag, an dem er seine Tochter dem Sohn eines Sachsen versprochen und so das Unglück über seinen Kopf hatte hereinbrechen lassen.

Eine Woche nach der Hochzeit brachen Ceawlin, Niniane und eine Eskorte von zehn Männern auf, um Bryn Atha zu besuchen.

Der Anblick ihres alten Heimes hob Ninianes Stimmung wie immer. Aber dann schien sich der Schatten von Coinmail herunterzuneigen. Die Dinge waren im Land der Atrebaten seit der Heirat zwischen Alys und Cerdic nicht mehr die gleichen.

Gereint war sehr direkt, als er auf Bryn Atha mit Ceawlin und Niniane um den Tisch saß. »Du hast einen Fehler gemacht, Ceawlin. Du hast Coinmail genau die Waffe in die Hand gegeben, die er immer gebraucht hat, um die Briten gegen dich zu einigen. Du hast die Integrität von Dumnonia bedroht.«

Ceawlin fuhr sich mit der Hand durch die Haare und starrte Gereint aufgebracht an. »Ich will nicht gegen Dumnonia vorgehen, Gereint. Dies ist eine Hochzeit, keine Vergewaltigung. Der Vater des Mädchens hat Bertred aufgesucht.«

Gereints schmales, dunkles Gesicht war ernst. Je älter er wurde, dachte Niniane plötzlich, desto ähnlicher wurde er seinem Vater. »Bertred hätte das Angebot nicht annehmen dürfen.«

Ceawlin begann, ärgerlich zu werden. »Warum nicht? Wenn ihm eine gute Heirat nach Sussex angeboten worden wäre, hätte er sie auch genommen. Warum ist Dumnonia so heilig?«

»Du verstehst das nicht, Ceawlin.« Die beiden Männer und Niniane saßen in den alten Lehnsesseln im Wohnzimmer, und jetzt beugte sich Gereint nach vorne und starrte auf den Mosaikboden.

»Nein, ich verstehe es nicht.« Niniane sah, daß die Farbe von Ceawlins Augen dunkler wurde. »Willst du damit sagen, daß, wenn der König von Dumnonia einen seiner Söhne zur Hochzeit mit meiner Tochter anbietet, daß ich ablehnen müßte?«

»Cador würde niemals ein solches Angebot machen.« Gereint blickte Niniane an. »Verstehst du es nicht, Niniane? Hast du ihm nicht erklärt, wie es ist?«

»Niniane war gegen die Heirat.« Ceawlins Gesicht war hart und verschlossen.

»Warum, um Gottes willen, hast du dann nicht auf sie gehört?« Gereint klang beinahe verzweifelt. »Du begreifst nicht, was du getan hast, Ceawlin. Du kannst es nicht begreifen. Wenn du es verstehen würdest, hättest du es niemals getan.«

Ceawlin atmete tief und langsam aus. Dies war immer ein Zeichen, daß er sich um seine Beherrschung bemühte. Er durfte seine Beherrschung nicht verlieren, dachte Niniane plötzlich. Seine Beherrschung gegenüber Gereint zu verlieren, wäre das Schlimmste, was er machen konnte.

»Siehst du, Gereint«, sagte sie sanft, bevor Ceawlin etwas sagen konnte, »als die Heirat vorgeschlagen wurde, hatte niemand eine Ahnung davon, was für eine Konfrontation sich daraus ergeben würde. Cador hatte keine Einwände. Es war, wie Ceawlin dir gesagt hat, Bevans Idee. Dann hat Coinmail davon erfahren. Coinmail hat keine Macht über Dumnonia, aber er hat Bevan gezwungen, die Verlobung aufzulösen. Dies geschah, nachdem der Verlobungsschwur ausgesprochen war. Bertred war selbstverständlich wütend und ging zu Ceawlin, damit er Bevan dazu brächte, an der Hochzeit festzuhalten.« Sie zuckte mit ihren schmalen Schultern. »Was hätte Ceawlin tun sollen? Wenn er sich geweigert hätte, Bertred zu unterstützen, hätte er den Respekt sämtlicher Edlen und Lehnsleute verloren.«

»Ich verstehe.« Gereint war sehr blaß. Sein Blick wanderte von Niniane zu Ceawlin. »Bei der Wahl zwischen deinen britischen und sächsischen Gefolgsleuten hast du dich also für die Sachsen entschieden.«

Ninianes Einmischung hatte den gewünschten Effekt. Es gab keinen Hinweis auf Wut in Ceawlins Gesicht oder in seiner Stimme, als er erwiderte: »Ich habe diese Herausforderung nicht gestellt, Gereint. Coinmail tat es. Ich bin vollkommen bereit, weiterhin in Frieden mit Dumnonia zu leben. Und ich bin bereit, dir zu schwören, daß ich Dynas niemals als eine Entschuldigung benutzen werde, um in britisches Territorium einzudringen. Aber wenn Coinmail ein Heer gegen mich organisiert, kann ich nicht sagen, was geschehen wird.«

Die beiden Männer schauten sich an. Niniane hielt den Atem an. Dann sagte Gereint mit schmerzerstickter Stimme: »Ich habe dich immer geliebt, Ceawlin. Verlange nicht von mir, mich zwischen deinen und meinen Leuten zu entscheiden.«

Tränen traten in Ninianes Augen, und in ihrem Hals bildete sich ein Knoten. »Beim Hammer des Thor«, sagte Ceawlin sanft, »steht es so schlecht?«

»Ja«, sagte Gereint. »Das tut es.«

Ein Muskel zitterte in Ceawlins Wange. »Crida ist ein halber Brite«, sagte er, »und Crida wird der nächste König von Wessex sein.«

»Crida mag vom Blut her ein halber Brite sein«, erwiderte Gereint, »aber er ist vollkommen als Sachse aufgewachsen.«

»Du unterschätzt Niniane«, sagte Ceawlin.

Niniane wischte sich mit dem Zeigefinger die Tränen fort. »Gereint... hast du etwas von Coinmail gehört?«

»Ja. Es wird zu einem Kampf kommen, Niniane. Coinmail wollte dies schon seit langer Zeit, und jetzt hat er die Fürsten aus Wales auf seiner Seite.«

»Halte dich zurück.« Ceawlins Stimme war hart vor unterdrückten Gefühlen. »Wenn es einen Kampf gibt, werde ich vom atrebatischen Gebiet fernbleiben. Bleib einfach zu Hause, Gereint. Wirst du das für mich tun?«

»Ich... ich werde es versuchen«, war die Antwort des Briten.

Ceawlin ging mit auf den Hof, um Gereint zu verabschieden. Als er wieder ins Wohnzimmer kam, fand er Niniane in dem alten Lehnsessel sitzend vor. Stille Tränen rannen über ihr Gesicht. »Ich habe versucht, es dir zu sagen«, meinte sie, nachdem er sich auch in einen Sessel hatte fallenlassen.

»Warum hat Dumnonia eine solche Bedeutung?« Seine Stimme war hart und schroff.

»Dumnonia ist... oh, ich glaube, man kann sagen, es war immer das Herzstück des keltischen Britannien. Arthur hat von Dumnonia aus geherrscht. Und Ceawlin, in all den Jahren, seit die Sachsen das erste Mal nach Britannien kamen, waren niemals welche in Dumnonia.«

»Bis jetzt.«

»Bis jetzt.« Sie schniefte und wischte wieder über ihre Wangen.

Er zuckte die Achseln. »Mir tut das alles leid, Nan, aber nachdem Bevan mit dieser verfluchten Hochzeit auf Bertred zugegangen ist, konnte ich nichts mehr tun. Ich konnte Bertred nicht verbieten, seinen Sohn nach Dynas zu verheiraten. Ich würde es auch nicht, selbst wenn ich es könnte. Ich erkläre mich bereit, Dumnonia in Frieden zu lassen, aber ich bin nicht bereit, Coinmail diktieren zu lassen, mit wem sich meine Untertanen verheiraten oder nicht.«

»Ich verstehe.«

»Götter, Nan«, sagte er, und jetzt war das Gefühl, das er vor Gereint unterdrückt hatte, deutlich zu erkennen. »Wird Gereint ein zweiter Sigurd werden?«

Ihr Herz schmerzte um seinetwillen, aber sie verstand auch Gereint sehr gut. »Er will es nicht, Ceawlin.« Dann fügte sie hinzu: »Sein Herz zerbricht darüber, siehst du das denn nicht?«

Er starrte unentwegt auf seine Füße, und alles, was sie von

ihm sehen konnte, war sein Hinterkopf. Seine Stimme klang gedämpft, als er antwortete. »Ich schätze, das war bei Sigurd genauso.«

Es gab nichts, was sie darauf hätte antworten können.

Vier Wochen, nachdem Ceawlin nach Winchester zurückgekehrt war, trafen seine Kundschafter ein und berichteten, daß die Waliser sich in großer Anzahl in der Nähe von Caer rüsteten.

»Wie viele?« wollte Ceawlin wissen.

»Mylord, die Fürsten haben alle kampffähigen Männer ihrer Stämme aufgerufen.«

»Wie viele?« wiederholte Ceawlin.

»Mylord, als wir losritten, waren es vielleicht fünfhundert Männer. Aber es kommen immer noch mehr.«

Nachdem Ceawlin seine Kundschafter entlassen hatte, schritt er im Zimmer auf und ab. Er hatte sich mit den Männern in der Halle des Königs getroffen und die Diener fortgeschickt, um in Ruhe reden zu können; so war er jetzt allein und konnte nachdenken, ohne daß ihm jemand ins Gesicht starrte.

Wenn die Waliser so viele Männer zusammenbekamen... Beim Hammer des Thor! Coinmail würde vielleicht einen Kriegertrupp von eintausend Männern haben. Eintausend Männer war kein Kriegertrupp, das war eine Armee. Solche Zahlen waren in Britannien seit den Kriegen Arthurs nicht mehr gesehen worden.

Er schritt immer noch wie ein gefangener Tiger auf und ab, als Niniane zehn Minuten später hereinkam. Er schaute auf und runzelte die Stirn, als sich die Tür öffnete, sah, wer es war, und schritt weiter auf und ab. Niniane kam herbei, um ihren Platz vor dem Nachmittagsfeuer einzunehmen. Sie sagte nichts.

Es dauerte einige Minuten, bevor er zu ihr sagte: »Die Waliser rüsten sich. Es sind sehr viele.«

»Wie viele?« fragte sie mit ruhiger Stimme.

»Zu viele. Es sieht so aus, als würde Coinmail tausend Mann zusammenbringen.«

Ninianes Wangen waren von der Schwangerschaft ganz schmal und ließen ihre Augen noch größer erscheinen. Jetzt waren sie beinahe nur noch schwarz. »Tausend Mann!«

»So sieht es aus.«

»Du wirst die Freien wieder aufstellen müssen.«

»Ja. Und die Männer von Wight.«

»Was ... was ist mit den Atrebaten?«

»Ich erwarte nicht, daß Gereint mich unterstützt, aber ich sage dir eines, Niniane: Wenn er gegen mich vorgeht, werde ich in Schwierigkeiten geraten.«

»Es ... es gibt nicht so viele Kämpfer bei den Atrebaten, Ceawlin. Ihre Anzahl kann keinen so großen Unterschied machen.«

»Coinmail stellt nicht nur die Krieger auf. Er nimmt jeden Mann, der alt genug ist, einen Bogen oder ein Schwert zu halten. Wenn Gereint sich auf seine Seite schlägt, werden sie die Höfe räumen. Und diese Anzahl wird nicht unbedeutend sein.«

Ihre Augen begegneten sich. »Du hast dies vorhergesagt, ich weiß«, sagte er. »Aber wenn ich alles noch einmal zu entscheiden hätte, ich würde genauso handeln. Wenn ich König sein will, kann ich nichts anderes tun.«

Er meinte das so, dachte sie. Selbst jetzt, da er sich der wahrscheinlich größten Herausforderung seiner Herrschaft gegenübersah, meinte er es. Auch wenn er könnte, er würde die Hochzeit nicht rückgängig machen. Denn für Ceawlin wäre es weitaus schlimmer gewesen, hätte er sich gebeugt.

Sie war anderer Meinung als er. Aber sie unterstützte ihn. Sie würde ihn immer unterstützen. Sie mußte es nicht sagen; er wußte das. »Laß mich selbst gehen und mit Gereint sprechen«, sagte sie.

»Nein.« Schließlich hörte er auf, umherzugehen und hockte sich vor sie auf die Fersen. »Du bist beinahe im fünften Monat schwanger.«

»Ich werde die Sänfte nehmen, wenn du möchtest.« Sie brachte das kurze Haar über seiner Braue in Ordnung. »Wenn die Atrebaten loyal bleiben, werden sie Coinmail nicht nur keine Männer zur Verfügung stellen, sondern ihn auch daran hindern, über Silchester nach Wessex zu gelangen.«

»Ich weiß.« Seine Augen suchten ihr Gesicht. »Ich verstehe es immer noch nicht, Nan. Ich bin ihnen ein ebenso guter König gewesen, wie meinen eigenen Leuten.«

»Ja, das warst du.« Sie beugte sich nach vorne, um mit den Lippen seine Stirn zu berühren. »Laß mich gehen und mit ihm sprechen.«

Er atmete tief ein. »Also gut«, sagte er. »Soll ich Crida mit dir schicken?«

»Nein. Es wird das beste sein, wenn ich allein gehe. Gereint und ich ... wir teilen dieselben Loyalitäten. Er wird leichter mit mir sprechen können, wenn sonst niemand da ist.«

»Also gut«, sagte er wieder. »Ich würde es nicht von dir verlangen, aber du hast recht. Ich kann es mir nicht leisten, daß die Atrebaten gegen mich ins Feld ziehen. Aber nimm eine Sänfte. Und eine Eskorte von zwanzig Männern.«

»Zehn. Ich will nicht, daß es so aussieht, als käme ich, um ihnen zu drohen. Und ich werde die Sänfte nehmen.« Sie rümpfte ihre Nase. »So sehr ich sie auch hasse.«

»Es ist sicherer für dich.«

»Ich weiß.« Sie lehnte ihre Wange an seine. »Gereint liebt dich, Ceawlin. Ich glaube nicht, daß er etwas gegen dich unternimmt, egal, was du getan hast.«

Seine Arme schlossen sich um sie. »Niemand sonst liebt mich so sehr«, sagte er, »außer dir.«

41

Der Herbst brach früh herein in diesem Jahr, dachte Niniane, als sie aus dem Fenster nach hinten über den Wald schaute, der das Haus von den Schweine- und Hühnerställen trennte. Der September war sehr kühl und regnerisch gewesen; die Blätter begannen bereits, sich zu verfärben. Sie hatte das Hypocaustum angezündet, sobald sie angekommen war.

Sie sah, wie drei der Männer, die sie begleitet hatten, ihre Pferde zum Stall führten. Sie waren soeben von Gereint zurückgekehrt, dem sie die Nachricht von ihrem Aufenthalt auf Bryn Atha überbracht hatten. Gereint ließ ihr ausrichten, daß er am nächsten Tag kommen würde, um sie zu besuchen. Sie hatte also noch eine Nacht Zeit, sich zu überlegen, was sie ihm sagen wollte.

Sie war müde. Der lange Weg auf der Sänfte war anstrengend gewesen. Sie war noch keine fünf Meilen unterwegs, als sie bereits wußte, daß sie hätte reiten sollen; sie war im vorigen Monat geritten, als sie mit Ceawlin hiergewesen war, und es war ihr gut dabei gegangen. Sie konnte auch nicht leugnen, daß ihr diese Schwangerschaft mehr als alle anderen zu schaffen machte. Sie sollte sich wohl nicht darüber wundern; sie wurde alt. Mit fünfunddreißig bringt man ein Kind nicht mehr so leicht zur Welt wie mit achtzehn, dachte sie mit einem Seufzer.

Sie drehte sich um und ging zu einem der Korbsessel, blieb davor stehen, setzte sich aber dann doch nicht hin. Nein, dachte sie. Sie war so müde, sie konnte auch sofort ins Bett gehen. Sie würde Budd beauftragen, ihr etwas Brot und Käse in ihr Zimmer bringen zu lassen; dann konnte sie einfach unter ihre alte blaue Decke kriechen und einschlafen. Sie rieb sich den Nacken, drehte sich um und ging mit ungewöhnlicher Schwermut hinunter in die Halle zur Küche.

Gereint erschien erst am späten Nachmittag des nächsten Tages. Niniane hatte nicht so gut geschlafen, wie sie erwartet hatte. Sie vermißte Ceawlins großen Körper neben sich im Bett. Sie wachte früh auf, schleppte sich durch den halben Morgen, ging dann wieder zu Bett und schlummerte den halben Nachmittag. Sie war gerade aufgewacht, als Gereint in den Hof ritt.

Der Tag war feucht und grau. Gereint sah so freudlos wie

das Wetter aus, als er Ninianes Hand einen Augenblick lang hielt, bevor er sie zum alten Korbsessel brachte. »Du siehst nicht gut aus«, sagte er geradeheraus.

»Ich erwarte wieder ein Kind, das ist alles.« Sie lächelte ihn wehmütig an, als sie sich setzte und ihm bedeutete, den Sessel neben ihr zu nehmen. »Ich bin nicht mehr so jung wie früher, Gereint.«

»Unsinn. Du siehst immer noch aus wie ein Mädchen.«

Sie schaute ihm zu, wie sich sein schlanker, geschmeidiger Körper in dem Sessel niederließ. Es war Gereint, der seine Jugend bewahrt hatte, dachte sie. »Du bist ein sehr lieber Lügner«, sagte sie und seufzte. Sie schaute sich langsam in dem Raum um, der noch die Spuren der Römer trug. »Auf Bryn Atha warten immer so viele Erinnerungen auf mich«, sagte sie leise. Ihre Augen waren auf die Stoffbahnen an den Wänden gerichtet. »Erinnerst du dich an die Nacht, als dein Vater wollte, daß du bei mir bleibst, während Ceawlin fort war? Du warst fünfzehn und erschreckt über die Vorstellung, daß ein Sachse auf Bryn Atha war. Ich kann mich noch erinnern, wie du Ceawlin herausgefordert hast, als er wieder zurück war. Er schwor dir, daß er den Atrebaten ein guter König sein würde, Gereint, und der Abend endete schließlich damit, daß du ihm mit den Pferden geholfen hast. Erinnerst du dich?«

»Niniane ... das ist nicht gut«, preßte Gereint hervor.

»Er sagte mir, bevor er aufbrach, ›Ich verstehe es nicht, Niniane. Ich bin ihnen ein ebenso guter König gewesen, wie meinen eigenen Leuten.‹ Und er ist es auch gewesen, Gereint. Das kannst du nicht leugnen.«

»Das bezweifle ich auch nicht.« Seine Stimme klang jetzt noch gepreßter. »Ich bezweifle nicht, daß Ceawlin ein guter König war. Aber es ist mehr als das, Niniane. Es ist eine Frage der ... Loyalität unserem Volk gegenüber.« Seine braunen Augen waren sehr ernst. »Es ist eine Frage des Überlebens unseres Volkes.«

»Hör zu, was ich dir zu sagen habe, Gereint«, sagte Niniane. »Es ist etwas, über das ich lange Zeit nachgedacht habe, und ich bin überzeugt, daß es die Wahrheit ist. Der Weg des Überlebens der Briten besteht in Eheschließungen mit den Sachsen.«

Gereint machte eine ungeduldige Handbewegung. »Das war es, was Ceawlin zu sagen versuchte, als er darauf hinwies, daß Crida ein halber Brite ist. Aber die Wahrheit ist, Niniane, daß Crida ein Sachse ist. Er spricht sächsisch. Er denkt wie ein Sachse. Er wird seine Kinder als Sachsen großziehen. Es ist nur ein Geburtsfehler, daß seine Mutter eine Britin ist.«

Ninianes blasser Mund bildete eine starre Linie. »Du sprichst wie Coinmail«, sagte sie. »Und es stimmt auch nicht. Ceawlin hat die Wahrheit gesagt, als er meinte, daß du mich unterschätzt. Meine Kinder sind halbe Briten. Sie sind in der wichtigsten Hinsicht Briten, Gereint. Sie wurden getauft.«

»Deshalb sind es noch keine Christen, Niniane. Ich bin lange genug in Winchester gewesen, um das zu sehen. Sie huldigen Ceawlins Göttern, nicht deinem.«

»Sie befolgen die Riten der sächsischen Religion, und die Rituale geben ihnen das Gefühl von Kameradschaft mit den übrigen Männern, aber sie huldigen nicht den sächsischen Göttern, Gereint. Selbst Ceawlin glaubt nicht wirklich an diese Götter. Er sieht Wotan als eine Art glorifizierten Urahn, aber er glaubt nicht an ihn als einen Gott. Wenn er überhaupt an irgend etwas glaubt, dann an das Schicksal als eine Macht.«

Gereint schaute sie aufmerksam an. Sie begann, den Stoff ihres Überkleides sorgfältig zu falten, und schaute auf ihre Finger, nicht auf Gereint. »Ceawlin würde dir das natürlich nicht sagen. Und er ist dem Christentum gegenüber sehr wachsam; er glaubt, es ist die Religion der Schwachen.« Sie strich die Falten wieder glatt und faltete sie von neuem. »Aber meine Söhne sind schon weiter als ihr Vater. Ich denke, daß Crida an Gott glaubt. Nicht an Christus vielleicht, aber an einen Gott. An einen einzigen. Er ist nicht ganz sicher, und weil er noch jung ist, hat er andere Dinge, über die er nachdenken muß.« Niniane schaute Gereint aus den Augenwinkeln an. »Ich muß vorsichtig sein, weißt du. Ich kann nicht über Christus reden. Ceawlin könnte es nicht akzeptieren.«

»Was willst du mir damit sagen, Niniane?« fragte Gereint ruhig.

»Ich will dir sagen, daß selbst wenn die Sachsen nach Dumnonia hineinmarschieren und vielleicht nach Wales – selbst wenn die Sprache in diesen Ländern schließlich sächsisch und nicht britisch ist, werden wir immer noch auf dem wichtigsten Gebiet gewonnen haben, Gereint. Und eines Tages, an einem Tag nicht zu weit in der Zukunft, werden die Sachsen konvertieren. Ich weiß, daß dies geschehen wird. Wenn der Papst einen Apostel zu Crida schicken würde, würde er zuhören, das glaube ich.« Sie lächelte etwas ironisch. »Ceawlin? Nein. Aber Crida würde es. Und auch Ceowulf und Eirik und meine kleine Fara. Und es wird geschehen, weil wir dafür den Boden bereitet haben.«

»Coinmail will die Sachsen dennoch vertreiben.«

»Das kann er nicht. Arthur konnte es vor hundert Jahren nicht, Gereint. Coinmail kann es heute auch nicht. Die Sachsen werden Britannien niemals verlassen.«

Gereint fuhr mit seiner langgliedrigen Hand unruhig über die Lehne seines Sessels, ließ sie dann ruhig hängen. »Ich nehme an, daß du recht hast«, sagte er schließlich mit leiser Stimme.

»Aber siehst du nicht, was geschehen ist?« Sie beugte sich etwas zu ihm in ihrem Eifer, ihn zu überzeugen. »Arthur hat sich schließlich als Sieger herausgestellt. Er hat uns beinahe ein Jahrhundert in Frieden beschert, Gereint, und während dieses Jahrhunderts wurden die Sachsen zivilisiert. Ich erinnere mich, daß Ceawlin dies einmal zu dir gesagt hat. Die Seewölfe, die einst an den Ufern Britanniens landeten, sind zu Bauern und Händlern geworden. Es sind zivilisierte Menschen, Gereint.«

»Coinmail sagt ...«

»Ich weiß, was Coinmail sagt«, unterbrach sie ihn ungeduldig. »Er hat es auch zu mir gesagt, und er kann sehr überzeugend sein. Es waren Coinmails Worte, die mich darüber nachdenken und zu diesem Schluß kommen ließen. Coinmail sagt, daß wir Briten die Hochburg der römischen Zivilisation wären, daß wir uns vor den verheerenden Heiden schützen müßten. Aber die bittere Wahrheit ist, daß wir nicht besonders gut darin waren, die römische Zivilisation zu schützen, Gereint. Die von den Römern verlassenen Städte verfallen. Es waren die Sachsen, die sie wieder aufgebaut haben. Wir haben sie einfach verfallen lassen. Was meinst du, warum sich Bevan in Wessex nach einem Ehemann für seine Tochter umgesehen hat? Weil er Dynas liebt und möchte, daß es überlebt. Es hat unter der britischen Pflege nicht sehr gut überlebt. Aber weißt du was? Unter Cedric wird es aufblühen.«

»Du bist nicht sehr überzeugt von deinen eigenen Leuten, Niniane«, sagte Gereint. Sein Gesicht war verschlossen.

»Es gibt viel Großes im keltischen Volk. Ich mag die sächsische Lyrik, aber unsere ist schöner. In uns ist ein Feuer, das kein Sachse besitzt. Aber wir sind keine Stadtmenschen. Welche Stadt in Britannien wurde von den Briten gebaut?«

»Camelot«, kam die prompte Antwort.

»Ceawlin würde dir sagen, daß Arthur mehr Römer als Brite war. Was immer er war, Arthur war einzigartig. Der Rest der Städte auf dieser Insel wurde von den Römern erschaffen. Und hundert Jahre, nachdem die Römer fort sind, verfallen sie.«

»Nun, was ist so wichtig an den Städten?«

Niniane lachte. »Das ist britisches Gerede.«

Es entstand eine lange Pause. Dann seufzte Gereint. »Du und Coinmail, ihr könntet römische Redner sein.«

»Das kann ich nicht beurteilen.« Niniane lehnte ihren Kopf gegen die Rückenlehne und schloß die Augen. »Ich begreife, daß dich dies alles zerreißt, Gereint. Ich habe Ceawlin vor ungefähr achtzehn Jahren geheiratet, aber ich habe mich immer daran erinnert, daß ich Britin bin. Und ich kenne Ceawlin, und ich sage dir eins: Er ist ein ebenso großer König, wie Arthur es war, und Coinmail kann nicht an ihn herankommen. Nicht als Mann und nicht als König.« Sie öffnete die Augen und starrte Ceawlins einzigen britischen Edlen an.

Gereint hatte sich tief in den Sessel sinken lassen. Eine Strähne seines dunkelbraunen Haares hing über seine Stirn und verdeckte seine Augen. Als Niniane zu sprechen aufhörte, blinzelte er sie an, ein Blick, der den Jungen wieder zum Vorschein brachte, der er einmal gewesen war. »Ich stimme dir zu«, sagte er.

Es entstand wieder eine lange Pause. Dann setzte Gereint sich aufrecht hin. »Ich glaube nicht, daß ich die Waffen gegen Coinmail erheben kann, Niniane. Aber ich verspreche, daß ich auch nicht für ihn kämpfen werde. Wird das genügen?«

Ninianes Lächeln war zittrig. »Es wird reichen müssen«, sagte sie. »Bleib noch zum Essen.«

Sie saßen gerade beim Essen, als es geschah. Der Klang donnernder Hufe im Hof, die Schreie der Männer, als sie aus ihren Unterkünften herausrannten, das metallene Geräusch von Schwert auf Schwert.

»Lieber Gott im Himmel, was ist geschehen?« rief Niniane, als sie mit Gereint zum Fenster rannte. Es wurde dunkel, aber sie konnte erkennen, daß der Hof voller Reiter war. Ceawlins Lehnsmänner hatten sich im Kreis aufgestellt, die Schwerter und Schilde nach außen gerichtet, aber sie waren eins zu vier unterlegen. »Sigbert!« schrie Niniane, als einer der Männer zusammenbrach. Sie wandte sich um und wollte zur Tür der Villa rennen.

Gereint hielt sie gleichzeitig am Arm fest. »Nein! Bleib hier, Niniane. Du kannst jetzt nichts für die Männer da draußen tun.«

»Laß mich gehen!« Sie zog wie verrückt an der Hand, die sie festhielt.

»Nein. Niniane, siehst du nicht, wer es ist?«

Sie hielt inne und starrte ihn an. »Wer?«

»Coinmail.«

Sie wurde bis auf die Lippen weiß. »Coinmail?«

»Ja.« Gereint schaute sich im Zimmer um. »Woher wußte er, daß du hier bist? Gott, wo kann ich dich verstecken?«

»Mich verstecken?« wiederholte sie schreckensbleich.

Das Geräusch der sich öffnenden Haustür drang zu ihnen. »Es ist zu spät«, sagte Gereint verzweifelt. »Er wird wegen der Lehnsmänner wissen, daß du immer noch hier bist.«

Niniane atmete tief und zitternd ein. Jetzt waren schwere Schritte aus der Halle zu hören. Sie hatten die Tür zum Eßzimmer offengelassen. »Guten Tag, Coinmail«, sagte Niniane zu dem Mann, der als erster eintrat. »Es tut mir leid, daß ich dich nicht willkommen heißen kann.« Gereint warf ihr einen verwunderten Blick zu. Sie hatte sich mit erstaunlicher Schnelligkeit zusammengerissen.

Coinmail blieb einen Meter von der Tür entfernt stehen und schaute von seiner Schwester auf Gereint. Zufriedenheit huschte über sein strenges Gesicht. »Aha«, sagte er. »Ich komme gerade rechtzeitig.«

»Woher wußtest du, daß Niniane hier ist?« wollte Gereint wissen.

»Ich habe Freunde in der Nachbarschaft«, erwiderte Coinmail. »Glücklicherweise war ich in Corinium und konnte schnell herkommen.«

»Wenn du mich so verzweifelt zu sprechen wünschst, mein Bruder, hättest du nur nach mir schicken müssen.« Niniane war immer noch sehr blaß, aber sie trug ihren Kopf aufrecht.

»Es gibt nichts, was ich dir sagen möchte«, erwiderte Coinmail. Dies waren die ersten Worte, die er direkt zu ihr sprach, und seine Stimme war kalt. »Aber du wirst mit mir kommen, Niniane. Du hast dich in Ceawlins Bett schon zu lange vergiftet.«

»Mylord.« Einer von Coinmails Männern war an der Tür. »Wir haben vier der Sachsen lebend gefangen. Was sollen wir mit ihnen tun?«

»Tötet sie.«

Das »Ja, Herr« der Briten prallte mit Ninianes angstvollem *»Nein!«* zusammen.

»Je weniger Sachsen auf der Welt sind, desto weniger Männer kann Ceawlin für seinen Kriegertrupp bekommen«, sagte

Coinmail. Er sprach zu Gereint, der ebenfalls protestiert hatte.

»Du könntest sie gefangennehmen«, sagte Gereint. »Es ist nicht nötig, sie zu töten.«

»Es sind Heiden«, sagte Coinmail. Dann fragte er Niniane: »Wo ist dein Pferd?«

»Ich habe kein Pferd. Ich kam mit der Sänfte.«

»Dann wirst du mit einem meiner Männer reiten müssen.«

»Wohin bringst du mich?«

»Nach Glevum.«

»Coinmail, du kannst Niniane nicht den ganzen Weg reiten lassen!« Es war Gereint. »Sie ist schwanger. Deshalb hat Ceawlin sie auf der Sänfte geschickt.«

Coinmails graue Augen schauten an seiner Schwester auf und ab. »Das kann ich nicht ändern«, sagte er. »Wenn sie es verliert, hat Ceawlin einen Sohn weniger, der mir Ärger bereitet.«

»Sie ist deine Schwester!«

»Coinmail bedeutet das nichts.« Ninianes Stimme war so kalt wie die ihres Bruders. Gereint hatte sie niemals so klingen hören. »Er ist unfähig zu menschlichen Bindungen, wie sie die meisten Menschen fühlen, Bindungen, die Familien und Gruppen zusammenhalten. Er ist ein Mann mit einem großen Ziel, und er wird alles opfern, das würdig und wahrhaftig im Leben ist, um es zu erreichen. Es ist wirklich Coinmail und nicht Ceawlin, der hier unzivilisiert ist, Gereint. Ist das nicht ironisch?«

Wut blitzte in Coinmails dunkelgrauen Augen auf. »Du hast zu lange bei dem Sachsen im Bett gelegen, so daß du schon wie er denkst«, sagte er.

Niniane zog ihre feinen Augenbrauen empor. »Dann schick mich zu ihm zurück. Ich bin für dich von keinem Nutzen.«

»Du bist für ihn von Nutzen«, kam die unerbittliche Erwiderung. »Deshalb wirst du mit mir gehen.«

Gereint protestierte erneut, aber umsonst. Er war gezwungen, hilflos mit anzusehen, wie Niniane auf den Sattel eines der Pferde von Coinmails Männern gehoben wurde. Ihr Gesicht spannte sich an, als sie die toten Thane im Hof liegen sah.

»Ich sorge dafür, daß sie beerdigt werden«, war alles, was Gereint sagen konnte.

Sie nickte. Sie traute sich offensichtlich nicht, zu sprechen. Als Gereint die Truppe der Reiter aus Bryn Atha fortreiten sah, erfüllte ihn Verzweiflung. Wie, um Gottes willen, sollte er Ceawlin erzählen, daß Coinmail Niniane mitgenommen hatte?

Gereint ließ einige Männer herkommen, und zusammen gruben sie die Gräber für die Toten. Er kannte alle diese Männer, die er jetzt beerdigte, sie waren seit Jahren beim König gewesen. Einige von ihnen hatten Frauen und Kinder. Aber Coinmail scherte sich nicht darum. Er sah nur, daß sie seine Feinde waren.

Ceawlin hätte so etwas nicht getan, dachte Gereint plötzlich, während er die Erde über die Körper häufte. Er hätte die Männer, die den Kampf im Hof überlebt hatten, nicht kaltblütig töten lassen. Ceawlin konnte unbarmherzig sein, aber er war auch in der Lage, Gnade zu zeigen.

Als Gereint nach den Männern wegen der Beerdigung geschickt hatte, kündigte er gleichzeitig ein Stammestreffen für den darauffolgenden Morgen an. Die ersten Männer ritten bereits kurz nach der Morgendämmerung in den Hof. Um acht Uhr waren ungefähr fünfzig Männer und Jungen versammelt, um zu erfahren, was Gereint zu sagen hatte. Die Männer in Gereints Alter und darüber hinaus machten den überwiegenden Teil der Gruppe aus, aber es war auch eine Reihe der jüngeren um Naille, Gereints vierzehnjährigem Sohn, da. Es umgab sie die Atmosphäre der Entschlossenheit, die auch Gereints Aufmerksamkeit hervorrief. Naille muß nach den Jungen geschickt haben, dachte Gereint. Er selbst hatte ihre Gegenwart ganz sicher nicht gefordert.

»Ihr wißt alle von dem, was zwischen Wessex und den Dobunni und Walisern wegen der Heirat zwischen einem Sachsen aus Wessex und einem britischen Mädchen aus Dumnonia geschehen ist«, begann er. Die Gesichter, die ihn betrachteten, waren sehr ernst. Zu diesem Zeitpunkt gab es niemanden mehr, der nicht von der Entführung der Königin erfahren hatte. »Ihr wißt, daß ich unsere Empfindungen gegenüber Ceawlin vertreten habe und diese Heirat dennoch stattfand.« Er machte eine Pause, um ihre Aufmerksamkeit zu überprüfen. Niemand rührte sich. »Ich habe der Königin gestern, bevor Fürst Coinmail eintraf, gesagt, daß die Atrebaten in diesem Kampf die Waffen nicht erheben werden, nicht für Ceawlin und nicht für Coinmail.«

Ein Seufzer ging durch die Reihen der versammelten Männer. Was dieser Seufzer enthielt, wußte Gereint nicht, würde er auch niemals wissen, denn in diesem Augenblick begann sein Sohn zu sprechen, klar und leidenschaftlich erhob sich seine Stimme in der morgendlichen Luft. »Ich kann nicht glauben, Vater, daß du dem König nicht helfen willst!«

Eine Bewegung ging durch die Reihen. Jeder der Jungen, die mit Naille gekommen waren, zeigte heftige Zustimmung.

»Ich habe es dir erklärt, Naille«, sagte Gereint vorsichtig. Er bemühte sich, seine Überraschung nicht spüren zu lassen. »Niemals zuvor sind wir gezwungen worden, zwischen Ceawlin und unseren eigenen Leuten zu wählen.«

»Welchen Leuten?« Es war Ferris' Sohn, der jetzt sprach. »Unsere Leute sind nicht in Wales. Oder Dumnonia. Unsere Leute sind hier!« Er machte eine Handbewegung, die alle Männer einschloß, die zusammen in dem Hof waren. »Wir sind die Atrebaten und Ceawlin ist unser König!« schallte die junge Stimme. »Er ist der größte König der Welt, und wenn er mein Schwert braucht, soll er es bekommen!«

Gereint starrte in die glühenden, jungen Gesichter von seinem Sohn und dessen Freunden. Diese Jungen, erkannte er plötzlich, waren nicht mit den Geschichten von Arthur und Arthurs Kriegen gegen die Sachsen aufgewachsen. Sie waren mit den Geschichten von Ceawlin aufgewachsen. Er hatte sie ihnen selbst erzählt, Nacht für Nacht, die Geschichten, wie die Atrebaten Ceawlin zur Königsherrschaft verholfen hatten. Und er erinnerte sich auch an die Zeit, als er seinen Vater aufgefordert hatte, für Ceawlin das Schwert zu erheben. Es war eine Geschichte, die er seinen Kindern immer wieder erzählt hatte.

Er schaute die Jungen an, und plötzlich war ihm, als wäre ein großes Gewicht von seinen Schultern genommen. Zum ersten Mal seit Monaten fühlte er sich wieder jung. Er grinste seinen Sohn an und sagte über das angeregte Murmeln der männlichen Stimmen hinweg: »Er soll auch mein Schwert haben.«

42

Es war erstaunlich einfach, die Atrebaten zu überzeugen, für Ceawlin zu den Waffen zu greifen. Die Jüngeren waren mit der Vorstellung aufgewachsen, selbst ein Teil von Wessex zu sein, sie hatten niemals einen anderen König gekannt und waren sehr eifrig. Die Älteren, von denen Gereint Widerstand erwartet hatte, da diese sich noch an die alten Zeiten erinnern konnten, da der Sachsenkönig das Ziel von Furcht und Haß gewesen war, waren ebenfalls sofort bereit.

»Er ist ein guter König«, sagte einer von Gereints älteren Cousins, als sie nach der großen Versammlung noch in einer kleineren Gruppe beisammensaßen. »Vor zwei Jahren, als die Ernte so schlecht war, hätte es hier eine große Hungersnot gegeben, wenn Ceawlin nicht Nahrungsmittel und Futter von Gaul hätte herschicken lassen. Er hat selbst dafür gezahlt, und wir bekamen den gleichen Anteil wie die sächsischen Ansiedlungen und Landgüter. Wir könnten uns keinen besseren König als Ceawlin wünschen. Ich sage, daß er unsere Unterstützung verdient.«

Es beruhigte Gereint etwas, daß er mit dieser Nachricht der atrebatischen Unterstützung nach Winchester gehen und so den Schlag von Ninianes Entführung etwas mildern konnte.

Ceawlin war sogar noch erregter, als Gereint erwartet hatte. Er war so erregt, daß es ein paar Minuten dauerte, bis er auf die Neuigkeit von der Unterstützung der Atrebaten reagieren konnte.

Er starrte Gereint an, und seine Augen wurden zu kleinen, schmalen Schlitzen. »Wie viele Männer kannst du zusammenbringen, Gereint?«

Voller Stolz antwortete Gereint: »Fast zweihundert.«

Ceawlins Augen wurden größer. »Zweihundert!«

»Alle Männer, die ein Schwert tragen können, werden kommen, Ceawlin.«

Ceawlins Mund verzog sich zu einem Lächeln, in dem jedoch kein Humor zu spüren war. »Niniane wird zufrieden sein, wenn sie hört, daß ihre Entführung nicht umsonst war.«

»Es war nicht nur Niniane«, entgegnete Gereint, »aber es spielte sicherlich auch eine Rolle.«

Es herrschte Stille, als Ceawlin neben der Herdstelle auf und ab schritt. Sie trafen sich einen Tag, nachdem Gereint mit Crida gesprochen hatte, in der Halle des Königs. Nachdem er eine Minute geschwiegen hatte, sagte Ceawlin: »Ich kann vielleicht siebenhundert Männer ohne die Atrebaten zusammenbringen. Das müßte genügen.«

Gereint runzelte die Stirn und starrte auf die unaufhörlich hin und her wandernde Gestalt. »Was soll das heißen? Ich habe gesagt, wir wollen für dich kämpfen.«

Ceawlin blieb an der entferntesten Ecke des Herdes stehen und verschränkte die Hände hinter seinem Rücken. Er blickte Gereint an. »Ich möchte, daß du Coinmail sagst, daß du zweihundert Männer hast, die für mich kämpfen wollen. Und dann möchte ich, daß du ihm sagst, daß ihr zu Hause bleibt, wenn er Niniane zurück nach Winchester bringen läßt.«

Gereints Augen wurden groß. »Ceawlin… Niniane würde nicht wollen, daß du das tust. Sie würde sagen, der beste Weg, sie wiederzubekommen, ist, indem du Coinmail im Kampf schlägst. Er wird ihr keinen Schaden zufügen, ich bin mir da ganz sicher. Coinmail ist nicht grausam. Er liebt Niniane nicht, aber sie zu töten oder zu verletzen würde keinen Sinn machen. Er wird ihr nichts zustoßen lassen.«

»Es ist nicht das...« Ceawlin wandte sich um und stellte einen Fuß auf die Herdstelle. Er beugte sich ein bißchen vornüber, so daß die Haare nach vorne fielen und einen dicken Vorhang vor seinem Gesicht bildeten. »Sie ist schwanger, Gereint. Deshalb mache ich mir Sorgen.«

»Niniane hatte immer Glück mit ihren Schwangerschaften, Ceawlin. Sie hat dir sechs Kinder geboren und ist dabei immer gesund und stark geblieben. Welchen Grund gibt es, sich Sorgen zu machen?«

»Man kann dem Schicksal nicht ewig davonrennen«, sagte Ceawlin. »Und ich habe ein schlechtes Gefühl bei dieser Schwangerschaft. Sie sieht nicht gut aus.« Dann fügte er leidenschaftlich hinzu: »*Götter!* Ich hätte sie niemals nach Bryn Atha gehen lassen dürfen!«

Gereint hatte Ceawlin niemals mit einer solchen Stimme sprechen hören. Er starrte auf das Profil des Königs, das zum großen Teil durch den silbernen Vorhang seiner Haare verdeckt war. »Ceawlin, wenn er spürt, daß du sie so verzweifelt zurückhaben willst, wird er sie niemals gehen lassen.«

Ceawlins Kopf zuckte hoch. »Denk nach«, sagte Gereint. »Es war Crida, der die entscheidende Frage gestellt hat. Was macht es für einen Sinn, Niniane zu entführen?«

Ceawlins Kopf bewegte sich etwas, aber er antwortete nicht.

»Das letzte, was Coinmail will, ist, daß du die Hochzeit rückgängig machst. Er wird Niniane nicht benutzen, um von dir dieses Zugeständnis zu erhalten. Also... warum?«

»Sag du es mir«, sagte Ceawlin.

»Er haßt dich.« Gereints Mund zuckte. »Und es ist ein sehr persönlicher Haß. Er würde das leugnen und sagen, er tut nur seine Pflicht als Brite, aber er haßt dich, Ceawlin. Ich glaube, er kann dir nicht vergeben, daß du ihm sein Leben geschenkt hast. Ich denke, er nahm Niniane mit, weil er hoffte, dich dadurch zu verletzen. Und wenn er weiß, wie sehr er dich wirklich verletzt, wird er sie niemals zurückgeben.«

Um Ceawlins Mund trat eine feine, weiße Linie. »Sie hat Angst vor ihm«, sagte er.

»Sie hat immer nur Angst um dich gehabt, nicht um sich.« Gereint suchte nach Worten, die helfen könnten. »Auf ihre eigene Art«, sagte er schließlich, »ist Niniane so stark wie Coinmail.«

Ceawlins Antwort war ein Geräusch irgendwo zwischen einem Lachen und einem Schluchzen. »Ich weiß das. Wenn sie nur nicht schwanger wäre!«

Ninianes Gefühle entsprachen denen von Ceawlin. Es waren sechzig Meilen von Bryn Atha nach Glevum, und als sie in der Stadt ankamen, war Niniane vollkommen erschöpft. Coinmail hatte tatsächlich das Tempo ein wenig gedrosselt, um seiner Schwester etwas entgegenzukommen, aber die Reise war dennoch zu lang und zu beschwerlich gewesen. Sie schaute sich kaum um, als sie durch das Stadttor ritten. Glevum, das wußte sie, war für die Römer niemals mehr als eine Marktstadt gewesen, und der schnelle Blick auf ein kleines, wenig beeindruckendes Forum und die nach Verfall aussehende Stadthalle bestätigten sie nur in dem, was sie erwartet hatte.

Coinmails Wohnsitz war aus Holz; sein Schwiegervater hatte ihn vor einem Jahrzehnt gebaut. Er sah unkultivierter aus als die Häuser in Winchester, aber die Halle besaß einen glühenden Herd und draußen führte eine Treppe auf den Speicher, der zum Schlafen benutzt wurde. Coinmails Frau warf nur einen kurzen Blick auf Niniane und brachte sie sofort mit einem heißen Getränk zu Bett. Das Stroh war süß und die Leinen frisch, und Niniane schlief zehn Stunden lang wie eine Tote. Als sie aufwachte, verspürte sie Schmerzen im Rücken.

Sie sagte nichts und hoffte, daß es nur Muskelschmerzen von dem langen Ritt waren. Sie stand auf und zog ihre Kleider aus der Satteltasche an, die eine Magd ihr gebracht hatte, dann ging sie langsam und vorsichtig die Treppe hinunter. Coinmails Frau war unten in der Halle, und als sie Niniane sah, ließ sie eine Schüssel mit dampfendem Haferbrei kommen und bestand darauf, daß sie sich setzte und etwas aß.

Coinmails Frau hieß Eithne, hatte goldene Haare und blaue Augen und sah freundlich aus. Niniane machte große Anstrengungen, ihre Fragen zu beantworten, aber mit jeder Minute wurden ihre Schmerzen im Rücken stärker. Sie fürchtete, ihr Baby zu verlieren. Sie aß den Haferbrei und dachte, daß er sie kräftigen würde. Die Schmerzen wurden jedoch stärker, und schließlich konnte sie ihre Qual nicht länger verheimlichen. Die Luft in der Halle war kühl und feucht, aber sie schwitzte und Flecken waren unter ihren Augen. Als Eithne fragte: »Was habt Ihr, meine Schwester?« brachte sie mit Mühe hervor: »Ich ... ich fürchte, es ist eine Fehlgeburt.«

Eithne kam zu ihr und legte einen Arm um ihre Schulter. »Geht zurück ins Bett«, sagte sie. »Ich werde nach der Hebamme schicken.«

Nach einer Stunde heftigster Krämpfe begann das Blut aus ihr herauszufließen. Das Baby, dachte Niniane, als das Blut zwischen ihren Beinen hervorströmte, ich verliere unser Baby, Ceawlin.

Sie war tagelang krank. Sie lag im Bett, schwach und blutleer, und trauerte. Coinmails Frau war sehr lieb, aber Niniane hatte Sehnsucht nach Nola. Und nach Ceawlin. Er liebte seine Kinder so sehr ... er würde genauso trauern wie sie. Dann, als die Hebamme kam und ihr mitteilte, daß sie nie wieder ein Kind bekommen würde, brach ihr beinahe das Herz.

Von ihrem Bruder bekam sie nichts zu sehen. Erst, als sie schließlich vom Bett aufstehen konnte und in der Lage war, nach unten in die Halle zu gehen, traf sie ihn wieder. Seine grauen Augen schauten an ihr auf und ab. »Ich bin froh, daß es dir wieder besser geht«, sagte er.

Ninianes Gesicht war sehr beherrscht, und für einen Moment sahen ihre feinen Gesichtszüge beinahe wie die ihres Bruders aus. »Du hast mein Baby umgebracht«, sagte sie mit einer Stimme so kalt wie der Tod. »Ich hoffe, daß Ceawlin dich und deine Gefolgsmänner in die See hinaustreibt.«

»Das ist sehr unwahrscheinlich«, erwiderte Coinmail. »Ich habe beinahe ganz Südwales aufgestellt.«

»Ceawlin hat niemals einen Kampf verloren, mein Bruder«, gab Niniane mit Genuß zurück. »Und du hast noch nie einen gewonnen. Denk daran. Deine Männer werden es ganz sicherlich.«

»Bring sie hier raus«, sagte Coinmail zu seiner Frau.

»Du hast mich hierhergebracht, Coinmail.« Aus Ninianes Augen schienen Funken zu sprühen. »Dein Fehler.« Und mit arroganter Verachtung drehte sie sich um und schritt mit Eithne hinaus.

Gereint sandte einen britischen Spion nach Glevum, und aus dieser Quelle erfuhr Ceawlin von Ninianes Fehlgeburt.

»Das Mädchen, mit dem ich sprach, ist eine von Eithnes persönlichen Dienerinnen«, erzählte der Jüngling, der sich als ein Anhänger der Dobunni ausgegeben hatte. »Sie sagte, die Königin war dem Tode nahe, aber jetzt kommt sie wieder zu Kräften.«

Die Erleichterung, die Ceawlin spürte, war überwältigend. Es tat ihm leid um das Baby, aber in Anbetracht der Umstände hatten sich die Dinge zum Besten entwickelt. Es war vorüber, und es ging ihr gut. Jetzt konnte er sich voll auf den Krieg konzentrieren. Die Waffenhersteller arbeiteten Tag und Nacht, sie schmiedeten Lanzen und stellten Pfeile her. Die Freien würden mit Waffen versorgt werden müssen; im Gegensatz zu den Lehnsmännern hatten sie keine eigenen. Ceawlin ritt von Landgut zu Landgut, er suchte seine Edlen auf, sah die Vorräte durch und sprach persönlich mit den Lehnsleuten und dann den Freien; er versuchte, ihnen Mut zu machen.

Der Herbst ging in den Winter über. Es traf die Nachricht ein, daß Condidan und Farinmail von Wales in den Norden von Glevum an das Ufer des Flusses Severn marschiert waren, wo sie ein Lager errichtet hatten. Die walisischen Anführer hatten zusammen eine unglaubliche Zahl von achthundert Männern aufgestellt.

»Coinmail hat weitere vierhundert«, sagte Ceawlin zu Crida, als die beiden in einer Nacht im Dezember noch spät in der Halle des Königs am Feuer saßen. »Die Dobunni und eine große Anzahl aus dem nördlichen Dumnonia. Zumindest sagt dies mein Kundschafter.«

»Du hast selbst nahezu eintausend, Vater«, sagte Crida. »Und die Briten sind kein ebenbürtiger Gegner für die Sachsen.«

»Ich möchte die Schlacht jetzt schlagen, Crida«, sagte Ceawlin. »Die Herzen sind bereit. Jetzt ist der Zeitpunkt gekommen.«

Crida runzelte die Stirn. »Bei diesem Wetter? Wäre es nicht besser, noch bis zum Ende des Winters zu warten?«

»Einfacher, aber nicht besser. Wir haben genug Waffen. Die Freien sind nicht durch die Sorgen darüber abgelenkt, wie sie ihre Felder bepflanzen können. Coinmail wird nicht erwarten, daß wir uns um diese Zeit rühren. Der Zeitpunkt ist jetzt gekommen.«

Cridas Augen begannen zu strahlen. »Wo?«

Ceawlin grinste. »Ich denke, wir sollten das Yule-Fest in diesem Jahr auf Dynas begehen«, sagte er. Und Crida lachte.

Bevan war erschreckt, als der Bote mit der Nachricht zu ihm kam, daß der König Yule in der Villa verbringen wollte. Als am folgenden Tag ein Bote von Bertred kam und ihn einlud, den Monat mit seiner Tochter auf Romsey zu verbringen, sagte Bevan eifrig zu. Er blieb nur noch so lange auf Dynas, um Ceawlin zu begrüßen und ihm hastig zu versichern, daß das Haus voll zu seiner Verfügung stehe. Dann, unter der wohlverborgenen Geringschätzung und dem Amüsement des westsächsischen Königs, nahm er das Pferd und brach nach Romsey auf.

»Was für ein Wurm der Mann doch ist«, sagte Ceowulf ungläubig, als Bevan den Raum verlassen hatte.

»Ja, aber er hat uns sehr geholfen«, antwortete Ceawlin. Er schaute seine beiden Söhne an, die ihn und seine persönlichen Lehnsmänner nach Dynas begleitet hatten. Ceowulf war einige

Zentimeter größer als Crida, aber dennoch war er erst vierzehn. Er hätte niemals an diesem Kriegszug teilnehmen dürfen, wenn Niniane in Winchester gewesen wäre. Ceawlin wußte das, und dennoch hatte er nicht das Herz gehabt, die Bitte seines Sohnes abzulehnen. Dies würde seit Badon die größte Konfrontation zwischen den Briten und den Sachsen sein. Wie konnte er dem Jungen verweigern, daran teilzuhaben? Ceowulf war ein Sohn, auf den er stolz sein konnte, voller Mut und geübt im Umgang mit Waffen. Befreit von Ninianes mütterlicher Furcht hatte Ceawlin Ceowulf erlaubt, dem Kriegertrupp beizutreten.

Ceawlin schaute auf die Kohlepfanne in der Ecke des römischen Zimmers. »So schön es auch hier in der Wärme ist«, erklärte er seinen Söhnen, »so fürchte ich doch, daß wir uns um die Vorräte kümmern müssen.« Ceawlin hatte für die Männer, deren Ankunft er im Laufe der Woche erwartete, ganze Wagenladungen mit Nahrungsmitteln mitgebracht. Der König vertraute nicht sehr darauf, daß sein Kriegsheer in der Lage sein würde, von den winterlichen Äckern um Dynas zu leben. »Und ich möchte, daß jeder Edle einen eigenen Lagerplatz erhält«, fügte er hinzu. »Je besser organisiert und je behaglicher das Lager ist, desto besser werden die Männer kämpfen.«

»Ja, Sir«, sagten die zwei helläugigen Jungen und ohne jedes Zeichen von Unwilligkeit folgten sie Ceawlin hinaus in die Kälte.

43

Sobald Ceawlin und seine Männer nach Dynas geritten waren, machte sich ein britischer Späher mit seinem Pferd auf den Weg nach Glevum, um Coinmail darüber zu informieren. In den folgenden Tagen, als mehr und mehr Sachsen zur Villa strömten, wurden die Nachrichten an den Prinzen immer wieder auf den neuesten Stand gebracht.

»Er hat Dynas mit einem Kriegsheer von nahezu siebenhundert Männern besetzt«, berichtete Coinmail seinen Gefährten, als sie in seiner Halle in Glevum zusammensaßen, um die Situation zu diskutieren. »Es ist eine direkte Herausforderung an uns.«

»So ist es.« Farinmail blies kräftig durch seine Nase und sprach um das trompetende Geräusch herum, das er machte.

Coinmail, der ein anspruchsvoller Römer war, blickte ihn leicht angeekelt an. »Er hat ein Kriegsheer nach Dumnonia gebracht«, sagte Farinmail, der sich mit dem Ärmel die noch immer schniefende Nase abwischte. »Die Frage ist, gehen wir zu ihm oder warten wir, bis er hierher kommt?«

»Wir gehen zu ihm«, sagte Condidan sofort. »Wir verlieren das Vertrauen unserer Männer, wenn es so aussieht, als könnte er uns Angst einjagen.«

Coinmails kastanienbraune Augenbrauen waren zu einer feinen, geraden Linie zusammengezogen. »Ich würde lieber nicht durch dieses Wetter reiten. Es sieht nach Schnee aus.«

»Ich würde auch lieber auf besseres Wetter warten«, antwortete Condidan, »aber Ceawlin hat uns gezwungen, zu handeln. Sein Name ist zu groß. Wenn wir zögern und uns ihm nicht sofort entgegenstellen, sieht es aus, als hätten wir Angst vor ihm. Das können wir uns nicht leisten. Wir sind in der Überzahl, und wenn unsere Männer ihren Mut behalten, werden wir gewinnen. Wenn sie Zweifel haben, wird der Kampf vorüber sein, ehe er auch nur begonnen hat.«

Mit großem Widerstreben war Coinmail gezwungen, ihnen zuzustimmen. Er haßte es, Ceawlin gegenüber nachgeben zu müssen, aber der Mythos von der Unbesiegbarkeit des Sachsen hatte sich sogar in Wales verbreitet. Sie konnten es sich einfach nicht leisten, ihre Männer glauben zu lassen, daß ihre Anführer davor zurückschreckten, dem Sachsen in der Schlacht zu begegnen. Sie würden Ceawlins Herausforderung annehmen müssen.

Am 1. Januar, dem Neujahrstag, marschierten die vereinigten Streitkräfte von Coinmail, Farinmail und Condidan aus

Glevum heraus und nach Süden. Es hatte zu schneien begonnen.

Die Scheunen und Hütten von Dynas waren voll mit Männern. Ceawlin ging von Kriegertrupp zu Kriegertrupp, sprach mit den Anführern, scherzte mit den Männern, besichtigte die Waffen. Der Himmel über ihnen war grau und kündigte den Schnee an, der noch fallen würde. Die Landschaft war überall grau und braun und weiß: farblos und öde. Ceawlins Stimmung war glänzend. Er hatte erst an diesem Morgen erfahren, daß die Briten und Waliser nach Süden aufgebrochen waren.

Er hatte nicht vor, sie auf Dynas zu treffen. Dynas hatte nur der Herausforderung gedient. Es war zu weit im Osten für den Zweck, den er verfolgte. Er wollte einen Sieg, der ihm die Stadt Aquae Sulis zufielen ließ, aber er wollte auch auf der Straße sein, die nördlich nach Glevum führte. Einen Tag, nachdem er auf Dynas angekommen war, hatte er entschieden, in Deorham, einem kleinen Marktflecken sechs Meilen nördlich von Aquae Sulis, Position zu beziehen. Es gab ein großes Feld, auf dem an den Markttagen die Wagen standen; der Kampf auf einem solchen Feld würde fair sein und der Sieg der stärkeren Streitkraft zufallen.

Ceawlin zweifelte nicht daran, daß er die stärkere Streitmacht hatte. Er hatte nicht die gleiche Anzahl an Männern wie die Briten und Waliser, aber viele von seinen Leuten waren ausgebildete Krieger. Selbst viele der Freien hatten bereits zuvor gekämpft. Im Einzelkampf, Mann-gegen-Mann, dachte er, war er überlegen.

Die letzten seiner Streitkräfte, die noch zu ihnen stoßen mußten, waren die Atrebaten unter Gereint. Zweihundertundsiebzehn Männer im Alter von fünfzehn bis fünfzig. Ceawlins Herz schwoll an vor Stolz, als er sie sah. Er hatte ihr Land beschützt, hatte sie in Zeiten der Hungersnot ernährt und wie ein Schild zwischen ihnen und ihren Feinden gestanden; er war ihr Herr gewesen. Er spürte jetzt, daß ihre Loyalität ihm gegenüber ein Zeichen seiner Bestimmung war: König sowohl der Sachsen als auch der Briten zu sein – Bretwalda zu sein.

Am Morgen des 2. Januar marschierte die westsächsische Armee aus Dynas fort. Ceawlin und Crida ritten mit den Edlen an ihrer Seite an der Spitze der marschierenden Männer. Vor jedem Kriegertrupp der Lehnsmänner und marschierenden Freien schwebte die Fahne des Edlen, dem sie dienten. Und ganz vorne ritt ein Lehnsmann auf einem großen, braunen Hengst und trug Ceawlins Fahne mit dem weißen Pferd. Am späten Nachmittag hatten sie die zwölf Meilen bis zum Feld von Deorham zurückgelegt. Es gab noch keine Anzeichen von den Briten und Walisern, und so entfachten die Sachsen Feuerstellen zum Kochen und ließen sich nieder, um zu warten.

Es war kalt, aber Ceawlin hatte dafür gesorgt, daß genügend Essen vorhanden war. Die Männer waren alle guten Mutes, und nachdem sie gegessen hatten, begann Alric, der nahe am Feuer saß und seine Finger wärmte, mit einem Lied. In einiger Entfernung zu dem Harfner saßen Ceawlin und seine Edlen um ein anderes Feuer herum.

»Meine Kundschafter sagten, daß sie nur fünf Meilen nördlich von hier ihr Lager aufgeschlagen haben«, sagte Ceawlin. »Wir werden vor Anbruch des Tages aufstehen und uns in Schlachtordnung aufstellen. Ich möchte nicht von einem Angriff im Morgengrauen überrascht werden.«

Zustimmendes Grunzen kam von allen Seiten.

»Die Schlachtordnung wird folgendermaßen aussehen«, sagte Ceawlin und plötzlich trat absolute Stille ein. »Ich werde meine persönlichen Männer und die Atrebaten als Reserve bei mir behalten. Wenn ich sehe, in welcher Richtung sich der Kampf entwickelt, wo der Feind am stärksten ist, werde ich die zusätzlichen Männer dorthin schicken.«

Alle nickten, niemand sprach ein Wort. Dies war eine Taktik, die Ceawlin bereits früher benutzt hatte und die sich immer als sehr erfolgreich herausgestellt hatte. Sie erlaubte dem König, seine zweifellos furchteinflößenden Streitkräfte dort einzusetzen, wo sie am meisten gebraucht wurden.

»Penda«, sagte Ceawlin in die Stille hinein, »du übernimmst die Mitte.« Dies war keine Überraschung, aber dennoch lächelte Penda zufrieden.

»Ja, Mylord«, sagte er.

»Bertred, du nimmst den linken Flügel.«

Wieder war es keine Überraschung. Zustimmendes Nicken war zu sehen.

»Crida«, sagte Ceawlin, »du hast den rechten Flügel.« Cridas Gesicht leuchtete wie eine helle Kerze; die übrigen Edlen runzelten jedoch die Stirn.

»Ceawlin...« Es war Ine, der jetzt sprach. »Ist das klug? Crida ist mutig wie ein Löwe, niemand bezweifelt das. Aber er ist unerfahren.«

»Er ist der Prinz von Wessex«, sagte Ceawlin. »Er wird die rechte Seite befehligen.«

Stille. Dann stellte Wuffa die praktische Frage: »Wo soll ich sein, Ceawlin?«

»Bei Bertred, auf der linken Seite. Ine, du wirst Penda in der Mitte unterstützen. Die Männer aus Wokham und Gildham werden bei Crida auf der rechten Seite kämpfen.«

Nicken in der Runde. »Also gut«, sagte Ceawlin. Er hob seinen Becher mit Bier. »Möge Wotan sie alle holen«, sagte er. Sein Sohn und die Edlen wiederholten es. »Möge Wotan sie alle holen!« Sie tranken, dann schritten die Edlen davon, um nach ihren Männern zu sehen.

Als sie aufwachten, schneite es. Nicht sehr stark, aber ununterbrochen. Die Lehnsmänner und Freien wickelten sich aus ihren Decken, aßen den heißen Haferbrei, der ihnen von Ceawlins Köchen serviert wurde, und nahmen ihre Plätze in der Schlachtordnung ein. Sie warteten eine Stunde, stampften mit den Füßen auf den Boden, um sie warm zu halten, und zogen ihre Umhänge über die Köpfe und Schultern. Ihre Fahnen schwebten kühn in dem treibenden Weiß.

Dann drang von der gegenüberliegenden Seite des schneebedeckten Feldes das Geräusch marschierender Männer zu ihnen. Die Briten und Waliser, dem Ruf ihrer Prinzen und ihres Blutes folgend, waren gekommen, um zu kämpfen.

Die zwei Kriegsheere, die sich an diesem verschneiten Morgen gegenüberstanden, zählten etwas mehr als zweitausend Mann, die größte im Kampf versammelte Streitmacht in Britannien seit Arthurs Sieg am Paß von Badon ein Jahrhundert zuvor. Und diese kommende Schlacht bei Deorham würde für Coinmail und seine Anhänger genauso entscheidend sein, wie es Badon für ihre Vorgänger gewesen war. Eine Niederlage würde die Waliser von den Briten in Dumnonia trennen; eine Niederlage würde Dumnonia gegenüber dem sächsischen Eindringen verletzbar machen; eine Niederlage wäre höchstwahrscheinlich ein Lebewohl von allem, was vom keltischen Britannien noch übriggeblieben war.

Die Hörner der Briten und Waliser ertönten. Ceawlins Anführer, wie die übrigen Männer zu Fuß, gaben den Befehl zur Bereitschaft aus. Crida stand unter seiner persönlichen Fahne, er spürte den Schnee kalt in sein Gesicht schneiden und lauschte dem Singen des Blutes in seinen Adern. Zwei Reihen von Bogenschützen standen vor ihm, und als die Reihen der Briten und Waliser sich vorwärts bewegten, feuerten Ceawlins Schützen einmal, bevor sie sich wieder in die Reihen zurückfallen ließen, um den ihre Schwerter schwingenden Lehnsmännern die Möglichkeit zu geben, nach vorne zu kommen. Obwohl es bei all dem Lärm der Männer und Hörner beinahe unmöglich war, konnte Crida die Stimme seines Vaters hören. Er hob sein Schwert und rannte nach vorne, seine Männer neben und hinter sich.

Die zwei Kriegsheere prallten aufeinander.

Als sich die weiße Welt rot mit Blut zu färben begann, schien es Crida, daß die beiden Gegner gleich stark wären. Beide Reihen der Schlacht hielten stand; keine Seite schien in der Lage, die andere zurückzudrängen. Er wußte nicht, wer den Flügel ihm gegenüber befehligte, da die Briten und Waliser alle unter der Flagge des Roten Drachen kämpften, dem Wappen, das Arthur benutzt hatte, als er als König herrschte.

Er spürte in Schulterhöhe eine Klinge an seinem Kettenhemd entlangstreifen und wandte sich um, um einem noch tödlicheren Schlag zu begegnen. Dann war einer der Lehnsmänner neben ihm. Crida biß die Zähne zusammen und schob sich mit aller Kraft und Übung, die in ihm steckten, nach vorn. »Los!« schrie er seinen Männern zu. »Treibt sie zurück!«

Ceawlin beobachtete den Kampf vom Sattel seines Hengstes aus. Er konnte in dem Schneetreiben nur schwer etwas erkennen, und es dauerte einen Augenblick, ehe er bemerkte, daß der Stillstand auf der rechten Seite sich etwas auflöste. Crida preschte nach vorn. Das Gleichgewicht der Kräfte zeigte seine ersten Löcher. Er mußte sich jetzt bewegen, bevor die Briten und Waliser sich wieder erholten.

»Gereint!« rief Ceawlin. »Hundert Mann zur Unterstützung Cridas zum rechten Flügel! *Jetzt!*« Dann, als die Atrebaten eifrig davonrannten, sagte er zu seinen persönlichen Lehnsmännern. »Ihr kommt mit mir zur Mitte.«

»Und ich, Vater?« fragte Ceowulf eifrig.

»Hör zu, mein Sohn...« Ceawlin stieg ab und warf seine Zügel einem Stallburschen zu. Er hatte nicht vorgehabt, Ceowulf ein Kommando zu übergeben, er wollte ihn sogar ganz aus dem Kampf heraushalten, wenn möglich, aber jetzt... »Wenn du siehst, daß unser rechter Flügel und die Mitte sie überwältigen, und wenn ich immer noch in der Mitte am Kämpfen bin, dann nimm die übrigen Atrebaten und geh zu Bertred auf der linken Seite.«

Er sah noch kurz ein Paar glühende, blaue Augen und sehr weiße Zähne aus seinen Augenwinkeln, dann war er weg, raste an die Spitze seiner Männer und warf sich selbst in den Kampf. Die Freien hinten wichen auseinander, um ihn hindurchzulassen; dann war er vorne, seine Männer neben und hinter sich. Er erhaschte durch das Schneetreiben hindurch einen Blick auf Penda und wußte, wo seine Frontlinie war. Penda war immer an der Front. Crida war genau vor ihm.

»Folgt mir!« rief er und begann, sich seinen Weg durch die Reihen der Briten und Waliser zu schlagen, einen Pfad für seine

Männer zu räumen. Die Kämpfenden standen so eng beieinander, daß der Schnee nicht auf den Boden, sondern auf die Männer fiel. Die Kelten wichen vor Ceawlins grimmigem Angriff zurück, und Penda, der dies sah, stürmte mit neuer Energie weiter nach vorn.

Coinmail, der die Mitte befehligte, schrie, um seine Männer anzuspornen. Der Schnee begann, stärker zu fallen, er begrenzte die Sicht auf wenige armselige Meter. In diesem Augenblick sahen die Männer, die wußten, daß sie in der Mitte von Coinmails Linie standen, die große Fahne mit dem weißen Pferd auf sich zukommen. Zwar hatte sich lediglich eine kleine Gruppe von Männern, Ceawlin und seine persönlichen Lehnsmänner, den Weg in das Herz von Coinmails Kriegsheer gebahnt, aber die Briten und Waliser, die nichts sehen konnten, dachten, daß ihre gesamte Frontlinie aufgebrochen wäre. Sie gerieten in Panik, drehten sich um und rannten davon. Die Männer hinter ihnen, die ebenfalls nichts sehen konnten, taten es ihnen gleich.

Auch Ceowulf war von dem Schnee geblendet, aber er hörte den Wechsel in den Geräuschen, die vom Schlachtfeld kamen. Er sah seinen Vater nicht zurückkehren, und verzweifelt bemüht, nicht den ganzen Kampf zu verpassen, befahl er schließlich den übriggebliebenen Atrebaten, ihm zu folgen und machte sich auf, Bertred an der linken Seite zu unterstützen.

Coinmail, der sah, wie seine Männer die Waffen fallen ließen und vom Feld rannten, kämpfte verbissen, um die vorderste Linie zu halten. Er bahnte sich seinen Weg zu dem verhaßten Banner, das über Ceawlin wehte, als ein Schwerthieb auf seinem Kopf landete. Sein Helm rettete ihn. Törichte Sachsen, dachte er, sie tragen keine Helme. Er hatte eine ansehnliche Zahl blonder Köpfe in dieser Schlacht abgetrennt, aber der eine blonde Kopf, den er am verzweifelsten gesucht hatte, war ihm bislang entgangen. Er hatte Ceawlin zuerst nicht im Kampf finden können, aber jetzt war er hier. Hier, und tief inmitten von Coinmails Reihen. Wenn er sonst nichts in seinem Leben tun würde, er würde diesen Westsachsenkönig töten.

Sein Helm hatte sich von dem vorherigen Schwertschlag gelöst, und als der zweite Schlag darauf landete, fiel er nach vorne über seine Braue. Coinmails Kopf kam hervor, als er versuchte, unter der Lederklappe hindurch zu sehen, und für einen Augenblick war sein Nacken vollkommen ungeschützt. Der Augenblick war kurz, aber tödlich. Einer von Ceawlins Männern trennte ihm den Kopf ab.

Die Dobunni, die Coinmail gefolgt waren, hielten inne, als sie ihren Prinzen fallen sahen. Dann drang ein lauter Siegesruf von links zu ihnen; die Stimmen waren eindeutig sächsisch.

»Wir sind besiegt!« Der Ruf ging durch alle Reihen der Briten und Waliser. Mehr und mehr Kelten, verwirrt durch den Verlust ihrer Führer und geblendet von dem Schnee, folgten ihrem Instinkt und rannten dem Tod davon, von dem sie mit Sicherheit annahmen, daß er ihnen bevorstehen würde.

Als der Feind langsam im Schneetreiben zu verschwinden begann, gab Ceawlin seinen Anführern den Befehl, sie nicht zu verfolgen. Mit großer Energie hielten die Prinzen und Edlen ihre wütenden Männer zurück, die, vom Blutrausch des Sieges ganz wild, drauf und dran waren, hinter den Kelten herzujagen und zu fällen, wen immer sie in ihre Finger bekommen hätten.

»Ihre Fürsten sind alle tot«, sagte Ceawlin später zu Penda, als der Edle wissen wollte, warum der Sieg nicht weiter ausgenutzt worden war. »Ohne Anführer sind sie keine Gefahr; die Waliser werden einfach in ihre Täler fliehen, und die Dobunni möchte ich gerne zu meinen Leuten machen. Ich habe geschworen, ihnen ein ebenso guter Herr zu sein, wie ich es auch den Atrebaten immer war.«

Ceawlin, seine Edlen und seine Söhne saßen beisammen unter dem Dach eines hastig aufgebauten Zeltes in der Nähe des Schlachtfeldes. Auf dem Feld selbst wurden die Verwundeten von den Toten getrennt, die ersteren wurden verbunden, die anderen für die Beerdigung beiseite geschafft. Ceawlins Aussage beantwortete eine Frage von Penda, aber die Augen des Königs ruhten auf Gereint.

»Werden wir als nächstes nach Glevum marschieren?« fragte Crida in die Stille hinein, die nach Ceawlins letzten Worten eingetreten war.

»Zuerst gehen wir nach Aquae Sulis«, erwiderte Ceawlin. »Wenn die Stadt unter den Briten auch nur ein ähnliches Schicksal erlitten hat wie Silchester, dann ist sie halb leer und zerfällt. Ich werde sie formal für Wessex beanspruchen und eine Versammlung mit den Leuten abhalten, um sie zu beruhigen.« Seine Augen wandten sich an Bertred. »Bertred, ich ernenne dich als Statthalter. Romsey liegt Aquae Sulis am nächsten, und die Stadt wird eine Führung brauchen, wenn sie ein nützlicher Teil des Königreiches werden soll.«

Bertred schaute zufrieden aus. »Danke. Ich werde dich nicht enttäuschen.«

»Das hast du niemals getan«, sagte Ceawlin, dessen feste Stimme den Ausbruch unbehaglicher Gefühle verhinderte.

»Und dann gehen wir nach Glevum?« fragte Crida.

»Dann gehen wir nach Corinium«, sagte Ceawlin.

»Du willst das gesamte Land der Dobunni für dich beanspruchen?« Dieses Mal sprach Gereint.

»Ja.« Ceawlin schaute ihn direkt an. »Das ganze Land von Kent bis zur Sabrina See«, sagte er. »Die Städte Aquae Sulis, Corinium und Glevum werden westsächsisch. Und ich verspreche dir, Gereint, sie werden unter mir aufblühen und gedeihen.«

Gereint seufzte und mit einem humorvollen Zucken im Mundwinkel meinte er: »Daran zweifle ich nicht.«

»Wer wird in Corinium herrschen?« fragte Ine.

»Ceowulf, mit deiner Hilfe an seiner Seite«, antwortete Ceawlin sofort. »Ich werde dir Land in der Umgebung der Stadt geben, Ine, wo du dich mit deiner Familie niederlassen kannst.«

Ine lächelte. Er hatte viele Söhne und wollte sein eigenes Landgut Odinham gerne für seinen ältesten Sohn aufheben. »Ich bin erfreut, diese Aufgabe annehmen zu können«, sagte er.

Ceowulf war rot geworden, aber sein Gesicht war vollkommen ernst, als er sehr förmlich antwortete: »Ich danke dir, mein Vater, für ein solches Vertrauen.«

»Du bist ein Sohn, auf den ich stolz sein kann, Ceowulf«, sagte Ceawlin mit derselben Förmlichkeit. »Ein guter und mutiger Krieger. In Corinium, das ich in Cirencester umbenennen werde, wirst du lernen, auch ein Gefolgsherr zu sein.«

Dann wandte er sich an seinen ältesten Sohn. Sein Herz schwoll an vor Stolz, als er den Jungen betrachtete. Es war Crida, der ihm auf dem Schlachtfeld die Bresche geschlagen hatte, die er brauchte, um zu gewinnen, und sie beide wußten es. »Dir, Crida, mein Sohn, schenke ich den Dank meines Herzens«, sagte er. »Ich werde dir ein Königreich hinterlassen, wie es England an Größe und Macht noch nicht gesehen hat.«

»Mein Vater«, sagte Crida, und obwohl sein Gesicht beinahe starr war, glänzten seine Augen. »Dein Dank und deine Liebe sind alles, was ich wünsche.«

Einen Moment lang legte Ceawlin seine Hand fest auf Cridas Unterarm; dann riß er seinen Kopf hoch und sagte brüsk: »Wenn wir hier fertig sind, werden die Freien wieder nach Hause geschickt. Jeder Edle kann zwanzig Lehnsmänner als seine Anhänger mitnehmen. Dann marschieren wir nach Aquae Sulis, der neuen westsächsischen Stadt Bath.«

44

Das Gebiet der Dobunni war jetzt im Winter von traurigem Weiß, aber Crida spürte, daß die sanften Hügel im Frühling und Sommer wunderschön sein müßten. Gutes Land. Reiches Land. Zum großen Teil leeres Land. Eine hervorragende Errungenschaft für Wessex.

Glevum selbst war entschieden langweilig. Bath hatte sogar in den Zeiten seines Niedergangs noch imposant ausgesehen, und auch Cirencester war einmal eine schöne Stadt gewesen, die Stammesstadt der Dobunni. Aber Glevum war sehr klein und besaß nur wenige römische Gebäude von irgendeiner Besonderheit. Es war erst in den letzten hundert Jahren etwas bekannter geworden, hauptsächlich jedoch, weil es die am weitesten westlich gelegene Stadt der Dobunni überhaupt war und von daher auch den größten Schutz vor den Sachsen genoß.

Die römischen Häuser wechselten sich mit Holzbauten ab, die aber niemals die kunstfertige Architektur von Winchester erreichten. Keine einzige Menschenseele ließ sich unter dem weiten, grauen Himmel blicken. Crida warf seinem Vater, neben dem er an der Spitze der Männer ritt, aus dem Augenwinkel einen Blick zu. Sie ritten langsam die Hauptstraße dieser verlassenen Stadt entlang, und während sein Sohn ihn beobachtete, verengten sich Ceawlins Augen. Crida schaute sofort wieder zurück zur Straße und sah, daß ungefähr hundert Meter vor ihnen eine Reihe von Männern vor einem Holzgebäude erschienen waren. Es waren Briten. Ceawlin führte sein Pferd weiter, während er die Augen auf die Männer gerichtet hielt. Als sie sich ihnen weitere dreißig Meter genähert hatten, stellte sich einer der Briten auf die Straße. Ceawlin hob eine Hand und bedeutete seinen Männern, stehenzubleiben, dann ging er alleine nach vorn.

»Owain«, hörte Crida seinen Vater sagen. Echtes Vergnügen lag in seiner ansonsten deutlich autoritären Stimme. »Seid gegrüßt.« Ceawlin sprach Britisch.

»Mein Herr und König«, erwiderte der Mann. Sein Gesicht war zurückhaltend. »Wir heißen Euch in Glevum willkommen und erbitten Eure Gnade.«

Ceawlin schwang sich von seinem Pferd. »Natürlich habt ihr meine Gnade. Ich werde mit euren Anführern darüber sprechen.« Dann grinste er, trat näher an den kleineren Mann heran und legte eine Hand leicht auf seine Schulter. »Es tut gut, Euch zu sehen, alter Freund«, sagte der König. »Gereint und Ferris sind ebenfalls bei mir.«

Das unbewegliche Gesicht des Mannes löste sich etwas und

verzog sich zu einem zaghaften Lächeln. Crida sah ihnen zu und dachte nüchtern, daß der Erfolg seines Vaters zu einem nicht geringen Teil mit seinem Gefühl dafür zusammenhing, wann er einen Mann mit einem Lächeln und einer Berührung für sich einnehmen konnte. Der steife Anführer der Dobunni lachte jetzt tatsächlich, als er Ceawlin zu den Männern führte, die sich versammelt hatten, um sich ihrem neuen Herrn zu unterwerfen. Ceawlin akzeptierte die Verbeugungen mit lächelnder Behaglichkeit, sprach vielleicht drei Minuten mit ihnen, dann bedeutete er Crida, zu ihm zu kommen.

»Dieser Mann zeigt uns, wo wir die Lehnsmänner unterbringen können«, sagte Ceawlin, als ein Brite vor Cridas Pferd auf die Straße trat. »Sag Penda, daß er das übernehmen soll und komm dann zurück. Und bring Gereint und Ferris mit.«

»Ja, Mylord«, sagte Crida und trabte mit seinem Braunen zurück zu den wartenden Männern, um den Befehl seines Vaters weiterzugeben. Penda stieg ab und ging neben dem Briten her, und Gereint und Ferris schritten eifrig auf Crida zu. Sie übergaben alle drei ihre Pferde der Obhut von Ceawlins Männern und gingen zurück zur Halle, wo Ceawlin begrüßt worden war. Die Männer, die auf den Stufen gesessen hatten, waren bereits hineingegangen. Crida stieß die Tür auf.

Die kleine Halle war hell erleuchtet und voller Männer. In der Mitte des Raumes standen eine goldhaarige Frau und ein Junge, der offensichtlich ihr Sohn war. Crida konnte sehen, wie die Frau in der alten Form der Unterwerfung ihren Kopf vor Ceawlin beugte. Der Junge zögerte, dann, als seine Mutter seinen Arm berührte, beugte auch er seinen Kopf. Coinmails Frau, dachte Crida. Und sein Sohn. Er schaute sich im Raum nach jemand anderem um. Wo war seine Mutter?

Ceawlins Gedanken gingen offensichtlich in die gleiche Richtung. Er beantwortete die offensichtlich einstudierte Rede der Dobunni-Prinzessin mit einer kleinen Freundlichkeit, dann fragte er: »Und wo ist meine Frau?«

Die Prinzessin erwiderte: »Sie sagte, Ihr solltet nach ihr schicken, wenn die offizielle Begrüßung vorbei wäre, Mylord.«

Eithne machte einer Dienerin ein Zeichen, und das Mädchen drehte sich um und eilte aus der Tür.

Ceawlin schaute sich in den Reihen der ernsten Männer um, die Eithne und ihrem Sohn zur Seite standen und zog eine Augenbraue hoch. »Ihr habt mich höchst königlich empfangen, Prinzessin«, sagte er. Und Crida wußte plötzlich, daß seine Mutter wahrscheinlich die ganze Angelegenheit angeordnet hatte. Sein Vater war sich dessen jedenfalls sicher. Das sah er an der hochgezogenen Augenbraue.

Die Tür an der Seite der Halle öffnete sich wieder und plötzlich war Niniane da. Erleichterung und Glück durchströmten Crida beim Anblick ihrer kleinen, graziösen Gestalt. Sie sah aus wie immer, dachte er dankbar. Ihr Gott hatte sich gut um sie gekümmert.

»Ceawlin«, sagte Niniane auf sächsisch von der Tür aus, »du hast dir Zeit gelassen, hierherzukommen.«

»Ich habe erst in Corinium gehalten«, antwortete er. »Um dir Zeit zu geben, sie zu organisieren.« Und er machte eine Bewegung mit der Hand über die Männer hinweg.

Sie rannte nach vorn, leicht wie ein Mädchen, um sich in die Arme ihres Mannes zu werfen. Sie war so klein, als sich seine Arme um sie schlossen, daß Ceawlin sie etwas vom Boden hob. Ceawlins Kopf war zu ihrem nach unten gebeugt, und Crida konnte nicht hören, was sein Vater sagte. Er schritt nach vorne, um als nächster die Aufmerksamkeit seiner Mutter zu erlangen.

Sie sah ihn, sobald Ceawlin sie wieder auf die Füße gestellt hatte. »Crida!« Ihr Lächeln strahlte. »Oh, mein Sohn, ich bin so froh, dich zu sehen.« Sein eigenes, seltenes Lächeln erhellte sein Gesicht, und dann riß auch er sie in seine Arme.

Die Briten standen in abwartendem Schweigen dabei. Die Männer waren alle in Deorham gewesen, hatten die effektive Tötungsmaschine gesehen, die Ceawlin auf dem Feld war. Jetzt stand er hier, umgeben von einer Frau und einem Sohn, die er ganz offensichtlich liebte und die auch ihn liebten. Er lächelte sie alle mit seinem unwiderstehlichen, betörenden Lächeln an.

»Von jetzt an erkläre ich die Dobunni als unter meinem Schutz stehend«, sagte Ceawlin. »Euer Hunger ist mein Hunger, eure Feinde sind meine Feinde. Zusammen werden wir ein Königreich formen, wie es diese Insel noch niemals gesehen hat.« Er war jetzt ernst und vollkommen unwiderstehlich. »Heute abend werden wir zusammen unsere Vereinigung feiern. Heute abend werdet ihr die Treue schwören, nicht einem sächsischen König, sondern einem König von Wessex. Und seinem Sohn und Erben, geboren von einem sächsischen König und einer britischen Prinzessin.« Crida fühlte einen Schauer durch seine Adern fließen und hob seinen Kopf voller Stolz. »Heute abend«, schloß sein Vater, »werden wir die Geburtsstunde eines neuen Königreiches erleben, das wir zusammen erschaffen werden. Dies ist mein Versprechen als König.«

Es herrschte einen Augenblick lang Schweigen, dann brachen die Briten in der Halle in Freudenrufe aus. Aus voller Kehle, erleichtert, aufgeregt, spontan. Der einzige, der seine Begeisterung nicht hinausschrie, war Coinmails Sohn. Mit angespanntem und kühlem Gesicht stand er neben seiner Mutter, aber nur Crida schien ihn zu beachten. Die anderen waren zu sehr mit ihrem eigenen Vergnügen und ihrer Begeisterung beschäftigt.

»Er hat immer etwas sehr Angenehmes gehabt«, sagte Owain zu Ferris.

Ferris verzog den Mund zu einem schiefen Grinsen. »Das ist nicht zu leugnen, Owain. *Dies* ist Arthurs Erbe. Nicht Coinmail, auch kein anderer Brite, sondern dieser Sachse, der uns ein Königreich schenken wird und Wohlstand und einen Frieden, den wir in Britannien seit Badon nicht mehr gesehen haben.«

»Und er wird uns einen halbbritischen Erben schenken«, beeilte Owain sich hinzuzufügen.

»Ja.« Die beiden Männer schauten auf den schönen, schlanken Jungen mit den silberblonden Haaren, der neben seiner Mutter und seinem Vater stand. Dann schauten sie sich wieder an und lächelten.

Niniane war so froh, ihn zu sehen. Sie hatte ihre ganzen körperlichen und geistigen Kräfte zusammengenommen, solange es notwendig war, sie hatte die Dobunni dazu gebracht, das Unausweichliche zu sehen und zu akzeptieren. Es war alles weitaus besser gegangen, als sie zu hoffen gewagt hatte. Natürlich half es ungemein, als sie entdeckt hatte, daß Owain und einige andere Männer Ceawlin als Rhys gekannt hatten. Dadurch wirkte er menschlicher auf sie, war nicht mehr nur ein furchteinflößender, sächsischer Riese, der grausam alles tötet, was auf seinem Weg lag.

Sie hatte den Weg bereitet, und Ceawlin hatte das Übrige getan. Er kannte die Macht seines Charmes sehr gut, und in all den Jahren hatte er gelernt, mit ihm ebensogut umzugehen wie mit den anderen Waffen. Am Ende des Festes fraßen ihm die Dobunni aus der Hand.

Sie konnte sich zurücklehnen. Sie konnte sich erinnern, wie traurig sie war, wie müde. Sie, blutlos und kalt, konnte jetzt in seine Wärme und Stärke kriechen. Sie hatte nicht einmal die Energie, dagegen zu protestieren, daß er Ceowulf erlaubt hatte, am Kampf teilzunehmen. Ceowulf war nicht mehr länger ein Kind. Ihre Kinder wurden alle erwachsen, entfernten sich von ihr. Und es würde keine weiteren Babys mehr geben, um sie zu ersetzen.

Sie behielt noch für sich, was die Hebamme ihr erzählt hatte. Tief in ihrem Innern fürchtete sie sich davor, es ihm zu sagen. Sie wußte, sie hatte immer gewußt, daß seine Liebe zu ihr viel mit ihrer Fähigkeit zusammenhing, Kinder zu bekommen. Er hatte ihr so etwas niemals gesagt, aber in ihrem weiblichen Herzen wußte sie, daß es so war. Ceawlins Gefühle seinen Kindern gegenüber waren tiefer, als die von anderen Männern. Seine Gefühle ihr gegenüber waren zu einem guten Teil Dankbarkeit für diese Kinder. Wenn sie ihm keine weiteren mehr schenken konnte… Sie wußte nicht, was es für ihn bedeuten würde. Und sie hatte Angst, es herauszufinden.

Im Februar gingen sie zurück nach Winchester. Sie war fünf Monate fort gewesen, und Fara erkannte sie nicht mehr. Das kleine Mädchen hängte sich an Auda, als Niniane sie hochnehmen wollte, und sagte: »Nein!«

Auda nahm es auf die leichte Schulter und sagte: »Sie ist nur ärgerlich, weil du sie verlassen hast, Mutter. Sie wird sich wieder beruhigen.«

Aber Niniane war verstört. Ihr jüngstes Baby. Sie ließ Fara bei Auda in Cridas Halle und ging zurück in ihr eigenes Haus und ihr Schlafzimmer und weinte bitterlich. Sie war immer noch da, und ihr Gesicht war deutlich geschwollen und trug die Spuren ihrer Tränen, als Ceawlin hereinkam, um sich für das Fest am Abend umzuziehen. Er runzelte die Stirn, als er sie sah. »Was ist los?«

»Fara erkennt mich nicht mehr«, sagte sie.

»Unsinn. Natürlich erkennt sie dich noch.« Seine Stimme klang hart; beinahe ungeduldig, dachte sie.

»Sie hängte sich an Auda und starrte mich an, als wollte ich sie entführen.«

»Sie bestraft dich, weil du fortgegangen bist«, sagte Ceawlin. »Sie wird darüber hinwegkommen. Du mußt ihr etwas Zeit lassen.«

»Das hat Auda auch gesagt.«

»Auda hat recht.« Dann fügte er hinzu: »Kommst du nicht zu dem Fest heute abend?« Sie sah nicht die gerunzelte Stirn über seiner Braue. Sie schaute nach draußen in die beginnende Dunkelheit, mit dem Rücken zu ihm.

»Ich nehme an, ich muß«, erwiderte sie lustlos.

»Nan.« Er war geräuschlos hinter sie getreten. Sie stellte sich ein bißchen auf die Zehenspitzen, um seine Stimme nahe an ihrem Ohr zu hören. »Was ist los? Es ist nicht nur Fara. Geht es dir gut? Du bist nicht so wie früher, nicht einmal in Glevum. Trauerst du immer noch darüber, daß du das Baby verloren hast?«

Sie versuchte, nicht zu schluchzen, aber es gelang ihr nicht, und sie schluchzte wieder, und dann gab sie jeden Widerstand dagegen auf. Sie war in seinen Armen, ihr Gesicht preßte sich an seine Schulter. »Es tut mir leid«, sagte er. Seine Hand streichelte zärtlich ihr weiches, kupferbraunes Haar. Sie wartete darauf, daß er sagte, sie würde ein weiteres Kind haben. Aber er sagte es nicht.

Sie griff mit den Händen nach seiner Tunika. »Ceawlin, ich muß dir etwas sagen.«

»Ja?« Sie atmete tief ein. Dann brach es aus ihr heraus. »Als ich die Fehlgeburt mit dem Baby hatte, wäre ich beinahe gestorben, und die Hebamme erzählte mir, daß ich niemals mehr ein neues Kind haben werde.«

Er sagte nichts, aber sie war so nahe bei ihm, daß er den Schauer, der ihn bei ihren Worten durchströmte, nicht verbergen konnte. Sie wollte sein Gesicht nicht sehen.

Er schwieg sehr lange. Sie merkte mit wachsender Verzweiflung, daß er nach irgend etwas suchte, das er ihr sagen könnte. »Nan«, sagte er schließlich, und erstaunlicherweise enthielt seine Stimme eine Note, die sie niemals zu hören erwartet hatte. »Es tut mir leid, wenn du traurig bist, aber ich wäre nicht ehrlich, wenn ich nicht sagen würde, daß es mich erleichtert.«

Er meinte es. Erleichterung war es, wonach seine Stimme geklungen hatte, unmißverständlich war sie in dieser so vertrauten, so geliebten Stimme. Er war überhaupt nicht enttäuscht.

Sie schaute ihn an, so gewöhnt an seine Größe, daß sie automatisch wußte, wie weit sie ihren Kopf zurücklegen mußte. »Ich verstehe dich nicht«, sagte sie.

»Weil du mutiger bist als ich«, erwiderte er. Leichte Schatten waren unter seinen in dunklen Farben schimmernden Augen zu sehen. »Ich war dieses letzte Mal so in Angst um dich, so besorgt.« Er legte seine Hände auf ihre, und sie ließ die Tunika los. »Ich habe sogar versucht, Gereint zu überreden, seine zweihundert Atrebaten gegen dich einzutauschen«, sagte er.

Ihre Augen weiteten sich, das Grau wandelte sich zum Blau. »Das wolltest du tun?«

»Ja. Aber er sagte, wenn Coinmail jemals erfahren würde, wie wichtig du mir bist, würde er dich niemals zurückgeben.«

»Gereint hatte recht«, sagte Niniane.

»Er überzeugte mich, daß es so war, daher versuchte ich es nicht. Aber ich habe Angst um dich gehabt. Bislang hast du bei den Schwangerschaften Glück gehabt, Nan, aber man kann seinem Schicksal nicht immer davonlaufen.« Seine Finger schlossen sich fester um ihre. »Es tut mir leid, wenn du trauerst«, sagte er, »aber ich kann in mir nichts anderes finden als Freude.«

»Ich dachte ... ich dachte, es würde dich so bedrücken ... du warst immer so froh, wenn du gehört hast, daß du ein neues Kind haben würdest.«

»Ich habe genug Kinder«, sagte er mit unmißverständlicher Offenheit. »Du bist es, die ich nicht verlieren kann.« Er schenkte ihr das verschmitzte, halb verlegene Lächeln, das sie immer am liebsten an ihm gemocht hatte. »Ich bin ein zu alter Hengst, um mir eine neue Stute zu suchen.«

Sie lachte, schniefte und lachte wieder.

»Ist das alles, was du hast?« fragte er.

»Nun ... ja.«

»Du hättest es mir eher sagen können.«

»Ich ... mein Herz war zu verwundet.«

Er seufzte und zog sie noch einmal näher an sich heran. »Bemuttere Cridas Babys, wenn du mußt«, sagte er. »So wie es aussieht, werden er und Auda noch genug haben, um dich beschäftigt zu halten.«

Niniane gab ein wässriges Glucksen von sich.

»Wenn ich daran denke, wie ich mich immer zurückgenommen habe.« Er klang jetzt beinahe empört. »Zwischen den Gedanken daran, daß du dich nicht wohlfühlst, und der Furcht, daß du wieder schwanger werden könntest ... und alles umsonst!« Jetzt klang er wirklich empört.

Er war tatsächlich bemerkenswert zurückhaltend gewesen, seit sie sich in Glevum wiedergetroffen hatten, dachte Niniane. Sie war zu unglücklich gewesen, um es zu bemerken, aber als sie jetzt zurückdachte ... Sie biß sich auf die Lippe. Der Arme.

Er legte die Hand auf ihre Schultern und hielt sie etwas von sich, so daß er in ihr Gesicht sehen konnte. Sie lächelte ihn strahlend an. »Ich mache es wieder gut«, versprach sie.

In seine Augen trat ein Glitzern, das ihr Blut in Wallung brachte, wie es ein ganzes Jahr nicht mehr der Fall gewesen war. »Heute nacht?«

»Heute nacht.«

Er grinste. »Wenn jetzt nicht dieses Fest wäre, würde ich dich gleich beim Wort nehmen. Aber ...«

»Aber Alric hat ein neues Lied, das er unbedingt singen will, und deine Edlen und Lehnsmänner warten womöglich bereits in der Halle auf dich. Es ist Zeit zum Anziehen, Mylord, nicht zum Ausziehen.« Und um ihre Worte nachdrücklicher erscheinen zu lassen, schüttete sie etwas Wasser in die Schüssel auf dem Nachttisch und beugte sich hinunter, um sich das Gesicht und die Augen zu waschen.

Hinter ihr begann er, seine Tunika auszuziehen.

»Unglücklicherweise hast du recht.« Sein Kopf mit den wirren Haaren kam hervor, und er warf die Tunika auf den Boden. »Was für ein neues Lied?«

»Sein bestes bisher. Das Lied von Ceawlin, dem Bretwalda von England«, antwortete sie. Sie trocknete ihr Gesicht ab und wandte sich um. Er starrte sie an, mit sehr ruhigem Gesicht. Sie lächelte und fügte mit vor Liebe rauchiger Stimme hinzu: »Zieh dich an, wenn du es hören willst.«

Er streckte die Hand aus, griff nach einer Strähne des lockigen Haares, das ihr auf die Schulter gefallen war, und suchte dann in der Truhe nach einer frischen Leinentunika.

Nachwort

Die Geschichte Britanniens im sechsten Jahrhundert fällt in das Dunkle Zeitalter. Dies war das Jahrhundert, in dem sich die angelsächsischen Königtümer in dem Gebiet der Briten ausbreiteten; dies war das Jahrhundert, das den Übergang des römisch-keltischen Britannien in ein angelsächsisches Britannien markiert. Dennoch wissen wir kaum etwas darüber, wie dieser Übergang vonstatten ging.

Die Gesellschaft des frühen angelsächsischen England war heidnisch und besaß keine Schrift, und so gibt es auch keine schriftlichen Quellen aus dieser Zeit. Die Hauptinformationsquelle ist die *Angelsächsische Chronik*, die immerhin eine Reihe von Namen und Daten enthält, an denen man die Entstehung und Ausdehnung des Königreiches von Wessex ablesen kann. Allerdings wurde die *Angelsächsische Chronik* höchstwahrscheinlich zur Zeit Alfreds des Großen zusammengestellt, einige Jahrhunderte später, als die geschichtlichen Ereignisse, über die sie berichtet, und so kann auch diese Quelle nicht als glaubwürdig angesehen werden.

Die andere Quelle für das Britannien des sechsten Jahrhunderts ist Bedes *Kirchengeschichte Englands*. Diese Kirchengeschichte erwähnt auch die Eroberung von Wessex; allerdings lebte Bede ein Jahrhundert später als Ceawlin, und so müssen wir seine Schriften kritisch betrachten.

Dieser Mangel an eindeutiger Information stellt für den Schreibenden sowohl ein Problem als auch eine gewisse Freiheit dar. Was ich gemacht habe, ist folgendes: Ich habe Namen und Daten der *Angelsächsischen Chronik* entnommen und aus ihnen eine Geschichte entwickelt, wie es sich abgespielt haben könnte. Es scheint sicher zu sein, daß es einen Mann mit dem

Namen Ceawlin von Wessex gegeben hat. Er wird eindeutig von der *Angelsächsischen Chronik* und von Bede als einer der wenigen Könige bezeichnet, auf die der Titel Bretwalda, oder Herrscher über England, angewandt wurde. Abgesehen von diesem Namen und einigen unzuverlässigen Daten ist über diesen frühen König von Wessex nichts bekannt. Ich muß gestehen, es hat eine Menge Spaß gemacht, ihn zu erfinden.

Der gesellschaftliche Hintergrund für diese Zeit ist beinahe ebenso unklar wie der geschichtliche. Ich habe für das Leben in der mythischen Stadt Winchester die Beschreibungen der Feste und Hallen in *Beowulf* zugrunde gelegt. Und die Beschreibung der Beerdigung von Redwold in Ost-Anglia basiert auf den Funden der Gräber von Sutton Hoo. Der Rest ist Imagination.

Für alle Interessierten folgt ein Auszug aus den *Westsächsischen Annalen* der *Angelsächsischen Chronik*, auf der meine Geschichte basiert.

530 Cerdic und Cynric nahmen die Insel Wight ein und erschlugen ein paar Männer bei Withgaraesbyrg.

534 Tod von Cerdic. Sein Sohn Cynric regierte sechsundzwanzig Winter. Wight geht an ihre Verwandten Stuf und Wihtgar.

552 Cynric kämpfte an einem Ort namens Searobyrg gegen die Briten und schlägt die Briten und Waliser in die Flucht.

556 Cynric und Ceawlin kämpften bei Beranbyrg gegen die Briten.

560 Ceawlins Herrschaft in Wessex begann.

568 Ceawlin und Cutha kämpften gegen Aethelbert und vertrieben ihn nach Kent, und sie erschlugen zwei Anführer, Oslaf und Cnebba, bei Wibbandum.

571 Cuthwulf kämpfte gegen die Briten und Waliser bei Bedcanford und nahm vier Städte ein, Lygeanburg und Aeglesburg, Benesington und Egonesham. Im selben Jahr starb er.

577 Cuthwine und Ceawlin kämpften an einem Ort namens Deorham gegen die Briten und töteten drei Könige,

> Coinmail und Condidan und Farinmail. Sie nahmen drei ›chesters‹ ein, Gleawanceaster, Cirenceaster und Bathanceaster.

Ich habe die Fakten der *Chronik* nur einmal verändert, als ich den Namen Crida anstelle von Cuthwine als Ceawlins Kameraden gewählt habe. Der Name Crida erscheint später in Verbindung mit Ceawlin, und es schien weniger kompliziert, als noch einen anderen Namen mit »Cuth« beginnen zu lassen.

Der Kampf von Deorham scheint historisch verbürgt zu sein und spielte tatsächlich eine entscheidende Rolle beim Übergang von Britannien zu England. Mit Deorham ist einer der Orte bezeichnet, die sich tatsächlich geographisch verorten lassen. Es handelt sich um das Dyrham unserer Gegenwart, das sechs Meilen nördlich von Bath liegt. Die Eroberung von Bath, Cirencester und Gloucester durch Ceawlin hatte die Bedeutung, daß zum ersten Mal die englische Herrschaft bis zum westlichen Meer ausgedehnt war. Und zum ersten Mal in der Geschichte der Sachsen war die Verbindung zwischen Wales und Dumnonia unterbrochen. Aber augenscheinlich ist Ceawlin nicht in Dumnonia eingedrungen. Erst im nächsten Jahrhundert begannen die Westsachsen, in diese Richtung zu expandieren.

Am Ende von Ceawlins Herrschaft, gegen Ende des sechsten Jahrhunderts, umfaßte Wessex die heutigen englischen Grafschaften Berkshire, Hampshire, Wiltshire und einen großen Teil von Gloucestershire.

Die angelsächsische Poesie in diesem Roman entstammt den Gedichten *Der Wanderer, The Ruin* und (die meisten) *Beowulf*.